隋唐演義 上

褚人穫 著
嚴文儒 校注
劉本棟 校閱

三民書局

隋唐演義　總目

引言

嚴文儒

隋唐演義二十卷，一百回，七十餘萬言，清初褚人穫著。該書敘述隋唐兩朝一百七十餘年的故事，從隋文帝即位伐陳寫起，歷敘隋末群雄並起，唐太宗登基，武則天稱帝，安史之亂，止於唐玄宗自四川返回長安，中間還鋪敘了隋煬帝的宮闈生活，武則天的「荒淫亂唐」，唐玄宗與楊貴妃的愛情故事等等。作品所寫的歷史時間長，內容繁富，人物眾多，是一部在民間流傳很廣，歷來受讀者歡迎的歷史演義小說。

隋唐演義所寫的內容大致可分為三個方面：一是關於單雄信、秦瓊、程咬金、尉遲敬德、羅成等英雄人物的故事；二是關於隋煬帝的故事；三是關於唐玄宗與楊貴妃的故事。作品以隋煬帝楊廣和唐明皇李隆基這兩個皇帝及其嬪妃外戚的生活為中心，通過楊廣殺父鴆兄篡奪帝位，武后、韋后謀死親夫獨攬大權，楊國忠和安祿山為了爭寵而互相傾軋，隋煬帝為遊幸江都而徵召四百多萬民夫開鑿大運河，及隋宮剪彩為花，煬帝點選秀女，唐帝徹夜宴飲等故事，描述了帝王后妃、達官貴人生活的豪華靡亂，腐敗殘暴，以及他們之間的互相勾心鬥角，爭權奪利。作者又通過隋末群雄並起，瓦崗寨英雄聚義，竇建德等義士除暴安良、劫富濟貧等故事，頌揚了草澤英雄的俠義勇武。全書幾乎沒有一個貫穿始末的人物，卻將那麼多的人物，那樣多的事件，那樣長的歷史熔於一爐，使之成為有機的藝術整體。組織巧妙，不見斷痕，這就是小說家的本事，也正是隋唐演義受到一般讀者歡迎的主要原因。

隋唐演義有著自己的顯著的藝術特色，大致可以分為以下幾個方面：

第一，特殊的以史為經、人物事件為緯的結構方法。清代的梁紹壬曾說：「（隋唐演義）復緯之以本紀、列傳而成者，可謂無一字無來歷矣。」（清梁紹壬兩般秋雨庵隨筆）這是很有見地的評語。從某種意義上說，貫穿隋唐演義的是歷史，而不是人物，這正是隋唐演義的結構的特殊性。作者以隋末群雄、隋煬帝與朱貴兒、唐明皇與楊貴妃等三組人物，將隋唐兩朝史事，橫以素材，縱以史脈，剪裁取捨，無不巧妙；顯示出作者很強的駕馭材料、精心架構的能力，使人讀來饒有興味。同時，這種結構方法還有一個好處是，可以使一般讀者從小說去認識歷史，起到普及歷史知識的作用。一般民眾正是從戲曲、評話以及歷史演義小說去認識和熟悉中國歷史的，這也是歷史演義小說之所以受到普遍歡迎的重要原因之一。

第二，人物刻畫，頗見功力。隋唐演義一書刻畫了一百多位人物，上至帝王后妃，下及市井小民，大多栩栩如生，有其成功之處。特別是作者筆下的草澤英雄，如秦叔寶、單雄信、程咬金、王伯當、羅成等，都刻畫得極其生動，讀之如聞其聲，如見其人。就連著墨不多的尉遲敬德，也寫得躍然紙上，虎虎有生氣。如寫秦叔寶「當鐧賣馬」的幾個回目，尤其精彩。一波未平，一波又起，曲折再三，跌宕有致。作者的一支筆寫出了秦叔寶的窮困落魄、捉襟見肘時的死要面子，單雄信的任俠仗義、耿直淳厚，王小二的圓滑機變、世故炎涼的市井小人嘴臉，無不神態畢肖，活靈活現。「當鐧賣馬」極饒戲劇性，層層鋪墊，每每出於人尋常意料之外，卻又在人情物理之中，將人物性格和內心活動揭示得非常充分。

如第八回秦叔寶與單雄信初次見面時的情景，褚人穫是這樣寫的：

叔寶隔溪一望，見雄信身高一丈，貌若靈官，戴萬字頂皂莢包巾，穿寒羅細褶，粉底皂鞋。叔寶自家看著身上，不像模樣得緊，躲在大樹背後解淨手，抖下衣袖，揩了面上淚痕。雄信過橋，只去看馬，不去問人。……雄信看罷了馬，纔與叔寶相見道：「馬是你賣的麼?」單員外只道是販馬的漢子，不以禮貌相待，只把你我相稱。叔寶卻認賣馬，不認販馬，答道：「小可也不是販馬的人；自己的腳力，窮途貨於寶莊。」雄信道：「也不管你買來的自騎的，竟說價罷了。」

這段文字，乾淨俐落，人物聲貌，俱在眼底。單雄信的外貌特徵是通過秦叔寶「隔溪一望」而展現的，而秦叔寶的窘態則是「自家看著身上，不像模樣得緊」顯示的，一是財大氣粗、豪爽疏略，一是窮困落魄、無臉見人，對比強烈，相映成趣，從中可以略見作者描寫人物的功力。

褚人穫在創作隋唐演義時，有意識地運用所謂「特犯不犯」、「同而不同處有辨」，以及「傳神摹影」、白描等藝術手法，藝術效果十分強烈。同是逼上瓦崗的「草澤英雄」，由於出身、遭際、性情各不相同，各有各的個性。如同是魯莽的火爆性子，程咬金和尉遲恭同中有異；同是任俠好義的剛強漢子，秦叔寶與單雄信也各不相同。這同與不同之中，充分顯示出傳統藝術手法豐富的表現力。作者還十分注意用性格化語言來描寫人物。如第二十一回程咬金和尤俊達劫了三千兩官銀之後，程咬金衝著押解差官叫道：

你且不要走，我不殺你，我不是無名的好漢，通一個名與你去，我叫做程咬金，平生再不欺人。我一個相厚朋友，叫尤俊達。是我二人取了這三千兩銀子。

這只能是程咬金的聲口，坦率得可愛，教人忍俊不住。又如秦叔寶與尉遲恭對陣，勝負難解，尉遲恭則提議用兵器擊石以決勝負，出語亦令人噴笑。真是所謂「一樣人，便還他一樣說話」，可見作者賦予人物個性化的語言來凸顯人物性格的用心。

第三，情節曲折有趣，引人入勝。演義小說受說書人講史和話本小說影響，很注意作品的故事性，情節的曲折有趣。如書中插入紅拂女私奔李靖，李太白醉草答番書，花木蘭替父從軍等故事。這些故事都來源於唐宋傳奇、話本、戲曲和傳說，為讀者所熟知。但到了作家手中，經過一番改造加工，為我所用，服從於新的藝術整體的再創造，又別具一番魅力。再如「啖肉為誓」一事，在隋唐嘉話中是由徐懋功提議的，隋唐演義中則改為由秦叔寶提議了，並且由原來的語焉不詳，敷演出有聲有色的一篇文字來。隋唐嘉話有條：「隋文帝夢洪水沒城，意惡之，乃移都大興。術者云：『洪水，即唐高祖之名也。』」褚人穫卻據此鋪排出李姓遭罹，李淵長行等一系列情節。作者採擷融會其他材料的功夫大率如此。

此外，隋唐演義語言通俗曉暢，生動自然，描寫隋唐兩朝宮廷生活亦有聲有色，既有宮闈爭權奪寵的血肉橫飛、兵戎相見之殘酷，又有唱詩侑觴、逐笑尋歡之溫情，並點染以奇趣雅韻之事，使作品更加豐滿生動。

毋庸諱言，隋唐演義還存在著許多缺點。如題材過於蕪雜，矛盾衝突不夠集中，剪裁不甚適當；描寫雖細膩生動，但有的地方未免瑣屑冗長；文筆通俗流暢，然而有些章節徒有表面浮豔，不夠本色等等，使作品稍有減色。至於作品中插入一些迷信、神怪的描寫，要具體分析。如第三十二回「狄去邪入深穴，皇甫君擊大鼠」，作者將隋煬帝寫成是前世鼠精，並借皇甫君之口嚴加痛斥，喝令武士狠擊，這分明表達了人民對暴君昏主兇殘無道的強烈義憤。而將隋煬帝與朱貴兒、唐明皇與楊貴妃說成是「兩世因緣」，既宣揚了迷信的輪迴報應，又損害了整部小說的現實意義。作者以此來解釋歷史，顯然荒唐。總之，隋唐演義比較以前記敘隋唐的歷史演義小說，藝術成就要高得多，也應該得到更多的肯定。正因為如此，我們整理重印此書，以饗讀者，期望能得到讀者的歡迎。

隋唐演義在已刊行的諸本中，以康熙三十四年四雪草堂本為最早最完整，以一九八〇年上海古籍出版社重印本為最佳。本書即以四雪草堂本為底本，校以上海古籍出版社重印本，再參校其他各本，如道光三十年刻本、民國七年上海廣益書局石印本等，在標點和校勘方面作了一番整理訂正。隋唐演義是一部歷史演義小說，涉及的人物、事件大多可在正史中得到印證。校勘時，對書中出現的一些明顯歧異，根據隋書、舊唐書、新唐書等正史及其他典籍，在注釋中一一作了說明。

同時，四雪草堂本每回之末有褚人穫所撰之總評，而坊間刊本大多刪去不錄。因為這些評語有助於讀者了解小說寓意，所以本書仍將每則總評附錄於各回之末。四雪草堂本每回另附有古吳趙澄（同文）畫，王祥宇、鄭予文木刻的插圖一百幅，樸質古茂，細緻生動。另外，為了增加讀者閱讀的興趣，我們在每回中增加了一些注釋，以供參考。

總計本書收集的，有正文一百回，褚人穫自己所撰總評一百則，清人木刻本的序頁書影八頁及插圖一百幅。此外，在隋唐演義研究的有關資料方面，也收錄了一些材料。讀者無論是閱讀還是作深入研究，都應該說是完備而且詳盡的一部書了。

隋唐演義考證

嚴文儒

隋唐演義的作者褚人穫，字學稼，一字稼軒，號石農，別號沒世農夫，長洲（今江蘇省蘇州市）人。褚人穫的生卒年已不可考。據清乾隆三十年（西元一七六五年）刊刻的長洲縣志記載，褚人穫的父親褚笈曾中明崇禎丙子（崇禎九年，西元一六三六年）鄉試乙榜；再據清張潮為褚人穫堅瓠餘集所作之序，褚人穫此書完成於清康熙癸未（康熙四十二年，西元一七〇三年），此時人穫已垂垂老矣。那麼，我們大致可以推測褚人穫生於明末清初，主要活動於清康熙年間，其卒當也在康熙末年。

褚人穫「少而好學」（尤侗堅瓠祕集序），無書不讀，與吳中名士較勝文壇，聲譽日起。吳中本是人文薈萃之地，褚人穫結交的友人中有尤侗、洪昇、顧貞觀、張潮、孫致彌等，都是吳中一代文人。更有一位朋友，對他的著述生涯很有影響，便是評點和修訂三國志演義的毛宗崗。

褚人穫學而優不仕，一生未曾中試，仕途困頓，中年以後遂埋頭學問，潛心著述，至老不倦。他廣泛涉獵歷代稗史軼文，對明代野史尤為熟悉。孫致彌稱他「肆志於前代之載，二酉四庫之藏，靡不博覽而究心」（堅瓠集總序）。褚人穫的著作除康熙三十四年刊印的隋唐演義外，還有堅瓠集、續蟹譜、讀史隨筆、退佳瑣錄、鼎甲考等數種，其中以堅瓠集最為人稱道。此書上自古代人物事蹟，下迄里巷瑣屑之辭，兼收博采，宏纖畢舉。正集十集之外，繼之以續集、廣集、補集、祕集、餘集，而於朱明遺事、滿清軼聞，尤為搜羅賅備，足補正史所不及，故後世一印再印。但褚人穫卻把此書稱作是無用之人所作的一部無用之書，於此可見人穫不為世用，滿腔的激憤之情了。續蟹譜是續宋人傅肱蟹譜的一部著作，對河蟹的習性觀察深刻，足見褚人穫學識之廣博。其他著作惜多不傳，使我們不能更多地了解褚人穫的學識。

褚人穫性格意氣豪邁，重義輕財，慷慨好施與，這受其父親褚篴影響甚大。褚篴行為端方，潔修好學，深受鄉人敬重。長洲縣志記載著這麼一件事：褚篴妻妹改嫁後，隨後夫赴廣東某縣令任上，行前將前夫遺留的一箱財物託褚篴保管，此事無人知曉。不久，其妻妹一家都病歿於廣東，褚篴遂召來妻妹前夫之子，把這箱財物全部還給了他。褚人穫頗有乃父之風，這裡舉兩個事例加以說明。

褚人穫曾路遇一對夫婦相對而泣，經詢問，原來該人因官私債務所迫，將賣妻以償。褚人穫即將隨身帶的三百兩銀子全部給了他，尚有不足，又從家中取來一百兩銀子以滿其數，從而解除了這對夫婦的急難。褚人穫年老時，家境已遠不如前，但他卻將親朋鄉鄰向他舉貸的數百張借據付之一炬。這些重義輕財之舉亦被長洲縣志一一載錄，使我們得以了解褚人穫性格中的一個重要方面。

以上介紹了褚人穫的簡略生平，從中可以看出褚人穫是一位學識廣博、重義輕財的人。他少而好學，聲名播於吳中，卻仕進不利，只得埋頭著述，了此一生。就褚人穫而言，滿腹才學而不為世用，他是不幸的；但就後世而言，中國多了一位文學家和幾本可以傳世的著作。僅此一點，褚人穫也是可以感到欣慰的了。

褚人穫的隋唐演義是在清康熙三十四年（西元一六九五年）成書的，這是褚人穫所撰著作中唯一的一部小說，也是明末清初歷史演義小說中重要的一部。

隋唐演義和其他著名的演義小說一樣，是由傳說、戲劇、講史等經過長期的演變過程而後成書的。隋唐二朝，史事甚多，所以唐宋以來，即有不少稗史傳奇流傳於世。如講述隋朝之事者，即有大業拾遺記、海山記、迷樓記、開河記等。講述唐朝之事者，又有隋唐嘉話、明皇雜錄、開元天寶遺事、長恨歌傳、太真外傳、梅妃傳等。至明代，更有許多敷演隋唐史事的小說、民間講唱出現，這就為褚人穫撰寫隋唐演義提供了廣闊的天地去擷取資料。褚人穫是一位卓有成就的文學家，不同於一般講史的傳錄者。雖然供他改寫的資料很多，卻誠如魯迅先生所說「敘事多有來歷」（魯迅中國小說史略）。褚人穫所根據改編的基本資料是明代三部關於隋唐史事的小說。首先，成書於明末的隋唐兩朝志傳對褚人穫創作隋唐演義影響最大。褚人穫說：「隋唐志傳，刱自羅氏，纂輯於林氏，可謂善矣」（褚人穫隋唐演義序）。羅氏指羅貫中，林氏指林瀚。林瀚為明朝閩縣人，進士及第，官至資政大夫南京參贊機務兵部尚書。林瀚在自序中說曾得到羅貫中原本重新加以改編，這很可能是出於偽託。孫楷第認為係改編明嘉靖時熊大木的唐書志傳通俗演義而成。隋唐兩朝志傳十二卷一百二十二回，所敘以唐太宗的事蹟為主，續以唐高宗以後史事，至僖宗而止。文字粗率簡略，不能稱為成熟之作。褚人穫亦認為此書「始於隋宮剪綵，則前多闕略。厥後鋪綴唐季一二事，又零星不聯屬，觀者猶有議焉」（隋唐演義序）。可謂篤評。其次，隋史遺文和隋煬豔史亦對隋唐演義成書有一定影響。隋史遺文係由明清之際著名戲曲家袁于令把當時說話人的話本稍加增添而成，共十二卷六十回，主要敘述隋煬帝的故事。褚人穫自序稱隋唐演義中唐明皇與楊貴妃再世因緣故事，即得之於袁于令所著的逸史。隋煬豔史八卷四十回，署名齊東野人編演，也是專演隋煬帝佚蕩亡國故事，大概成書於明天啟、崇禎之間，文筆極佳。但受了當時文風的影響，特多穢筆。隋唐演義中隋煬帝荒淫的宮闈生活，取自該書者頗多。此外，又擷取唐代以來著名的野史雜錄、傳奇小說，廣採博摭，排比衍述，精心結撰，終成隋唐演義一書。

此部小說的最早刊本是清康熙三十四年四雪草堂本。四雪草堂，今人陳乃乾以為是褚人穫的室號（參見室名別號索引頁一三九，北京中華書局一九八三年版），但該本卷首發凡中有「倘有翻刻者，千里必究」之句，似是書坊之言，如早期的版權保護。清初蘇州書坊編刊小說傳奇，多獲厚利，四雪草堂或亦是一書鋪名號。這之後有清道光三十年（西元一八五〇年）刻本、民國七年（西元一九一八年）上海廣益書局石印本、民國二十二年上海大成書局石印本、商務印書館排印本等，這些都是較早的版本。此後，一九五五年，上海古典文學出版社根據四雪草堂本整理出版了排印本，但略有刪節，且將每回之後褚人穫所撰的總評文字一概刪除。一九六三年，中華書局上海編輯所據此本再版。一九八〇年，上海古籍出版社在再版本的基礎上改正了一些明顯的錯誤予以重印。八〇年代以來，一些地方出版社如浙江人民出版社、吉林人民出版社、雲南人民出版社等也先後出版了簡體字橫排本。如此眾多的翻刻排印本，可見這部書的受歡迎程度了。

隋唐演義歷代刊本雖多，但研究者寥寥，尤其對作者褚人穫的研究更是薄弱。本書現將四雪草堂本褚人穫隋唐演義序、明林瀚隋唐演義原序、四雪草堂重編隋唐演義發凡仍置於卷首，清乾隆三十年重鐫長洲縣志卷二四人物褚人穫小傳、清光緒九年刊本蘇州府志卷一百三十七藝文二褚人穫條等史料附於卷末，這些都是十分珍貴的研究資料，當有助於讀者閱讀與研究該書。

主要參考書目

1. 長洲縣志（清乾隆三十年重鐫本）
2. 蘇州府志（清光緒九年刻本）
3. 堅瓠集（清代筆記叢刊本）
4. 續蟹錄（賜硯堂叢書新編乙集）
5. 隋唐演義自序、林瀚原序、發凡（四雪草堂本）

序
昔人以通鑑爲古今大帳簿斯固然
矣第既有總記之大帳簿又當有雜
記之小帳簿此歷朝傳志演義諸書
所以不廢於世也他不具論即如隋
唐志傳剏自羅氏纂輯於林氏可謂
善矣然始於隋宮剪綵則前多闕略
厥後鋪綴唐季一二事又零星不聯
屬觀者猶有議焉昔籜菴袁先生曾
示予所藏逸史載隋煬帝朱貴兒唐
明皇楊玉環再世因緣事殊新異可
喜因與商酌編入本傳以爲一部之

始終關目合之遺文艷史而始廣其
事極之窮幽僊證而已竟其局其間
闕略者補之零星者刪之更採當時
奇趣雅韻之事點染之彙成一集頗
改舊觀乃或者曰再世因緣之說似
屬不根予曰事雖荒唐然亦非無因
安知冥冥之中不亦有帳簿登記此
類以待銷算也然則斯集也殆亦古
今大帳簿之外小帳簿之中所不可
少之一帙與時
康熙乙亥冬十月既望長洲褚人穫
學稼氏題於四雪草堂

隋唐演義序　褚人穫撰，清康熙乙亥（34 年，西元 1695 年）四雪草堂刻本。四周單欄，板心花口，上方記書名，下記出版者，單魚尾。每葉六行，每行十四字。序前有褚人穫別號「沒世農夫」篆印，序後有其字「稼軒」印。

隋唐演義原序

羅貫中所編三國志一書行於世久矣逸士無不觀之而隋唐獨未有傳志予每憾焉前寓京師訪有此書求而閱之始知實亦羅氏原本第其間尚多闕略因於退食之暇徧閱隋唐諸書所載英君名將忠臣義士凡有關於風化者悉爲編入名曰隋唐志傳通俗演義蓋欲與三國志竝傳於世使兩朝事實愚夫愚婦一覽可槩見耳予既不計年勞抄錄成帙又恐流傳久遠未免有魯魚亥豕之訛茲更加訂正付之剞劂庶幾觀者無憾夫飽食終日無所用心不若博奕之猶賢乎已若予之所好在文字固非博奕技藝之比後之君子能體予

隋唐演義原序　明林瀚撰。清康熙三十四年四雪草堂刻本。四周單欄，板心白口，上記序次，下記出版者，無魚尾，每葉五行，每行十一字。序後有「林瀚之印」陰文篆印，「丙戌進士」陽文篆印各一。（明史林瀚傳：「瀚舉（憲宗）成化二年（丙戌）進士。」）

此意以是編爲正史之補勿
第以稗官野乘目之是蓋予
之至願也夫時
正德戊辰仲春花朝後五日
賜進士出身資政大夫南京
參贊機務兵部尚書致仕
前吏部尚書國子監祭酒
左春坊左諭德兼
經筵日講官同修
國史三山林瀚撰

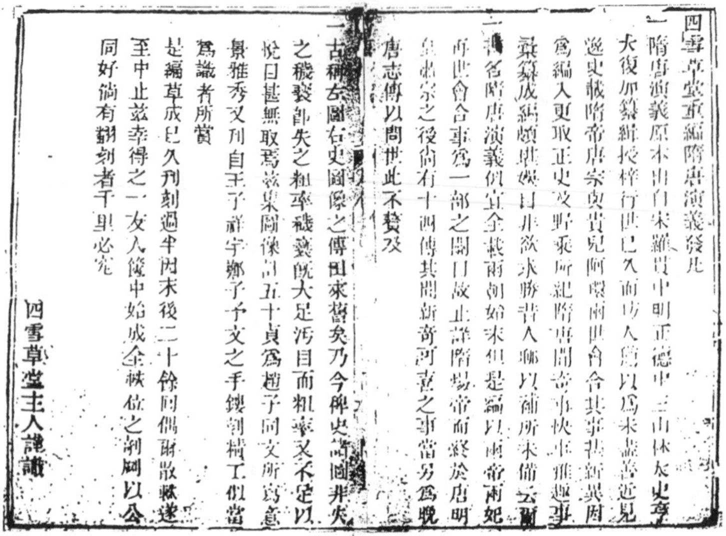
四雪草堂重編隋唐演義發凡

一隋唐演義原本出自宋羅貫中明正德中三山林太史季大復加纂輯授梓行世已久而坊人僞以爲未盡善近見逸史載隋帝唐宗與貴兒阿環兩世會合其事甚新異因爲編入更取正史及野乘所紀隋唐間奇事快事雅趣事彙纂成編頗堪娛目非欲求勝昔人聊以補所未備云爾

一書名隋唐演義似宜全載兩朝始末但是編以兩帝兩妃再世會合事爲一部之關目故止詳隋煬帝而終於唐明皇肅宗之役尚有十四傳其間新奇可喜之事當另爲晚唐志傳以問世此不贅及

一古稱左圖右史圖像之傳由來舊矣乃今稗史諸圖非失之穢褻卽失之粗率穢褻既大足污目而粗率又不足以悅目甚無取焉茲集圖像計五十頁爲趙子同文所寫意景雅秀又刊自王子祥宇鄭子予文之手鏤劃精工似當爲識者所賞

一是編草成已久刊刻過半因末後二十餘回偶爾散軼遂至中止茲幸得之一友人篋中始成全帙俟之剞劂以公同好倘有翻刻者千里必究

四雪草堂主人識

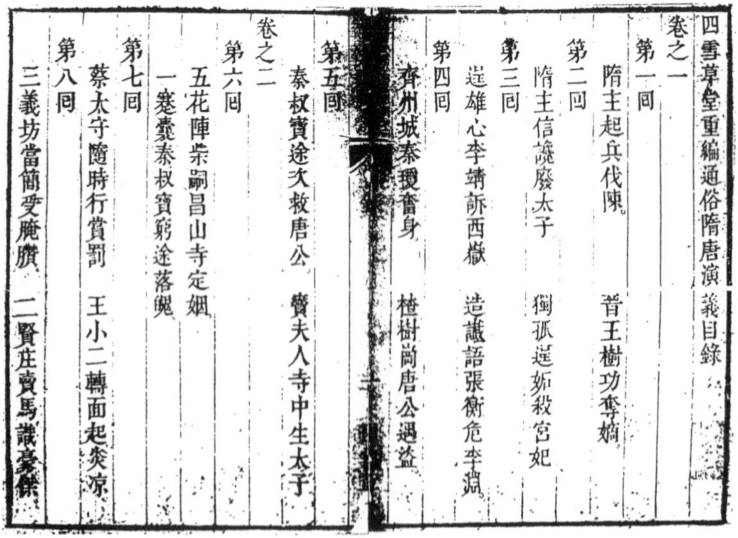
四雪草堂重編通俗隋唐演義目錄

「發凡」及「目錄」（節選）　板次同前。惟「發凡」左右雙欄。「目錄」原式有分卷。

隋唐演義序

昔人以通鑑為古今大帳簿，斯固然矣。第既有總記之大帳簿，又當有雜記之小帳簿，此歷朝傳志演義諸書所以不廢於世也。他不具論，即如隋唐志傳，瓶自羅氏，纂輯於林氏，可謂善矣。然始於隋宮剪綵，則前多闕略。厥後鋪綴唐季一二事，又零星不聯屬，觀者猶有議焉。昔籜菴袁先生曾示予所藏逸史，載隋煬帝、朱貴兒、唐明皇、楊玉環再世因緣事，殊新異可喜，因與商酌，編入本傳，以為一部之始終關目。合之遺文艷史而始廣其事，極之窮幽僊證而已竟其局。其間闕略者補之，零星者刪之，更採當時奇趣雅韻之事點染之，彙成一集，頗改舊觀。乃或者曰再世因緣之說似屬不根，予曰：「事雖荒唐，然亦非無因。安知冥冥之中，不亦有帳簿登記此類，以待銷算也。」然則斯集也，殆亦古今大帳簿之外，小帳簿之中所不可少之一帙。與時康熙乙亥冬十月既望

長洲　褚人穫學稼氏　題於四雪草堂

隋唐演義原序

羅貫中所編三國志一書行於世久矣，逸士無不觀之，而隋唐獨未有傳志，予每憾焉。前寓京師，訪有此書，求而閱之，始知實亦羅氏原本。第其間尚多闕略，因於退食之暇，徧閱隋唐諸書所載英君名將忠臣義士，凡有關於風化者，悉為編入，名曰隋唐志傳通俗演義，蓋欲與三國志並傳於世，使兩朝事實，愚夫愚婦，一覽可概見耳。予既不計年勞，抄錄成帙；又恐流傳久遠，未免有魯魚亥豕之訛，茲更加訂正，付之剞劂，庶幾觀者無憾。夫飽食終日，無所用心，不若博弈之猶賢乎已。若予之所好在文字，固非博弈技藝之比。後之君子，能體予此意，以是編為正史之補，勿第以稗官野乘目之，是蓋予之至願也。

三山　林瀚　撰

夫時正德戊辰仲春花朝後五日

賜進士出身資政大夫南京參贊機務兵部尚書致仕前吏部尚書國子監祭酒左春坊左諭德兼經筵日講官同修國史

四雪草堂重編隋唐演義發凡

一、隋唐演義原本出自宋羅貫中，明正德中，三山林太史亨大復加纂輯，授梓行世已久，而坊人猶以為未盡善。近見逸史載隋帝、唐宗與貴兒、阿環兩世會合，其事甚新異，因為編入，更取正史及野乘所紀隋唐間奇事、快事、雅趣事，彙纂成編，頗堪娛目。非欲求勝昔人，聊以補所未備云爾。

一、書名隋唐演義似宜全載兩朝始末。但是編以兩帝兩妃再世會合事為一部之關目，故止詳隋煬帝而終於唐明皇；肅宗之後尚有十四傳，其間新奇可喜之事當另為晚唐志傳以問世，此不贅及。

一、古稱左圖右史，圖像之傳，由來舊矣。乃今稗史諸圖，非失之穢褻，即失之粗率。穢褻既大足污目，而粗率又不足以悅目，甚無取焉。茲集圖像計五十頁，為趙子同文所寫，意景雅秀。又刊自王子祥宇、鄭子予文之手，鏤刻精工，似當為識者所賞。

一、是編草成已久，刊刻過半，因末後二十餘回，偶爾散軼，遂至中止。茲幸得之一友人篋中，始成全帙，付之剞劂，以公同好。倘有翻刻者，千里必究。

四雪草堂主人謹識

回目

上冊

下　冊

第一回　隋主起兵伐陳　晉王樹功奪嫡

詩曰：

繁華消歇似輕雲，不朽還須建大勛。壯略欲扶天日墜，雄心豈入駑駘群。時危俊傑姑埋跡，運啟英雄早致君。怪是史書收不盡，故將彩筆譜奇文。

從來極富、極貴、極暢適田地，說來也使人心快，聽來也使人耳快，看來也使人眼快；只是一場冷落敗壞根基，都藏在裡邊，不做千古罵名，定是一番笑話。館娃宮❶、銅雀臺❷，惹了多少詞人墨客，嗟呀嘲誚。止有草澤英雄，他不在酒色上安身立命，受盡的都是落寞淒其❸，倒會把這干人弄出來的敗局，或是收拾，或是更新，這名姓可常存天地。但他名姓雖是後來彰顯，他骨格卻也平時定了；譬如日

❶館娃宮：春秋吳國宮殿名。吳王夫差於硯石山為西施所建。吳人稱美女為娃，故名。遺址在今江蘇省蘇州市南靈巖山。

❷銅雀臺：東漢末年曹操所建樓臺名。高十丈，樓頂設置大銅雀，展翅欲飛，故名。遺址在今河北省臨漳縣西南。

❸淒其：寒冷。形容人的情緒淒涼悲傷。

月，他本體自是光明，撞在輕煙薄霧中，畢竟光芒射出，苦是人不識得；就到後來稱頌他的，形之紙筆，總只說得他建功立業的事情，說不到他微時光景。不知松柏，生來便有參天形勢；虎豹小時，便有食牛氣概，說來反覺新奇。我未提這人，且把他當日遭際的時節，略一鋪排。這番勾引那人出來，成一本史書，寫不到人間並不曾知得的一種奇談。可是：

器當盤錯方知利❹，刃解寬髀始覺神❺。由來人定天能勝，為借奇才一起屯❻。

從古相沿，剝中有復❼：虞、夏、商、周、秦、漢、三國、兩晉。晉自五馬渡江❽，天下分而為二，這叫作南北朝。南朝劉裕篡晉稱宋、蕭道成篡宋稱齊、蕭衍篡齊稱梁、陳霸先篡梁稱陳。雖然各有國號，紹襲正統，名為天子；其實天下微弱，偏安江左。北朝在晉時，中原一帶地方，到被漢主劉淵、趙主石勒、秦主苻堅、燕主慕容廆、魏主拓拔珪諸胡人據了，叫作五胡亂華，是為北朝。魏之後亂離，又分東

❹ 器當盤錯方知利：意思是當事物盤曲交錯難以分解時，方知利器之重要。

❺ 刃解寬髀始覺神：意謂能用刀分解開牛胯骨才知道庖丁的神奇。寬髀，大腿骨上端聯結之處。寬，通「髖」。髀骨上端相聯結之骨。庖丁，古代著名廚師，善於解牛。

❻ 為借奇才一起屯：意謂依借奇才從艱難中奮起。屯，周易六十四卦之一，艱難之意。

❼ 剝中有復：意謂在衰落中孕育著復興。剝、復都是周易中的卦名。剝是剝落的象徵，意謂衰亡。復是來復的象徵，意謂復盛。

❽ 五馬渡江：指西晉末年，瑯琊王司馬睿、彭城王司馬繹、西陽王司馬羕、汝南王司馬祐、南頓王司馬宗等五人南渡長江，建立東晉皇朝的事情。

西；東西二魏：一邊為高歡之子高洋篡奪，改國號曰齊；一邊被宇文泰篡奪，改國號曰周。周又滅齊，江北方成一統。這時周又生出一個楊堅，小字那羅延，弘農郡華陰人也，漢太尉震❾八代孫。乃父楊忠，從宇文泰起兵，賜姓普六茹氏，以戰功封隋公。生堅時，母親呂氏，夢蒼龍據腹而生；生得目如曙星，手有奇文，儼成王字。楊忠夫妻知他異人。後來有一老尼對他母親道：「此兒貴不可言，但須離父母方得長大，貧尼願為撫視。」其母便託老尼撫育。奈這老尼，止是單身住庵，出外必託鄰人看視。這日老尼他出，一個鄰媼進庵，正將楊堅抱弄，忽見他頭出雙角，滿身隱起鱗甲，宛如龍形。鄰媼吃了一驚，叫聲「怪物！」向地下一丟。恰好老尼歸來，連忙抱起，惋惜道：「驚了我兒，遲他幾年皇帝！」總是天將混一天下，畢竟產一真人。

自此數年，楊堅長成。老尼將來，送還楊家。未幾，老尼物故。後來楊忠亦病亡，楊堅遂襲了他職，為隋公。其時，周武帝見他相貌瑰奇，好生猜忌，累次著人相他。相者知他後有大福，都為他周旋。他也知道周武帝相疑，將一女夤緣做了太子妃以固寵。直至周武帝晏駕，太子即位，是為宣帝。宣帝每有巡幸，以后父故，恆委堅以居守。宣帝庸懦，楊堅羽翼已成，竟篡奪了周國，國仍號隋，改年號為開皇元年。正是：

> 莽因后父移劉祚，操納嬌兒覆漢家。自古奸雄同一轍，莫將邦國易如花！

---

❾ 震：楊震，字伯起，東漢著名清官。任荊州刺史時，有人夜送十斤黃金，並說夜裡沒人知道。楊震當即拒絕，並說這事天知、地知、你知、我知，怎麼能說沒人知道呢？

隋主初即位，立獨孤氏為皇后，世子勇為太子，次子廣封為晉王。打起一番精神，早朝晏罷；又因獨孤皇后，悍妒非常，成全他不近女色。更是在朝將相，文有李德林、高熲、蘇威，武有楊素、李淵、賀若弼、韓擒虎。君明臣良，漸有拓土開疆，混一江表意思。若使江南人主，也能勵精圖治，任用賢才，未知鹿死誰手⑩。無奈創業之君多勤，守成之君多逸。創業之君，親正直，遠奸諛；守成之君，惡老成，喜年少。更是中材之君，還受人挾持；小有才之君，便不由人駕馭。這陳主叔寶，也是一個聰明穎異之人；奈是生在南朝，沿襲文弱豔麗的氣習，故此好作詩賦。又撞著兩個東宮官：一個是孔範，一個是江總，又乃薄有才華，沒些骨鯁的人。自古道：「詩為酒友，酒是色媒。」清閒無事，詩賦之餘，不過酒杯中快活，被窩裡歡娛，臺池的點綴，打點一段風流性格，及時取樂，始得即位。不說換出他一副肝腸，倒越暢快了他許多志氣，陞江總為僕射，用孔範作都官尚書。君臣都不理政務，只是陪宴、和詩過了日子。陳主又在龔貴嬪位下，尋出一個美人，姓張，名麗華，髮長七尺，光可鑑物；更是性格敏慧，舉止嫻雅，淺笑微顰，丰華入目；承顏順意，婉孌⑪快心。還有一種妙處：肯薦引後宮嬪御。一時龔、孔二貴嬪，王、李二美人，張、薛二淑媛，袁昭儀、何婕妤、江修容，並得貫魚⑫承寵。陳主那有閒暇理論朝廷機事？就有時披覽百官章奏，畢竟自倚著隱囊⑬，把張麗華放在膝上，兩人商議斷決。婦人有甚遠

⑩ 鹿死誰手：意謂共同爭奪天下，不知最後落入誰手。鹿，比喻帝位。
⑪ 婉孌：纏綿。
⑫ 貫魚：成串的魚。比喻前後有次序。此意謂前後依次得到陳後主的寵愛。
⑬ 隱囊：靠枕。

見，這裡不免內侍乘機關節⓮，納賄擅權。又且孔範與孔貴嬪，結為兄妹，固寵專政；當時只曉有江、孔，不知有陳主了。

檀口歌聲香，金樽酒痕綠。一派綺羅筵，障卻光明燭。

況是有了一干嬌豔，須得珠璫玉佩，方稱著螓首蛾眉⓯；翠繻錦衾，方稱著柳腰桃臉。山珍海錯、金杯玉斝⓰，方稱他舞妙清謳；瑤室瓊臺、繡屏象榻，方稱他花營柳陣；不免取用民間。這番便惹出一班殘刻小人：施文慶、沈客卿、陽慧朗、徐哲、暨慧景，替他採山探海，剝眾害民。在光昭殿前起臨春、結綺、望仙三座大閣，都高數十丈，開廣數十間。欄檻窗牖，都是沉香⓱做就；還鑲嵌上金玉珠翠，外布珠簾。裡邊列的是寶床玉几，錦帳翠帷。且是一時風流士女，絕會妝點。在太湖、靈壁⓲、兩廣，購取奇石，疊作蓬萊，山邊引水為池，文石為岸，白石為橋；雜植奇花異卉。正是：

直須閬苑⓳還堪比，便是阿房也不如。

⓮ 關節：暗中行賄、說人情。

⓯ 螓首蛾眉：像蟬額一樣方廣的額頭，像蠶蛾觸鬚一樣彎曲而細長的眉毛。古人常用以形容美女的容貌。

⓰ 玉斝：古代酒器，形狀似爵而較大，圓口平底，盛行於商代。

⓱ 沉香：又名「伽南香」、「奇南香」，是一種產於東南亞和印度的常綠喬木，氣味芳香。樹脂也叫沉香，是著名的香料。

⓲ 靈壁：今安徽省靈壁縣。該縣出產形狀奇特的靈壁石，常用來妝點假山。

陳主自住臨春閣，張麗華住結綺閣，龔、孔二貴嬪住望仙閣，三閣都是複道⑳迴廊，委宛相通，無日不遊宴。外邊孔範、江總，還有文士常侍王瑳等；裡邊女學士袁大捨等都是陪從。酒酣，命諸妃嬪及女學士江、孔諸人，賦詩贈答，陳主與張麗華品題，各有賞賜；把極豔麗的譜在樂中。每宴，選宮女數千人，分番歌詠，焚膏繼晷㉑，輒為長夜之飲。說不盡繁華的景象，風流的態度。正是：

費輒千萬錢，供得一時樂。杯浮赤子膏，筵列蒼生膜。宮庭日歡娛，閭里日蕭索。猶嫌白日短，醉舞銀蟾落。

消息傳入隋朝，隋主便起伐陳之意。高熲、楊素、賀若弼，都上平陳之策。正在議論之間，忽然晉王廣請領兵伐陳，道：「叔寶無道，塗炭生民。天兵南征，勢同壓卵；若或遷延，叔寶殞滅。嗣以令主恐難為功，臣請及時率兵討罪，執取暴君，混一天下。」看官們，你道征伐是一刀一槍事業，勝負未分，晉王乃隋親王，高爵重祿，有甚不安逸，卻要做此事？只為晉王乃隋主次子，與太子勇，俱是獨孤皇后所生。皇后生晉王時，朦朧之中，只見紅光滿室，腹中一聲響亮，就像雷鳴一般，一條金龍突然從自家身子裡飛將出來。初時覺小，漸飛漸大，直飛到半空中，足有十餘里遠近；張牙舞爪，盤旋不已。正覺好看，忽然一陣狂風驟起，那條金龍不知怎麼竟墜下地來，把個尾掉了幾掉，便縮做一團。細細再一看

---

⑲ 閬苑：閬風山上的花園，相傳是仙人居住的地方。

⑳ 複道：俗稱天橋，樓閣間凌空架設的上下兩層通道。

㉑ 焚膏繼晷：夜以繼日。膏，油脂，指燈燭。晷，日光。

時，卻不是條金龍，倒像一個牛一般大的老鼠模樣。獨孤后著了一驚，猛然醒來，隨即生下晉王。隋主聞知皇后夢見金龍摩天，故晉王小名叫做阿摩。獨孤后大喜道：「小名佳矣！何不並賜一個大名？」隋主道：「為君須要英明，就叫做楊英罷。」又想道：「創業雖須英明，守成還須寬廣，不如叫做楊廣。」正是：

玄鳥㉒赤龍曾降兆，繞星貫月不虛生。雖然德去三皇遠，也有紅光滿禁城。

只因獨孤后愛子之心甚切，時常在晉王面前說那生時的異兆；晉王卻即不甘為人下，因自忖道：「我與太子一樣弟兄，他卻是個皇帝，我卻是個臣子。日後他登了九五㉓，我卻要山呼萬歲去朝他。這也還是小事。倘有毫釐失誤，他就可以害得我性命。我只管戰戰兢兢去奉承他，我平生之欲，如何得遂？除非設一計策，謀奪了東宮，方遂我一生快樂；只是沒有些功勞於社稷，怎得到這個地位？」左思右想，想得獨孤最妒，朝臣中有蓄妾生子的，都勸隋主廢斥。太子因寵愛姬妾雲昭訓，失了皇后的歡心。晉王乘機，陽為孝謹，陰布腹心，說他過失，稱己賢孝。到此又要謀統伐陳兵馬，貪圖可以立功；且又總握兵權，還得結交外臣，以為羽翼。

卻喜隋主素是個猜疑的人，正不肯把大兵盡託臣下。就命晉王為行軍兵馬大元帥，楊素為行軍兵馬

㉒ 玄鳥：燕子。詩商頌玄鳥：「天命玄鳥，降而生商。」據說殷商始祖契，是因其母親吞燕卵而生。原作元鳥，清人避康熙皇帝玄燁諱，改玄為元。

㉓ 九五：原是周易乾卦中的術語，是人君的象徵，後來就成為帝位的代名詞。

副元帥，高熲為晉王元帥府長史，李淵為元帥府司馬。這高熲是渤海人，字昭玄；生來足智多謀，長於兵事。李淵成紀人，字叔德；胸有三乳；曾在龍門破賊，發七十二箭，殺七十二人。更有兩個總管：韓擒虎、賀若弼，都是殺人不眨眼的魔君，為先鋒，自六合縣出兵；楊素由永安出兵，自上流而下。一行總管九十員，勝兵六十萬，俱聽晉王節制。各路進發，東連滄海，西接川蜀，旌旗舟楫，連接千里。

陳國屯守將士，雪片告急。施文慶與沈客卿遏住不奏。及至僕射袁憲陳奏，要於京口、采石兩處添兵把守，江總又行阻撓。這陳主也不能決斷，道：「王氣在此，齊兵三來，周師再來，無不渙敗，彼何為者耶！」孔範連忙獻諂說：「長江天塹，天限南北，人馬怎能飛渡？總是邊將要作功勞，妄言事急。臣每患官卑，隋兵若來，臣定作太尉公矣！」施文慶道：「天寒人馬凍死，如何能來？」孔範又道：「可惜凍死了我家馬。」陳主大笑，叫袁憲眾臣無可用力。這便是陳國禦敵的議論了。飲酒奏樂，依然如故。

北來烽火照長江，血戰將軍氣未降。贏得深宮明日月，銀箏檀板度新腔。

到了禎明二年正月元旦，群臣畢聚。陳主夜間縱飲，一睡不醒，直到日暮方覺。不期這日賀若弼領兵，已自廣陵悄悄渡江；韓擒虎又帶精兵五百，自橫江㉔直犯采石。守將徐子建一面奏報，一面要率兵迎敵。元旦各兵都醉，沒一個拈得槍棒的，子建只得棄了兵士，單舸趕至石頭。又值陳主已醉，自早候至晚，纔得引見。回道：「明日會議出兵。」

次日鬼混了一日。到初四日，分遣蕭摩訶、魯廣達等出兵拒戰。內中蕭摩訶，要乘賀若弼初至鍾山，

㉔ 橫江：橫江浦，在今安徽省和縣東南，正對江南的采石磯，是長江上的重要渡口。

擊其未備；任忠要精兵一萬，金翅㉕三百艘，截其後路。都是奇策。陳主都不肯聽。到了初八日，督各將鏖戰。其時，止得一個魯廣達竭力死鬥，也殺賀若弼部下三百餘人。孔範兵一交就走。蕭摩訶被擒。任忠逃回，陳主也不責他，與他兩櫃金銀，叫他募人出戰。誰知他到石子崗，撞著擒虎，便率兵投降，反引他進城。這時城中士庶亂竄，莫不逃生。陳主還呆呆坐在殿上，等諸將報捷。及至聽得北兵進城，不跳下御座便走。袁憲一把扯住道：「陛下尊重，衣冠御殿，料他不敢加害。」陳主道：「兵馬殺來，不是耍處！」掙脫飛走，趕入後宮，尋了張貴妃、孔貴嬪，道：「北兵已來，我們須向一處躲，不可相失！」左手綰了貴妃，右手綰了貴嬪，走將出來。行到景陽井㉖邊，只聽得軍聲鼎沸，道：「罷，罷，去不得了，同一處死罷！」將自投於井，後閣舍人夏侯公韻以身蔽井，陳主與爭久之，乃一齊跳入井中。喜是冬盡春初，井中水涸，不大沾濕，後主道：「縱使躲得過，也怎生出得去？」

凱歌換卻後庭花㉗，簫鼓番成羯鼓㉘撾。王氣六朝今日歇，卻憐竟作井中蛙！

三人躲了許久，只聽得人聲喧鬧，卻是隋兵搜求珠寶宮女。祇見正宮沈后，端處宮中；太子深閉閤而坐，單不見了陳主。眾軍四下搜尋。有宮人道：「曾見跑到井邊的，莫不投水死了？」眾軍聞得，都

㉕ 金翅：水軍戰船。

㉖ 景陽井：一名胭脂井。故址在今南京玄武湖旁。因陳後主曾經藏身此井，因此又稱作「辱井」。

㉗ 後庭花：即玉樹後庭花，陳後主所製曲名，其音輕蕩而哀。

㉘ 羯鼓：古羯族樂器，這裡指隋軍入侵。

來井中探望。井中深黑，微見有人，忙下撓鉤去搭。陳主躲過，鉤搭不著。眾軍無計，遂將石塊投井中，試看深淺，好下井找尋。陳主見飛下石子，大喊起來道：「不要打我！快把繩子拋下，扯了我起來！」眾兵急取長繩，拋勾數十丈。又等半日，聽得陳主道：「你等用力扯，我有金寶賞你，切不可扯不牢跌壞我！」初時兩人扯，扯不動；又加兩人，也扯不動。這些人道：「畢竟他是個皇帝，所以骨頭重。」一個道：「畢竟是個蠢物！」及至發聲喊，扯得起來，卻是三個人，與張貴妃、孔貴嬪同束而上，故這等沉重。眾人一齊笑將起來。宋王元甫有詩曰：

隋兵動地來，君王尚晏安。須知天下窄，不及井中寬。樓外烽交白，溪邊血染丹。無情是殘月，依舊憑欄干。

眾人簇擁了陳主，去見韓擒虎。陳主到也官樣相見，一揖。晚來，賀若弼自外掖門入城，呼後主相見。後主見他威風凜凜，不覺汗流股戰。賀若弼看了笑道：「不必恐懼，不失作一歸命侯！」著他領了宮人，暫住德教殿，外邊分兵圍守。這時晉王率兵在後，先著高熲、李淵撫安百姓，禁止焚掠。馳入建康，兩人正在省中出來，曉諭黎庶，禁約士卒，拘拿陳國亂政眾臣。

只見晉王向來矯情鎮物，不近酒色。此時他遠離京師，且又聞得張麗華妖豔，著高熲之子記室高德弘，馳到建康，來取張麗華。高熲道：「晉王身為元帥，伐暴救民，豈可先以女色為事？」不肯發遣。高德弘道：「大人，晉王兵權在手，取一女子，抗不肯與，恐至觸怒。」李淵便道：「高大人，張、孔狐媚迷君，竊權亂政；以國覆滅，本於二人。豈容留此禍本，再穢隋氏？不如殺卻，以絕晉王邪念。」

眾軍無計，遂將石塊投井中試看深淺，好下井找尋。陳主見飛下石子，大喊起來道：「不要打我！快把繩子拋下，扯了我起來！」眾兵急取長繩，拋勾數十丈。

高熲點頭道：「正是昔日太公蒙面斬妲己，恐留傾國更迷君也。今日豈可容留麗華，以惑晉王哉！」便吩咐並孔貴嬪取來斬於清溪。高德弘苦苦爭阻，不聽。

秋水丰神冰玉膚，等閒一笑國成蕪。卻憐血染清溪草，不及西施泛五湖。

張、孔二美人既斬，弄得個高德弘索興而回；回至行營參謁。那晉王笑容可掬道：「麗華到了麼？」高德弘恐怕晉王見怪，把這事都推在李淵身上，道：「下官承命去取，父親不敢怠慢，著備香車細輦，還選美貌嬪御十人，陪送軍前。」晉王笑道：「非著記室往取，高長史也未必如此知趣。」高德弘道：「只是可奈李淵，他言禍水不可容留，連孔貴嬪都斬了！」晉王聽了失驚，道：「你父親怎不作主？」德弘道：「臣與父親再三阻擋，必不肯聽，還責下官父子做美人局，愚弄大王。」晉王大怒道：「可惡這廝！他是酒色之徒，一定看上這兩個美人，怪我去取，他故此撚酸殺害。」卻又歎息道：「這也是我一時性急，再停兩日，到了建康，只說取陳叔寶一干家屬起解，那時留下，誰人阻擋？就李淵來勸諫，只是不從，也沒奈我何。這便是我失算，害了兩個麗人。」臨後恨恨的道：「我雖不殺麗華，麗華由我而死。畢竟殺此賊子，與二姬報讎！」當下一場懊惱散了，早已種下禍根。

頭懸白下㉙懲亡陳，誰解匡君是忤君？羨是鴟夷㉚東海畔，智全越國又全身。

㉙ 白下：南京的別稱。

㉚ 鴟夷：鴟夷子皮，即范蠡，春秋時越國名臣。助句踐滅吳後，知道句踐必殺功臣，於是渡海到齊國，改名為

晉王因此一惱，倒勉強做個好人。一到建康，拿過施文慶，道他受委不忠，曲為諂佞；沈客卿重斂逢君；陽慧朗、徐哲、暨慧景，侮法害民；時為五佞，都將來斬在石闕前。又把孔範、王瑳等投於邊裔，以息三吳民怨。使元帥府記室裴矩，收圖籍封府庫，一無所取，以博賢聲。又道賀若弼先期決戰，有違軍令；李淵怠惰不修職事，上疏糾劾，請拘拿問。隋主知平陳，若弼首功，淵居官忠直，俱免罪。還先召回若弼，賜絹萬段。

其時各處未定州郡，分遣各總兵督兵征服；川蜀、荊楚、吳趙、雲貴，皆歸版圖，天下復統於一。惟嶺南未有所附，數郡共奉高涼郡石龍夫人洗氏為主。夫人陳陽春太守馮寶之妻，馮僕之母也。聞隋破陳，夫人親自起兵，保全四境，築城拒守，眾號聖母，謂其城曰「夫人城」。隋遣柱國韋洸，安撫嶺外。夫人拒之，洸不得進。晉王遣陳主遺夫人書，諭以國亡，使之歸隋。夫人得書，集首領數千人，盡日慟哭，北面拜謝後，始遣其孫盎，率眾迎洸入廣州。夫人親披甲冑，乘介馬，張錦繖，引彀騎衛從，載詔書稱使者，宣諭朝廷德意，歷十餘州，所至皆降。凡得州三十，郡一百，縣四百。封盎為儀同三司㉛，冊夫人為宋康郡太夫人，賜臨振縣為湯沐邑；一年一貢獻，三年一朝覲。時人作詩，以美其事，有「錦車朝促候，刁斗㉜夜傳呼」；及「雲搖錦車節，月照角端弓」之句。智勇福壽，四者俱全。年八十餘而終，稱古今女將第一。

鴟夷子皮。

㉛ 儀同三司：官名，意思是儀制同於三公。隋朝時是一種榮譽稱號，沒有具體職責。

㉜ 刁斗：古代行軍用具，這裡是指一種招集人用的小鈴。

不說那譙國夫人之事，卻說是年三月，晉王留王韶鎮守建康，自督大軍，與陳主與他宗室嬪御文武百司，發建康。四月至長安，獻俘太廟。拜晉王為太尉，賜輅車袞冕㉝之服，玄圭㉞白璧。楊素封越公，賀若弼、韓擒虎並進上柱國。若弼封宋公。擒虎因放縱士卒，淫污陳宮，不與爵邑。高熲加上柱國，進爵齊公。李淵陞衛尉少卿，因是晉王惱他，不與敘功，反劾他，故此他封賞極薄。李淵也不介意。喜是晉王復奉旨出鎮揚州，不得頻加讒譖；但是晉王威權日盛，名望日增，奇謀祕計之士，多入幕府。他圖謀非望之心越急了。

四皓㉟招來羽翼成，雄心豈肯老公卿。直教豆向釜中泣㊱，寧論豆萁一體生。

況且內有獨孤后為之護持，外有宇文述為之計畫，那有圖謀不遂的理？但未知隋主意下如何，且聽下回分解。

㉝ 輅車袞冕：輅車，大車，指天子專用之車。袞冕，袞衣和冕，古代帝王和上公的禮服。

㉞ 玄圭：黑色的長條形玉器，古代帝王舉行典禮時使用。

㉟ 四皓：即商山四皓。漢初，東園公、綺里季、夏黃公、甪里先生隱居在商山，四人鬚眉皆白，故稱「四皓」。漢高祖劉邦徵召，四人不應。後高祖擬廢太子，呂后用張良計，迎四皓輔佐太子。高祖見後，說太子羽翼已成，遂放棄廢太子之計。

㊱ 直教豆向釜中泣：魏文帝曹丕曾經命令其弟曹植在七步中作詩，不成將處以死刑。曹植應聲作詩曰：「煮豆持作羹，漉菽以為汁；萁在釜下燃，豆在釜中泣；本是同根生，相煎何太急。」後人以煮豆燃萁，比喻兄弟相逼。

總評：自古帝王出世，必有一段驚異非常氣象。然篡位正統，未有若隋文帝之易者也。陳主昏愚政亂，與民間敗子何異。李淵殺死麗華，雖屬忠臣計國迂謀，然殺一麗華，能禁世無麗華乎？總為一婦人，已伏隋亡唐代之萌數也。人何尤焉。

第二回　楊廣施讒謀易位　獨孤逞妒殺宮妃

詩曰：

人謂骨肉親，我謂讒間神。嫌疑乍開釁，宵小爭狺狺。戈矛生笑底，歡愛成怨嗔。能令忠孝者，銜憤不得伸。巧言固如簧，萋菲成貝錦❶。此中偶蒙蔽，覿面猶重闉❷。心似光明燭，人言自不侵。家國同一理，君子其敬聽。

嘗言木有蠹，蟲生之。心中一有愛憎，受者便十分傾軋。隋自獨孤皇后有不喜太子勇的念頭，被晉王窺見，故意相形，知他怪的是寵妾，他便故意只與蕭妃相愛，把平日一段好色的心腸，暫時打疊；知他喜的是儉樸，他便故意飾為節儉模樣，把平日一般奢華的意氣，暫時收拾。不覺把獨孤皇后愛太子的心，都移在他身上。這些宦官宮妾，見皇后有些偏向，自然偷寒送暖，添嘴搠舌。循規蹈矩的事體，不與他傳聞；有一不好，便為他張揚起來。晉王宮中有些劣處，都與他掩飾；略有好處，一分增作十分，

❶ 萋菲成貝錦：萋菲當作萋斐，花紋錯雜的意思。貝錦，上有貝形花紋的織錦。此語出自詩小雅巷伯：「萋兮斐兮，成是貝錦；彼譖人者，亦已太甚。」後以萋斐、貝錦比喻誣陷人的讒言。

❷ 重闉：數重城門。這裡喻見面困難。

與他傳播。況且又當不得晉王與蕭妃，把皇后宮中親信的異常款待；就是平常間，皇后宮人內豎往來，盡皆賞賜。誰不與他在皇后前稱讚？

此時晉王，已知事有七八分就了。他又在平陳時，結識下一個安州總管宇文述；因他足智多謀，人叫做小陳平。晉王在揚州便薦他做壽州刺史，得以時相往來。一日與他商議奪嫡之事。宇文述道：「大王既得皇后歡心，不患沒有內主❸了。但下官看來，還有三件事：一件皇后雖然惡太子，愛大王，卻也惡之不深，愛也不甚。此行入朝，大王須做一苦肉計，動皇后之憐，激皇后之怒，以堅其心。這在大王還有一件，外邊得一位親信大臣，言語足以取信聖上，平日進些讒言，當機力為攛掇；這便是中外夾攻，萬無一失了。但只是廢斥易位，須有大罪，這須買得他一個親信，把他首發。無事認作有，小事認作大，做了一個狠證見，他自然展辯不得。這番舉動不怕不廢，以次來大王不怕不立；況有皇后作主。這兩件下官做得來。只是要費金珠寶玩數萬金，下官不惜破家，還恐不敷。」晉王道：「這我自備。只要足下為我，計在必成，他時富貴同享。」其年恰值朝覲，兩個一路而來，分頭作事。

巧計欲移雲蔽日，深謀擬令臘回春。

一邊晉王自朝見隋主及皇后；朝中宰執，下至僚屬，皆有贈遺，宮中宦官姬侍，皆有賞賜。在朝各官，只有李淵，雖為舊屬，但人臣不敢私交，不肯收晉王禮物。這邊宇文述參謁大臣，拜望知己之後，來見大理寺少卿楊約。這楊約是越公楊素之弟。素位為尚書左僕射，威傾人主。只是地尊位絕，且自平

❸ 內主：在內響應的人。

陳以後，陳宮佳麗，半入後房；頗耽聲色，不大接見人，故人有干求，都向楊約關節。他門庭如市。宇文述外官，等了許久，方得相見。送了百餘金厚禮，一茶而退。

但是宇文述與楊約，是平日忘形舊交，因此卻來答拜。宇文述早在寓等候，延進客坐。只見四壁排列的，都是周彝商鼎❹，奇巧玩物，輝煌奪目。楊約不住睛觀看。宇文述道：「這都是晉王見惠。兄善賞鑒，幸一指示。」楊約道：「小弟家下金寶頗多，此類甚少；嘗從家兄宅中見來，覺兄所有更勝。」見側首排有白玉棋枰、碧玉棋子，楊約道：「久不與兄交手矣！兄在此與何人手談？」宇文述道：「是隨行小妾。」楊約道：「是揚州娶來的了，揚州女子多長技藝。」宇文述道：「棋枰在此，與兄一局何如？」便以几上商鼎為彩。宇文述故意連輸了幾局，把珍玩輸去強半。及酒至，席上陳設，又都是三代古器，間著金杯玉斝。楊約道：「這些金酒器一定也是揚州來的，我北邊無此精工。」宇文述道：「兄若賞它，便以相送。」便教另具一桌盒與楊爺暢飲；這些玩器，都送到楊爺宅中。手下早已收拾送去了。

楊約還再三謙讓道：「這斷不敢收。這是見財起意了，豈可無功食祿！」宇文述道：「楊兄，小弟向為總管，武官所得不夠餽送上司；及轉壽州，止吃得一口水，如何有得送兄？這是晉王有求於兄，託弟轉送。」楊約道：「但是兄之賜，已不敢當；若是晉王的，如何可受？」宇文述道：「這些許小物，何足希罕！小弟還送一場永遠大富貴與賢昆玉❺。」楊約道：「譬如小弟，果不可言富貴；若說家兄，他富貴已極，何勞人送？」宇文述笑道：「兄家富貴，可云盛，不可云永。兄知東宮以所欲不遂，切齒

❹ 周彝商鼎：泛指先秦時青銅器。
❺ 昆玉：稱呼別人兄弟的敬詞。

於令兄乎？他一旦得志，至親自有雲定興等，宮僚自有唐令則等，能專有令兄乎？況權召嫉，勢召譖，今之屈首居昆季下者，安知他日不危昆季，思踞其上也？今幸太子失德，晉王素溺愛於中宮，主上又有易儲之心，兄昆季能贊成之，則援立之功，晉王當銘於骨髓。這纔算永遠悠久的富貴。是去累卵之危，成泰山之安，兄以為何如？」楊約點頭道：「兄言良是。只是廢立大事，未易輕諾，容與家兄圖之。」兩人痛飲，至夜而散。

二五方成耦❻，中宮有驪姬❼。勢看俱集菀❽，鶴禁❾頓生危。

次日宇文述又打聽得東宮有個幸臣姬威，與宇文述友人段達相厚。宇文述便持金寶，託段達賄賂姬威，伺太子動靜。又授段達密計道：「臨期如此如此。」且許他日後富貴。段達應允，為他留心。

及至晉王將要回任揚州，又依了宇文述計較，去辭皇后，伏地流涕道：「臣性愚蠢，不識忌諱；因念親恩難報，時時遣人問安。東宮說兒覬覦大位，恆蓄盛怒，欲加屠陷；每恐讒生投杼❿，酖遇杯酌，

❻ 二五方成耦：比喻二人狼狽為奸。二五，指晉獻公的寵臣梁五和東關五。耦，二人並耕。

❼ 驪姬：春秋時驪戎國君女兒，晉獻公納為夫人，十分寵信，生奚齊。驪姬與二五勾結，在晉獻公前誣陷太子申生和其他公子，於是太子申生自殺，奚齊立為太子。

❽ 集菀：比喻投靠有權勢的人。晉獻公寵愛驪姬，朝中大臣多投靠驪姬兒子奚齊，獨有大夫里克仍擁戴太子申生。驪姬派優施勸說里克，飲酒間，優施唱道：「人皆集於菀，己獨集於枯！」勸說里克投靠奚齊。菀，通「苑」。茂盛的樹木。

❾ 鶴禁：太子居住的宮殿。此指太子。

是用憂惶，不知終得侍娘娘否？」言罷嗚咽失聲。皇后聞言曰：「睍地伐⑪漸不可耐，我為娶元氏女，竟不以夫婦禮待之，專寵阿雲！使有如許豚犬，我在汝便為所淩，倘千秋萬歲後，自然是他口中魚肉。使汝向阿雲兒前，稽首稱臣，討生活耶！」晉王聞皇后言，叩首大哭。皇后安慰一番，叫他安心回去，非密詔不可進京；不得輕過東宮，停數月，我自有主意。晉王含淚而出。宇文述道：「這三計早已成了！」

柳迎征騎邗溝⑫近，日掩京城帝里遙。八烏已看成六翮⑬，一飛直欲薄雲霄！

一廢一興，自有天數。這楊約得了晉王賄賂，要為他轉達楊素。每值相見，故作愁態。一日楊素問他：「因甚怏怏？」楊約道：「前日兄長外轉，東宮衛率蘇孝慈，似乎過執，聞太子道：『會須殺此老賊！』老賊非兄而誰？愁兄白首，履此危機。」楊素笑道：「太子亦無如我何！」楊約道：「這卻不然。太子乃將來人主。倘主上一旦棄群臣，太子即位，便是我家舉族所系，豈可不深慮？」楊素道：「據你意，還是謝位避他，還是如今改心順他？」楊約道：「避位失勢；縱順，他也不能釋怨。只有廢得他，更立一人，不惟免患，還有大功。」楊素撫掌道：「不料你有這智謀，出我意外！」楊約道：「這還在

⑩ 投杼：春秋時，曾參居住在費邑，有同姓名者殺人，有人告訴曾母說：「曾參殺人。」曾母不信，織布如故。到第三個人來告時，曾母感到害怕，丟下織布的機杼，翻牆逃走。後人就用「投杼」、「曾參殺人」比喻流言可畏，使不該相信的也相信了。

⑪ 睍地伐：即楊勇。楊勇字睍地伐。

⑫ 邗溝：古運河名。春秋時吳王夫差為了爭霸中原而開鑿，自揚州西北至淮安入淮河，貫通江淮兩大水系。

⑬ 六翮：強健的羽毛。

速，若還遲疑，一旦太子用事，禍無日矣！」楊素道：「我知道還須皇后為內主。」楊素知隋主最懼內，最聽婦人言的，每每乘內宴時，稱揚晉王賢孝，挑撥獨孤皇后。婦人心腸褊窄淺露，便把晉王好，太子歹，一齊搬將出來。楊素又加上些冷言熱語。皇后知他是外廷最信任的，便託他贊成廢立，暗地將金寶送來囑他。楊素初時，還望皇后助他；這時皇后反要他相幫，知事必成。於是不時在隋主前，搬鬥是非；又日令宦官宮妾，乘隙進讒，冷一句，熱一句，說他不好的去處。

正是積毀成山，三人成虎⓮。到開皇二十年十月，隋主御武德殿，宣詔廢勇為庶人。其子長寧王儼，上疏求宿衛，隋主甚有憐憫之意，卻又為楊素阻住。還有一個五原公元旻直諫，一個文林郎楊孝政上書，隋主聽信楊素，俱遭刑戮。楊素卻快自己的富貴可以長久。到了十一月，攛掇隋主立晉王為太子；以宇文述為東宮左衛率。晉王接著旨意，先具表奏謝，隨擇吉同蕭妃朝見；移居禁苑，侍奉父母，十分孝敬。隋主見他如此，也自歡喜，且按下不題。

卻說獨孤后的性兒，天生成的奇妒，宮中雖有這宮妃彩女，花一團，錦一簇，隋主只落得好看，那一個得能與他寵幸？不期一日，獨孤后偶染些微疾，在宮調理。隋主因得了這一個空兒，帶了小內侍，私自到各宮閒耍；在鳷鵲樓前，步了一回，又到臨芳殿上，立了半晌。見那些才人、世婦、婕妤、妃嬪，成行作隊，雖都是錦裝繡裹，玉映金圍；然承恩不在貌，桃花嫌紅，李花怪白。看過多時，並無一人當意。信著步兒，走到仁壽宮來。也是天緣湊巧，只見一個少年宮女，在那裡捲珠簾，見了隋主來，慌忙把鉤兒放下，似垂柳般磕了一個頭，立將起來，低了眼，斜傍著錦屏風站住。隋主仔細一看，只見那宮

⓮ 三人成虎：城市裡本來沒有虎，由於傳說有虎的人多，使人信以為真。比喻流言可以聳動視聽。

女生得花容月貌，百媚千嬌，正是：

笑春風三尺花，驕白雪一團玉。癡疑秋水為神，瘦認梨雲是骨。碧月充作明璫，輕烟剪成羅縠。

不須淡抹濃描，別是內家⓯裝束。

隋主見了，不覺心窩裡癢將起來，問道：「妳是幾時進宮的，怎麼再不見承應？」那宮女見隋主問她，因跪下答道：「賤婢乃尉遲迥的孫女，自沒入宮，即蒙娘娘發在此處，不許擅自出入，故未曾承應皇爺。」隋主笑道：「妳且起來，今日娘娘不在，便擅自出入也不妨。」尉遲氏是個伶俐女子，見隋主親口調她，怎不招攬，便於眉目之間，故做許多動情嬌態，引得個隋主拴不住心猿，繫不定意馬。遂走近前，將手攙住，說道：「早是今日相遇，若教錯退他，不辜負了這個美貌。」正說間，只見近侍們請回宮進晚饍。隋主道：「就在此喫罷！」不多時，排上宴來，隋主就叫尉遲氏侍立同飲。尉遲氏酒量原淺，因隋主十分見愛，勉強喫了幾杯，不覺暈入四肢，兩朵桃花上臉。隋主在燈下看她，愈覺標致，因問道：「妳這般嬌媚，夜來獨宿，豈不寂寞？朕甚憐妳，妳知道麼？」尉遲氏答道：「寂寞固不敢怨。但蒙萬歲爺憐念，實出望外，如何不知！」隋主笑道：「妳既知道，今夜就包管妳不寂寞了。」尉遲氏也微微笑道：「但賤婢下人，不敢點污龍體。」隋主道：「天地間但凡快活的事，就分不得甚麼上下。」尉遲氏一笑不做聲，又斟酒一杯奉上。隋主喫了，也叫斟一杯酒與她，二人情意十分快暢。隋主酒興發作，色膽猖狂，那裡記得獨孤的奇妒，遂留在仁壽宮中宿了。你看他一個是初恣意的君王，一個是乍承

⓯ 內家：指宮女。

恩的妃子，妳望我的恩波，我愛妳的情意，兩下裡何等綢繆。真個是如魚得水，但見：

嬌鶯雛燕微微喘，雨魄雲魂黯黯蘇。偷得深宮一夜夢，千奇萬巧畫春圖。

次日隋主早起臨朝，滿心暢美道：「今日方知為天子的快活！但只怕皇后得知，怎生區處？」卻說獨孤后雖然有病，那裡放心得下，不時差心腹宮人打聽。早有人來報知這個消息。獨孤后聽了，怒從心上起，也顧不得自家的身體，帶了幾十個宮人，惡狠狠的走到仁壽宮來。此時尉遲氏梳洗畢，正在那裡驗臂上的蜂黃⑯，退了多少。猛看見皇后與一隊宮女，蜂擁而來，嚇得他面如土色，撲碌碌的小鹿兒在心頭亂撞，急忙跪下在地。

獨孤后進得宮來，腳也不曾站穩，便叫揣過這個妖狐來。眾宮人那管她柳腰輕脆，花貌嬌羞；橫拖的亂挽烏雲，倒拽的斜牽錦帶。生辣辣扯到面前，便罵道：「妳的妖奴！有何狐媚伎倆，輒敢蠱惑君心，亂我宮中雅化！」尉遲氏戰兢兢答道：「奴婢乃下賤之人，豈不知娘娘法度，焉敢上希寵幸？也是命合該死，昨晚不期萬歲爺，忽然到宮吃夜膳，醉了，就要在宮中留幸。賤婢再三推卻，萬歲爺只不肯聽，沒奈何只得從順。這是萬歲爺的意思，與賤婢無干，望娘娘哀憐免死。」獨孤后說道：「妳這個妖奴！昨夜快活不知怎麼樣裝嬌做俏，哄騙那沒廉恥的皇帝。今日卻花言巧語，推得這般乾淨！」喝宮人：「與我痛打！」尉遲氏叩頭：「望娘娘饒命！」獨孤后道：「萬歲爺既這般愛你，妳就該求他饒命，為何昨夜不顧性命的受用，今日卻來求我？妳這樣妖奴，我只提防疏了半點，就被妳哄騙到手。今日就將妳打

⑯ 蜂黃：即蝶粉蜂黃，比喻女子的貞操。

死，已悔恨遲了，不能洩我胸中之氣！怎肯又留一個禍根，為心腹之害！左右為我快快結果她性命！」眾宮人聽了，一齊下手。可憐尉遲氏嬌怯怯身兒，能經甚麼摧殘？不須利劍鋼刀，早已香銷玉碎。正是：

入宮得寵亦堪哀，今日殘花昨日開。一夜恩波留不住，早隨白骨到泉臺⑰！

卻說隋主早朝罷，滿心想著昨夜的快活，巴不得一步就走到仁壽宮來，與尉遲氏歡聚。及進得宮，那曉得獨孤后愁眉怒目，惡剎剎站在一邊；尉遲氏花殘月缺，血淋淋橫在地下。猛然看見，吃了一驚，心中大怒，更不發言，往外便走。恰遇一小黃門牽馬而過，隋主便跨上馬，從永巷中一直徑奔出朝門，逞一憤然之氣，欲拋棄天下，奔入山谷中去。幸值高熲出朝見了，抵死上前阻住，叩問何故。隋主只得回馬，仍至大殿，召集各官，將獨孤后打死尉遲氏女說了一遍，要草詔廢斥那老婦。高熲奏道：「陛下差矣。陛下焦心勞思，入虎穴，探龍珠，不知費了多少刀兵，方能統一天下，正宜勵精圖治，以遺子孫，豈可以一婦人而輕視天下乎？」隋主怒猶未息。熲等再三申勸，方始回宮。獨孤后病中著惱，又因這一驚，病體愈加沉重；合眼只見尉遲女為厲，遂成驚癇之疾，日甚一日，不數月而崩。免不得頒詔天下，命所司議定喪葬儀制，一一如禮。後人有詩，專道獨孤后之妒云：

夫嬰兒兮子奇貨，以愛易儲移帝座。莫言身死妒根亡，妒已釀成天下禍。

隋主自獨孤后死後，宮幃寂寞，遂傳旨於後宮嬪妃才人中選擇美麗者進御。自有此旨，宮中人人望

⑰ 泉臺：泉下，指陰間。

可憐尉遲氏嬌怯怯身兒，能經甚麼摧殘？不須利劍鋼刀，早已香銷玉碎。卻說隋主及進得仁壽宮，那曉得獨孤后愁眉怒目，尉遲氏花殘月缺。猛然看見，吃了一驚，心中大怒。

幸，個個思恩。誰知三千寵幸，只在一身，如何選得許多。選遍六宮，僅僅選得兩個：一個是陳氏，一個是蔡氏。陳氏乃陳宣帝的女兒，生得性格溫柔，丰姿窈窕，真個有沉魚落雁之容，閉月羞花之貌。蔡氏乃丹陽人也，一樣風流嬌媚。隋主見了，喜不自勝，因說道：「朕老矣！情無所適。今得二卿，足為晚景之娛。」隨封陳氏為宣華夫人，蔡氏為容華夫人。二人雖並承雨露，而宣華夫人寵愛尤甚。隋主自此以後，日日歡宴，比獨孤后在日，更覺適意。

那隋主到底是個創業皇帝，有些正經；宮中雖然歡樂，而外廷政事，無不關心，百官章奏，一一詳覽，常至夜分而寢。一夜正在燈下披閱本章，不覺困倦，隱几而臥；內侍們不敢驚動，屏息以待。隋主矇矓之間，夢見己身獨立於京城之上，四遠瞻眺，見河山綿邈，心甚快暢。又見城上三株大樹，樹頭結菓纍纍。正看間，耳邊忽聞有水聲，俯視城下，只見水流洶洶，波濤滾滾，看看高與城齊。隋主夢中吃驚不小，急急下城奔走。回頭看時，水勢滔天而來。隋主心下著忙，大叫一聲，猛然驚醒。左右忙獻上茶湯。隋主飲了一杯茶，方纔拭目凝神，細想夢中光景：大非佳兆，乃洪水滔沒都城之象，須要加意防河，濬治水道，以備不虞。又想此處如何便有水災？或者人姓名中，有水旁之字的，將來為禍國家，亦未可知；須存心覺察驅除，方保無患。

夢中景象費推求，疑有疑無事可憂。天下滔滔皆禍水，行看大業付東流！

隋主本是好察機祥小數⑱，心多嫌忌的。今得此夢，愈加猜疑了。究竟未知此夢主何吉凶，且聽下

⑱ 機祥小數：機祥，吉凶。小數，小的技能。

回分解。

總評：廢太子，佞臣畫策，寫得何等深刻；幸美人，隋主晚景歡娛，歷歷如畫，可見嫉妒好色，不特庸愚凡夫蹈此，即古帝王亦然。然皆隋運氣數不久長使之也，人何能為也。

第三回　逞雄心李靖訴西嶽　造讖語張衡危李淵

詞曰：

英雄氣傲，硬向神靈求吉兆。行雨空中，不是真龍也學龍。　流言增忌，危矣唐公偏姓李。仙李盤根，卻笑枯楊稊不生❶。

右調減字木蘭花

從來國家吉凶禍福，雖係天命，多因人事；既有定數，必有預兆。於此若能恐懼修省，便可轉災為祥。所謂妖由人興，亦由人滅。若但心懷猜忌，欲遏亂萌，好行誅殺，因而奸佞乘機設謀害人，此非但不足以弭患，且適足以釀禍。

卻說隋主因夢洪水淹城，心疑有個水傍名姓之人為禍。時朝中有老臣郕國公李渾，原係陳朝勳舊，陳亡而降隋，仍其舊爵為郕公。隋主猛然想得：「渾字軍傍著水，其封爵為郕公，郕者城也，正合水淹城之夢。且軍乃兵象，莫非此人便是個禍胎也？但其人已老，又不掌兵權，幹不得甚事，除非應在他家子孫身上。」因問左右：「李渾有幾子，其子何名？」左右奏道：「李渾長子已亡，止存幼子，小名洪

❶ 枯楊稊不生：喻隋朝氣數已盡。稊，通「荑」。植物的嫩芽。易大過：「枯楊生稊。」此處反其意而用之。

兒。」隋主聞洪兒兩字，一發驚疑，想道：「我夢中曾見城上有樹，樹上有菓。樹乃木也，樹上菓是木之子也，木子二字，合來正是個李字。今李家兒子的小名，恰好是洪水的洪字，更合我之所夢。此子將來必不利於國家，當即除之。」遂令內侍齎手敕至李渾家，將洪兒賜死。李渾逼於君命，不得不從。可憐洪兒無端殞命，舉家號哭。後人有詩嘆云：

般高與文王，因夢得良相。楚襄❷風流夢，感得神女降。堪嘆隋高祖，惡夢添魔障。殺人當禳夢，
舉動殊孟浪。

隋主以疑心殺了李家之子，此事傳播，早驚動了一個姓李的，陡起一片雄心。那人姓李名靖，字藥師，三原人氏。足智多謀，深通兵法，且又弓馬嫻熟，真個能文能武。幼喪父母，育於外家，其舅即韓擒虎也。擒虎常與他談兵，贊嘆道：「可與談孫吳❸者，非此子而誰？」時年方弱冠，卻負大志。見隋朝用法太峻，料他國脈必不長久。聞知隋主以夢殺人，暗笑道：「王者不死，殺人何益？」又想道：「據夢樹木生子，固當是個李字；洪水滔天，乃天下混一也。將來有天下者，必是個姓李之人。」因便想到自己身上。

一日，偶有事到華州，路經華山，聞說山神西嶽大王，甚有靈應。遂具香燭，到廟瞻拜，具疏默

❷ 楚襄：即楚襄王。據文選高唐賦序，楚襄王遊雲夢之臺，望高唐之觀，夢見一婦人自稱巫山之女，與之交合。後世稱此女為神女。

❸ 孫吳：即孫武和吳起，皆東周時兵家，孫武著有孫子兵法十三篇，吳起著有吳子四十八篇。

禱道：

布衣李靖，不揆狂簡，獻疏西嶽大王殿下：靖聞上清下濁，爰分天地之儀；晝明夜昏，乃著神人之道。又聞聰明正直，依人而行，至誠感神，位不虛矣。伏惟大王嵯峨擅德，肅爽凝威；為靈術制百神，配位名雄四嶽；是以立像清廟，作鎮金方。遐觀歷代哲王，莫不順時禋祀。興雲致雨，天實肯從；轉孽為祥，何有不賴？於乎靖也，一丈夫爾。何乃進不偶用，退不獲安，呼吸若窮池之魚，行止比失林之鳥，憂傷之心，不能亡已！社稷凌遲，宇宙傾覆，奸雄競逐，郡縣土崩。茲欲建義橫行，雲飛電掃，斬鯨鯢而清海嶽，捲氛祲以闢山河。俾萬姓昭蘇，庶物昌運，即應天順時之作也。若大寶不可以據望，思欲仗劍謁節，俟飛龍在天❹，捧忠義之心，傾身濟世，吐肝膽於階下，惟神降鑒。願示進退之機，以決平生之用。有賚德之時，終陳擊鼓。若三問不對，亦何神之有靈？靖當斬大王之頭，焚其廟宇，建縱橫之略，未為晚也。惟神裁之。

禱罷，試卜一笞，暗祝道：「我李靖若有天子之分，乞即賜一聖笞。」將笞擲下。卻也作怪，那兩片笞兒都直立於地。李靖心疑，拾起再一擲，卻又依然直立。李靖見了，不覺怒從心起，挺立神前，厲聲擊桌道：「我李靖若無非常之福，天生我身，亦復何用？惟神聰明，有問必答，何故兩次問笞，陰陽不分？今我更卜，若不顯應明示，定當斬頭焚廟。」祝畢再將笞擲下。那笞在地盤旋半晌方定，看時卻是個陽笞。李靖暗想道：「陽為君象，亦吉兆也。」遂收笞長揖而去。一時在廟之人，見他口出狂言，也有說

❹ 飛龍在天：語出周易乾卦。喻帝王居高位而臨天下，如龍飛在天。

李靖厲聲擊桌，再將筊擲下，半晌方定，卻是個陽筊，遂收筊長揖而去。在廟之人見他口出狂言，也有說他褻瀆神明的，也有疑他是癡獃的。

他褻瀆神明的，也有疑他是癡獃的。正是：

燕雀安知鴻鵠志❺，任他肉眼笑英雄。

且說李靖是夜宿於客店，夢一神人，幞頭象簡❻，烏袍角帶，手持一黃紙，對李靖道：「我乃西嶽判官，奉大王之命，與你這一紙。你一生之事都在上。」李靖接來展看，只見上寫道：

南國休嗟流落，西方自得奇逢。紅絲繫足有人同，越府一時跨鳳；道地須尋金卯，成家全賴長弓。一盤棋局識真龍，好把堯天日捧。

李靖夢中看了一遍，牢記在心。那判官道：「凡事自有命數，不可奢望，亦不須性急；待時而動，擇主而事，不愁不富貴也。」言訖不見。李靖醒來，一一記得明白，想道：「據此看來，我無天子之分，只好做個輔佐真主之人了。那神道所言，後來自有應驗。」自此息了圖王奪霸的念頭，只好安心待時。正是：

今日且須安蠖屈，他年自必奮鵬摶。

❺ 燕雀安知鴻鵠志：語出史記陳涉世家，借喻目光短淺的小人怎能知道英雄豪傑的遠大志向。

❻ 幞頭象簡：幞頭，包頭的軟頭巾，相傳始於北周武帝，後逐漸演變為官帽。象簡，象牙做的手板，古時大臣朝見君主時手中所執的狹長板子，以為指畫及記事之用。

一日偶因訪友於渭南，寓居旅舍，乘著閒暇，獨自騎馬到郊外射獵遊戲。時值春末夏初，見村農在田耕種，卻因久旱，田土乾硬，甚是吃力。李靖走得困倦，下馬向一老農告乞茶湯解渴。那老農見是個過往客官，不敢怠慢，忙喚農婦去草屋中，煎出一甌茶來，奉與李靖吃了。李靖稱謝畢，仍上馬前行。忽見山巖邊走出一個兔兒，李靖縱馬逐之。那兔東跑西走，只在前面，卻趕牠不著；發箭射之，那兔便帶著箭兒奔走。李靖只顧趕去，不知趕過了多少路，兔兒卻不見了。回馬轉看，不記來路，只得垂鞭信馬而行。看看紅日沉西，李靖心焦道：「日暮途歧，何處歇宿哩！」舉目四望，遙見前面林子裡有高樓大廈。李靖道：「那邊既有人家，且去投宿則個。」遂策馬前往。

到得那裡看時，乃是一所大宅院。此時已是掌燈時候，其門已閉。李靖下馬扣門。有一老蒼頭出問是誰。李靖道：「山行迷路，日暮途窮，求借一宿。」蒼頭道：「我家郎君他出，只有老夫人在宅，待我入內稟知，肯留便留。」李靖將所騎之馬，繫於門前樹上，拱立門外待之。少頃，內邊傳呼：「老夫人請客登堂相見。」李靖整衣而入。裡面燈燭輝煌，堂宇深邃。但見：

畫棟雕梁，珠簾翠箔。堂中羅列，無一非眩目的奇珍；案上鋪排，想多是賞心的寶玩。蒼頭並赤足❼，一行行階下趨承；紫袖與青衣❽，一對對庭前侍立。主人有禮，晉接處自然肅肅雍雍；客

❼ 蒼頭並赤足：奴僕的代稱。漢時奴僕用深青色巾包頭，稱作蒼頭。赤足，不穿鞋履。

❽ 紫袖與青衣：指侍婢。紫袖，紫色的衣袖。杜甫詩有「戶外昭容紫袖垂」。此處借指侍女。青衣，自漢代以後地位卑賤的奴婢都穿青色衣服，因此稱婢女為青衣。

子何來，投止時不妨信信宿宿。正是潭潭堪羨王侯府，滾滾應慚塵俗身。

那老夫人年可五十餘，綠裙素襦，舉止端雅，立於堂上。左右女婢數人，也有執巾櫛的，也有擎香爐的，也有捧如意的，也有持拂子❾的，兩邊侍立。李靖登堂鞠躬晉謁。老夫人從容答禮，請問：「尊客姓氏，因何至此？」李靖通名道姓，具述射獵迷路，冒昧投宿之意，且問：「此間是何家宅院？」老夫人道：「此處乃龍氏別宅，老身偶與小兒居此。今夜兒輩俱不在舍，本不當遽留外客。但郎君迷路來投，若不相留，昏夜安往？暫淹尊駕，勿嫌慢褻。」遂顧侍婢，命具酒肴款客。李靖方遜謝間，酒肴早已陳設，杯盤羅列，皆非常品。夫人拱客就席，自己卻另坐一邊，命侍婢酌酒相勸。李靖見夫人端莊，侍婢恭敬，恐酒後失禮，不敢多飲，數杯之後，即起身告退。老夫人道：「郎君尊騎，已暫養廄中。前廳左廂，薄設臥榻，但請安寢。倘夜深時，或者兒輩歸來，人馬喧雜，不必驚疑。」言訖而入。蒼頭引李靖到前廳臥所，只見床帳裀褥，俱極華美。李靖暗想：「這龍氏是何貴族，卻這等豐富，且是待客有禮？」又想：「他家兒子若歸來，聞知有客在此，或者要請相見，我且不可便睡。」於是閉戶秉燭，獨坐以待。因見壁邊書架上堆滿書籍，便去隨手取幾本來觀看消閒。原來那書上記載的，都是些河神海若❿，及水族怪異之事，俱目所未睹者。

李靖看了一回。約二更以後，忽聽得大門外喧傳：「有行雨天符⓫到。」又聞裡邊喧傳：「老夫人

❾ 拂子：即拂塵，用塵尾或馬尾做成的拂除塵埃的器具。

❿ 海若：傳說中的北海之神，後來泛指海神。

迎接天符。」李靖駭然道：「如何行雨天符卻到他家來，難道此處不是人間麼？」正疑惑間，蒼頭叩戶，傳言老夫人有事相求，請客出見。李靖忙出至堂上。老夫人斂衽⓬而言道：「郎君休驚，此處實係龍宮，老身即龍母也。兩兒俱名隸天曹，有行雨之責。適奉天符：自此而西，自西而南，五百里內，限於今夜三更行雨，黎明而止，時刻不得少違。怎奈大小兒送妹遠嫁，次兒方就婚洞庭，一時傳呼無及；老身既係女流，奴輩又不可專主。郎君貴人，幸適寓宿於此，敢屈台駕，暫代一行；事竣之後，當有薄酧，萬勿見拒。」李靖本是個少年英銳、膽粗氣豪的人，聞了此言，略無疑畏，但道：「我乃凡人，如何可代龍神行雨？」老夫人道：「君若肯代行，自有行雨之法。」李靖道：「既如此，何妨相代。」老夫人大喜，即命取一杯酒來。須臾酒至，老夫人遞與李靖道：「飲此可以御風雷，且可壯膽。」李靖接酒在手，香味撲鼻，遂一飲而盡，頓覺神氣健旺倍常。老夫人道：「門外已備下龍馬，郎君乘之，任其騰空而起，必不至於傾跌。馬鞍上繫一小琉璃瓶兒，瓶中滿注清水，此為水母。瓶口邊懸著一個小金匙，郎君但遇龍馬跳躍之處，即將金匙於瓶中取水一滴，滴於馬鬃之上，不可多，不可少。此便是行雨之法，牢記勿誤！雨行既畢，龍馬自能回走，不必顧慮。」

李靖一一領諾，隨即出門上馬。那馬極高大，毛色甚異。行不數步，即騰起空中，御風而馳，且是平穩，漸行漸高。一霎時間，雷聲電光，起於馬足之下。李靖全不懼怯，依著夫人言語，凡遇馬躍處，即以滴水滴在馬鬃上。也不知滴過了幾處，天色漸次將明，來到一處，那馬又復跳躍。李靖恰待取水滴

⓫ 天符：上天的符命。

⓬ 斂衽：提起衣襟夾於帶間，表示敬意。

下，卻從曙光中看下面時，正是日間歇馬吃茶的所在，因想道：「我親見此處田土乾枯，這一滴水濟得甚事？今行雨之權在我，何不廣施惠澤？況我受村農一茶之敬，正須多以甘霖報之。」遂一連約滴下二十餘滴。

少頃事竣，那馬跑回，到得門首，從空而下。李靖下馬入門，只見老夫人蓬首素服，滿面愁慘之容，迎著李靖說道：「郎君何誤我之甚也！此瓶中水一滴，乃人間一尺雨；本約止下一滴，何獨於此一方連下二十滴？今此方平地水高二丈，田禾屋舍人民都被淹沒。老身因輕於託人，已遭天罰，鞭背一百，小兒輩俱當獲譴矣！」李靖聞言大驚，一時愧悔跼蹐⑬，無地自容。老夫人道：「此亦當有數存，焉敢相怨？有勞尊客，仍須奉酬。但珠玉金寶之物，必非君子所尚，當另有以相贈。」乃喚出兩個青衣女子來，貌俱極美，但一個滿面笑容，一個微有怒色。老夫人道：「此一文婢，一武婢，惟郎君擇取其一，或盡取亦可。」李靖遜謝道：「靖有負委託，以致相累，方自慚恨，得不見罪足矣，豈敢復叨隆惠？」老夫人道：「郎君勿辭，可速取而去。少頃兒輩歸來，恐多未便。」李靖想道：「我若盡取二婢，則似乎貪；若專取文婢，又似乎懦。」因指著那武婢對老夫人道：「若必欲見惠，願得此人。」老夫人即命蒼頭牽還了李靖所騎之馬，又另備一馬，與女子乘坐，相隨而行。

李靖謝了夫人，出門上馬，與女子同行。行不數步，回頭看時，那所宅院已不見了。又行數里，那女子道：「方纔郎君若並取二女，則文武全備，後當出將入相。今舍文而取武，異日但可為一名將耳！」遂於袖中取出一書，付與李靖道：「熟此可臨敵制勝，輔主成功。」舉鞭指著前面道：「此去不遠，便

⑬ 跼蹐：畏縮不安的樣子。

達尊寓。郎君前途保重。老夫人遣妾隨行，非真以妾贈君，正欲使妾以此書相授也。郎君日後自有佳人遇合。妾非世間女子，難以侍奉箕箒，請從此辭。」李靖正欲挽留，只見那女子撥轉馬頭，那馬即騰空而起，倏忽不見。李靖十分驚疑，策馬前行，見昨日所過之處，一派大水汪洋，絕無人跡，不勝咨嗟懊悔。尋路回寓，將所贈之書展看，卻都是些行兵要訣，及造作兵器車甲的式樣與方法。正是：

龍神行雨人權代，贏得滔天水勢高。鞭背天刑甘自受，還將兵法作酬勞。

李靖自得此書之後，兵法愈精，不在話下。

且說那些被大雨淹沒的地方，有司申報上官，具本奏聞朝廷。隋主覽奏降旨，著所司設法治水，一面賑濟被災的百姓，因想：「我曾夢洪水為災，如今果然近京的地方多有水患，我夢應矣！」自此倒釋了些疑心。

仁壽元年六月，隋主第三子蜀王秀，因晉王廣為太子，心懷不平。太子恐其為患，暗囑楊素求其過端而譖之。隋主信了讒言，乃召秀還京，即命楊素推治。楊素誣其酷虐害民，奉旨廢為庶人，幽之於別宮。那不怕事的唐公李淵，又上本切諫。且請將已廢太子勇及蜀王秀，俱降封小國，不可便斥為庶人。隋主雖不准奏，卻也不罪他。只是愈為太子所忌，遂與張衡、宇文述等商議，問他：「有何妙計，除卻此人？我的東宮安穩，你們富貴可保。」宇文述道：「太子若早說要處李淵，可把他嵌在兩個庶人黨中，少不得一個族滅。如今聖上久知他忠直，一時恐動搖他不得。」張衡道：「這卻何難！主上素性猜嫌，嘗夢洪水淹沒都城，心中不悅。前日郕公李渾之子洪兒，聖上疑他名應圖讖，暗叫他自行殺害。今日下官，學北齊祖珽殺斛律光故事，布散謠言，渾淵都從水傍，能不動疑？恐難免破家殺身之害。」太子點頭稱妙。

謀奸險似蜮⓮，暗裡欲飛沙。世亂忠貞阨，無端履禍芽。

張衡出來暗布流言。起初是鄉村亂說，後來街市喧傳；先止是小兒胡言，漸至大人傳播，都道：「桃李子，有天下。」又道是：「楊氏滅，李氏興。」街坊上不知是那裡起的，巡捕官禁約不住，漸漸的傳入禁中。晉王故意啟奏道：「里巷妖言不祥，乞行禁止。」隋主聽了，甚是不悅。連李淵也擔了一身干係，坐立不安。但隋主已是先有疑心在了，只思量那李渾身上。其時，朝中有那誣陷人的小人、中郎將裴仁基上前道：「郕公李渾，名應圖讖。近因陛下賜死其子，心懷怨恨，圖謀不軌。」聖旨發將下來勘問，自有一班附和的人，可憐把郕公李渾強做了謀逆，一門三十二口，盡付市曹。

誠心修德可祈天，信讖淫刑總枉然。晉酖牛金⓯秦禦虜，山河誰解暗中遷。

李淵卻因此略放了心。那張衡用計更狠，又賄賂一個隋主聽信的方士安伽陀，道李氏當為天子，勸隋主盡殺天下姓李的。虧得尚書右丞高熲奏道：「這謠言有無關係的，有有關係的；有真的，有假的。

⓮ 蜮：音ㄩˋ。古代傳說一種能含沙射人、使人發病的動物。也稱為「短狐」。

⓯ 牛金：三國魏的後軍將軍。當時有讖言說「牛與馬共天下」，司馬懿忌牛金，於是把他毒死。

無關係的，天將雨商羊⑯起舞是了；有關係的，『檿弧箕服，實亡周國⑰』是了。有真的，『楚雖三戶，亡秦必楚』，後來楚霸王果亡了秦是了；有假的，高山不推自倒，明月不扶自上，祖珽偽造害了斛律光，遂至亡國是了。更有信讖言的秦始皇，亡秦者胡，不知卻是胡亥。晉宣帝⑱牛易馬，卻是小吏牛⑲與瑯琊王妃子私通生元帝。天道隱微，難以意測。且要挽回天意，只在修德，不在用刑，反致人心動搖。聖上有疑，將一應姓李的，不得在朝，不得管兵用事便了。」

此時蒲山公子李密⑳，位為千牛㉑。隋主道他有反相，心也疑他。他卻與楊素交厚，楊素要保全李密，遂贊高熲之言，暗令李密辭了官。其時在朝姓李的，多有乞歸田的，乞辭兵柄的。李淵也趁這個勢乞歸太原養病。聖旨准行，還令他為太原府通守，節制西京。這高熲一疏，單救了李淵，也只是個王者不死。

猛虎方逃柙，飢鷹得解絛。驚心辭鳳闕，匿跡向林皐。

---

⑯ 商羊：傳說中的一種鳥名。大雨前，這種鳥常屈起一足起舞。

⑰ 檿弧箕服二句：這是周宣王時流傳的二句童謠。檿弧，用山桑木所製的弓。箕服，用箕木所做的箭袋。檿，音一ㄢˋ。

⑱ 晉宣帝：即司馬懿，字仲達。

⑲ 牛：即牛氏，不知名，晉朝瑯琊王府小吏，與瑯琊王妃夏侯氏私通生晉元帝。

⑳ 蒲山公子李密：李密父親李寬在隋朝為上柱國、蒲山公，故稱李密為蒲山公子。後為瓦崗軍首領。

㉑ 千牛：宮廷禁衛官。

此時是仁壽元年七月了。太子聞得李淵辭任，對宇文述道：「張麻子這計極妙，只是枉害了李渾，反替這廝保全身家回去。」宇文述道：「太子若饒得過這廝罷了，若放他不下，下官一計，定教殺卻李淵全家性命。」太子笑道：「早有此計，卻不消費這許多心思。」宇文述道：「這計只是如今可行。」因附太子耳邊說了幾句。太子拊掌道：「妙計！事成後將他女口囊橐㉒盡以賜卿。只是他也是員戰將，未易翦除。」宇文述道：「以下官之計，定不辱命。縱使不能盡結果他，也叫他吃此一嚇，再不思量出來做官了。」兩人定下計策，要害李淵。不知性命何如，且聽下回分解。

總評：徼福之人，不過是哀求叩泣。李靖是何等男子，竟同北方人問路，有問必竟要答，若是糊塗，就想使起性來。不意西嶽大王竟怕李藥師說硬話，即以靈示。第恐日有這樣個人來問答，神寧不欲遷居？

㉒女口囊橐：指婦女及行李物品。

第四回　齊州城豪傑奮身　椿樹崗唐公遇盜

詩曰：

知己無人奈若何？斗牛空見氣嵯峨。黯生霜刃奇光隱，塵鎖星文晦色多。匣底銛鋒悲自扃，水中清影倩誰磨？華陰奇士難相值，祇伴高人客舍歌。

這首詩名為寶劍篇。單說賢才埋沒，拂拭無人，總為天下無道，豪傑難容。便是有才如李淵，尚且不容於朝廷，那草澤英雄，誰人鑒賞？也只得混跡塵埃，待時而動了。況且上天既要興唐滅隋，自藏下一干亡楊廣的殺手，輔李淵的功臣。不惟在沙場上一刀一槍，開他的基業，還在無心遇合處，救他的阽危。這英雄是誰？姓秦，名瓊，字叔寶；山東歷城人；乃祖是北齊領軍大將秦旭，父是北齊武衛大將軍秦彝。母親寧氏。生他時，秦旭道：「如今齊國南逼陳朝，西連周境，兵爭不已，要使我祖孫父子同建太平。」因取一個乳名，叫做太平郎。

卻說太平郎，方纔三歲時，齊主差秦彝領兵把守齊州。秦彝挈家在任。秦旭護駕在晉陽。不意齊主任用非人，政殘民叛。周主出兵伐齊，齊兵大潰。齊主逃向齊州，留秦旭、高延宗把守晉陽，相持許久，延宗城破被擒，秦旭力戰死節。史臣有詩贊之曰：

苦戰陣雲昏，輕生報國恩。吞吳空有恨，厲鬼誓猶存。

及至齊主到齊州，懼周兵日逼，著丞相高阿那肱協同秦彝堅守，自己駕幸汾州。不數日周兵追至，高阿那肱便欲開門迎降。秦彝道：「朝廷恐秦彝兵力單弱，故令丞相同守。如今守逸攻勞，正宜堅拒，以挫敵鋒。丞相國之大臣，豈可輒生二志？」那肱道：「將軍好不見機！周兵之來，勢如破竹，并州、鄴下多少堅城，不能持久，況此一壁？我受國厚恩，尚且從權，將軍何必悻悻？」秦彝道：「秦彝父子，誓死國家！」吩咐部下把守城門，自己入見夫人道：「主上差高阿那肱助我，不意反掣我肘，勢大敗矣！我誓以死守，圖見先人於地下。秦氏一脈託於你。」說未畢，外邊報道：「高丞相已開關放周兵入了！」秦彝忙提渾鐵槍趕出來，只見周兵似河決一般湧來。秦彝領軍，雖有數百精銳，如何抵擋得住？殺得血透重袍，瘡痍遍體，部下十不存一。秦領軍大叫一聲道：「臣力竭矣！」手掣短刀，復殺數人，自刎而死。

重關百二片時隤，血戰將軍志不灰。城郭可傾心愈勁，化雲飛上白雲堆。

此時寧夫人收拾了些家資，逃出官衙。亂兵已是填塞街巷，使婢家奴，俱各驚散。領了這太平郎，正沒擺劃，轉到一條靜僻小巷，家家俱是關著。聽得一家有小兒哭聲，知道有人在內，只得扣門，卻是一個婦人，和一個兩三歲小孩子在內。說起是個寡婦姓程，這小孩子叫做一郎，止母子二口，別無他人。就借他權住。亂定了，將出些隨身金寶騰換，在程家對近一條小巷中，覓下一所宅子，兩家通家往來。

此時齊國淪亡，齊國死節之臣，誰來旌表？也只得混在齊民之中。且喜兩家生的孩子，卻是一對頑皮，到十二三歲時，便會打斷街、鬧斷巷生事。到後程一郎母子，因年荒回到東阿舊居，寧夫人自與叔寶住在歷城。

這秦瓊長大，生得身長一丈，腰大十圍，河目海口，燕頷虎頭；最懶讀書，只好掄槍弄棍，廝打使拳。在街坊市上，好事打抱不平，與人出力，便死不顧。寧夫人常常泣對他道：「秦氏三世，只你一身，拈槍拽棒，你原是將種，我不禁你；但不可做輕生負氣的事，好奉養老身，接續秦家血脈。」故此秦瓊在街坊生事，聞母親叫喚，便丟了回家。人見他有勇仗義，又聽母親訓誨，似吳國專諸❶的為人，就叫他做賽專諸。更喜新娶妻張氏，奩中頗有積蓄，得以散財結交，濟弱扶危。

初時交結附近的豪傑：一個是齊州捕盜都頭樊虎，字建威；一個是州中秀才房彥藻；一個是王伯當；還有一個開鞭杖行賈潤甫。時常遇著，不拈槍弄棒，便講些兵法。還有過往好漢遇著，彼此通知接待，不止一個。大凡人沒些本領，一身把這兩個銅錢結識人，人看他做耍子，不肯抬舉他。雖有些本領，卻好高自大，把些手段壓伏人，人又笑他是魯莽，不肯敬服他，所以名就不起。秦瓊若論他本領，使得槍射得箭，還有一樣獨腳武藝：他祖傳有兩條流金熟銅鐧，稱來可有一百三十斤。他舞得來，初時兩條怪蟒翻波，後來一片雪花墜地，是數一數二的。若論他交結，莫說他憐憫著失路英雄，交結是一時豪傑；只他母親寧夫人，他娘子張氏，也都有截髮留賓❷、剉薦供馬❸的氣概。故此江北地方，說一個秦瓊的

---

❶ 專諸：亦稱鱄設諸，春秋時吳國堂邑（今江蘇省六合縣）人。受吳公子光（闔廬）指使刺死吳王僚，自己亦被當場殺死。

武藝，也都咬指頭；說一個秦瓊的做人，心花都開。正是：

才奇海宇驚，誼重世人傾。莫恨無知己，天涯盡弟兄。

一日，樊虎來見秦瓊道：「近來齊魯地面凶荒，賊盜生發，官司捕捉，都不能了事。昨日本州刺史，叫我招募幾個了得的人，在本郡緝捕。小弟說及哥哥，道哥哥武藝絕人，英雄蓋世；情願讓哥哥做都頭，小弟作副。刺史欣然，著小弟請哥哥出去。」秦瓊道：「兄弟，一身不屬官為貴。我累代將家，若得志，為國家提一枝兵馬，斬將搴旗，開疆展土，博一個榮封父母，蔭子封妻；若不得志，有這幾畝薄田，幾樹梨棗，儘可以供養老母，撫育妻兒。這幾間破屋，中間村酒雛雞，儘可以知己談笑；一段雄心，沒按捺處，不會吟詩作賦，鼓瑟彈琴，拈一回槍棒，也足以消耗他，怎低頭向這些贓官府下，聽他指揮？拿得賊是他功，起來贓是他的錢。還有咱們費盡心力，拿得幾個強盜，他得了錢，放了去，還道咱們誣盜。若要咱和同水密，反害良民，滿他飯碗，咱心上也過不去。做他甚麼？咱不去！」樊虎道：「哥，官從小大來，功從細積起。當初韓信也只是行伍起身。你不會拈這枝筆，做些甚文字出身，又亡過了先前老人家，又靠不得他門蔭❹，只有這一刀一槍事業，可以做些營生，還是去做的是。」

❷ 截髮留賓：晉朝陶侃年輕時家中貧窮，有客人來投宿，陶侃母甄氏即翦下頭髮賣給鄰居換錢，用以款待來客。後就以截髮留賓為稱頌賢母的典故。

❸ 剉薦供馬：鍘草蓆以餵客人的馬匹，喻好客。剉，鍘碎。薦，草蓆。

❹ 門蔭：憑藉祖先的功勳而得到官職。

樊虎來見秦瓊道：「哥哥武藝絕人，英雄蓋世，情願讓哥哥做都頭，小弟作副。」

慚無彩筆夜生花，恃有橫戈可起家。璞隱荊山人莫識，利錐須自出囊紗❺。

話說間，只見秦瓊母親走將出來，與樊虎道了萬福道：「我兒，你的志氣極大；但樊家哥哥說得也有理。你終日游手好閒，也不是了期，一進公門，身子便有些牽係，不敢胡為；倘然捕盜立得些功，幹得些事出來也好。我聽得你家公公，也是東宮衛士出身，你也不可膠執了。」秦瓊是個孝順人，聽了母親一席話，也不敢言語。次日兩個一同去見刺史。這刺史姓劉，名芳聲，見了秦瓊：

軒軒雲霞氣色，凜凜霜雪威稜。熊腰虎背勢崚嶒，燕頷虎頭雄俊。聲動三春雷震，髯飄五綹風生。雙眸朗朗炯疏星，一似白描關聖。

劉刺史道：「你是秦瓊麼？你這職事，也要論功敘補。如今樊虎情願讓你，想你也是個了得的人，我就將你兩個，都補了都頭。你須是用心幹辦。」兩個謝了出來。樊虎道：「哥，齊州地面盜賊，都是響馬，全要在腳力可以追趕，這須要得匹好馬纔好。」秦瓊道：「咱明日和你到賈潤甫家去看。」

次日，秦瓊袖了銀子，同樊虎到城西。卻值賈潤甫在家，相見了。樊虎道：「叔寶兄新做了捕盜的都頭，特來尋個腳力。」賈潤甫對叔寶道：「恭喜兄補這職事，是個撍錢莊兒，也是個干係堆兒。只恐怕捉生替死，誣盜扳贓，這些勾當，叔寶兄不肯做；若肯做，怕不起一個銅斗般家私？」叔寶道：「這虧心事，咱家不做。不知兄家可有好馬麼？」賈潤甫道：「昨日正到了些。」兩個攜手到後槽，只見青

❺ 利錐須自出囊紗：即錐處囊中，比喻才智不會長久被埋沒。

驄、紫騮、赤兔、烏騅、黃驃、白驥班的五花虬，長的一丈烏，嘶的，跳的，伏的，滾的，吃草的，咬蚤的，雲錦似一片，那一匹不是：

竹披耳峻，風入輕蹄；死生堪託，萬里橫行。

那建威看了這些，只揀高大肥壯的道：「這匹好，那匹好。」揀定一匹棗騮；叔寶卻揀定一匹黃驃。潤甫道：「且試二兄的眼力。」牽出後槽，建威便跳上棗騮，叔寶跳上黃驃，一轡頭放開，煙也似去了。那棗騮去勢極猛，黃驃似不經意；及到回來，棗騮覺鈍了些，腳下有塵；黃驃快，腳下無塵，且又馴良。賈潤甫道：「原是黃驃好。」叔寶就買黃驃。販子要一百兩，叔寶還了七十兩。賈潤甫主張是八十兩。販子不肯，潤甫把自己用錢貼去，方買得成，立了契。同在賈潤甫家，吃得半酣回家。以後卻是虧這黃驃馬的力。

一日忽然發下一干人犯，是已行未得財的強盜，律該充軍，要發往平陽府澤州潞州著伍。這劉刺史恐有失誤，差著樊虎與秦瓊二人，分頭管解：建威往澤州，叔寶往潞州，俱是山西地方，同路進發。叔寶只得裝束行李，拜辭母親妻子，同建威先往長安兵部掛了號，然後往山西。

游子天涯路，高堂萬里心。臨行頻把袂，魚雁莫浮沈。

不說叔寶解軍之事。再說那李淵，見准了這道本，著他做河北道行臺太原郡守，便似得了一道赦書，急忙叫收拾起身，先發放門下一干人。這日月臺丹墀❻儀門外，若大若小，男男女女，挨肩擦背，屁都擠將出來。唐公坐在滴水簷前，看著這些手下人，憐惜他效勞日久，十分動念，目中垂淚道：「我實指望長安做官，扶持你們終身遭際。不料逼於民謠，掛冠回去，眾人在我門下的，都不要隨我去了。」唐公平昔待人有恩，眾人一聞此言，放聲大哭，個個十分苦楚。唐公見他們哭得苦楚，眼淚越發滾出來，將袖拂面忍淚道：「你們不必啼哭，難道我今日不做官，將你這些眾人，趕逐去不成？我有兩說在此：有領我田疇耕種的，有店房生意容身的，有在我門下效勞、得一官半職的，有長安腳下有甚麼親故的，這幾項人，都不要隨我去了。若沒有田疇耕種，店房生理，長安中又舉目無親，這種人留在京中，也沒有用處，都跟我到太原去，將高就低，也還過了日子。」這些手下人內，有情願跟去的，即忙答應：「小的們願隨老爺。」人多得緊，到底不知是那個肯去那個不肯去。唐公畢竟有經緯，吩咐下邊眾人：「與我分做兩班：太原去的，在東邊丹墀；長安住的，在西邊丹墀。分定立了，我還有話。」唐公口裡吩咐，心中暗想道：「情願去的，畢竟不多。」誰料這干人略可抽身的，都願跟歸太原，有立在西丹墀的，還復轉到東邊去，一立立開，東西兩丹墀，約莫各有一半。那些眾人在下邊紛紛私議：在長安住下的，捨不得老爺知遇之恩；要去時，奈長安城中，沾親有故，大小有前程羈絆，生意牽纏，不得跟去。故此同是一樣手下人，那西邊人羨東邊人，好像即刻登仙的一般。唐公問西丹墀：「都是長安住下麼？」有幾員官上來稟謝道：「小人蒙老爺擡舉，也有金帶前程。」有幾個道：「小人領老爺錢本房屋。」有幾個稟道：「小的領老爺田疇耕種，這項錢糧花利，每年齎解到老爺府中公用。」唐公聽畢，吩咐把卷箱擡出來，不拘男婦老幼，有一名人與他棉布二疋，銀子一錠。賞畢又吩咐道：「我不在長安為官，你眾人

❻ 丹墀：古代宮殿前的石階，漆成紅色，故稱。

越該收斂形跡，守我法度。都要留心切記！」眾人叩頭去了。唐公又向東邊的道：「你們這干是隨去的了麼？」眾人都上前道：「小的們妻孥幾輩了，情願跟了老爺太原去。」唐公吩咐開一個花名簿，給與行糧銀兩，不許騷擾一路經過地方，細微物件，都要平買平賣；強取民間分文，責究不恕。吩咐了，退入後堂少息。

只見夫人竇氏向前道：「今日得回故里，甚是好事；只是妾身身懷六甲，此去陸路，不勝車馬勞頓；況分娩將及，不若且俄延半月起程。」李淵道：「夫人，主上多疑，更有奸人造謗，要盡殺姓李的人，在此一刻，如在虎穴龍潭，今幸得請，死還歸故鄉死。你不曉得李渾麼，他全家要望回去是登天了！」竇夫人默默無言，自行準備行李。李淵一面辭了同僚親故，一面辭了朝，自與竇夫人、一個十六歲千金小姐，坐了軟輿；族弟道宗與長子建成騎了馬，隨從了四十餘個彪形虎體的家丁，都是關西大漢，弓上弦，刀出鞘，簇擁了出離長安。

回首長安日遠，驚心客路雲橫。渺渺塵隨征騎，飄飄風弄行旌。

此時中秋天氣，唐公趁晴霽出門得早；送的也不多，止有幾個相知郊餞。唐公也不敢道及國家之事，略致感謝之意，作別起程。人輕馬快，一走早已離京二十餘里，人煙稀少。忽見前面陡起一崗，簇著黑叢叢許多樹木，頗是險惡：

高崗連野起，古木帶雲陰。紅繡天孫錦❼，黃飄佛國金❽。林深鳥自樂，風緊葉常吟。蕭瑟生秋意，征人恐不禁。

這地名叫做楂樹崗。唐公夫婦坐著轎，行得緩，三四十家丁慢帶馬，前後左右，不敢輕離。只有道宗與建成趕著幾個前站家丁，先行有一二里多路。建成是紫金冠紅錦袍，道宗是綠扎巾，面前繡著一朵大牡丹花玄紵袍，肩上纏有一條大剝古龍金鶻兔帶，粉底皂靴。向前走一個落山健，趕入林子裡來。若是沒有這兩個先來，唐公家眷一齊進到林子內，一來不曾準備，二來一邊要顧行李，一邊要顧家眷，也不能兩全，少不得也中宇文述之計；喜是這幾個先來，打著馬兒正走。

這邊宇文述差遣扮作響馬的人，賫夜出京，等了半日，遠遠望見一行人入林：一個蟒衣，是個官員模樣；一個小哥兒，也是公子模樣，斷然道是唐公家眷。發一聲喊，搶將出來；都是白布盤頭，粉墨塗臉，人強馬壯，持著長槍大刀，口裡亂吆喝道：「無鬚兒拿買路錢來！」建成此時見了，吃了一嚇，踢轉馬便跑。道宗雖然吃了一驚，還膽大，便罵道：「這廝吃了大蟲心獅子膽來哩，是鑵子也有兩個耳朵，不知道洒家是隴西李府裡，來阻截道路麼？」說罷，拔出腰刀便砍，這幾個家丁是短刀相幫。這邊建成嚇得抱了鞍轎，憑著這馬倒跑回來，見了唐公轎子，忙道：「不好了，不好了！前面強盜，把叔爺圍在林子裡面了！」

---

❼ 天孫錦：指織女所織的紅錦。天孫，星名。即織女星。

❽ 佛國金：意指顏色黃得如同西天佛國的黃金。佛國，佛的出生地，指天竺，即古印度。

喜是翻身離虎穴，誰知失足在龍潭！

唐公聽了道：「怎輦轂❾之下，也有強盜？」便跳下轎來吩咐道：「家丁了得的，分一半去接應；一半可護著家眷車輛，退到後面有人煙處駐紮。」自己除去忠靖冠❿，換了扎巾，脫去行衣，換了一件箭袖⓫的紵襖；左插弓，右帶箭，手中提一枝畫桿方天戟⓬，騎了白龍馬，帶領二十餘個家丁，也趕進林子裡來。早望見四五十強人，都執器械，圍住著道宗。道宗與家丁們，都拿的是短刀，甚是抵敵不住。唐公欲待放箭，又恐怕傷了自己的人，便縱一縱馬，趕上前來，大喝一聲道：「何處強人，不知死活，敢來攔截我官員過往麼？」這一喝，這干強盜也吃一驚，一閃向兩下一分。被唐公帶領家丁，直衝了進來，與道宗合在一處。這些強人，看有後兵接應，初時也覺驚心；及至來不過二十餘人，遂欺他人少；況且來時，原是要害唐公，怎見了唐公反行退去？仍舊拈槍弄棒的，團團圍將攏來，把唐公並家丁圍在垓心。正是：

九里山前列陣圖，征塵蕩漾日模糊。項王有力能扛鼎，得脫烏江阨也無？

不知唐公也能掙得出這重圍麼？且聽下回分解。

---

❾ 輦轂：天子的車輿。這裡代指京師。
❿ 忠靖冠：一種帽冠，冠頂方形，帽梁及帽邊用金線繡成，冠名取自「進思盡忠，退思補過」之意。
⓫ 箭袖：即箭衣，古代射者之衣，衣袖只有半截，以便於射箭，故稱為箭袖。
⓬ 方天戟：一種古兵器，合戈矛為一體，可以直刺和橫擊。

總評：舊本有太子自扮盜魁，阻劫唐公，為唐公所識，雖演義亦無不可。予以為如此釁隙，歇後十三年，君臣何以為面目？故更之。

第五回　秦叔寶途次救唐公　竇夫人寺中生世子

詞曰：

天地無心，男兒有意，壯懷欲補乾坤缺❶。鷹鸇何事奮雲霄？鸞鳳垂翅荊榛裡。情脈脈，恨悠悠，髮雙指。　熱心肯為艱危止，微軀拚為他人死。橫尸何惜咸陽市，解紛豈博世間名？不平聊雪胸中事，憤方休，氣方消，心方已！

右調千秋歲引

天地間死生利害，莫非天數。只是天有理而無形，雷霆之怒，也有一時來不及的，不得不借一個補天的手段，代天濟弱扶危。唐公初時，也只道是尋常盜寇，見他到來，自然驚散。不料這些都是宇文述遣的東宮衛士，都是挑選來的精勇。且尋常盜賊，不得手便可漫散，這干人遵了宇文述吩咐，不殺得唐公並他家眷，怎麼回話？所以都拚命來殺。況是他的人，比唐公家丁多了一倍，一個圈把唐公與家丁圈在裡邊，直殺得：

❶ 乾坤缺：缺原作陂，據上海古籍出版社本及文意改。

四野愁雲靉靆❷，滿空冷霧飄揚。撲通通鼓砲驅雷，明晃晃槍刀簇浪。將對將，如天神地鬼爭功；馬邀馬，似海獸山彪奪食。騎著的紫叱撥、五花驄、銀獬豸、火龍駒、綠騅驄、流金騧、照夜白、玉騎駼、滿梢馬、的盧馬，匹匹是如龍驕騎，飛兔神駒。白色的浪滾萬朵梨花，赤色的霞捲千團杏蕊；青色的曉霧連山，黃色的浮雲閃日。舞著的松紋刀、桑門劍、火尖槍、方天戟、五明鏟、宣花斧、鏒金鎚、必彥撾、流金钂、倒馬毒，件件是凌霜利刃，賽雪新鋒。飄飄絮舞萬點槍刀，滾滾楊花一團刀影。虹飛電閃，劍戟橫空；月轉星奔，戈矛耀目。何殊海覆天翻，成個你贏我負。

戰夠一個時辰，日已沉西。唐公一心念著家眷，要殺出圍來。殺到東，這干強盜便捲到東來；戰到西，這干強盜便擁到西了。雖不被傷，卻也不得脫身。留下家丁，又以家眷為重，不敢輕易來接應。這唐公早已在危急的時候了。

這也是數該有救。秦叔寶與樊建威，自長安解軍掛號出來，也到臨潼山下，楂樹崗邊經過。聽得林中喊殺連天，便跳上高崗一望，見五七十強盜，圍住似一起官兵在內。叔寶對建威道：「可見天下大荒，山東、河南一望無際，盜賊生發也便罷了。你看都門外，不上數十里之地，怎容得響馬猖獗？」樊建威指定唐公道：「那一簇困在當中的，不是響馬，是捕盜官兵，眾寡不敵，被他圍在此處，看他勢已狼狽了。兄在山東六府，稱揚你是賽專諸，難道只在本地方抱不平，今路見不平之事，如何看得過？兄仗平生本領，助他一陣，也見得兄是豪傑大丈夫。」叔寶道：「賢弟，我倒有此意，但恐你不肯成全我這件

❷靉靆：音ㄞˋㄉㄞˋ。雲盛貌。

事。」樊建威道：「小弟攛掇兄去，甚麼反說我不肯成全？」叔寶道：「賢弟既如此，你把這幾名軍犯先下山去，趕到關外，尋下處等我。」樊建威道：「小弟在此，還可幫扶兄長，怎倒教小弟先去？」叔寶道：「小弟一身，儘彀開除這夥盜賊。你在此幫扶，這幾名軍犯，誰人管領？」樊建威道：「這等仁兄保重。」便領了這幾個軍犯先去了。叔寶按一按范陽毡笠，扣緊了鋌帶，提著金鐧，跨上黃驃馬，借山勢衝將下來。好似：

猛虎初離穴，咆哮百獸驚。

大喊一聲道：「響馬不要無禮，我來也！」只這一聲，好似牙縫裡迸出春雷，舌尖上震起霹靂。只是人見他一人一騎，也不慌忙，就是唐公見了，也不信他濟得事來。故此這干假強盜，還迷戀著唐公廝殺，眼界中那有一個捕盜公人在黑珠子上？直待秦叔寶到了戰場上，纔有一二人來支架。戰乏的人，遇到了一個生力之人，人既猛勇，器械又重，纔交手早把兩個打落馬下。這番眾強盜發一聲喊，只得丟了李淵，來戰叔寶。這叔寶不慌不忙，舞起這兩條鐧來。

單舉處一行白鷺，雙呈時兩道飛泉。飄飄密雪向空旋，凜凜寒濤風捲。馬到也，強徒辟易；鐧來也，山岳皆寒。戰酣塵霧欲遮天，蛟龍離陷穽，狐兔遁荒阡。

前時這干強徒，倚著人多，把一個唐公與這些家丁逼來逼去，甚是威風。這番遇了秦叔寶，裡外夾攻，殺得東躲西跑，南奔北竄：也有逃入深山裡去的，也有閃在林子裡的。唐公勒著馬，在空處指揮家

叔寶按一按范陽毡笠，扣緊了鋌帶，提著金鐧，跨上黃驃馬，借山勢衝將下來，大喊一聲道：「響馬不要無禮，我來也！」

丁，助叔寶攻擊。識勢的走得快，逃了性命；不識勢的，少不得折臂傷身。弄得這干人：

猶如落葉遭風捲，一似輕冰見日消。

早有一個著了鐧墜馬的，被家丁一簇，抓到唐公面前。唐公道：「你這廝怎敢聚集狐群狗黨，驚我過路官員？拿去砍了罷！」這人戰戰兢兢道：「小人不是強盜，是東宮護衛，奉宇文爺將令，道爺與東宮有仇，叫小人們打劫爺。上命差遣，原不干小人們事。」唐公道：「我與東宮有何仇？你把來搪塞，希圖脫死？本待砍你狗頭，憐你也是貧民，出於無奈，饒你去罷！」這人得了命，飛走而去。唐公看那壯士時，還在那廂惡狠狠、覓人廝殺。唐公道：「快去請那壯士來相見！」只見一個家丁，一騎趕到道：「家爺請相見。」叔寶道：「你家是誰？」家丁道：「是唐公李爺。」叔寶兜住馬，正在躊躇，只見又是一個家丁趕到道：「壯士快去，咱家爺必有重謝哩！」叔寶聽了一個謝字，笑了一笑道：「咱也只是路見不平，也不為你家爺，也不圖你家謝。」說罷帶轉馬，向大道便走。

生平負俠氣，排難不留名。生死鴻毛似，千金一諾輕。

唐公見家丁請不來壯士，忙道：「這原該我去謝他，怎返去請他？這還是我不是了！」吩咐家丁：「你們且去趲家眷上來，我自趕上謝他罷！」忙忙帶緊絲韁，隨叔寶後邊趕來道：「壯士且住馬，受我李淵一禮。」叔寶只是不理。唐公連叫幾聲，見他不肯住足，只得又趕道：「壯士，我全家受你活命之恩，便等我識一識姓名，報德俟異日何妨？」此時已趕下有十餘里。叔寶想：「樊建威在前，趕上時，少不得問出姓字，不如對他說了，省得他追趕。」只得回頭道：「李爺不要追趕了！小人姓秦名瓊便是。」連把手擺上兩擺，把馬加上一鞭，箭也似一般去了。正是：

山色不能傳俠氣，溪流不盡瀉雄心。功勳未得銘鐘鼎，姓字居然照古今。

唐公欲待再追，戰久馬力已乏，又且一人一騎，在道兒上跑，倘有不盡餘黨，乘隙生變，那裡更討壯士出來？只得歇馬。但是順風，加上馬鑾鈴響，剛聽得一個瓊字，又見他搖手，錯認作五行，生生地把一個瓊五，牢牢刻在心裡，不知何日是報恩之日。放馬正要走回，卻見塵頭起處，一馬飛來。唐公道：「不好了！這廝們又來了！且莫與他近前，看我手段。」輕拽雕弓，射一箭去，早見那人落馬。再看塵頭到處，正是自己家眷。唐公正在敘說，得瓊五救應，殺散賊黨，這真是大恩人，兩兩慰諭。只見幾個腳夫，與村莊農夫，趕到唐公馬前，哭哭啼啼道：「不知小人家主何事觸犯老爺，被老爺射死？」唐公道：「我不曾射死你甚主人！」眾人哭道：「適纔拔下喉間箭，見有老爺名字。」唐公道：「哦，適纔我與一干強盜相殺方散，恰遇著一人飛馬而來，我道是響馬餘黨，曾發一箭，不料就射死是你主人，這也是我誤傷。你主人叫甚名字？是何處人？」眾人道：「小人主人，乃潞州二賢莊上人。姓單名道，表字雄忠，在長安販緞回來到此。」唐公道：「死者不能復生，叫我也無可奈何了。便到官司也是誤傷，不過與些埋葬。你家還有甚人？」眾人道：「還有二員外單通，表字雄信。」唐公道：「這等你回家，對你二員外說：我因剿盜，誤傷你主人，實是錯誤。我如今與你銀子五十兩，你從厚棺斂，送回鄉去。待我回籍時，還差官到潞州，登堂弔孝。」安慰了一番。自古道：「窮不與富鬥，富不與官鬥。」況在途路之中，眾人只得隱忍，自行收拾。

唐公說便如此說，卻十分過意不去，心灰意懶，又與這干人說了半晌；卻因此耽延，不得出關。離長安六十里之地，沒有驛遞❸，只有一座大寺，名叫永福寺。唐公看家眷眾多，非民間小戶可留，只得差人到寺中，說要暫借安歇。本寺住持名為五空，聞知忙忙撞鐘擂鼓，聚集眾僧，山門外迎接。一邊著行童打掃方丈，收拾廚房；一面著了袈裟，手執信香，率領合寺僧眾，出寺迎接。唐公吩咐家眷車輛，暫停寺外，自己先入寺來。但見：

千年堅固臺基，萬歲崢嶸殿宇。山門左右，那風調雨順四天王；佛殿居中，坐過去未來三大士。綺麗朱牖，雕刻成細巧葵榴；赤壁銀牆，彩畫就濃山淡水。觀音堂內，古銅瓶插朵朵金蓮；羅漢殿中，白玉盞盛瑩瑩淨水。山猿獻菓，聞金輕畫得超昇；野鹿銜花，聽法語脫離業障。金光萬道

侵雲漢，瑞氣千條鎖太空。

後人有詩贊之曰：

佛殿龍宮碧玉幢，人間故號作清涼。臺前瑞結三千丈，室內常浮百萬光。劫火煉時難毀壞，罡風❹吹處更無傷。自從開闢乾坤後，累劫常留在下方。

---

❸ 驛遞：即驛站，負責投遞公文、轉運官物及供來往官員休息的機構。

❹ 罡風：高空的風。罡，音ㄍㄤ。

走至殿上，左右放下胡床，僧人參謁了唐公。著令引領家丁，向方丈相視，附近僧房，俱著暫行移開，然後打發家眷進來，封鎖了中門。自己在禪堂坐住，因想：「若是強人，既經挫折，不復敢來。恐果是東宮所遣，倘或不肯甘心，未免再至。」故此發付家丁，內外巡哨，以防不虞。自己便服帶劍，在燈下觀書。不知這干人在山林裡，抹去粉墨，改換裝束，會得齊，傍晚進城，如何能復來？就是宇文述與太子，一計不成，已是乏趣；喜得李淵不知，不成笑話。況且這干人回話，說殺傷他多少家丁，殺得李淵如何狼狽；道把他奚落這一場，也可消恨，把這事也竟丟開。但唐公是驚弦之鳥，猶自不敢放膽。

坐到二更時候，欠伸之際，忽聞得異香撲鼻。忙看几上博山爐❺中，已煙消火冷。奇是始初還覺得微有氤氳❻，到後越覺得滿堂馥郁。著人去看佛殿上，回報爐中並不曾有香。唐公覺是奇異，步出天井；只見景星慶雲❼，粲然於天；祥霞爍繞，瑞霧盤旋。在禪堂後面，原來是紫微❽臨凡，未離兜率❾，香氣滿天，已透出母胎來了。正仰面觀看時，忽守中門家丁，報夫人分娩二世子了。時仁壽元年，八月十六日子時也。唐公忙著隔門傳語問安否時，回復是因途中聞有強人阻截，不免驚心；後來因遇強人，吩咐退回有人煙處駐紮，行急了不免又行震動，遂致分娩。喜得身子平安，唐公放了心。

❺ 博山爐：古代一種香爐，表面雕刻作重疊山形。
❻ 氤氳：雲煙瀰漫。
❼ 景星慶雲：景星，也稱瑞星，德星，雜星名。慶雲，五色雲，古代以為是祥瑞之氣。
❽ 紫微：即紫微垣，星座名。
❾ 兜率：即兜率天。佛教用語，是欲界六天中的第四天。泛指天界。

捱到天明，唐公進殿參禮如來。家丁都進禪堂，回風叩頭問安。住持率僧人，具紅手本⑩賀喜。唐公道：「寄居分娩，污穢如來清淨道場，罪歸下官，何喜可賀？」隨命家丁取銀十兩，給與住持，著多買沉檀速降諸香⑪，各殿焚燒，解除血光污穢。又對住持道：「我本待即行起身，怎奈夫人初分娩，不耐途路辛苦，欲待借你寺中，再住幾時何如？」住持稟道：「敝寺荒陋，不堪貴人居止。喜是寬敞，若老爺居住，不妨待夫人滿月。」唐公道：「只恐取擾不當。」吩咐家丁，不得出外生事，及在寺騷擾。又對住持道：「我觀此寺，雖然壯麗，但不免坍頹處多，我意欲行整理。」住持道：「僧人久有此意，但小修也得千金，重整不下萬兩，急切不得大施主，就是常蒙來往老爺，寫有緣簿，一時僧人不敢去催逼，以此不敢興工。」唐公道：「我便做你個大施主，也不必你來催我，一到太原，即著人送來。」隨研香劑，飽滲霜毫。住持忙送上一個大紅織金紵絲面的冊頁。唐公展開，寫上一行道：「信官李淵，喜助銀一萬兩，重建永福寺，再塑合殿金身。」這些和尚伸頭一張，莫不咬指吐舌，在那邊想：「不知是那一個買辦木料，那個監工，少可有加一二頭除。」有的道：「你看如今一釐不出的，偏會開緣簿，整百千寫下，那曾見拿一錢來？到興建時尋個護法，還要大塊拱他，陪堂管家，都有需索。莫說一萬，便拿這五百來，那個敢去催他找足？」胡猜了一會。次早尋了四盤香，請唐公各殿焚香；撞鐘擂鼓，好不奉承。自此唐公每日在寺中住坐，只待夫人滿月啟行。未知後事如何，且聽下回分解。

⑩ 手本：明清時下屬見上司或門生見座師所用的名帖。紅手本為慶賀時用。

⑪ 沉檀速降諸香：即指沉香、檀香、速香、降香等香。速香，又稱黃熟香，一種比較輕虛的香。降香，又叫降真香、雞骨香，產自貴州省南部。燃燒時香煙直上，傳說能降神，故名。

總評：唐公不是叔寶來救，何知東宮護衛宇文所使。單通無端被唐公射死，以致雄信終身飲恨，不肯投唐。總是大數預定，出自意外。

第六回　五花陣柴嗣昌山寺定姻　一塞囊秦叔寶窮途落魄

詩曰：

淪落不須哀，才奇自有媒。屏聯孔雀侶，簫築鳳凰臺。種玉[1]成佳偶，排琴是異材。雌雄終會合，龍劍躍波來。

世間遇合，極有機緣，故有意之希求，偏不如無心之契合。唐公是隋室虎臣，竇夫人乃周朝甥女。隋主篡周之時，夫人只得七歲，曾自投床下道：「恨不生為男子，救舅氏之難。」原是一對奇夫婦，定然產下英物。他生下一位小姐，年當十六歲，恰似三國時孫權的妹子劉玄德夫人，不喜弄線拈針，偏喜的開弓舞劍。故此唐公夫婦也奇他。要為他得一良婿。當時求者頗多，唐公都道：庸流俗子，不輕應允。卻也時時留心。

松柏成操冰玉姿，金閨有女恰當時。鸞鳳不入尋常隊，肯逐長安輕薄兒？

---

[1] 種玉：晉朝干寶搜神記說，楊伯雍居終南山，常汲水供人飲用。有人飲水後給楊伯雍一斗石子，說種下可生玉，並可得到好婦。楊伯雍果然在種石子處獲得白璧，於是聘得妻子。後就以兩家通婚稱為種玉之緣。

此時在寺中，也念不及此，但只是終日閒坐，又無正事關心，更沒個僚友攀話，止有個道宗說些家常話，甚覺寂寞。況且是個尊官，一舉一動，家丁便來伺候，和尚都來打聽，甚是拘束。耐了兩日，只得就僧寮香積，隨喜一隨喜。欲待看他僧人多少，房屋多少，禪規嚴不嚴，功課勤不勤的意思。不料籬笆槅扇縫中，不時有個小沙彌，窺覷唐公舉動。唐公纔向迴廊步去，密報與住持五空知道。五空輕步，隨著唐公後邊，以備答問。轉到廚房對面，有手下道人，大呼小叫，住持遠遠搖手。唐公行到一所在，問：「此處庭院委曲，廊廡潔淨，是甚麼去處？」住持道：「這是小僧的房，敢請老爺進內獻茶。」唐公見和尚曲致殷勤，不覺的步進清舍；卻不是僧人的臥房，乃一淨室去處，窗明几淨，果然一塵不染，萬緣俱寂。五空獻過了茶，推開槅子，緊對著舍利塔，光芒耀目，真乃奇觀；復轉身看屏門上，有一聯對句：

寶塔凌雲一目江天這般清淨　金燈代月十方世界何等虛明

側邊寫著「汾河柴紹薰沐手拜書」。唐公見詞氣高朗，筆法雄勁，點頭會心，問住持道：「這柴紹是甚麼人？」住持道：「是汾河縣禮部柴老爺的公子，表字嗣昌。在寺內看書，見僧人建得這兩個小房，書此一聯，以贈小僧，貼在屏門上。來往官府，多有稱讚這對聯的。」唐公點頭而去，對住持道：「長老且自便。」

唐公回到禪堂。是晚月明如晝，唐公又有心事的人，停留在寺，原非得已，那裡便肯安息？因步松陰，又到僧房，問：「住持曾睡也未？」五空急趨應道：「老爺尚未安置，小僧焉敢就寢？」唐公道：

「月色甚好，不忍辜負清光。」住持道：「寺旁有一條平岡，可以玩月。請老爺一步何如？」唐公道：「這卻甚妙。」住持叫小廝掌燈前走。唐公道：「如此好月，燈可不必。」住持道：「怕竹徑崎嶇，不便行走。」唐公道：「我們為將出征，黑地裡常行山徑；這尺來多路，便有花陰竹影，何須用燈？只煩長老引路，不必下人隨從。」住持奉命，引領唐公，不往日間獻茶去處，出了旁邊小門，打從竹徑幽靜所在，步上土崗。見一月當空，片雲不染；殿角插天，塔影倒地。又見遠山隱隱，野樹濛濛，人聲皆空，村犬交吠，點綴著一派夜景。唐公觀看一會，正欲下崗，只見竹林對過，燈火微紅，有吟誦之聲。唐公問道：「長老誦晚功課麼？」住持道：「因夫人分娩，恐貴體虛弱，傳香與徒子法孫，暫停晚間功課。」唐公點頭。步轉崗灣，卻又敞軒幾間。唐公便站住了腳，問道：「這聲音又不是念經了？」住持道：「這就是柴公子看書之所。老爺日間所見的對聯，就是他寫的。」唐公聽他聲音洪亮，攜了住持的手，輕輕舉步，直到讀書之所。窗隙中窺視，只見燈下坐著一個美少年，面如敷粉，唇若塗硃；橫寶劍於文几，琅琅念誦，卻不是孔孟儒書，乃是孫吳兵法。念罷拔劍起舞，有旁若無人之狀。舞罷按劍在几，叫聲：「小廝柴豹取茶來！」

一片英雄氣，幽居欲問誰？青萍❷是知己，彈鋏❸寄離奇。

唐公聽見，即便回身下階，暗喜道：「時平尚文，世亂用武。當此世界，念這幾句詩云子曰，當得

❷ 青萍：寶劍名。

❸ 彈鋏：彈擊劍把。鋏，劍把。戰國齊孟嘗君食客馮諼曾彈鋏而歌。後來用以比喻有所希求於人。

甚事？必如這等兼才，上馬擊賊盜，下馬草露布❹，方雅稱吾女。且我有緩急，亦可相助。」走過庭廊，隨對住持道：「吾觀此子，一貌非凡，他日必有大就。我有一女，年已及笄，端重寡言，未得佳婿，欲煩長老權為媒妁，與此子結二姓之好。」住持恭身答道：「老爺吩咐，僧人當執伐柯之斧❺。明早請柴公子來見老爺，老爺看他談吐便知。」唐公道：「這卻極妙。」唐公回到禪堂，僧亦辭別回去。

明日侵晨，五空和尚有事在心，急忙爬起，洗面披衣，步到柴嗣昌書房裡來。公子道：「長老連日少會。」住持道：「小僧連日陪侍唐公李老爺，疏失了公子。」柴公子道：「李公到此何事？」住持道：「李老爺奉聖旨欽賜馳驛回鄉。十五日到寺，因夫人分娩在方丈，故此暫時住下，候夫人身體康健，纔好起馬。」公子道：「我聞唐公素有賢名，為人果是如何？」住持道：「貧僧見千見萬，再不見李老爺這樣好人。因夫人生產在此，血光觸污淨地，先發十兩銀子，分付買香各殿焚燒。又取緣簿施銀萬兩，重建寺院，再整山門。昨日午間，到小僧淨室獻茶，見相公所書對聯，讚不絕口；晚間同小僧步月，聽得相公讀書，直到窗外看相公一會。」公子道：「甚麼時候了？」住持道：「是公子看書將罷，拔劍起舞的時節。」公子道：「那時有一更了。」住持道：「是時有一鼓了。」公子道：「李公說甚麼來？」住持道：「小僧特來報喜。」公子道：「甚麼喜事？」住持道：「李老爺有郡主，說是一十六歲了，端重寡言，未得佳婿。教小僧執伐柯之斧，情願與公子諧二姓之好。」公子笑道：「婚姻大事，未可輕談；但我久仰李將軍高名，若在門下，卻也得時時親近請教，必有所益，也是美事。」住持道：「如今李老

---

❹ 露布：不加密封的文書，多指捷報、檄文等。

❺ 執伐柯之斧：指作媒人。

爺，急欲得公子一見，就請到佛殿上，見他一面如何？」公子道：「他是個大人長者，怎好輕率求見？明日備一副贄禮，纔好進拜。」住持道：「他渴慕相公，不消贄禮，小僧就此奉陪相公一往。」公子道：「既如此，我就同你去。」公子換了大衣，住持引到佛殿，拜見了唐公。唐公見了公子，果然生得：

眉飄偃月，目炯曙星。鼻若膽懸❻，齒如貝列。神爽朗，冰心玉骨；氣軒昂，虎步龍行。鋒藏鍔斂，真未遇之公卿；善武能文，乃將來之英俊。

唐公要待以賓禮，柴嗣昌再三謙讓，照師生禮坐了。唐公叩他家世，敘些寒溫。嗣昌娓娓清談，如聲赴響。唐公見了，不勝欣喜。留茶而出，遂至方丈與夫人說知。夫人道：「此子雖你我中意，但婚姻係百年大事，須與女兒說知方妥。」唐公道：「此事父母主之，女孩兒家，何得專主？」夫人道：「非也！知子莫若父，知女莫若母。我這女兒，不比尋常女兒。我看她往常間，每事有一番見識，有一番作用，與眾不同。我如今去與她說明，看她的意思。她若無言心允，你便聘定她便了；若女兒稍有勉強，且自消停幾時。量此子亦未必就有人家招他為婿，且到太原再處。」唐公道：「既如此說，你去問她，我外邊去來。」說了走出方丈外去了。

夫人走進明間裡來，小姐看見接住了。夫人將唐公要招柴公子的話，細細與小姐說了一遍。小姐停了半晌，正容答道：「母親在上，若說此事，本不該女兒家多口；只是百年配合，榮辱相關，倘或草草，貽悔何及？今據父親說，貌是好的，才是美的；但如今世界止憑才貌，不足以勘平禍亂，如遇患難，此

❻ 膽懸：即懸膽，用以形容人的相貌好，鼻子直垂而圓如膽囊。

輩咬文嚼字之人，只好坐以待斃，何足為用？」夫人接口道：「正是妳父親說，公子舞得好劍。月下看他，竟似白雪一團，滾上滾下，量他也有些本領。」小姐見說，微微笑道：「既如此說，待孩兒慢慢商酌，且不必回他，俟兩日後定議何如？」夫人見說，出來回覆了唐公。

小姐見夫人去了，左思右想，欲要自己去偷看此生一面，又無此禮；欲要不看，又恐失身匪偶，心上狐疑不決。只見保母許氏，走到面前說道：「剛纔夫人所言，小姐主意若何？」小姐道：「我正在這裡想。」許氏道：「此事何難？只消如此如此，賺他來較試一番，才能便見了。」小姐點頭色喜。正是：

銀燭有光通宿燕，玉簫聲叶彩鸞歌。

卻說柴公子自日間見唐公之後，想唐公待他禮貌謙恭、情意款洽，心中甚喜。想到婚姻上邊，因不知小姐的才貌，又未知成與不成，倒付之度外。其時正在燈下看書，只見房門呀的一聲，推進門來。公子擡頭一看，卻是一個眼大眉粗身長足大的半老婦人。公子立起身來問道：「妳是何人？到此何幹？」婦人答道：「我是李府中小姐的保母，因老爺夫人要聘公子東床坦腹；但我家小姐，不特才貌雙絕，且喜讀孫吳兵法，六韜三略❼，無不深究其奧，誓願嫁一個善武能文、足智多謀的奇男子。日間老爺甚稱公子的才貌，又說公子舞得好劍，故著老身出來，致意公子：如果有意求凰，不妨定更之後，到迴廊轉西觀音閣後，菜圃上邊，看小姐排成一陣。如公子識得此陣，方許諧秦晉。」公子見說，欣然答道：「既如此說，妳去到更餘之後，妳來引我去看陣何如？」許氏見說，即便出門。

❼ 六韜三略：均為古兵書。

公子用過夜膳後，聽街上的巡兵起了更籌❽；庭中月色，比別夜更加皎潔。讀了一回兵書，又到庭前來看月，不覺更籌已交二鼓。公子見婆子之言，或未必真，欲要進去就枕，驀地裡咳嗽一聲，剛纔來的保母，遠遠站立，把手來招。公子叫柴豹，篋中取出一副繡龍紮袖穿好，把腰間絲縧收緊，帶了寶劍。叫柴豹鎖上了門跟了，同保母到菜圃中來。原來觀音閣後，有絕大一塊荒蕪空地，盡頭一個土山，緊靠著閣後粉牆，旁有一小門出入。公子看了一回，就要走進去。許氏止住道：「小姐吩咐這兩竿竹枝，是算比試的轅門。公子且稍停站在此間，待他們擺出陣來，公子看便了。」公子應允，向柴豹附耳說了幾句。只見走出一個女子來，烏雲高聳，繡襖短衣；頭上鳳釵一枝，珠懸罩額，臂穿窄袖；執著小小令旗一面，立在土山之上。公子問道：「這不是小姐麼？」許氏道：「小姐豈是輕易見的？這不過小姐身邊侍兒女教師，差他出來擺陣的。」話未說完，只見那女子把令旗一招，引出一隊女子來：一個穿紅的，夾著一個穿白的；一個穿青的，夾著一個穿黃的。俱是包巾紮袖，手執著明晃晃的單刀，共有一二十個婦女。左盤一轉，右旋一回，一字兒的排著。許氏道：「公子識此陣否？」公子道：「此是長蛇陣，何足為奇！」只見那女子又把令旗一翻，眾婦女又四方兜轉，變成五堆，一堆婦女四個，持刀相背而立。公子仔細一看，只見：

紅一簇，白一簇，好似紅白雪花亂舞玉。青一團，黃一團，好似青黃鶯燕翅翩蹮。錯認孫武子教演女兵，還疑顧夫人排成禦寇。

---

❽ 更籌：古代夜間報更的牌，泛指時間。

公子見婦女一字兒站定。許氏道：「公子識此陣否？」公子看了笑道：「如今又是五花陣了。」許氏道：「公子既識此陣，敢進去破得陣，走得出，方見你的本事。」公子道：「這又何難？」忙把衣襟束起，掣開寶劍殺進去。兩旁女子看見，如飛的六口刀，光閃閃的砍將下來。公子疾忙把劍招架。那五團婦女，見公子投東，那些女子即便擋住，裹到東來；投西，她們也就擁著，止住去路。論起柴公子的本領，這一二十個婦女，何難殺退？一來刀劍鋒芒，恐傷損了她們不好意思；二來一隊中有一個女子，執著紅絲錦索，看將要退時，即便將錦索擲起空中，攔頭的套將下來，險些兒被她們拖翻，故此只好招架，未能出圍。公子站定一望，只見閣下窗外，掛著兩盞紅燈，中間一個玉面觀音❾，露著半截身兒站著。那土山上女子，只顧把令旗展動。公子掣開寶劍，直搶上土山來。那女子忙將令旗往後一招，後邊鑽出四五個皂衣婦女，持刀直滾出來，五花變為六花。公子忙舞手中劍，遮護身體，且走且退，將到竹枝邊出圍。那五團女子，如飛的又裹上來，四五條紅錦套索，半空中盤起。公子正在危急之時，只得叫：「柴豹那裡？」柴豹聽見，忙在袖中取出一個花爆，點著火向婦人頭上懸空拋去。眾女只聽得頭上一聲砲響，星火滿天。公子忙轉身看時，只聽得颼的一聲，正中柴公子巾幘。公子取來月下一看，卻是一枝沒鏃的花翎箭，箭上繫著一個小小的彩球。公子看內時，不特閣上美人已去，窗槅緊閉，那些婦人形影俱無。聽那更籌，已打四鼓。主僕二人，疾忙歸到書齋安寢。

不多時雞聲唱曉，紅日東昇。柴公子正在酣睡之中，只聽得叩門聲響。柴豹開門看時，卻是五空長老，引到榻前，對公子說：「今早李老爺傳我進殿去，說要擇吉日，將金幣聘公子為婿。」柴嗣昌父母

❾ 玉面觀音：形容婦女容顏端莊美好。

公子掣開寶劍，直搶上土山來。那女子忙將令旗往後一招，後邊鑽出四五個皂衣婦女，持刀直滾出來，五花變為六花。

早亡，便將家園交與得力家人，就隨唐公回至太原就親。後來唐公起兵伐長安時，有娘子軍一支，便是柴紹夫妻兩個，人馬早已從今日打點下了。

雲簇蛟龍奮遠揚，風資虎豹嘯林廊。天為唐家開帝業，故教豪傑作東床。

不題唐公回至太原。卻說叔寶自十五日，就出關趕到樊建威下處。建威就問：「抱不平的事，卻如何結局了？」叔寶一一回答，建威不勝驚愕。次日早飯過，匆匆的分了行李，各帶犯人二名，分路前去。樊建威投澤州，秦叔寶進潞州。到州前見公文下處，門首有繫馬樁，拴了坐下黃驃馬，將兩名人犯帶進店來。主人接住，叔寶道：「主人家，這兩名人犯，是我解來的，有謹慎的去處，替我關鎖好了。」店主答道：「爺若有緊要事，吩咐小人，都在小人身上。」秦叔寶堂前坐下，吩咐：「店主，著人將馬上行李搬將來了。馬拆鞍轡，不要揭去那軟替；走熱了的馬，帶了槽頭去吃些細料。乾淨些的客房，出一間與我安頓。」店主攤浪❿道：「老爺，這幾間房，只有一間是小的的門面，容易不開；只等下縣的官員府中公幹，纔開這房與他居住。爺要潔淨，開上房與爺安息罷。」叔寶道：「好。」

主人掌燈搬行李進房，擺下茶湯酒飯。主人盡殷勤之禮，立在膝旁斟酒，笑堆滿面：「請問相公爺高姓，小的好寫帳。」叔寶道：「你問我麼？我姓秦，山東濟南府公幹，到你府裡投文。主人家你姓什麼？」主人道：「秦爺，你不曾見我小店門外招牌？是『太原王店』。小人賤名，就叫做王示，告示的示字。」秦叔寶道：「我與你賓主之間，也不好叫你的名諱。」店主笑道：「往來老爺們，把我示字顛倒

❿ 攤浪：作出為難的樣子。

過了，叫我做王小二。」叔寶道：「這也是通套的話兒。但是開店的，就叫做小二；但是做媒的，就叫做王婆。這等我就叫你是小二哥罷！我問你，蔡太爺領文投文有幾日擔擱？」小二道：「秦爺沒有擔擱。我們這裡，蔡太爺是一個才子，明日早堂投文，後日早堂就領文。爺在小店，止有兩日停留。怕秦爺要拜望朋友，或是買些什物土儀人事，這便是私事擔擱，與衙門沒有相干。」叔寶問了這些細底，吃過了晚飯，便閉門睡了。

明日絕早起來，洗面裹巾，收拾文書，到府前把來文掛號。蔡刺史升堂投文，人犯帶見，書吏把文書拆於公案上。蔡刺史看了來文，吩咐禁子鬆了刑具，叫解戶⓫領刑具，於明日早堂候領回批。蔡刺史將兩名人犯，發在監中收管，這是八月十七日早堂的事。叔寶領刑具，到下處吃飯，往街坊宮觀寺院頑了一日。

十八日侵晨，要進州中領文。日上三竿，巳牌時候，衙門還不曾開，出入並無一人，街坊淨悄。這許多大酒肆，昨日何等熱鬧，今日卻都關了；吊闥板⓬不曾掛起，門卻半開在那裡。叔寶進店，見櫃欄裡面幾個少年頑耍。叔寶舉手問道：「列位老哥，蔡太爺怎麼這早晚不坐堂？」內中有一少年問道：「兄不是我們潞州聲口⓭？」叔寶道：「小可是山東公幹來的。」少年道：「兄這等不知太爺公幹出去了？」叔寶道：「那裡去了？」少年道：「并州太原去了。」叔寶道：「為甚麼事到太原去？」少年道：「為

⓫ 解戶：押解犯人的差役。

⓬ 吊闥板：窗戶板。

⓭ 聲口：口音。

唐國公李老爺，奉聖旨欽賜馳驛還鄉，做河北道行臺，節制河北州縣。太原有文書，知會屬下府州縣道首領官員。太爺三更天聞報，公出太原去賀李老爺了。」叔寶心中了然明白：「就是我臨潼山救他的那李老爺了。」再問：「老兄，太爺幾時纔得回來？」少年道：「還早。李老爺是個仁厚的勳爵，大小官員去賀他，少不得待酒，相知的老爺們遇在一處，還要會酒；路程又遠，多則二十日，少要半個月纔得回來。」叔寶得了這個信，再不必問人；回到寓中，一日三餐，死心塌地，等著太守回來。

出外的人，下處就是家裡一般，日間無事，只好吃飯而已。但叔寶是山東豪傑，頓餐斗米，飯店上能得多少錢糧與他吃？一連十日，把王小二一付本錢，都吃在秦瓊肚裡了。王小二的店，原是公文下處，官不在家，沒人來往，招牌燈籠都不掛出去。王小二在家中，與妻計較道：「娘子，秦客人是個退財白虎星⓮。自從他進門，一個官就出門去了，幾兩銀子本錢，都葬在他肚皮裡了。昨日回家來吃些中飯，菜蔬不中用，就掂盤擲盞起來。我要開口問他取幾兩銀子，妳又時常埋怨我不會說話，把客人都惡失到別人家去了。如今倒是妳開口問他要幾兩銀子；女人家的說話就重些，他也擔待了。」王小二的妻柳氏，最是賢能，對丈夫道：「你不要開口。入門休問榮枯事，觀著容顏便得知。看秦爺也不是少飯錢的人。是我們潞州人，或者少得銀子。他是山東人，等官回來，領了批文，少不得算還你店帳。」

又捱了兩日難過了，王小二只得自家開口。正值秦叔寶來家吃中飯。小二不擺飯，自己送一鍾暖茶到房內，走出門外，傍著窗邊，對著叔寶陪笑道：「小的有句話說，怕秦爺見怪。」叔寶道：「我與你賓主之間，一句話怎麼就怪起來。」小二道：「連日店中沒有生意，本錢短少，菜蔬都是不敷的。意思

⓮ 白虎星：舊時以為凶神。

要與秦爺預支幾兩銀子兒用用，不知使得也使不得？」叔寶道：「這是正理，怎麼要你這等虛心下氣？是我忽略了，不曾取銀子與你，不然那裡有這長本錢供給得我來？你跟我進房去，取銀子與你。」王小二連聲答應，歡天喜地，做兩步走進房裡。叔寶床頭取皮掛箱開了，伸手進去拿銀子，一隻手就像泰山壓住的一般，再拔不出了。正是：

床頭黃金盡，壯士無顏色。

叔寶心中暗道：「富貴不離其身，這句話原不差的。如今幾兩盤費銀子，一時失記，被樊建威帶往澤州去了，卻怎麼處？」叔寶的銀子，為何被樊建威帶去了呢？秦叔寶、樊建威兩人，都是齊州公門豪傑；點他二人解四名軍犯，往澤州潞州充伍。那時解軍盤費銀兩，出在本州庫吏人手的，曉得他二人平素交厚，又是同路差使。二來又圖天平法馬⑮討些便宜，一處給發下來，放在樊建威身邊用。長安又擔擱了兩日；及至關外，匆匆的分路行李。他兩個都不是尋常的小人，把這幾兩銀子放在心上的。行李文書件色分開，只有銀子不曾分開，故此盤費銀兩，都被樊建威帶往澤州去了。連秦叔寶還只道在自己身邊一般，總是兩個忘形之極，不分你我，有這等事體出來。一時許了王小二飯銀，沒有得還的，好生偪促！一個臉登時脹紅了。那王小二見叔寶只管在掛箱內摸，心上也有些疑惑：「不知還是多在裡頭，要揀成塊頭與我？不知還是少在裡頭，只管摸了去？」不知此時叔寶實實難區處。畢竟如何回答王小二？且聽下回分解。

⑮ 法馬：今作「砝碼」。作為重量標準的物體。

總評：佛地上原不是分娩之處，先發十兩，又施萬金，住持僧不得不奉承矣。柴公子姻緣，反出保母許氏計較，小姐亦憐才之至，不獨李公。王小二討店賬，畏縮不前，秦叔寶少盤費，一時無措，寫得兩人光景如畫。

第七回　蔡太守隨時行賞罰　王小二轉面起炎涼

詩曰：

金風瑟瑟客衣單，秋蛩唧唧夜生寒。一燈影影欲殘，清宵耿耿心幾剜。天涯遊子慘不歡，高堂垂白空倚闌。囊無一錢羞自看，知己何人惜羽翰❶？東望關山淚雨彈，壯士悲歌行路難。

常言道：「家貧不是貧，路貧愁煞人。」叔寶一時忘懷，應了小二；及至取銀，已為樊建威帶去。漢子家怎麼覆得個沒有？正在著急，且喜摸到箱角裡頭，還有一包銀子。這銀子又是那裡來的？卻是叔寶的母親，要買潞州綢做壽衣，臨行時付與叔寶的，所以不在朋友身邊。叔寶只得取將出來，交與王小二道：「這是四兩銀子在這裡，且不要算帳，寫了收帳罷。」王小二道：「爺又不去，算帳怎的？寫收帳就是了。」王小二得了這四兩銀子，笑容滿面，拿進房去，說與妻子知道；還照舊服侍。只是秦叔寶的懷抱，那得開暢？囊橐已盡，批文未領，倘官府再有幾日不回，莫說家去欠缺盤纏，王小二又要銀子，卻把甚麼與他？口中不言，心裡焦悶，也沒有情緒到各處頑耍，吃飽了飯，鎮日靠著攩眾兒❷呆呆的望。

❶ 羽翰：文書。
❷ 攩眾兒：北方土炕上的靠枕。

正是：

人逢喜事精神爽，悶向心來瞌睡多。

又等了兩三日，蔡刺史到了。本州堂官❸擺道，大堂傳鼓下，四衙與本州應役人員，都出郭迎接。叔寶是公門中當差的人，也跟著眾人出去。到十里長亭，各官都相見，各項人都見過了。蔡太守一路辛苦，乘暖轎進城門。叔寶跟進城門，事急無君子，當街跪下稟道：「小的是山東濟南府解戶，伺候老爺領回批。」刺史陸路遠來，轎內半眠半坐，那裡去答應領批之人？轎夫皂快，狐假虎威，喝道：「快不起來！我們老爺沒有衙門的，你在這裡領批？」叔寶只得起來了，轎夫一發走得快了。叔寶暗想道：「在此一日，連馬料盤費要用兩方銀子。官是辛苦了來的，倘有幾日不坐堂，怎麼了得？」做一步趕上前去，意思要求轎上人慢走，跪過去稟官。自己不曉得力大，用左手在轎扛上一拖，轎子拖了一側，四個抬轎的，四個扶轎的，都一閃支撐不住；還是刺史睡在轎裡，若是坐著，就一交跌將出來。那時官就發怒道：「這等無禮！難道我沒有衙門的？」叫皂隸扯下去打。叔寶理屈詞窮，府前當街褪褲，重責十板。若是本地衙門裡人，皂隸自然用情；叔寶是別處人，沒人照顧，打得皮開肉綻，鮮血迸流。正是：

文王也受羈囚累，孫臏❹難逃刖足災。

❸ 堂官：這裡指州縣衙門的正職，如刺史、知府之類。

❹ 孫臏：戰國時兵家，孫武的後代，齊國阿人。曾與龐涓同學兵法。及龐涓為魏將，忌孫臏才能，處以臏刑（剜

王小二在門首先看見了，對妻子道：「這姓秦的，也是個沒來歷的人，住我家有個把月了，身上還是那件衣服。在公門中走動的人，不曉得禮儀，今日惹了官，拿到州門前，打了十板來了。」官進府去，叔寶回店，王小二迎住，口裡便叫：「你老人家！」不像平日的和顏悅色，就有些譏訕的意思：「秦大爺，你卻不像公門的豪傑，官府的喜怒，你也不知道？還是我們蔡老爺寬厚，若是別位老爺，還不放哩！」叔寶那裡容得，喝道：「關你甚麼事？」小二道：「打在你老人家身上，干我甚麼事？我說的是好話，拿飯與你吃罷。」叔寶包著一肚皮的氣，道：「不吃飯，拿熱水來！」小二道：「有熱水在此。」秦叔寶將熱水洗了杖瘡去睡，巴明不明，盼曉不曉。

次日負痛到府中來領文，正是在他矮簷下，怎敢不低頭？蔡刺史果然是個賢能的官府，離家日久，早出升堂。文書案積甚多，賞罰極明，人人感戴。秦叔寶只等公務將完，方纔跪將下去稟道：「小的是齊州劉爺差人，伺候老爺領批。」叔寶今日怎麼說個齊州劉爺差人？因腿疼心悶，一夜不曾睡著，想道本州劉爺，與蔡太爺是同年好友，說個劉爺差人，使蔡太爺有屋烏之愛❺。果中其言，蔡刺史回嗔作喜道：「你就是那劉爺的差人麼？」秦叔寶道：「小的是劉爺的差人。」刺史道：「你昨日魯莽得緊，故此府前責你那十板，以儆將來。」秦瓊道：「老爺打的不差。」經承吏將批取過來，蔡刺史取筆簽押，不即發下去。想這劉年兄，不知此人扳了我的轎子，只說我年家情薄，千里路程把他差人又打了。叫庫吏動支本州名下公費銀三兩，也不必包封，賞劉爺差人秦瓊為路費。少頃庫吏取了銀來，將批文發直堂

去膝蓋骨）。後孫臏為齊將田忌軍師，大敗魏軍，殺死龐涓。

❺ 屋烏之愛：即愛屋及烏。意謂為愛某人而推其愛以及與某人有關之人或物。

吏，叫劉爺差人領批，老爺賞盤費銀三兩。秦瓊叩謝，接了批文，拿了賞銀，出府回店。

王小二在櫃上結帳，見叔寶回來，問道：「領了批迴來了，餞行酒還不曾齊備，卻怎麼好？」叔寶道：「這酒定不消了。」小二道：「閒坐著且把帳算起了何如？」叔寶道：「拿帳過來算。」小二道：「相公爺是八月十六日到小店的，今日是九月十八日了；八月大，共計三十二日。小店有規矩，來的一日，去的一日，不算飯錢，折接風送行。三十個整日子，馬是細料，連爺三頓葷飯，一日該時銀一兩七折算，淨該紋銀二十一兩。收過四兩銀子，准少十七兩。」叔寶道：「這三兩銀子，是蔡太爺賞的，卻是好的。」小二道：「淨欠十四兩，事體又小，秦爺也不消寫帳，兌銀子就是了，待我去取天平過來。」叔寶道：「二哥且慢著，我還不去。」小二道：「秦爺領了批文，如今也沒有甚麼事了。」叔寶道：「我有一個樊朋友，趕澤州投文，有些盤費的銀子，都在他身邊。想是澤州的馬太爺，也往太原恭賀李老爺去了。官回來領了文，少不得來會我，纔有銀子還你。」小二道：「小人是個開飯店的，你老人家住一年，纔是好生意哩。」叔寶寫帳，九月十八日結算，除收淨欠紋銀一十四兩無零。王小二口裡雖說秦客人住著好，肚裡打稿：見那幾件行李，值不多銀子。有一匹馬，又是張口貨，他騎了飲水去，我怎好攔住他？就到齊州府，尋著公門中的豪傑，那裡替他纏得清？倒要折了盤費，丟了工夫，去討飯帳不成？這叫個見鐘不打，反去鑄銅了。我想那批迴，是要緊的文書，沒有此物去，見不得本官；不如拿了他的，倒是絕穩的上策。這些話，都是王小二肚裡躊躇，不曾明言出來。將批文拿在手內看，還放在櫃上，便叫妻子：「把這個文書，是要緊的東西。秦爺若放在房內，他要耍子，常鎖了門出去，深秋時候，連陰又雨，屋漏水下，萬一打濕了，是我開店的干係。你收拾好放在箱籠裡面，等秦爺起身時，我交付明白

叔寶道：「二哥且慢著，我還不去。」王小二肚裡打稿，見那幾件行李，值不多銀子；有一匹馬，又是張口貨。

與他。」秦叔寶心中便曉得王小二扳作當頭，假做小心的說話，只得隨口答應道：「這卻極好。」話也不曾說完，小二已把文書遞與妻子手內，拿進房了。正是：

無情便摘神仙珮，計巧生留卿相貂。

小二又叫手下的：「那餞行酒不要擺將過來。秦爺又不去，若說餞行，就是速客起身的意思了，徑拿便飯來請爺吃。」手下知道主人的口氣，便飯二字，就是將就的意思了。小菜碟兒，都減少了兩個，收傢伙的節碗頓盞，光景甚是可惡；九月家間，早晨面湯也是冷的。叔寶吃了眉高眼低的茶飯，又沒處去，終日出城到官路，望樊建威到來。正是：

悶是一囊如水洗，妄思千里故人來。

自古道：「嫌人易醜，等人易久。」望到夕陽時候，見金風送暑，樹葉飄黃。河橋官路，多少來車去馬，那裡有樊建威的影兒？等了一日，在樹林中急得雙腳只是跳，叫道：「樊建威，樊建威！你今日再不來，我也無面目進店，受小人的閒氣。」等到晚只得回來。那樊建威原不曾約在潞州相會，只是叔寶癡心想著，有幾兩銀子在他身邊。這個念頭撐在肚裡，怎麼等得他來？暗裡搖樁，越搖越深了。明日早晨又去，「今日再不來，到晚我就在這樹林中，尋一條沒結果的事罷。」等到傍晚又不見樊建威來；烏鴉歸宿，喳喳的叫。叔寶正在躊躇，猛然想起家中有老母，只得又回來。腳步移徙艱難，一步一歎，直待上燈後，方纔進門。

叔寶房內已點了燈。叔寶見了燈光，心下怪道：「為甚今夜這般殷勤起來，老早點火在內了？」駐步一看，只見有人在內呼么喝六，擲色飲酒。王小二在內，跑將出來，叫一聲：「爺，不是我有心得罪。今日到了一起客人，他是販甚麼金珠寶玩的，古怪得緊，獨獨裡只要爺這間房。早知有這樣事體，爺出去鎖了房門，倒也不見得這事出來。我打帳要與他爭論，他又道：『主人家只管房錢，張客人住，李客也是住得的；我多與些房錢就是了。』我們這樣人，說了銀子兩字，只恐怕又衝斷了好主顧。」口角略頓了一頓，「這些人竟走進去坐，倒不肯出來。我怕行李拌差了，就把爺的行李，搬在後邊幽靜些的去處。因秦爺在舍下日久，就是自家人一般。這一班人，我要多賺他些銀子，只得從權了；爺不要見怪，纔是海量寬洪。」叔寶好幾日不得見王小二這等和顏悅色，只因倒出他的房來，故此說這些好話兒。秦叔寶英雄氣概，那裡忍得小人的氣過；只因少了飯錢，自揣一揣，只得隨機遷就道：「小二哥，屋隨主便，但是有房與我安身就罷，我也不論好歹。」

王小二點燈引路，叔寶跟隨。轉彎抹角，到後面去。小二一路做不安的光景，走到一個所在，指道就是這裡。叔寶定睛一看，不是客房，卻是靠廚房一間破屋：半邊露了天，堆著一堆糯稻稭。叔寶的行李，都堆在上面。半邊又把柴草打個地舖，四面風來，燈掛兒也沒處施設，就地放下了；拿一片破缸爿，擋著壁縫裡風。又對叔寶道：「秦爺只好權住住兒，等他們去了，仍舊到內房裡住。」叔寶也不答應他。小二帶上門竟走去了。叔寶坐在草鋪上，把金裝鐧按在自己膝上，用手指彈鐧，口內作歌：

旅舍荒涼雨又風，蒼天著意困英雄。欲知未了生平事，盡在一聲長嘆中。

正吟之間，忽聞腳步響聲；漸到門口，將門上梟弔兒❻倒叩了。叔寶也是個寵辱無驚的豪傑，到此時也容納不住，問道：「是那一個叩門？你這小人，你卻不識得我秦叔寶的人哩！我來時明白，去時焉肯不明白？況有文書鞍馬行李，俱在你家中，難道我就走了不成？」外邊道：「秦爺不要高聲，我是王小二的媳婦。」叔寶道：「聞妳素有賢名，夜晚黃昏，來此何幹？」婦人道：「我那拙夫，是個小人的見識；見秦爺少幾兩銀子，出言不遜。秦爺是大丈夫，把他海涵了。我常時勸他不要這等炎涼，他還有幾句穢污言語，把惡水潑在我身上來。我這幾日不好親近得秦爺，適纔打發我丈夫睡了，存得有晚飯送在此間。」

蕭蕭囊橐已成空，誰復留心恤困窮？一飯淮陰遺國士❼，卻輸婦女識英雄。

叔寶聞言，眼中落淚道：「賢人，妳就是淮陰的漂母，哀王孫而進食，恨秦瓊他日不能封三齊❽而報千金耳！」柳氏道：「我是小人之妻，不敢自比於君子，何敢望報？只是秦爺暫處落寞，我見你老人家，衣服還是夏衣，如今深秋時候，我這潞州風高氣冷，脊背上吹了這兩條裂縫，露出尊體，卻不像模樣。飯盤邊有一索線，線頭上有一個針子，爺明日到避風的去處，且縫一縫，遮了身體，等澤州樊爺到來，有銀子換衣服，便不打緊了。明日早晨，若厭聽我拙夫瑣碎，不吃早飯出門，媳婦倒攢得有幾文皮錢，也在盤內；爺買得些粗糙點心充飯；晚間早些回來。」說完這些言語，把那梟弔兒放了，自去了。

❻ 梟弔兒：門環。

❼ 一飯淮陰遺國士：淮陰，指淮陰侯韓信。韓信年輕時窮困潦倒，漂母曾供其飯食。

❽ 三齊：今山東省東部。劉邦曾封韓信為齊王。後徙為楚王。韓信為楚王時曾送千金與漂母。

叔寶開門，將飯盤掇進。又見青布條揪成錢串，攏著三百文皮錢；一索線，線頭上一個針子。都取來安在草鋪頭邊。熱湯湯一碗肉羹。叔寶初到他店中說這肉羹好吃，頓頓要這碗下飯。自算賬之後，菜飯也是不周全的，那裡有這樣湯吃？因今日下了這起富客，做這肉湯，留得這一碗。叔寶欲待不吃，熬不得肚中飢餒，只得將肉羹連氣吃下。秋宵耿耿，且是難得成夢，翻翻覆覆，睡得一覺。醒了天尚未明。且喜這間破屋，處處透進殘月之光，他果然把身上這件夏衣，乘月色，將綻處胡亂揪來一縫，披在身上，趁早出來。

補袞❾奇才識者稀，鶉懸百結❿事多違。縫時驚見慈親線，惹得征人淚滿衣。

帶了這三百錢，就覺膽壯；待要做盤纏，趕到澤州，又恐遇不著樊建威，那時怎回？且小二又疑我沒行止，私自去。不若且買些冷饝饝火燒，懷著在官道上坐等。走來走去，日已西斜。遠遠望見一個穿青衣的人，頭帶范陽氈笠，腰跨短刀，肩上背著掛箱，好似樊建威模樣；及至近前，卻又不是。接踵就是幾個騎馬打獵的人衝過。叔寶把身子一讓，一隻腳跨進人家大門，不防地上一個火盆，幾乎踹翻。只見一個五十多歲的婦人，手執著一串素珠⓫，在那裡向火；見這光景，即便把叔寶上下一看，便道：「漢子看仔細，想是你身上寒冷，不妨坐在此烤一烤火。」叔寶見說，道聲：「有罪了。」即便坐下。

---

❾ 補袞：帝王服袞龍之衣。故稱補救規諫帝王的過失為補袞。

❿ 鶉懸百結：衣服破舊襤褸。

⓫ 素珠：本色的佛珠，一般由一百零八顆珠子組成一串。

婦人道：「吾看你好一條漢子，為怎麼身上這般光景？想不是這裡人。」叔寶道：「我是山東人。因等一個朋友不至，把盤纏用盡，回去不得。」婦人道：「既如此，你隨口說一個時辰來，我替你占一個小課⓬，看這朋友來不來？」叔寶便說個申時。婦人捻指一算，便道：「卦名速喜。書上說得好：『速喜心偏急，來人不肯忙。』來是一定來的，只是尚早哩。待出月將終，方有消息。」叔寶道：「老奶奶聲口，也像不是這裡人，姓甚麼？」婦人道：「我姓高，是滄州人。因前年我們當家的去世，便同兒子遷到這裡來倚傍一個親戚。」叔寶道：「你家兒子叫甚號？多少年紀？做甚麼生意？」婦人道：「只有一個兒子，號叫開道。因他有些膂力，好的是使槍弄棍，所以不事生業，常不在家。」說完，立起身對叔寶道：「想你還未午膳，我有現成麵飯在此。」說完進去，托出熱騰騰的一大碗麵、一碟蒜泥、一雙竹筯，放在桌上，請叔寶吃。叔寶等了這一日，又說了許多的話，此時肚子裡也空虛，並不推卻，即便吃完了，說道：「蒙老奶奶一飯之德，未知我秦瓊可有相報的日子？」那婦人道：「看你這樣一條漢子，將來決不是寞落⓭之人，怎麼說恁話來？殺人救人方叫做報，這樣口食之事，說甚麼報？」其時街上已舉燈火。叔寶點頭唯唯，謝別出門，一路裡想道：「慚愧我秦瓊出門，不曾撞著一個有意思的朋友，反遇著兩個賢明的婦人，消釋胸中抑鬱。」一頭想，一頭走。正是：

漂母非易得，千金曾擲水。

⓬ 課：占卜的一種。

⓭ 寞落：即落寞，寂寞、失意的意思。

卻說王小二因叔寶不回店中，就動起疑來，對妻子道：「難道姓秦那𡱁養的，成了仙不成？沒錢還我，難道有錢在別處吃不成？」妻子道：「人能變財，或者撞見了甚麼熟識的朋友，帶挈他吃兩日，也不可知。」小二道：「既如此，我央人問他討飯錢。」

一日清早，叔寶剛欲出門，只見外邊兩個穿青的少年，迎著進來。不知為何事，且聽下回分解。

總評：天下人那個不是炎涼的，惟有做下處主人，尤其出相。湖海遨遊之士，想無不遇王小二者，但不能得賢明婦人如柳氏、高母耳。英雄如叔寶，無了錢財，便覺一寒至此，豈特床頭金盡，壯士無顏色而已哉！

又評：說者謂叔寶拖轎受杖，大不似公門人。不知叔寶若像公門人，則衹成一積捕⓮而已。惟帶一分疏快⓯之氣，纔見英雄本色耳。

⓮ 積捕：熟知公門規矩的衙役。

⓯ 疏快：粗疏快疾。

第八回　三義坊當鐧受骯髒　二賢莊賣馬識豪傑

詞曰：

牝牡驪黃❶，區區豈是英雄相？沒個孫陽❷，駿骨誰相賞？　伏櫪❸悲鳴，氣吐青雲漾。多悁悵，鹽車躑躅❹，太行道上。

右調點絳唇

寶刀雖利，不動文士之心。駿馬雖良，不中農夫之用。英雄雖有掀天揭地手段，那個識他、重他？還要奚落他。那兩個少年與王小二拱手，就問道：「這位就是秦爺麼？」小二道：「正是。」二人道：「秦大哥請了。」叔寶不知其故，到堂前敘揖。二人上坐。叔寶主席相陪。王小二看三杯茶來。茶罷，

---

❶ 牝牡驪黃：秦穆公派九方堙尋求千里馬，說在沙丘得黃色公馬，實則為一驪色（純黑）雌馬，事見淮南子。本意謂求駿馬不必拘泥於性別毛色，後指非本質的表面現象。

❷ 孫陽：一名伯樂，春秋秦國人。善於相馬。

❸ 伏櫪：低頭在馬槽中吃草料的駿馬。

❹ 鹽車躑躅：伯樂經過虞坂（今山西省安邑縣南），有騏驥伏於鹽車下，見伯樂而長鳴，聲聞於天。

叔寶開言道：「二兄有何見教？」二人答道：「小的們也在本州當個小差使。聞秦兄是個方家，特來說分上。」叔寶道：「有甚見教？」二人道：「這王小二在敝衙門前開飯店多年，倒也負個忠厚之名。不知怎麼千日之長，一日之短，得罪於秦兄？說兄怪他，小的們特來陪罪。」叔寶道：「並沒有這話，這卻從何而來？」二人道：「都說兄怪他，有些店帳不肯還他。若果然怪他，索性還了他銀子；擺佈他一場，卻是不難的。若不還他銀子，使小人得以藉口。」叔寶何等男子，受他顛簸，早知是王小二央來，會說訄話❺的喬人❻了。「我只把直言相告二兄：我並不怪他夫婦，只因我囊橐罄空，有些盤費銀兩，在一個樊朋友身邊。此友在澤州投文，只在早晚來，算還他店帳。」二人道：「兄山東朋友，大抵任性的多。等見那個朋友，也要吃飽了飯，纔好等得；叫他開飯店的也難服事。若要照舊管顧，本錢不敷；若簡慢了兄，就說開飯店的炎涼，厭常喜新。客人如虎居山，傳將出去，鬼也沒得上門，飯店都開不成了。常言道：『求人不如求己。』假若樊朋友一年不來，也等一年不成？兄本衙門，不見兄回也要捉比，宅上免不得驚天動地。凡事要自己活變。」叔寶如酒醉方醒，對二人道：「承兄指教，我也不等那樊朋友來了。有兩根金裝鐧，將它賣了算還店帳；餘下的做回鄉路費。」二人叫王小二道：「小二哥，秦爺並不怪你。倒要把金裝鐧賣了，還你飯錢。你須照舊伏侍。」也不通姓名，舉手作別而去。好似：

在籠鸜鵒❼能調舌，去水蛟龍未得飛。

---

❺ 訄話：逼迫人的話。訄，音ㄑㄧㄡˊ。

❻ 喬人：無賴之徒。

叔寶到後邊收拾金裝鐧。王小二忽起奸心：「這個姓秦的奸詐，倒有兩根甚麼金裝鐧，不肯早賣，直等我央人說許多閒話，方纔出手。不要叫他賣，恐別人討了便宜去。我哄他當在潞州，算還我銀子，打發他起身；加些利錢兒，贖將出來。剝金子打首飾，與老婆帶將起來。多的金子，剩下拿去兌與人，夫妻發跡，都在這金裝鐧上了。」笑容滿面，走到後邊來。

叔寶坐在草舖上，將兩條鐧橫在自己膝上，上面有些銅青了。他這鐧原不是純金的，原是熟銅流金在上面。從祖秦旭傳父秦彝，傳到他已經三世了。掛在鞍旁，那鐧楞上的金都磨去了，只是槽凹裡有些金氣。放在草舖上，地濕發了銅青。叔寶自覺沒有看相，只得拿一把穰草，將銅青擦去；耀目爭光。王小二只道上邊有多少金子，矇著眼道：「秦爺，這個鐧不要賣。」叔寶道：「為何不要賣？」小二道：「我這潞州有個隆茂號當舖，專當人甚麼短腳貨。秦爺將這鐧抵當幾兩銀子，買些柴米，將高就低，我伏事你老人家。待平陽府樊爺來到，加些利錢，贖去就是了。」叔寶也捨不得兩條金鐧賣與他人，情願去當，回答小二道：「你的所見，正合我意，同去當了罷！」

同王小二走到三義坊一個大姓人家，門旁黑直櫺內，門掛「隆茂號當」字牌。徑走進去，將鐧在櫃上一放，放得重了些，主人就有些嗔嫌之意：「呀！不要打壞了我的櫃桌！」叔寶道：「要當銀子。」主人道：「這樣東西，只好算廢銅。」叔寶道：「是我用的兵器，怎麼叫做廢銅呢？」主人道：「你便拿得他動，叫做兵器。我們當久了，沒用他處，只好鎔做傢伙賣，卻不是廢銅？」叔寶道：「就是廢銅罷了。」拿大秤來稱斤兩，那兩根鐧重一百二十八斤。主人道：「朋友，還要除些折耗。」叔寶道：「銅

❼ 鸜鵒：音ㄑㄩˊ ㄩˋ。八哥鳥。

上金子也不算，有甚麼折耗？」主人道：「不過是金子的光景，那裡作得帳！況且那兩個靶子，算不得銅價，化銅時就燒成灰了。如今是鐵櫪木的，覺重。」叔寶卻慷慨道：「把那八斤零頭除去，作一百二十斤實數。」主人道：「銅是潞州出產的去處，好銅當價是四分一斤，該五兩短二錢，多一分也不當。」叔寶算四五兩銀子，幾日又吃在肚裡，又不得回鄉，仍然拿回去。小二已有些不悅之色。叔寶回店，坐在房中納悶。

舉世盡肉眼，誰能別奇珍？所以英雄士，碌碌多湮淪。

王小二就是逼命一般，又走將進來，向叔寶道：「你老人家再尋些甚麼值錢的東西當罷！」叔寶道：「小二哥，你好獃！我公門中道路，除了隨身兵器，難道帶甚麼金寶玩物不成？」小二道：「顧不得你老人家。」叔寶道：「我騎這匹黃驃馬，可有人要？」小二道：「秦爺在我家住有好幾時，再不曾說這句；說甚麼金裝鐧，我這潞州人，真金子還認做假的，那曉得有用的兵器！若說起馬來，我們這裡是旱地，若大若小人家，都有腳力。我看秦爺這匹黃驃，倒有幾步好走，若是肯賣，幾時先回家，公事都完了。」叔寶道：「這是就有銀子的？」小二道：「馬出門就有銀子進門。」叔寶道：「這裡的馬市，在怎麼所在？」小二道：「就在西門裡大街上。」叔寶道：「甚麼時候去？」小二道：「五更時開市，天明就散市了。」小二叫妻子收拾晚飯與秦爺吃了，明日五更天，要去賣馬。

叔寶這一夜好難過，生怕錯過了馬市，又是一日，如坐針氈。盼到交五更時候起來，將些冷湯洗了臉，梳了頭。小二掌燈牽馬出槽。叔寶將馬一看，叫聲噯呀道：「馬都餓壞在這裡了！」人被他炎涼到這等田地，那個馬一發可知了。自從算帳之後，不要說細料，連粗料也沒有得與他吃了，餓得那馬在槽頭嘶喊。婦人心慈，又不會鍘草❽，瞞了丈夫，偷兩束長頭草，丟在槽裡，憑那馬吃也得，不吃也得。把一匹千里神駒，弄得蹄穿鼻擺，肚大毛長。叔寶敢怒而不敢言。要說餓壞了我的馬，恐那小人不知高低，就道連人也沒有得吃，那在馬乎？只得接扯攏頭，牽馬外走。王小二開門，叔寶先出門外，馬卻不肯出門，徑曉得主人要賣牠的意思。馬便如何曉得賣牠呢？此龍駒神馬，乃是靈獸，曉得纔交五更。若是回家，就是三更天也備鞍轡、捎行李了。牽棧馬出門，除非是飲水齕青，沒有五更天牽牠飲水的理。馬把兩隻前腿蹬定這門檻，兩隻後腿倒坐將下去。若論叔寶氣力，不要說這病馬，就是猛虎，也拖出去了。因見那馬尪瘦得緊，不忍加勇力去扯牠，只是調息綿綿的喚。王小二卻是狠心的人，見那馬不肯出門，拿起一根門閂來，照那瘦馬的後腿上，兩三門閂，打得那馬護疼撲地跳將出去。小二把門一關道：「賣不得，再不要回來！」

卻說叔寶牽馬到西營市來。馬市已開，買馬與賣馬的王孫公子，往來絡繹不絕。看馬的馳驟雜遝，不記其數。有幾個人看見叔寶牽著一匹馬來，都叫：「列位讓開些，窮漢子牽了一匹病馬來了！不要挨倒了他。」合唇合舌的淘氣。叔寶牽著馬在市裡，顛倒走了幾回，問也沒人問一聲，對馬嘆道：「馬，你在山東捕盜時，何等精壯！怎麼今日就垂頭喪氣到這般光景！叫我怎麼怨你，我是何等的人？為少了幾兩店帳，也弄得垂頭喪氣，何況於你！」常言道得好：

❽ 鍘草：鍘草。鍘，同「鍘」。音ㄓㄚˊ。

人當貧賤語聲低，馬瘦毛長不顯肥。得食貓兒強似虎，敗翎鸚鵡不如雞。

先時還是人牽馬，後來到是馬帶著人走。一夜不曾睡得，五更天起來，空肚裡出門，馬市裡沒人瞅睬，走著路都是打盹睡著的。天色已明，走過了馬市，城門大開，鄉下農夫挑柴進城來賣。潞州即今山西地方，秋收都是那茹茹稭兒；若是別的糧食，收拾起來枯槁了，獨有這一種氣旺，秋收之後，還有青葉在上。馬是餓極的了，見了青葉，一口撲去，將賣柴的老莊家一跤撲倒。叔寶如夢中驚覺，急去攙扶。那人老當益壯，翻身跳起道：「朋友，不要著忙，不曾跌壞我那裡。」那時馬嚼青柴，不得溜韁。老者道：「你這匹馬牽著不騎，慢慢的走，敢是要賣的麼？」叔寶道：「便是要賣牠，在這裡撞個主顧。」老者道：「馬膘雖是跌了，韁口倒還好哩！」叔寶正在懊悶之際，見老者之言，反歡喜起來了。

喜逢伯樂顧，冀北始空群❾。

問老者道：「你是鞭杖行，還是獸醫出身？」老者道：「我也不是鞭杖行，也不是獸醫。老漢今年六十歲了，離城十五里居住。這四束柴有一百多斤，我挑進城來，肩也不曾換一換，你這馬輕輕的撲了一口青柴，我便跌了一跤，就知這馬韁口還好；只可惜你頭路不熟，走到這馬市裡來。這馬市裡買馬的，都是那等不得窮的人。」叔寶笑道：「怎麼叫做等不得窮的人？」老者道：「但凡富貴子弟，未曾買馬，

❾ 喜逢伯樂顧二句：唐朝文學家韓愈說：「伯樂一過冀北之野，而馬群遂空。」後因以喻識拔人才，使野無遺賢之意。

先叫手下人拿著一副鞍轡跟著走。看中了馬的毛片，搭上自己的鞍轡，放個轡頭，中意方纔肯買。他怎肯買你的病馬培養？自古道：『買金須向識金家。』怎麼在這個所在出脫病馬來？你便走上幾日，也沒有人瞧著哩！」叔寶道：「據你說起來，還是牽到甚麼所在去賣呢？」老者道：「只是我要賣柴，若是不賣柴，引你到一個去處，這馬就有人買了。」叔寶道：「你賣柴的小事。你若引我去賣了這匹馬，事成之後，送你一兩銀子牙錢⑩。」老者聽說，大喜道：「這裡出西門去十五里地，有個主人姓單，雙名雄信，排行第二，我們都稱他做二員外。他結交豪傑，買好馬送朋友。」

叔寶如酒醉方醒，大夢初覺的一般，暗暗自悔：「我失了檢點。在家時常聞朋友說：『潞州二賢莊單雄信，是個延納的豪傑。』我怎麼到此，就不去拜他？如今弄得衣衫襤褸，鵠面鳩形一般，卻去拜他，豈不是遲了！正是臨渴掘井，悔之無及。若不往二賢莊去，過了此渡，又無船了，卻怎麼處？也罷，只是賣馬，不要認慕名的朋友就是了。」「老人家，你引我前去；果然賣了此馬，實送你一兩銀子。」老者貪了厚謝，將四束柴寄在豆腐店門口，叫賣豆腐的：「替我照管一照管。」扁擔頭上，有一個青布口袋兒，袋了一升黃豆，進城來換茶葉的。見馬餓得狠，把豆兒倒在個深坑塘裡面，扯些青柴，拌了與那馬且吃了。老莊家拿扁擔兒引路，叔寶牽馬竟出西門。約十數里之地，果然一所大莊，怎見得？但見：

碧流瀠繞，古木陰森。碧流瀠繞，往來魚騰縱橫；古木陰森，上下鳥聲稠雜。小橋虹跨，景色清幽；高廈雲連，規模齊整。若非舊閥⑪，定是名門。

⑩ 牙錢：佣錢。

老莊家持扁挑過橋入莊。叔寶在橋南樹下拴馬，見那馬瘦得不像模樣，心中暗道：「己所不欲，勿施於人。我也看不上，教他人怎麼肯買？」因連日沒心緒，不曾牽去飲水啃青刷鉋，鬃尾都結在一處。叔寶只得將左手衣袖捲起，按著馬鞍，右手五指，將馬領鬃往下分理。那馬怕疼，就掉過頭來，望著主人將鼻息亂扭，眼中就滾下淚來。叔寶心酸，也不去理他領鬃，用手掌在他項上，拍了這兩掌道：「馬耶，馬耶！你就是我的童僕一般。在山東六府馳名，也仗你一背之力。今日我月建⑫不利，把你賣在這莊上，你回頭有戀戀不捨之意，我卻忍心賣你，我反不如你也！」馬見主人拍項吩咐，有欲言之狀：四蹄踢跳，嘶喊連聲。叔寶在樹下長歎不絕。正是：

威負空群志，還餘歷塊⑬才。嘶無人翦拂⑭，昂首一悲哀。

卻說雄信富厚之家，秋收事畢，閒坐廳前。見老人豎扁擔於窗扇門外邊，進門垂手，對員外道：「老漢進城賣柴，見個山東人牽匹黃驃馬要賣；那馬雖跌落膘，轡口還硬。如今領著馬在莊外，請員外看看。」雄信道：「可是黃驃馬？」老漢道：「正是黃驃馬。」雄信起身，從人跟隨出莊。

---

⑪ 舊閥：謂過去的功臣貴戚之家。閥，即閥閱，指功績與資歷。

⑫ 月建：農曆每月所置之辰為月建，如正月建寅、二月建卯等。

⑬ 歷塊：漢人王褒聖主得賢臣頌說：「過都越國，蹶如歷塊。」言過都越國，疾如越過一小塊土地。後遂以「歷塊」比喻疾速。

⑭ 翦拂：洗滌拂拭，比喻對人材的培育讚揚。

叔寶隔溪一望，見雄信身高一丈，貌若靈官⓯，戴萬字頂皂莢包巾，穿寒羅細褶，粉底皂鞋。叔寶自家看著身上，不像模樣得緊，躲在大樹背後解淨手，抖下衣袖，揩了面上淚痕。雄信過橋，只去看馬，不去問人。雄信善識良馬。把衣袖撩起，用左手在馬腰中一按。雄信膂力最狠，那馬雖筋骨崚嶒⓰，卻也分毫不動。托一托頭至尾，准長丈餘，蹄至鬃，准高八尺；遍體黃毛，如金絲細捲，並無半點雜色。此馬妙處，正是：

奔騰千里蕩塵埃，神駿能空冀北胎。蹬斷絲韁搖玉轡，金龍飛下九天來。

雄信看罷了馬，纔與叔寶相見道：「馬是你賣的麼？」單員外只道是販馬的漢子，不以禮貌相待，只把你我相稱。叔寶卻認賣馬，不認販馬，答道：「小可也不是販馬的人；自己的腳力，窮途貨於寶莊。」雄信道：「也不管你買來的自騎的，竟說價罷了。」叔寶道：「人貧物賤，不敢言價；只賜五十兩，充前途盤費足矣。」雄信道：「這馬討五十兩銀子也不多；只是膘跌重了，若是上得細料，用些工本，還養得起來。若不吃細料，這馬就是廢物了。今見你說得可憐，我與你三十兩銀子，只當送兄路費罷了。」雄信還了三十兩銀子，轉身過橋，往裡就走，也不十分勤力要買。叔寶只得跟過橋來道：「憑員外賜多少罷了。」

雄信進莊來，立在大廳滴水簷前。叔寶見主人立在簷前，只得站立於月臺旁邊。雄信叫手下人，牽

⓯ 靈官：仙官。

⓰ 崚嶒：音ㄌㄥˊ ㄘㄥˊ。高峻突兀的樣子。

叔寶隔溪一望，見雄信身高一丈，貌若靈官。叔寶自家看著身上，不像模樣得緊，躲在大樹背後解淨手，抖下衣袖，揩了面上淚痕。

馬到槽頭去，上些細料來回話。不多時，手下向主人耳邊低聲回覆道：「這馬狠得緊，把老爺胭脂馬的耳朵，都咬壞了。吃下一斗蒸熟菉豆，還在槽裡面搶水草吃，不曾住口。」雄信暗喜，喬做人情道：「朋友，我們手下人說，馬不吃細料的了。只是我說出與你三十兩銀子，不好失信。」叔寶也不知馬吃料不吃料，隨口應道：「但憑尊賜。」雄信進去取馬價銀。叔寶卻不是階下伺候的人，進廳坐下。雄信三十兩銀子，得了千里龍駒，捧著馬價銀出來，喜容可掬。叔寶久不見銀，見雄信捧著一包銀子出來，比得他馬的歡喜，卻也半斤八兩。叔寶難道這等局量褊淺？他卻是個孝子，久居旅邸，思想老母，晝夜熬煎。今見此銀，得以回家，就如見母的一般，不覺：

歡從眉角至，笑向頰邊生。

叔寶雙手來接銀子。雄信料已買成，銀子不過手，用好言問叔寶道：「兄是山東，貴府是那一府？」叔寶道：「就是齊州。」雄信把銀子向衣袖裡一籠，叔寶大驚，想是不買了，心中好生捉摸不著。正是：

隔面難知心腹事，黃金到手怕成空。

未知雄信袖銀的意思如何，且聽下回分解。

總評：以窮求助，豈豪傑行藏？況且無因至前，亦豈壯夫所樂？不往見，不通名，纔見叔寶出人頭地處。總之，雄信自好客，叔寶自愛鼎，不可同年而語也。

第九回　入酒肆驀逢舊識人　還飯錢徑取回鄉路

詩曰：

乞食吹竽❶骨相癯，一腔英氣未全除。其妻不識友人識❷，容貌似殊人不殊。函谷綈袍憐范叔❸，臨邛杯酒醉相如❹。丈夫交誼同金石，肯為貧窮便欲疏？

結交不在家資。若靠這些家資，引惹這干蠅營狗苟❺之徒，有錢時，便做出拆屋斧頭；沒錢時，便

---

❶ 乞食吹竽：據戰國策記載，伍子胥從楚國逃亡到吳地，在吳國市場上吹竽乞討。

❷ 其妻不識友人識：戰國豫讓為替智伯報仇，漆身為厲（癩），吞炭成啞，其妻不識，其友識之。志終不成而死。事見戰國策及史記。言人之相交，貴在義氣。

❸ 函谷綈袍憐范叔：函谷，函谷關，在今河南省靈寶縣東北。范叔，即范雎，字叔，戰國魏人。事魏中大夫須賈，為賈毀謗，幾乎被笞殺。後逃至秦國為相。須賈出使秦國，范雎故意穿破衣往見。須賈憐其寒冷，贈一件綈袍。范雎因其有眷戀故人之意，於是便放過了他。

❹ 臨邛杯酒醉相如：相如，即司馬相如，字長卿。相如經過臨邛（今四川省邛崍縣），遇卓文君，遂私奔成都。家徒四壁，又與文君返回臨邛賣酒。文君父卓王孫感到羞恥，給僮僕百人、錢百萬，遂為富人。

❺ 蠅營狗苟：像蒼蠅般飛來飛去到處鑽營，如狗一樣苟且偷生不講節操。

做出浮雲薄態。畢竟靠聲名可以動得隔地知交，靠眼力方結得困窮兄弟。單雄信為何把銀子袖去？只因說起齊州二字，便打動他一點結交的想頭，向叔寶道：「兄長請坐。」命手下人看茶過來。那挑柴的老兒，看見留坐要講話，靠在窗外呆呆聽著。雄信道：「動問仁兄，濟南有個慕名的朋友，兄可相認否？」叔寶問：「是何人？」雄信道：「此兄姓秦，我不好稱他名諱；他的表字叫做叔寶，山東六府馳名，稱他為賽專諸，在濟南府當差。」叔寶因衣衫襤褸，醜得緊，不好答應「是我」，卻隨口應道：「就是小弟同衙門朋友。」雄信道：「失瞻了，原來是叔寶的同袍。請問老兄高姓？」叔寶道：「在下姓王。」他因心上只為王小二飯錢要還，故隨口就是王字。雄信道：「王兄請略坐小飯。學生還要煩兄寄信與秦兄。」叔寶道：「飯是不領了，有書作速付去。」雄信復進書房去封程儀三兩，潞紬二疋，至廳前殷勤致禮道：「要修一封書，託兄寄與秦兄；只是不曾相會的朋友，恐稱呼不便，煩兄道意罷！容日小弟登堂拜望。這是馬價銀三十兩，銀皆足色；外具程儀三兩，不在馬價數內；舍下本機上紬二疋送兄，推叔寶同袍分上，勿嫌菲薄。」叔寶見如此相待，不肯久坐等飯，恐怕口氣中間露出馬腳來不好意思，告辭起身。

良馬伏櫪日，英雄晦運時。熱衷雖想慕，對面不相知。

雄信友道已盡，也不十分相留，送出莊門，舉手作別。叔寶徑奔西門。老莊家尚在窗外瞌睡，掛下一條涎唾，倒有尺把長。只見單員外走進大門，對老兒道：「你還在這裡？」老兒道：「聽員外講話久了，不覺打盹起來；那賣馬的敢是去了？」雄信道：「即纔別得。」言罷徑步入內。老莊家急拿扁挑，做兩步趕上叔寶，因聽見說姓王，就叫：「王老爺，原許牙錢與我便好！」叔寶是個慷慨的人，就把這三兩程儀折開，取出一錠，多少些也就罷了。老兒喜容滿面，拱手作謝，往豆腐店取柴去了。不題。

却說叔寶進西門，已是上午時候，馬市都散了，人家都開了店。新開的酒店門首，堆積的燻燒下飯，噴鼻馨香。叔寶却也是吃慣了的人，這些時熬得牙清口淡，適纔雄信莊上又不曾吃得飯，腹中飢餓，暗想道：「如今到小二家中，又要吃他的骯髒東西，不如在這店中過了午去，還了飯錢，討了行李起身。」徑進店來。那些走堂的人，見叔寶將兩疋潞紬打了捲，夾在衣服底下，認了他是打漁鼓❻唱道情的，把門攔住道：「纔開市的酒店，不知趣，亂往裡走！」叔寶把雙手一分，四五個人都跌倒在地。「我買酒吃，你們如何攔阻？」

世情看冷暖，人面逐高低。

內中一人跳起身來道：「你買酒吃到櫃上稱銀子，怎麼亂往裡走？」叔寶道：「怎麼要我先稱銀子？」酒保道：「你要先吃酒後稱銀子，你到貴地方去吃。我這潞州有個舊規：新開市的酒店，恐怕酒後不好算帳，卻要先交銀子，然後吃酒。」叔寶暗想：「強漢不捩市。」只得到櫃上來把潞紬放下，袖內取出銀子來；把打亂的程儀，總包在馬價銀一處，卻要稱酒錢，口裡喃喃的道：「銀子便先稱把你，只是別位客人來，我卻要問他店規，果然如此，再不消提起。」櫃裡主人卻知事，賠著笑臉道：「朋友，請收起銀子。天下書同文，行同倫，再沒有先稱銀子後吃酒的道理。手下人不識好歹，只道兄別處客人性格不同，酒後難於算帳，故意歪纏，要先稱銀子。殊不知我們開店生理，正要延納四方君子，況客長又不

❻漁鼓：也稱道筒，用竹筒製成，筒底蒙皮，是一種拍擊樂器，南宋以後用作唱道情的伴奏樂器。

是不修邊幅的人。出言唐突，但看我薄面，勿深計較，請收起銀子裡面請坐，我叫他煖酒來與客長吃便了。」叔寶見他言詞委曲，回嗔作喜道：「主人賢慧，不必再提了。」袖了銀子，拿了潞紬，往裡走進二門。三間大廳，齊整得緊。廳上擺的都是條桌交椅，滿堂四景，詩畫掛屏。柱上一聯對句，名人標題，讚美這酒館的好處：

　　槽滴珍珠漏洩乾坤一團和氣　杯浮琥珀陶鎔肺腑萬種風情

叔寶看看廳上光景，又瞧瞧自己身上襤襤縷縷，原怪不得這些狗才攔阻。見如今坐在上面自覺不像模樣，又想一想：「難道他店中的酒，只賣與富貴人吃，不賣與窮人吃的！」又想一想：「想次些的人，都不在這廳上飲酒。」定睛一看，兩帶琵琶欄杆的外邊，都是廂房，廂房內都是條桌懶凳。叔寶素位而行，微笑道：「這是我們窮打扮的席面了。」走向東廂房第一張條桌上，放下潞紬坐下。正是：

　　花因風雨難為色，人為貧寒氣不揚。

酒保取酒到來，卻換了一個老兒，不是推他那些人了。又不是燻燒的下飯，卻是一碗冷牛肉，一碗凍魚，瓦鉢磁器，酒又不熱。老兒擺在桌上就走去了。叔寶惱將起來：「難道我秦叔寶天生定該吃這等冷東西的？我要把他家私打做虀粉，房子拖坍他的。不過一翻掌間，卻是一荘沒要緊的事，明日傳到家裡，朋友們知道了：『叔寶在潞州，不過少了幾兩銀子飯錢，又不風不顛，上店吃酒打了兩次，又不曾吃得成。』總來為了口腹，惹人做了話柄。熬了氣吃他的去罷。」這也是肚裡飢餓，恕卻小人，未免自傷落寞。纔吃了一碗酒，用了些冷牛肉。正是：

土塊調重耳❼，蕪亭困漢光❽。

聽得店門外面喧嚷起來，店主人高叫：「二位老爺在小店打中火去！」兩個豪傑在店門首下馬，四五個部下人推著兩輛小車子，進店解面衣拂灰塵。主人引著路進二門來，先走的戴進士巾，穿紅；後走的戴皂莢巾，穿紫。叔寶看見先走的不認得，後走的卻是故人王伯當。兩個：

肥馬輕裘意氣揚，匣中長劍吐寒芒。有才不向汙時屈，聊寄雄心俠少腸。

主人家到廳上拖椅拂桌，像安席的一般虛景。二位爺就在這頭桌上坐罷，吩咐手下人：「另烹好茶，取小菜前邊烹炮精潔的肴饌，開陳酒與二位爺用。」言罷自己去了。只見他手下人掇兩盆熱水，二位爺洗手。叔寶在東廂房，恐被伯當看見了，卻坐不住，拿了潞紬起身要走，不得出去。進來時不打緊，他那欄杆圍繞，要打甬道纔出去得。二人卻坐在中間。叔寶又不好在欄杆上跨過去，只得背著臉又坐下了。他若順倒頭竟吃酒，倒也沒人去看他；因他起起欠欠的，王伯當就看見了，叫跟隨的：「你轉身看東廂

❼ 土塊調重耳：重耳，即晉文公。驪姬之亂，重耳流亡途中，經衛五鹿，因飢餓向農夫乞食，農夫贈以土塊，重耳十分氣憤。隨從說：土就是有土地，應該拜受，重耳纔轉怒為喜。

❽ 蕪亭困漢光：蕪亭即蕪蔞亭。漢光，漢光武帝劉秀。劉秀在薊城，聽王郎等入邯鄲稱帝，與部下晝夜南奔，至蕪蔞亭，天寒飢疲，僅得以豆粥為食。

主人家到廳上拖椅拂桌，吩咐手下人掇兩盆熱水讓二位爺洗手。叔寶在東廂房怕被伯當看見，卻坐不住，拿了潞紬起身要走，但那欄杆圍繞，要打甬道纔出去得。

房第一張條桌上，這個人像著誰來？」跟隨的轉身回頭道：「倒像歷城秦爺的模樣。」正是：

軒昂自是雞群鶴，銳利終為露穎錐。

叔寶聞言，暗道：「呀，看見我了！」伯當道：「仲尼、陽貨面龐相似的正多，叔寶乃人中之龍，龍到處自然有水，他怎麼得一寒至此？」叔寶見伯當說不是，心中又安下些。那跟隨的卻是個少年眼快的人，要實這句言語，轉過身緊看著叔寶。嚇得叔寶頭也不抬，箸也不動，縮頸低坐，像伏虎一般。這跟隨的越看越覺像了，總道：「他見我們在此，聲色不動，天下也沒這個吃酒的光景。」便道：「我看來便像得緊，待我下去瞧瞧不是就罷了。」叔寶見從人要走來，等他看出卻沒趣了；只得自己招架道：「王兄，是不才秦瓊落難在此。」伯當見是叔寶，慌忙起身離坐，急解身上紫衣下東廂房，將叔寶虎軀裹定，拉上廳來，抱頭而哭。主人家著忙都來陪話，三個人有一個哭，兩個不哭。王伯當見叔寶如此狼狽，傷感淒涼，這人乍相見，無甚關係。叔寶卻沒有因處窮困中就哭起來的理。總是：

知己雖存矜恤心，丈夫不落窮途淚。

叔寶見伯當傷感，反以美言勸慰：「仁兄不必墮淚，小弟雖說落難，原沒有甚麼大事。只因守批在下處日久，欠下些店帳，以致流落在此。」就問這位朋友是誰。伯當道：「這位是我舊相結的弟兄，姓李名密，字玄邃，世襲蒲山郡公，家長安。曾與弟同為殿前左親侍千牛之職，與弟往來最厚。他因姓應圖讖，為聖上所忌，棄官同游。小弟因楊素擅權，國政日非，也就一同避位。」叔寶又從新與李玄邃揖了。伯當又問：「兄在此曾會單二哥麼？怎麼不往單二哥處去？」叔寶道：「小弟時當偃蹇，再不曾想起單二哥；今日事出無奈，到二賢莊去把坐馬賣與單二哥了。」伯當道：「兄坐的黃驃馬賣與單二哥了？得了多少銀子？」叔寶道：「卻因馬膘跌重了，討五十兩銀子，實得他三十兩，就賣了。」伯當且驚且笑道：「單二哥是有名豪傑，難道與兄做交易，討便宜？這也不成個單雄信了。如今同兄去，原馬少不得奉還，還要取笑他幾句。」叔寶道：「賢弟，我不好同去。到潞州不拜雄信，是我的缺典❾。適纔賣馬，問及賤名，我又假說姓王。他問起歷城秦叔寶，我只得說是相熟朋友，他又送潞紬二疋、程儀三兩。我如今同二位去，豈不是個蹤跡變幻？二位到二賢莊去，替我委曲道意，說賣馬的就是秦瓊。先因未曾奉拜得罪，後因赧顏不好相見，故假託姓王；殷勤之意，已銘肺腑，異日再到潞州，登堂拜謝。」玄邃道：「我們在此與單二哥四人相聚，正好盤桓。兄有心久客，不在一兩日為朋友羈留。我們明日拉單二哥來，歡聚兩日纔好話別。吾兄尊寓在於何處？」叔寶道：「我久客念母，又有批迴在身。明日把單二哥所贈程儀，收拾兩件衣服，即欲還家。二位也不必同單二哥來看我。」伯當、玄邃道：「下處須要說知，那有好弟兄不知下處的道理？」叔寶道：「實在府西首斜對門王小二店裡。」伯當道：「那王小二第一炎涼，江湖上有名的王老虎，在兄分上可有不到之處？」叔寶感柳氏之賢，不好在兩個劣性朋友面前說王小二的過失處。道：「二位賢弟，那王小二雖是炎涼，倒還有些眼力，他夫婦二人在我面上，甚是周到。」這叫做：

❾ 缺典：欠缺禮節。

小人行短終須短，君子情長到底長。

柳氏賢慧，連丈夫都帶得好了；妻賢夫禍少，信不虛言也。三人飲到深黃昏後，伯當連叔寶先吃的酒帳，都算還了店主。向叔寶道：「今夜暫別，明日決要相會。吾兄落寞在此，吾輩決不忍遽別。明日見了單二哥，還要設處些盤纏，送與吾兄，切勿徑去。」叔寶唯唯，出店作別。王、李二人別了叔寶上馬，徑出西門，往二賢莊。

叔寶卻將紫衣裹著潞紬一處，徑回王小二店來，因朋友不捨來得遲了。王小二見午後不歸，料絕他不曾賣馬，心上愈加厭賤，不等叔寶來家，徑把門扇關鎖了。叔寶到了扣門，小二冷聲揚氣道：「你老人家早些來家便好。今日留得客人又多，怕門戶不謹慎鎖了門。鑰匙是客人拿在房中去了。恐怕你沒處睡，外面那木櫃上，是我揩抹乾淨的，你老人家將就睡睡。五更天起來煮飯，打發客人開門時，你老人家進來多睡一回就是了。」叔寶牙關一咬，眼內火星直爆，拳頭一舉，心中怒氣橫飛：「這個門不消我兩個指頭就推掉了，打了他一場，少不得經官動府，又要羈身在此，打怎麼緊？況單雄信是個好客的朋友，王、李二兄說起賣馬的，來朝不等紅日東昇，就來拜我；我卻與主人結打見官，可是豪傑的舉動？這樣小人藉口就說我欠了許多飯錢，圖賴他的，又打壞他的門面。適來又在王伯當面前，說他做人好，怎麼朝更夕改，又說他不好？我轉是不妥當的人了。小不忍則亂大謀，忍到如今已是塔尖了，不久開交，熬也熬得他起了。這樣小人，說有銀子還他，必就開門了。」

笑是小人能好利，誰知君子自容人。

叔寶躊躇了這一會，只得把氣平了，叫道：「小二哥，我的馬賣了，有銀子在此還你。在外邊睡，我卻放心不下，萬有差池，不干我事。」此時王小二聽見言詞熱鬧，想是果然賣馬回來了。在門縫裡張著，沒有了馬，畢竟有了銀子，喜得笑將起來：「秦爺，我和你說笑話兒耍子，難道我開店的人，不知事體，這樣下霜的天氣，好叫你老人家在露天裡睡不成？我家媳婦往客房討鑰匙去了。」柳氏拿著鑰匙在旁，不得丈夫之言，不敢開門。聽得小二要開，說道：「鑰匙來了。」

小二開門，叔寶進店，把紫衣潞紬櫃上放下。王小二道：「這是馬價裡搭來的麼？不要他的貨便好。」叔寶道：「這卻不是馬價裡來的，有銀子在此。」袖中取出銀子來。小二見了銀子道：「秦爺財帛要仔細，夜晚間不要弄它，收拾起了；且將就吃些晚飯，我明日替你老人家送行。」叔寶道：「飯不要吃了，竟拿帳來算罷。」小二遞過帳簿道：「秦爺，你是不虧人的，但憑你算罷了。」叔寶看後邊日子倒住得多，隨茶粥飯又有幾日不曾吃飯，馬又餓壞了，不曾上得馬料。叔寶卻慷慨，把蔡太守這三兩銀子不要算數，一天平兌十七兩銀子，付與小二。對柳氏道：「我匆匆起身，不能相謝，容日奉酬娘子。」柳氏道：「秦爺在此，款待不周，不罪我們，已見寬洪海量，還敢望謝？」叔寶道：「我的回批快拿與我。」柳氏道：「秦爺此時往那裡去？」叔寶道：「此時城門還未關，我歸心如箭，趕出東門再作區處。」小二也略留了一回，就把批文交與叔寶。叔寶取雙鐧行李，作別出店，徑奔東門長行而去。未知後事如何，且聽下回分解。

總評：叔寶只是恥窮，一念不出自家局促，然觀其忍耐王小二，簸弄王小二處，卻是有度量、有趣致，常人不能及也。

又評：如叔寶者，真乃貧而有守者也。有輕財之友而不投，遇豪貴之交而不認，所云窮且益堅者非耶！

今人自己貪得多求，反議其恥貧貽困，將飢附飽，而反為豪傑乎哉！

第十回 東嶽廟英雄染痾　二賢莊知己談心

詩曰：

困阨識天心，提撕❶意正深。琢磨成美玉，鍛鍊出良金。骨為窮愁老，謀因艱苦沉。莫緣頻失意，黯黯淚沾襟。

如今人，小小不得意便怨天；不知天要成就這人，偏似困苦這人一般。越是人扶扶不起，莫說窮愁，便病也與他一場，直到絕處逢生，還像不肯放捨他的。王伯當、李玄邃為叔寶急出城西，比及到二賢莊，已是深黃昏時候。此時雄信莊門早已閉上了。聞門外犬吠甚急，雄信命開了莊門，看有何人在我莊前走動。做兩步走出莊來，定睛一看，卻是王、李二友。三人攜手進莊，馬卸了鞍，在槽頭上料，手下都到耳房中去住了。雄信手下取拜氈過來，與二友頂禮相拜坐下。雄信命點茶擺酒。

敘罷了契闊，伯當開言：「聞知兄長今日恭喜得一良馬。」雄信道：「不瞞賢弟說，今日三十兩銀子，買了一匹千里龍駒。」伯當道：「馬是我們預先曉得是一匹良馬，只是為人再不要討了小便宜，討了小便宜，就要吃大虧。」雄信道：「這馬敢是偷來的麼？」伯當道：「馬倒不是偷來的，且問賣馬的

❶ 提撕：提醒，振作。

你道是何人？」雄信道：「山東人姓王，我因歡喜得緊，不曾與他細盤桓。二兄怎知此事？敢是與那姓王的相熟麼？」伯當道：「我們倒不與姓王的相熟，那姓王的倒與老哥相熟了。巧言不如直道，那賣馬的就是秦叔寶，適在西門市店中相遇，道及厚情，又有所贈。」雄信點頭咨嗟：「我說這個人，怎麼有個欲言又止之意？原來就是叔寶，如今往那裡去了？」伯當道：「下處在府西王小二店內，不久就還濟南去矣。」雄信道：「我們也不必睡了，借此酒便可坐以待旦。」王、李齊道：「便是。」這等三人直飲到五更時候。正是：

酣歌忘旦暮，寤寐在英雄。

把馬都備停當，又牽著一匹空馬，要與叔寶騎。三人趕進西門，到王小二店前，尋問叔寶。叔寶卻已去了。王小二怕他好朋友趕上，說出他的是非來，不說叔寶步行，說：「秦爺要緊回去，偶有回頭差馬連夜回山東去了。」就是有馬，那雄信放開千里龍駒也趕上了。忽然家中有個凶信到：雄信的親兄出長安，被欽賜馳驛唐公發箭射死，手下護送喪車回來。雄信欲奔兄喪，不得追趕朋友。王、李二友因見雄信有事，把這追趕叔寶的念頭，亦就中止，各散去訖。

單題叔寶自昨晚黃昏深後，一夜走到天亮，只走得五里路兒。福無雙至，禍不單行。如叔寶要走，一百里也走到了。他賣了馬，又受著王小二的暗氣，背著包兒，想著平日用馬慣的人，今日黑暗裡徒步，越發著惱，闖入山坳裡去，迷了路頭。及至行到天明，上了官路，回頭一看，潞州城牆還在背後，卻只好五里之遙。

富貴貧窮命裡該，皆因年月日時排。胸中有志休言志，腹內懷才莫論才。庸劣乘時偏得意，英雄遭困有餘災。饒君縱有衝天氣，難敵平生運未來。

卻說叔寶，窮不打緊，又窮出一場病來。只因市店裡吃了一碗冷牛肉，初見王、李二友，心中又著實不自在，又是連夜趕路，天寒霜露太重，內傷飲食，外邊感了寒氣。天明是十月初二日，耳紅面熱，渾身似火，頭重眼昏，寸步難行，還是稟氣旺，又捱下五里路來。離城十里，地名十里店，有二三百戶人家，入街頭就是一座大廟，乃東嶽行宮❷。叔寶見廟宇軒昂，且到裡面晒晒日頭再走。進三天門，上東嶽殿前一層階級，就像上一個山頭，巴到殿上，指望叩拜神明，求陰空庇護。不想四肢無力，擡不起腳來，一個頭眩，被門檻絆倒在香爐腳下。那一聲響跌，好像共工奮怒，撞倒不周山❸；力士施椎，擊破始皇輦❹。論叔寶跌倒，也不該這等大響，因有這兩條金裝鐧，背在背後，跌倒攢去，將磨磚打碎七八塊。守廟的香火❺，攙扶不動，急往鶴軒中，報與觀主知道。

這觀主卻不是等閒之人，他姓魏，名徵，字玄成，乃魏州曲城人氏。少年孤貧，卻又不肯事生業，

❷ 行宮：本指京城外供帝王出行時居住的宮殿，此指專門供奉東嶽神的廟宇。

❸ 共工奮怒二句：共工，傳說中的天神。與顓頊爭為帝，發怒撞倒不周山，造成天傾西北，地不滿東南。不周山，古代傳說中的神山，是天地之間的維繫。

❹ 力士施椎二句：秦始皇滅韓國後，張良散家財募得力士，埋伏於博浪沙（今河南省陽武縣）襲擊秦始皇。力士用鐵椎擊中副車，未擊中秦始皇。椎，音ㄔㄨㄟˊ。

❺ 香火：寺廟道觀中管理香火雜務的人。

一味好的是讀書。以此無書不讀，莫說三墳五典❻、八索九丘❼、諸子百家、天文地理、韜略諸書，無不精熟，就是詩詞、歌賦、小技，卻也曲盡其妙。且又素有大志，遇著英雄豪傑，傾心結納。因是隋時，重門廕，薄孤寒，一時當國的卿相，下至守令，都是一干武臣，重的是膂力，薄的是文墨。自嘆生不遇時，隱居華山，做了道士。後遇一個道友，姓徐名洪客，與他意氣相投，道：「隋主猜忌，諸子擅兵，自今一統，也只是為真人掃除，卻不能享用。我觀天象，真人已生，大亂將起。子相帶貴氣，有公卿之骨，無神仙之分。可預先打點一個王佐，應時而起，朝夕只與他講些天文，說些地理、帷幄奇謀、疆場神策。」忽一日對魏徵道：「昨觀王氣，起於參井之分❽，應是真人已生。罡星❾復入趙魏分野❿，應時佐命已出，王氣猶未王，其人尚未得志。罡星色多沉晦，其人應罹困阨。不若你我分投求訪，交結於未遇之先，異日再與子相會。」洪客遂入太原，魏徵卻在潞州。他見單雄信英雄好客，是一個做得開國功臣的，因此借寓東嶽廟中，圖與交往，且更要困阨中尋幾個豪傑出來，以為後日幫手。這日正在鶴軒內看誦黃庭⓫。正是：

❻三墳五典：皆古書名。

❼八索九丘：古書名。

❽參井之分：即指參宿與井宿在地上對應的區域。據史記天官書，參宿對應益州（今四川成都平原一帶），井宿對應雍州（今陝西、甘肅二省）。參，音ㄕㄣ。

❾罡星：星名，北斗星的斗柄。

❿趙魏分野：指今河南、河北兩省地區。

⓫黃庭：道經名。講道家養生修煉之道。

無心求羽化，有意學鷹揚。

香火進報道：「有個酒醉漢，跌倒在東嶽殿上。隨身兵器，將磨細方磚，打碎了好幾塊，攙又攙他不動，來報老爺知道。」魏玄成想：「昨夜仰觀天象，有罡星臨於本地，必此人也。待我自家出去。」離了鶴軒，徑到殿上來，見叔寶那狼狽的景象：行李撂在一邊，也沒人照管；一隻臂膊屈起，做了枕頭，一手瘸著，把破衣袖蓋了自己的面貌。香火道：「方纔那隻腳還絆在門檻上，如今又縮下來了。」魏玄成上前把手揭開衣袖，定睛一看，見滿面通紅。他得的陽症❿，類於酒醉，不能開言，但睜著兩個大眼。魏徵點頭嘆道：「兄在窮途，也不該這等過飲。」叔寶心裡明白，喉中咽塞，講不出話來。掙了半日，把右手伸將出來，在方磚上寫著「有病」兩字。那方磚雖淨，未免有些灰塵，這兩字到也看得清楚。魏玄成道：「兄不是酒困，原來是有恙。」叔寶把頭點一點。玄成道：「不打緊。」叫道人：「房中取我的棕團過來。」放在叔寶面前，盤膝坐下，取叔寶的手，放在自己膝上。寸關尺三脈⓭一呼四至，一吸四至，少陽經⓮受症，內傷飲食，外感風寒，還是表症⓯，不打緊。

卻只是大殿上風頭裡睡不得，後面又沒有空閒的房屋，叫道人就扶在殿上左首堆木料傢伙的一間耳

⓬ 陽症：指病症屬於陽性者，即內火旺盛。

⓭ 寸關尺三脈：中醫診脈部位，在手腕橈動脈處。

⓮ 少陽經：人體經脈名稱。其脈從眼角起，沿耳後入耳中，經咽喉旁直到面頰和下巴。病在少陽經的患者，常感到口苦喉乾。

⓯ 表症：中醫學名詞。外感病邪侵襲體表所引起的症候。

魏玄成徑到殿上來，見叔寶那狼狽的景象：行李攛在一邊，也沒人照管；一隻臂膊屈起，一手㾓著，滿面通紅。

房裡去。雖非精室，卻無風雨來侵。地上鋪些稻草，把棕團蓋上，放叔寶睡下，雙鐧因眾人拿不起，仍留在殿角。玄成把叔寶被囊打開，內有兩疋潞紬，紫衣一件，一張公文批迴，又有十數兩銀子，就對叔寶道：「這幾件東西，恐兄病中不能照顧，待貧道收在房中，待兄病體痊可，交付還兄何如？那雙鐧，我叫道人搓兩條粗壯草繩，捆束在一處，就放在殿角耳房門首，量人也偷不動，好借他來辟去些陰氣虛邪。」叔寶聽說伏地叩首。玄成把紫衣潞紬等件，收拾進房，在鶴軒中撮一帖疏風表汗的藥兒，煎與叔寶吃了，出了一身大汗。次日就神思清爽，便能開言。玄成不住的煎藥與叔寶吃，常來草鋪頭邊坐倒，與叔寶盤桓，漸將米湯調理，病亦逐漸安妥。

不覺二七一十四日，是日是十月十五日，卻是三元壽誕⓰。近邊居民，在東嶽廟裡做會。五更天就開大門，殿上撞鐘擂鼓。叔寶身子虛弱，怎麼當得？雖有玄成盤桓，卻無親人看管，垢面蓬頭，身上未免有些齷齪，氣息難當。這些做會的人，個個憎嫌，七嘴八舌。正是：

身居卵殼誰知鳳，跡混鯨鯢孰辨龍？

大凡僧道住庵，必得一兩個有勢力的富戶作護法，又常把些酒食饜足這些地方無賴破落戶，方得住身安穩。魏玄成雖做黃冠⓱，高岸氣骨還在，如何肯俯仰大戶，結識無賴？所以眾人都埋怨魏道士可惡，

⓰ 三元壽誕：道教稱農曆正月十五為上元節，七月十五為中元節，十月十五為下元節，認為是天、地、人三元的壽誕。

⓱ 黃冠：道士的別稱。

容留無籍之人，穢污聖殿。叔寶聽見，又惱又愧。正無存身之地，恰湊著單員外來了。

雄信帶領手下人到東嶽廟來，要與故兄打亡醮。眾會首迎出三天門來道：「單員外來得正好。」雄信道：「有甚說話麼？」眾人道：「東嶽廟是我潞州求福之地，魏道主妄自擅專，容留無賴異鄉之人，穢污聖殿，不堪瞻仰。單員外須要著實處他。」雄信是個有意思的人，不作福首，不為禍先，緩言笑道：「列位且住，待我對他講，自有道理。」說了自上殿來，叫手下去請魏法師出來，自己走到兩旁遊玩。只見鐘架後盡頭黑暗裡鐧光射出，雄信上前仔細一看，卻是一對雙鐧，草繩捆倒在地。雄信定睛看了，默然半晌，便問眾人道：「這兵器是那裡來的？」眾道人齊聲答道：「這就是那個患病的漢子背來的。」

雄信忙欲再問，只見魏玄成笑容滿面，踱將出來，向雄信作了揖。雄信便問道：「魏先生，舍親們都在這裡，談論這座東嶽廟，乃是潞州求福之地，須要莊嚴潔淨，以便瞻仰。今聞先生容留甚麼人住在廟中，作踐穢污，眾心甚是不喜，故此特問先生，端的不知何等樣人？」玄成從容道：「小道出家人，豈敢擅專。只因見這個病夫，不是個尋常之人，故此小道也未便打發他去。又況客中患病，跌倒殿上，小道只得把藥石調治，纔得痊安。出於一念惻隱，望員外原情恕罪，致意列位施主。」雄信忙問道：「殿角的雙鐧，就是那人的兵器麼？是那裡人氏？」玄成道：「山東齊州人。」雄信為叔寶留心，聽見「山東齊州」四字，嚇了一跳，急問道：「姓甚麼？」玄成道：「那月初二日，跌倒在殿，病中不能開言，有一張公文的批迴上，寫單名叫做秦瓊。及至次日清楚，與他盤桓問及，表字叫做叔寶，乃北齊功勳苗裔。」雄信忙止住接口問道：「如今在那裡？」玄成把手一指道：「就在這間耳房裡住下。」雄信攙著玄成的手，推進側門裡來，忙叫手下人：「快扶秦爺起來相見。」手下人三四個在舖上抓尋，影兒也沒有一個。雄信焦躁道：「難道曉得我來，躲在別處去了不成？」一個香火道：「我剛纔見他出殿去小解，如今想在後邊軒子裡。」雄信見說，疾忙同玄成走出殿來。

原來叔寶虧了魏玄成的藥石，調理了十四五日，身中病勢已退，神氣漸覺舒爽。是日因天氣和暖，又見殿上熱鬧，故走出來。小解過，就坐在後軒裡，避一避眾人憎惡。只見一個火工，衣兜裡盛著幾升米，手裡托著幾紮乾菜走出。叔寶問道：「你拿到那裡去？」火工道：「干你甚事？我因老娘身子不好，剛纔向管庫的討幾升小米，幾把乾菜，回家去等他熬口粥兒將息將息。」叔寶見說，猛省道：「小人尚思孝母，我秦瓊空有一身本事，不與孝養，反拋母親在家，累她倚閭而望。」想到其間，止不住雙淚流落。見桌上有記帳的禿筆一枝在案，忙取在手。他雖在公門中當差，還粗知文墨，向粉壁上題著幾句道：

兕虎驅馳，甚來由，天涯循轍？白雲裡，凝眸盼望，征衣滴血。溝洫豈容魚泳躍，鼠狐安識鵬程翼？問天心何事阻歸期，情嗚咽。　七尺軀，空生傑；三尺劍，光生篋。說甚擎天捧日名留冊，霜毫點染老青山，滿腔熱血何時瀉？恐等閒白了少年頭，誰知得？

右調寄滿江紅

叔寶正寫完，只聽見鬧烘烘的一行人走進來。叔寶仔細一看，見有雄信在內，吃了一驚，避又無處避得，只得低著頭，伏在欄干上。只聽見魏玄成喊道：「原來在這裡！」此時單雄信緊上一步，忙搶上來，雙手捧住叔寶，將身伏倒道：「吾兄在潞州地方，受如此悽惶，單雄信不能為地主，羞見天下豪傑朋友！」叔寶到此，難道還不好認？只得連忙跪下，以頭觸地叩拜道：「兄長請起，恐賤軀污穢，觸了仁兄貴體。」雄信流淚道：「為朋友者死。若是替得吾兄，雄信不惜以身相代，何穢汚之有？」正是：

己成蘭臭合，何問跡雲泥。

回顧魏玄成道：「先生，先兄亡醮之事，且暫停幾日。叔寶兄零丁如此，學生不得在此拈香，把香儀禮物先生都收下了，我與叔寶兄回家。待此兄身體康健，即到寶觀來還願，就與先兄打亡醮，卻不是一舉而兩得？」吩咐手下：「秦爺騎不得馬，看一乘暖轎來。」

其時外邊眾施主，聽見說是單員外的朋友，盡皆無言散去了。魏玄成轉到鶴軒中去，將叔寶衣服取出，兩疋潞紬，一件紫衣，一張批迴，十數兩銀子，當了雄信面前，交與叔寶。雄信心中暗道：「這還是我家的馬價銀子哩。」叔寶舉手相謝，別了玄成，同雄信回到二賢莊。自此魏玄成、秦叔寶、單雄信三人，都成了知己。

到書房，雄信替叔寶沐浴更衣，設重裀疊褥，雄信與叔寶同榻而睡，將言語開闊他的胸襟，病體十分痊妥。日日有養胃的東西供給叔寶，還邀魏玄成來與他盤桓，正賽過父子家人。正是：

莫戀異鄉生處好，受恩深處便為家。

只是山東叔寶的老母，愛子之心無所不至，朝夕懸望，眼都望花了。又常聞得官府要拿他家屬，又不知生死存亡，求籤問卜，越望越不回來，憂出一場大病，臥在床上，起身不動。正是：

心隨千里遠，病逐一愁來。

還虧得叔寶平日善於交幾個通家的厚友，曉得叔寶在外日久，老母有病。眾人約會齊了，餽送些甘供之費，又兼省問秦老伯母。秦母道：「通家子姪，都來相看，這也難得，都請進內房中來。」坐到榻前，共是四人：西門外異姓同居，今開鞭仗行的賈潤甫；齊州城裡與叔寶同當差的三人，唐萬仞、連明，同差出去的樊建威。秦母坐於床上，叔寶的娘子張氏，立在臥榻之後，以幔帳遮體。秦母見兒子這一班朋友，都坐在床前，觀景傷情，不覺滾下淚來道：「列位賢姪，不棄老朽，特來看我，足見厚情。但不知我兒秦瓊如何下落？一去不回，好教我肝腸都斷。」賈潤甫等對道：「大哥一去不回，真好奇怪。老伯母且放心，吉人天相，料無十分大慮，不爭早晚多應到家。」秦母埋怨樊建威道：「我兒六月裡與你同差出門，燒腳步紙起身，你便九月裡回來了。如今隆冬天氣，吾兒音信全無，多應不在人世了。」媳婦聽得婆婆這一句話兒，幼婦不敢高聲，在帷帳中啾啾唧唧，也啼哭起來。眾人異口同聲，都埋怨樊建威道：「樊建威，你幹的甚麼事？常言道：『同行無疏伴。』一齊出門，難道不知秦大哥路上為何擔擱，端的幾時，就該回來，如今為何還不到家？老伯母止生得大哥一人，久不回家，舉目無親，叫她怎不牽掛？」樊建威道：「諸兄在上，老伯母與秦大嫂埋怨小弟，不敢分辯。諸兄是做豪傑的人，豈不知在家千日好，出門一時難？六月裡山東趕到長安，兵部衙門掛號守批迴，就擔誤了兩個月。到八月十五，纔領了批。秦大哥到臨潼山，適遇唐國公遇了強盜，正在廝殺之際，大哥抱不平起來，救了唐公，出得關外，匆匆的分了行李，他往潞州，我往澤州。不想盤纏銀子，總放在我的箱內。及至分路之後，方纔曉得，途中也用盡了。如今等不得他回來，也補送在此。」把一包銀子放在榻前。秦母道：「我有四兩銀子，叫他買潞紬的，想必他也拿來盤纏了。」樊建威道：「我到澤州的時節，馬刺史又往太原恭賀唐公李爺去了。兩個犯人養在下處，卻又柴荒米貴。及至官回投文領批，盤費俱無了。」秦母道：「這都是你的事，你此後可曉得吾兒的消息呢？」樊建威道：「若算起路程日子，唐公李爺到太原時，秦大哥已該到潞州了。那時蔡刺史還不曾出門，是斷乎先投過文了。我曉得秦大哥是個躁性的人，難道為了批迴，擔誤在潞州不成？我若是有盤費，也枉道到潞州尋他，討個的信。因沒了盤費，徑自回來，那裡曉得秦大哥還不到家？」眾友道：「這個也難怪你，只是如今你卻辭不得勞苦，還往潞州找尋叔寶兄回來，纔是道理。」樊建威道：「老伯母不必煩惱，寫一封書起來，待小姪拿了到潞州去，找尋大哥回來便了。」

秦母命丫環取文房四寶，呵開凍筆，寫幾個字封將起來，把樊建威補還的解軍銀子，一同付與樊建威道：「這銀子你原拿去盤費，尋他回來卻不是好！」樊建威道：「小姪自盤纏去，見了大哥，也就盤纏他回來了，何必要動他前日的銀子？」秦母道：「你還是拿去，只覺兩便。」眾人道：「如今只要急尋大哥回來，你便多帶些盤纏去也好，不如從了老伯母之命。」樊建威道：「如此，小姪就此告別，去尋大哥了。」秦母道：「遠勞你卻是不當。」眾人將送來的銀錢，都安在秦母榻前，各散去訖。樊建威回家，收拾包裹行囊，離了齊州，竟奔河東潞州一路，來尋叔寶。不知可尋得著否，且聽下回分解。

總評：秦叔寶虧命裡帶著魏道士、單員外這幾個恩星，若是命裡沒有，要在世界上尋，恐不能遇巧如此。

又評：窮到賣馬，還要找上一場大病，此正窮乏之拂亂，天所以玉成之也。況乎玄成之全英雄于困頓，雄信之極恩禮于窮交，俱由此一病生出，則此病亦何可少也！獨恨母既因望子不至而沉疴，子復因母疾遄歸而被禍，其為叔寶累不小耳。

第十一回　冒風雪樊建威訪朋　乞靈丹單雄信生女

詩曰：

雪壓關山慘不收，朔風吹送白蒙頭。身忙不作洛陽臥❶，誼密時移剡水舟❷。怪殺顛狂如落絮，生增輕薄似浮漚。誰知一夕藍關路，得與知心少逗留。

這一首雪詩，單說這雪是高人的清事，豪客的酒籌，行旅的愁媒，卻又在無意中使人會合。樊建威自離山東，一日到了河東，進潞州府前，挨查了幾個公文下處，尋到王小二店，問道：「借問一聲，有個山東濟南府人，姓秦號叫做叔寶，曾在你家作寓麼？」小二道：「是有個秦客人，在我家作寓。十月初一日，賣了馬做路費，星夜回去了。」樊建威聞言，長嘆流淚。王小二店裡有客，一陣大呼小叫，轉身走進去了。

❶ 身忙不作洛陽臥：指袁安臥雪的故事。東漢汝陽人袁安客居洛陽，正逢大雪，他臥於雪中，以勸告前來看望他的洛陽令不要擾民。

❷ 誼密時移剡水舟：東晉王徽之曾經雪夜泛舟剡溪（在浙江省），過訪好友戴逵，到門而返。人問其原因，徽之回答說：「乘興而來，興盡而返，豈必見安道（戴逵）耶？」

柳氏聽見關心，走近前問道：「尊客高姓？」樊建威道：「在下姓樊。」柳氏道：「就是樊建威麼？」樊建威道：「你怎麼便知我叫樊建威？」柳氏道：「秦客人在我家蹉跎許久，日日在這裡望樊爺來。我們又伏侍他不周，十月初一黃昏時候起身的，難道還不曾到家麼？」樊建威道：「正為沒有回家，我特來尋他。」心中想道：「如今是臘月初旬，難道路上就行兩個多月？此人中途失所了，在此無益。」吃了一餐午飯，還了飯錢，悶悶的出東門，趕回山東。

天寒風大，刮下一場大雪來。樊建威冒雪衝風，耳朵裡頸窩裡，都鑽了雪進去，冷氣又來得利害，口也開不得。只見：

亂飄來燕塞邊，密灑向孤城外，卻飛還梁苑❸去，又迴轉灞橋❹來。攘攘挨挨顛倒把乾坤壓，分明將造化埋。盪摩得紅日無光，威逼得青山失色。長江上凍得魚沉雁杳，空林中餓得虎嘯猿哀。不成祥瑞反成害，侵傷了壟麥，壓損了庭槐。暗昏柳眼，勒綻梅腮，填蔽了錦重重禁闕宮階，遮掩了綠沉沉舞榭歌臺。哀哉苦哉，河東貧士愁無奈。猛驚猜，忒奇怪，這的是天上飛來冷禍胎，教人遍地下生災。幾時守得個赫威威太陽真火當頭曬，暖溶溶和氣春風滾地來。掃彤雲四開，現青天一塊，依舊祥光瑞煙靄。

樊建威寒顫顫熬過了十里村鎮，天色又晚，沒有下處，只得投東嶽廟來歇宿。那座廟就是秦叔寶得

❸ 梁苑：又作梁園，漢梁孝王遊玩的苑囿，故址在今河南省開封市。

❹ 灞橋：長安城東灞水上有橋，稱作灞橋。故址在今陝西省西安市東。

病的所在，若不是這場大雪，怎麼得樊建威剛剛在此歇宿？這叫做：

踏破鐵鞋無覓處，得來全不費工夫。

東嶽香火正在闞門，只見一人捱將進來投宿。道人到鶴軒中報與魏觀主。觀主乃是極有人情的，即便延納樊建威到後軒中，放下行李，抖去雪水，與觀主施禮。觀主道：「貴處那裡？」樊建威道：「小弟姓樊，山東齊州人，往潞州找尋朋友，遇此大雪，暫停寶宮借宿一宵，明日重酬。」觀主道：「足下是樊先生，尊字可是樊建威麼？」樊建威嚇了一跳，答道：「仙長何以知我賤字？」觀主道：「叔寶兄曾道及尊字。」樊建威大喜道：「那個叔寶？」觀主道：「先生又多問了，秦叔寶能有得幾個？」樊建威忙問：「在那裡？」觀主道：「十月初二日，有病到敝觀中來。」樊建威頓足道：「想是此兄不在了，且說如今怎麼樣了？」觀主道：「十月十五日，二賢莊單員外邀回家去，與他養病。前日十一月十五日，病體全愈，在敝宮還願。因天寒留住在家，不曾打發他回去，見在二賢莊上。」樊建威一聞此言，卻像什麼光景？就像是：

窮士獲金千兩，寒儒連中高魁。洞房花燭喜難挨，久別親人重會。　困虎肋添雙翅，蟄龍角奮春雷。農夫苦旱遇淋漓，暮景得生騏驥。

右調西江月

觀主收拾菓酒，陪建威夜坐。樊建威因雪裡受些寒氣，身子困倦，到也放量多飲幾杯熱酒。暫且睡過一宵，纔見天明，即便起身，封一封謝儀，送與觀主。這觀主知是秦叔寶的朋友，死也不肯受他的，留住樊建威吃了早飯，送出東嶽廟來，指示二賢莊路徑。樊建威竟投雄信莊上來。

此時雄信與叔寶，書房中擁爐飲酒賞雪，倒也有興。正是：

對梅發清興，倩酒敵寒威。

手下莊客來報，山東秦太太央一個樊老爺寄家書在外。叔寶喜道：「單二哥，家母託樊建威寄家書來了。」二人出莊迎接。叔寶笑道：「果然是你。」建威道：「前日分行李時，銀子卻在弟處，不曾分得。回去送與伯母，伯母定要小弟做盤纏，尋覓吾兄回去。」叔寶道：「為盤纏不曾帶得，擔擱出無數事來。」雄信道：「前話慢題，且請進去。」雄信叫手下人，接了樊老爺的行李，一直引到書房暖處。雄信先與建威施賓主之禮，叔寶又拜謝建威風雪寒苦之勞。雄信吩咐手下重新擺酒。叔寶問道：「家母好麼？」建威道：「有書在此請看。」叔寶開緘和淚讀罷，就去收拾行李。

一封書寄思兒淚，千里能牽遊子心。

雄信看見，微微暗笑。酒席完備了，三人促膝坐下。雄信問：「叔寶兄，令堂老夫人安否？」叔寶道：「家母多病。」雄信道：「我見兄急急裝束，似有歸意。」叔寶眼中垂淚道：「不是小弟無情，飽則颺去。奈家母病重，暫別仁兄，來年登堂拜謝仁兄活命之恩。」雄信道：「兄要歸去，小弟也不敢攔阻。但朋友有責善之道，忠臣孝子，何代無之，要做便做個實在的人，不要做沽名釣譽的人。」叔寶道：

雄信與叔寶同在書房中擁爐飲酒賞雪，倒也有興；門外樊建威投雄信莊上來。

「請兄見教，怎麼是真孝？怎麼是假孝？」雄信道：「大孝為真，小孝為假。狥情遂意，故名為假。兄如今星夜回去，恰像是孝，實非真孝。」叔寶眼淚都住了，不覺笑將起來道：「小弟貧病流落，久隔慈顏，實非得已。今聞母病，星夜還家，乃人子至情，怎麼呼為小孝？」樊建威道：「秦大哥一聞母病，二奉母命，作急還家，還是大孝。」雄信道：「你們只知其一，不知其二。令先君北齊為將，北齊國破身亡，全其大節，乃亡國之臣，不可與圖存。天不忍忠臣絕後，存下兄長這一籌英雄。正當保身待用，克光前烈。你如今星夜回去，寒天大雪，貴恙新愈，倘途中復病，元氣不能接濟，萬一三長兩短，絕了秦氏之後，失了令堂老伯母終身之望，雖出至情，不合孝道。豈不聞君子道而不徑，舟而不遊；跬步之間，不敢忘孝。冒寒而去，吾不敢聞命。」叔寶道：「然則小弟不去，反為孝麼？」雄信笑道：「難道教兄終於不去麼？只得遲早之間，自有道理。況令堂老伯母是個賢母，又不是不達道理的。今日託建威兄來找尋，只為愛子之心，不知下落，放你不下。兄如今寫一封回書，說領文擔擱日久，正待還家，忽染大病。今雖全愈，不能任勞。聞命急欲歸家定省，徑說小弟苦留，略待身子勞碌得起，新年頭上便得回家。令堂得兄下落所在，憂病自然痊可，曉得尊恙新痊，也定不要你冒寒而去。我與兄長既有一拜，即如我母一般，收拾些微禮，作甘旨之費，寄與令堂，且安了宅眷。再託樊兄把潞州解軍的批迴，往齊州府稟明了劉老爺，說兄臥病在潞州，尚未回來，注消完了衙門的公事，公私兩全。待來春日暖風和，小弟還要替兄設處些微本錢，勸兄此番回去，不要在齊州當差。求榮不在朱門下，倘奉公差遣，由不得自己。使令堂老伯母倚門懸望，非人子事親之道。遲去些時，難道就是不孝了？」叔寶見雄信講得理長情切，又自揣怯寒不能遠涉，對樊建威道：「我卻怎麼處？還是同兄回去，還是先寫書回去？」樊建威道：「單二哥極講得有理。令堂老伯母，得知你的下落，自然病好，曉得你在病後，也不急你回家了。」叔寶向雄信道：「這等說，小弟且寫書安家母之心。」叔寶就寫完了書，取批迴出來，付與樊建威，囑託他完納衙門中之事。雄信回後房取潞紬四疋，碎銀三十兩，寄秦母為甘旨之費。又取潞紬二疋，銀十兩，送樊建威為贐敬❺。建威當日別去，回到山東，把書信銀兩交與秦母，又往衙門中完了所託之事。雄信依舊留叔寶在家。

一日叔寶閒著，正在書房中看花遣興。雄信進來說了幾句閒話，雙眉微蹙，默然無語，斜立蒼苔。叔寶見他這個模樣，只道他有厭客之意，耐不住問道：「二哥平日胸襟洒落，笑傲生風，今日何故似有憂疑之色？」雄信道：「兄長不知，小弟平生再不喜愁。前日亡兄被人射死，小弟氣悶了三四日，因這樁事，急切難以擺佈，且把丟開。如今只因弟婦有恙，無法可以調治，故此憂形於色。」叔寶道：「正是我忘了問兄，尊嫂是誰氏之女？完姻幾年了？」雄信道：「弟婦就是前都督崔長仁的孫女，當年岳父與弟父有交。不道不多幾時，父母雙亡，家業漂零，故此其女即歸於弟處。且喜賢而有智，只是結褵以來六七年了，尚未生產。喜得今春懷孕，迄今十一月尚未產下，故此弟憂疑在心。」叔寶道：「弟聞自古虎子麟兒，必不容易出胎；況吉人天相，自然瓜熟蒂落，何須過慮？」

正閒話間，只聽見手下人，嘈嘈的進來報道：「外邊有個番國僧人在門首，強要化齋，再回他不去。」雄信聽說，便同叔寶出來。只見一個番僧，身披著花色絨繡禪衣，肩挑拐杖，那面貌生得：

❺ 贐敬：以財物贈送行路之人。

一雙怪眼，兩道拳眉。鼻尖高聳，恍如鷹爪鉤鐮；鬅鬙鬔鬆，卻似獅張海口。嘴裡念著番經囉唎，
手裡搖著銅磬琅璫。只道達摩乘葦渡❻，還疑鐵拐❼降山莊。

雄信問道：「你化的是素齋葷齋？」那番僧道：「我不吃素。」雄信見說，叫手下的切一盤牛肉，一盤饝饝，放在他面前。雄信與叔寶坐著看他。那番僧雙手搶來，不多幾時，兩盤東西吃得罄盡。雄信見他吃完，就問他道：「師父如今往那裡去？」那番僧道：「如今要往太原，一路轉到西京去走走。」雄信道：「西京乃輦轂之下，你出家人去做什麼？」番僧道：「聞當今主上倦於政事，一切庶務，俱著太子掌管。那太子是個好頑不耐靜的人，所以咱這裡修合幾顆耍藥，要去進奉他受用。」叔寶道：「你的身邊只有耍藥，沒有別的藥麼？」番僧道：「諸病都有。」雄信道：「可有催產調經的丸藥，乞賜些。」番僧道：「有。」向袖中摸出一個葫蘆，傾出豌豆大一粒藥來，把黃紙包好，遞與雄信道：「拿去等定更時，用沉香湯送下。如吃下去就產是女胎；如隔一日產，便是個男胎了。」說完立起身來，也不謝聲，竟自長揚去了。雄信攜著叔寶的手，向書房中來。叔寶嘆息道：「主上怠政卸權，四海又盜賊蠭起，致使外國番隅，多已知道。將來吾輩不知作何結果？」雄信道：「愁他則甚？若有變動，吾與兄正好揚眉吐氣，幹一番事業。難道還要庸庸碌碌的過活？」說罷進去。

❻ 達摩乘葦渡：達摩，南朝梁高僧，本天竺（今印度）人，梁武帝時到金陵（今南京市）。後折蘆葦渡長江入魏國，居嵩山少林寺，面壁九年。禪宗稱其為中華初祖。

❼ 鐵拐：鐵拐即指鐵拐李，傳說中的八仙之一。

其夜，雄信將番僧的藥，與崔夫人服下。交夜半子時，但聞滿室蓮花香，即養下一個女孩兒來，取名愛蓮。夫妻二人喜之不勝。正是：

明珠方吐艷，蘭茁尚無芽。

叔寶聞知，不勝欣喜。倏忽間不多幾日，已到了除夕。雄信陪叔寶飲到天明，擁爐談笑，卻忘了身在客鄉。叔寶又想著功名未遂，蹤跡飄零，離母拋妻，卻又愀然不樂。天明又是仁壽二年正月，年酒熱鬧。叔寶席席有分，吃得一個不耐煩起來。一個新年裡，弄得昏頭搭腦，沒些清楚。

將酒滴愁腸，愁重酒無力。

又接了賞燈的酒，主人也困倦了。雄信十八日晚間，回到後房中去睡了。叔寶自己牽掛老母，再不得睡下，只管在燈底下走來走去。那些手下人見他不睡，問道：「秦爺，這早晚如何還不睡？」叔寶道：「我要回山東之心久矣，奈你員外情厚，我要辭他，卻開不得口。列位可好讓我去，我留書一封，謝你員外罷。」因主人好客，手下人個個是殷勤的，眾人道：「秦爺在此，正好多住住兒去，小的們怎麼敢放秦爺回去？」叔寶道：「若如此我更有處。」又在那廂點頭指手，似有別思。眾人恐怕一時照顧不迭，被他走去，主人畢竟見怪。一邊與叔寶講話，一邊就有人往後邊報與主人道：「秦大爺要去了。」雄信聞言，披衣靸履而出道：「秦大哥為何陡發歸興？莫不是小弟簡慢不周，有些見罪麼？」叔寶道：「小弟歸心，無日不有，奈兄情重，不好開言。如今歸念一動，時刻難留，夢魂顛倒，怕著枕席。」言罷流下淚來。有集唐詩道：

愁裡看春不當春，每逢佳節倍思親❽。誰堪登眺煙雲裡，水遠山長愁殺人❾。

雄信道：「吾兄不必傷感。既如此，天明就打發吾兄長行便了。今晚倒穩睡一覺，以便早起。」叔寶道：「已是許下了呢！」雄信道：「我一世不曾換口，難道欺兄不成？」轉身走進去了。叔寶積下一向熬煎，頓覺寬慰。手下人道：「秦爺聽得員外許了明日還家，笑顏便增了許多。」叔寶上床伸腳暢睡不題。你道雄信為何直要留到此時，纔放他回去？自從那十月初一日，買了叔寶的黃驃馬下來，伯當與李玄邃說知了，就叫巧手匠人，像馬身軀，做一副鋄金❿鞍轡，正月十五日方完。異常細巧，耀眼爭光。欲以厚禮贈叔寶，又恐他多心不受，做一副新鋪蓋起來。將白銀打匾，縫在鋪蓋裡，把鋪蓋打捲，馬備了鞍轡，捎在馬鞍鞽後，只說是鋪蓋，不講裡面有銀子。方纔把那黃驃馬牽將出來，又自有當面的贐禮。叔寶要向東嶽廟去謝魏玄成，雄信又著人去請了來。賓主是一桌酒奉餞。旁邊桌子上，擺五色潞紬十疋，做就的寒衣四套，盤費銀五十兩。

雄信與叔寶把盞飲酒，指桌上禮物向叔寶道：「些微薄敬，望兄哂納。往日叮嚀求榮不在朱門下，這句說話，兄當牢記，不可忘了。」魏玄成道：「叔寶兄低頭人下，易短英雄之氣；況弟曾遇異人，道

---

❽ 每逢佳節倍思親：此為唐朝王維九月九日憶山東兄弟詩句。

❾ 水遠山長愁殺人：此為唐朝李遠黃嶺廟詞詩句。

❿ 鋄金：即鏤金。鋄，音ㄙㄡ。鏤刻。

真主已出，隋祚不長。似兄英勇，怕不做他時佐命功臣？就是小弟託跡黃冠，亦是待時而動。兄可依員外之言，天生我材，斷不淪落。」叔寶心中暗道：「玄成此言，殊似有理。但雄信把我看小了。這叫做久處令人賤，贐送了幾十兩銀子，他就叫我不要入公門。他把我當在家常是少了飯錢賣馬的人。不知我雖在公門，上下往來朋友，贐禮路費，費幾百金不能過一年，他就說許多閒話。」只得口裡答謝道：「兄長金石之言，小弟當銘刻肺腑。歸心如箭，酒不能多。」雄信取大杯對飲三杯，玄成也陪飲了三杯。叔寶告辭，把許多物件，都捎在馬鞍轎後，舉手作別。正是：

揮手別知己，有酒不盡傾。祇因鄉思急，頓使別離輕。

出莊上馬，緊縱一轡，那黃驃馬見了故主，馬健人強，一口氣跑了三十里路，纔收得住。捎的那鋪蓋拖下半邊來。這馬若叔寶自己備的，便有筋節，捎的行李，就不得拖將下來；卻是單家莊上手下人捎的，一頓頓鬆了皮條，馬走一步踢一腳。叔寶回頭看道：「這行李捎得不好，朋友送的東西，若失落了，辜負他的好意。」躭遲不躭錯，前邊有一村鎮，且暫停一晚，到明日五更天，自己備馬，行李就不得差錯了。」徑投店來。此處地方名皂角林，也是叔寶時運不利，又遭出一場大禍來。未知性命如何，且聽下回分解。

總評：單雄信之待秦叔寶，有一段至情。其贈厚貲，恐說明叔寶決不肯受，故暗藏於被褥中，不料因此生出許多事來。作者苦心，正於此見。

又評：無一曲筆，又無一直筆，一波未平，一波復起，真令看者應接不暇。設使當時樊建威不遇雪天，不宿東岳廟，得逢觀主，那知秦叔寶在單雄信家中？單雄信不將幾句大孝小孝言語留住叔寶，叔寶看了家信，即便歸家，那時金鞍馬轡未完，那得馬蹄銀縫在鋪蓋裡，生出皂角林一場大禍來。至於番僧丸藥，說到怠政卸權，為後邊伏案，直是太史公筆法。

第十二回　皂角林財物露遺殃　順義村擂臺逢敵手

詩曰：

英雄作事傾皦皦❶，讒夫何故輕淄涅❷。積猜惑信不易明，黑白妍媸難解辨。雉網鴻罹未足悲，從來財貨每基危。石崇金谷空遺恨❸，奴守利財能爾為。堪悲自是運途蹇，干戈匝地無由免。昂首嗟嘘只問天，紛紛肉眼何須譴。

壯夫無錢氣不揚，到得多財，卻也為累。若土著之民，富有資財，先得了一個守財虜的名頭，又免不得個有司看想，親友妒嫉。若在外囊橐沉重了些，便有劫掠之虞。跡涉可疑，又有意外之變，怕不福中有禍，弄到殺身地位？

話說秦叔寶未到皂角林時，那皂角林夜間有響馬，割了客人的包去。這店主張奇，是一方的保正，同十一個人，在潞州遞失狀去，還不曾回來。婦人在櫃裡面招呼，叫手下搬行李進客房，牽馬槽頭上料，

❶ 皦皦：潔白。這裡指光明正大。

❷ 淄涅：染黑。淄，通「緇」。黑色。

❸ 石崇金谷空遺恨：石崇，東晉大臣，家豪富，生活奢靡，曾在河陽置金谷別墅。因得罪權貴，全家被殺。

點燈擺酒飯，已是黃昏深後。張奇被蔡太守責了十板，發下廣捕，批著落在他身上，要捉割包響馬，著眾捕盜人押張奇往皂角林捉拿。曉得響馬與客店都是合夥的多，故此蔡太守著在他身上。叔寶在客房中，聞外面喧嚷，又認是投宿的人，也不在話下。

且說張奇進門，對妻子道：「響馬得財漏網，瘟太守麵糊盆，不知苦辣，倒著落在我身上，要捕風弄月，教我那裡去追尋？」婦人點頭，引丈夫進房去。眾捕盜亦跟在後邊，聽他夫妻有甚說話。張奇的妻子對丈夫道：「有個來歷不明的長大漢子，剛纔來家裡下著。」眾捕盜聞言，都進房來道：「娘子妳不要迴避，都是大家身上的干係。」婦人道：「列位不要高聲，是有個人在我家裡。」眾人道：「怎麼就曉得他是來歷不明？」婦人道：「這個人渾身都是新衣服，鋪蓋齊整，隨身有兵器，騎的是高頭大馬。說是做武官的，畢竟有手下儀從；說是做客商的，有附搭的夥計。這樣齊整人，獨自個投宿，就是個來歷不明的了。」眾人道：「這話講得有理，我們先去看他的馬。」手下掌燈，往後槽來看。卻不是潞州的馬，像是外路的馬，想是拒捕官兵追下來失落了，單問：「如今在那個房裡？」婦人指道：「就是這裡。」眾人把堂前燈，都吹滅了，房裡還有燈。眾人在壁縫外，往裡窺看。叔寶此時晚飯吃過，傢伙都收拾，出去把房門拴上，打開鋪蓋要睡。只見褥子重得緊，捏去有硬東西在內，又睡不得；只得拆開了線，把手伸進去摸將出來。原來是馬蹄銀，用鐵鎚打匾，斲方的好像磚頭一般，堆了一桌子。叔寶又驚又喜，心中暗道：「單雄信，單雄信，怪道你教我回山東，不要當差。原來有這等厚贈，就是掘藏，也還要費些力氣，怎有這現成的造化。他想是怕我推辭，暗藏在鋪蓋裡邊。單二哥真正有心人也。」只不知每塊有多少重，把銀子逐塊拿在手裡掂一掂，試一試。那曉得：

隔牆須有耳，窗外豈無人？

眾捕盜看他暗喜的光景，對眾人道：「是真正響馬。若是買貨的客人，自己家裡帶來的本錢，多少輕重，自然曉得。若是賣貨的客人，主人家自有發帳法馬，交兌明白，從沒有不知數目的。怎麼拿在飯店裡，掂斤播兩。這個銀子難道不是打劫來的麼？決是響馬無疑。」常言道：「縛虎休寬。」先去後邊把他的馬牽來藏過了，眾捕盜腰間解下十來條索子，在他房門外邊，櫃欄柱磉門房槅子，做起軟絆地綳來，絆他的腳步。揀一個有膽量的，先進去引他出來。

店主張奇，先瞧見他這一桌子的銀子，就留了心，想：「這東西是沒處查考的，待我先進房去，擄他幾塊，怕他怎的？」對眾人道：「列位老兄，你們不知我家門戶出入，待我先進去引他出來何如？」眾捕人曉得利害的，隨口應道：「便等你進去。」張奇一口氣吃了兩三碗熱酒，用腳將門一蹬，那門閂是日夜開閉，年深月久，滑溜異常，一腳激動，便跳將出來。張奇趕進房去，竟搶銀子。叔寶為這幾兩銀子，手腳都亂了。若空身坐在房裡，人打進來招架住了，問個明白，就問出理來了。因有滿桌子的銀子，不道人來拿他，只道歹人進來搶劫，怒火直衝，動手就打。一掌去遢的一聲響，把張奇打來撞在牆上，腦漿噴出，噯呀一聲，氣絕身亡。正是：

妄想黃金入袖，先教一命歸泉。

外面齊聲吶喊：「響馬拒捕傷人。」張奇妻子舉家號啕痛哭。叔寶在房裡著忙起來：「就是誤傷人命，進城到官，也不知累到幾時。我又不曾通名，棄了行囊走脫了罷。」洩開腳步，往外就走。不想腳下密佈軟絆，輕輕跌倒。眾捕盜把撓鉤將秦瓊搭住，五六根水火棍❹一起一落。叔寶伏在地綳上，用膀臂護了自己頭腦，任憑他攢打，把拳頭一鐏，短棍俱折。眾人又添換短兵器，鐵鞭拐子、流星鐵尺、金剛箍、鐵如意，乒乓劈拍亂打。正是：

虎陷深坑難展爪，龍遭鐵網怎騰空。

四肢都打傷了。眾人將叔寶跣剝衣裳，繩穿索綁，取筆硯來寫響馬的口詞。叔寶道：「列位，我不是響馬，是山東齊州府劉爺差人。去年八月間，在你本府投文，曾解軍犯，久病在此。因朋友贈金還鄉，不知列位將我錯認為盜，誤傷人命，見官自有明白。」眾人那裡聽他的言語，把地下銀子都拾將起來，贓物開了數目，馬牽到門首擡這秦瓊。張奇妻子叫村中人寫了狀子，一同離了皂角林，往潞州城來。這卻是秦瓊二進潞州。

到城門首時，三更時候，對城上叫喊守城的人：「皂角林拏住割包響馬，拒捕又傷了人命，可到州中報太爺知道。」眾人以訛傳訛，擊鼓報與太爺。蔡刺史即時吩咐巡邏官員開城門，將這一干人押進府來，發法曹參軍勘問。那巡邏官員開了城門，放進這一干人到參軍廳。這參軍姓斛斯名寬，遼西人氏；夢中喚起，腹中酒尚未醒。燈下先叫捕人錄了口詞，聽得說道：「獲得贓銀四百餘兩，有馬有器械，響馬無疑。」便叫：「響馬你喚甚名字，那裡人？」叔寶忙叫道：「老爺，小的不是響馬，是齊州解軍公

❹ 水火棍：地方衙門差役用的棍子。形狀上圓下略帶扁，上半部塗黑色，下半部塗紅色。

差秦瓊。八月間到此，蒙本府劉爺給過批迴。」那斛參軍道：「你八月給批，緣何如今還在此處，這一定近處還有窩家。」叔寶道：「小的因病在此躭延。」斛參軍道：「這銀子是那裡來的？」叔寶道：「是友人贈的。」斛參軍道：「胡說，如今人一個錢也捨不得，怎有許多銀子贈你？明日拿出窩家黨羽，就知強盜地方與失主姓名了。怎又拒捕打死張奇？」叔寶道：「小的十九日黃昏時候，在張奇家投歇，忽然張奇帶領多人，搶入小的房來。小的疑是強盜，失手打去，他自撞牆身死。」斛參軍道：「這拒捕殺人，情也真了。你那批迴在何處？」叔寶道：「已託友人寄回。」斛參軍道：「這一發胡說。你且將投文時，在那家歇宿，病時在誰家將養，一一說來，我好喚齊對證，還可出豁你。」叔寶只得報出王小二、魏玄成、單雄信等人。斛參軍聽了一本的帳，叫且將贓物點明，譽馬收監，明日拘齊窩主再審。可憐將叔寶推下監來。正是：

平空身陷遺羅網，百口難明飛禍殃。

次日，斛參軍見蔡刺史道：「昨蒙老大人發下人犯，內中拒捕殺人的叫做秦瓊，稱係齊州解軍公人，卻無批文可據。且帶有多銀，有馬有器械，事俱可疑。至於張奇身死是實，但未曾查有窩家失主黨羽，及檢驗尸傷，未敢據覆。」蔡刺史道：「這事也大，煩該廳細心鞫審解來。」斛參軍回到廳，便出牌拘喚王小二、魏玄成、單雄信一干人。

王小二是州前人，央個州前人來燒了香，說是他公差飯店，並不知情。歇了。魏玄成被差人說強盜專在庵觀寺院歇宿，百方刁掯，詐了一大塊銀子。雄信也用幾兩，隨即收拾千金，帶從人到府前，自己有一所下處。喚手下人去請府中童老爹與金老爹來。原來這兩個，一個叫做童環，字佩之；一個叫做金甲，字國俊。俱是府中捕盜快手，與雄信通家相處。雄信見金、童二人到下處來，便將千金交與他，憑他使用。兩人停妥了監中，去見叔寶，與他同了聲口。斛參軍處貼肉揌❺，魏玄成也是雄信為他使用得免。及至皂角林去檢驗尸傷，金、童二人買囑了仵作❻，把張奇致命處，做了磚石撞傷。捕人也是金、童周全，不來苦執覆審，把銀子說是友人蒲山公李密與王伯當相贈的，不做盜贓。不打不夾，出一道審語解堂❼道：

審得秦瓊以齊州公差至潞州，批雖寄回，而歷歷居停有主，不得以盜疑也。張奇以金多致猜，率眾掩之。秦瓊以倉猝之中，極力推毆，使張奇觸牆而死。律以故殺，不大苛乎？宜以誤傷末減，一戍何辭。其銀兩據稱李密、王伯當贈與，合無俟李密等到官質明給發。

論起做了誤傷，也不合充軍，這也是各朝律法不同。既非盜贓，自應給還，卻將來貯庫，這是衙門討好的意思，乾沒以肥上官。捕人誣盜也該處置，卻把事都推在已死張奇身上。解堂時，斛參軍先面講了，蔡刺史處關節又通，也只是個依擬。叔寶此時得了命，還敢來討鞍馬器械銀兩？憑他貯庫。問了一個幽州總管下充軍，僉解起發。雄信恐叔寶前途沒伴，兵房用些錢鈔，託童佩之、金國俊押解，一路相

❺ 貼肉揌：指賄賂。揌，通「塞」。填入。
❻ 仵作：古代官署中檢驗死傷的吏役。
❼ 解堂：當堂判決。

伴。批上就僉了童環、金甲名字，當差領文，將叔寶杻鎖出府大門外，鬆了刑具，同到雄信下處，拜謝活命之恩。

雄信道：「倒是小弟遺累了兄，何謝之有？」叔寶道：「這是小弟運途淹蹇，致有此禍。若非兄全始全終，已作囹圄之鬼。」雄信就替佩之、國俊安家，邀叔寶到二賢莊來，沐浴更衣，換了一身布衣服，又收拾百金盤費，壯叔寶行色，擺酒餞別告辭。雄信臨分別，取出一封書來道：「童佩之，叔寶在山東、河南交友甚多，就是不曾相會的，慕他名也少不得接待。這幽州是我們河北地方，叔寶卻沒有朋友，恐前途舉目無親，把這封書，到了涿郡地方，叫做順義村，也是該處有名的一個豪傑，姓張名公謹，與我通家有八拜之交；你投他引進幽州，轉達公門中當道朋友，好親目叔寶。」佩之道：「小弟曉得。」辭了雄信，三人上路。正是：

春日陽和天氣好，柳垂金線透長堤。

三人在路上說些自己本領，及公門中事業，彼此相敬相愛。不覺數日之間，到了涿郡。巳牌時候，來至順義村。一條街道，倒有四五百戶人家，入街頭第二家就是一個飯店。叔寶站住道：「賢弟，這就是順義村，要投張朋友處下書；初會問的朋友，肚中飢餓，不好就取飯食。常言說：『投親不如落店。』我們且上飯店中打個中火，然後投書未遲。」童、金二人道：「秦大哥講得有理。」三人進店，酒保引進坐頭，點下茶湯，擺酒飯。纔吃罷，叔寶同國俊、佩之出店觀看。

只見街坊上無數少年，各執齊眉短棍，擺將過去。中軍鼓樂簇擁。馬上一人，貌若靈官，戴萬字頂包巾，插兩朵金花，補服挺帶，綵緞橫披；馬後又是許多刀槍簇擁，迎將過去。叔寶問店家：「迎送的這個好漢，是什麼人？」主人道：「我們順義村，今日迎太歲爺。」叔寶道：「怎麼叫這等一個兇名？」店主道：「這位爺姓史，雙名大奈，原是番將，迷失在中原。近日謀幹在幽州羅老爺標下，授旗牌官。羅老爺選中了史爺人材，不知胸中實授本領，發在我們順義村，打三個月擂臺；三個月沒有敵手，實授旗牌官。舊歲冬間立起，今日是清明佳節。起先有幾個附近好漢，後邊是遠方豪傑，打過幾十場。莫說贏得他的沒有，便是跌得平交的也沒見，如今又迎到擂臺上去。」叔寶問道：「今日可打了麼？」店家道：「今日還打一日，明日就不打了。」叔寶道：「我們可去看得麼？」店家笑道：「老爺不要說看，有本事也憑老爺去打。」叔寶道：「店家替我們把行李收下，看打擂臺回來，算還你飯錢。」叫佩之、國俊把盤費的銀子，謹慎在腰間。

三人出得店門。後邊看打擂臺的百姓，絡繹不絕。走盡北街，就是一所靈官廟。廟前有幾畝荒地，地上築起擂臺來，有九尺高，方圓闊二十四丈。臺下有數千人圍繞爭看。史大奈吹打迎上擂臺。叔寶弟兄三人，捱將進去，上擂臺馬頭邊看，可有人上去打，還沒有人。只見那馬頭左首，兩扇朱紅欄杆，方方的一個夬角兒。欄杆裡面設著櫃，欄櫃上面天平法馬支架停當。又有幾個少年掌銀櫃。三人到欄杆邊，叔寶問：「列位，打擂是個比武的去處，設這櫃欄天平何用？」內中一人道：「朋友，你不知道，我們史爺是個賣博打。」叔寶道：「原來是為利。」那人道：「你不曉得，始初時沒有這個意思。立起擂臺來，一個雷聲天下響，五湖四海盡皆聞，英雄豪傑群聚於臺下。我們史爺為人謹慎，恐武不善作打傷了人，沒有憑據，有一個人上去打，要寫一張認狀❽。如要上去的，本人姓名鄉貫年庚，設個誓要寫在認狀上，見得打死勿論。這個認狀卻雷同不得，有一個人要寫一張。爭強不伏弱，那人肯落後，都要爭先，為寫這個認狀，幾日不得清白。故此史爺說不要寫認狀了，設下這櫃欄天平，財與命相連；好事的朋友都到櫃上來交銀子。」叔寶道：「交多少？」那人道：「不多。有一個人交五兩銀子，不拘多少人，銀子交完了，史爺發號令上來打。有一個先往上走，第二個豪傑趕上一步，拖將下來，拖下的就不得上去，就是第三個上去了。當場時有本事打我史爺一拳，以一博十，贏我史爺五十兩銀子，踢一腳一百兩銀子，跌一跤贏一百五十兩銀子，買一頓拳頭打殘疾回去怨命就罷了。起先聚二三十人上臺去，被史爺紛紛的都攢將下來，一月之間，贏了千金。但有銀子本領不如的，不敢到櫃上來交，有本領沒有銀子的也打不成。故此後來這兩個月上去打的人甚少。今日做圓滿，只得將櫃欄天平布置在此，不知道可有做圓滿的豪傑來？」叔寶對佩之、國俊笑道：「這到也是豪傑幹的事。」佩之就攛掇叔寶道：「兄上去。官事後中途發一個財。兄的本領，是我們知道的，一百五十兩手到取來，幽州衙門中用也是好的。」叔寶道：「賢弟，命不如人說也閒，我的時運不好。雄信送幾兩銀子，沒有福受用，皂角林惹出官事，來潞州受了許多坎坷。這裡打人又想贏得銀子，莫說上去，只好看看罷了。」佩之就要上去道：「這個機會不要蹉了，小弟上去耍耍罷。」

這個童佩之、金國俊不是無名之人，潞州府堂上當差有名的兩個豪傑。叔寶與他不是久交，因遭官事，雄信引首，得以識荊❾，又不曾與他比過手段，見他高興要上去耍耍，叔寶卻也奉承道：「賢弟逢

---

❽ 認狀：契約。

❾ 識荊：久聞其名而初次見面的敬詞。

場作戲，你要上去，我替你兌五兩銀子。」叔寶交銀子在櫃裡，童佩之上擂臺來打。那擂臺馬頭是九尺高，有十八層疆剎。纔走到半中間，圍繞看的幾千人，一聲喝采，把童佩之嚇得骨軟筋酥。這幾千人是為許久沒有人上去，今日又有人上去做圓滿，眾人吶喊助他的威。卻不曉得他沒來歷的嚇軟了，卻又不好回來，只得往上走。走便往上走，卻不像先前本來面目了，做出許多張志⑩來：咬牙切齒，怒目睜眉，揎拳裸袖，綽步撩衣，發狠上前。下邊看的人讚道：「好漢發狠上去了。」

卻說史大奈在擂臺上三月，不曾遇著敵手，旁若無人。見來人腳步囂虛，卻也不在他腔子裡面。獅子大開口，做一個門戶勢子，等候來人，上中下三路，皆不能出其匡郭。童環到擂臺上，見史大奈身軀高大，壓伏不下，他輕身一縱，飛仙踹雙腳掛面落將下來。史大奈用個萬敵推魔勢，將童環腳拿落在擂臺上。童環站下，左手撩陰，右手使個高頭馬勢，來伏史大奈。史大奈做個織女穿梭，從右肋下攢在童環背後，揸住衣服鸞帶，叫道：「我也不打你了，擸下去罷！」把手一撐，從擂臺上擸將下來，下邊看的一讓，攛了個燕子啣泥，撲通跌了一臉灰沙。把一個童佩之，弄得滿面羞慚。

一個秦叔寶急得火星爆散，喝道：「待我上去！」就往前走。掌櫃的攔住道：「上去要重兌銀子，前邊五兩銀子已輸絕了。」叔寶不得工夫兌，取一大錠銀子，丟在櫃上道：「這銀子多在這裡，打了下來與你算罷。」也不從馬頭上上擂臺去，平地九尺高一擸，就跳上擂臺來，竟奔史大奈。史大奈招架，秦瓊好打。

⑩ 張志：樣子。亦作「張致」。

拽開四平拳，踢起雙飛脚。一個駱肋劈胸敦，一個剜心側膽著。一個青獅張口來，一個鯉魚跌子躍。一個餓虎撲食最傷人，一個蛟龍戲子能兇惡。一個忙舉觀音掌，一個急起羅漢脚。長拳架勢自然兇，怎比這回短打多掠削？

也不像兩個人打，就如一對猛虎爭餐，擂臺上滾做一團。牡丹雖好，全憑綠葉扶持。難道史大奈在順義村打了三個月擂臺，也不曾有敵手，孤身就做了這一個好漢。一個山頭一隻虎，也虧了順義村的張公謹做了主人，就是叔寶有書投他，尚未相會的。

此時張公謹在靈官廟，叫庖人整治酒席，伺候賀喜。又邀一個本村豪傑白顯道。他二人是酒友，等不得安席，先將幾樣菓菜在大殿上，取壜冷酒試嘗。只見兩個後生慌忙的走將進來道：「二位老爺，史老爺官星還不現。」公謹道：「今日做圓滿，怎麼說這話？」來人道：「擂臺上史爺倒先把一個攢將下來，得了勝；後跳一個大漢上去，打了三四十合不分勝敗。小的們擂臺底下觀看，史爺手脚都亂了，打不過這個人。」張公謹道：「有這樣事？可可做圓滿，就逢這個敵手。」叫：「白賢弟，我們且不要吃酒，大家去看看。」出得廟來，分開眾人，擂臺底下看上邊還打哩，打得愁雲怨霧，遮天蓋地。正是：

黑虎金鎚降下方，斜行耍步鬼神忙。劈面掌參勾就打，短簇賺𨂁破撩襠。

張公謹見打得兇，不好上去，問底下看的人：「這個豪傑，從那一條路上來的？」底下看的人，就指著童佩之、金國俊二人道：「那個鬢脚裡有些沙灰的，是先攢下來的了。那個衣冠整齊的，是不曾上

一個餓虎撲食，一個蛟龍戲子，一個忙舉觀音掌，一個急起羅漢腳。
也不像兩個人打，就如一對猛虎爭餐，擂台上滾做一團。

去打的。問這兩個人，就知道上頭打的那個人了。」張公謹卻是本方土主，喜孜孜一團和氣，對佩之舉手道：「朋友，上面打擂的是誰？」童佩之跌惱了，臉上便拂乾淨了，鬢腳還有些沙灰，見叔寶打贏了，沒好氣答應人道：「朋友，你管他閒事怎麼？憑他打罷了！」公謹道：「四海之內，皆兄弟也。恐怕是道中朋友，不好挽回。」金國俊卻不惱他，不曾上去打，上前來招架道：「朋友，我們不是沒來歷的人，要打便一個對一個打就是了，不要講打攢盤⓫的話。就是打輸了，這順義村還認得本地方幾個朋友。」公謹道：「兄認得本地方何人？」國俊道：「潞州二賢莊單二哥有書，到順義村投公謹張大哥，還不曾到他莊上下書。」公謹大笑。白顯道指定公謹道：「這就是張大哥了。」國俊道：「原來就是張兄，得罪了。」公謹道：「兄是何人？」國俊道：「小弟是金甲，此位童環。」公謹道：「原來是潞州的豪傑。上邊打擂的是何人？」國俊道：「這就是山東歷城秦叔寶大哥。」

張公謹搖手大叫：「史賢弟不要動手，此乃素常聞名秦叔寶兄長。」史大奈與叔寶二人收住拳。張公謹挽住童佩之，白顯道拖著金國俊四人笑上臺來，六友相逢，彼此陪罪。公謹叫道：「臺下看擂的列位都散了罷！不是外人來比勢，乃是自己朋友訪賢到此的。」命手下將櫃臺往靈官廟中去。邀叔寶下擂臺，進靈官廟鋪拜毡頂禮相拜，鼓手吹打安席。公謹席上舉手道：「行李在於何處？」叔寶道：「在街頭上第二家店內。」公謹命手下將秦爺行李取來，把那櫃裡大小二錠銀子返璧於叔寶。叔寶就席間打開包裹，取雄信的薦書，遞與公謹拆開觀看道：「嗄！原來兄有難在幽州。不打緊，都在小弟身上。此席酒不過是郊外小酌，與史大哥賀喜，還要屈駕到小莊去一坐。」六人匆匆幾杯，不覺已是黃昏時候。公

⓫ 打攢盤：指算計別人。

謹邀眾友到莊。大廳秉燭焚香，邀叔寶諸友八拜為交，拜罷擺酒過來，直飲到五更時候。史大奈也要到帥府回話，白顯道也要相陪。張公謹備六騎馬，帶從者十餘人，齊進幽州投文。不知後事如何，且聽下回分解。

總評：叔寶得銀之喜，張奇搶銀之狀，捕人設計之密，雄信周旋挽回之苦，寫來入情入理。叔寶投店估銀，全屬疏脫，其不肯打擂臺，纔見英雄本色。見佩之輸了，發憤上去，不免見獵心喜⓬。若非張公謹細密周到，安知不又撩下一場事來。如公謹者，其友周旋不減雄信，而精密過之，後來舉龜投地，十分勇決，英傑不可測識如此。

又評：以最幻之筆寫最奇之事，人但知描想捕人行狀，擂臺混打，一場熱鬧可觀。不知直寫朋友交情，古今罕有處。友朋為五倫中之一，不是天下大豪傑、大英雄，那有幾個異姓兄弟，然諾不苟的？單雄信、張公謹赤心為交，始終如一，兩人不約而同，後人可以為鑑。

⓬ 見獵心喜：比喻舊習難忘，觸其所好，便躍躍欲試。

第十三回　張公謹仗義全朋友　秦叔寶帶罪見姑娘

詞曰：

雲翻雨覆，交情幾動窮途哭❶。惟有英雄，意氣相孚自不同。　魚書❷一紙，為人便欲拚生死。拯厄扶危，管鮑清風尚可追。

右調減字木蘭花

交情薄的固多，厚的也不少。薄的人富貴時密如膠漆，患難時卻似團沙，不肯攏來。若俠士有心人，莫不極力援引，一紙書奉如誥敕；這便是當今陳雷❸，先時管鮑。順義村到幽州只三十里路，五更起身，平明就到了。公謹在帥府西首安頓行李，一面整飯，就叫手下西轅門外班房中，把二位尉遲老爺請來。這個尉遲，不是那個尉遲恭，乃周相州總管尉遲迥之族姪，就是尉遲氏之族姪。兄弟二人，哥哥叫尉遲

❶ 窮途哭：東晉阮籍經常獨自駕車出行，到路盡頭就痛哭而返。
❷ 魚書：指書信。
❸ 陳雷：陳重與雷義。這兩人都是東漢人，雷義舉茂才，讓於陳重，刺史不許，雷義就裝瘋而走，不應舉薦。後世因此以陳雷比喻友情深厚。

南，兄弟叫尉遲北，向來與張公謹通家相好，現充羅公標下，有權衡的兩員旗牌官。帥府東轅門外是文官的官廳，西轅門外是武弁的官廳，旗牌聽用等官，只等轅門裡掌號奏樂三次，中軍官進轅門扯旗放砲，帥府纔開門。尉遲南、尉遲北戎服伺候，兩個後生走進來叫：「二位爺，家老爺有請。」尉遲南道：「你是張家莊上來的麼？」後生道：「是。」尉遲南道：「你們老爺在城中麼？」後生道：「就在轅門西首下處，請二位老爺相會。」

尉遲南吩咐手下看班房，竟往公謹下處來。公謹因尉遲南兄弟是兩個金帶前程的，不便與他抗禮，把叔寶、金、童藏在客房內，待公謹引首，道達過客相見，纔好來請。張公謹、史大奈、白顯道三人正坐，只見尉遲兄弟來到，各各相見，分賓主坐下。尉遲南見史大奈在坐，便開言道：「張兄今日進城這等早，想為史同袍打擂臺日期已完，要參謁本官了。」公謹道：「此事亦有之，還有一事奉聞。」尉遲南道：「還有什麼見教？」公謹衣袖裡取出一封書來，遞與尉遲昆玉，接將過來拆開了，兄弟二人看畢道：「嗄，原來是潞州二賢莊單二哥的華翰，舉薦秦朋友到敝衙門投文，託兄引首。秦朋友如今在那裡？請相見罷了。」公謹向客房裡叫：「秦大哥出來罷！」豁郎郎的響將出來。童環奉文書，金甲帶鐵繩，叔寶矬著虎軀，杻鎖出來。尉遲兄弟勃然變色道：「張大哥，你小覷我；四海之內，皆兄弟也。單二哥的華翰到兄長處，因親及親，都是朋友，怎麼這等相待！」公謹陪笑道：「實不相瞞，這刑具原是做成的活扣兒，恐賢昆玉責備，所以如此相見；倘推薄分，取掉了就是。」尉遲兄弟親手上前，替叔寶疏了刑具，教取拜毡過來相拜道：「久聞兄大名，如春雷轟耳，無處不聞，恨山水迢遙，不能相會。今日得兄到此，三生有幸。」叔寶道：「門下軍犯，倘蒙提攜，再造之恩不淺。」尉遲南道：「兄諸事放心，都在愚弟身上。此二位就是童佩之、金國俊了。」二人道：「小的就是童環、金甲。」尉遲南道：「皆不必太謙，適見單員外華翰上亦有尊字，都是個中的朋友。」都請來對拜了。尉遲南叫：「佩之，桌上放的可就是本官解文麼？」佩之答道：「就是。」尉遲南道：「借重把文書取出來，待愚兄弟看裡邊的事故。待本官升堂問及，小弟們方好答應。」童環假小心道：「這是本官鈐印彌封，不敢擅開。」尉遲南道：「不妨。就是釘封文書，也還要動了手。不過是個解文，打開不妨？少不得堂上官府，要拆出必得愚兄弟的手，何足介意。」公謹命手下取火酒半杯，將彌封潤透，輕輕揭開，把文書取出。尉遲兄弟開看了，遞還童環，分付照舊彌封。

只見尉遲南嘿然無語。公謹道：「兄長看了文書，怎麼嘿嘿沉思？」尉遲南道：「久聞潞州單二哥高情厚誼，恨不能相見，今日這樁事，卻為人謀而不忠。」秦叔寶感雄信活命之恩，見朋友說他不是，顧不得是初相會，只得向前分辯：「二位大人，秦瓊在潞州，與雄信不是故交，邂逅一面，拯我於危病之中，復贈金五百還鄉。秦瓊命蹇，皂角林中誤傷人命，被蔡太守問成重辟❹，又得雄信盡友道，不惜千金救秦瓊，真有再造之恩。二位大人怎麼嫌他為人謀而不忠？」尉遲南道：「正為此事。看雄信來書，把兄薦到張仁兄處，單員外友道已盡。但看文書，兄在皂角林打死張奇，問定重罪，雄信有回天手段，能使改重從輕，發配到敝衙門來。吾想普天下許多福境的衛所，怎麼不揀個魚米之鄉，偏發到敝地來？兄不知我們本官的利害，我不說不知。他原是北齊駕下勳爵，姓羅名藝，見北齊國破，不肯臣隋，統兵一枝，殺到幽州，結連突厥可汗❺反叛。皇家累戰不克，只得頒詔招安，將幽州割與本官，自收租稅養

❹ 重辟：重刑。

老，統雄兵十萬鎮守幽州。本官自恃武勇，舉動任性，凡解進府去的人，恐怕行伍中頑劣不遵約束，見面時要打一百棍，名殺威棒。十人解進，九死一生。兄到此間難處之中。如今設個機變：叫佩之把文書封了，待小弟拿到掛號房❻中去，吩咐掛號官，將別衙門文書掣起，只把潞州解文掛號，獨解秦大哥進去。」

眾朋友聞尉遲之言，俱吐舌吃驚。張公謹道：「尉遲兄怎麼獨解秦大哥進去？」尉遲南道：「兄卻有所不知。裡邊太太最是好善，每遇初一月半，必持齋念佛，老爺坐堂，屢次叮囑不要打人。秦大哥恭喜，今日恰是三月十五日。倘解進去的人多了，觸動本官之怒，或發下來打，就不好親目了。如今秦大哥暫把巾兒取起，將頭髮蓬鬆，用無名異❼塗搽面龐，假託有病。童佩之二位典守者，辭不得責，進帥府報稟，本人途中有病。或者本官喜怒之間，著愚兄下來驗看，上去回覆果然有病，得本官發放，討收管。秦大哥行伍中，豈不能一槍一刀，博一個衣錦還鄉？只是如今早堂，投文最難，卻與性命相關，你們速速收拾，我先去把文書掛號。」

尉遲二人到掛號房中，吩咐掛號官：「將今日各衙門的解文都掣起了，只將這潞州一角文書掛號罷。」掛號官不敢違命，應道：「小官知道了。」此時掌號官奏樂三次，中軍官已進轅門。叔寶收拾停當，在西轅門伺候。尉遲二人將掛過號的文書，交與童環，自進轅門隨班放大砲三聲，帥府開門。中軍官、領

❺ 突厥可汗：突厥最高統治者的稱號。汗，音ㄏㄢˊ。
❻ 掛號房：衙門中收發公文按次序登記的機構。
❼ 無名異：裝病而在臉上塗抹的顏色。

班、旗鼓官、旗牌官、聽用官、令旗手、綑綁手、刀斧手，一班班，一對對，一層層，都進帥府參見畢，各歸班侍立府門首。報門官報門，邊關夜不收、馬兵官將、巡邏、回風人役進，這一起出來了。第二次就是供給官，送進日用心紅紙紮飲食等物。第三次就是掛號官，捧號簿進帥府，規矩解了犯人，就帶進轅門裡伺候。掛號官出來，卻就厲害了：兩丹墀有二十四面金鑼，一齊響起。一面虎頭牌，兩面令字旗，押著掛號官出西首角門，到大門外街臺上。執旗官叫投文人犯，跟此牌進。童環捧文書，金甲帶鐵繩，將叔寶杻鎖帶進大門，還不打緊；只是進儀門，那東角門鑽在刀槍林內。到月臺❽下，執牌官叫跪下。東角門到丹墀，也只有半箭路遠，就像爬了幾十里峭壁，喘氣不定。秦叔寶身高丈餘，一個豪傑困在威嚴之下，只覺得身子都小了，跪伏在地，偷眼看公坐上這位官員：

玉立封侯骨，金堅致主心。髮因憂早白，謀以老能沉。塞外威聲遠，帷中感士深。雄邊來李牧❾，
烽火絕遙岑。

鬚髮斑白，一品服，端坐如泰山，巍巍不動。羅公叫中軍，將解文取上來。中軍官下月臺取了文書，到滴水簷前，雙膝跪下。帳上官將接去，公座旁驗吏拆了彌封，鋪文書於公座上。羅公看潞州刺史解軍的解文，若是別衙門解來的，打與不打也就發落了。潞州的刺史蔡建德，是羅公得意門生。這羅公是武弁

❽ 月臺：堂前平臺。

❾ 李牧：戰國時趙國名將，經常駐守趙國北部的代郡、雁門以防備匈奴，屢立戰功。又屢次打敗秦軍，秦國用反間計，使趙王殺死李牧。

的勳衛⑩，怎麼有蔡建德方印文官門生？原來當年蔡建德曾解押幽州軍糧違限，據軍法就該重處，羅公見他青年進士，法外施仁，不曾見罪。蔡建德知恩，就拜在羅公門下。今羅公見門生問成的一個犯人，將文書看到底，看蔡建德才思何如，問成的這個人，可情真罪當。親看軍犯一名秦瓊，歷城人。觸目驚心，停了一瞬，將文書就掩過了，叫驗吏將文書收去，謄寫入冊備查，吩咐中軍官：「叫解子將本犯帶回，午堂後聽審。」童環、金甲，聽得叫他下去，也沒有這等走得爽利了，下月臺帶鐵繩往下就走。

此時張公謹、史大奈、白顯道，都在西轅門外伺候，問尉遲道：「怎麼樣了？」尉遲道：「午堂後聽審。」公謹道：「審什麼事？」尉遲南道：「從來不曾有這等事，打與不打就發落了，不知審什麼事？」公謹道：「什麼時候？」尉遲南道：「還早。如今閉門退堂，晝寢午膳，然後升堂問事，放砲升旗，與早堂一般規矩。」公謹道：「這等尚早，我們且到下處去飲酒壓驚。出了轅門，卸去刑具，到下處安心。只聽放砲，方來伺候未遲。」

卻說羅公發完堂事，退到後堂，不回內衙。叫手下除了冠帶，戴諸葛巾，穿小行衣，懸玉面鞓帶，小公座坐下。命家將問驗吏房中適纔潞州解軍文書，取將進來，到後堂公座上展開，從頭閱一遍，將文書掩過。喚家將擊雲板⑪，開宅門請老夫人秦氏出後堂議事。秦氏夫人，攜了十一歲的公子羅成，管家婆丫環相隨出後堂。老夫人見禮坐下，公子侍立。夫人開言道：「老爺今日退堂，為何不回內衙？喚老身後堂商議何事？」羅公嘆道：「當年遭國難，令先兄武衛將軍棄世，可有後人麼？」夫人聞言，就落

⑩ 勳衛：有功績的軍人。
⑪ 雲板：報時報事用具，俗稱為點。板形鑄作雲狀，故名。古代官署或權貴之家都以擊雲板為信號。

下淚來道：「先兄秦彝，聞在齊州戰死。嫂嫂寧氏，止生個太平郎，年方三歲，隨任在彼。今經二十餘年，天各一方，朝代也不同了，存亡未保。不知老爺為何問及？」羅公道：「我適纔升堂，河東解來一名軍犯。夫人你不要見怪，倒與夫人同姓。」夫人道：「河東可就是山東麼？」羅公笑道：「真是婦人家說話。河東與山東相去有千里之遙，怎麼河東就是山東起來？」夫人道：「既不是山東，天下同姓者有之，斷不是我那山東一秦了。」羅公道：「方纔那文書上，卻說這個姓秦的，正是山東歷城人，齊州奉差到河東潞州。」夫人道：「既是山東人，或者是太平郎有之。他面貌我雖不能記憶，家世彼此皆知，老身如今要見這姓秦的一面，問他行藏，看他是否。」羅公道：「這個也不難。夫人乃內室，與配軍覿面，恐失了我官體，必須還要垂簾，纔好喚他進來。」

羅公叫家將垂簾，傳令出去，小開門喚潞州解人帶軍犯秦瓊進見。他這班朋友，在下處飲酒壓驚。止有叔寶要防聽審，不敢縱飲，只等放砲開門，纔上刑具來聽審，那裡想到是小開門。那轅門內監旗官，地覆天翻喊叫：「老爺坐後堂審事，叫潞州解子帶軍犯秦瓊聽審！」那裡找尋？直叫到尉遲下處門首，方纔知道，慌忙把刑具套上。尉遲南、尉遲北是本衙門官，童環、金甲帶著叔寶，同進帥府大門。張公謹三人，只在外面伺候消息。這五人進了大門，儀門，上月臺，到堂上，將近後堂，屏門後轉出兩員家將，叫：「潞州解子不要進來了。」接了鐵繩，將叔寶帶進後堂，階下跪著。叔寶偷眼往上看，不像早堂有這些刀斧威儀。羅公素衣打扮，後面立青衣大帽六人，盡皆垂手，臺下家將八員，都是包巾扎袖。叔寶見了，心上寬了些。羅公叫：「秦瓊上來些。」叔寶裝病怕打，做俯伏爬不上來。羅公叫家將把秦瓊刑具疏了，兩員家將下來，把那刑具疏了。羅公叫再上來些。叔寶又肘膝往上，捱那幾步。羅公問道：

「山東齊州似你姓秦的有幾戶？」秦瓊道：「齊州歷城縣，養馬當差姓秦的甚多，軍丁⑫只有秦瓊一戶。」羅公道：「這等你是武弁了。」秦瓊道：「是軍丁。」羅公道：「且住，你又來欺誑下官了。你在齊州當差，奉那劉刺史差遣公幹河東潞州，既是軍丁，怎麼又在齊州當那民家的差？」秦瓊叩首道：「老爺，因山東盜賊生發，本州招募，有能拘盜者重賞。秦瓊原是軍丁，因捕盜有功，劉刺史賞小的兵馬捕盜都頭，奉本官差遣公幹河東潞州，誤傷人命，發在老爺案下。」羅公道：「你原是軍丁，補縣當差。我再問你：當年有個事北齊主盡忠的武衛將軍秦彝，聞他家屬流落在山東，你可曉得麼？」叔寶聞父名，淚滴階下道：「武衛將軍，就是秦瓊的父親，望老爺推先人薄面，筆下超生。」羅公就立起來道：「你就是武衛將軍之子？」

那時卻是一齊說話，老夫人在朱簾裡也等不得，就叫：「那姓秦的，你的母親姓什麼？」秦瓊道：「小的母親是寧氏。」夫人道：「呀，太平郎是那個？」秦瓊道：「就是小人的乳名。」老夫人見他的親姪兒伶仃如此，也等不得手下捲簾，自己伸手揭開，走出後堂，抱頭而哭。秦瓊卻不敢就認，哭拜在地。羅公也頓足長嘆道：「你既是我的內親，起來相見。」公子在旁，見母親悲淚，也哭起來。手下家將著忙把刑具拿了，到大堂外面叫：「潞州解子，這刑具你拿了去。秦大叔是老爺的內姪，老夫人是他的嫡親姑母，後堂認了親了。領批迴不打緊，明日僉押送出來與你。」尉遲南兄弟二人，鼓掌大笑出府。張公謹等眾朋友，都在外面等候；見尉遲兄弟笑出來，問道：「怎麼兩位喜容滿面？」尉遲南道：「列

⑫ 軍丁：南北朝時，兵士及其家屬的戶籍屬於軍府，稱為軍戶或營戶，其成年男子即為軍丁，世代為兵，社會地位低下，非經免除，不得脫籍。

老夫人見他的親姪兒伶仃如此，也等不得手下捲簾，自己伸手揭開，走出後堂，抱頭而哭。秦瓊卻不敢就認，哭拜在地。

位放心，秦大哥原是有根本的人。羅老爺就是他嫡親姑爺，老太太就是姑母，已認做一家了。我們且到下處去飲酒賀喜。」

卻說羅公攜叔寶進宅門到內衙，吩咐公子道：「你可陪了表兄，到書房沐浴更衣，取我現成衣服與秦大哥換了。」叔寶梳篦整齊，洗去面上無名異，隨即出來拜見姑爺、姑母，與公子也拜了四拜。即便問表弟取柬帖二副，寫兩封書：一封書求羅公僉押了批迴，發將出來，付與童佩之，潞州謝雄信報喜音；一封書付尉遲兄弟，轉達謝張公謹三友。此時後堂擺酒已是完備，羅公老夫婦上坐，叔寶與表弟列坐左右。酒行二巡，羅公開言：「賢姪，我看你一貌堂堂，必有兼人之勇。令先君棄世太早，令堂又寡居異鄉，可曾習學些武藝？」叔寶道：「小姪會用雙鐧。」羅公道：「正是令先君遺下這兩根金裝鐧，可曾帶到幽州來？」叔寶道：「小姪在潞州為事，蔡刺史將這兩根金裝鐧作為兇器，還有鞍馬行囊，盡皆貯庫。」羅公道：「這不打緊，蔡刺史就是老夫的門生，容日差官去取就是。只是目今有句話，要與賢姪講：老夫鎮守幽州，有十餘萬雄兵，千員官將，都是論功行賞，法不好施於親愛。我如今要把賢姪補在標下為官，恐營伍中有官將議論，使賢姪無顏。老夫的意思，來日要往演武廳去，當面比試武藝。你果然弓馬熟嫻，就補在標下為官，也使眾將箝口。」叔寶躬身道：「若蒙姑爹提拔，小姪終身遭際，恩同再造。」羅公吩咐家將，傳兵符出去，曉諭中軍官，來日盡起幽州人馬出城，往教軍場操演。

明早五更天，羅公就放砲開門。中軍簇擁，史大奈在大堂參謁，回打擂臺事，補了旗牌。一行將士都戎裝貫帶，隨羅公騆馬車擁出帥府。

十萬貔貅⑬鎮北畿，斗懸金印月同輝。旗飄易水雲初起，槍簇燕臺⑭霜亂飛。

叔寶那時沒有金帶銀帶前程，也只好像羅公本府的家將一般打扮：頭上金頂纏騌大帽，穿猱頭補服⑮，銀面鞓帶，粉底皂靴；上馬跟羅公出東郭教軍場去了。公子帶四員家將，隨後也出帥府；奈守轅門的旗牌官攔住，叩頭哀求，不肯放公子出去。原來是羅公將令：平昔吩咐手下的，公子雖十一歲，膂力過人，騎劣馬，扯硬弓，常領家將在郊外打圍。羅公為官廉潔，恐公子膏粱之氣，踹踏百姓田苗，故戒下守門官不許放公子出帥府。公子只得命家將牽馬進府，回後堂老母跟前，拿出孩童的景象，啼哭起來，說要往演武廳去看表兄比試，守門官不肯放出。老夫人因叔寶是自己面上的瓜葛，不知他武藝如何，要公子去看看，先回來說與她知道，開自己懷抱。喚四個掌家過來。四人俱皆皓然白鬚，跟羅公從北齊到今，同榮辱，共休戚，都是金帶前程，稱為掌家。老夫人道：「你四人還知事，可同公子往演武廳去看秦大叔比試。說那守門官有攔阻之意，你說我叫公子去的，只是瞞著老爺一人就是。」四人道：「知道了。」公子見母親吩咐，歡喜不勝。忙向書房中收拾一張花梢的小弩，錦囊中帶幾十枝軟翎的竹箭，看表兄比試回家，就荒郊野外，射些飛禽走獸耍子。

五人上馬，將出帥府，守門官依舊攔住。掌家道：「老太太著公子去看秦大叔比試，只瞞著老爺一

⑬貔貅：猛獸名，以喻勇猛之士。

⑭燕臺：即黃金臺，在河北省北部地區。

⑮猱頭補服：前胸及後背綴有彩絲繡成猱頭圖案的官服。猱，猿猴。

時。」守門官道：「求小爺速些回來，不要與老爺知道。」公子大喝一聲：「不要多言！」五騎馬出轅門，來到東郭教軍場。此時教場中已放砲升旗，五騎馬竟奔東轅門來，下馬瞧操演。那四個掌家，恐老爺帳上看見公子，著兩個在前，兩個在後，把公子夾在中間，東轅門來觀看。畢竟不知如何，且聽下回分解。

總評：張公謹作事縝密精練，全無武夫氣，真是大作用人。其寫二尉遲打點衙門光景，宛然如覩。至羅藝見了秦字，便生猜度，可想古人親誼之厚。此是叔寶極僥倖處。

又評：只一個人榮枯得失，離合悲歡，有何定處。人生世上當作如是觀，水上浮萍，順風蕩漾可耳。寫出叔寶一聞父名，夫人一見姪兒處，苟有胸心者，莫不下淚。

第十四回　勇秦瓊舞鐧服三軍　賢柳氏收金獲一報

詩曰：

沙中金子石中玉，干將埋沒豐城獄❶。有時拂拭遇良工，精光直向蒼天燭。丈夫蹤跡類如此，倏而雲泥倏虎鼠。漢王高築驚一軍❷，淮陰固是絳灌信❸。困窮拂抑君莫嗟，赳赳干城在兔罝❹。但教有寶懷間蘊，終見鳴珂❺入帝里。

❶ 干將埋沒豐城獄：東晉武帝時，天上斗宿和牛宿間常有紫氣，雷煥說是寶劍之氣，在豫章豐城縣（今江西省豐城縣）。雷煥後任豐城縣令，在縣獄的屋基中找到兩把寶劍，其中一把即為干將。干將，古代著名的利劍。

❷ 漢王高築驚一軍：漢王，漢中王劉邦。楚漢相爭，韓信投奔漢營，未得重用，乃逃去。蕭何星夜追回，要求劉邦拜韓信為大將軍。漢王遂築拜將臺，拜韓信為大將軍。漢軍將士都感到驚異。

❸ 淮陰固是絳灌信：淮陰即韓信，韓信曾被封為淮陰侯。劉邦拜韓信為大將軍，絳侯周勃、灌嬰等追隨劉邦多年的大將都不服氣。但韓信屢立奇功，周勃、灌嬰等人都先後表示信服。

❹ 赳赳干城在兔罝：此句出自詩周南兔罝，原文為「赳赳武夫，公侯干城」。意謂雄赳赳的武夫，是公侯的捍衛者。干城，比喻捍衛者。干，盾。城，城郭。

❺ 鳴珂：古代有地位的人的馬用玉裝飾，行走發出聲音，叫做鳴珂。

俗語道得好：運去黃金減價，時來頑鐵生光。叔寶在山東也做了些事，一到潞州，吃了許多波浪，只是一個時運未到。一旦遇了羅公，怕不平地登天，顯出平生本領？羅公要扶持叔寶，大操三軍。羅公坐帳中，十萬雄兵，畫地為式，用兵之法，井井有條。帳前大小官將頭目，全裝披掛，各持鋒利器械，排班左右。叔寶在左班中觀看，暗暗點頭：「我是井底之蛙，不知天地之大，枉在山東自負。你看我這姑爺五旬以外，鬚髮皓然，著一品服，掌生殺之權，一呼百諾，大丈夫定當如此。」要知羅公也卻不要看操，只留心於叔寶。見秦瓊點頭有嗟咨之意，喚將過來，叫：「秦瓊！」叔寶跪應道：「有！」羅公問：「你可會甚麼武藝？」秦瓊道：「會用雙鐧。」羅公昨日帥府家宴問過，今日如何又問？因知他雙鐧在潞州貯庫，不好就取鐧與他舞。羅公命家將：「將我的銀鐧取下去。」羅公這兩條鐧連金鑲靶子，共重六十餘斤，比叔寶鐧長短尺寸也差不多；只是用過重鐧的手，用這羅公的輕鐧越覺鬆健。兩個家將，捧將下來。叔寶跪在地下，揮手取銀鐧，盡身法跳將起來。輪動那兩條鐧，就是銀龍護體，玉蟒纏腰。羅公在座上自己喝采：「舞得好！」難道羅公的標下，就沒有舞鐧的人，獨喝采秦瓊麼？羅公卻要座前諸將欽服之意。諸將卻也解本官的意思，兩班齊聲喝采道：「好！」

公子在轅門外，爬在掌家肩背上，見表兄的鐧，舞到好處，連身子多不看見，就是一道月光罩住，不敢高聲喝采，暗喜道：「果然好。」叔寶舞罷鐧，捧將上來。羅公又問道：「還會什麼武藝？」叔寶道：「槍也曉得些。」羅公叫取槍上來。兩班官將奉承叔寶，揀絕好的槍，取將上來。槍桿也有一二十斤重，鐵條牛筋纏繞，生漆漆過。叔寶接在手中，把虎軀一矬，右手一迎，牛筋都迸斷，攢打粉碎，一連使折兩根槍。秦瓊跪下道：「小將用的是渾鐵槍。」羅公點頭道：「真將門之子。」命家將：「槍架

叔寶輪動那兩條鐧，就是銀龍護體，玉蟒纏腰。羅公在座上自己喝采：「舞得好！」諸將卻也解本官的意思，兩班齊聲喝采道：「好！」

上把我的纏桿矛擡下與秦瓊舞。」兩員家將擡將下來。重一百二十斤，長一丈八尺。秦瓊接在手中，打一個轉身，把槍收將回來，覺道有些拖帶。羅公暗暗點頭道：「槍法不如，此子還可教。」這裡隱著個羅府傳槍的根腳。羅公為何說叔寶槍法不如？因他沒有傳授。秦瓊在齊州當差時，不過是江湖上行教的把勢野戰之法，卻怎麼當得羅公的法眼？恰將就稱讚幾聲。這些軍官見舞得這重槍也便吃驚，看他舞得簇簇，不辨好歹，也隨著羅公喝采，連叔寶心中未必不自道好哩！叔寶舞罷槍，羅公即便傳令開操。只聽得教場中砲聲一響，正是：

陣按八方，旗分五色。龍虎奮翼，旗幟迷天。橫空黑霧，皂纛❻標坎北❼之兵；徹漢朱霞，赤幟識南離❽之象。平野滿梁園之雪，旄按庚辛；亂山回寒谷之春，色分甲乙。頑愚不似江陵石，雄武原稱幽冀軍。

操事已完，中軍官請號令：「諸將三軍操畢，稟老爺比試弓矢。」羅公叫秦瓊問道：「你可會射箭麼？」羅公所問，有會射就射；不會射就罷的意思。秦瓊此時得意之秋，只道自己的鐧與槍舞得好，便隨口答應：「會射箭。」那知羅公標下一千員官將，止有三百名弓箭手，短中取長，挑選六十員奇射官員，都是矢不虛發的，若射金剛腿❾槍桿，就算不會射的了。羅公曉得秦瓊力大，將自己用的一張弓、

❻ 皂纛：黑色大旗。纛，音ㄉㄨˊ。又音ㄉㄠˋ。
❼ 坎北：北方。易卦坎位在北，故稱。
❽ 南離：南方。易卦離位在南，故稱。

九枝箭，付與秦瓊。軍政司將秦瓊名字續上，上臺跪稟道：「老爺，眾將射何物為奇？」羅公知有秦瓊在內，便道：「射槍桿罷。」這槍桿是奇射中最易的，不是陣上的槍桿，卻是後帳發出一扛木頭槍桿來九尺長，到一百八十步弓基址所在，卻插一根木槍，將令字藍旗換去。此時軍政司卯簿上唱名點將。那知這些將官，俱是平昔閒練就，連新牌官史大奈，有五七人射去，並不曾有一矢落地。叔寶因是續上的，名字在後面，看見這些官將射中槍桿，心中著忙：「我也不該說過頭話，方纔我姑爺問我道：『會射箭麼？』我就該答應道『不會！』也罷了，他也不怪我。卻怎麼答應會射？」心上自悔。

羅公是有心人，卻不要看眾將射箭，單為叔寶。見秦瓊精神恍惚，就知道他弓矢不濟，令他過來。叔寶跪下。羅公道：「你見我標下這些將官，都是奇射。」羅公是個有意思的人，只要秦瓊謙讓，羅公就好免他射箭。何知叔寶不解其意，少年人出言不遜道：「諸將射槍桿是死物，不足為奇。」羅公喜道：「你還有恁奇射？」叔寶道：「小姪會射天邊不停翅的飛鳥。」羅公年高任性，曉得他射不得槍桿，定要他射個飛鳥看看，吩咐中軍官諸將暫停弓矢，著秦瓊射空中飛鳥。軍政司將卯簿掩了，眾將官都停住了弓矢。秦瓊張弓搭箭，立於月臺，候天邊飛鳥。青天白日望得眼酸，並無鳥飛。此時十萬雄兵，搖旗播鼓的演操，急切那有飛禽下來？羅公便道：「叫供給官取生牛肉二方，掛在大纛旗上。」只見血淋淋掛在虛空裡蕩著，把那山中叼雞的餓鷹，引了幾個來叼那牛肉。

正是當局者迷，旁觀者清。公子在東轅門外，替叔寶著忙：「我這表兄，今日定要出醜。諸般雀鳥好射，惟有鷹射不得。塵不迷人眼，水不迷魚眼，草不迷鷹眼。鷹有滾豆之睛。鷹飛霄漢之上，山坡下

---

❾ 金剛腿：指特別粗大的。

草中豆滾，他還看見。你這箭射不下鷹來，言過其實，我父親就不肯重用你了。可憐他也是英雄，千里來奔，我助他一枝箭罷。」撩開衣服，取出花梢小弩，把弦拽滿了，錦囊中取一枝軟翎竹箭，放在弩上，隱在懷中。那些官將頭目十萬人馬，都看秦大叔射鷹，卻不知公子在轅門外發弩。就是跟公子的四個掌家，也不知道；前邊兩個不消說不知道了，後邊兩個在他面前，向西站立，夕陽時候，日光射目，用手搭涼篷，遮那日色，往上看叔寶射鳥。公子弩硬箭又不響，故此不知。公子卻又不好把箭就放了去。叔寶不射，他射下鷹來，算那一個的帳？可憐叔寶見鷹下來叼肉，剛要扯弓，那鷹又飛開去了。眾人又催逼，叔寶沒奈何，只得扯滿弓弦，發一箭去。弓弦響動，鷹先知覺。看見箭來，鷂子翻身，用摺疊翅把叔寶這枝箭裹在硬翎底下，卻不曾傷得性命。秦瓊心上著忙，只見那鷹翩翩躚躚，裹著叔寶那一枝箭，落將下來。五營四哨，大小官將頭目人等，一齊喝采。

旁邊讚歎一齊起，當局精神百倍增。

連叔寶也不知這個鷹怎麼射下來的？公子急藏弩摭掩袍服內，領四員家將上馬，先回帥府。中軍官取鷹來獻上。羅公自有為叔寶的私情，親自下帳替叔寶簪花掛紅。動鼓樂迎回帥府。吩咐其餘諸將，不必射箭，一概有賞，賞勞三軍。羅公也自回府。公子先回府內，此事不曾對老母說，恐表兄面上無顏。

羅公回到府中家宴上，對夫人道：「令姪雙鐧絕倫，弓矢尤妙，只是槍法欠了傳授。」向秦瓊道：「府中有個射圃，賢姪可與汝表弟習學槍法。」秦瓊道：「極感成就之恩。」自此表兄弟二人，日在射圃中走馬使槍。羅公暇日自來指撥教導，叫他使獨門槍。

光陰荏苒，因循半載有餘。叔寶是個孝子，當初奉差潞州，只道月餘便可回家，不意千態萬狀，逼出許多事來。今已年半有餘，老母在山東不能回家侍養，難道在帥府就樂而忘返，把老母就置之度外？可憐他思母之心，無時不有。只因曉得一分道理，想道：「我若是到幽州來探親，住的日久，說家母年邁，就好告辭。我卻是問罪來的人，幸遇姑爺在此為官提拔，若要告辭，我又曉得這個老人家任性，肯放我去得滿心願？他若道：『今日我老夫在此為官，你回去也罷了，若不是我老夫為官，你也回去麼？』那時歸又歸不成，住在他府內，又失了他的愛。」這個話不是今日纔想，自到幽州就籌算到今；卻與表弟厚了，時常央公子對姑母說，姑爺面前方便我回去罷。可知公子的性兒，他若不喜歡這個人，在他府中時刻難容他；與表兄英雄相聚，意氣符合，捨不得表兄去，就是父母要打發他，還要在中間阻撓，怎麼肯替他方便？不過隨口說謊道：「前日晚間已對家母說，父親說只在這幾日打發兄長回去。」沒處對問，不覺又因循幾個月日，只管遷延過去。

直到仁壽三年八月間，一日羅公在書房中考較二人學問。此時公子還不曾梳洗，羅公忽然擡頭，見粉牆上題四句詩，羅公認得秦瓊的筆跡。原來叔寶因思家念切，一日酒後，偶然寫這幾句於壁上。羅公認是秦瓊心上所發，見了詩怫然不快。這幾句怎麼道？

一日離家一日深，猶如孤鳥宿寒林。縱然此地風光好，還有思鄉一片心。

羅公不等二子相見，轉進後堂。老夫人迎著道：「老爺書房考較孩兒學問，怎麼匆匆進來？」羅公嘆道：「他兒不自養，養殺是他兒。」夫人道：「老爺何發此言？」羅公道：「夫人，自從令姪到幽州，老夫看待他，與吾兒一般，並無親疏。我意思等待邊廷有事，著他出馬立功，表奏朝廷，封他一官半職，衣錦還鄉。不想令姪卻不以老夫為恩，反以老夫為怨。適纔到書房中去，壁上寫著四句，總是思鄉意思；這等反是老夫稽留他在此不是。」夫人聞言，眼中落淚道：「先兄棄世太早，家嫂寡居異鄉，止有此子，出外多年，舉目無親。老爺如今扶持，舍姪就是一品服還鄉，不如叫他歸家看母。」羅公道：「夫人意思，也要令姪回去？」老夫人道：「老身懷此念久矣，不敢多言。」羅公道：「不要傷感，今日就打發令姪回去。」叫備餞行酒，傳令出去。營中要一匹好馬，用長路的鞍轎，進帥府公用。羅公到自己書房，叫童兒前邊書房裡，與秦大叔講：「叫秦大叔把上年潞州貯庫物件，開個細帳來，我好修書。」那時蔡建德還復任在潞州，正好打發秦瓊，到彼處自去取罷。

童兒到書房中道：「大叔，老爺的意思，打發秦大叔往山東去。教把潞州貯庫物件，開一細帳，老爺修書。」公子進裡邊來對叔寶說了，叔寶歡喜無限。公子道：「快把潞州貯庫的東西開了細帳，叫兄長自去取。」叔寶忙取金㦸簡，細開明白，童兒取回。羅公寫兩封書，一封是潞州蔡刺史處取行李，一封是舉薦山東道行臺來總管衙門的薦書。酒席完備，叫童兒：「請大叔，陪秦大叔出來飲酒。」老夫人指著酒席道：「這是你姑爺替你餞行的酒。」叔寶哭拜於地。羅公用手相挽道：「不是老夫屈留你在此，我欲待你邊廷立功，得一官半職回鄉，以繼你先人之後。不想邊廷寧息，不得如我之意。令姑母道：『令堂年高。』我如今打發你回去。這兩封書，一封書到潞州蔡建德處取鞍馬行李，一封書你到山東投與山東大行臺兼青州總管，姓來名護兒，我是他父輩，如今分符各鎮一方，舉薦你到他標下，去做個旗牌官。日後有功，也還圖個進步。」叔寶叩謝。拜罷姑母，與表弟羅成對拜四拜。入席飲酒數巡，告辭起身。

此時鞍馬行囊，已捎搭停當。出帥府，尉遲昆玉曉得了，俱備酒留飲。叔寶略領其情，連夜趕至涿州見別張公謹。公謹要留叔寶在家幾日，因叔寶急歸，不得十分相強。張公謹寫書附覆單雄信，相送分手。

叔寶歸心如箭，馬不停蹄，兩三日間，竟奔河東潞州。入城到府前飯店，王小二先看見了，往家飛跑，叫：「婆娘，不好了！」柳氏道：「為什麼？」小二道：「當初在我家少飯錢的秦客人，為傷人命官司，問罪往幽州去了。一二年到掙了一個官來，纏鬃大帽，騎著馬往府前來。想他惱得我緊，卻怎麼處？」柳氏道：「古人說盡了：『去時留人情，轉來好相見。』當初我叫你不要這等炎涼，你不肯聽我說。如今沒面目見他，你躲了罷。」小二道：「我躲不得。」柳氏道：「你怎麼躲不得？」小二道：「我是飯店。倘他說我住住兒等他相見，我怎麼躲得這些時？」柳氏道：「怎麼樣？」小二道：「只說我死了罷。人死不記冤，打發他去了，我纔出來。」王小二著了忙，出這一個題目與妻子，慌忙走開了。柳氏是個賢妻，只得依了丈夫，在家下假做哭哭啼啼。叔寶到店門外下馬，柳氏迎道：「秦爺來了。」叔寶道：「賢人，我還不曾進來拜謝你。」叫手下看了馬上行李，待我到府中投文書來。取羅公書竟往府中來。

此時蔡公正坐堂上。守門人報幽州羅老爺差官下書。蔡公吩咐著他進來。叔寶是個有意思的人，到那得意之時，愈加謹慎，進東角門捧著書走將上來。蔡刺史公座上，就認得是秦瓊，走下滴水簷來，優待以禮，叔寶上月臺庭參拜見。蔡公先問羅公起居，然後說到就是仁壽二年皂角林那樁事，我也從寬發落。叔寶道：「蒙老大人提拔，秦瓊感恩不淺。」蔡公道：「那童環、金甲幽州回來，道及羅老將軍是令親，我十分歡喜，反指示足下到幽州與令親相會了。」叔寶道：「家姑夫羅公有書在此。」蔡公叫接上來。蔡公見書封上，是羅公親筆，不回公座開緘，就立著開看畢道：「秦壯士，羅老將軍這封書，也沒有別說，只是取昔年寄在我潞州的物件。」叔寶道：「是！」蔡刺史叫庫吏取仁壽二年寄庫贓罰簿。庫吏與庫書，除舊管新收，開除實在，將贓罰簿呈到公座上。蔡刺史用硃筆對那銀子。當日皂角林捕人進房已失了些，又加參軍廳乘機乾沒，不符前數。止有碎銀五十兩，貯封未動。那黃驃馬一疋，已發去官賣了，馬價銀三十兩貯庫。五色潞紬十疋，做就寒夏衣四套，緞帛鋪蓋一副，枕頂俱在，鍍金馬鞍轡一副，鐙扎俱全，金裝鐧二根，一一點過，叫庫吏查將出來，月臺上交付秦瓊。叔寶一個人也拿不得許多東西，解他的那童環、金甲見了，卻幫扶他拿這些東西。蔡刺史又吩咐庫吏：「動本府項下公費銀一百兩包封，送羅老將軍令親秦壯士為路費。」這是：

時來易覓金千兩，運去難賒酒一壺。

叔寶拜謝蔡公，拿著這一百兩銀子；佩之、國俊替他搬了許多行李，竟往王小二店中。叔寶正與佩之、國俊見禮敘話，只見柳氏哭拜於地道：「上年拙夫不是，多少炎涼，得罪秦爺，原來是作死。自秦爺為事，參軍廳拘拿窩家，用了幾兩銀子，心中不快，得病就亡故了。」叔寶道：「昔年也不干你丈夫事。我囊橐空虛，使你丈夫下眼相看，世態炎涼，古今如此。只是你那一針一線之恩，到今銘刻於心。今日既是你丈夫亡故，你也是寡婦孤兒了。我曾有言在此，你可比淮陰漂母，今權以百金為壽。」柳氏拜謝。叔寶暫留佩之、國俊在店少待，卻往南門外去探望高開道的母親，不想高母半年前已遷往他處去了。正是：

富來報德易，困日施恩難。所以韓王孫，千金酬一餐❿。

叔寶回到王小二店中，把領出來的那些物件，捎在馬鞍轎旁，馬就下矬了，難駝這些重物。佩之道：「小弟二人且牽了馬，陪兄到二賢莊單二哥處，重借馬匹回鄉。」辭別柳氏，三人出西門往二賢莊去了。

畢竟不知何如，且聽下回分解。

總評：秦瓊舞鐧不奇，射槍桿不能，而託言射鳥，則奇矣。羅公欲諒其平射，而必欲窮以奇射，則又奇矣。公子暗助一弩，是體諒叔寶，愛戀叔寶，真有一段至情，日後事業已見其概。叔寶金贈柳氏，固是厚道，然與其夫裝成圈套，以愚叔寶，已不及高母，又安可與漂母⓫同論哉！

又評：看他敘事，一絲不亂，極細微處，正是極周到處，無一漏語，意到筆隨，如見當年情事。

❿ 所以韓王孫二句：此說韓信因受漂母飯食之恩，為楚王後用千金相報的故事。韓王孫指韓信。王孫猶言公子。

⓫ 漂母：在水邊漂洗衣物的老婦。此處指曾給韓信飯食的漂母。

第十五回　秦叔寶歸家侍母　齊國遠截路迎朋

詩曰：

友誼雖云重，親恩自不輕。雞壇❶堪係念，鶴髮更縈情。心逐行雲亂，思隨春草生。倚門方念切，遮莫滯行旌。

五倫之中，生我者親，知我者友；若友亦不能成人之孝，也不可稱相知。叔寶在羅府時，只為思親一念，無慮功名，原是能孝的，不知在那要全他孝的朋友，其心更切。如那單雄信，因愛惜叔寶身體，不使同樊建威還鄉，後邊惹出皂角林事來，發配幽州，使他母子隔絕，心甚不安。但配在幽州，行止又由不得，雄信真有力沒著處。及至有人報知叔寶回潞州搬取行囊，雄信心中怏然，忖道：「此番必來看我！」辦酒倚門等候。因想三人步行遲緩，等到月上東山，花枝亂影，忽聞林中馬嘶。雄信高言問：「可是叔寶兄來了？」佩之答道：「正是。」雄信鼓掌大笑，真是月明千里故人來。到莊相見攜手，喜動顏色。得佩之、國俊陪來最好。到莊下馬卸鞍，搬行李入書房，取拜氈與叔寶頂禮相拜。家童擡過酒來，四人入席坐下。

❶ 雞壇：原指朋友相會的地方，這裡代指朋友。

叔寶取出張公謹回書，送雄信看了。雄信道：「上年兄到幽州，行色匆匆，就有書來，不曾寫得詳細與羅令親相會情由。今日願聞在令親府中，二載有餘，所作何事？」叔寶停杯道：「小弟有千言萬語，要與兄講；及至相逢，一句都無。待等與兄抵足，細訴衷腸。」雄信把杯放下了道：「不是小弟今日不能延納，有逐客之意，杯酌之後，就欲兄行，不敢久留。」叔寶道：「為何？」雄信道：「自兄去幽州二載，令堂老夫人有十三封書到寒莊；前邊十二封書，都是令堂寫來的，小弟有薄具甘旨，回書安慰令堂。只今一個月之內，第十三封書，卻不是令堂寫來的，乃是尊正❷也能書。書中言令堂有恙，不能執筆修書。小弟如今欲兄速速回去，與令堂相見，全人間母子之情。」叔寶聞言，五內皆裂，淚如雨下道：「單二哥，若是這等，小弟時刻難容；只是幽州來馬被我騎壞了，程途遙遠，心急馬行遲，怎麼了得？」雄信道：「自兄幽州去後，潞州府將兄的黃驃馬，發出官賣。小弟即將銀三十兩，納在庫中，買回養在寒舍。我但是想兄，就到槽頭去看馬，覩物思人。昨日到槽頭，那良馬知道故主回來，喊嘶踴跳，有人言之狀。今日恰好足下到此。」叫手下將秦爺的黃驃馬牽出來。叔寶拜謝雄信，就將府裡領出來的鞍轡，原是雄信像這個馬的身軀做下的，擦抹乾淨，備將起來，把那重行李捎上，不復入席吃酒，辭別三友，騎馬出莊。衣不解帶，縱轡加鞭，如逐電追風，十分迅捷。

及第思鄉馬，張帆下水船。
旋里不落地，弩箭乍離弦。

那馬四蹄跑發。耳內只聞風吼，逢州過縣，一夜天明，走一千三百里路。日當中午，已到濟州地面。

❷ 尊正：對別人嫡長子的尊稱。

叔寶在外首尾三年還可，只到本地，看見城牆，恨不能肋生兩翅，飛到堂前，反焦躁起來。將入街道，翻然下馬，牽著步行。把纏鬃大帽，往下按一按，但有朋友人家門首，遮著自己的面貌，低頭急走。轉進城來，遶著城腳下，到自己住宅後門。可憐當家人三年出外，門垣頹敗。叔寶一手牽馬，一手敲門。他娘子張氏，在裡面問道：「呀，我兒夫幾年在外，是什麼人擊我家後門？」叔寶聽得妻子說這幾句，早已淚落心酸，出聲急問道：「娘子，我母親病好了麼？我回來了！」娘子聽見丈夫回來，便接應道：「還不得好。」急急開門，叔寶牽進馬來。娘子關門，叔寶拴馬。娘子是婦道家，見丈夫回來，這等打扮，不知做了多大的官來了，心中又悲又喜。叔寶與娘子見禮，張氏道：「奶奶吃了藥，方纔得睡。虛弱得緊，你緩著些進去。」

叔寶躡足潛蹤，進老母臥房來，衹見有兩個丫頭，三年內都已長大。叔寶伏在床邊，見老母面向裡床，鼻息中止有一線游氣，摸摸膀臂身軀，像枯柴一般。叔寶自知手重，只得住手；摸椅子在床邊上叩首，低低道：「母親醒醒罷！」那老母遊魂復返，身體沉重，翻不過身來；朝裡床還如夢中，叫媳婦。媳婦站在床前道：「媳婦在此。」秦母道：「我那兒，你的丈夫想已不在人世了。我纔瞑目，略睡一睡，只聽得他床面前，絮絮叨叨的叫我，想已是為泉下之人，千里還魂來家見母了。」媳婦便道：「婆婆，那不孝順的兒子回來了，跪在這裡。」叔寶叩首道：「太平郎回來了。」秦母原有病，因想兒子，想得這般模樣。聽見兒子回來，病就去了一半。平常起來解溲，媳婦同兩個丫頭，攙半日還攙不起來。今聽見兒子回來，就爬起了坐在床上，忙扯住叔寶手。老人家哭不出眼淚來，張著口只是喊，將秦瓊膀背上下亂揑，秦瓊就叩拜老母。老母吩咐：「你不要拜我，拜你的媳婦。你三載在外，若不是媳婦孩兒能盡孝道，我死也久矣，也不得與你相會了。」叔寶遵母命，轉身拜張氏。張氏跪倒道：「侍姑乃婦道之當然，何勞丈夫拜謝？」夫妻對拜四拜，起來坐於老母臥榻之前，秦母便問在外的事。秦瓊將潞州顛沛，遠戍遇姑始末，一一說與母親。老母道：「你姑爺做甚官？你姑母可曾生子？可好麼？」叔寶道：「姑爺現為幽州大行臺，姑母已生表弟羅成，今年已十三矣。」秦母道：「且喜你姑母已有後了。」遂掙起穿衣，命丫頭取水淨手。叫媳婦拈香，要望西北下拜，謝潞州單員外，救吾兒活命之恩。兒子媳婦一齊攙住道：「病體怎生勞動得？」老母道：「今日得母子團圓，夫妻完聚，皆此人大恩，怎不容我拜謝？」叔寶道：「待孩兒媳婦代拜了，母親改日身子強健，再拜不遲。」秦母只得住了。

次日有諸友拜訪，叔寶接待敘闊。就收拾那羅公的薦書，自己開個腳色手本，戎服打扮，往來總管帥府投書。這來總管，是江都人氏；原是世廕，因平陳有功，封黃縣公，開府儀同三司、山東大行臺，兼齊州總管。是日正放砲開門，升帳坐下。叔寶遂投文入進帥府。來公看了羅公薦書，又看了秦瓊的手本，叫秦瓊上來。叔寶答應：「有！」這一聲答應，似牙縫裡迸出春雷，舌尖上跳起霹靂。來公擡頭一看：秦瓊跪在月臺上，身高八尺，兩根金裝鐧懸於腕下，身材凜凜，相貌堂堂，一雙眼光射寒星，兩道眉黑如刷漆，是一個好漢子。來公甚喜，叫：「秦瓊，你在羅爺標下，是個列名旗牌；我衙門中官將，卻是論功行賞，法不可私親。權補你做個實受的旗牌，日後有功，再行陞賞。」秦瓊叩首道：「蒙老爺收錄於帳下，感知遇大恩不淺。」來公吩咐中軍，給付秦瓊本衙門旗牌官的服色，點鼓閉門。

叔寶回家，取禮物餽送中軍，遍拜同僚。叔寶管二十五名軍漢，都來叩見。叔寶卻是有作用的人，將幽州帶回來的千金囊橐，改換門閭。在行臺府中，做了旗牌三個月。是日隆冬天氣，叔寶在帥府，伺候本官堂事已完。來公叫秦瓊不要出去，到後堂伺候。秦瓊隨至後堂跪下。來公道：「你在我標下，為官三月，並不曾重用。來年正月十五，長安越公楊爺，六旬壽誕。我已差官往江南，織造一品服色，昨日方回。欲差官齎禮前去，天下荒亂，盜賊生發，恐中途疏虞。你卻有兼人之勇，可當此任麼？」叔寶叩首道：「老爺養軍千日，用在一時，既蒙老爺差遣，秦瓊不敢辭勞。」來爺吩咐家將，開宅門傳禮出來。卷箱封鎖，另取兩個大紅皮包。公座上有發單，開卷箱照單檢點，付秦瓊入包。

計開：

圈金一品服五色什套、玲瓏白玉帶一圍、光白玉帶一圍、明珠八顆、玉玩十件、馬蹄金一千兩、壽圖一軸、壽表一道。

話說那越公楊素的壽誕，外京藩鎮官將就謙卑，不過官銜禮單，怎麼用個壽表？他也不是上位文皇帝之弟，乃突厥可汗一種，在隋有戰功，賜御姓為楊。他出為大將，曾平江南，入為丞相，官居僕射，寵冠百僚，權傾中外。文帝與他言聽計從。因他廢了太子，囚了蜀王，在朝文武，在外藩鎮，半出他門。以此天下官員，以王侯尊之，差官齎禮，俱用壽表。

來公賞秦瓊馬牌令箭，並安家盤費銀兩，傳令中軍官：營中發馬三匹，兩匹背馬引馬，一匹差官坐馬。因叔寶虎軀大，折一匹草料銀兩，又選二名健步背包。叔寶命健步背包，歸家燒腳步紙起身，進內拜辭老母。老夫人見秦瓊行色匆匆，跪於膝下，就眼中落下淚來道：「我兒，我殘年暮景，喜的是相逢，怕的是離別。在外三年，歸家不久，目下又要遠行，莫似當年使老身倚門而望。」秦瓊道：「兒今非昔比。奉本官馬牌，馳驛往還，來年正月十五，賫過壽禮，只在二月初旬，准拜膝下。」吩咐張氏晨昏定省。張氏道：「不必吩咐。」叔寶令健步背包，上了黃驃馬長行。

離了山東，過河南，進潼關渭南三縣，到華州華陰縣少華山地方，遠望一山，勢甚險惡，吩咐兩名健步：「緩行，待我自己當先。」那二人道：「秦爺正欲趕路，怎麼轉叫緩將下來？」叔寶道：「你二人不知，此間山勢險惡，恐有歹人潛藏，待我自己當先。」二人見說，就不敢往先，讓叔寶領紫絲韁縱黃驃馬。三個人肆馬相挻，攢出谷口。

只見前面簇擁著一儔英俊，貌若靈官，橫刀躍馬，攔住去路，叫：「留下買路錢來！」這個就見得秦叔寶勇者不懼，見了許多嘍囉，付之一笑道：「離鄉三步遠，別是一家風。在山東河南，綠林響馬，聞我姓名，皆抱頭鼠竄；今日進了關中地方，盜賊反來問我討買路錢？我如今不要通名道姓，恐嚇走了這個強人。」叔寶把雙鐧縱馬，照此人頂梁門打將下來。此人舉金背刀招架，雙鐧打在刀背上，火星亂爆，放開坐下馬，殺個一團。刀來鐧架，鐧去刀迎，約鬥有三十餘合，不分勝敗。原來山中還有兩個豪傑。倒有一個與叔寶通家，就是王伯當，因別了李玄邃，打此山經過，也因遇了寨主，戰他不過，知是豪傑，留他入寨。那攔住叔寶討常例的，叫做齊國遠，上邊陪王伯當飲酒的，叫做李如珪。

飲酒之間，嘍囉傳報上聚禮廳來：「二位爺，齊爺巡山，遇公門官將，討常例，不料那人不服，就殺將起來，三四十回合，不分勝敗。小的們旁觀，見齊爺刀法散亂，敵不過此人，請二位爺早早策應。」這班英雄義氣相尚的，聞齊國遠不能取勝他人，忙叫手下看馬，取了器械，下山關來，遙見平地人賭鬥。伯當在馬上看那下面交戰的，好像秦叔寶模樣，相厚的朋友，恐怕損傷，半山中高叫道：「齊國遠不要

叔寶把雙鐧縱馬，照齊國遠頂梁門打將下來，齊國遠舉金背刀招架。伯當聞嘍囉上報，忙下山關來，要阻二人相鬥。

動手了！」此山路高，下來還有十餘里，怎麼叫得應？況空谷傳聲，山鳴水應。此時齊國遠正門，也不知叫誰，也不知誰叫，見塵頭起處，二騎馬簌的一響，已到平地。伯當道：「果然是叔寶兄！」二人都丟兵器，解鞍下馬，上前陪罪。伯當要邀歸山寨，叔寶此時，恐驚壞了兩名背包健步，忙叫近前道：「你們不要著忙，不是外人，乃相知朋友，相聚在此。」兩個健步，方纔放心。

李如珪吩咐手下，抬秦爺行李上山。眾豪傑各上馬，邀叔寶同上少華山。入關到廳敘禮，伯當即引手陪罪，擺酒與叔寶接風洗塵。叔寶與伯當敘闊別寒溫，叔寶將皂角林傷人問罪，遠戍幽州，遇親提拔帥府至回鄉，承羅公薦在來公標下為旗牌官，細細備說。「今奉本官差遣，齎送禮物，趕來年正月十五長安楊越公府中拜壽。適纔齊兄見教，得會諸兄，實三生之幸。」因問李玄邃蹤跡。伯當道：「他因楊越公公子相招而去，想也在長安。」叔寶又問道：「伯當，你緣何在此？」伯當道：「小弟因此山經過，蒙齊、李二弟相留。已修書雄信，要去過節盤桓。今日遇見兄長進長安公幹，卻就鼓起小弟這個興來，不往單二哥處去了，陪兄長安齎賀，就去看燈，兼訪玄邃。」叔寶是個多情的人，道：「兄長有此高興，同行極妙。」齊國遠、李如珪開言道：「王兄同行，小弟願隨鞭鐙。」叔寶卻不敢遽然招架，心中暗想：「王伯當偶在綠林中走動，卻是個斯文人，進長安沒有滲漏處。這齊國遠、李如珪，卻是兩個鹵莽滅裂之人；若同他到長安，定要惹出一場不軌的事來，定然波及於我。」卻又不好當面說他兩個去不得，只得用粉飾之語，對齊、李二人道：「二位賢弟不要去。王兄他是不愛功名富貴的人，棄了前程，浪遊湖海。我看此山關隘，城垣房屋殿宇，規矩森雄，倉廩富足，又兼二兄本領高強，人丁壯健，隋朝將亂之秋，舉少華之眾，則隋家疆土可分；事即不果，退居此山，足以養老。若與我同進長安看燈，不過是兒戲的小事。京行要一個月方回，眾人散去，二位回來，將何為根本？那時卻歸怨於秦瓊。」齊國遠以叔寶為誠實之意，卻也遲疑。李如珪卻大笑道：「秦兄小覷我與兄弟，難道我們自幼習武藝時節，就要落草為寇？也只為粗鄙，不能習文，只得習武。近因奸臣當道，我們沒奈何，同這班人嘯聚此山，待時而動。兄倒說我二人，在此打家劫舍，養成野性，進長安恐怕不遵兄長約束，惹出禍來，貽害仁兄。不領我們去是正理，若說恐小弟們無所歸著，只是小覷我二人了，是要把綠林做終身了。」把個叔寶說個透心涼，只得改口道：「二位賢弟，若是這等多心，大家同去就罷了。」齊國遠道：「同去再也無疑。」吩咐嘍囉收拾戰馬，選了二十名壯健嘍囉，背負包裹行李，帶盤費銀兩。吩咐山上其餘嘍囉，不許擅自下山。秦叔寶也去扎縛那兩個健步，不可洩漏，大家有禍。

三更時候，四友六騎馬，手下眾人，離了華山，取路奔陝西。約離長安有六十里之地，是日夕陽時候，王伯當與李如珪連轡而行，遠望一座舊寺鼎新，殿脊上現出一座流金寶瓶，被夕陽照射。伯當在馬上道：「李賢弟，可見得世事，忽成忽敗。當年我進長安時候，這座寺已頹敗了，卻又是什麼人發心，修得這等齊整？」如珪道：「我們如今且在山門下，只當歇歇腳步，進去瞻仰瞻仰，便曉得是何人修建。」叔寶自下少華山，不敢離齊、李二人左右。官道行商，過客最多，恐二人放枝響箭，嚇下人的行李來，貽禍不小。籌算這兩個人到長安，只暫住兩三日便好；若住得日子多了，少不得有一樁大禍。今日纔十二月十五日，到正月十五，還有一個足月，倒不如在前邊修的這個寺裡，問長老借僧房權住。過了殘年，燈節前進城，三五日，好拘管他。又不好上前明言，把馬一夾，對齊、李二人道：「二位賢弟，今年長安城下處卻貴哩！」齊國遠笑道：「秦兄也不像個大丈夫，下處貴多用幾兩銀子罷了，也拿在口裡說。」

叔寶道：「賢弟有所不知，長安歇家房屋，都是有數的。每年房價，行商過客，如舊停歇。今年卻多了我們這輩朋友。我一人帶兩名健步，會見列位，就是二三十人。難道就是我秦瓊有朋友，這些差來賀壽的官，那一個沒個朋友？高興到長安看燈，人多屋少，擠塞一塊，受許多拘束，卻不是有銀子沒處用？」他兩個卻是養成的野性，怕的是拘束，回道：「秦兄，若是這等，怎樣的便好？」叔寶道：「我的意思，要在前邊修的寺裡借僧房權住。你看這荒郊野外，走馬射箭，舞劍掄槍，無束無拘，多少快活。住過殘年，到來春燈節前，我便進城送禮，列位卻好看燈。」

王伯當也會意，也便極力攛掇。說話之間，已到山門首下馬。命手下看了行囊馬匹，四人整衣進了山寺二門，過韋馱❸殿，走甬道上大雄寶殿。那甬道也好遠，這望上去，四角還不曾修得。佛殿的屋脊便畫了，簷前還未收拾。月臺下搭了高架，匠人收拾簷口。架木外設一張公座，張的黃羅傘。傘下公座上坐一紫衣少年，旁站五六人，各青衣大帽垂手侍立，甚有規矩。月臺下豎兩面虎頭硬牌，用朱筆標點，還有刑具排列。

這官兒不知是何人，叔寶眾人不知進去不進去。且聽下回分解。

總評：齊國遠粗人高興，秦叔寶識性支吾，此中自有處世法門。雖小說，正是足觀。

又評：單雄信前番曲留叔寶，今番速令歸家，此中俱見至情至理。叔寶母親，睡去聽得叔寶床前絮絮叨叨，亦是至情至理。叔寶作事，步步小心斟酌，真令人有不可及處。

❸韋馱：佛教守護神之一。

第十六回　報德祠酬恩塑像　西明巷易服從夫

詩曰：

俠士不矜功，仁人豈昧德。置璧感負羈❶，范金酬少伯❷。恩深自合肝膽鏤，肯同世俗心悠悠。

君不見報德祠宇揭天起，報德酬恩類如此。

信陵君魏無忌，因妹夫❸平原君為秦國所圍，虧如姬❹竊了兵符，與信陵君率兵十萬，大破秦將蒙驁，救全趙國。他門客有人對信陵君道：「德有可忘者，有不可忘者：人有德於我，是不可忘；我有德於人，這不可不忘。」總之，施恩的斷不可望報，受恩的斷不可忘人。

❶置璧感負羈：負羈，僖負羈，春秋曹國大夫。晉公子重耳流亡途中經過曹國，曹國君侮辱重耳，負羈諫，不聽。負羈於是送食物給重耳，並置璧於其中，重耳十分感激。

❷范金酬少伯：少伯，春秋越國大臣范蠡之字。越王句踐滅吳後，命工匠用金屬鑄造范蠡之像，以示感念。

❸妹夫：史記魏公子列傳：「公子（信陵君）姊為趙惠文王弟平原君夫人。」故平原君應為信陵君之姊夫。此謂妹夫，當是作者之誤。

❹如姬：戰國魏安釐王之姬。秦國包圍趙國都城邯鄲，魏王派晉鄙率軍援救。晉鄙畏懼秦軍，不敢作戰。信陵君請如姬盜出兵符，椎殺晉鄙，奪取軍隊，打敗秦軍。

話說王伯當乃棄隋的名公，眼空四海，他那裡看得上那黃傘下的紫衣少年？齊國遠、李如珪，青天白日，放火殺人，那裡怕那個打黃傘的尊官？秦叔寶卻委身公門，知高識下，趕在甬道中間，將三友攔住道：「賢弟們不要上去，那黃傘底下，坐的少年人，就是修寺的施主。」伯當道：「施主罷了，怎麼就不走？」叔寶道：「不是這等說，是個現任的官員。」李如珪道：「兄怎麼知道？」叔寶道：「用這兩面虎頭硬牌，想是現任官員。今我兄弟四人走上去，與他見禮好，還是不見禮好？」伯當道：「兄講得有理。」四人齊走小甬道，至大雄寶殿，見許多的匠作，在那裡做工。叔寶叫了一聲。眾人近前道：「老爺們有什麼話吩咐？」叔寶道：「借問一聲，這寺院是何人修建得這等齊整？」匠人道：「是并州太原府唐國公李老爺修蓋的。」叔寶道：「他留守太原，怎麼又到此間來幹此功德？」匠人道：「因仁壽元年八月十五日，李老爺奉聖恩欽賜回鄉，晚間寺內權住，竇夫人分娩了第二位世子，李爺怕穢污了清淨地土，發心佈施，重新修建。那殿上坐著打黃傘的，就是他的郡馬，姓柴名紹，字嗣昌。」叔寶心中就知是那日在臨潼山，助他那一陣，晚間到此來了。

弟兄四人，進東角門就是方丈。見東邊新起一座門樓，懸紅牌書金字，寫報德祠三字。伯當道：「我們看報什麼德的？」四人齊進，見三間殿宇，居中一座神龕，高有丈餘。裡邊塑了一尊神道，卻是立身，戴一頂荷葉簷粉青色的范陽氈笠，著皂布海衫，蓋上黃罩甲，熟皮鋌帶，掛牙牌解刀，穿黃麂皮的戰靴。向前豎一面紅牌，楷書六個大金字：「恩公瓊五生位」。旁邊又是幾個小字兒：「信官李淵沐手奉祀。」原來當年叔寶在臨潼山，打敗假強盜時，李公問叔寶姓名，叔寶不敢通名，放馬奔潼關道上。李公不捨，追趕十餘里路，叔寶只得通名秦瓊。李公見叔寶搖手，聽了名，轉不曾聽姓，誤書在此。叔寶暗暗點頭：

「那一年我在潞州怎麼顛沛到那樣田地，原來是李老爺折得我這樣嘴臉。我是個布衣，怎麼當得勳衛塑像，焚香作念。」暗自感嘆咨嗟。那三個人都看那像兒，齊國遠連那六個金字都認不得，問：「伯當兄，這可是韋馱天尊麼？」伯當笑道：「適纔二山門裡面朱紅龕內，捧降魔杵，那便是韋馱。這個生位，其人還在，唐公曾受這人恩惠，故此建這個報德祠。」眾人聽見伯當說個「在」字，都驚詫起來，看看這個像，又瞧瞧叔寶的臉。那個神龕左右塑著四個人，左首二人，帶一匹黃驃馬。右首二人，捧兩根金裝鐧。伯當近叔寶附耳低言：「往年兄長出外遠行，就是這等打扮？」叔寶暗暗搖手，叫：「賢弟低聲，這就是我了。」伯當道：「怎麼是兄？」叔寶道：「那仁壽元年，潞州相遇賢弟時，我與樊建威長安掛號出來，正是八月十五。唐公回鄉，到臨潼山，被盜圍殺，樊建威攛掇我向前助唐公一陣，打退強賊。那時我放馬就走，唐公追趕來問我姓名；我沒奈何，只得通名秦瓊，搖手叫他不要趕，不知他怎麼倉猝時錯記瓊五，這話一些說不得。」伯當笑道：「只因他認你做瓊將軍，所以折得將軍在潞州這樣窮了。」兩邊說笑，不期那柴嗣昌坐在月臺下，望見四人雄赳赳的進去，不知甚麼人，吩咐家將，暗暗打聽。家將們就隨在後邊，看他舉動。

叔寶們在祠堂內說話時，外面早有人聽見，上月臺來報郡馬爺：「那四位老爺裡面，有太老爺的恩人在內。」柴嗣昌聽了，整衣下月臺進報德祠，著地打一躬道：「那位是妻父活命的恩公？」四人答禮，伯當指著叔寶道：「此兄就是李老大人臨潼山相會的故人，姓秦名瓊，李大人當年倉猝錯記瓊五；郡馬如不信，雙鐧馬匹現在在山門外面。」嗣昌道：「四位傑士，料不相欺，請到方丈。」命手下鋪拜氈，頂禮相拜，各問姓名。齊國遠、李如珪，都通了實在的姓名。郡馬叫人山門外牽馬，搬行李到僧房中打疊。就吩咐擺酒，接風洗塵。那夜就修書差人往太原，通報唐公。將他兄弟四人，挽留寺內，飲酒作樂。

條忽數日，又是新年，接連燈節相近。叔寶與伯當商議道：「來日向晚，就是正月十四，進長安還要收拾表章禮物，十五日絕早進禮。」伯當道：「也只是明日早行就罷了。」叔寶早晨吩咐健步，收拾鞍馬進城。柴嗣昌曉得他有公務，不好阻撓；只是太原的回書不到，心內躊躇，暗想：「叔寶進長安，齎過了壽禮，逕自回去了，決不肯重到寺中來；倘岳父有回書來請，此人去了，我前書豈不謬報？今我陪他進長安去看看燈，也就完了他的公事，邀回寺來，好候我岳父的回書。」嗣昌對叔寶道：「小生也要回長安看燈，陪恩公一行何如？」叔寶因搭班有些不妥當，也要借他勢頭進長安去，連聲道好。嗣昌便吩咐手下，收拾鞍馬，著眾將督工修寺。命隨身二人，帶了包匣，多帶些銀錢，陪同秦爺進京送禮。飯後起身，共是五籌英俊、七騎馬、兩名背包健步，從者二十二人，離永福寺進長安。叔寶等從到寺至今，纔過半月，路上景色，又已一變：

柳含金粟拂征鞍，草吐青芽媚遠灘。春氣著山萌秀色，和風沾水弄微瀾。

雖是六十里路，起身遲了些，到長安時，日已沉西。叔寶留心不進城中安下處，恐出入不便。離明德門還有八里路遠，見一大姓人家，房屋高大，掛一個招牌，寫「陶家店」。叔寶就道：「人多日晚，怕城中熱鬧，尋不出大店來，且在此歇下罷。」催趲行囊馬匹進店，各人下馬，到主人大廳上來，上邊掛許多不曾點的珠燈。主人見眾豪傑行李鋪陳僕從，知是有勢力的人，即忙笑臉慇懃道：「列位老爺，不嫌菲殺薄酒，今晚就在小店，看了幾盞粗燈，權為接風洗塵之意。到明日城中方纔燈市整齊，進去暢觀，豈不是好?」叔寶是個有意思的人，心中是有個主意：今日纔十四，恐怕朋友們進城沒事幹，街坊頑耍，惹出事來，況他公幹還未完，正好趁主人酒席，挽留諸友。到五更天，齎過了壽禮，卻得這個閒身子，陪他們看燈。叔寶見說，便道：「既承賢主人盛情，我們總允就是了。」於是眾友開懷痛飲，三更時盡歡而散，各歸房安歇。

叔寶卻不睡，立身庭前。主人督率手下收拾傢伙，見叔寶立在面前，問公貴衙門。叔寶道：「山東行臺來爺標下，奉官齎壽禮與楊爺上大壽，正有一事奉求。」店主道：「甚麼見教?」叔寶道：「長安經行幾遍，街道衙門日間好認。如今我不等天明，要到明德門去，寶店可有識路的尊使，借一位去引路?」主人指著收傢伙一人道：「這個老僕，名叫陶容，不要說路徑，連禮貌稱呼，都是知道的。陶容過來！這位山東秦爺，要進明德門，往越府拜壽去，你可引路。」陶容道：「秦爺若帶得人少，老漢還有個兄弟陶化，一發跟秦爺拿拿禮物。」叔寶道：「這個管家，果然來得。」回房中叫健步取兩串皮錢，賞了陶容、陶化，就打開皮包，照單順號，分做四個氈包，兩名健步，與陶容弟兄兩個拿著，跟隨在後。叔寶乘眾友昏睡中，不與說知，竟出陶家店，進明德門去了不題。

卻說越公乃朝廷元輔，文帝隆寵已極。當陳亡之時，將陳宮妃妾女官百員賜與越公為晚年娛景。越公雖是爵尊望重的大臣，也是一個奸雄漢子。一日因西堂丹桂齊開，治酒請幕僚宴飲，眾人無不諛辭迎合，獨李玄邃道：「明公齒爵俱尊，名震天下，所欠者惟老君❺一丹耳。」越公會意，即知玄邃道他後庭幸寵，恐不能長久的意思，即便道：「老夫老君丹也不用，自有法以處之。」到明日越公出來，坐在

❺ 老君：即老子。

內院，將內外錦屏大開，即叫人傳旨與眾姬妾道：「老爺念妳們在此供奉日久，辛勤已著，恐怕誤了妳們青春。今老爺在後院中，著妳們眾姬妾出去。如眾女子中，有願去擇配者立左，不願去者立右。」眾女子見說，如開籠放鳥，群然蜂擁將出來，見越公端坐在後院。越公道：「我剛纔叫人傳諭妳們，多知道了麼？如今各出己見站定，我自有處。」眾女子雖在府中受用，每想單夫獨妻，怎的快樂。準百女子，倒有大半跪在左邊。越公驀轉頭來，只見還有兩個美人：一個捧劍的樂昌公主❻，陳主之妹，一個是執拂美人，是姓張名出塵，顏色過人，聰穎出眾，是個義俠的奇女子。越公向她兩個說道：「妳二人亦該下來，或左或右，亦該有處。」二人見說，走下來跪在面前。那個捧劍的涕泣不言，只有那執拂的獨開言道：「老爺隆恩曠典，著眾婢子出來擇配，以了終身，也是千古奇逢，難得的快事；但婢子在府，耳目口鼻，皆是豪華受用，怎肯出去，與甕牖繩樞之子，舉案終身？古人云：『受恩深處便為家。』況婢子不但無家，視天下並無人。」越公見說，點頭稱善。又問捧劍的：「妳何故只顧悲泣？」樂昌公主便將昔曾配徐德言破鏡分離之事，一一陳說。後得徐德言為門下幕賓，夫妻再合是後話。當時越公見說，也不嗟嘆，便叫二美人起來站後，隨吩咐總管領官，開了內宅門。那些站左的女子四五十人，俱令出外歸家，自擇夫婿。凡有衣飾私蓄，悉聽取去。於是眾女子各各感恩叩首，泣謝而出。越公見那些粉黛嬌娥，擁擠出門，反覺心中爽快。自此將樂昌公主與執拂張氏，另眼眷寵為女官，領左右兩班金釵。

光陰荏苒。那年上元十五，又值越公壽誕，天下文武大小官員，無不齎禮上表，到府稱賀。其時李

❻ 樂昌公主：陳後主妹，嫁徐德言。陳亡時夫婦各執半面鏡子，相約夫妻重逢以破鏡為證。後來樂昌公主為楊素所得，徐德言為楊素幕賓。楊素知道此事後，便讓他們夫婦團圓，後世謂破鏡重圓。

靖恰在長安，聞知越公壽誕，即具揭❼上謁，欲獻奇策。未及到府，門吏把揭拿去。時越公尚未開門，只得走進側室班房裡伺候。那些差官將吏，俱亦在內忙亂。西邊坐著一個虎背熊腰、儀表不凡的大漢，李靖定睛一看，便舉手道：「兄是那裡人氏？」那大漢亦起身舉手道：「弟是山東人。」李靖道：「兄尊姓大名？」那人道：「弟姓秦名瓊。」李靖道：「原來是歷城叔寶兄。」叔寶道：「敢問兄長上姓何名？」李靖道：「弟即是三原李靖。」叔寶道：「就是藥師兄，久仰。」兩人重新敘禮，握手就坐，各問來因。叔寶問李靖所寓，請答道：「寓在府前西明巷，第三家。」

兩人正在敘話得濃，忽聽得府內奏樂開門，有一官吏進來喊道：「那個是三原李老爺，有旨請進去相見。」李靖對叔寶道：「弟此刻要進府去相見，不及奉陪；但弟有一要緊話，欲與兄說。兄若不棄，千萬到弟寓所細談片晌。」叔寶唯唯。李靖即同那官兒進府。越公本是尊榮得緊，文武官僚尚不輕見，緣何獨見李靖？因李靖之父李受❽，生時與越公同仕於隋，靖乃通家子姪，久聞李靖之才名，故此願見。其時那官兒，引了李靖，不由儀門❾而走，乃從右手甬道中進去，到西廳院子內報名。李靖往上一望，見越公據胡床，戴七寶如意冠，披暗龍銀裘褐，執玉如意。床後立著翡翠珠冠袍帶女官十二員，以下群妾甚眾，列為錦屏。李靖昂然向前揖道：「天下方亂，英雄競起。公為帝室重臣，當以收羅豪傑為心，不宜踞見賓客。」越公斂容起謝，與靖寒溫敘語，隨問隨答，娓娓無窮。越公大悅，欲留為記室，因是

❼ 揭：揭貼。原指內閣直達皇帝的一種機密文件，這裡指上書。

❽ 李靖之父李受：按舊唐書卷六七李靖傳，李靖父親李詮，任隋趙郡太守。

❾ 儀門：官署中第二重正門。

初會，未便即言。時有執拂美人，數目李靖。靖是個天挺❿英雄，怎比紈袴之子，見婦人注目偷視，就認做有顧盼小生之意，便想去調戲她？時已將午，李靖只得拜辭而出。越公曰通家子姪，即命執拂張美人送靖。張美人臨軒對吏道：「主公問去的李生行第幾，寓何處？可即他往否？」吏往外問明，進來回覆，張美人歸內。

如今且慢題李靖回寓，再說秦叔寶押著禮物，進越公府中來。原來天下藩鎮官將，差遣齎禮官吏，俱各派在各幕僚處收禮物。那些收禮的官，有許多難為人處：凡齎禮官員，除表章外，各具花名手本，將彼處土產禮物相送。稍不如意，這些收禮官苛尅起來，受許多的波累。那山東一路禮物，卻派在李玄邃記室廳交收。是時秦瓊到來，玄邃看見，慌忙降階迎接，喜出意外。叔寶呈上表章禮儀，玄邃一覽，叫人盡收。私禮盡璧，遂留叔寶到後軒取酒款待，細談別後蹤跡。叔寶把遇見王伯當同來的事，說了一遍。「但恐兄長事冗，不能出去一會。」並說：「遇見李靖，姿貌不凡，丰神卓犖。適纔府門外傾慕，如同夙契。小弟出去，就要到他寓所一敘。回書回批，乞兄作速打發。」玄邃見說，命青衣斟酒，自己卻在案旁揮寫回書回批，頃刻而就，付與叔寶。分手時，玄邃囑託致意伯當，不得一面為恨。

叔寶別了玄邃，竟到西明巷來，李靖接見喜道：「兄真信人也。」坐定便問：「兄年齒多少？」叔寶道：「二十有四。」又問道：「兄入長安時，可有同伴否？」叔寶隱卻下處四個朋友，便說：「奉本官差遣齎禮，止有健步兩名，並無他人。兄長為何問及？」李靖道：「小弟身雖湖海飄蓬，凡諸子百家，九流異術，無不留心探討。最喜的卻是風鑒⓫。兄今年正值印堂⓬管事，眼下有些黑氣侵人，怕有驚恐

❿ 天挺：天資卓越。

之災，不敢不言。然他日必為國家股肱，每事還當仔細。小弟前日夜觀乾象，正月十五三更時候，彗星過度，民間主有刀兵火盜之災。兄長倘同朋友到京，切不可貪耍觀燈遊玩。既批回已有，不如速返山東為妙。」一番言語，說得叔寶毛骨悚然。念著齊國遠在下處，恐怕惹出事來。慌忙謝別了李靖，要趕回下處。

今再說張美人，得了官吏回覆明白，進內自思道：「我張出塵在府中，閱人多矣，未有如此子之少年英俊者，真人傑也。他日功名，斷不在越公之下。剛纔聽他言語，已知他未有家室。想我在此奉侍，終非了局；若捨此人，而欲留心再訪，天下更無其人。若此人不是我張出塵為配，恐彼終身亦難定偶。趁此今夜，非我該班，又兼府中演戲開宴之時，我私自到他寓所一會，豈不是好？」主意已定，把室中箱籠封鎖，開一細帳。又寫一個稟帖，押在案上。又恐街上巡兵攔阻，轉到內院去，把兵符竊了。改做後堂官兒，提著一個燈籠，便大模大樣，走出府門。未有里許，見三四個巡兵問道：「爺是往那裡去的？」張氏道：「我是越府太老爺，有緊要公幹，差往兵馬司去的。你們問我則甚？」那巡兵道：「小的問一聲兒何礙？」說罷，大家嗚鑼擊梆的去了。

不移時，已到府前西明巷口。張美人數著第三家，見有個大門樓，即便叩門。主人家出來看了，問：「是會那個爺的？」張氏道：「三原李爺，可是寓在此？」主人道：「進門東首那間房裡。」張氏見說，忙走進來。其時李靖夜膳過，坐在房中燈下看那龍母所贈之書。只聽見敲門，忙開門出來一看：

⓫ 風鑒：相人之術。

⓬ 印堂：人體穴位名，在前額兩眉之間。相面術士也以印堂形狀顏色，作為判斷吉凶的預兆。

烏紗帽，翠眉束鬢光含貌。光含貌，紫袍軟帶，新裝偏巧。粉痕隱映櫻桃小，兵符手握慇懃道。慇懃道，疑城難破，令人思杳。

張美人走進，將兵符供在桌上，便與李靖敘禮坐定。李靖問道：「足下何處來的？到此何幹？」張氏道：「小弟是越府中的內官姓張，奉敝主之命差來。」李靖道：「有甚見教？」張氏道：「適間敝主傳弟進去，當面囑吩許多話，如今且慢說。先生是識見高廣，穎悟非常的人，試猜一猜。若是猜得著，乃見先生是奇男子，真豪傑。」李靖見說道：「這又奇了，怎麼要弟猜起來？」低頭一想便道：「弟日間到府拜公之時，承他屈尊優待，慇懃款洽，莫非要弟為其入幕之賓否？」張氏道：「敝府雖簿書繁冗，然幕僚共有一二十人，皆是多材多藝之士，身任其責。不要說敝主不敢有屈高才，設有此意，先生斷不肯在楊府作幕，請再猜之。」李靖道：「這個不是，莫非越公要弟往他處作一說客，為國家未雨綢繆之意？」張氏道：「非也，實對先生說罷了。越公因有一繼女，才貌雙絕，年紀及笄，越公愛之，不啻己出。今見先生是個英奇卓犖，思天下佳婿，未有如先生者，故傳旨與弟，欲弟與先生為氤氳使⓭耳。」李靖見說道：「這那裡說起！弟一身四海為家，跡同萍梗；況所志未遂，何暇議及室家之事？雖承越公高誼，然門楣不敵，尊卑有褻，此事斷乎不可，煩兄為我婉言辭之。」張氏道：「先生何其迂也，敝主乃皇家重臣，一言之間，能使人榮辱。倘若先生贅入豪門，將來富貴正未可量，何乃守經而遽絕之，先生還宜三思。」李靖道：「富貴人所自有，姻緣亦斷非逆旅論及，容以異日。如再相逼，弟即此刻起身，

⓭ 氤氳使：傳說中的媒妁之神。

張美人走進，把兵符供在桌上，便與李靖敘禮坐定。虬髯公下寓在間壁，聽得二人談論。

浪游齊楚間矣！」張氏正容道：「先生不要把這事看輕了；倘弟歸府，將尊意述之，設敝主一時震怒，先生雖有雙翅，亦不能飛出長安，那時就有性命之憂了。」李靖變了顏色，立起身來道：「你這官兒，好不惱人。我李靖豈是怕人的！隨你聲高勢重，我視之如同傀儡。此事頭可斷，決不敢從。」

兩人正在房裡亂嚷，只聽見間壁寓的一人，推門進來，是武衛打扮，問道：「那位是藥師兄？」李靖此時氣得呆了，隨口應道：「小弟便是。」張氏注目，把那人一看，忙舉手道：「尊兄上姓？」那人道：「我姓張。」張氏道：「妾亦，」說了兩個字，縮住了，忙改口道：「這小弟亦姓張，如若不棄，願為昆仲。」那人見說，復仔細一認，哈哈大笑道：「你與我結弟兄甚妙。」那時李靖方問道：「張兄尊字？」那人道：「我字仲堅。」李靖上前執手道：「莫非虬髯公⑭麼？」那人道：「然也。我剛纔下寓在間壁，聽見你們談論，知是藥師兄，故此走來。前言我已聽得；但此位賢弟，並不是為兄執柯者。細詳張賢弟的心事，莫若弟爽利，待弟說了出來，倒與二位執柯何如？」張氏道：「我的行藏，既是張兄識破，我可不便隱瞞了。」走去把房門閂上，即把烏紗除下，卸去官裝，便道：「妾乃越府中女子。因見李爺眉宇不凡，願託終身，不以自薦為愧，故而乘夜來奔。」仲堅見說大笑稱快。李靖道：「莫非就是日間執拂的美人麼？既賢卿有此美意，何不早早明言，免我許多迴腸。」張氏道：「郎君法眼不精，若我張兄，早已認出，不煩賤妾饒舌了。」仲堅笑道：「你夫婦原非等閒之人，快快拜謝了天地，待我去取現成酒肴來，權當花燭，暢飲了三杯何如？」兩人見說，欣然對天拜謝了。

張氏復把官裳穿好，戴上烏紗。李靖道：「賢卿為何還要這等裝束？」張氏道：「剛纔進店來，是

⑭ 虬髯公：即張仲堅，鬍鬚色紅而捲曲，故稱。是唐人小說中人物，宋太平廣記有虬髯客傳。

差官打扮；今見我是個婦人，反有許多不妥了。」李靖忖道：「好一個精細女子！」仲堅叫手下，移了酒肴進來。大家舉杯暢談，酒過三杯，張氏問仲堅道：「大哥幾時起身？」仲堅道：「心事已完，明日就走。」張氏見說，立起身來道：「李郎陪我張哥暢飲，我到一個所在去，如飛的就來。」李靖道：「這又奇了，還要到那裡去？」張氏道：「郎君不必猜疑，少刻便知分曉。」說完點燈竟出房門。李靖見此光景，老大狐疑。仲堅道：「此女子行止非常，亦人中龍虎，少頃必來。」兩人又說了些心事。只聽得門外馬嘶聲響，張氏早已走到面前。仲堅道：「賢妹又往何處去了來？」張氏道：「妾逢李郎，終身有託，原非貪男女之慾。今夜趁此兵符在手，剛纔到中軍廳裡去，討了三匹好馬。我們吃完了酒，大家收拾上馬出門。料有兵符在此，城門上亦不敢攔阻，即借此腳力，以遊太原，豈非兩便？」兩人見說，稱奇讚嘆。吃完了酒，即便收拾行裝，謝別主人，三人上馬，長揚的去了。

越公到明日，因不見張美人進內來伺候，即差人查看。來回覆道：「房門封鎖，人影俱無。」越公猛省道：「我失檢點，此女必歸李靖矣！」叫人開了房門，室中衣飾細軟，纖毫不動，開載明白，同一稟帖留於案上，取來呈上。上寫道：

越國府紅拂侍兒張出塵，叩首上稟：妾以蒲柳賤質，得傍華桐，雖不及金屋阿嬌⓯，亦可作玉盤小秀。有何不滿，遽起離心？妾緣幼受許君⓰之術，暫施慧眼，聊識英雄，所謂弱草附蘭，嫩蘿

⓯ 金屋阿嬌：漢武帝幼時，其姑母劉嫖想把女兒嫁給他，問武帝：「阿嬌好否？」武帝回答說：「好！若得阿嬌作婦，當作金屋貯之。」阿嬌，即劉嫖女兒陳阿嬌。

依竹而已，敢為張耳之妻⓱，庸奴其夫哉！臨去朗然，不學兒女淫奔之態。謹稟。

越公看罷，心中了然。又曉得李靖也是個英雄，戒諭下人不許聲揚，把這事兒丟開不提。但未知後事如何，且聽下回分解。

總評：天下豪傑英雄，斷不望人報德，亦惟豪傑英雄，平生斷不肯負德。彼此雖不相照，寸心總有著落。

又評：紅拂私奔一段，寫得神出鬼沒，非李靖不可以動紅拂，非紅拂不可以配李靖。看她作事周密，心細如髮，何閨閣中生此奇物！

⓰ 許君：即許遜，晉汝南人，字敬之。相傳他得道成仙，舉宅飛升。道家稱他為許真君。

⓱ 張耳之妻：張耳，大梁人。參與反秦起義。後投奔劉邦，被封為趙王。他年輕時曾逃亡到外黃，當地富人之女十分美貌，已嫁庸奴，後逃離其夫，改嫁張耳。

第十七回　齊國遠漫興立毬場　柴郡馬挾伴遊燈市

詩曰：

玉宇晚蒼茫，河星耿異鋩。中天懸玉鏡，大地滿金光。人影蹁鸞鶴，簫聲咽鳳凰。百年能底事，作戲且逢場。

常言道：頑耍無益。我想：人在少小時，頑耍儘得些趣，卻不知是趣。一到大來，或是求名，或是覓利，將一個身子，弄得忙忙碌碌，那裡去偷得一時一刻的閒？直到功名成遂，那時鬚鬢皤然，要頑耍卻沒了興致。還有那不得成遂，一命先亡的，這便乾乾的忙了一生。善於逢場作戲，也是一句至語。但要識得個悲歡相為倚伏，不得流而忘返。

卻說秦叔寶見了李靖，忙趕回下處。這班朋友，用過了酒飯，只等叔寶回來，纔算還了店帳。見叔寶來了，眾人齊聲道：「兄長怎麼不帶我們進城去？」叔寶道：「五鼓進城，幹什麼事？如今正好進城耍子。」王伯當便問起李玄邃，叔寶道：「所齎禮物，恰好撥在玄邃記室廳收；但彼事冗，不及細談。聞知兄長在此，託弟多多致意。」因對眾人道：「我們如今收拾進城去罷。」

於是眾豪傑多上馬，共七騎馬，三十多人，別了陶翁，離了店門。伯當在馬上，回頭笑將起來道：

「秦大哥，醜都是我們這些朋友裝盡了。」叔寶道：「怎麼？」伯當指眾人道：「我們七個，騎在七匹馬上，背後二十餘人，背負包裹，如今進城，只得穿城走將過去，行長路的到北方轉來，人就說了，這些人路也認不得，錯了路回來了。如今我們進城，卻要在街道市井熱鬧去處，酒肆茶坊，取樂頑耍，帶這些人，可像個模樣？」叔寶此時又想：「李藥師的言語，不可全信，也不可不信。如今進城，倘有些不美的事務，跨上馬就走了。若依伯當，他只要步行頑耍，恐有不便怎處？」伯當與叔寶，只管爭這騎馬不騎馬的話，李如珪道：「二兄不要相爭，莫若依我小弟。馬只騎到城門口就罷了，這許多手下人，帶他進城，管甚麼事？就城門外邊，尋個小下處，把這些行李，都安頓在店。馬卸了鞍轡，牽在城河飲水，眾人輪流吃飯。柴郡馬兩員家將甚有規矩，叫他帶了氈包拜匣，並金銀錢鈔，跟進城去，以供杖頭之用❶。其外面手下，到黃昏時候，將馬緊轡整鞍，等候我們出城。」眾朋友齊道：「講得有理。」

說話之間，已到城門口。叔寶吩咐兩名健步：「我比眾老爺不同，有公務在身。把回書與回批，可用氈袋隨身帶了，這都是性命相關的事。黃昏時候，我的馬卻要多加一條肚帶，小心牢記。」叔寶同諸友，各帶隨身暗器，領兩員家將進城。那六街三市勳衛宰臣，黎民百姓，奉天子之命，與民同樂。家家結綵，戶戶鋪氈，收拾燈棚。這班豪傑，都看到司馬門來，卻是宇文述的衙門，那紮綵匠紮縛燈樓。他卻是個兵部尚書府，照牆後有個射圃，天下武職官的陞襲比試弓馬的去處，又叫做小教場。怎麼有許多人喝采？乃是圓情❷的拋聲。誰人敢在兵部射圃圓情？就是宇文述的公子宇文惠及。宇文述有四子：長

❶ 杖頭之用：買酒之費用。
❷ 圓情：指蹋球。

曰化及，官拜治書侍御史；次曰士及，尚晉陽公主，官拜駙馬都尉；三曰智及，將作少監；惠及是他最小兒子，倚著門廕，少不得做了官。目不識丁，胸無點墨，穿了綾錦，吃了珍饈，隨從的無非是一干游食游手，讒諂面諛的光棍，幫閒他使酒漁色頑耍游蕩。這圓情一節，不曾踢得一兩腳，就讚他在行，他也自說在行，是以行天下圓情的把持，打聽得長安賞燈，都趕到長安來，在宇文公子門下。公子把父親的射圃討了，改做個毬場。正月初一，踢到這燈節下來，把月臺上用五綵裝花緞疋，搭起漫天帳來，遮了日色，正面結五綵毬門，書「官毬臺」三字。公子上坐，左右坐二個美人，是長安城平康巷❸聘來的。因圓情無出其右，綽號金鳳舞、彩霞飛。月臺東西兩旁，紮兩座小牌樓。天下的這些圓情把持，兩個一夥，弔頂行頭，輔行頭，雁翅排於左右，不下二百多人。射圃上有一二十處拋場，有一處兩根單柱，顛紮起一座小牌樓來。牌樓上紮個圈兒，有斗來大，號為彩門。江湖上的豪傑朋友，不拘鎖腰、單槍、對拐、肩粧、雜踢，踢過彩門，公子月臺上就送彩緞一疋，銀花一對，銀牌一面。憑那人有多少謝意，都是這兩個圓情的得了。也有踢過彩門，贏了彩門銀花去的；也有踢不過，遺笑於人的。正是：

材在骨中踢不去，俏從胎裡帶將來。

卻說叔寶同眾友，捱擠到這個熱鬧的所在，又想起李藥師的話來，對伯當道：「凡事不要與人爭競，以忍耐為先。必要忍到不能忍處，纔為好漢。」王伯當與柴嗣昌，聽了叔寶言語，一個個收斂形跡。只是齊國遠、李如珪兩個粗人，舊態復萌，以膂力方剛，把些人都挨倒，擠將進去，看圓情頑耍。李如珪

---

❸ 平康巷：在長安丹鳳街，是妓女聚居的地方。

出自富家，還曉得圓情。這齊國遠自幼落草，惟風高放火，月黑殺人，他那裡曉得什麼圓情頑耍的事？看著人圓情，大睜著兩眼，連行頭也不認得，對李如珪附耳道：「李賢弟，圓骨碌的東西，叫做什麼？」如珪笑戲答道：「叫做皮包鉛，按八卦之數，灌六十四斤冷鉛造就。」國遠道：「三個人的力也大著呢，把腳略抬一抬，就踢那麼樣高。踢過圈兒，就贏一疋緞綵、一對銀花，我可踢得動麼？」

這些話不過二人附耳低言，卻被那圓情的聽得，捧行頭下來道：「那位爺請行頭？」李如珪拍齊國遠肩背道：「這位爺要逢場作戲。」圓情近前道：「請老爺過論，小弟丟頭，夥家張泛伏侍你老人家。」齊國遠著了忙，暗想：「我只是儘力踢就罷了。」那個丟頭的夥家，弄他技藝粗巧，使個懸腿的勾子，拿個燕啣珠出海，送與子弟臁心裡來。齊國遠見毬來，眼花撩亂，又恐怕踢不動，用盡平生氣力，趕上前一腳，兀的響一聲，把那毬踢在青天雲裡，被風吹不見了。那圓情的見行頭不見了，只得上前來，喜孜孜滿面春風道：「我兩個小人又不曾有甚麼得罪處，老爺怎麼取笑，把小人的本錢都費了？」齊國遠已自沒趣，要動手撒野。李如珪見事不諧，只得來解圍道：「他們這些六藝中朋友，也不知有多少見過。剛纔來圓情，你也該問一聲：『老爺高姓貴處那裡？榮任何所？』今日在京都相會，他日相逢，就是故人了。怪你兩個沒有情理，故把你行頭踢掉了，我這裡賞你罷。」就在袖裡取出五兩銀子，賞了圓情的，拉著國遠道：「和你吃酒去罷。」分開眾人，齊往外走，見秦叔寶兄弟三人，從外進來，領兩員家將，好好央人開路，人再不肯讓路。只見紛紛的人都跌倒了，原來是齊國遠、李如珪，擠將出來。叔寶看見道：「二位賢弟那裡去？還同我們進去耍子。」卻又一同裏將進來。這四個人卻都是會踢毬的，叔寶雖是一身武藝，圓情是最有觔節的。王伯當卻是棄隋的名公，博藝皆精，只是讓柴郡馬青年飄逸，推他上來。柴紹道：「小弟不敢。還是諸兄內那一位上去，小弟過論。」叔寶道：「圓情雖會，未免有粗鄙之態。此間乃十目所視的去處，郡馬斯文，全無滲漏。」

柴嗣昌少年樂於頑耍，接口道：「小弟放肆，容日陪罪罷。」那該伏侍的兩個圓情捧行頭上來：「那位相公，請行頭。」郡馬道：「二位把持，公子旁邊兩個美女，可會圓情？」圓情的道：「是公子平康巷聘來的，慣會圓情，綽號金鳳舞、彩霞飛。」郡馬道：「我欲相攀，不知可否？」圓情的道：「只是要相公破格的搭合。」郡馬道：「我也不惜纏頭之贈，煩二位爺通稟一聲，盡今朝一日之歡，我也重重的掛落。」圓情的道：「原來是個中的相公。」上月臺來稟少爺：「江湖上有一位豪傑的相公，要請二位美人見行頭。」公子卻也只是要頑耍，吩咐兩個美人好好下去，後邊隨著四個丫嬛，捧兩軸五彩行頭，下月臺來與柴郡馬相見施禮，各依方位站下，卻起那五彩行頭。公子也離了座位，立到牌樓下來觀論。那座下各處抛場子弟，把持行頭，盡來看美人圓情。柴郡馬卻拿出平生博藝的手段，用肩裝雜踢，從彩門裡就如穿梭一般，踢將過去。月臺上家將，把彩緞銀花，抛將下來。跟隨二人，往氈包裡，只管收起。齊國遠喜得手舞足蹈：「郡馬不要住腳，踢到晚纔好！」那兩個美人賣弄精神：

這個飄揚翠袖，那個搖拽湘裙。飄揚翠袖，輕籠玉手纖纖；搖拽湘裙，半露金蓮窄窄。這個丟頭過論有高低，那個張泛送來真又穩。踢個明珠上佛頭，實躡埋尖拐；接來倒膝弄輕佻，錯認多搖擺。踢到眉心處，千人齊喝采。汗流粉面濕羅衫，興盡情疏方叫海。

後人有詩贊道：

宇文惠及坐在月臺上，那座下各處拋場子弟，把持行頭盡來看美人圓情。柴郡馬拿出平生博藝的手段，那兩個美人也賣弄精神。

美女當場簇繡團，仙風吹下兩嬋娟。汗流粉面花含露，塵染蛾眉柳帶煙。翠袖低垂籠玉筍，湘裙斜曳露金蓮。幾回踢罷嬌無力，雲鬢蓬鬆寶髻偏。

此時踢罷行頭，叔寶取白銀二十兩、彩緞四疋，搭合兩位圓情的美女；金扇二柄，白銀五兩，謝兩個監論圓情的朋友。此時公子也待打發圓情的美女，各歸院落，自家要往街市閒遊了。叔寶一班，別了公子，出打毬場，上了藍橋，只見街坊上燈燭輝煌。正是：

四圍瑪瑙城，五色琉璃洞。千尋雲母塔，萬座水晶宮。珠纓密密，錦繡重重。影晃得乾坤動，光搖得世界紅。半空中火樹花開，平地上金蓮瓣湧。活潑潑神鰲出海，舞飄飄彩鳳騰空。更兼天時地利相扶從。笑翻嬌艷，走困兒童。彩樓中詞，括盡萬古風流；畫橋邊謎，打破千人懵懂。碧天外燈照徹四海玲瓏。花容女容，燈光月色，爭明瑩。車馬迎，笙歌送，端的徹夜連宵興不窮。管什麼漏盡銅壺，太平年歲，元宵佳節，樂與民同。

叔寶吩咐找熟路看燈，就到司馬門前來，看燈棚多齊備了。那個燈樓不過一時光景，也只是蘆棚蓆殿搭在霄漢之間，下邊卻有綵緞裝成那些富貴，居中掛這一盞麒麟燈。麒麟燈上，掛著四個金字扁，寫著「萬獸齊朝」。牌樓上一對燈聯，左首一句：周祚呈祥，賢聖降凡邦有道。右首一句：隋朝獻瑞，仁君治世壽無疆。麒麟燈下，有各樣獸燈圍繞：

獅豸[4]燈，張牙舞爪。獅子燈，睜眼團毛。白澤[5]燈，光輝燦爛。青熊燈，形相蹊蹺。猛虎燈，虛張聲勢。錦豹燈，活像咆哮。老鼠燈，偷瓜抱蔓。山猴燈，上樹摘桃。駱駝燈，不堪載輦。白象燈，儼似隋朝。麋鹿燈，銜花朵朵。狡兔燈，帶草飄飄。走馬燈，躍力馳騁。鬭羊燈，隨勢低高。

各色獸燈，無不備具，不能盡數。有兩個古人，騎兩盞獸燈：左首是梓潼帝君❻騎白騾燈，下臨凡世；右首是玉清老子❼跨青牛燈，西出陽關。有詩四句：

獸燈無數彩光搖，整整齊齊下復高。麒麟乃是毛蟲❽長，故引千群猛獸朝。

眾人看了麒麟燈，過兵部衙門，跟了叔寶，奔楊越公府中而來。這些宰臣勳衛在於門首，搭起個過街燈樓。那百姓人家，也搭個小燈棚兒。設天子牌位，點燭焚香，如同白晝。不移時已到越公門首。那燈樓掛的是一椀鳳凰燈，上面牌匾四個金字：「天朝儀鳳」。牌樓上一對金字聯：

鳳翅展南山天下咸欣兆瑞　龍髭揚北海人間盡得沾恩

---

❹獬豸：傳說中的異獸名，能辨曲直，見人爭鬥，觸不直者。

❺白澤：神獸名。傳說黃帝東巡至海，在海濱得白澤神獸，能言，傳達萬物的情況。

❻梓潼帝君：道教所奉的主宰功名、祿位之神。

❼玉清老子：即老子。道教認為有玉清、上清、太清三境，都是天帝所居之地。

❽毛蟲：獸類的總稱。

鳳凰燈下，有各色鳥燈懸掛：

仙鶴燈，身棲松柏。錦雞燈，毛映雲霞。黃鸝燈，欲鳴翠柳。孔雀燈，回看丹花。野鴨燈，口啣荇藻。賓鴻燈，足帶蘆葭。鶺鴒燈，似來桑柘。鸂鶒燈，隱臥汀沙。鷺鷥燈，窺魚有勢。鷂鷹燈，撲兔堪誇。鸚鵡燈，罵殺俗鳥。喜鵲燈，占盡鳴鴉。鶼鶼燈，纏綿倩主。鴛鴦燈，歡喜冤家。

各色鳥燈，無不具備，也不能盡數。左右有兩個古人，乘兩椀鳥燈。因越公壽誕，左手是西池王母，乘青鸞瑤池赴宴；右手是南極壽星❾，跨玄鶴❿海屋添籌⓫。有詩四句：

鳥燈千萬集鰲山⓬，生動渾如試羽還。因有羽王⓭高竚立，紛紛群鳥盡隨班。

眾朋友看了越公楊府門首鳳凰燈，已是初鼓了，卻奔東長安門來。那齊國遠自幼落草，不曾到得帝都。今日又是個上元佳節，燈明月燦，鑼鼓喧天；他也沒有一句好話對朋友講，扭捏這個粗笨身子，在人叢中捱來擠去，歡喜得緊，只是頭搖眼轉，亂叫亂跳，按捺他不住。

❾ 南極壽星：星名，又稱南極老人。相傳此星主管人間壽命。
❿ 玄鶴：黑鶴。古代傳說鶴千年化為蒼，又千年變為黑，稱為玄鶴。
⓫ 海屋添籌：原意為長壽，後用以為祝壽之詞。添籌，意思是添壽算。
⓬ 鰲山：古代元宵燈景的一種。把燈彩堆疊成一座山，像傳說中的巨鰲形狀。
⓭ 羽王：鳥王，即鳳凰。

叔寶道：「我們進長安門，穿皇城，看看內裡燈去。」到五鳳樓前，人煙擠塞的緊。那五鳳樓外，卻設一座御燈樓。有兩個大太監，都坐在銀花交椅上，左手是司禮監裴寂，右手是內檢點宗慶，帶五百淨軍⓮，都穿著團花錦襖，每人執齊眉紅棍，把守著御燈樓。這座燈樓卻不是紙絹顏料扎縛的，都是海外異香，宮中寶玩，砌就這一座燈樓，卻又叫做御燈樓。上面懸一面牌匾，徑寸寶珠，穿就四個字道：「光照天下」。玉嵌金鑲的一對聯句道：

三千世界⓯笙歌裡，十二都城⓰錦繡中。

御燈景致，大是不同。王伯當、柴嗣昌、齊國遠、李如珪一班人看了御燈樓，東奔西走，時聚時散，或在茶坊，或在酒肆，或在戲館，那裡思量回寓？叔寶屢次催他們出城，只是不聽。未知後事如何，且聽下文分解。

總評：形容出皇都燈景，富貴繁華，如入萬花春谷，使窮措大見之，不覺驚目稱快，必定永夜暢遊，弄出一番事來而後止。

⓮ 淨軍：由閹人編成的軍隊。

⓯ 三千世界：即三千大千世界，佛教名詞。這裡指普天下。

⓰ 十二都城：指長安。舊長安城一面三門，四面共十二門，故稱。

第十八回　王碗兒觀燈起釁　宇文子貪色亡身

詩曰：

自是英雄膽智奇，捐軀何必為相知？秦庭欲碎荊卿首❶，韓市曾橫聶政尸❷。氣斷香魂寒粉骨，劍飛霜雪絕妖魑。為君掃盡不平事，肯學長安輕薄兒？

夫天下儘多無益之事，儘多不平之事。無益之事不過是游玩戲耍；不平之事，一時憤怒，拔刀相向。要曉得不平之氣，常從無益裡邊尋出來。世人看了，眼珠中火生，聽了心胸中怒發。這不平之氣，個個有的。若沒個濟弱鋤強的手段，也只乾著惱一番。若憑著一勇到底，制服他不來，反惹出禍患，也不是英雄知彼知己的伎倆。果是英雄，憑著自己本領，怕甚王孫公子，又怕甚後擁前遮？小試著百萬軍中，取上將頭的光景，怕不似斬狐繫兔，除卻一時大憝❸，卻也是作淫惡的無不報之理。所謂：

---

❶ 秦庭欲碎荊卿首：荊卿，即荊軻，戰國末年燕太子丹派去刺秦王政（即秦始皇）。事功不成，在秦庭被殺。

❷ 韓市曾橫聶政尸：聶政，戰國時韓國軹人。韓烈侯時，聶政為嚴遂報讎，刺死宰相俠累，即自殺而死。韓暴其屍街頭，以尋其同黨。

❸ 大憝：大奸惡。

禍淫原是天心，惟向英雄假手。

且說那些長安的婦人，生在富貴之家，衣豐食足，外面景致，也不大動她心裡。偏是小戶人家，巴巴急急，過了一年，又喜遇著個閒月，見外邊滿街燈火，連陌笙歌；時人有詩，以道燈月交輝之盛：

月正圓時燈正新，滿城燈月白如銀。團團月下燈千盞，灼灼燈中月一輪。月下看燈燈富貴，燈前賞月月精神。今宵月色燈光內，盡是觀燈玩月人。

其時若老若少，若男若女，往來遊玩；憑你極老誠，極貞節的婦女，不由不心神蕩漾，一雙腳頭，只管要妝扮出來。走橋步月，張家妹子搭了李店姨婆，趙氏親娘約了錢鋪媽媽，嘻嘻哈哈，按捺不住，做出許多風流波俏。惹得長安城中王孫公子，遊俠少年，鋪眉苫眼，輕嘴薄舌的，都在燈市裡穿來插去，尋香哄氣，追蹤覓影，調情綽趣，何嘗真心看燈？因這走橋步月，惹出一段事來。有一個孀居的王老娘，領了一個十八歲老大的女兒，小名碗兒，一時高興也出去看起燈來。你道那王老娘的女兒，生得如何？

腰似三春楊柳，臉如二月桃花。冰肌玉骨占精華，況在燈前月下？

母女二人，留著小廝看了家，走出大街看燈。纔出門時，便有一班游蕩子弟，跟隨在後，挨上閃下，瞧著碗兒。一到大街，蜂攢蟻擁，身不由己。不但碗兒驚慌，連老娘也著忙得沒法。正在那裡懊悔出來得多餘，不料宇文公子門下的游棍❹，在外尋綽❺，飛去報知公子。公子聞了美女在前，急忙追上。見

王老娘和碗兒走出大門，便有一班游蕩子弟跟隨，瞧著碗兒。公子見了，魂消魄散，便去調戲她。碗兒嚇得不做聲，走避無路。

了碗兒容貌，魂消魄蕩。見止有老婦同走，越道可欺，便去挨肩擦背，調戲她。碗兒嚇得只是不做聲，走避無路。那王老娘不認得宇文公子，看到不堪處，只得發起話來。宇文惠及趁此勢頭，便假發起怒來道：「老婦人這等無禮，敢挺撞我，鎖她回去！」說得一聲，眾家人齊聲答應，轟的一陣，把母女擄到府門。老娘與碗兒嚇得冷汗淋身，叫喊不出，就似雲霧裡推去的，雷電裡提去的一般，都麻木了。就是街市上，也有旁觀的，那個不曉得宇文公子，敢來攔擋勸解？

到得府門，王老娘是用她不著的，將來羈住門房裡。止將碗兒撮過幾座廳堂，到書房中方纔住腳。宇文惠及早已來到，眾家人都退出房外，只剩幾個丫鬟。宇文惠及免不得近前親熱一番，那碗兒卻沒好氣頭，便向臉上撞來，手便向面上打來。延推了一會，惱了公子性兒，叫丫鬟打了一頓，鎖禁房內，自己走出府來閒耍。那老嫗見了公子，呼天拍地要討女兒。公子吩咐：「妳及早回去罷，不消去那。」公子一隻手又從褲襠裡伸來了，碗兒驚得亂跳，急把手掩，眼淚如注，啼哭起來，怪叫道：「母親快來救我！」此時王老娘隔了幾座樓牆，便叫殺也不聽得。宇文公子笑嘻嘻，又一把緊抱在懷內道：「不消叫得了，倒不如從直。若肯貼心從我，少不得做個小夫人。若不情願，消停幾日，著人送妳還家。如今是染坊舖，出不的白了。」這女子如何肯聽，兩腳不住亂蹬。公子將手要摸去，頭向臉上撞來；將嘴要親去，手向面上打來。延推了一會，惱了公子性兒，叫丫鬟推他床上去。公子將碗兒推出懷內，這些丫鬟一齊笑嘻嘻，將碗兒推在床上。這床不比尋常的床，叫做巫山床，就是公子一個好友，叫做何稠送的。

---

❹ 游棍：閒蕩的打手。

❺ 尋綽：尋找美貌女子。

又叫做盡歡床。凡遇著誆劫來的良家女子，沒口好氣對著公子，就推上這床，四角俱有機捩，中有錦帶二條，推上床時，撲的一聲，手腳拴定，但憑雲雨。那碗兒年紀雖有十八歲，身子生得嬌怯，不經磨錫，那話兒又不曾開摺。公子叫侍兒掌了紗燈，照著碗兒，公子將手擘開，恰似桃子擘縫，鮮滴滴，嫩紅一線。公子興發，翹然舉起，一挺而進。元紅迸出，碗兒痛叫喊，聲響不能透轉，身定不能跳動。侍兒掩口暗笑。窗外邊有男女偷瞧動火的，逐對掚住了幹事。上下正在宣淫之時，那王碗兒一頭哭，一頭罵道：「那裡說起，撞著你這個沒天理狠心的狗強盜、臭阿龜，把我這般埋滅，倒不如一刀殺了我罷。」說了又罵，公子也弄得不耐煩了，便把陽物拔出，怒罵道：「妳這小賤人，恁般放肆，我如今也不難。」叫手下取書童的名冊過來。公子照了名冊，喚集書童：「你們替我把這丫頭著實戲弄，挨了名冊，輪流公幹，不許爭先廝鬧。」話未說完，只見外邊有人進來附耳密報道：「那老婦人在府門外要死要活，怎生發付她去？」公子道：「不信有這樣撒潑的，待我自家出去。」公子走出書房來，那些書童得了主人亂命，越發膽大，把碗兒一上一落，弄得七死八活，眼淚都已哭乾了，竟似死人一般。這些書童裡面，也有有人心的。煖了些酒，私下開了拴板，扶碗兒起來，與她喫。碗兒那裡要喫，書童打鋪與她睡了。碗兒略覺甦醒，又問起母親在那裡。眾書童道：「妳的母親，早已打發她回去了，還問她怎麼。」碗兒哭泣不休，眾書童擁住勸解不題。公子走出府門，問老嫗何故這般撒潑。老嫗見公子出來，越添叫號，搥胸跌足，呼天拍地，要討女兒。公子道：「妳的女兒，我已用了，妳好好及早回去罷，不消在此候打。」老嫗道：「不要說打，就殺我也說不得，決要還我女兒。我老身孀居，便生這個女兒。已許人家，尚未出嫁，母女相依，性命攸關。若不放還，今夜就死在這裡。」公子說：「若是這等說起來，我這門首死不得許多哩。」叫手下攆她出去。眾家人推的推，扯的扯，打的打，把王老娘直打出了巷口柵欄門，再不放進去了。宇文公子，此時意興未闌，又帶了一二百狠漢，街上閒撞，還要再撞一個有竅的婦女，將來補興。時已二鼓。也是宇文公子淫惡貫盈，合當打死，又出來尋事。大凡一飲一啄，莫非前定，況生死大數，也逃不得天意。正是：

禍福本無門，惟人乃自召。塞翁曾有言❻，彼蒼❼焉可料？

卻說叔寶一班豪傑，遍處頑耍，見百官下馬牌旁，有幾百人圍繞喧嚷。眾豪傑分開眾人觀看，卻是個老婦人，白髮蓬鬆，匍匐在地，放聲大哭。伯當問旁邊看的人：「這個老婦人，為何在街坊啼哭？」看的人答道：「列位，你不要管他這件事。這老婦人不知世事，一個女兒，受了人的聘禮，還不曾出嫁，帶了街上看燈，卻撞見宇文公子搶了去。」叔寶道：「是那個宇文公子？」那人道：「就是兵部尚書宇文述老爺的公子。」叔寶道：「可就是射圃圓情的？」眾人答道：「就是他。」這個時候，連叔寶把李藥師之言，丟在爪哇國❽裡去了，卻都是專抱不平的人，聽見說話，一個個都惡氣填胸，雙眸爆火，叫那老婦人：「妳姓什麼？」老嫗道：「老身姓王，住在宇文老爺府後。」齊國遠道：「妳且回去。那個宇文公子在射圃踢毬，我們贏他綵緞銀花有數十餘疋在此，尋著公子，贖妳女兒來還妳。」老婦叩首四

---

❻ 塞翁曾有言：即塞翁失馬，焉知非福。比喻禍福相倚，難以預料。

❼ 彼蒼：天的代稱。詩秦風黃鳥：「彼蒼者天，殲我良人。」

❽ 爪哇國：比喻虛無之境或極遠之處。

拜，哭回家去。

叔寶問兩邊的人：「那公子搶她的女兒，果有此事麼？」眾人道：「不是今日纔搶，十二日就搶起。長安的世俗，元宵賞燈，百姓人家的婦女，都出來走橋踏月，到市院中看燈，公子揀好的就搶了回家去。有乖巧會奉承的，次日或叫父母丈夫進府去，賞些錢鈔就罷了。有那不會說話的，衝撞了公子，打死了丟在夾牆裡，沒人敢與他索命。十三、十四兩日，又搶了幾個，今晚輪著這個老婦人的女兒。」始初時叔寶還有輸綵緞銀花贖還他的意思，到後聽見這些話，都動了打的念頭，逢人就問宇文公子。眾人道：「列位是外京衣冠，與此不同；倘遇公子，言語對答不來，公子性氣不好，恐怕傷了列位。」叔寶道：「不知他怎樣一個行頭？問了，我們好迴避。」眾人道：「宇文公子麼，他有一所私下的房屋，畜養許多亡命之徒，都是不怕冷熱的人。這樣時候，都脫得赤條條的。每人掌一條齊眉短棍，有一二百個在前邊開路，後邊是會武藝的家將，真槍真刀，擺著社火❾。公子騎馬。馬前青衣大帽，擺著五六對，都執著紗燈提爐，面前擺隊。長安城裡，這些勳衛府中的家將，扮的什麼社火，遇見公子，當街舞來，舞得好像射圃圓情的賞花紅；若舞得不好的，一頓棍打散了。」叔寶道：「多謝列位了。」在那西長安門外御道上，尋宇文公子。

三更時候，月明如畫。正在找尋間，巧見宇文公子到了。果然短棍有幾百條，如狼牙相似。公子穿了艷服，坐在馬上，後邊簇擁家丁。自古道：不是冤家不聚頭。眾人躲在街旁，正要尋他的事，剛纔到他面前，就站住了，對子❿報道：「夏國公竇爺府中家將，有社火來參。」公子問：「什麼故事？」答

❾ 社火：節日迎神賽會所扮演的雜戲、雜耍。

道：「是虎牢關三戰呂布。」舞罷，公子道好，眾人討賞。公子纔打發這夥人去，叔寶衣服都抓扎停當了，高叫道：「還有社火哩！」五個豪傑，隔人頭竄將進來道：「我們是五馬破曹。」公子識貨，暗疑這班人卻不是跳鬼身法。秦叔寶是兩根金裝鐧，王伯當是兩口寶劍，柴嗣昌是一口寶劍，齊國遠是兩柄金鎚，李如珪是一條水磨竹節鋼鞭。那鞭鐧相撞，叮噹嗶喇之聲，如火星爆烈，只管舞。街道雖是寬闊，眾豪傑卻展不開手。兵器又沉重，舞到人面上，寒氣逼人，兩邊人家門口，都站不住了，擠到兩頭去。齊國遠心中暗想道：「此時打死他不難，難是看的人阻住去路，不得脫身。除非這燈棚上放起火來，這百姓們要救火，就不得攔我弟兄。」便往屋上一攛。公子只道有這麼一個家數，五個人正舞，一個要從上邊舞將下來，卻不知道他放火。秦叔寶見燈棚上火起，料止不得這件事了，用身法縱一個虎跳，跳於馬前，舉鐧照公子頭上就打。那公子坐在馬上，仰著身軀，是不防備的；況且叔寶六十四觔重金裝鐧，打在頭上，連馬都打矬了，撞將下來。手下眾將看道：「不好了，打死了公子了！」各舉槍刀棒棍，向叔寶打來。叔寶輪金裝鐧，招架眾人。齊國遠從燈棚上跳將下來，輪動金鎚。這些豪傑，一個個：

心頭火起，口角雷鳴。猛獸身軀，直剪橫衝。打得前奔後湧，殺得東倒西歪。風流才子墮冠簪，蓬頭亂攛；美貌佳人褪羅襪，跣足忙奔。屍骸堆積平街，血水遍流滿地。正是威勢踏翻白玉殿，喊聲震動紫金城。

這些豪傑，在人叢中打成一條血路，向大街奔明德門而來。已是三更已後。城門外卻有二十二人，

---

⑩ 對子：馬前開道成對的家丁。

黃昏時候吃過晚飯，上過馬料，備了鞍轡，帶在那寬闊街道口，等候主人。他們也分做兩班，著一半人看了馬匹，一半人進城門口街道上，看一回燈，換這看馬的進去。到三更時候，換了幾次，復進城看燈。只見黎民百姓，蓬頭跣足，露體赤身，滿面汗流，身帶重傷，口中叫喊快走。那看燈幾個嘍囉，聽這個話，慌慌忙忙的，奔出城來道：「列位，想是我們老爺，在城裡惹了禍哩，打死什麼宇文公子。你們著幾個看馬，著幾個有膂力的，同我去把城門攔住，不要叫守門官把城門關了；若放他關了，我們主人，就不得出城了。」眾人道：「說得有理。」十數個大漢，到城門口，幾個故意要進城，幾個故意要出城，互相扯扭，就打將起來，把這看門的軍人，都推倒了鬼混。此時巡街的金吾將軍⓫與京兆府尹，聽得打死了宇文公子，怕走了人，飛馬傳令來關門。如何關得住？眾豪傑恰好打到城門口，見城門不閉，都有生路了，便招出門奪門。嘍囉燈月下見了主人，也一鬨而出。見路旁自己的馬，飛身騎上，頓開轡韁：

觸碎青絲網，走了錦鱗蛟。衝破漫天套，高飛玉爪鵰。

七騎馬，帶了一干人，齊奔潼關道，至永福寺前。柴郡馬要留叔寶在寺候唐公回書。叔寶道：「怕有人物色不便。」還囑咐寺中，把報德祠速速毀了，那兩根泥鐗不要露在人眼中。舉手作別，馬走如飛。將近少華山，叔寶在馬上對伯當道：「來年九月二十三日，是家母的整壽六十，賢弟可來光顧光顧？」伯當與李如珪、齊國遠道：「小弟輩自然都來。」叔寶也不肯進那山，兩下分手，自回齊州不題。

卻說城門口留門去，纔得關門，正所謂賊去關門。那街坊就是尸山血海一般，黎民百姓的房屋，燒

⓫ 金吾將軍：即執金吾，官名，掌管京師治安的長官。

燬不知其數。此時宇文述府中，因天子賜燈，卻就有賜的御宴，大堂開宴。鳳燭高燒，階下奏樂，一門權貴，享天子洪恩。飲酒之間，府門外如潮水一般，涓涓不斷，許多人擁將進來，口稱「禍事」。宇文述著忙，離宴下滴水簷來，搖著手叫眾人不要亂喊。有幾個本府家將來稟道：「小爺在西長安門外看燈，遇響馬舞社火為由，傷了小爺性命。」宇文述最溺愛此子，聞知死於非命，五內皆裂道：「吾兒與響馬有何冤，被他打死？」這些家將，不敢言縱公子為惡。眾家將俱用謊言遮蓋道：「小爺因酒後與王氏女子作戲頑耍，她那老婦哭訴於響馬；響馬就行兇，把小爺傷了性命。」宇文述問：「那老婦與女子何在？」答道：「老婦不知去向，女子現在府中。」宇文述大怒道：「快拿這個賤人，與我拖出儀門，一頓亂棒打死了罷！」又命家將各人帶刀斧，查看那婦人家，還有幾口家屬，盡行殺戮；將住居房屋，盡行拆毀，放火焚燒。眾人得令，便把此女拖將出來打死了，丟在夾牆裡去；老婦家口，都已殺盡。正是：

說甚傾城麗色，卻是亡家禍胎。

那宇文述猶恨恨不已，叫本府善丹青的來，問在市上拒敵的家將，把打死公子的強人面貌衣裝，一一報來，要畫圖形，差人捱拿。眾人先報道：「這人有一丈身軀，二十多年紀，青素衣服，舞雙鐧。」一說說到雙鐧，旁邊便惹動了一人，是宇文述的家丁，東宮護衛頭目，忙跪下道：「老爺，若說這人使雙鐧的，這人好查了。小的當日仁壽元年，奉爺將令，在楂樹崗打那李爺時，撞著這人來，當時也吃了他虧，不曾害得李爺。」宇文述道：「這等，是李淵知我當日要害他，故著此人來報仇了。」此時宇文述的三子，俱在面前，化及忙道：「這不消講，明日只題本問李淵討命。」智及也罵李淵，要報殺弟之仇。只有宇文士及，他平昔知些理，道：「這也不然。天下人面龐相似的多，會舞鐧的也多。若使李淵要報怨，豈在今日？且強人不曾拿著，也沒證據，便是楂樹崗見來，可對人講得的麼？也只從容察訪罷！」宇文述聽了，也便執不定是唐公家丁。到了次日，也只說得是不知姓名人，將他兒子打死，燒燬民房，殺傷人口，速行緝捕。不知事體如何，且聽下回分解。

總評：王老娘一時高興，同碗兒玩月觀燈，不意弄出這樣大事來。叔寶雖念李藥師之言，至義憤所激，奮不顧身，其直前處，正俠烈處。幸宇文述因唐公之疑，叔寶輩遂得安然免禍，使非天默佑，亦皆虀粉矣。

第十九回　恣蒸淫賜盒結同心　逞弒逆扶王陞御座

詩曰：

榮華富貴馬頭塵，怪是癡兒苦認真。情染紅顏忘卻父，心羶黃屋❶不知親。仙都夢逐湘雲冷，仁壽冤成鬼火燐。一十三年瞬息事，頓教遺笑歷千春。

世間最壞事，是酒色財氣四件。酒，人笑是酒徒；財，人道是貪夫；只有色與氣，人道是風流節俠，不知個中都有禍機。就如叔寶一時之憤，難道不說是英雄義氣？若想到打死得一個宇文惠及，卻害了碗兒一家；更使殺不出都城，不又害了己身？設使身死異鄉，妻母何所依託？這氣爭的甚麼？至於女色，一時高興，不顧名分，中間惹出禍來，雖免得一時喪身失位，弄到騎虎之勢，把悖逆之事，都做了遺臭千年，也終不免國破身亡之禍，也只是一著之錯。

且不說叔寶今歸家之事，再說太子楊廣。他既謀了哥哥楊勇東宮之位，又逼去了一個李淵，還怕得一個母親獨孤娘娘。不料冊立東宮之後，皇后隨即崩了，把平日妝飾的那一段不好奢侈、不近女色的光景，都按捺不住。況且隋文帝，也虧得獨孤皇后身死，沒人拘束，寵幸了宣華陳夫人、容華蔡夫人，把

❶ 黃屋：帝王車蓋，用黃繒為蓋裡，故名。此處代指帝王之位。

朝政漸漸丟與太子，所似越得像意了。到仁壽四年，文帝已在六旬之外了。禁不得這兩把斧頭，雖然快樂，畢竟損耗精神；勉強支撐，終是將曉的月光，半晞的露水，那禁得十分熬煉？四月間已成病了。因令楊素營建仁壽宮，卻不在長安大內。在仁壽宮養病，到七月病勢漸重。尚書左僕射楊素，他是勳臣；禮部尚書柳述，他是駙馬；還有黃門侍郎元巖，是近臣。三個入宿閣中。太子廣，宿於大寶❷寢宮中，常入宮門候安。

一日清晨入宮，恰好宣華夫人，在那裡調藥與文帝吃。太子看見宣華，慌忙下拜，夫人迴避不及，只得答拜。拜罷，夫人依舊將藥調了，拿到龍床邊，奉與文帝不題。卻說太子當初要謀東宮，求宣華在文帝面前幫襯，曾送她金珠寶貝；宣華雖曾收受，但兩邊從未曾見面。到這時同在宮中侍疾，便也不相避忌。又陳夫人舉止風流，態度閒雅，正是：

肌如玉琢還輸膩，色似花妖更讓妍。語處嬌鶯聲睍睆❸，行來弱柳影翩躚。

況她是金枝玉葉，錦繡叢中生長，說不盡她的風緻。太子見了，早已魂消魄散，如何禁得住一腔慾火？立在旁邊，不轉珠的偷眼細看；但在父皇之前，終不敢放肆。

不期一日又問疾入宮，遠遠望見一位麗人，獨自緩步雍容而來，不帶一個宮女。太子舉頭一看，卻是陳夫人。她是要更衣出宮，故此不帶一人。太子喜得心花大開，暗想道：「機會在此時矣！」當時吩

❷ 大寶：通常指帝位，此處指皇宮。

❸ 睍睆：音ㄒㄧㄢˋ ㄨㄢˇ。形容鳥的鳴聲美好。

咐從人：「且莫隨來！」自己尾後，隨入更衣處。那陳夫人看見太子來，吃了一驚道：「太子至此何為？」太子笑道：「也來隨便。」陳夫人覺太子輕薄，轉身待走，太子一把扯住道：「夫人，我終日在御榻前與夫人相對，雖是神情飛越，卻似隔著萬水千山。今幸得便，望夫人賜我片刻之間，慰我平生之願。」夫人道：「太子，我已託體聖上，名分攸關，豈可如此？」太子道：「夫人如何這般認真？人生行樂耳，有甚麼名分不名分。此時真一刻千金之會也。」夫人道：「這斷不可。」極力推拒，太子如何肯放，笑道：「大凡識時務者，呼為俊傑。夫人不見父皇的光景麼，如何尚自執迷？恐今日不肯做人情，到明日便做人情時，卻遲了。」口裡說著，眼睛裡看著，臉兒笑著，將身子只管挨將上來。夫人體弱力微，太子是男人力大，正在不可解脫之時，只聽得宮中一片傳呼道：「聖上宣陳夫人！」此時太子知道留她不住，只得放手道：「不敢相強，且待後期。」夫人喜得脫身，早已衣衫皆皺，神色驚惶；太子只得出宮去了。

陳夫人稍俟喘息寧定，入宮，知是文帝矇朧睡醒，從她索藥餌；不敢遲延，只得忙忙走進宮來。不期頭上一股金釵，被簾鉤抓下，剛落在一個金盆上，噹的一聲響，將文帝驚醒。開眼看時，只見夫人立在御榻前，有慌張的模樣。文帝問道：「妳為何這等驚慌？」夫人著了忙，一時答應不出，只得低了頭去拾金釵。文帝又問道：「朕問妳，為何不答應？」夫人沒奈何，只得亂應道：「沒，沒有驚慌。」文帝見夫人光景奇怪，仔細一看，只見夫人滿臉上的紅暈，尚自未消，鼻中有噓噓喘息，又且鬢鬆髮亂，大有可疑，便驚問道：「妳為何這般光景？」夫人道：「我沒，沒有什麼光景。」文帝道：「我看妳舉止異常，必有隱昧之事；若不直言，當賜爾死。」夫人見文帝大怒，只得跪下說道：「太子無禮。」文帝聽了這句，不覺怒氣填胸，把手在御榻上敲了兩下道：「畜生何足付大事？獨孤誤我！獨孤誤我！快宣柳述與元巖到宮來。」

太子也怕這事有些決撒❹，也自在宮門首竊聽。聽得叫宣柳述、元巖，不宣楊素，知道光景不妥，急奔來尋張衡、宇文述一干，計議這一件事。一班從龍❺之臣，都聚在一處。見太子來得慌忙，眾臣問起緣故，宇文述道：「這好事也只在早晚間了，只這事甚急。只是柳述這廝，他倚著尚了蘭陵公主，他是一個重臣，與臣等不相下，斷不肯為太子周旋，如何是好？」張衡道：「如今只有一條急計，不是太子，就是聖上。」正說時，只見楊素慌張走來道：「殿下不知怎麼忤了聖上？如今聖上叫柳、元兩臣進宮，叫作速撰敕，召前日廢的太子；只待敕完，用寶齎往長安。他若來時，我們都是仇家，如何是好？」太子道：「張庶子已定了一計。」張衡便向楊素耳邊說了幾句。楊素道：「也不得不如此了。這就是張庶子去做，只怕柳述、元巖去取了廢太子來，又是一番事。這就煩宇文先生，太子這邊就假一道旨意，說他二人乘上彌留，不能將順，妄思擁戴。將他下了大理寺獄，再傳旨說宿衛兵士勤勞，暫時放散。就著郭衍帶領東宮兵士，把守各處宮門，不許外邊人出入，也不許宮中人出入，洩漏宮省事務。還再得一個人往長安，害卻舊太子，絕了人望。」想一想道：「有了，我兄弟楊約，他自伊州來朝，便差他幹了這一功。」張衡又道：「我是個書生，恐不能了事，還是楊僕射老手堅臂膊。」太子道：「張庶子不必推辭，有福同享。我還著幾個有膽力內侍隨你去。」楊素以太子在太寶殿，宇文述就帶下幾個旗校，趕

❹ 決撒：敗露。

❺ 從龍：龍為君象，故稱從帝王創業開國為從龍。

到路上，去把柳尚書、元侍郎兩人綁縛，赴大理寺去了，回來覆命。郭衍已將衛士處處更換，都是東宮旗校，分投把守。此時文帝半睡不睡的，問：「柳述曾寫完詔了麼？」陳夫人道：「還未見進呈。」文帝道：「詔完即便用寶，著柳述馬上飛遞去。」還是氣憤憤不息的。只見外邊報太子差庶子張衡侍疾，也不候旨，帶了二十餘內監，闖入宮來，吩咐入直的內侍道：「東宮爺有旨道：你們連日伏侍辛苦，著我帶這些內監，更替你等，連榻前這些宮女；皇爺前自有帶來內侍供應，你等也暫去休息，要用來宣你。」苦是這些穿宮宮妾，因在宮中承應日久，也巴不得偷閒，聽得一聲吩咐，一鬨的出去。只有陳夫人、蔡夫人兩個，緊緊站在榻前。張衡走到榻前，見文帝昏昏沉沉的，他頭也不叩一個，也沒一些好氣的，對著兩個夫人道：「二位夫人，暫且迴避兒。」陳夫人道：「怕聖上不時宣喚。」張衡道：「有我在此，夫人且請少退一步，讓皇上靜養。」這兩位夫人，眼淚流離，沒些主張，只得暫且離宮，向閣子裡坐地。宮中人俱是帶來內侍看守定了，不放人來宮。兩個夫人，放心不下，只得差宮娥在門外打聽。

沒有一個時辰，那張衡洋洋的走將出來道：「這干呆妮子，皇上已自賓天了。」適纔還是這等圍繞著，不報太子知道。」又吩咐各閣子內嬪妃，不得哭泣。待啟過太子，舉哀發喪。這些宮主嬪妃，都猜疑。惟有陳夫人他心中鶻突的道：「這分明是太子怕聖上害他，所以先下手為強；但這衅由我起，他忍於害父，難道不忍於害我？與其遭他毒手，倒不如先尋一個自盡。聖上為我亡，我為聖上死，卻也該應。」只是決斷不下。

輕盈不讓趙飛燕❻，俠烈還輸虞美人❼。

這壁廂太子與楊素，是熱鍋上螻蟻，盼不到一個消息。卻見張衡忙忙的走來道：「恭喜大事了畢，只是太子的心上人，恐怕也要從亡。」太子見說，一時變喜為愁，忙將前日與楊素預定下的帖子來遞與楊素道：「這些事一發僕射與庶子替我料理罷，我自有事去了。」楊素見說，忙傳令旨。令那伊州刺史楊約，長安公幹完，不必至仁壽宮覆旨，竟署京兆尹，彈壓京畿。梁公蕭矩，乃蕭妃之弟，著他提督京師十門。郭衍署左領衛大將軍，管領京營人馬。宇文述陞左領衛大將軍，管領行宮宿衛，及護從車駕人馬。駙馬宇文士及，管轄京都宮省各門。將作大匠宇文愷，管理梓宮一行等事。大府少卿何稠，管理山陵。黃門侍郎裴矩、內史侍郎虞世基，管典喪禮。張衡充禮部尚書，管即位儀注❽。

不說這廂眾人忙做一團，再說太子見張衡說了，著了急，忙叫左右取出一個黃金小盒，悄悄拿了一件物事，放在裡面，外面用紙條緊緊封了；又於合口處，將御筆就署一個花押，即差一個內侍，賜與陳夫人，叫她親手自開。內侍領旨，忙到後宮來。卻說夫人自被張衡逼還後宮，隨即駕崩，心下十分憂疑，哭泣得寢食俱廢。只見一個內侍，雙手捧了一個金盒子，走進宮來，對夫人說道：「新皇爺欽賜娘娘一物，藏於盒內。叫奴婢拿來，請娘娘開取。」隨將金盒放在桌上。夫人見了，心下有幾分疑懼，不敢發封，因問內侍道：「內中莫非鴆毒？」內侍答道：「此乃皇爺親手自封，奴婢如何得知？娘娘開看，便

---

❻ 趙飛燕：漢朝成陽侯趙臨之女，善歌舞，因其體輕，號飛燕。後入宮，為漢成帝妃，後立為皇后。帝崩，廢為庶人，自殺。

❼ 虞美人：楚漢時西楚霸王項羽之姬。項羽被漢圍於垓下，悲歌慷慨，虞姬即慨然自刎。

❽ 儀注：禮節制度。

內侍捧了一個金盒子說：「新皇爺欽賜娘娘一物，請娘娘開取。」夫人見了，有幾分疑懼，認是毒藥，撲簌簌淚如泉湧。

知端的。」夫人見內侍推說不知，一發認真是毒藥；忽一陣心酸，撲簌簌淚如泉湧，因放聲大哭道：「妾自國亡被擄，已拚老死掖庭。得蒙先帝寵幸，道是今生之福。誰知紅顏命薄，轉是一場大禍；到不如淪落長門❾，還得保全性命。」一頭說，一頭哭，又說道：「妾蒙先帝厚恩，今日便從死地下，亦所甘心。早上之事，我但迴避，並不曾傷觸於他，奈何就突然賜死？」道罷又哭。眾宮人都認做毒藥，也一齊哭將起來。內侍見大家哭做一團，恐怕做出事來，忙催促道：「娘娘哭也無益，請開了盒，奴婢好去覆旨。」夫人被催不過，只得恨一聲道：「何期今日死於非命！」遂拭淚將黃封扯去，把金盒蓋輕輕揭開。仔細一看，那裡是毒藥，卻是幾個五綵製成同心結子。眾宮人看見，一齊歡笑起來，說：「娘娘萬千之喜，得免死矣。」夫人見非鴆毒，心下雖然安了；又見是同心結子，知太子不能忘情，轉又怏怏不樂。也不來取結子，也不謝恩，竟回轉身，坐於床上，沉吟不語。內侍催逼道：「皇爺等久，奴婢要去回旨，娘娘快謝恩收了。」夫人只是低頭不做一聲，眾宮人勸道：「娘娘差了，早間因一時任性，牴觸皇爺，致生惶惑。今日皇爺一些不惱，轉賜娘娘同心結子，已是百分僥倖，為何還做這般模樣？那時惹得皇爺動起怒來，娘娘只怕又要像方纔哭了。何不快快謝恩？」左催右逼，促得夫人無奈何，只得嘆一口氣道：「中冓之羞❿，我知難免。」強起身來把同心結子取出，放在桌上，對著金盒兒拜了幾拜，依舊到床上去坐了。內侍見取了結子，便捧著空盒兒去回旨不題。

陳夫人雖受了結子，心中只是悶悶不樂，坐了一會，便倒身在床上去睡。眾宮人不好只管勸她，又

---

❾ 長門：漢宮名，這裡代指冷宮。

❿ 中冓之羞：譏諷人妻有外遇。中冓，謂內室穢亂。

恐怕太子駕臨，大眾悄悄的在宮中收拾。金鼎內燒了些龍涎鶻腦⓫，寶閣中張起那翠幙珠簾。不多時日色西沉，碧天上早湧出一輪明月。只見太子私自帶幾個宮人，提著一對素紗燈籠，悄悄的來會夫人。宮人看見太子駕到，慌忙跑到床邊，報與夫人。夫人因心中懊惱，不覺昏昏睡去；忽被眾宮人喚醒，說道：「駕到了，快去迎接。」夫人朦朦朧朧，尚不肯就走，早被幾個宮人扶的扶，拽的拽，將她攙出宮來迎駕。纔走到階下，太子早已立在殿上。夫人望見，心中又羞又惱，然到了這個地位，怎敢抗拒，俯伏在地，低低呼了一聲：「萬歲。」太子慌忙攙了起來，是夜太子就在夫人閣中歇宿。

說甚寢氈籍塊⓬，且自殢雨尤雲。

七月丁未，文皇晏駕，至甲寅諸事已定。次日楊素輔佐太子衰絰，在梓宮前舉哀發喪。群臣都衰絰，各依班次入臨。然後太子吉服，拜告天地祖宗，換冕服即位；群臣都也換了朝服入賀。只是太子到將陞御座時，也不知是喜極，也不知是慌極，還不知有愧於心，有所不安，走到座前，不覺精神惶悚了，手足慌忙。那御座又甚高，纔跨上一隻腳，要上去，不期被階下儀衛靜鞭⓭三響，心虛之際，著了一驚，

⓫ 龍涎鶻腦：龍涎，龍涎香，是抹香鯨胃中的一種分泌物。其香濃烈，是一種名貴的香料。鶻腦，鶻的腦髓，相傳亦是一種名貴的香料。

⓬ 寢氈籍塊：亦作「寢苫枕塊」。古代禮教，兒子從父母去世起，到入葬期間，不住寢室，睡在草席上，以土塊為枕。

⓭ 靜鞭：皇帝儀衛的警人用具。朝會時，鳴之以示肅靜。

把捉不定，那隻腳早塌了下來，幾乎跌倒。眾宮人連忙上前攙住，就要趁勢兒扶他上去。也是天地有靈，鬼神共憤，太子腳纔上去，不知不覺，忽然又塌將下來。楊素在殿前，看見光景不雅，只得自走上去。他雖然老邁，終是武將出身，有些力量，分開左右，只消一隻手，便輕輕的把太子掖上御座；即走下殿來，率領百官，山呼朝拜。正是：

莫言人事宜奸詭，畢竟天心厭不仁。總有十年天子分，也應三被鬼神嗔。

隋主在龍座上坐了半晌，神情方纔稍定。又見百官朝賀，知無異說，更覺心安。便傳旨一面差官往各王府州鎮告哀，又一面差官齎即位詔。詔告中外：以明年為大業元年，榮陞從龍各官，在朝文武，各進爵級。犒賞各邊鎮軍士，優禮天下，高年賜與粟帛。其餘楊素、宇文述、張衡等陞賞，俱不必言。又追封廢太子勇為房陵王，掩飾自己害他之跡。此時行宮有楊素等一干夾輔，長安有楊約一干鎮壓，喜得沒有一毫變故。但是人生大倫，莫重君父與兄弟；弒父殺兄，竊這大位，根本都已失了；總使早朝晏罷，勤政恤民，也只個枝葉。若又不免荒淫無道，如何免得天怒人怨，破國亡家？卻又不知新主嗣位，做出何等樣事來，且聽下回分解。

總評：弒逆一段，總屬權奸所為，若煬帝不過提偶⓮耳。至此人倫斬絕，何暇顧蒸淫⓯逆理耶！

⓮ 提偶：提線木偶，意謂傀儡。

⓯ 蒸淫：與母輩淫亂。

又評：楊素張衡，躬佐弒逆，難分首從。然隋文殺素⓰而不及衡，豈以其疏遠而恕之耶，抑故假手於逆子以報之耶？

⓰ 隋文殺素：此處指楊素因隋文帝陰間索命而亡。

第二十回　皇后假宮娥貪歡博寵　權臣說鬼話陰報身亡

詞曰：

香徑蘼蕪❶滿，蘇臺❷鹿麋遊。清歌妙舞木蘭舟，寂寞有寒流。　紅粉今何在？朱顏不可留。
空存明月照芳洲，聚散水中鷗。

右調巫山一段雲

電光石火，人世頗短，而最是朱顏綠髮更短。人生七十中間，顏紅鬢綠，能得幾時？就是齊東昏侯的步步金蓮❸，陳後主的後庭玉樹❹，也只些時。與那權奸聲勢，氣滿貫盈，隨你赫赫英雄，一朝命盡，頃刻間竟為烏有，豈不與紅粉朱顏，如同一轍？

❶ 蘼蕪：香草名。
❷ 蘇臺：姑蘇臺，相傳吳王闔廬所築。
❸ 齊東昏侯的步步金蓮：南朝齊東昏侯在位時極其奢侈，曾鑿金為蓮花貼地，令潘妃行走其上，說是步步生蓮花。
❹ 後庭玉樹：即玉樹後庭花。

卻說煬帝自登寶位，退朝之後，即往宣華宮，恣意交歡，任情取樂，足足半月有餘。當初蕭后在東宮，原朝夕不離，極相恩愛；今立皇后，並不一幸。蕭后初起疑他新喪在身，別宮獨處。後來打聽，他夜夜在宣華宮裡淫蕩，不覺大怒道：「纔做皇帝，便如此淫亂，將來作何抵止？」這日恰適煬帝退朝進宮，蕭后便扯住嚷道：「好個皇帝，纔做得幾日，便背棄正妻，姦淫父妃；若再做幾年，天下婦人，都被你狂淫盡了！」煬帝道：「偶然適興，御妻何須動怒？」蕭后道：「偶然不偶然，我也不管你，只趁早將她罰入冷宮，不容見面，妾就罷了。若還戀戀不捨，妾傳一道懿旨，將這些醜形，曉與百官，叫你做人不成。」煬帝著忙道：「御妻這般性急，容朕慢慢區處。」蕭后道：「有甚區處？若捨她不得，妾便叫宮人去淩辱她一場，看她羞也不羞。」煬帝原畏蕭后，今見她說話動氣，心下愈加著忙，只得起身說道：「御妻少說，待朕去與她說明，叫她尋個自便，朕就回宮，與御妻陪罪。」蕭后道：「講不講也由陛下，來不來也由陛下，妾自有處。」

其時這些言語，早有宮人報知宣華夫人。夫人聽知，不勝悲泣。忽見宮奴報道駕到，宣華只得含著淚，低頭迎接。煬帝走近身前將宣華一把抱在懷裡，見她杏臉低垂，淚痕猶濕，說道：「剛纔朕與皇后爭吵，想夫人預知；但朕自有主意。設言皇后有甚意思，朕斷不忍為。」宣華道：「妾葑菲❺陋質，昔待罪先皇，今又點污龍體，自知死有餘辜。今求陛下依皇后懿旨，將妾罰入冷宮，白首長門，方為萬全。」煬帝嘆息道：「情之所鍾，生死不易。朕與夫人，雖歡娛未久，恩情如同海深。即使朕與夫人為庶人夫婦，亦所甘心，安忍輕拋割愛？難道夫人心腸到硬，反忍把朕棄擲？」宣華捧住了煬帝，悲泣道：「妾

❺ 葑菲：蔓菁和葍一類的蔬菜。後用作有一德可取的謙詞。

非心硬，若只管貪戀，不但壞了陛下聲名，抑思先帝尉遲之女，恐蹈前轍；倘明日皇后一怒，妾死無地矣，陛下何不為妾早計，欲貽後悔耶！」說到這個地位，煬帝悵嘆道：「聽夫人之言，似恨我之情太薄，而諒我之情日深也。」便吩咐一個掌朝太監，把外邊仙都宮院打掃潔淨，遷宣華夫人出去，各項支用，俱著司監照舊支給。二人正在綢繆之際，一旦分離，講了又講，說了又說，偎偎依依，不忍放手，還是宣華再三苦辭，煬帝方纔許行，出宮而去。正是：

死別已吞聲，生離常惻惻。最苦婦人身，事人以顏色。

煬帝自宣華去後，終日如醉如癡，長吁短嘆，眠裡夢裡，茶裡飯裡，都是宣華。蕭后見煬帝情牽意絆，料道禁他不得，便對煬帝道：「妾因要篤夫婦之情，勸陛下遣去宣華；不意陛下如此眷戀，到把妾認做妒婦，漸漸參商❻，是妾求親而反疏也。莫若傳旨，將宣華仍詔進宮，朝夕以慰聖懷，妾亦得以分陛下之歡顏，豈不兩便？」煬帝笑道：「若果如此，御妻賢德高千古矣；但恐是戲言耳。」蕭后道：「妾安敢戲陛下。」煬帝大喜，那裡還等得幾時，隨差一個中官，飛馬去詔宣華。

卻說宣華自從出宮，也無心望幸，鎮日不描不畫，到也清閒自在。這日忽見中官奉旨來宣，她就對中官說道：「妾既蒙聖恩放出，如落花流水，安有復入之理？你可為我辭謝皇爺。」中官奏道：「皇爺在宮，立召娘娘，時刻也等候不得，奴婢焉敢空手回旨？」宣華想一想道：「我自有處。」取鸞箋❼一

---

❻ 參商：參星與商星。參在西，商在東，此出彼沒，永不相見。此處比喻漸漸疏遠。

❼ 鸞箋：彩色的信箋。

副，題一詞於上，疊成方勝❽，付於中官道：「為我持此致謝皇爺。」中官不敢再強，只得拿了回奏煬帝；煬帝忙拆開一看，卻是一首長相思詞道：

紅已稀，綠已稀，多謝春風著地吹，殘花難上枝。　得寵疑，失寵疑，想像為歡能幾時，怕添新別離。

煬帝看了笑道：「她恐怕朕又棄她；今既與皇后講明，安忍再離。」隨取紙筆，也依來韻和詞一首：

雨不稀，露不稀，願化春風日夕吹，種成千歲枝。　恩何疑，愛何疑，一日為歡十二時，誰能生死離？

煬帝寫完，也疊成一個方勝，仍叫中官再去。宣華見了這詞，見煬帝情意諄諄，不便再辭，只得重施朱粉，再畫蛾眉，駕了七香車兒，竟入朝來。煬帝見了，喜得骨爽魂蘇，隨同宣華，到中宮來拜謝了蕭后。蕭后見了，心中雖然不樂，因曉得煬帝的性兒，只得勉強做好人，轉歡天喜地，叫排宴賀喜。正是：

合殿春風麗色新，深宮淑景艷芳辰。蕭郎❾陌路還相遇，劉阮天台再得親❿。

❽ 方勝：指將信箋疊成菱形花樣。

❾ 蕭郎：本指梁武帝蕭衍，後泛指所親愛或為女子所戀的男子。

自此煬帝與宣華，朝歌暮樂，比前更覺親熱。未及半年，何知圓月不常，名花易謝，紅顏薄命，一病而殂。煬帝哭了幾場，命有司厚禮安葬。終日癡癡迷迷，愁眉淚眼。蕭后道：「死者不可復生，悲傷何益？何不在後宮更選佳者，聊慰聖懷，免得這般慘悽。」煬帝道：「宮中這些殘香剩粉，如何可選？」蕭后道：「當時宣華也是後宮選出，那裡定得，只當借此消遣。」煬帝依了蕭后，真個傳一道旨，著各宮院大小嬪妃彩女，俱赴正宮聽選。那些宮娥，一個個巧挽烏雲，奇分綠鬢，到正宮來。煬帝與蕭后同到殿上，叫這些女子近前。一邊飲酒，一邊選擇。真個是觀於海者難為水，雖是花成隊，柳作行，選來選去，竟無出色的奇姿。煬帝煩躁起來，道：「選殺了總是這般模樣，怎能如宣華這般天姿國色？」遂傳旨免選。眾宮人聞旨一鬨而散。

蕭后道：「陛下請耐煩，寬飲幾杯，待妾自往各宮去搜求，包陛下尋一個出色的女子來。」煬帝道：「現今選不出，何苦費御妻神思？」蕭后道：「不是這等說。自來有志絕色女子，必然價高自重，甘願老守長門，斷不肯輕易隨行，逐隊赴選。如今待妾去細細搜求，決無遺漏；如搜不出，陛下罰妾三巨觥如何？」說了忙起身上了寶車，出宮去了。煬帝摟著一個內監，淺斟細酌。原來蕭后那裡是去各宮探訪女子，一逕駕到長樂宮來，把宮袍卸下，重施朱粉，再點櫻桃，把髮鬢扯擁向前，改作蘇妝。頭上插著龍鳳釵，三顆明珠，滴垂掛面，換一套艷麗的宮娥衣服。打扮停當，先差一個內侍，走去報知。此時煬帝已飲得半酣，尚不見蕭后到來，正要差人去請，只見一個內侍，進來稟道：「娘娘選中一位女子，著

⑩ 劉阮天台再得親：相傳東漢時，浙江剡縣人劉晨、阮肇到天台山採藥迷路，遇到兩個仙女，被邀至家中。半年後回家，子孫已過七代。後重入天台山訪女，蹤跡渺然。此以比喻隋煬帝與宣華夫人重逢。

奴婢先送進宮御見。娘娘又到別宮去了。」煬帝笑道：「御妻為我，可為不憚煩矣。」那時蕭后改妝，駕到宮門，就停車細步，裝著嫋娜娉婷，走進丹墀，離殿上前有一箭之地。煬帝舉目往下一看，果然有宮人擁一位女子，態度幽嫻，輕塵奪目，一步步緩緩的走進殿來，俯伏在地。煬帝不勝狂喜道：「果然後宮還有這樣女子，快叫平身。」連說了三次，那女尚俯伏不起。煬帝此時覺淫心蕩漾，竟不顧體統，走下御座，御手相攙，那女子方攙起來，垂頭而立。煬帝仔細一認，不覺哈哈大笑道：「原來是御妻，可謂慧心巧思矣！我說道那有遺才淪落！」煬帝攜了蕭后的手，同入御座來笑道：「這三巨觥，御妻不能免矣！」蕭后道：「妾往後宮搜求，不意竟無有中式⓫者；因思前言已出，恐陛下見罪，暫假醜形，以寬聖懷，以博一笑耳。這三巨觥，還求陛下赦免。」煬帝道：「這使不得，朕不罰御妻，罰新選的美人耳！」蕭后道：「若認真是個美人，恐陛下又捨不得罰她了。」一頭說，一頭接盃在手道：「妾想宮中雖無，天下儘有，陛下既為天下之主，何不差人各處去選，怕沒有比宣華強十倍的，何苦這般煩惱？」煬帝道：「御妻之言雖善，只恐廷臣有許多議論諫阻。」蕭后道：「廷臣敢言直諫者少，所慮者惟老兒楊素耳。趁此盆蘭盛開，明日陛下何不詔他入苑，宴賞春蘭，把幾句言語挑動他，看他意思行止，就可定了。」煬帝道：「御妻之言甚善。」商議已定，過了一宵。次日煬帝駕臨御苑，只見這些盆中蕙蘭，長短不齊，盡皆開放。正是：

無數幽香聞滿戶，幾株垂柳照清池。

⓫ 中式：符合標準。

煬帝忙差兩個內侍，去宣楊素入苑。卻說楊素自擁立了煬帝，赫赫有功，朝政兵權，皆在其手。這日正與這些歌兒舞女快活，聽得有旨宣詔，即乘涼轎，竟入御苑中來。到太液池邊，煬帝看見，自然是迎下殿來，規矩是叫免朝，即便賜坐。楊素也不謙讓，竟只是一拜就坐。煬帝道：「久不面卿，頓生鄙吝。今見幽蘭大放盆中，新柳綠妍池上，香風襲人，游魚可數，故詔卿來同觀而釣焉。」楊素道：「臣聞從禽則荒，從獸則亡⓬。昔魯隱公觀魚於棠，春秋譏之；舜歌南風⓭之詩，萬世頌德。陛下新登大位，年力富強，願以虞舜為法，不當傚魯隱公之尤。」煬帝道：「朕聞蟠溪叟⓮，一釣而興周朝八百之基；賢卿之功，何異於此？」楊素大喜道：「陛下既以此比臣，臣敢不以此報陛下。」君臣相顧大悅。煬帝即令近侍，將坐席移到池邊看魚。大家投綸於清流之中，隨波痕往來而釣。

煬帝道：「朕與賢卿同釣，先得者為勝，遲得者罰一巨觥，何如？」楊素道：「聖諭最妙。」不多時，煬帝將手往上一提，早釣一個三寸長的小金魚來。煬帝大喜，對楊素道：「朕釣得一尾了，賢卿可記一觥。」楊素因投綸在水，恐驚了魚，竟不答應；但把頭點了兩點，及扯起看時，卻是一空鉤，將鉤兒依舊投下水去。不多時，煬帝又釣起小小一尾，便說道：「朕已釣二尾，賢卿可記二觥。」楊素往上一扯，卻又是一個空；眾宮人看了，不覺掩口而笑。楊素看見，面上微有怒色，便說道：「燕雀安知鴻鵠之志。待老臣試展釣鰲之手，釣一個金色鯉魚，為陛下稱萬年之觴何如？」煬帝見楊素說此大話，全

⓬ 從禽則荒二句：意思是沉溺於田獵遊戲，則將荒廢朝政，導致國家敗亡。從禽、從獸，指田獵時追逐禽獸。
⓭ 南風：古詩名。相傳虞舜作五絃琴，歌南風。
⓮ 蟠溪叟：即磻溪叟，姜太公呂尚的別稱。

無君臣之禮，心中不悅，把竿兒放下，只推淨手，起身竟進後宮，滿臉怒氣。蕭后接住問道：「陛下與楊素釣魚，為何忿怒還宮？」煬帝道：「叵耐這老賊，驕傲無禮，在朕面前，十分放肆。朕欲叫幾個宮人殺了他，方洩我胸中之氣。」蕭后忙阻道：「這個使不得。楊素乃先朝老臣，且有功於陛下；今日宣他賜宴，無故殺了，外官必然不服；況他又是個猛將，幾個宮人，如何禁得他過？一時弄破了圈兒，他兵權在手，猖獗起來，社稷不可知矣。陛下就要除他，也須緩緩而圖，今日如何使得？」煬帝見說，便道：「御妻之言甚是。」更了衣服，依舊到太液池來了。

楊素坐在垂柳之下，風神秀異，相貌魁梧，幾縷如銀白鬚，趁著微風，兩邊飄起，恍然有帝王氣象。煬帝看了，心下甚懷妒忌，強為笑問道：「賢卿這一會，釣得幾個？」楊素道：「化龍之魚，能有幾個？」說未了，將手一扯，剛剛的釣起一尾金色鯉魚，長有一尺二三寸。楊素把竿兒丟下笑道：「有志者事竟成，陛下以老臣為何如？」煬帝亦笑道：「有臣如此，朕復何憂？」隨命看宴，君臣上席。只見一個內相走來奏道：「朝門外有個洛水漁人，獲一尾金鱗赭尾大鯉魚，有些異相，不敢私賣，願獻上萬歲。」煬帝叫取進來。不多時兩三個太監，將大盆盛了，抬到面前。煬帝與楊素仔細一看，只見那魚有五尺長短，鱗甲上金色照耀，與日爭光。煬帝看了大喜，就要放入池中。楊素道：「此魚大有神氣，恐非池中之物，莫若殺之，可免異日風雷之患。」煬帝笑道：「若果是成龍神物，雖欲殺之，不可得也。」因問左右道：「此魚曾有名否？」左右道：「沒有。」煬帝遂叫取朱筆，在鯉魚額上頭，寫「解生」二字以為記號，放入池中，厚賞漁人。左右斟上酒來，次第而飲。眾宮人歌一回，舞一回，又清奏一回細樂。煬帝正要開談，挑動楊素，卻又見左右將釣起的三尾魚，切成細膾，做了鮮湯，捧了上來。煬帝看見，就叫近侍，滿斟一巨觥，送與楊素道：「適纔釣魚有約，朕幸先得，賢卿當滿飲此觥，庶不負嘉魚之美。」楊素接酒飲乾，也叫近臣斟了一觥，送與煬帝說道：「老臣得魚雖遲，卻是一尾金色鯉魚，陛下也該進一觥，賞臣之功。」煬帝吃乾了，又說道：「朕釣得是二尾，賢卿還該補一盃。」就叫左右斟了上來。

此時楊素酒已有七八分了，就說道：「陛下雖是二尾，未若臣一尾之大。陛下若以多寡賜老臣，臣即以大小敬陛下。臣不敢奉旨。」左右送酒到楊素面前，楊素把手一推，左右不曾提防，把一個金盃潑翻桌上，濺了楊素一件暗蟒袍⑮上，滿身是酒，便勃然大怒道：「這些蠢才，如此無狀，怎敢在天子面前，戲侮大臣！要朝廷的法度何用？」高聲叫道：「扯下去打！」煬帝見宮人潑了酒，正要發作，今見楊素這般光景，不好攔阻，反默默不語。眾宮人見煬帝不語，只得將那潑酒的宮人，扯下去打了二十。楊素纔轉身對煬帝說道：「這些宦官宮妾，最是可惡；古來帝王稍加姑息，便每每被他們壞事。今日不是老臣粗魯，懲治他們一番，後日方小心謹慎，纔不敢放肆。」煬帝此時忍了一肚子氣，那選女佚樂之事，也不便去挑動他，假做笑容道：「賢卿為朕既外治天下，又內清宮禁，真可為功臣矣，再飲一盃酬勞。」楊素又吃了幾盃，已是十分大醉，方纔起身謝宴。煬帝叫兩個太監，將他扶掖而出。

走下殿將出苑門，忽然一陣陰風，撲面刮來，吹的毛骨悚然。抬頭只見宣華夫人，走近前來，對著楊素喊道：「楊僕射，當初晉王謀奪東宮之時，有你沒有我，有我總由你。」楊素此時竟忘了宣華是死過的，便道：「這是已往之事，夫人今日何必再提？」宣華道：「如今皇爺差我來，要與你證明這一案。」楊素道：「剛纔我在裡頭賜宴，並不提起。」說猶未了，只見文帝頭帶龍冠，身穿袞服，手內執金鉞斧，

⑮ 暗蟒袍：衣上用暗色繡蟒的袍服。蟒，形狀與龍相似而少一爪。

楊素已是十分大醉，走下殿，忽然一陣陰風撲面括來，吹的毛骨聳然。抬頭只見文帝頭戴龍冠，身穿袞服，攔住罵道：「你弒君老賊，還要強口！」

坐在逍遙車⑯上，攔住罵道：「弒君老賊，還要強口！」把金鉞斧照頭砍來，楊素躲避不及，一跤跌倒在地，口鼻中鮮血迸流。近侍看見，忙報與煬帝。煬帝大喜，即命衛士扶出楊素；扶得到家，稍稍醒來，對其子玄感道：「吾兒，謀位之事發矣，可急備後事。」未至夜半，即便嗚乎哀哉尚饗。正是：

天道有循環，奸雄鮮終始。他既跋扈生，難免無常死。

煬帝聞楊素已死，大喜道：「老賊已死，朕無所畏矣！」隨宣許廷輔等十個停當太監，吩咐道：「你十人可分往天下，要精選美女，不論地方，只要選十五以至二十，真有艷色者。選了便陸續送入京來備用。選得著有賞，選不著有罰，不許怠玩生事。」許廷輔等領了旨意出來，就於京城內選起，大張皇榜，捉媒供報，京城內鬧得沸翻。

一夕，煬帝又與蕭后商議，道：「朕想古來帝王俱有離宮別館，以為行樂之地，朕今當此富強，若不及時行樂，徒使江山笑人。朕想洛陽乃天下之中，何不改為東京，造一所顯仁宮以朝四方，逍遙遊樂？」隨宣兩個佞臣：宇文愷、封德彝，當面要他二人董理其事。宇文愷奏道：「古昔帝王，皆有明堂⑰，以朝諸侯；況舜有二室，文王有靈臺靈沼⑱，皆功豐烈盛，欲顯仁德於天下。今陛下造顯仁宮，以顯聖化，正與舜文同軌，誠古今盛事，臣等敢不效力？」封德彝又奏道：「天子造殿，不廣大不足以壯觀，不富

⑯ 逍遙車：帝王所坐的一種車名，極其奢華。

⑰ 明堂：古代帝王宣明政教的地方，凡朝廷大典，均在其中舉行。

⑱ 靈臺靈沼：靈臺，西周臺名，遺址在今陝西省長安縣西。靈沼，池沼的美稱。

麗不足以樹德；必須南臨皂澗，北跨洛濱，選天下之良材異石，與各種嘉花瑞草、珍禽奇獸，充實其中，方可為天下萬國之瞻仰。」煬帝大喜道：「二卿竭力用心，朕自有重酬。」遂傳旨敕宇文愷、封德彝，營造顯仁宮於洛陽。凡大江以南，五嶺⑲之北，各樣材料，俱聽憑選用，不得違誤。其匠作工費，除江都東都，現在興役地方外，著每省府、每州縣出銀三千兩，催徵起解，赴洛陽協濟。二人領旨出去，即便起程往洛，分頭做事。真個弄得四方騷動，萬姓遭殃。未知後來如何，且聽下回分解。

總評：宣華原是個國色，故使煬帝著魔。何知紅顏命薄，一旦輕拋，安知非文帝陰靈，能銜恨於楊素，豈反忘情於宣華耶？至於蕭后假裝宮女，情景雖佳，亦屬輕挑。總寫婦人女子，要討好丈夫之心，無所不至也。

---

⑲五嶺：即越城、都龐、萌渚、騎田、大庾五嶺的總稱。位於今湖南、江西與廣東、廣西交界處。

第二十一回　借酒肆初結金蘭　通姓名自顯豪傑

詩曰：

荷鋤老翁泣如雨，惆悵年來事場圃。縣官租賦苦日增，增者不除蠲復取。羡餘火耗❶媚令長，加派飛灑❷朘閭里。典衣何惜婦無禪，啼饑寧復顧兒孫。三征❸早已空懸磬，鞭笞更嗟無完臀。溝渠輾轉淚不乾，遷徙尤思行路難。阿誰為把窮民繪，試起當年人主觀。

小民食王之土，秋糧夏稅，理之當然，亦不為苦。所苦無藝之征，因事加派。譬如一府，加派三千兩助工，照正額所增有限，因那班貪污官吏，乘機射利，便要加出等頭火耗，連起解路費，上納鋪墊，都要出在小民。所以小民弄得貧者愈貧，富者消乏，以致四方嗟怨，各起盜心。當時隋主為要起這件大工，附近大州，先已差官解銀，赴洛陽協濟，山東齊州與青州，亦各措置，協濟銀三千兩，行將起解，

❶ 羡餘火耗：羡餘，正賦外的無名稅收，是唐朝以來巧取豪奪的雜稅。火耗，本指鑄錢時金屬的損耗。明清時，官府以彌補折耗為名，另行徵收火耗，成為賦稅正款外的勒索。

❷ 飛灑：把自己土地的稅糧，分為許多小份，加入到他人土地稅糧中，是權貴豪強逃避稅糧的一種手法。

❸ 三征：本指唐代徵收的租庸調三賦。這裡泛指朝廷徵收的苛捐雜稅。

因此早打動了一位好漢。

兗州東阿縣武南莊一個豪傑，姓尤名通，字俊達，在綠林中行走多年，其家大富，山東六府皆稱他做尤員外。原來北邊響馬，是有本錢的強盜，必定大戶方做得。此人聞得青州有三千銀子上京，兗州乃必由之地，意欲探取，但想：「打劫客商，不過一起十多個人，就有幾個了得的，也不怕他；這是官錢糧，必竟差官兵護送，所過州縣，撥兵防護，打劫甚難，況又是鄰州的錢糧，怕擒捉得緊，不如放下這肚腸罷。」但說起人的利心，極是可笑，尤員外明知利害，畢竟貪心重了，放不下這三千兩銀子，想家中幾個莊客，都沒甚膂力，要尋個好手。與莊客商議：「我這武南莊左近，可有埋名的好漢？想尋一人，取此無礙之物，也是一樁大生意。」莊客答道：「我們街前巷後，雖有幾個撥手撥腳的，叫不上好漢，離此五六里，有一人姓程，名咬金，字知節，原在斑鳩店住的，今移在此，當初曾販賣私鹽，拒了官兵，問邊充軍，遇赦還家。若得此人做事，便容易了。」尤員外道：「我向聞其名，你們可認得他麼？」莊客道：「小的們也只耳聞，不曾識面。」

尤員外牢記在心。不道事有湊巧，一日尤員外偶過郊外，天氣作冷，西風刮地，樹葉紛飛。尤員外動了吃酒的興，下馬走進酒家，廳上坐下，纔吃了一杯茶，只見一個長大漢子，走入店來。那漢子怎生狀貌，恁般打扮？但見他：

雙眉剔竪，兩目晶瑩。疙瘩臉橫生怪肉，邋遢嘴露出獠牙。腮邊癗結淡紅鬚，耳後蓬鬆長短髮。

粗豪氣質，渾如生鐵團成；狡悍身材，卻似頑銅鑄就。真個一條剛直漢，須知不是等閒人。

這漢子衣衫襤褸，腳步倉皇，肩上馱幾個柴扒兒，放了柴扒坐下，便討熱酒來吃，好像與店家熟識的一般。尤員外定睛觀看，見他舉止古怪，因悄聲問店小二道：「這人姓甚名誰？你可認得他麼？」小二道：「這人常來吃酒的，他住在斑鳩店，小名程一郎，不知他的名字。」尤員外聽得斑鳩店，又是姓程，就想到程咬金身上，起身近前拱手道：「請問老兄上姓？」咬金道：「在下姓程。」尤員外道：「高居何處？」咬金道：「住在斑鳩店。」尤員外道：「斑鳩店有一位程知節兄，莫非就是盛族麼？」咬金笑道：「那裡什麼盛族！家母便生得區區一人，不知有族裡也沒有族裡，只小子叫做程咬金，表字知節，又叫做程一郎。員外問咱怎麼？」尤員外聽說是程咬金，好像拾了活寶的一般，問道：「為何有這些柴扒？果是賣的麼？」咬金道：「也差不多。小子家中止有老母，全靠編些竹箕、做兩個柴扒養他。今日馱出來，沒有人買，風又大得緊，在此吃杯熱酒，也待要回去了。請問員外上姓大號？為何問及小子？」尤通道：「久慕大名，有事相煩，且是一樁大生意；只是店裡不好講話，屈到寒家去，纔好細細商量。」咬金道：「今日遇了知己，但憑吩咐，敢不追隨！只是酒在口邊，且吃了幾碗，到宅上再吃何如？」尤通道：「這卻甚妙！」就拉他同坐，一個富翁與一個窮漢對坐，店主人看了掩口而笑。他兩人吃了幾大碗，尤通算了賬出店，咬金道：「這幾把柴扒兒作了前日欠你的酒錢罷！」拱手出店。

尤通先時騎的馬，著人打回，與咬金同行。到了家裡，促膝而坐，說連年水旱，家道消乏，要出門營運，路上難走，要求老兄同行，賺來東西平分。咬金道：「你要我做夥計麼？」尤通道：「這卻說差了，小弟久仰義勇，無由一見，今日訂交，須要結為兄弟，永遠相交，再無疑貳。」咬金道：「小弟粗笨，怎好結拜？」尤通道：「小弟夙願，不必推辭。」二人敘了年紀，尤通長咬金五歲，就拜為兄，咬

尤通就拉程咬金同坐。一個富翁與一個窮漢對坐，店上人看了掩口而笑。

金為弟，拈香八拜，誓同生死，患難扶持。正是：

結交未可分貧富，定誼須堪託死生。

咬金道：「出路固好，只是我母親在家，無人看管，如何是好？」尤通道：「既為兄弟，令堂是小弟的伯母，自當接過寒家供養，就是今夜接得過來纔妙。」咬金道：「小弟賣了柴扒，有幾個錢，糴幾顆米兒回去，纔好見他。今日柴扒又不曾賣得，天色已晚，卒然要他到宅上來，他也未必肯信。」尤通道：「說得有理。這卻不難，今夜先取一錠銀子，去與令堂為搬移之費，他見了自然歡喜，自然肯來了。」咬金道：「這倒使得，快些拿來！」尤通袖中出銀一錠，遞與咬金。咬金接來，就入袖中，略不道謝。尤員外一面吩咐擺飯，咬金心中歡喜，放開酒量，杯杯滿，盞盞乾，不知是家釀香醪，十分酒力，只見甜津津好上口，迭連倒了幾十碗急酒，漸漸的醉來了；勸他再請一杯，倒吃下三四碗。尤員外怕他吃得太醉了，倒囑咐咬金快去迎請令堂過來，明日好日，便要出門做生理。咬金只得起身，雖是醉中，一心牽繫著這一錠銀子，把破衣裳的袖兒，很命捏緊，打躬唱喏，作別出門；不想袖口雖是捏緊，那袖底卻是破的，舉手一拱，那錠銀子早在脅肋邊溜將下來，滾在地上，正在尤家大門口。那些莊客看見，拾將起來，向尤通道：「員外適纔送他的銀子，倒脫落在這裡，可要趕上去送還他？」尤通道：「我送銀子與他，正在此懊悔。」莊客道：「既要送他，如何又懊悔起來？」尤通道：「這人是個沒傝僋❹的，拿了回去，倘然母子商量起來竟不肯來了，也沒法處置他；如今落掉了這錠銀子，少不得放我不下，今晚

❹ 沒傝僋：惡劣；沒出息。傝僋，音ㄊㄚˋ ㄙㄚˋ。

母子必定同來。」

卻說咬金一路揑了袖口，走到家中，見了母親，一味歡喜。母親餓得半死，見他吃得臉紅，不覺怒從心上起，嗔罵道：「你這畜生，在外邊吃得這般醉了，竟不管我在家中無柴無米，餓得半僵，還要獃著臉笑些什麼！我且問你，今日柴扒已賣完，賣的錢卻怎麼用了？」咬金笑道：「我的令堂，不須著惱，有大生意到了，還問起柴扒做甚！」母親道：「你是醉了的人，都是酒在那裡講話，我那裡信你。」咬金道：「母親若不肯信，待我袖裡取出銀子來你看。」母親道：「銀子在那裡？」咬金摸袖，不見了銀子，又摸那一隻袖，跌腳嘆道：「一錠銀子掉在那裡去了？」母親道：「我說是醉話，那裡有什麼銀子！」咬金睜眼道：「母親若不信孩兒，孩兒就抹殺在母親面前。孩兒憑著大醉，決不敢欺誑母親，孩兒今日獃著柴扒，街坊村落，周迴走轉，沒有人買，在酒店上吃酒。不想遇著個財主，武南莊的尤員外，一見如故，拉孩兒回去。孩兒就把幾把柴扒，算清酒錢，跟到他家。他與孩兒結拜弟兄，要同孩兒出去做些生理。孩兒道母親在家，無人奉養。他說連夜接了過來，先送一錠銀子，為搬移之費。孩兒心中歡喜，多吃了幾杯，又恐怕遺失了，一路裡把衣袖揑緊。不想這作怪的東西，倒在袖樁邊鑽了出去。你若不信，如今就獃你到他家去，便知孩兒說話不虛了。」母親道：「既如此，我如今就同你去，家中左右沒有傢伙，鎖了門就去罷。我肚裡餓得緊，卻怎麼處？」咬金道：「你熬到他家，只怕吃不盡，消化不及，要囫圇撒出來哩！」說罷，將門鎖上，獃了母親，黑暗裡直到武南莊尤家門首，酒都弄醒了。咬金放下母親，忙去叩門。管門的早就受員外吩咐，料他必來，一聞咬金叩門，隨即開了，進去報與員外得知。尤通尚未睡，也待咬金到來，聽得到了喜不可言，接進母子，在中堂坐了。尤通便進言道：「忝先人遺下些薄產，連年因水澇旱荒，家私日廢，今欲往江南販賣羅緞，因各處盜賊生發，恐不好走。聞得令郎大哥，是個豪傑，要屈他做同行夥計，得利均分，以供老母甘旨。」程母出自大家，曉事解理，笑道：「員外差矣，員外是富翁，小兒是粗鄙手藝之人，員外為商，或者途中沒人伏侍，要小兒做個後生，月支多少錢鈔，做老身養老之用，還像個說話；小兒有何德能，敢與員外結拜兄弟？況且分文本錢也沒有，怎麼講個夥計二字，名分也不好相稱。」員外道：「尤通久慕令郎大哥高義，情願如此。」吩咐鋪氈，匹立僕六❺，一頓拜過了。程母頭暈眼花，也拜了四拜。尤通道：「小姪與令郎出門之後，恐老伯母家中不便，故此接到寒家居住，倘有不周，百凡體諒。」程母道：「小兒得附員外，老身感激不盡，但恐小兒性格粗躁，員外只要另眼看顧他，寬恕他，小兒敢不知恩報恩！」尤員外請程母到裡面，用飯去了，自己與咬金重新吃酒。吃到酒興剛來，尤通卻把皇銀的事，來挑動咬金：「賢弟可知新君即位以來的事？」咬金此時深感天子，應道：「兄長，好皇帝，小弟在外邊，思想老母晝夜熬煎，若不是新君即位，焉能遇赦還鄉，母子重會？」尤員外道：「新君大興工役，每州縣都要出銀三千兩，協濟大工，實是不堪。」咬金道：「做他的百姓，自然要納糧當差；做他的官，自然要與他催徵起解，不要管他閒事。」尤員外道：「這也罷了，只是我這山東青州，也遵天子旨意，要三千兩協濟。那青州府太守，借名灑派，當分外之差，杖死無辜百姓，斂取民膏，貪酷太甚，只把三千兩銀子起解。他的銀子上京，我這兗州乃必由之地，我今欲仗賢弟大力，取他這三千兩銀子，作本為商，賢弟可有什麼高見？」這個程咬金，曾賣私鹽，與為盜也不遠，見尤員外如此相待他，心中又要馳騁，笑道：「哥哥，只怕他銀子不

❺ 匹立僕六：形容叩頭之聲。

從此路來，若打這條路經過，不勞兄長費心，只消小弟一馬當先，這項銀子，就滾進來了。」員外道：「賢弟卻會什麼兵器？」咬金道：「小弟會用斧，卻也沒有傳授，但閒中無事，將劈柴的板斧，裝了長柄，自家舞得，倒也即溜了。」俊達道：「我倒有一柄斧，重六十斤，賢弟可用得？」咬金應道：「五六十斤，也不為重。」尤員外回後院去，取出那柄斧來，卻是渾鐵打成的，兩邊鑄就八卦，名為八卦宣化斧。量咬金身軀，取一副青銅盔甲，綠羅袍，槽頭有一騎青騌的劣馬。尤俊達自己有一副披掛，鐵幞頭，烏油甲，黑纓槍，皂羅袍，烏騅馬。這些東西，也搬將出來，到飲酒處，與咬金一同披掛停當，命手下掌燈火出莊，打稻場上去。用篾簹點火高照，勢如白晝，二人馬上比勢。幾個回合，手下眾人齊聲喝采。這個尤家莊上人家，都靠著尤員外吃飯，所以明火持槍，不避嫌疑。鬬罷下馬，收拾回莊寢宿。

次日著人青州打探皇銀什麼人押解，幾時起身，那一日到長葉林地方。數日之間，探聽人回來報：「十月望後起身，二十四日可到長葉林地方。有一員解官、一員防送武官、二十名長箭手護送。」二十三夜間，尤員外先取好酒，把咬金吃個半酣，帶從人，五鼓時候到長葉林，攛掇咬金道：「賢弟，我與你終身受用，在此一舉。」咬金點頭，提斧上馬，出長葉林官道，帶住馬，橫斧於鞍，如猛虎盤踞於當道。先有打前站官盧方，乃青州折衝校尉，當先開路，也防小人不測之事，先到長葉林。咬金一馬衝將下來，高叫：「留下買路錢！」那個盧方，卻也是弓馬熟嫻的將官，舉槍招架罵道：「響馬，你只好在深山僻處剪徑❻，只圖衣食，這是三京六府解京的錢糧，須要迴避。你這賊人這等大膽！」咬金道：「天下客商，老爺分毫不取，聞得青州有三千兩銀子，特來做這件生意。」盧方道：「咄！響馬無知，什麼

❻ 剪徑：攔路搶劫。

生意！」縱馬挺槍，分心就挑。咬金手中斧，火速忙迎。兩馬相撞，斧槍並舉。鬬上數十回合，後面塵頭起處，押銀官銀擯已到。咬金見後面人來，恐又增幫手，縱馬搖斧斫來。盧方架不住，斫於馬下。二十名長箭手趕到，見盧方落馬，各舉標槍叫道：「前站盧爺被響馬傷了！」咬金乘勢斫倒三四個部下，眾人都丟槍棄棒，過澗而去，把銀子棄在長葉林中。解官戶曹參軍薛亮，收回馬奔舊路逃生。咬金不捨，縱馬趕去，手下主客，報知員外：「程老爺得勝了，皇銀都丟在長葉林下。」尤員外領手下上官道，將鞘箍劈開，把皇銀都搬回武南莊去，殺豬羊還願擺酒，等咬金賀喜。

咬金此時追解官薛亮十數里之遠，還趕著他，這個主意不為趕盡殺絕。他不曉得銀子棄在長葉林中，只道馬上帶回去了，故要追趕這解官。薛亮回頭，見趕得近了，老大著忙，叫道：「響馬，我與你無怨無仇，你翦徑不過要銀子，如今銀子已都撇在長葉林，卻又來追我怎的！」咬金聽說銀子在長葉林，就不追趕，撥回馬，走得緩了。薛亮見咬金不趕，又罵兩聲：「響馬，銀子便翦去，好好看守，我回去稟了刺史，差人來緝拿你，卻不要走。」觸起咬金的怒來，叫道：「你且不要走，我不殺你，我不是無名的好漢，通一個名與你去，我叫做程咬金，平生再不欺人。我一個相厚朋友，叫尤俊達。是我二人取了這三千兩銀子，你去罷。」咬金通了兩個的名，方纔收馬回來，到莊還遠，馬上懊悔：「適纔也不該通名，尤員外曉得要埋怨我，倒隱了這句話罷。」不一時到莊下馬，賀喜飲酒不題。正是：

喜入酒腸寬似海，那管人悶堆眉角重如山。

且說那解銀官薛亮，趕到州中，正直刺史斛斯平坐堂，連忙跪下道：「差委督解銀兩，前赴洛陽；

二十四日行至齊州長葉林地方，閃出賊首數十人，劫去銀兩，斫殺了將官盧方，長箭手四名，小官抵死相持，留得性命，特來稟上大人，乞移文齊州，著他緝捕這干賊人，與這三千銀兩。」斛刺史聽了，大怒道：「豈有轡馬敢劫錢糧！你不小心，失去銀兩，我只解你到欽差洛陽總理宇文老爺跟前，憑他著你賠，著齊州賠。」叫聲拿下，薛亮驚得魂不附體，忙叫道：「老爺在上，這賊人還可緝捕。他攔截時，自稱甚麼靖山大王陳達、牛金，只要坐名在齊州，訪拿他便了。」斛刺史叫書吏做一角文書，申總理東都營造宇文愷道：「已經措銀三千兩起解，行至齊州長葉林，因該州不行防送，致遭轡馬劫去，乞著該州緝捕賠償。」一面移文齊州，要他根緝陳達、牛金並銀兩。薛亮羈候俟東都回文區處。

過了數日，宇文愷回道：「大工緊急，一月之內如拿不著，該州先行措銀賠償。二月之內，賊人未獲，刺史停俸，巡捕員役重處，薛亮革職為民，盧方優恤。」這番青州斛刺史卸了擔子，卻把來推在齊州劉刺史身上。這劉刺史便急躁起來，道：「三千兩銀子，非同小可，如何賠得起？我今把捕盜狠比，他比不過，定行緝出這干大夥積盜。」就坐堂，便叫原領批廣捕捕盜都頭樊虎、副都頭唐萬仞道：「這干轡馬既有名字，可以搜查，怎麼數月並無消息？這明係你等與他瓜分這項錢糧，不為我緝捕。」樊虎道：「老爺，從來再無強盜大膽，敢通姓名的，明是故說詭名，將人炫惑。所以小的遍處捕緝，並無蹤跡。」劉知府道：「縱有詭名，豈有劫去三千銀子，已經數月，並沒個影響；這不是怠玩，不肯用心！」就把樊虎、唐萬仞打了十五板，限三日一比，以後一概三十板。

日子易過，明日又該比較了，都在樊虎家中，燒齊心紙，吃協力酒，計較個主意，明日進府比較，好回話轉限。樊虎私對唐萬仞道：「賢弟，我們枉受官刑，我想起來，當初秦大哥，在本州捕盜多年，方情遠達，就不認得陳達，也或認得牛金；今在來總管標下為官，怎能夠我們本官討得他來，我們也就造化，自然有些影響了。」這樊虎二人與叔寶都是通家厚友，還是這等從長私議，那五十個士兵，都是小人兒，聽得這句話，都亂嚷起來道：「這樣好話，瞞著我們講！明日進州稟太爺，說原有捕盜秦瓊，在本州捕盜多年，深知賊人巢穴，暗受饗馬常例，如今謀幹在來老爺標下為旗牌官，遮掩身體，求老爺作主，討得秦瓊來，就有陳達、牛金了。」樊虎道：「列位不要在我家裡亂嚷，進衙門稟官就是。」各散去訖。

明早眾人進府，樊虎拿批上月臺來轉限，眾人都跪在丹墀下面。劉刺史問樊虎道：「這饗馬曾有蹤跡麼？」樊虎道：「老爺，蹤跡全無。」刺史叫用刑的拿去打。用刑的將要來扯，樊虎道：「小的還有一事，稟上老爺。」刺史道：「有什麼事？」樊虎道：「本州府有個秦瓊，原是本衙門捕盜，如今現在總管來節度老爺標下為官。他捕盜多年，還知些蹤影。望老爺到來爺府中，將秦瓊討回，那陳達、牛金，定有下落。」刺史還不曾答應，允與不允，那五十多人上月臺亂叫：「爺爺作主，討回秦瓊。這秦瓊受饗馬常例，買閒在節度來爺府中為官。老爺若不作主，討回秦瓊，到此捕盜，老爺就打死小的們，也無濟於事。」劉刺史見眾人異口一詞，只得筆頭轉限免比，出府伺候。

不說眾人躲過一限，卻說秦叔寶自長安回家，常想起當日雖然是個義舉，幾乎弄出事來，甚覺猛浪之至，自此在家，只是收斂。這日正在府中立班，外面報本州劉刺史相見。來總管命請進。兩下相見了，敘了幾句寒溫。劉刺史便開言：「上年因東都起建宮殿，山東各州，都有協濟銀兩，不料青州三千兩錢糧，行至本州長葉林被劫，那強盜還自通名，叫甚陳達、牛金。青州申文東都，那督理的宇文司空，移文將下官停俸，著令一月內賠償前銀，並要這干強賊。如遲還要加罪，已曾差人緝拿，並無消息。據眾捕稟稱，原有都頭秦瓊，今在貴府做旗牌，他極會捕賊，意欲暫從老大人處，借去捉拿此賊。」來總管把秦瓊一看，對劉刺史道：「那長大的便是秦瓊，雖有才幹，下官要不時差遣，怎又好兼州中事的？」秦叔寶也就跪下道：「旗牌在府原要伺候老爺，不時差委捕盜，原有樊虎一干，怎教旗牌代他？」來總管道：「正是。還著該州捕盜根緝纔是。」劉刺史見秦瓊推諉，總管不從，心中不快道：「下官也只要拿得賊人，免於賠償，豈苦苦要這秦瓊？但各捕人稟稱，秦瓊原是捕盜，平日慣受響馬常例，謀充在老大人軍前為官，還要到上司及東都告狀。下官以為不若等他協同捕盜，若僥倖拿著，也是一功；若或推辭，怕這干人在行臺及東都告下狀來，那時秦瓊推也推不得了。」來總管聽說，便道：「我卻有處。秦瓊過來，據劉刺史說你受響馬常例，難道果有此事？這也不過激勵你成功。就是捕盜，也是國家的正事，不要在此推調，你就跟那劉刺史出去罷。」叔寶見本官不做主，就沒把臂了，只得改口道：「老爺吩咐，劉爺要旗牌去，怎敢不去？只是旗牌力量與樊虎一干差不多，怕了不了事，反代他們受禍。」來總管道：「他這一干捕盜要你，畢竟知你本事了得，你且去，我這廂有事，還要來取你。」

秦瓊只得隨了劉刺史出來。唐萬仞、連明都在府外接住道：「秦大哥，沒奈何纏到你身上來，兄的義氣深重，決不肯親自去拏，露個風聲，在小弟耳內，我們捨死忘生的去，也說不得了。」叔寶道：「賢弟，我果然不知甚麼陳達、牛金。」叔寶換了平常的衣服，進府公堂跪下。劉刺史以好言寬慰道：「秦瓊，你比不得別的捕盜人員，你卻是個有前程的人，素常也能事。就是今日我討你下來，也出於無奈，你若果然拿了這兩個通名的賊寇，我這個衙門中信賞錢外，別有許多看顧處。就是你那本官來爺自然加獎。這個批上，我即用你的名字了。」叔寶同眾友出府燒紙，齊心捕緝，此事蹤跡全無。三日進府，看來總管衙門分上，也不好就打。第二第三限，秦瓊也受無妄之災了。畢竟不知何如，且聽下回分解。

總評：程咬金雖做響馬，觀其臨去通名，其氣象畢竟不同，真乃晉時祖士雅、戴若思一流人，但知節之氣略粗耳。

又評：通名自是粗率處，非豪舉也。此段光景，視據胡床自若者何似哉！就個中評是非，原是向痴人行說夢，若論作者描神寫照之妙，知節之真英雄，全在信俊達不疑，遇叔寶不隱，故卒能委身真主，以功名善終。

又評：天下將壞，未有不起於加賦，多一費即多一賦，貪官汚吏，又從而漁耗之，小民不堪，因而為盜，豈得已哉！官司失事，從而捕之，比之嗟嗟，民不聊生，遂有不守本分人，聚謀不軌耳。看尤俊達結交友朋，信義服人。程咬金肝腸如雪，豪爽壓眾。俊達知咬金失銀必至，料事如見。咬金對薛亮通名，粗中少細。然咬金極粗魯，而事母甚孝；其母囑付尤員外，謙恭妥當，此豈綠林中人邪？作者曲曲寫來，何等酣暢。

第二十二回　馳令箭雄信傳名　屈官刑叔寶受責

詩曰：

四海知交金石堅，何堪間別已經年。相攜一笑渾無語，卻憶曾從夢裡圓。

人生只有朋友，沒有君臣父子的尊嚴。有兄弟的友愛，更有妻子前亦說不得的，偏是朋友可以相商。故朋友最是難忘，最能起人記念。況在豪傑見豪傑，意氣相投，彼此沒有初相見的嫌疑，也沒貧富貴賤的色相❶，若是知心義盟好友，偶然別去，真是一日三秋，常要尋著個機會相聚。

時值三秋，九月天氣，單雄信在家中督促莊客家僮經理秋收之事。正坐在廳上，只見門上人報王、李二位爺到。單雄信聽了，歡然迎出門來，邀他二人下馬進內，就拉在書房中，列下些現成酒肴，敘向來間闊。雄信道：「前歲底接兄華翰，正掃門下榻，怎直至今日方來？」伯當道：「前時自與兄相別，李玄邃因楊越公府上相招，自入長安，後弟又自他處遷延，要去長安會李兄時，路經少華山，為齊國遠所留，住彼日久，書達仁兄，到寶莊來過節盤桓。不期發書之後，就遇見齊州秦大哥。」雄信驚呼：「他在舍下回去，今聞得在來總管標下為官，怎麼在關中又與兄相會？」伯當道：「叔寶因本官差遣齎禮，

❶ 色相：本佛教名詞，指一切事物的形狀外貌。這裡指人的勢利面目。

到京中楊越公拜壽。齊國遠不認得叔寶，討起攔路的常例來，兩人力戰，不分勝敗。是我下山看見，邀到山上，言及進京拜壽，就鼓起長安看燈的興來，失信於仁兄。將到長安六十里遠永福寺內，遇見太原唐公的令婿柴嗣昌。叔寶當初在楂樹崗，曾救他令岳一場大難，故此起個祠堂報德，叫做報德祠。叔寶因看祠言及，就被嗣昌曉得了，留住在彼處。過了殘年，正月十四日進京，十五日就惹出潑天禍來，打死了宇文公子。」雄信吐舌驚張道：「嚇殺我，我傳聞有六個人在長安大亂，著忙得緊，不知何人。後來打聽的實，說是太原李淵的家將，我倒放心了。卻是你們做的這一件事！」李玄邃道：「這節事也太猛浪，若不是唐公腳力大，宇文述拿不著實跡，幾乎把一樁大禍葬在我族兄身上。」單雄信道：「這等叔寶已久在家中了。」伯當道：「當夜他即散去。」雄信道：「我幾番要往山東去看他，沒有個機會，今日聞賢弟之言，卻又引起我山東的興頭來。」伯當道：「小弟們一則因別久來看兄，二則要邀兄往山東去。」雄信道：「有什麼事來？」伯當道：「今年九月二十三日，是叔寶的令堂老夫人整壽六旬。叔寶是個孝子，京師大鬧之夜，分手匆匆，馬上囑咐：『家母整壽，九月二十三日，兄如不棄，光降寒門。』故此我到長安尋了李兄，又偶然長安會了柴嗣昌，他在京中為岳翁搆幹甚事，談起拜壽，他也欣然，他說岳翁有銀數千兩，要贈叔寶，他要回家取了送去。故我先與玄邃兄來，拉你同往。」正是：

縱聯膠漆似陳雷❷，骨肉情濃又不回。嵩祝❸好伸猶子意，北堂齊進萬年杯。

---

❷ 縱聯膠漆似陳雷：陳雷，陳重和雷義。據後漢書雷義傳，陳重與雷義友誼深重，鄉里為之語曰：「膠漆自謂堅，不如雷與陳。」

雄信道：「此事最好，只是一件：我的朋友多，知事的說，伯當邀雄信往齊州，與叔寶母親拜壽。不知事的道，雄信為人待朋友自有厚薄，往山東與秦母拜壽，只邀了王伯當去，不攜帶我一走。卻不怪到我身上來！」李玄邃道：「小弟有個愚見，使兄一舉兩得。」雄信道：「請教。」李玄邃道：「兄何不把相知的朋友，邀幾個同往：一者替叔寶增輝，二者見兄不偏朋友。叔寶還在不足的時候，多帶些禮物去，也表得我們相知的意思。」雄信道：「好。卻只是一件：都是潞州朋友，如今傳帖邀他去，恐路有遠近不同，在家與不在家，路途往返，誤了壽期，反為不美。我也有個道理，二位且自飲酒。」雄信回內書房，取了二十兩碎銀，包做兩包，拿兩枝自己的令箭。雄信卻又不是武弁官員，怎麼用得令箭？這令箭原是做就的竹籌，有雄信字號花押，取信於江湖豪傑，朋友覩了此籌，如君命召，不俟駕而行。把這兩枝令箭，安在銀包兩處，用盤兒盛著，叫小童捧至席前，當王、李二友發付，叫兩個走差的手下來。門下有許多去得的人，一齊應道：「小的們都在。」雄信指定兩個人道：「你兩個上來，聽我吩咐。著你兩個槽頭認轡口，備兩匹馬，一個人拿十兩銀子，為路費草料之資，領一枝令箭分頭走。一個從河北良鄉涿州郡順義村幽州，但是相知的，就把令箭與他瞧，九月十五日二賢莊會齊，算就七八個日子，到齊州趕九月二十三日，與秦奶奶拜壽。九月十五到不得二賢莊，就趕出山東，直至兗州武南莊尤老爺莊上為止。這東路的老爺，卻不要枉道，又請進潞州，收拾壽禮，在官路會齊，同進齊州拜壽。」二人答應，分頭去了。正是：

❸ 嵩祝：漢武帝登嵩山，隨從官吏聽到三次高呼萬歲的聲音，稱為嵩呼、嵩祝。此處借用為祝壽之意。

這令箭原是做就的竹籌，有雄信字號花押，取信於江湖豪傑。雄信拿兩枝自己的令箭，叫兩個走差的手下，分路邀友拜壽。

羽檄飛如雨，良朋聚若雲。

王伯當、李玄邃，在單員外莊上飲酒盤桓。十四日，北路的朋友就到了三位，良鄉涿州順義村幽州，是張公謹、史大奈、白顯道。明日就要起身。雄信又叫手下拿兩封柬帖，對伯當道：「童佩之、金國俊，昔年與叔寶也曾有一拜，不要偏了二人，拿帖請他山東走走。」童佩之、金國俊，相邀濟南府，與叔寶母親拜壽，卻問來人，又知外日北路朋友皆到，隨即收拾禮物，備馬出城，到二賢莊會諸友，敘情飲酒。次日絕早起身，賓主八人，部下從者不止十餘人，行囊禮物，隨身兵器，用小車子車著，也有個打前路的騎馬在前途，先尋下處，過汝南奔山東一路而來。

九月間，金風送，樹葉飄黃，眾豪傑拍鞍馳驟。正走之間，只見塵頭亂起，打前站的發馬來報：「眾老爺，到山東界內，前有綠林老爺攔住，一位少年在前廝殺，不好前去。」這個手下人為何稱呼綠林中叫老爺，要曉得這八個人裡面，倒有好幾個曾在綠林中喫茶飯的，因此礙口，只得叫老爺。雄信以為得意，馬上笑道：「不知是那個兄弟，看了我的令箭，在中途伺候，隨便覓些盤費了。著那個前去看看？」童佩之、金國俊二人只道是自己豪傑，不知綠林利害，便對雄信道：「小弟二人願往。」縱馬前去。雄信在鞍轎上對伯當點頭道：「這兩個兄弟，雖是通家，不曾見他武藝，纔聞綠林二字，他就奮勇當先。」伯當搖頭：「單二哥，此二友去得不好。」雄信道：「為何？」伯當道：「他二人在潞州當差，沒有什麼大方情❹，聞綠林二字，他就有個薰蕕不相容❺的意思。他沒有方情，就不認得那攔路的人了，攔路

❹ 方情：猶交情、情誼。

的卻也不認得他。言語不妥，就廝殺起來，這童、金二友，倘有差池，兄卻是拿帖邀他往山東來的，同行無疏伴，兄卻推不得干係。他兩個本領若好，攔路的朋友有失，卻是奉兄令箭等候的，傷了江湖的信義。」雄信道：「賢弟講得有理，你就該去看看。」伯當道：「小弟卻不敢辭勞。」取銀矛縱馬前來，見塵頭起處，果然金、童敗將下來，卻是柴嗣昌與王伯當相期來賀叔寶。他帶得行李沉重，衣裝炫耀，撞了尤俊達、程咬金觸他的眼，攔路要截他的。這柴嗣昌也有些本領，只是戰他兩個不下，恰好金、童兩人趕來，便拔刀相助。不知這程咬金逞著膂力，那裡怕你，留著尤俊達與柴嗣昌纏戰，他自趕來，沒上沒下一頓斧，砍得金、童兩個飛走，他直追下來，好似：

得霜鷹眼疾，覓窟兔奔忙。

金、童兩個見王伯當道：「好一個狠響馬！」伯當笑一笑，讓過二人，接住後邊，馬上舉槍，高叫：「朋友慢來，我和你都是道中。」咬金不通方語❻，舉斧照伯當頂梁門就砍，道：「我又不是喫素的，怎麼道中？」伯當暗笑：「好個粗人，我和你都是綠林中朋友。」咬金道：「就是七林中，也要留下買路錢來。」斧照伯當上三路，如瓢潑盆傾，疾風暴雨，砍剁下來。伯當手中的槍不回他手，只是鉤撩磕撥，搪塞斜避，等他膂力盡了，斧法散亂，將左手槍桿一鬆，右手一串，就似銀龍出海，玉蟒伸腰，奔咬金面門鎖喉，刺將上來。伯當留情，剛到他喉下，槍就收回，不然挑落下馬。咬金用斧來勾他的槍，

---

❺ 薰蕕不相容：比喻善人同惡人不能相處。薰，香草。蕕，臭草。

❻ 方語：綠林中的暗語。

勾便勾開了，連人帶馬都閃動招架不住，拍馬落荒。伯當隨後追趕，問其來歷。咬金叫：「尤員外救我！」這時尤俊達又為柴嗣昌戰住，不得脫身。到是伯當見了道：「柴郡馬，尤員外，你兩人不要戰，都是一家人，往齊州去的。」此時三人俱下馬來相見。程咬金氣喘吁吁的，兜著馬在那廂看。尤俊達也叫來相見。尤俊達對伯當道：「曾見單二哥否？」伯當望後邊指道：「兀那來的不是雄信！」因金、童兩個去道響馬甚是了得，故此單雄信一行忙來策應。一到，彼此相敘。正是：

莫言萍梗隨漂泊，喜見因風有聚時。

伯當對雄信道：「這便是柴郡馬。」都序齒揖了。單雄信道：「還有適纔金國俊道的有膂力的朋友呢？」尤俊達道：「是敝友程知節。」大家也都大笑，見了禮。尤俊達要留眾人回莊歇馬。雄信道：「今日是九月二十一日，若到寶莊，恐誤壽期。拜壽之後，尊府多住幾日。賢弟的禮物可曾帶來？」俊達道：「不過是折乾❼的意思。」

共十一友同進濟南。離齊州有四十里地，已夕陽時候，到了義桑村，有三四百戶人家。這個市鎮，因徧地多種桑麻，且是官地，任憑民間採取，故叫做義桑村，春末夏初蠶忙時，也還熱鬧。九月間秋深天氣，人家都關門閉戶，只有一家大姓，起蓋一帶好樓，迎接往來客商。手下人都往義桑村投店。眾豪傑至店門下馬，店主著伙家搬行李進書房，馬牽槽頭上料，眾豪傑邀上草樓飲酒。忽然官路上三騎馬趕路而來。這三騎馬卻是何人？乃幽州羅公差官，為雄信令箭，知會張公謹、史大奈、尉遲兄弟聞知，史

❼ 折乾：指用金錢代替禮物。

大奈還是新旗牌，沒有職任，打發他先行。尉遲兄弟打手本，進帥府知會公子羅成。公子與母親講，老夫人卻也記得九月二十三日，是嫂嫂的整壽，商議差官送禮，尉遲託公子攛掇謀差山東，假公濟私，就與秦母拜壽。這來的就是尉遲南、尉遲北，卻還帶一名背包袱的馬夫，共是三騎馬。恰好那日也到義桑村。主人櫃裡招呼二位老爺道：「齊州還有四十里路，途中沒有宿頭，在小店安歇了罷。」尉遲吩咐，叫手下把包接過，尉遲兄弟下馬進店，主人出櫃相迎道：「二位先前有幾位老爺，一行樓上飲酒多時，言語想是醉了。二位老爺卻是尊客，上樓恐有不便。樓下有一張乾淨的座頭，就自在用晚飯罷。」尉遲南道：「這主人著實知事，那酒後的人，我們不好和他相處，就在樓下罷。」主人吩咐擺上酒飯，兄弟二人自用。

且說樓上的那十一個豪傑，飲酒作樂。酒方半酣，獨程咬金先醉。他好酒，遇了酒直等醉纔住，拿這一杯酒在手中，又想那心上這些窮事：「在關外多年，何等苦惱。回家不久，遇尤員外相邀長葉林，做了這樁生意，今日結交天下豪傑，我也快活。」這些話在腹內躊躇，他胸裡有這個念頭，口裡就叫將出來。喫乾了這鍾酒，把酒鍾往桌上狠狠的一放，就像自己呼乾的，叫一聲：「我快活！」手放杯落，杯如粉碎，還不打緊，腳下一蹬，把樓板蹬折了一塊。

量為歡中闊，言因醉後多。

山東地方人家起蓋的草樓，樓板卻都是楊柳木鋸的薄板，上又有節頭，怎麼當得他那一腳？蹬折樓板，掉下灰塵，把尉遲兄弟酒席，都打壞了。尉遲南還尊重，袖拂灰塵道：「這個朋友，怎麼這樣村的緊！」尉遲北卻是少年英雄，那裡容得，仰面望樓上就罵：「上面是什麼畜生，喫草料罷了，把蹄子怎麼亂搗！」咬金是容不得人的，聽見這人罵，坐近樓梯，將身一躍，就跳將下來，徑奔尉遲北。尉遲北抓住程咬金，兩個豪傑膂力無窮，羅緞衣服，都扯得粉碎，乒乓劈拍，拳頭亂打。還虧那草樓像生根柱棵，不然一霎兒就捱倒了。尉遲南不好動手幫兄弟，自展他的官腔，叫酒保：「這個地方是什麼衙門管的？」覺道他就是個官了。雄信樓上聞言，也就動起氣來，道：「列位，下邊這個朋友，出言也自滿。野店荒村，酒後鬭毆相爭，以強為勝，問什麼衙門該管，管得著那一個？都下去打那問甚什麼衙門，該管地方的！」卻是幽州土音，上面張公謹，卻是幽州朋友。公謹道：「兄且息怒，像是敝鄉里的聲音。」雄信道：「賢弟快下去看。」

公謹下樓梯，還有幾步，就看見尉遲南，轉身上來對雄信道：「卻是尉遲昆玉。」雄信大喜，叫速速下去。尉遲南看見公謹，同一班豪傑下來，料是雄信朋友，喝退尉遲北。尤俊達也喝回程咬金。咬金、尉遲，更換衣服，都來相見，彼此陪禮。主人叫酒保拿斧頭上樓，把蹬壞的一塊板，都敲打停當，又排一桌齊整酒上去。單雄信一干共十三籌好漢，掌燈飲酒。這一番酒興，都有些闌殘了，各人好惡不同，愛飲的，樓上燈下，殘肴剩酒行令猜拳；受不得勞碌的，叫手下打了鋪蓋，客房中好去睡了；又有幾個高興的，出了酒店，夜深月色微明，攜手在桑林裡面，敘相逢間闊之情。樓上喫酒的張公謹、白顯道、史大奈，原是酒友，因大奈打擂臺，在幽州做官，間別久了，要喫酒敘話。那童佩之、金國俊，日間被程咬金殺敗了一陣，骨軟筋酥；柴嗣昌也是驕貴慣了的人，先去睡了。單雄信、尤員外、王伯當、李玄邃、尉遲南這五個人，在桑林中說話良久，也都先後睡了。

到五鼓起身進齊州。這義桑村離州四十里路，五鼓起身，行二十里路天明，到城中還有二十里路，就有許多人迎接住了。不是叔寶有人來迎，卻是齊州城開牙行經紀人家接客的後生。各行人家口內招呼，有糶糴米糧，販賣羅緞，西馬北布，木植等行，亂扯行李。雄信在馬上分付眾人：「不要亂扯，我們自有舊主人家，西門外鞭杖行賈家店，是我們舊主。」原來賈潤甫開鞭杖行，雄信西路有馬，往山東來賣，都在賈家下，如今都也有兩個後生在內，說起就認得是單員外：「呀，是單爺，小的就是賈家店來的了。」雄信道：「著一個引行李緩走，著一個通報你主人。」卻說賈潤甫原也是秦叔寶好友，侵晨起來，書房裡收拾禮物，開禮單行款，明日與秦母拜壽。後生走將進來道：「啟老爺，潞州單爺，同一二十位老爺，都到了。」賈潤甫笑道：「單二哥同眾朋友，今日趕到此間，也為明日拜壽來的，少不得我做主人。把這禮物且收過去，不得自家拜壽了，畢竟要隨班行禮。」吩咐廚下庖人，客人眾了，先擺十來桌下馬飯，用家中便菜；叫管事的人城中去買時新菓品，精緻餚饌，正席的酒，也是十桌擺，手下人雖多，多把些酒與他們喫；叫班吹鼓手來，壯觀壯觀。自己換了衣服，出門降階迎接。

雄信諸友，將入街頭，都下馬步行，車輛馬匹俱隨後。賈潤甫在大街迎住。雄信讓眾友先行，進了三重門裡，卻是大廳。手下搬車輛行囊，進客房；馬摘鞍轡，都槽頭上料。若是第二個人家，人便容得，容不得這些大馬。這馬都有千里龍駒，轡口大，同不得槽。有一匹馬，就要一間馬房。虧他是個鞭杖行人家，容得這些馬匹。眾人大廳鋪拜氈，故舊敘禮對拜，不曾相會的，引手通名，各致殷勤。坐下點茶，擺下馬飯。雄信卻等不得，叫道：「賈潤甫，可好今日就將叔寶請到尊府來，先相會一會？不然明日倘然就去，使主人措辦不及我們的酒食。」賈潤甫想道：「今日卻是個雙日，叔寶為響馬的事，府中該比較。他是個多情的人，聞雄信到此，把公事誤了，少不得來相會。我不知道他有這件事，請他也罷了，我知道他有這件事，又去請他，教他事出兩難。」人又多不便說話，只得含糊答應道：「我就叫人去請。」又向眾人道：「單二哥一到舍下，就叫小弟差人去請秦大哥，只怕就來了。」賈潤甫為何說此一句？恐怕眾朋友喫過飯，到街坊頑耍，曉得裡面有兩個不尷尬的人，故說秦大哥就來，使眾人安心等候，擺酒喫就罷了。正是：

筵開玳瑁留知己，酒泛葡萄醉故人。

不說賈潤甫盛設留賓。卻說叔寶自當日被這干公人，攀了下來，樊建威也只說他有本領，會得捉賊，可以了得這件公事，也無意害他。不知叔寶若說馬上一槍一刀的本領，果然沒有敵手，若論緝聽❽的事，也只平常。況且沒天理的人，還去拏兩個蹤跡可疑的人，夾打他遮蓋兩卯，他又不肯幹這樣事，甘著與眾人同比。就是樊建威心上，也甚過不去，要出脫他，那劉刺史也不肯放，除是代他賠這宗贓銀，或者他心裡歡喜，把這宗事懈了去。這干人也拿不出三千兩銀子，只得隨卯去比較，捱板兒罷了。這番末限，叔寶同五十三人進府。劉知府著惱，升堂也遲，巳牌時候纔開門。秦瓊帶一干人進府，到儀門，禁子扛兩細竹爿進去，儀門關了，問秦瓊響馬可有蹤跡，答應沒有蹤跡。劉刺史便紅漲了臉道：「豈有幾個月中，捱不出兩個響馬的道理！分明你這干與他瓜分了，把這身子在這裡捱，害我老爺，在這裡措置賠他。」不由分說，拔籤就打，五十四家親戚朋友鄰舍，都到府前來看，大門裡外，都塞滿了。他這比較，卻不

❽ 緝聽：打聽搜捕。

是打一個就放一個出來，他直等打完了，動筆轉限，一齊發出五十四人，每人三十板。直到日已沉西，纔打得完，一聲開門出來，外邊親友，哭哭啼啼的迎接。那裡面攙的扶的，馱的背的，都出來了。出了大門，各人相邀，也有往店中去的，也有歸家飲酒煖痛的。只有叔寶他比別人不同，經得打，渾身都是虬筋板肋，把腿伸一伸，竹片震裂，行刑的虎口皆裂。叔寶不肯難為這些人，倒把氣平將下來，讓他打。皮便破了，不能動他的筋骨。出了府來，自己收拾杖瘡。正是：

一部鼓吹喧白晝，幾人冤恨泣黃昏。

要知後事如何，且聽下回分解。

總評：單雄信傳令箭以邀朋友，箭到畢赴，則信義素孚，真大豪傑。程咬金爽直快人，到處尚氣撒潑，幾至賈禍。尉遲北年少粗魯，尉遲南舉動官方。諸人性情，寫來躍躍如從紙上出。

又評：朋友相敘，最為樂事，況又值朋友之母上壽，相敘一堂，豈不甚快！而秦叔寶卻又比較響馬一件，夾雜其中，劉知府又一味蠻打，真悶殺人也。此處聯絡頗覺費手，作者到此，能一一描寫得曲曲折折。單雄信邀集朋友，卻用令箭，一奇也；義桑村得遇知己，又在草樓中鬪毆，不更奇否？此都是無中生有，忙處無漏筆，閒處有補筆，細心點染，看者幸勿草草忽過。

第二十三回　酒筵供盜狀生死無辭　燈前焚捕批古今罕見

詩曰：

勇士不乞憐，俠士不乘危。相逢重義氣，生死等一麾。虞卿棄相印，患難相追隨❶。肯作輕薄兒，翻覆須臾時。

豪傑之士，一死鴻毛，自作自受，豈肯害人？這也是他生來伎倆。但在我手中，不能為他出九死於一生，以他的死，為我的功，這又是俠夫不為的事。卻說叔寶出府門，收拾杖瘡，只見個老者，叫：「秦旗牌！」叔寶擡頭：「呀，張社長❷！」社長道：「秦旗牌受此無妄之災，小兒在府前新開一個酒肆，老夫替旗牌煖一壺釋悶。」這是叔寶平昔施恩於人，故老者如此殷勤。叔寶道：「長者賜，少者不敢辭。」將叔寶邀進店來，竟往後走，卻不是賣酒與人喫的去處，內室書房。家下取了小菜，外面拿肴饌，煖一壺酒來，斟了一杯酒與叔寶。叔寶接酒，眼中落淚。張社長將好言勸慰：「秦旗牌不要悲傷，拿住響馬，

❶ 虞卿棄相印二句：戰國時魏相魏齊曾因故笞擊范雎。後范雎入秦為相，魏齊恐懼，逃至趙國。秦王欲為范雎報讎，寫信給趙王，索取魏齊人頭。當時虞卿任趙相，於是放棄相印，與魏齊一起逃到大梁。

❷ 社長：古代鄉官，即里長。

自有陞賞之日；若是飲食傷感，易成疾病。」叔寶道：「太公，秦瓊頑劣，也不為本官比較打這幾板，疼痛難禁，眼中落淚。」社長道：「為甚麼？」叔寶道：「昔年公幹河東，有個好友單雄信贈金數百兩回鄉，教我不要在公門當差，求榮不在朱門下。此言常記在心，只為功名心急，思量在來總管門下，一刀一槍，博個一官半職。不料被州官請將下來，今日卻將父母遺體，遭官刑戮辱，羞見故人，是以眼中落淚。」

清淚落淫淫，含悲氣不禁。無端遭戮辱，俛首愧知心。

卻不知雄信不遠千里而來，已到齊州，來與他母親拜壽，止有一程之隔。叔寶與張社長正飲酒敘話之間，酒店外面喧嚷進來，問張公：「酒店裡秦爺可在裡面？」酒保認得樊老爺，應道：「秦爺在裡面。」引將進來，卻是樊虎。張社長接住道：「請坐。」叔寶道：「賢弟來得好，張社長高情，你也飲一杯。」樊虎道：「秦大哥，不是飲酒的事。」叔寶道：「有什麼緊要的說話？」樊虎與叔寶附耳低言：「小弟方纔西門朋友邀去喫酒，人都講翻了，賈潤甫家中到了十五騎大馬，都是異言異服，有面生可疑之人，怕有陳達、牛金在內。」叔寶聞言大喜道：「社長也不瞞你，樊建威在西門來，賈柳店中到些異樣的人，怕有劫奪皇扛的二寇在內；我卻不敢進酒了。」張社長道：「老夫這酒是無益之酒，不過是與足下解悶。既有佳音，二位速去，擒了二寇，老夫當來賀喜。」

叔寶與建威辭了張社長，離了店門，往西門來。那西門人都擠滿了，弔橋上甕城❸內，都是那街坊

❸ 甕城：城門外的月城，作掩護城門、加強防禦之用。

上沒事的閒漢，也搭著些衙門中當差的，卻不是捕盜行頭的人；見賈潤甫家中到些異樣人，都是猜疑。有認得秦瓊與樊虎的說：「列位，有這兩個人來，只怕其中真有緣故了。」卻與叔寶舉手道：「秦旗牌，賈家那話兒，倘有什麼風聲，傳個號頭出來，我們領壯丁百姓，幫助秦旗牌下手。」叔寶舉手答言：「多謝列位；看衙門面上，不要散了，幫助幫助。」下弔橋到賈潤甫門首，都關了門面，弔闥板都放將下來，招牌都收進去。叔寶用手一推，門還不曾拴，回頭對樊虎道：「樊建威，我兩個不要一齊進去。」樊虎道：「怎麼說？」叔寶道：「一齊進去，就撞住了，沒有救手。我們雖說當不過日逐比併，未必就死；他這班人，卻是亡命之徒，常言道，雙拳不敵四手。你在外面，我先進去。倘有風聲，我口裡打一個哨子，你就招呼弔橋和城門口那些人，攔住兩頭街道，把巷口柵欄柵住，幫扶我兩個動手。」樊虎道：「小弟曉得。」叔寶揑二門三門進來。三門裡面，卻是一座大天井，那天井裡的人，又擠滿了。卻是什麼人？眾朋友喫下馬飯已久，安席飲酒，又有鼓手吹打，近筵前都是跟隨眾豪傑的手下，下面都是兩邊住的鄰居的小人，看見這班齊整人，安席飲酒，就擠了許多。

此時叔寶怕冒冒失失的進去，驚走了席上的響馬；又且賈潤甫是認得的，怕先被他見了，就不好做事；只得矬著身體，混在人叢中，向上窺探。都是一干熊腰虎體的好漢，高巾盛服之人；止得一兩個人，是小帽兒。待要看他面龐，安酒時，都向著上作揖打躬，又有一干從人圍繞，急切看不出辨他是何等人。要聽他那方言語時，鼓手又吹得響，不聽見。直至點上了燈，影影裡望將去，一個立出在眾人前些的，好似單雄信。叔寶想一想：「此人好似單雄信，他若來訪我，一定先到我家，怎在此間？」正躊躇要看個的實，卻好席已安完，鼓手扎住吹打。主人叫：「單員外請坐罷。」雄信道：「僭越諸公。」巧又是王伯當向外與人說話，又為叔寶見了。叔寶心中就道：「不消說起，是伯當約他來與我母親拜壽了，早是不被他看見。」轉身往外就走。

走到門外，樊虎已自把許多人都叫在門口，迎著叔寶問道：「秦大哥怎麼樣了？」叔寶把樊虎一啐：「你人也認不得，只管輕事重報！卻是潞州單二哥，你前日在他莊上相會，送你潞州盤費的，你剛才到府前，還是對我講；若是那些小人知道，來這門首吵吵鬧鬧，卻怎麼了？」樊虎道：「小弟不曾相見，不知是單二哥。聽人言語，故此來請。這等，回去罷。」人擠得多了，樊虎就走開了。叔寶卻恐裡面朋友曉得沒趣，分散外邊這些人道：「列位都散了罷，沒相干，不是歹人。潞州有名的單員外，同些相知的朋友，到這廂來，明日與家母做生日的。」人多得緊，一起問了，又是一起來問。

卻說雄信坐於首席。他卻領了幾個不尷尬的朋友在內，未免留心，叫：「賈潤甫，適纔安席的時候，許多人在階下，我看見一個大漢，躲躲藏藏，在那些人背後，看了我們一回，往外便走，這邊人也紛紛的隨他出去了。你去看看是什麼人？」賈潤甫因雄信之言，急出門來觀看；只見還有在那廂間問的，攔住叔寶不得走，已被賈潤甫見了，忙道：「秦大哥，單二哥為令堂稱壽，不遠千里而來，一到舍下就叫小弟來請兄。小弟知兄今日府中有公幹，不敢來混亂，怎麼來了，反要縮將轉去？單二哥看見了，怎好回去？」叔寶卻不好講樊建威那些話，將機就計，說：「賢弟你曉得，我今日進府比較，偶然聽得雄信到此，惟恐不的，親自來看看，果然是他。我穿比較的衣服在此，不好相見。當年在潞州少飯錢賣馬，今日在家中又是這等樣一個形狀，羞見故人。回家去換了衣服，就來見他。」賈潤甫道：「路途又遠，家去更衣不便。小弟適纔成衣店內做的兩件新衣，明日到尊府與令堂拜壽壯觀的；賤軀與尊軀差不多長。」

叫手下打後門去，把方纔取回的兩件新衣服，拿來與秦老爺穿。那些眾人都散了。叔寶換了衣服，同賈潤甫笑將進來。賈潤甫補前頭的誑話叫道：「單二哥，小弟著人把秦大哥請來了。」都歡呼下去，鋪拜氈。叔寶先拜謝昔年周全性命之恩，伯當、嗣昌這一班故友，都是對拜八拜；不曾相會的，因親而及親，道達名字，都拜過了。賈潤甫舉鍾筯，定叔寶的坐席。義桑村是十三個人來，連賈潤甫賓主十五個，倒擺下八桌酒，兩人一席，雄信獨坐首席。主人的意思取便：「秦大哥就與單員外同坐了罷。」叔寶道：「君子愛人以德，不可狥情廢禮。單二哥敝地來，賈兄忝有一拜，小弟今日也叨為半主，只好僭主人一坐；諸兄內讓一位，上去與單二哥同席為是。」雄信道：「叔寶，我們適纔定席時，相宜者同坐，若敘上一位，席席都要舉動。莫若權從主人之情，倒與小弟同坐，就敘敘間闊之情。」叔寶卻只管推辭，又恐負雄信敘舊之意，公然坐下，有許多遠路尊客在內，卻也有一段才思。叫賈潤甫命手下人：「把單二哥的尊席前這些高照菓頂❹，連桌圍都撤去了。我們相厚朋友，不以虛禮為尚，拿一張杌坐兒，放在單二哥的席前，我與單二哥對坐，好敘說話。」眾朋友道好坐下。燈燭輝煌，群雄相聚，烈烈轟轟，飛酒往來，傳遞不絕。有一首減字唐詩道：

美酒鬱金香，盛來琥珀光。主人能醉客，何處是他鄉❺？

先是賈潤甫拿著大銀盃，每席都去敬上兩杯。次後秦叔寶道：「承諸兄遠來，為著小弟，今日未及

❹ 高照菓頂：高照，燭臺。菓頂，菓盤。
❺ 美酒鬱金香四句：此詩取自唐朝李白詩客中行。原詩為七言。鬱金香，美酒名。

奉款，且借花獻佛，也敬一杯。」席席去敬，都是舊相與，都有說有道的。到了左手第三席，是尤俊達、程咬金。他兩個都沒有文，況夾在這干人內。王伯當、柴嗣昌、李玄邃都溫雅，有大家舉止；單雄信、尉遲兄弟、張公謹、白顯道、史大奈，雖粗卻有豪氣；童佩之、金國俊公門中人，也會修飾。獨有程咬金一片粗魯，故相待甚是薄薄的。不知程咬金自信是個舊交，尤俊達初時也聽程咬金說道是舊交，見叔寶相待冷淡，喫了幾杯酒，有了些酒意了，就說起程咬金來道：「賢弟，你一向是老成人，不意你會說誑。」咬金道：「小弟再不會說謊。」尤員外道：「前日單二哥，拿令箭知會與秦老伯母上壽，我說：『賢弟你不去罷。』你勉強說：『秦大哥與我髫年有一拜，童稚之交。』若是與你有一拜，他就曉得你會飲了，初見時恰似不相認一般。如今來敬酒，並不見敘一句寒溫，不多勸你一杯酒，是甚緣故？」咬金急得暴躁道：「兄不信，等我叫他就是。」尤俊達道：「你叫。」咬金厲聲高叫：「太平郎，你今日怎麼就倨傲到這等田地！」就是春雷一般，滿座皆驚。連叔寶也不知是那一個叫，慌得站起身來：「那位仁兄錯愛秦瓊，叫我乳名？」王伯當這一班好耍的朋友鼓掌大笑道：「秦大哥的乳名原來叫做太平郎，我們都知道了。」賈潤甫替程咬金分剖道：「就是尤員外的厚友，程知節兄，呼大哥乳名。」叔寶驚訝其聲，走至咬金膝前，扯住衣服，定睛一看，問道：「賢弟，尊府住於何所？」咬金落下淚來，出席跪倒，自說乳名：「小弟就是班鳩店的程一郎。」叔寶也跪下道：「原來是一郎賢弟。」

垂髫嘆分袂❻，一別不知春。莫怪不相識，及此皆成人。

❻ 垂髫嘆分袂：童年時感嘆離別。垂髫，兒童。分袂，離別。

當初叔寶咬金相與，是朝夕頑耍弟兄，怎再認不出？只因當日咬金面貌，還不曾這般醜陋，後因遇異人服了些丹藥，長得這等青面獠牙，紅髮黃鬚。二人重拜。叔寶道：「垂髫相與，時常懷念。就是家母常常思念令堂，別久不知安否？何如今日相逢，都這等崢嶸了。」坐間朋友，一個個都點頭嗟嘆。叔寶起來，命手下將單員外席前坐杌，移在咬金席旁，敘垂髫之交，更勝似雄信邂逅相逢。卻只是叔寶有些坐得不安，纔與雄信對坐時，隔著酒席，端端正正，接杯舉盞，坐得舒暢。如今尤員外正席，左首下首一席，是咬金坐了，叔寶卻坐在桌子橫頭，坐得不安也罷了，咬金卻又是個粗人，斟杯酒在面前，叔寶飲得遲些，咬金動手一挾一扯的，叔寶又因比較，打破了皮，也有些疼痛，眉頭略皺了一皺。咬金心中就不歡喜起來，對叔寶道：「兄還與單二哥喫酒去罷！」叔寶道：「賢弟為何？」咬金道：「兄不比當年，如今眼界寬了，有些嫌貧愛富了。似纔與單二哥飲酒，何等歡暢，與小弟喫兩杯酒，就攢眉皺起臉起來。」叔寶卻不好說腿疼，答道：「賢弟不要多心，我不是這等輕薄人的。」賈潤甫又替叔寶分辯道：「知節兄不要錯怪了秦大哥。秦兄的貴體，卻有些不方便。」咬金是個粗人，也不解不方便之言，就罷了。

雄信卻與叔寶相厚，席上問賈潤甫：「叔寶兄身上有什麼不方便處？」賈潤甫道：「一言難盡。」雄信道：「都是相厚朋友，有甚說不得的話？」賈潤甫叫手下問道：「站著些人，都是什麼人？」手下回覆道：「都是跟隨眾爺的管家。」賈潤甫又向自己手下人說：「你們好沒分曉，在家不會迎賓客，出外方知少主人。這些眾管家在此，你們怎不支值茶飯？」又向管家道：「列位不要在此站列，請外邊小房中用晚飯，舍下卻自有人服事。」賈潤甫將眾人都送出三門外，自己把門都拴了，方纔入席。眾朋友見賈潤甫這樣個行藏動靜，都有個猜疑之意，不知何故。雄信待賈潤甫入席，纔問道：「賢弟，叔寶不方便為何？請教罷！」賈潤甫道：「異見異聞之事。新君即位，起造東都宮殿，山東各州，俱要協濟銀三千兩。青州著解官解三千兩銀子上京，到長葉林地方，被兩個沒天理的朋友，取了這銀子，又殺了官。殺官劫財的事，還是平常，卻又臨陣通名，報兩個名，叫做甚麼陳達、牛金。係是齊州地方，青州中文東都，行齊州，州官賠補，並要緝獲這兩個賊人。秦大哥在來總管府中，明晃晃金帶前程，好不興頭。為這件事，扳扯將來，如今著落在他身上，要捕此二人。先前比較，看衙門分上，還不打，如今連秦大哥都打壞了。這九月二十四日，就限滿了。劉刺史聲口，要在他們十餘人身上，賠這項銀子，不然要解到東都宇文司空處去還。不知怎麼了！」

坐間朋友，一個個吐舌驚張。事不關心，關心者亂。尤俊達在桌子下面，捏捏咬金的腿，知會此事。咬金卻就叫將起來道：「尤大哥，你不要捏我，就捏我也少不得要說出來。」尤員外嚇了一身冷汗，動也不敢動。叔寶問題：「賢弟說什麼？」咬金斟一大杯酒道：「叔寶兄，請這一杯酒，明日與令堂拜壽之後，就有陳達、牛金與兄長請功受賞。」叔寶大喜，將大杯酒一吸而乾道：「賢弟，此二人在何方？」咬金道：「當初那解官錯記了名姓，就是程咬金、尤俊達，是我與尤大哥幹的事。」眾人聽見此言，連叔寶的臉都黃了，離坐而立。賈潤甫將左右小門都關了，眾友都圍住了叔寶三人的桌子。雄信開言：「叔寶兄此事怎麼了得？」叔寶道：「兄長不必著驚，沒有此事。程知節與我自幼之交，他渾名叫做程掄掙。纔聽見賈潤甫說，我有這些心事，他說這句獃話，開我懷抱，好陪諸兄飲酒。流言止於智者，諸兄都是高人，怎麼以戲言當真？」程咬金急得暴躁起來，一聲如雷道：「秦大哥，你小覷我！這是什麼事，好說戲話？若說謊就是畜生了！」一邊口裡嚷，一邊用手在腰囊裡，摸出十兩一錠銀來，放在桌上，指著道：「這就是兗州官銀，小弟帶來做壽禮的；齊州卻有樣銀。」

叔寶見是真事，把那錠銀子轉拿來納在自己衣袖裡。許多豪傑，個個如癡，並無一言。惟雄信卻還有些膽當道：「叔寶兄，這件事在兄與尤員外、程知節三位身上，都還好處，獨叫我單雄信兩下做人難。」叔寶開口道：「怎麼在兄身上轉不便？」雄信道：「當年寒舍，曾與仁兄有一拜之交，誓同生死患難，真莫逆之交。如今求足下不要難為他二人，兄畢竟也就依了；只是把兄解到京，卻有些差池，到為那一拜，斷送了兄的性命。如今要把尤俊達與程咬金交付與兄受賞，卻又是我前日邀到齊州來，與令堂拜壽的。害他性命，於心何安。卻不是兩下做人難？」叔寶道：「但憑兄長吩咐。」雄信低頭思想了一會說：「我如今在難處之時，只是告半日寬限罷。」叔寶道：「怎麼半日寬限？」雄信道：「我們只當今日不知此事，眾朋友不要有辜來意，明日還到尊府，與令堂拜壽，攜來的薄禮獻上。酒是不敢領了，這等個懷抱，還吃甚酒？告辭各散。兄只說打聽，知道是他二人，領官兵圍住武南莊。他兩個人，也不是騃漢子，決不肯束身受縛，或者出來也敵鬭一會，那個勝負的事，我們也管不得了。這也是出於無奈，在叔寶兄可允麼？」

且袖漁人手，由他鷸蚌爭❼。

叔寶道：「兄長你知自己是豪傑，卻藐視天下再無人物。」雄信道：「兄是怪我的言語了。」叔寶

❼ 且袖漁人手二句：出自「鷸蚌相爭，漁翁得利」，這裡反其意而用之。

道：「小弟怎麼敢怪兄？昔年在潞州顛沛險難，感兄活命之恩，圖報無能，不要說尤俊達、程咬金是兄請往齊州來，替我家母做生日。就是他弟兄兩個，自己來的，咬金又與我髫年之交，適纔聞了此事，就慷慨說將出來，小弟卻沒有拿他二人之理。如今口說，諸兄心不自安，卻有個不語的中人，取出來與列位看一看，方才放心。」雄信道：「請教。」叔寶在招文袋❽內，取出應捕批❾來，與雄信。雄信與眾目同看，上面止有陳達、牛金兩個名字，並無他人。咬金道：「剛剛是我兩人，一些也不差，拜壽之後，同兄見刺史便了。」雄信把捕批交與叔寶。叔寶接來豁的一聲，雙手扯得粉碎。其時李玄邃與柴嗣昌兩個來奪時，早就在燈上燒了。

自從燭焰燒批後，慷慨聲名天下聞。

畢竟不知如何，且聽下回分解。

總評：咬金慨然自招盜損，友義可嘉；叔寶更有燒批義舉，無非一念所激。如此交情，可風末俗❿。

又評：程咬金直吐真情，真乃大英雄氣概，乃是不欺故友，非粗率也。叔寶苦欲周旋，而咬金摸出損銀，使叔寶無辭可以遮護。至於雄信劃策，本欲兩全。叔寶焚批，幾成自害。所見有到不到，亦叔寶

---

❽ 招文袋：放文件或財物的口袋。

❾ 應捕批：應逮捕犯人的批示。

❿ 可風末俗：可以教化末世的衰敗習俗。風，教化；感化。

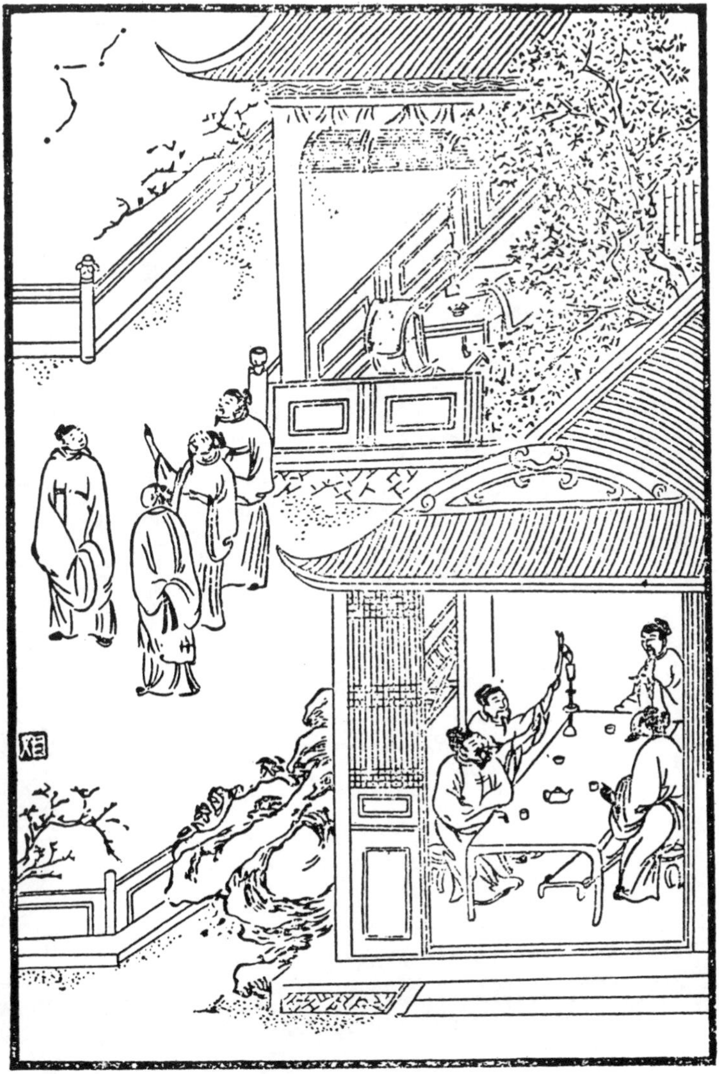

叔寶豁的一聲，雙手把捕批扯得粉碎，在燈上燒了。

意氣人。見咬金如此義氣，眾人如此驚疑，遂不暇瞻前顧後耳。

又評：要寫咬金認劫財，先寫相敘拜壽；寫拜壽，又先寫相聚在賈潤甫家。又先寫咬金與叔寶是舊交，然又不一直寫去，卻寫叔寶比較受杖，張社長好言勸慰，有無可奈何處。後見咬金直認，是豪傑本色；叔寶焚批，義氣真不可及；雄信劃策，亦是善全朋友之計。天下唯此等人，乃做得此等事。若畏首畏尾，貪財負信，庸庸者流，何足以語此！

第二十四回　豪傑慶千秋冰霜壽母　罡星祝一夕虎豹佳兒

詩曰：

君不見段卿倒用司農章❶，焚詞田叔援梁王❷。丈夫作事膽如斗，肯因利害生憂惶？生輕誼始重，身殞名更香。莫令左儒笑我交誼薄，貪功賣友如豺狼。

智士多謀，勇士能斷，天下事若經智人賜肚，畢竟也思量得周到。只是一瞻前顧後，審利圖害，事如何做得成？惟是俠烈漢子，一時激發，便不顧後來如何結局，卻也驚得一時人動。當時秦叔寶只為朋友分上，也不想到燒了批，如何回覆刺史？這些人見他一時慷慨，大半拜伏在地。叔寶也拜伏在地。只為：

世盡浮雲態，君子濟難心。誼堅金石脆，情與海同深。

❶ 段卿倒用司農章：段卿，即段秀實，唐代宗時任司農卿。當時朱泚叛亂，派軍以迎接皇帝為藉口，實際想謀害皇帝。段秀實見情況緊急，便發布命令，倒填日期，蓋上司農卿之官印，把軍隊追回。

❷ 焚詞田叔援梁王：漢景帝母弟梁孝王想當太子，派刺客暗殺朝中反對之大臣。景帝派田叔等去梁國追查此事。田叔到梁國，把牽涉梁王之供詞全部燒毀，使梁王免於被追究。

這時候止有個李玄邃，袖手攢眉，似有所思。柴嗣昌靠著椅兒，像個閒想。程咬金直立著不拜道：「秦大哥，不是這等講。自古道，自身作事自身當。這事是我做的，怎麼累你？只是前日獲不著我兩個，尚且累你；如今失了批迴，如何回話？這官兒怕不說你抗違黨盜，這事怎了？況且我無妻子，止得一個老母。也虧做了這事，尤員外盡心供奉飽衣煖食，你卻何辜？倘有一些長短，丟下老母嬌妻，誰人看管？如今我有一個計議，尤員外你只要盡心供奉我老母，我出脫了你，我一身承認了就是。殺官時原只有我，沒有你追趕解官，通名時也只有我，沒有你，這可與解官面質得的。只我明日拜壽之後，自行出首就是。秦大哥失了批迴，也不究了；若是燒了批迴，放我二人，我們豈不感秦大哥恩德，卻不是了局，枉自害了秦大哥。」眾人先時也都快活，聽到燒了批迴，也不結局，枉累了秦叔寶這一片話，人都目睜口呆。只有李玄邃道：「這事我在燒批時便想來。先時只恐秦大哥要救自己，急不肯放程知節，及見他肯放他兩人時，我心中說，叔寶若解東都宇文愷處，我自去央人說情，可以保全不妨。不料燒了批。如今我為秦大哥想，來總管原在我先父帳下，我曾與他相厚；況叔寶亦曾與他效勞，我自往見來總管，要他說一個事故，取了叔寶去，這事便解了。」伯當道：「也是一策。」程咬金道：「是便是，若來總管取得他去，便不發他下來了，況且不得我兩個，不得這贓，州官要賠。這些官不楂銀子家去罷了，肯拏出來賠？這是斷斷不放的。只是我出首便了。」叔寶道：「且慢，我自明日央一個大分❸上說：屢比不獲，情願賠贓，事也鬆得。」正是：

❸ 大分：有大交情的人。

十萬通神，有錢使鬼。說甚鐵面，也便唯唯。

卻說柴嗣昌拍著手道：「這卻二兄無憂，柴嗣昌一身任了罷！」眾人跟前，怎柴嗣昌敢說這大話？卻為劉刺史是他父親知貢舉時取的門生，柴嗣昌是通家兄弟，原是要來拜謝。叔寶打他抽豐❹做路費，撞在這事裡，他也待做個白分上❺，總是劉刺史要賠贓，卻不道有帶來唐公酬謝叔寶銀三千兩，叔寶料不遽收，就將來賠了，豈不兩盡？故此說這話道：「實不瞞諸兄說，劉刺史是我先父門生，我去解這危罷！」程咬金道：「就是通家弟兄，送了百十兩銀子便罷，如何肯聽了自賠三千兩皇銀？」尤俊達道：「只要柴大哥說得不難為叔寶，銀子我自措來。」柴嗣昌道：「這銀子也在我身上，不須兄措得。眾位且靜坐飲酒，不可露了風色，為他人知覺，反費手腳。」正是：

神謀奇六出❻，指顧解重圍。好泛尊前醉，從教月影微。

單雄信道：「既是李大哥、柴大哥都肯認這節事，拜壽之後，兩路並行，救他兩人之急罷了。」眾人仍又歡歡喜喜的，入席飲酒，分外歡暢，說了幾許時話，喫了幾多時酒。不覺將五鼓，叔寶先告辭回家，進城到自家門口，只見門還不閉，老母倚門而立，媳婦站在旁邊。叔寶驚訝道：「母親這早晚還立

---

❹ 抽豐：找關係走門路向人求取財物。

❺ 白分上：不出代價的人情。分上，面子；人情。

❻ 神謀奇六出：西漢初年，陳平曾提出六條奇計，幫助劉邦擺脫困境。

在門口何幹？」老母把衣袖一灑，洋洋的迸回裡面坐下，眼中落淚。叔寶慌忙跪倒。老母道：「你這個冤家，在何處飲酒，這早晚方回，全不知兒行千里母擔憂。雖不曾遠出，你卻有事在身上。昨日府中比較，我看見被打的人，街坊上紛紛的走過去，我心中何等苦楚，你卻把我老母付於度外。」叔寶道：「孩兒怎敢忘母親養育之恩，只是有一樁不得已事。」老母道：「什麼不得已事？」叔寶道：「就是昔年潞州破格救孩兒的性命單員外，同許多朋友，趕到齊州來，今日天明與母親拜壽。」老母道：「既然如此，你且起來叫媳婦，現有遠路尊客到家中，茶菓小菜，不比尋常，都要安排精潔些。」

叔寶把做旗牌官管下共二十五名士兵，都喚到家中使用，同批捕盜的二友，請來代勞。樊建威是個粗人，著他收入盤盒禮物，打發行的腳錢。唐萬仞寫的字好，發領謝帖子，就開禮單記賬；連巨真禮貌周旋，登堂拜壽的朋友，都是他迎接相陪，有走馬到任的酒麵，叔寶內外照管。卻不止於西門外這班朋友，山東六府，遠近都有人來，只這本地來總管標下，中軍官差人送禮，同袍旗牌聽用等官，俱登堂拜壽。齊州除正堂以下佐貳衙的官員，並歷城縣，都要叔寶擔捕盜的擔子。二十四日頂限，解赴東都，只得奉承。也有差人送禮的，有登堂拜壽的。還有綠林中一班人，感叔寶周旋，不敢登堂拜壽，月初時黑夜入城，用折乾禮物，單書姓名，隔牆投入。叔寶受有千金。如今見府縣官員來拜壽，著人出外城去，知會雄信等，緩著些進來，恐咬金說話，露出些風聲來，多有不便。

眾人下處喫過了飯，到巳時以後，方纔進城。十七位正客，手下倒有二十多人，禮物卻抬了一條街道。將近叔寶門首，叔寶與建威等，重換衣服，降階迎接。眾人相見了，先將禮物抬將進去。此時門上結綵，堂內鋪氈，天井裡用布幔遮了日色，月臺上擺十張桌子，尺頭盤盒，俱安於桌上；菓盤等件，就月臺地下擺了；羊酒與鵝酒，俱放在丹墀下面。眾人各捧禮單，立於滴水簷前，請老母拜壽。看堂上開壽域規模，屏門上面懸一面牌匾，寫四個大字：「節壽雙榮」。庭柱上一對聯句，稱老夫人節操：「歷盡冰霜方見節，樂隨松柏共齊年」。居中古銅鼎內焚好香，左右兩張香几，寶鼎焚香。左首供一軸工繪南極壽星圖，右首供一幅細繡西池王母。簷前結五彩毬門，兩廂房鼓手奏樂。

叔寶到屏門邊，請老母堂前與諸兄相見。老母出來，雖是六旬，兒子卻在得意之秋。老母黃髮童顏，穿一身道扮的素服，拿一串龍頷頭的念珠，後邊跟兩個丫環。秦母近堂前舉手道：「老身且不敢為禮。」先淨手拈香，拜了天地，拜罷轉在主人的席邊，方纔開言道：「老身與小兒有何德能，感諸公遠降，蓬蓽生輝。諸位大人風霜遠路，就此站拜了。」雄信領班登堂，眾口同聲道：「晚生輩不遠千里而來，無以為敬，惟有一拜。」推金山倒玉柱，一群虎豹，羅拜於階下。老母也跪下。那樊虎、唐萬仞、連巨真，卻不隨班下拜，扯住了秦母兩邊衣袖，不容他還拜。叔寶卻跪在母親旁邊，代老母還禮。雄信道：「恐煩伯母，我等連叩八拜罷。」老母還禮起來稱謝。眾人卻將各處禮單，遞與叔寶，獻於老母親看，安在居中的桌上。老夫人道：「諸位厚儀，卻則反有不恭之罪。」吩咐秦瓊都收了各家的壽軸，從屏門兩邊，鵝毛扇掛將起來，惟工緻者揭面。雄信又上前道：「老伯母在上，適纔物鮮，不足與伯母壽，還備得有壽酒在此，每人各敬三杯，以介眉壽❼。」叔寶道：「單二哥，就是樊建威三位兄弟，還不贈賜家母的酒。家母年高，不要說大杯，就是小杯，也領不得許多。兄長吩咐，總領三杯便了。」李玄邃道：「依單員外每人三杯太多，依叔寶總領三杯太少。我學生有個愚見：眾朋友若是一個個來的，就該每人奉三

❼ 以介眉壽：語出詩豳風七月，頌祝長壽的意思。介，同「丐」。乞求。

眾人各捧禮單，立於滴水簷前。叔寶到屏門邊請老母堂前與諸兄相見，秦母還禮稱謝。

杯了；若是一家來的，總只該奉三杯；我們也不是一家，也不是一個，各有一張禮單在此，照禮單奉酒，有一張禮單，奉三杯酒。」叔寶看禮單甚多：「這等容小弟代飲。」伯當道：「這個使得，母子同壽千秋。」先是雄信的，這個單上的人多，八個人：單通、王勇、李密、童環、金甲、張公謹、史大奈、白顯道，他這八人，九月十五二賢莊起身，禮單禮物，都是雄信辦停當來的。老母見客眾，卻領兩杯，叔寶代飲一杯。第二是柴紹，獨一個禮單，老母也領了兩杯，叔寶代飲一杯。次後尉遲南、尉遲北，卻又重新講起：「小弟二人，雖是一張禮單，卻要奉六杯壽酒。」叔寶道：「單二哥許多朋友，遵李兄之言，只賜三杯，賢昆玉卻怎麼又要破格？」尉遲兄弟道：「小弟也說出理來。適纔亂收禮物進去，卻有我本官羅公書禮在內，愚兄弟奉公差遣，假公而濟私來的，不要辱主人之命，先替我羅老爺奉過三杯，然後纔盡我弟兄二人來意。」眾人都道好，老夫人聽得說是姑夫差官，勉強飲兩杯，叔寶代飲四杯。卻輪到尤俊達、程咬金。叔寶道：「這位就是斑鳩店住的程一郎。」秦母失驚道：「這就是程一郎！怎面龐一些不像了？記得亂離時，與令堂相依，兩邊通家，往還數年，後來令堂要往東阿以後，音信隔絕，不料今日相逢，令堂可好麼？」咬金道：「託庇粗安，令知節致意老伯母。」秦母又歡喜，喫了兩杯，叔寶又代飲一杯。雄信又叫住了：「還留主人陪我們盤桓，你本地方朋友，總只奉三杯罷。」還有張禮單，賈潤甫城中的三友：樊虎、連明、唐萬仞，共奉三杯。壽酒已畢，老夫人稱謝，吩咐叔寶：「諸公遠來光顧，須得通宵快飲。」老夫人進去，叔寶將二門都關了，各按次序而坐，都是賈柳家中敘過的，今日只多城裡三人，又是那叔寶通家兄弟，都做主人。奏樂進酒，因酒無令不行，將雄信賀壽的詞，做一酒令，每人執一大杯，飲一杯酒，念壽詞一遍；一字差訛，則敬一杯。先是雄信首唱其詞曰：

秋光將老，霜月何清。皎態傲寒惟香草，花週雖暮景，和氣如春曉，恍疑似西池阿母來蓬島。杯浮玉女漿❽，盤列安期棗❾，綺筵上風光好。昂昂丈夫子，四海英名早，捧霞觴，願期頤❿長共花前笑。

眾豪傑歌壽詞，飲壽酒。詞原是單雄信家李玄邃做來的，他兩個不消講記得。王伯當與張公謹，都曾見來，這兩人文武全才，略略省記，也都不差。到柴嗣昌不惟記得，抑且歌韻悠揚合調。賈潤甫素通文墨，也還歌得。苦了是白顯道、史大奈、尉遲南、尉遲北、尤俊達、金國俊、童佩之、樊建威一干等了，程咬金道：「這明是作耍我了，我也不認得，念不來，喫幾鍾酒罷。」眾人一齊笑了一番，開懷暢飲。

卻說外廂這些手下僕從士兵，亦安排了幾桌酒飯，陪著他們喫。忽聽得外面叩門聲甚急，一個士兵忙取火，開門出來一看，卻是一個長大的道人，肩上背著一口寶劍。士兵道：「你來做什麼？」道人道：「我來化齋。」士兵道：「齋是日裡邊化的，這是什麼時候了，卻來鬼混！」道人道：「別人化齋是日裡，我偏要在夜裡化。」士兵道：「裡邊有事，誰耐煩和你纏，請你出去罷！」把手向道人一推，只見士兵反自仰面一跤，翻天的跌向照壁上去。這一響驚動了廂房這些士兵，與那手下僕從齊出來，這干人

❽ 玉女漿：傳說中仙女的瓊漿，喝了可以長壽。
❾ 安期棗：安期，安期生，傳說中的蓬萊仙人。他有仙棗，其大如瓜，喫了可以長壽。
❿ 期頤：稱呼百歲老人的代用語，這裡是祝頌之辭。

都是會動手動腳的，見跌倒了那個士兵，大家上前要打這道人。只見道人把手一格，一二十人紛紛的上堆，也是倒在塵埃。一個士兵，忙進堂中，向席上去報知。叔寶見說便道：「你們好不曉事，他要化齋，或葷或素，齋他一飽便了，值甚事大驚小怪？」樊建威道：「秦大哥你自陪客，待弟出去看來。」

樊建威走到門首，只見那道人虎軀雄壯，一部髯鬚，知非常人，忙舉手一恭道：「老師還是實要化齋，還是別有話說？」道人道：「我那裡要化什麼齋？我是要會叔寶兄一面，與他說句話兒就去的。」樊建威道：「既如此，老師少待，我去請他出來。」樊建威進來說了，叔寶方要出去，只見道人已到面前，叫道：「那位是叔寶兄？」此時眾豪傑看見，也都出位走下來。叔寶應道：「小弟就是。」忙向道人作了一揖。道人又問：「那一位是二賢莊單雄信兄？」雄信道：「小弟便是單通。」也與道人揖過。王伯當道：「老師，我們人眾，大家團揖了坐罷！」叔寶便問老師上姓。道人道：「小弟姓徐，賤字洪客。」叔寶見說大喜道：「原來是徐洪客兄，何緣有辱降臨？」單雄信道：「魏玄成時常道及老師，許多奇謀異術，文武才能，日夕企慕得緊。今幸一見，足慰平生。」叔寶就要安席敬酒。徐洪客道：「坐且少停，弟此來為慶老伯母大壽，此時不敢又動煩出閣，弟在山中，帶得仙液香醪在此，煩兄送進去敬上老伯母，小弟在外遙拜便了。」便叫取一個空壺來，手下人忙把來放在桌上。徐洪客向袖中取出一個三四寸長的葫蘆來，對天默念了幾句，又將一指在葫蘆外劃了幾劃，揭起壺蓋傾下，一時異香滿室，煙浮篆結，熱騰騰竟是一滿壺香醪。徐洪客把一指在葫蘆口邊一擊，即便住了，執壺在手道：「本欲就送進去，奈弟與叔寶兄乍會，恐有猜疑，待弟先自飲一杯。」就斟上一杯，自飲乾了，又斟一杯，送與叔寶道：「兄亦先奉一杯，然後好煩兄送進去與老伯母增壽。」叔寶道：「承賜仙醪，家母尚未奉過，弟安敢先嘗？」只見程咬金搶出來喊道：「待弟與秦大哥飲罷！」便舉杯向口只一合飲乾，覺得香流滿頰，精迴肺腑，便道：「可要再代一杯？」徐洪客道：「這未必了，且拿進去，奉過了老伯母，剩下的取來敬諸兄。」叔寶捧了壺，進裡邊去了，洪客向內拜了四拜起來。正是：

眉壽添籌獻，香醪異味新。

不一時叔寶出來，對洪客拜道：「老母叫弟致謝徐兄天漿，家母已飲受三杯。餘下的叫秦瓊分惠與諸兄長。」樊建威把徐洪客向內拜祝，說與叔寶知道。叔寶連忙又拜下去，洪客扯住，又在袖內取出一個葫蘆來，向口內吹一口氣，把壺瓶傾滿，大家你一杯，我一盞，恰好輪到了叔寶主人家一杯，壺中方竭。眾人喫了，個個讚美稱奇。叔寶就定徐洪客在單雄信肩下坐了，眾豪傑亦各就位。叔寶對徐洪客道：「前歲小弟公幹長安，遇李藥師，嘗道吾兄大名。」雄信問道：「洪客兄，你幾時不會魏玄成了？」洪客道：「弟於前月望間，道過華山西嶽廟，蒙玄成兄留弟住了一宵，說叔寶兄前年在潞州東嶽廟染疴，虧兄接秦兄到尊府調理好了，彼此相聚，約有半載。秦兄後邊誤遭人命，配入幽州，如今四五載，音信杳然，心甚罣念。玄成兄因廟中不能脫身，託弟附一札，到尊府相訪，欲同來祝壽。尊价⓫云爺已同諸位爺，往山東拜秦太太壽去了，故此弟連夜趕來，慶祝伯母榮壽。」說罷就在袖中取出魏玄成的兩札來。雄信拆開看了，不過說前日在潞時，承兄護法光耀山門的意思。那叔寶一札，前邊聊敘闊踪，中間道不及親身奉祝之意，後邊說來友徐洪客非等閒之人，囑叔寶以法眼物色之；另具壽詞一幅，頌祝岡陵。叔

⓫ 尊价：對別人家人的敬稱。价，供役使的僕人。

寶看完，納入袖中道：「小弟當年在廟中抱痾，虧他的藥石調理；及弟在幽州，回到潞州，剛欲圖報，玄成兄又到華山去了。許多隆情厚誼，尚未少酬，至今猶自歉然。」李玄邃道：「徐兄幾時到這裡的？」徐洪客道：「小弟下午方趕進城，寓在顏家店內。原擬明晨來拜秦伯母壽，因見巽方⓬上今晚氣色不佳，防有小災，一路看覷，恰在這個里中，故此只得暮夜來奉陪諸兄。」眾人見說，齊聲問道：「什麼災星？」洪客答道：「諸兄少刻便知。」

眾豪傑見徐洪客丰神瀟洒，舉動非常，都與談論，勸他的酒。正在觥籌交錯之時，只見徐洪客停著酒杯在案，把左眼往外一瞬，說道：「不好，災星來了！」忙跳起身來，執著一杯酒，向月臺站定，拔出背上寶劍，口中念念有詞，喝聲道：「疾！」把酒向空中一洒，進來一霎時，狂風驟起，黑霧迷天，堂中燈燭，光搖影亂，眾人正在驚疑，只聽得外邊喧嚷，進來報道：「不好了，左首鄰家漏了火了！」叔寶與眾人見說，忙要起身往外著人去救火，洪客止住道：「諸兄不要動，外邊大雨了。」話未說完，只聽得庭中傾盆大雨，倒將下來，足有一個時辰，卻雲收雨息，手下人進來說道：「恰好逢著一場大雨，把火都救滅了，不然必致延燒了不得。」於是眾豪傑愈欽服徐洪客。

其時正交五鼓，眾人便起身謝別。洪客對叔寶道：「小弟明早不及登堂了。」叔寶道：「吾兄遠臨，諸兄又在此，再屈盤桓幾日。」洪客道：「小弟因魏玄成常說，太原有天子氣，故與劉文靜兄相訂，急欲到彼一晤，故此就要起身。」叔寶道：「既如此，弟亦欲修一札，去候文靜兄，並欲作札致謝玄成，明早遣人送到尊寓。」洪客應允，眾位齊聲謝別出門。正是：

⓬ 巽方：東南方。

勝席本無常，盛筵難再得。

總評：群雄祝壽，原不易見，更奇在徐洪客暮夜來訪，筵上添許多佳景。可見豪傑聲名，千里同氣，較與末世單說好話誦俚語者迥別。

又評：四方豪傑，相聚一堂，亦是快事。要寫拜壽，先議完咬金一段，如何安當，此是正筆。然後入單雄信同朋友登堂拜壽，形容禮物菓肴，錯綜上下，城內城外，近地遠方，交游不一，此是陪筆。後復添出徐洪客仙醪進祝，噀酒滅火，卻不是正筆中之陪筆，陪筆中之正筆耶？讀者宜細翫之。

第二十五回　李玄邃關節全知己　柴嗣昌請託浼贓官

詞曰：

天福英雄，早託與匡扶奇業。肯困他七尺雄軀，一腔義烈？事值顛危渾不懼，遇當生死心何懾。堪羡處，說甚膽如瓢，身似葉。　羞彈他無魚鋏❶，喜擊他中流楫❷。每濟困解紛，步凌荊聶❸。囊底青蚨❹塵土散，教胸中豪氣煙雲接。豈耽耽貪著千古名，一時俠。

右調滿江紅

嘗看天下忠臣義士身上，每每到擺脫不來處，所與他一條出路：絕處逢生。忠臣義士，雖不思量，靠著個天圖僥倖成功，也可知天心福善，君子落得為君子。叔寶一時意氣，那裡圖有李玄邃、柴嗣昌兩

❶ 羞彈他無魚鋏：用馮諼彈鋏之事。馮諼，戰國齊孟嘗君門客。以食無魚、出無車、無以為家，三次彈鋏為「長鋏歸來」之歌。

❷ 喜擊他中流楫：指東晉名將祖逖率軍北伐，渡長江時中流擊楫，誓死收復中原的典故。

❸ 荊聶：荊軻與聶政，都是戰國時著名刺客。

❹ 青蚨：錢。

個為他周旋？不期天早周旋，埋伏這兩路救應。當日飲夠了半夜，單雄信一干回到賈潤甫家歇宿；徐洪客到顏家店裡，候叔寶的回札；樊建威等三人，各自回家。

雄信睡到天明，忙去催李、柴兩個行事，兩人分投而往。李玄邃去見來總管，明說為拜秦叔寶母親壽誕而來，今叔寶因捕盜，遭州中茶毒，要兄託甚名色❺，取了他來，以免此害。來總管道：「此人了得，我也有心看他；但只是說兩個毛賊，他去擒拿也不難，不料遭州中責比。只是目下要取他來，無個名色取來，留在帳下，州中還要來爭。」想了一想道：「有了。前日麻總管移文來道，督催河工將士，物故數多，要我這邊發五百人抵補。我如今竟將他充做將領，給文與他前去，這是緊急公務，他如何留得住？他再來留，我自有話說。當先原只說他受賄，不肯捕賊，如今將他責比，只是捕不來，可知不是縱賊了。他州中自有捕人，怎挾私害我將官？我這邊點下軍士，叫他整束行裝，只待文出就行便了。」留玄邃喫飯。玄邃再三不肯道：「兄只周旋得秦旗牌，小弟感惠多了。」要留他在衙中盤桓幾日，玄邃道：「恐劉刺史申文到宇文愷處害秦瓊，要在彼處，為他周全，以此不便久留。」來總管只得僉了一張批，自到賈潤甫家答拜，送與李玄邃，贈他下程折席盤費銀數百兩。叔寶這番呵：

湯網開三面❻，冥鴻❼不可求。弋人何所慕❽，目斷碧雲頭。

❺ 名色：名目；藉口。

❻ 湯網開三面：據史記殷本紀，湯出宮，見野外四面張網，欲捕飛鳥。湯下令撤去三面，僅留一面。後代因此以湯網比喻刑政的寬大。

❼ 冥鴻：高飛的鴻雁。後用以比喻避世隱居的人。此處意謂脫羈遠害。

這廂柴嗣昌去見劉刺史，刺史因是座主之子，就留茶留飯。倒是劉刺史先說起自己在齊州一廉如水，只喫得一口水。起解銀兩，並不曾要他加耗詞訟，多是趕散，並不罰贖。不料被響馬劫去鄰州協濟銀三千兩，反要我州裡賠。別無設處，連日追比捕人，並無消息，好生煩惱。柴嗣昌就趁勢說去道：「正是捕人中有個秦瓊，前奉差來長安，曾與八拜為交，昨來拜他母親壽，聞他以此無辜受累，特來為他求一方便。」劉刺史道：「仁兄不知，這秦瓊他專一接受響馬常例❾，養盜分贓，故此得僉充旗牌，交結遠方眾捕盜攻他；小弟又訪得確實，故此責令他追捕。縱是追不著賊，他也賠得起贓。若依仁兄寬了他，賊畢竟拿不著，這項三千銀子，必定小弟要賠了。明日小弟正待做文書，解他到東都總理宇文司空處去，今日兄吩咐小弟，止可寬他幾限，使他得盜得贓罷了。」嗣昌道：「我想東都只要銀子去，人不解去，具文去也罷。」劉刺史道：「正是這銀子難得。小弟是賠不起，就要在本州屬縣搜括，凡可搜括得的，都是縣官肉己錢，那個肯拏出來？故此不得不比這干捕人。」柴嗣昌看這劉刺史的意思，是要叔寶眾人身上出這項銀子的了，因笑一笑道：「這等不若待眾捕人賠償一半，註銷了此事罷。」劉刺史道：「這如何註銷得？即少一兩，還是一宗未完，關著我考成的。」柴嗣昌道：「這等待各捕盜賠了，完了這考成罷。」劉刺史道：「論這干人，多賠也不難，且慣得賊人常例，就賠也應該。只是這干人，都是東都討解的，莫說解去是十死一生，只盤費也要若干。如今兄出題，自要他賠贓，外再送兄五百兩，這個作小弟薄敬，小弟明日就不比較，聽他納銀了。小弟還給一個執照與他，拿著賊時，一一追來給還。」柴

❽ 弋人何所慕：西漢揚雄法言：「鴻飛冥冥，弋人何篡焉？」意謂鴻雁高飛，遠脫禍害。弋人，射鳥者。

❾ 常例：即常例錢，按慣例收取或公開收取的小費。

劉刺史道：「論這干人，多賠也不難，且慣得賊人常例，就賠也應該。」柴嗣昌含笑起身道：「只恐這些窮人還不能全賠。」

嗣昌又含笑起身道：「只恐這些窮人，還不能全賠。」劉刺史道：「這皇銀斷不可少，只要秦瓊出一張認狀，分派到眾人身上，小弟自會追足。就是仁兄的謝禮，切不可聽他訴說窮苦，便短少了。」柴嗣昌道：「只要賠得贓完，小弟的心領了罷。」起身告別，劉刺史直送出府門。正是：

只要自己醫瘡，那管他們剜肉。

柴嗣昌回到賈家時，李玄邃已得了來總管送來批文，只待柴嗣昌來，問府中消息，同去見叔寶。兩邊相見，玄邃便把批與柴嗣昌看，說：「正待同你見叔寶，叫他打疊起身。」柴嗣昌看了，嘆一口氣道：「如今人薄武官，還是武官爽快。這些文官臭吝，體面雖好，卻也刁鑽，把一個免解，就做了一件大分上，大意要這干捕盜身上賠贓，說給與執照，待拿著賊時追給。」單雄信道：「這也是菓子話。但是這干捕盜，除了叔寶，樊建威、唐萬仞、連巨真三個，想還家道稍可，其餘這干穿在身上，喫在肚中，那一個拏得出銀子的？」伯當道：「這個須我們為他設處。」程咬金道：「這不須講得，原是我們拏去，還是我們補還。尤員外快家去，把原銀傾過用費些可補上，拿了來救秦大哥。」尤俊達也應聲要去。柴嗣昌道：「這是小弟說過，都在我身上。」張公謹道：「豈有獨累兄一人之理？」柴嗣昌道：「不然，這也是秦大哥的銀子。」伯當道：「秦大哥幾時有銀子在你處？」柴嗣昌道：「就是秦叔寶先時在楂樹崗救了岳父，小弟在報德祠相會時，曾有書達知岳父，及至岳父有書差人送些銀子來時，叔寶已回。逡巡至今，小弟方帶得來。正擬拜壽後送去，還恐他是好漢子，為人不求報的，不肯收這銀子，不若將來完了此事。」白顯道與賈潤甫道：「此事最妙。」童環、金甲道：「可見前日程兄有眼力，攔住廝殺，終久替他了事。」程咬金笑道：「正是太便宜了我兩個。」這是：

張公喫酒李公醉，楚國亡猿林木災。

正談時，聽得外邊喝道：「是劉刺史來拜了。」眾人都迴避，獨柴嗣昌相見，送了三兩折程❿，三兩折席。喫茶時，劉刺史道：「所事我已著人吹風去，先完了仁兄謝儀，然後小弟纔立限收他銀子，免他解給照與他。這分上若不是兄，斷斷不聽。這五十餘人解向東京，都是一個死，莫想得回來。」柴嗣昌道：「小弟領仁兄情便了。」劉刺史道：「兄不是這樣說，務要他足數，不然是小弟謊兄了；且敝地寒苦，若舍了這椿分了。再沒大分上，兄不可放鬆。」說罷，作別上轎去了。

仕途要術莫如慳，誰向知交贈一鐶。交際總交窮百姓，帶他膏血過關山。

眾人聽了這番說話道：「方纔劉刺史教你不要放鬆是甚事？」柴嗣昌笑道：「他是叫我索他們謝禮五百兩。這不要睬他，只說我已得便完了。」李玄邃道：「這等你折了五百兩了。」柴嗣昌叫家人帶了銀子，同單雄信、李玄邃、王伯當四人，竟到秦叔寶家中。樊建威因劉刺史差個心腹吏放風與他，要他們賠贓，且要出五百兩銀子，送柴嗣昌，極少也要三百兩，慌做一團，趕來與叔寶計議。卻值柴嗣昌四人到來，與樊建威見了禮，又與秦叔寶交相謝了；李玄邃卻遞出一張批文來，卻是：

❿ 折程：折合送行的禮物。程，程儀，臨別送行的禮物或錢財。

欽差齊州總管府來為公務事，仰本職督領本州騎兵五百名，并花名文冊，前至欽差河道大總管麻處告投，不許遲延生事。所至津關，不得阻擋，須至批者。

大業六年九月二十三日行限日投右仰領軍校尉秦瓊准此

李玄邃道：「來總管一面整點人馬，大約三日內，要兄啟行了。」叔寶看了也不介意，只有樊建威失驚道：「恭喜仁兄，奉差即要榮行，脫離這苦門了，只是我們怎賠得這三千兩銀子，還要出五百兩分上錢送柴兄？」單雄信道：「樊建威也知道了。」樊建威道：「小弟衙門中多有相知，柴兄講時，就有人出來通信了。後邊劉爺，又差個吏來明說，甚是心焦，故此特來與叔寶兄計議。」王伯當道：「建威莫慌，柴大哥不惟不要你們分上錢，這三千兩銀子，還是他出。」樊建威道：「果有此事？」秦叔寶道：「有此事沒有此理，我也不要柴兄出，也不要樊建威眾人出，儘著家當賠官罷，不敷我還有處借。」柴嗣昌道：「這宗銀子，原也是足下的。」柴嗣昌便取出唐公書，從人將兩個掛箱，一個拜匣，一個皮箱，拿將過來。柴嗣昌道：「這是岳父手札，送到小弟處，兄已回久，後來小弟值事要面送，不曾來得，蹉跎至今。」叔寶啟書，卻是一個侍生李淵頓首拜名帖，又是一個副啟上寫道：

關中之役，五內銘德，每恨圖報無由。接小婿書，不勝欣快。謹具白金三千兩，為將軍壽。萍水有期，還當面謝。

叔寶看了作色道：「柴仁兄，這令岳小視我了，丈夫作事求報的麼？」柴嗣昌陪著笑道：「秦兄固不望報，我岳父又可作昧德的麼？既來之則安之。」單雄信道：「叔寶兄這原不是你要他的，路上難行，也沒個柴兄復帶去的理。如今將來完此事，卻又保全這五十餘家身家，你並不得分毫，受而不受，你不要固執。」樊建威道：「叔寶兄放了現鐘去買銅，這便是我們五十三家的性命在上邊了。柴兄慨然，你也慨然。」叔寶猶在遲疑，單雄信道：「建威，叔寶他奉官差，就要起身，這銀子你卻收去完官。」王伯當道：「分上錢，我這邊柴大哥也出虛領了；只是我們這居間加一，管家這加一，不可少的。」眾人一齊笑起來。叔寶道：「只是我心中不安。」自起身進裡邊，又拿出三百兩銀子，來對樊建威道：「我想劉刺史畢竟還要什麼兌頭火耗，并甚麼路費貼墊你，一發拏這三百兩銀子去湊，不要累眾人捕批，我也不去銷了。」正是：

千金等一毛，高誼照千古。

樊建威道：「我一人也拿不去，你且收著，待我叫了唐萬仞眾人來，也見你一團豪氣。」叔寶收了，就留他數人在家中喫酒。正喫時，只見尤俊達與程咬金來辭。先時程咬金在路邀集柴嗣昌與殺敗金、童兩個，後來雖係俱是相與，心中也有些不安，到認了殺官劫掠時，明明供出個響馬來了。咬金也便過了，尤俊達甚覺乏趣，勉強捱到拜壽，就要起身。程咬金道：「畢竟看得叔寶下落方去，不然豈有獨累他之理。」及至柴、李兩人回覆，知道叔寶可保無事，尤俊達又恐前日晚間言語之際，走漏風息，被人緝捕，故此要先回；賈潤甫亦要脫干係，懈懈相留，故此兩人特來拜謝告別。叔寶又留了，同坐作餞。樊建威在坐，兩邊都不題起。叔寶道：「本意還要留二兄盤桓數日，只為我後日就要起身，故不敢相留。」臨行時，裡面去取出些禮來，卻是秦母送與程母的。吃到大醉，尤俊達、程咬金同單雄信等回店。到五更時，尤俊達與程咬金先起身去。

滿地霜華映月明，喔咿遠近徧雞聲。困鱗脫網游偏疾，病鳥驚弦身更輕。

次日早，秦叔寶知劉刺史處，只要賠贓，料不要他，他就挺身去謝來總管辭他。來總管道：「我當日一時不能執持，令你受了許多淩辱，如今你且去。羅老將軍、李玄邃分上，回時我還著實看你，你也是不久人下的人。」叔寶叩辭了出來，復大設宴，請北來朋友，也是賈潤甫、樊建威、唐萬仞、連巨真陪。這三人感謝柴嗣昌不盡。不知若不為秦叔寶，柴嗣昌如何肯出這部酣力？叔寶又浼李玄邃作三封書：一封託柴嗣昌回唐公；一封附尉遲南，答羅行臺，有禮與他姑娘姑夫；又有書與羅家表弟。一班意氣朋友這一日傳杯弄盞，話舊談心，更比平時暢快。

杯移飛落月，酒溢泛初霞。談劇不知夜，深林噪曉鴉。

吃到天明，還沒有散。外邊人馬喧闐，是這五百人來參謁。叔寶換了戎服在廳上，吩咐止叫隊什長進見。恰是十個隊長五十個什長，班班斕斕的擺了一天井，都叩了頭。叔寶道：「來爺吩咐，只在明日起行，你們已領行糧可作速準備行李，明日巳時在西門伺候。」眾人應了一聲散去。單雄信對叔寶道：「前日說的求榮不在朱門下，若如此也不妨。」叔寶道：「遇了李、柴二仁兄，可謂因禍得福。」李玄邃道：「大丈夫事業正不可量。」眾人都到寓所取禮來賀。叔寶也都送有贐禮，彼此俱不肯收。伯當道：

「叔寶連日忙，我們不要在此鬼混，也等他去收拾收拾行李，也與老嫂講兩句話兒。明日叔寶兄出西門，打從我寓所過，明日在彼相送罷。」眾人一笑而散。

果然叔寶在家收拾了行李，措置了些家事，叫樊建威眾人取了賠贓的這項銀子去。到不得明日巳時，隊什長都全裝貫帶來迎，請他起身。叔寶燒了一陌紙，拜別了母妻，卻是纏鬃大帽，紅刺繡通袖金鬧裝帶，騎上黃驃馬。這五十人列著隊伍，出西門來，與那青衣小帽在州中比較時，大似不同了。

集古：

蕭蕭班馬鳴⓫，寶劍倚天橫⓬。丈夫誓許國⓭，勝作一書生⓮。

出得西門，到吊橋邊，兩下都是從行軍士排圍。那市盡頭有座迎恩寺，叔寶下了馬，進到寺裡。恐有不到的，取花名冊一一點了。又捐己貲：隊長每人三錢，什長二錢，散兵一錢；犒賞也費五六十兩銀子。內中選二十名精壯的做家丁，隨身跟用，另有賞。事完，先是他同袍旗牌都來餞送，遞了三杯酒作別了。次後是單雄信一干，也遞了三杯酒。叔寶道：「承諸公遠來，該候諸公啟行纔去為是；只奈因玄邃兄提掇得這一差事，期限迫近，不能擔延。」又對柴嗣昌道：「柴大哥，劉刺史處再周旋，莫因弟去

⓫ 蕭蕭班馬鳴：見唐朝李白送友人詩。上句為「揮手自茲去」。
⓬ 寶劍倚天橫：宋朝王應麟玉海有「橫倚天之劍，揮駐日之戈」之句。
⓭ 丈夫誓許國：見唐朝杜甫前出塞詩。下句為「憤惋復何有」。
⓮ 勝作一書生：見唐朝楊炯五律從軍行。上句為「寧為百夫長」。

還賠累樊建威兄弟。」柴嗣昌道：「小弟還要為他取執照，不必兄長費心。」對著尉遲兄弟說：「家姑丈處煩為致意，公事所羈，不得躬謝。」對伯當及眾人道：「難得眾兄弟聚在一處，正好盤桓，不料又有此別。」對賈潤甫、樊建威道：「家中老母，凡百周旋。」與眾人作別上了馬，三個大銃⓯起行。

相逢一笑間，不料還成別。回首盼楓林，盡灑離人血。

去後，柴嗣昌在齊州結了賠贓的局，一齊起身。賈潤甫處都有厚贈。柴嗣昌自往汾陽。尉遲兄弟、史大奈他三個卻是官身，不敢十分擔擱，與張公謹、白顯道也只得同走幽州去了。止剩李玄邃、王伯當、單雄信、金國俊、童佩之五位豪傑在路。未知後事如何，且聽下回分解。

總評：李玄邃對來總管，懇以直對，快人自宜如此也。柴嗣昌對劉刺史，婉以曲對，套頭人⓰宜如此也。其間劉刺史之官腔，秦叔寶之俠氣，樊建威之卑瑣，王伯當之排調，寫來各各與一生面。

又評：嘗云世治尚文，世亂尚武。不知世界之壞，都壞於者也之乎，不如一刀一槍之為直捷也。看李玄邃見來總管，三言兩語，竟將秦叔寶充做將領，給文與他前去，何等爽快，別無牽絆說話。看柴嗣昌向劉刺史說秦叔寶，不要論座師之子，說來聽不聽，偏有許多留難話頭，不止要賠三千銀子，

⓯ 大銃：大火器，猶土槍。銃，古代的一種火器，如火銃、鳥銃。按：隋朝時火藥還沒有用於軍事，並無這種火器發明。

⓰ 套頭人：虛偽客套之人。

又要五百兩做人情，送與嗣昌，甘言美語，兩邊好看。文人武士之薰蕕，描寫曲盡。至單雄信、王伯當、秦叔寶、尤俊達、程咬金英豪之氣，一個人有一樣口角，一樣身分，寫得鬚眉畢見，豈不奇絕。

第二十六回　竇小姐易服走他鄉　許太監空身入虎穴

詞曰：

淚濕郊原芳草路，唱到陽關❶愁聚。撒手平分取，一鞭驕馬疏林覷。　雷填風颯堪驚異，倏忽荊榛滿地。今夜山凹裡，夢魂安得空回去。

右調惜分飛

人生天地間，有盛必有衰，有聚必有散。處承平之世，人人思安享守業，共樂昇平。若處昏淫之世，凡有一材一藝之士，個個思量尋一番事業，討一番煩惱；或聚在一處，或散於四方，誰肯株守林泉，老死牖下？再說金國俊、童佩之，恐怕衙門有事，亦先告別，趕回潞州去了。單雄信、王伯當、李玄邃，他三人是無拘無束，心上沒有甚要緊，逢山玩山，逢水玩水，一路遊覽。不覺多時，出了臨淄界口。李玄邃道：「單二哥，我們今番會過，不知何日重聚？本該送兄回府，恐家間有事，只得要在此分路了。」王伯當道：「弟亦離家日久，良晤非遙，大約來歲，少不得還要來候兄。」單雄信依依不捨，便道：「二兄如不肯到我小莊去，也不是這個別法，且到前面去尋一個所在，我們痛飲一回，然後分手。」伯當、

❶ 陽關：關名，西漢設置，在今甘肅省敦煌市西南，以位於玉門關之南而得名。是古代通西域的重要關隘。

玄邃道：「說得有理。」大家放轡前行。雄信把手指道：「前面乃是鮑山，乃管鮑分金之地❷。弟與二兄情雖不足，義尚有餘，當於此地快飲三杯何如？」伯當、玄邃應聲道：「好。」舉頭一望，只見：

山原高聳，氣接層樓。綠樹森森，隱隱時聞虎嘯；青楊嫋嫋，飛飛目送鶯啼。真個是為衛水兮禽翔，鯨鯢踊兮夾轂❸。

這鮑山腳下，止不過三四十人家，中間一個酒肆，斜挑著酒帘在外。三人下了牲口，到了店門首，見有三四個牲口，先在草棚下上料。店主人忙出來接進草堂，拂面洗塵。雄信對主人問道：「門外牲口，客人又下在何處？」店主把手指道：「就在左首一間潔淨房裡飲酒。」雄信正要去看時，只見側門裡早有一人探出頭來。伯當瞥眼一認笑道：「原來是李賢弟在此。」李如珪看見，忙叫道：「齊兄弟出來，伯當兄在此。」齊國遠忙走出來，大家敘禮過。伯當問道：「為何你們二位在此？」李如珪道：「這話且慢講。裡邊還有一位好朋友在內，待我請他出來見了纔說。」便向門內叫道：「竇大哥出來，潞州單二哥在此。」只見氣昂昂走出偉然一丈夫來。李如珪道：「這是貝州竇建德兄。」單雄信道：「前歲劉黑闥兄，承他到山莊來，道及竇兄尚義雄豪，久切瞻仰，今日一見，實慰平生。」雄信忙叫人鋪氈，六人重新彼此交拜。伯當對如珪、國遠道：「你二位在少華山快活，為何到此？」李如珪道：「弟與兄別後，即往清河訪一敝友，不想被一個盧明月來占據，齊兄又抵敵他不過，只得棄了，遷到桃花山來。遣

❷ 管鮑分金之地：管仲和鮑叔牙，曾同去南陽經商，在鮑山分配所獲財利。

❸ 鯨鯢踊兮夾轂：鯨鯢，即鯨，雄曰鯨，雌曰鯢。夾轂，夾著車輛，形容多。這句出自曹植洛神賦。

孩子們到清河報知，直至前日，弟方得還山。齊兄弟打聽得單二哥傳令，邀請眾朋友到山東，與秦伯母上壽。竇大哥久慕叔寶與三兄義氣，恰值在山說起，他趁便要往齊郡，訪伊親左孝友，兼識荊諸兄一面，故此同來。不知三兄是拜過了壽回來，還是至今日方去？」李玄邃道：「叔寶兄已不在家，奉差公出矣。」齊國遠道：「他又往那裡去了？」單雄信道：「這話甚長。」見堂中已擺上酒席，「我們且喫幾杯酒，然後說與三兄知道。」

大家入席，飲過三杯。如珪又問：「秦大哥有何公幹出外？」王伯當停杯，把豪傑備禮，同進山東；至賈潤甫店，請叔寶出城相會；席間程咬金認盜，秦叔寶燒捕批。齊國遠聽見，喜得手舞足蹈，拍案狂叫爽快。李如珪道：「叔寶與咬金，真天下一對快人，真大豪傑。四海朋友，不與此二人結納者，非丈夫也。後來便怎麼樣？」王伯當又將李玄邃去見來總管，移文喚取；柴嗣昌去求劉刺史，許多撇捎徵贓，幸得唐公處三千金，移贈叔寶，方得完局起身。說完，只見竇建德擊案歎恨道：「國家這些贓狗，少不得一個個在我們弟兄手裡殺盡！」李如珪道：「又觸動了竇大哥的心事來了。」李玄邃道：「竇兄有何心事，亦求試說一番。」

竇建德道：「小弟附居貝州，薄有家業，因遭兩先人棄世，弟性粗豪，不務生產，僅存二三千金，聊為餬口。去歲拙荊亡過，秋杪往河間探親，不意朝庭差官點選繡女❹，州中市宦村民，俱挨圖開報，分上中下三等。小女線娘，年方十三，色藝雙絕，好讀韜略，閨中時舞一劍，竟若游龍。弟止生此女，如同掌珠。曉得小女尚未有人家，竟把她報在一等裡邊。小女曉得，即便變產，將一二百金，託人挽回，

❹ 繡女：選入宮中以充妃嬪宮女的未婚女子。

希圖豁免。可奈州官與閹狗堅執不允，小女聞知，盡將家產貨賣，招集亡命，竟要與州吏差官對壘起來，幸虧家中寡嫂與舍姪立止，弟亦聞信趕回，費了千金有餘，方才允免，恐後捕及，只得將小女與寡嫂離州，暫時寄居介休張善士舍親處。因道遇齊、李二兄，彼此聚義同行。」單雄信道：「叔寶今已不在家，今三兄去也無人接待；莫若到在小莊去暢飲幾天，暫放襟懷何如？」又向伯當、玄邃道：「本欲要放二兄回去，今恰遇三兄，二兄只算奉陪三兄，再盤桓幾日。」伯當與玄邃不好再辭，只得應允。齊國遠便道：「大家同去有些興。我們正要認一認尊府，日後好常來相聚。」李如珪道：「既如此，快取飯來用了，好趕路造府。」眾豪傑用完了飯，單雄信叫人到櫃會賬，連齊國遠三位先喫的酒錢，一並算還了。

眾人出了店門，跨上牲口，加鞭趕路。行不多幾里，只見道旁石上，有個老者，曲肱睡在那裡，被囊撇在身旁。竇建德看見，好像老僕竇成模樣，跳下牲口，仔細一看，正是竇成，心中喫了一驚，忙叫道：「竇成，你為何在此？」那老者把眼一擦，認得是家主，便道：「謝天地遇著了家主。大爺出門之後，就有貝州人傳說，州裡因選不出個出色女子，官吏重新又要來搜求，見我們躲避，便叫人四下查訪。姑娘見消息不好，故著老奴連夜起身，來趕大爺回去。」其時五人俱下牲口，站在道旁。竇建德執著單雄信的手道：「承兄錯愛，不棄愚劣，本當陪諸兄造府一拜，奈弟一時方寸已亂，急欲回去，看覷小女下落，再來登堂奉候。」李玄邃道：「剛得識荊，又要云別，一時山靈，為之黯然。」單雄信道：「這是吾兄正事，弟亦不敢強留；但弟有一句話：隋朝雖是天子荒淫，佞臣殘刻，然四方勤王之師尚眾，還該忍一時之忿，避其亂政為是。倘介休不能安頓，不妨攜令嬡到敝莊與小女同居，萬無他慮，就是兄要他往，亦差免內顧。」齊國遠道：「單二哥那裡不要說幾個贓狗，就是隋朝皇帝親自到門，單二哥也未必就肯與他。」王伯當道：「竇大哥，單兄之言，肺腑之論，兄作速回到介休去罷。」雄信又向伯當、玄邃道：「四海兄弟，忝在一拜，便成骨肉。弟欲煩二兄枉道，同竇兄介休去；二兄才幹敏捷，不比弟粗魯，看彼事體若何，我們兄弟方才放心。」便對自己手下人道：「你剩下的盤費，取一封來。」手下人忙在腰間取出奉上。雄信接在手裡，內中揀一個能幹的伴當與他道：「這五十兩銀子，你拏去盤纏。三位爺到介休去，另尋個下處，不可寓在竇大爺寓所。打聽竇小姐的事體無恙，或別有變動，火速回來報我。」家人應諾。竇建德對雄信、國遠、如珪謝別，同伯當、玄邃上馬去了。正是：

異姓情何切，鬩牆❺實可羞。祇因敦義氣，不與世蜉蝣。

雄信見三人去了，對國遠、如珪道：「你們二位兄弟，沒甚要緊，到我家去走走。」李如珪道：「我們丟這些孩子在山上，心也放不下，不若大家散了再會罷。」雄信見說，也便別過，兜轉馬進潞州去了。

齊國遠在馬上對李如珪道：「剛纔我們同竇大哥到來，不想單二哥倒叫他兩個伴去，難道我兩個畢竟是個粗人，再做不來事業？」李如珪道：「我也在這裡想：我們兩個，或者粗中生出細來，亦未可知。我與你作速趕回到山寨裡去看一看，也往介休去打聽竇大哥令嬡消息，或者他們三人做不來，我們兩個倒做得來，後日單二哥曉得了，也見得齊國遠、李如珪不單是殺人放火，原是有用的。」二人在路上商議停當，連夜奔回山寨，料理了，跟了兩三個小嘍囉，抄近路趕到介休來。

原來竇小姐見事勢不妥，竇成起身兩日後，自己即便改裝了男子，同嬸娘兄弟，潛出介休，恰好路

❺ 鬩牆：指兄弟自家相爭。

上撞見了父親。建德喜極。伯當、玄邃即攛掇竇建德，送往二賢莊去了。

再說李如珪同齊國遠，趕到介休，在城外尋了個僻靜下處，安頓了行李。次日進城中訪察，並不見伯當、玄邃二人，亦不曉得那張善士住在何處。東穿西撞，但聞街談巷語，東一堆西一簇，說某家送了幾千兩，某家送了幾百兩；可惜河西夏家獨養女兒，把家私費完了，止湊得五百金，那差官到底不肯免，竟點了入冊。聽來聽去，總是點繡女的話頭。二人走了幾條街巷，不耐煩了，轉入一個小肆中飲酒。只見兩個老人家，亦進店來坐下，敲著桌子要酒，口裡說道：「這個瘟世界，那裡說起，弄出這條旨意來！擾得大家小戶，哭哭啼啼，日夜不寧。」那一個道：「冊籍如今已定了，可惜我們的甥女不能挽回，但恨這個貪贓閹狗，又沒有妻兒婦女，要這許多銀子何用？」李如珪道：「請問你老人家，如今天使駐紮在何處？」一老人答道：「剛纔在縣裡起身，往永寧州去了。」李如珪見說，低頭想了一想，把手向齊國遠捏上一把，即便起身，還了酒錢，出門趕到城外下處，叫手下捎了行李，即欲登程。齊國遠道：「竇兄尚未有下落，為何這等要緊起身？」李如珪道：「竇兄又沒處找尋，今有一樁大生意，我同你去做。」便向齊國遠耳邊說道：「須如此如此而行，豈不是一樁好買賣？你如今帶了孩子們走西山小路，穿過寧鄉縣，到石樓地方，有一處地名清虛閣，他們必至那裡歇馬。你須恁般恁般停當，不得有誤。我今星飛到寨，選幾個能幹了得的人，兼取了要緊的物件來，穿到石樓，在清虛閣十里內，會你行事。」說完大家上馬，到前面分路去了。正是：

雖非諸葛良謀，亦算隆中❻巧策。

卻說欽差正使許庭輔在介休起身，先差兵士打馬前牌到永寧州去；自己乘了暖轎，十來個扈從，又是十來名防送官兵，一路裡慢慢的行來。在路住了兩日，那日午牌時候，離永寧尚有五十餘里遠，清虛閣尚有三四里，只見：

狂風驟起，怪霧迷天。山搖嶽動，倏忽虎嘯龍吟；樹亂砂飛，頃刻猿驚兔走。霎時盡唱行路難，一任石尤師伯舞❼。

一行人在路上，遇著這疾風暴雨，個個淋得遍身透濕。望著了清虛閣，巴不能進內避過。原來那清虛閣，共有兩三進，裡邊是三間小閣，外邊是三間敞軒，一個老僧住在後邊看守。一行人進內安放了。天使在閣上坐了，眾人把衣服卸下來，取些柴火，在地煨烘。只見門外四五個車輛，載著許多熟豬、肥羊、雞、鵝、火燒、饝饝等類，一二十盤，另有十六樣一個盤盒，是天使用的；四五罈老酒，擺列在地。一個官兒，手裡拏著揭帖，進來說道：「永寧州驛丞，差送下馬飯來，迎接天使大老爺。」眾人見說，忙引他到閣上去相見。那官兒跪下去道：「小官永寧州驛丞賈文參見天使大老爺。」把稟揭禮單送上去看了，說聲：「起來！」便問：「這裡到州，還有多少路？」驛丞答道：「尚有四五十里。州裡太爺，恐怕大老爺鞍馬勞頓，故此先著小官來伺候。」眾人把食盒放在桌上，抬近身來，安上杯筯。天使吩咐手下：「把下邊這些食物，你們同兵衛一齊喫了罷！」眾人見說，即便下閣去了；尚有兩個近身小內監，

❻ 隆中：今湖北省襄陽西。東漢末年諸葛亮隱居於此，劉備三次往訪。

❼ 一任石尤師伯舞：意思是狂風暴雨大作。石尤，逆風；頂頭風。師伯，雨師風伯，即雨神和風神。

許庭輔在介休起身，一行人遇著風雨，進了清虛閣避過。天使在閣上坐了，那驛丞忙把大杯斟滿熱酒道：「外邊風色甚緊，求大老爺開懷，用一大杯。」

站在後邊。那驛丞道：「二位爺也下閣去用些酒飯，這裡小官在此伺候。」兩個見說，也就到下邊去了。喫不多時，只見走上一個大漢，捧上一壺熱酒，丟了一個眼色去了。那驛丞忙把大杯斟滿，跪下去道：「外邊風色甚緊，求大老爺開懷，用一大杯。」那天使道：「你這官兒甚好，咱到後日回去，替部裡說了，陞你一個州官。」那驛丞打一個半跪道：「多謝大老爺天恩。」正說時，只見天使飲乾了酒，一跤跌倒在地。原來那驛丞就是李如珪假裝的。齊國遠管待手下人，見他們喫了些時，就將蒙汗藥傾在酒裡，一個個勸上一杯，盡皆跌倒。李如珪叫眾嘍囉，把天使抬下來，與那兩個小內監多背剪❽了，把天使縛在轎中，將小內監扶上馬，把這些東西，盡皆棄了，跨上牲口，連夜趕上山來。

當時許庭輔在轎中，一覺直睡到更餘時候，方纔醒來；見兩手背剪住了，身子綑縛在轎中，活動不得，著了急，口中亂喊亂叫：「是什麼意思，把咱這般搬弄！」那山凹裡隨你喊破了喉，誰來睬你，只得由他抬到山下。其時東方發白。有人抛起轎簾，扶了許庭輔出來，往外一觀，只見那兩個親隨太監，也綁縛了站在面前。大家見了，面面相覷，不敢則聲。只聽得三個大砲，面前三四十個強盜，簇擁著許庭輔與兩個小太監，進了山寨。上邊刀槍密密，殺氣騰騰，三間草堂，居中兩把虎皮交椅，李如珪換了包巾紮袖，身穿紅錦戰袍坐在上面。許庭輔偷眼一認，卻就是昨日的驛丞，嚇得魂飛魄散，只得跪將下去。

李如珪在上面說道：「你這閹狗，朝廷差你欽點繡女，雖是君王的旨意，也該體恤民情，為甚要詐人家銀子幾千幾百，弄得遠近大小門戶，人離財散？」許庭輔道：「大王，咱那裡要百姓的？這是府縣

❽ 背剪：把雙臂扭在背後加以捆綁。

吏胥，借題婪賄，咱何嘗受他毫釐？」李如珪喝道：「放屁！我一路打聽得實，還要強口。孩子們拏這閹狗下去砍了罷！留著這兩個小沒雞巴的我們受用。」許庭輔聽見，垂淚哀求。只見外邊報道：「二大王回來了。」原來齊國遠劫了天使來，恐怕護兵醒來劫奪，領著嘍囉半路埋伏了多時，然後還山。見他三人跪在階前，便道：「李大哥為什麼這般弄鬆❾？倘日後朝廷招安，我們還要仰仗他哩！」李如珪笑道：「昨日在清虛閣，我也曾跪他，敬他的酒；如今戲耍他一番，只算扯直❿。」

兩個忙下來，替他去了綁縛繩索，攙入草堂敘禮，口稱「有罪冒犯」，就吩咐孩子們：「快擺酒席，與公公壓驚。」眾嘍囉搬出肴饌，安放停當。三人入席坐定，酒過三杯，許庭輔道：「二位好漢，不知有何見教，拿咱到山來？」李如珪道：「公公在上，我們弟兄兩個，踞住此山有年，打家劫舍，附近州縣，俱已騷擾徧了。目下因各處我輩甚多，客商竟無往來，山中糧草不敷，意欲向公公處暫挪萬金，稍充糧餉，望公公幸勿推諉。」許庭輔道：「咱奉差出都，不比客商帶了金銀出門，就是所過州縣官，送些體面贄禮，也是有限，那有准千准百存下取來可以孝敬你們？」齊國遠見說，把雙睛彈出說道：「公公，我實對你說，你若好好拏一萬銀子來，我們便佛眼相看，放你回去；如若再說半個沒有，你這顆頭顱，不要想留在項上！」說罷，腰間拔出明晃晃的寶刀，放在桌上。李如珪道：「公公不要這等嚇呆了，你到外邊去，與兩個尊价私議一議。」

許庭輔起身，同兩個小太監到月臺上，一個是滿眼流淚，一句話也說不出。那個大些的說道：「如

❾ 弄鬆：吳地方言，作弄的意思。
❿ 扯直：拉平。

今哭也無益，強盜只要銀子，老公公肯拏些與他，三人就太平無事回去了；稍不遂意，不要說頭顱，連這幾根骨頭也無人來收拾。這些人殺人不霎眼的，那希罕我們三個？」許庭輔聽了這番說話，又見兩人這般光景，便道：「既如此說，我去求他，放你到州裡去報知，看這班官吏如何商議；如他拏不出這許多，只得將我寄在各府各縣庫上的銀子取來罷。」說了要打發一個起身。李如珪叫嘍囉拏酒飯，與那個大些的內監喫飽了，又取出一錠銀子來賞了他，對他說道：「你叫什麼？」那內監道：「小的叫周全。」李如珪道：「好，這一錠銀子，賞你做盤費的。限你五日內，拏銀子來贖你家主人；若五日內不見來，這裡主僕兩個，休想得活了。」叫手下把他在清虛閣騎來的馬，原騎了去；著兩個嘍囉，送他下山。許庭輔與那小內監鎖在一間附房內，好酒好肉管待他。

說那內監周全，騎著馬跑到清虛閣邊，只見閣門封鎖，並無一人。只得問到州裡，那州官因報知強盜劫了天使，著了忙，如飛到清虛閣看驗了，把老和尚與地方⑪及護送兵衛，帶進州裡，忙申文到汾州府裡去。府官著了急，連夜就趕到州中。此時各官正在那裡勘問地方與老和尚，只見內監周全回來，眾官兒都起身來盤問他。內監周全把桃花山強盜如何長短，一一告訴。眾官兒聽見，個個如同泥塑，且把和尚地方保出在外，大家從長商議。有的說道：「這事必須申文上臺，動疏會兵征勦。」有的說道：「強盜只要銀子。」又有一個說道：「倘然送了五百又要一千，送了一千，又要二千，這宗銀子出在那一項？莫若再寬緩幾日，看見我們不拏銀子去，要他這兩個人何用，自然放下山來。」那汾州府官道：「不是這等講，這幾個欽差內官，多是朝廷的寵臣，倘然在我們地方上有些差失，不但革職問罪，連身家性命，

⑪ 地方：里正、地保之類的鄉官。

亦不能保，豈止降級罰俸？莫若且在庫中暫挪一二千金送去，贖了天使回來，彌縫這節事再處。」大家在庫中撮出二千金，叫人扛了，同周全到山。那齊國遠、李如珪只是不肯，許庭輔只得吩咐自己又湊出三千金，再四哀求，方纔放下山來。自此許庭輔所過州縣，愈加裝模作樣，要人家銀子，千方百計，點選了許多繡女，然後起身。可見世上有義氣的強盜，原少不得。正是：

只道地中多猛虎，誰知此地出貪狼。

總評：竇建德原是天挺英雄，故生此線娘虎女。單雄信著處，無一友不周全，無一事不周札，真交道中之朋今少有。許廷輔囊中財帛已為己有，不意李如珪二人劫去，和盤獻出，快極暢極。可見天地間義氣事，雖在綠林，亦不可少。

第二十七回　窮土木煬帝逞豪華　思淨身王義得佳偶

詞曰：

日食三餐，夜眠七尺，所求此外無他。問君何事，苦苦競繁華？試想江南富貴，臨春與結綺交加❶。到頭來，身為亡虜，妻妾委泥沙。　何似唐虞際，茅茨不翦❷，飲水衣麻。享芳名萬載，其樂無涯。歎息世人不悟，只知認白骨為家。鬧烘烘爭強道勝，誰識眼前花。

右調滿庭芳

天下物力有限，人心無窮。論起人君，富有四海，便有興作，亦何損於民。不知那一件不是民財買辦，那一件不是民力轉輸？且中間虛冒侵剋，那一節不在小民身上？為君的在深宮中，不曉得今日興宮，明日造殿，今日搆閣，明日營樓，有宮殿樓閣，便有宮殿上的裝飾，宮殿前的點綴，宮殿中的陳設，豈止一土木了事？畢竟到騷擾天下而後止。如今再說煬帝荒淫之念，日覺愈熾，初命侍衛許庭輔等十人，點選繡女；又命宇文愷營顯仁宮於洛陽；又令麻叔謀、令狐達開通各處河道；又要幸洛陽，又思遊江都。

❶ 臨春與結綺交加：南朝陳後主曾在皇宮內造臨春、結綺、望仙三閣，高數十丈，窮極奢華。

❷ 茅茨不翦：茅草屋頂不加修翦。言其儉約。

弄得這些百姓東奔西馳，不是驅使建造，定是力役河工，各色採辦。各官府州縣邑，如同鼎沸。莫說大家作事，尚且不難，何況朝廷，不過多費幾百萬銀子，苦了海內百姓的氣力。不多幾時，東京的地方廣闊，不但一座顯仁宮先已告竣；那虞世基還要湊朝廷的意思，飛章上報，說：「顯仁宮雖已告成，恐一宮不足以廣聖馭遊幸，臣又在宮西擇豐厚之地，築一苑囿，方足以備宸遊。」煬帝覽奏大喜，敕虞世基道：「卿奏深得朕心，著任意揆度建造，不得苟簡，以辜朕意。」

於是南半邊開了五個湖，每湖方圓十里，四圍盡種奇花異草。湖傍築幾條長隄，隄上百步一亭，五十步一榭。兩邊盡栽桃花，夾岸柳葉分行。造些龍船鳳舸，在內蕩漾中流。北邊掘一個北海，周圍四十里，築渠與五湖相通。海中造起三座山：一座蓬萊，一座方丈，一座瀛洲，像海上三神山一般。山上樓臺殿閣，四圍掩映。山頂高出百丈，可以回眺西京，又可遠望江南湖海。交界中間卻造正殿，海北一帶，委委曲曲，鑿一道長渠，引接外邊為活水，瀠洄婉轉，曲通於海。傍渠勝處，便造一院，一帶相沿十六院，以便停流美人在內供奉。苑牆上都以琉璃作瓦，紫脂泥壁。三山都用長峰怪石，疊得嶙嶙峋峋；臺榭盡是奇材異料，金裝銀裹，渾如錦繡裁成，珠璣造就。其中桃成蹊，李列徑，梅花環屋，芙蓉繞堤，仙鶴成行，錦雞作對，金猿共嘯，青鹿交遊，就像天地間開闢生成的一般。又不知坑害多少性命，又耗費了多少錢糧，方得完成。虞世基即便上表，請煬帝親臨觀看。

煬帝見表來請，以觀落成，滿心歡喜。即便擇日，同蕭后，帶領眾宮妃妾，發車駕竟望東京而來。不一日，先到了顯仁宮。早有宇文愷、封德彝二人接住朝見過，遂引了煬帝御駕，從正宮門首，一層層看將進來。但見：

飛棟衝霄，連楹接漢。畫梁直拂星辰，閣道橫穿日月。瓊門玉戶，恍然閬苑仙家；金殿瑤階，儼似九天帝闕。簾櫳迴合，鎖萬里之祥雲；香氣氤氳，結一天之瑞靄。真個是影娥池❸上好風流，鳷鵲樓中多富貴。

煬帝看見樓臺華麗，殿閣崢嶸，四方朝貢，亦足以臨之，不勝大悅。便道：「二卿之功大矣！」即命取金帛表裡厚賜了二人，就留二人在後院飲酒。正是：

莫言天道善人親，驕主從來寵佞臣。不是誇強興土木，何緣南幸不迴輪。

煬帝在顯仁宮，遊玩了數日，又厭煩了；駕了飛輦，同蕭后與眾嬪妃，到西苑中來。少不得那宇文愷、封德彝二佞臣，亦便伴駕。到得苑中，只見：

五湖蕩漾，北海波搖。三神山佳氣蔥鬱，十六院風光淡爽。真個是九洲仙島，極樂瓊宮。

後人有詩，單道這五湖之妙云：

五湖湖水碧浮煙，不是花圍便柳牽。常恐君王過湖去，玉簫金管滿龍船。

又有詩道這北海之妙云：

❸ 影娥池：池名。漢武帝在俯月臺下穿池，月影入池中，使宮女乘舟弄月影，故名。

北海涵虛混太空，跳波逐浪遍魚龍。三山日暮祥雲合，疑是仙人咫尺逢。

又有詩道這三山之妙云：

三山萬疊海中浮，雲霧縱橫十二樓。莫訝福來人世裡，若無仙骨亦難遊。

又有詩道這長渠之妙云：

逶迤碧水達長渠，院院臨渠花壓居。不是宮人爭鬭麗，要留天子夜回車。

又有詩道這樓臺亭榭之妙云：

十步樓臺五步亭，柳遮花映錦圍屏。傳宣夜半燒銀燭，遠近高低燦若星。

煬帝一一看遍，滿心歡喜道：「此苑造得大稱朕心，卿功不小。」虞世基奏道：「此乃陛下福德所致，天地鬼神效靈，小臣何功之有？」煬帝又道：「五湖十六院，可曾有名？」虞世基道：「微臣焉敢自專，伏乞陛下聖裁。」煬帝遂命駕到各處細看了，方纔一一定名。

東湖，因四圍種的都是碧柳，又見兩山的翠微，與波光相映，遂名為　翠光湖。

南湖，因有高樓夾岸，倒射日光入湖，遂名為　迎陽湖。

西湖，因有芙蓉臨水，黃菊滿山，又有白鷺青鷗，時時往來，遂名為　金光湖。

北湖，因有許多白石若怪獸，高高下下，橫在水中，微風一動，清沁人心，遂名為　潔水湖。
中湖，因四圍寬闊，月光照入，宛若水天相接，遂名為　廣明湖。
第一院，因南軒高敞，時時有薰風流入，遂名為　景明院。
第二院，因有朱欄屈曲，迴壓綃窗，朝日上時，百花嫵媚，遂名為　迎暉院。
第三院，因有碧梧數株，流陰滿院，金風初度，葉葉有聲，遂名為　秋聲院。
第四院，因將西京的楊梅移入，開花若朝霞，遂名為　晨光院。
第五院，因酸棗縣進玉李一株，開花純白，麗勝彩霞，遂名為　明霞院。
第六院，因有長松數株，團團如蓋，罩定滿院，遂名為　翠華院。
第七院，因隔水突起一片石壁，壁上苔痕，縱橫如天成的一幅畫圖，遂名為　文安院。
第八院，因桃杏列為錦屏，花茵鋪為繡褥，流水鳴琴，新鶯奏管，遂名為　積珍院。
第九院，因長渠中碎石砌底，簇起許多細細波紋，日光映照，射入簾櫳，連枕上都有五色之痕，遂名為　影紋院。
第十院，因四圍疏竹環繞，中間突出一座丹閣，就像鳳鳴一般，遂名為　儀鳳院。
第十一院，因左邊是山，右邊是水，取樂山樂水之意，遂名為　仁智院。
第十二院，因亂石疊斷出路，惟小舟緣渠方能入去，中間桃花流水，別是一天，遂名為　清修院。
第十三院，因種了許多祇樹，盡似黃金布地，就像寺院一般，遂名為　寶林院。
第十四院，因有桃蹊桂閣，春可以納和風，夏可以玩明月，遂名為　和明院。

第十五院，因繁花細柳，凝陰如綺，遂名為　綺陰院。

第十六院，因有梅花繞屋，樓臺向暖，憑欄賞雪，了不知寒，遂名為　降陽院。

長渠一道，逶迤如龍，樓臺亭榭，鱗甲相似，遂名為　龍鱗渠。

煬帝都一一定了名字，因帶的宮娥嬪妃甚少，未即派定居住，專望許庭輔等十人，選繡女來，然後撥派掌管院事。

卻說許庭輔因受了桃花山齊國遠、李如珪的一番劫去，詐了五千金，自此愈加貪賄。凡選中女子，有金珠禮物餽送他，就開報在上等冊籍裡邊；金銀少些的，就放在中等冊籍裡邊；又如沒有甚麼東西見惠，縱是國色，也就入在三等冊籍裡頭去了。其時會同了九人，選了千餘繡女。曉得朝廷在東京西苑，人家取齊了，進西苑中來見駕繳旨，將三本冊籍呈上。煬帝看了冊籍，共有千餘名，對許庭輔道：「先將上等中等的選進苑來；其三等的，且放在後宮裡充用。」許庭輔十人，即領旨出去，逐名點進苑來。煬帝仔細一看，見個個都是欺桃賽杏的容顏，笑燕羞鶯的模樣，喜意滿足。即同蕭后，尖上選尖，美中求美，選了十六個，形容窈窕，體態幽閒，有端莊氣度的，封為四品夫人。就命分管西苑十六院事，各人賜一方小小玉印，上鐫著院名，以便啟箋表奏上用。又選三百二十名，風流瀟灑，柳嬌花媚的，充作美人。每院分二十名，叫她學習吹彈歌舞，以備侍宴。其餘或十名，或二十名，或是龍舟，或是鳳舞，或是樓臺，或是亭榭，連帶來後宮的宮女，都一一分撥了。又封太監馬守忠為西苑令，叫他專管出入啟閉。不一時，將一個西苑，填塞得錦繡成行，綺羅成隊。那十六院的夫人，既分了宮院，一個個都思要君王寵幸，在院中只鋪設起琴棋書畫，打點下鳳管鸞笙，恐怕煬帝不時遊幸。這一院燒龍涎，那一院就爇鳳腦；前一院唱吳歌，後一院就翻楚舞；東一院作金虀玉膾❹，西一院就釀仙液瓊漿。百樣安排，止博得煬帝臨幸時一刻歡喜，再一次便就厭了，又要去翻新立異。正是：

宮中行樂萬千般，止博君王一刻歡。終日用心裙帶下，江山卻是別人看。

說這些外國各島，因聞知新天子歡喜聲色貨利；邊遠地方，無不來進貢奇珍異玩，名馬美姬，盡將來進獻。一日煬帝設朝，有南楚道州❺地方，進一矮民，叫做王義；生得眉濃目秀，身材短小，行動舉止，皆可人意，又口巧心靈，善於應對。煬帝看了，問道：「你既非絕色佳人，又不是無價異寶，有何好處，敢來進貢？」王義對道：「陛下德高堯舜，道過禹湯，南楚遠民，仰沐聖人恭儉之化，不敢以傾國之美人，不祥之異寶，蠱惑君心，故遣侏儒小臣，備役驅使。臣敢不盡一腔忠義？望聖恩收錄。」煬帝笑道：「我這裡無數文官武將，那一個不是忠臣義士，何獨在你一人？」王義道：「忠義乃國家之寶，人君每患不足，安有厭其多而棄之者；況犬馬戀主之誠，君子所取，臣雖遠方廢民，實風化所關，陛下寧忍棄之乎？」煬帝聽了大喜，遂重賞進貢來人，便將王義留在左右應用。自此以後，煬帝凡事設朝，或各處遊賞，俱帶王義伺候。王義每事小心謹慎，說話做事，俱能體貼人心。煬帝便十分愛他，後漸用

❹ 金虀玉膾：食品名。江南一帶以魚作膾，菰菜為羹，魚白如玉，菜黃如金，故名。

❺ 道州：州名。按隋開皇十六年（西元五九六年）置道州，治所在潁川縣（今河南省許昌市），而不是文中所說的南楚道州。文中所說的道州，是唐貞觀八年（西元六三四年）所置，在今湖南省道縣。

熟了，時刻要他在面前，只是不能入宮。

一日煬帝設朝無事，正要退入後宮，回頭忽見王義面多愁慘之色。煬帝問道：「王義，你為何這般光景？」王義慌忙答道：「臣蒙陛下厚恩，使臣日近天顏，真不世之遭逢，但恨深宮咫尺，不能出入隨侍，少效犬馬之勞，故心常怏怏，今日覺憂形於色，望陛下寬恩。」煬帝道：「朕亦時刻少你不得，但恨你非宮中之物奈何？」說罷玉輦早已入宮而去。王義此時在宮門首，又不忍回來，又不敢進去，癡癡立在那裡呆想。忽背後一人，輕輕的在他肩上一拍，說道：「王先兒❻，思想些什麼？」王義回頭看時，卻是守顯仁宮太監張成，即忙答道：「張公公，失瞻。」張成問道：「萬歲爺待你好，只是這般加厚，還有什麼不稱意，在此默想？」王義與張成交厚，便說道：「實不相瞞，我王義因蒙皇恩，十分寵愛，情願朝夕隨駕，希圖報效；但恨皇宮隔越，不得遂心，故此常懷怏怏，不期今日被老公公看破。」張成笑了一笑了，戲耍他道：「王先兒，你要入宮這何難，輕輕的將下邊那道兒割去，有甚麼進宮不得。」那王義沉吟道：「吾聞淨身乃幼童之事，如今恐怕做不得了。」張成道：「做倒做得，只怕你忍痛不起。」王義道：「若做得來，便忍痛何妨。」張成道：「你當真要做，我自有妙藥相送。」王義道：「男子漢說話，豈有虛謬。」

二人說笑了一回，便攜手走出宮來，竟到張成家裡坐下。張成置酒款待。酒過三杯，王義再三求藥。張成道：「如今藥有，還須從長計較。莫要一時高興，後來娶不得老婆，生不得令郎，卻來埋怨學生。」王義正色道：「人生天地間，既遭逢知遇之君，死亦不惜，怎敢復以妻子為念？」張成遂到裡邊，去拏

❻ 先兒：先生。

出一把吹毛可斷的刀，并兩包藥來，放在桌上，用手指定，說道：「這一包黃色的是麻藥，將酒調來喫了，便不知痛；這一包五色的，是止血收口的靈藥，都是珍珠琥珀各樣奇珍在內，搽上便能結蓋；這把刀便是動手之物。三物相送，吾兄回去，還須斟酌而行。」王義道：「既蒙指教，便勞下手如何？」張成道：「這個恐怕使不得。」王義道：「不必推辭，斷無遺累。」張成見王義真心要淨，只得又拏些酒出來，暢飲一番，王義喫得半酣。正是：

休談遺體不當殘，貪卻君王眷寵固。

說當時煬帝退入後宮，蕭后接住，接宴取樂，叫新選剩下的宮女，輪班進酒；將有數巡，煬帝見一宮女，顏色雖是平常，行動倒也莊重。煬帝問他何處人氏。那女子忙跪下去，回答幾句，一字也省他不出，惹得眾美人忍不住的好笑。煬帝叫他起來，想道：「王義性極乖巧，四方鄉語，他多會講。」蕭后道：「何不宣他進來，與他講一講，倒也有趣。」煬帝便差兩個小內監，去宣王義進宮。

那兩個小內監奉旨忙出宮來，正要問到王義家去，有一太監說道：「王義在張成家裡去了。」兩個小內監，就尋到張成家，門上忙欲去通報，他們是無家眷的，又是內監，便沒有什麼忌避，兩個直撞進裡邊來，推門進去，只見王義直挺挺的，睡在一張榻上，露出了下體，張成正在那裡把藥擦在陽物的根上，將要動手。張成看見了兩個，即便縮住；王義也忙起身，繫褲結帶。那兩個小內監，見他兩個這般舉動，又見桌上刀子藥包，大家笑個不止道：「你們在這裡做什麼事？」張成見他兩個是煬帝的近身太監，不便隱瞞，只得將王義要淨身的緣故，一一說了。兩個小內監道：「幸是我們尋到這裡，若再遲些，王先兒那物，早已割去了。萬歲爺在後宮，特旨叫我二人來宣你，作速行動罷。」此時王義已有八九分酒，見煬帝宣他，忙向張成討些水來，洗去了藥，如飛同兩個內監到後宮來。

煬帝見王義滿臉微醺，垂頭跪下，便道：「你在那裡喫酒來？」王義平昔口舌利便，此時竟弄得一句話也對答不來，兩個內監又微微冷笑。煬帝見光景異常，便問兩個內監道：「你兩個剛纔在何處宣王義到來？」小內監道：「在守宮監張成家裡。」煬帝道：「喫酒不消說了，還有甚勾當？」小內監把張成的說話，與桌上的刀藥，一一奏聞。煬帝聽了，把龍眉微蹙道：「王義你起來，朕對你說，凡淨身之人，都是命犯孤鸞❼，傷剋刑害，不是有妨父母兄弟，定是刑剋妻孥，算來與其為僧為道，不若淨了身，後來或有光耀受用的日子。就是父母肯割捨了，我們那些老內監，還要替他推八字算剗度❽，然後好下手；況是孩童之事。你年二十有餘，豈可妄自造作，倘有未妥，豈不枉害了性命？」王義道：「臣蒙陛下隆恩，天高地厚，即使粉身碎骨，亦所不惜；倘有差誤，願甘任受。」煬帝道：「你的忠心義膽，朕已深知；但你只思盡忠，卻忘報本。父母生你下來，雖是蠻夸，也望你宜室宜家，生枝繁衍，豈可把他的遺體，輕棄毀傷？為朕一人，使你父母幽魂，不安窀穸，這斷不許。如若不依，朕諭你不但不見為忠，而反為逆矣！」王義見說，止不住流淚，叩首謝恩。

煬帝道：「剛纔有前日新選進來的一個宮女，言語不明，要你去盤問她，看是何處人。」說罷，便喚那宮人當面，王義與他一問一答，竟如鸚鵡畫眉，在柳陰中弄舌啼喚，婉囀好聽。喜得蕭后與眾美人

---

❼ 孤鸞：失偶的鸞鳥，多用以比喻失偶或分離的夫妻。

❽ 算剗度：推算破解命相的時機。

煬帝喚了姜亭亭與王義一問一答，竟如鸚鵡、畫眉在柳陰中弄舌啼喚，婉囀好聽。喜得蕭后與眾美人笑個不止。

笑個不止。王義盤問了一回，轉身對煬帝奏道：「那女子是徽州歙縣人，姓姜，祖父世家，她小名叫做亭亭，年方一十八歲。為因父母俱亡，其兄奸頑，貪了財帛，要將她許配錢牛；恰蒙萬歲點選繡女，亭亭自詣州願甘入選，備充宮役。」煬帝聽了，說道：「據這般說起來，也是個有志女子，所以舉止行動，原自不凡。朕今將此女賜你為妻，成一對賢明夫婦何如？」王義見說，忙跪下去道：「臣蒙陛下知遇之恩，正欲捐軀報效，何暇念及室家？況此女已備選入宮，臣亦不便領出。」煬帝道：「朕意已決，不必推辭。」王義曉得煬帝的心性，不敢再辭，只得同亭亭叩首謝恩。蕭后道：「王義，你領她去，教了她吳話，不可仍說鳥音。倘宮中有事，以便宣她進來顧問。」煬帝又賜了些金帛，蕭后亦賜了他些珍珠。王義領了亭亭，出宮到家，成其夫婦。王義深感煬帝厚恩，與亭亭朝夕焚香遙拜，夫婦恩愛異常。正是：

本欲淨身報主，誰知宜室宜家。倘然一時殘損，幾成夢裡空花。

總評：庸人有了幾箇臭錢，不是想去嫖妓女，便思量娶姬妾。只請看士子功成名遂之後，無不逞志驕淫，羅列錦屏，何況貴為天子。前人喜，後人哀，今古皆然。單可笑矮民王義，要割去陽道，入宮事主。虧得那通情皇帝，反賜其家室，倒交起運來，真是夢想不到。

第二十八回　眾嬌娃翦綵為花　侯妃子題詩自縊

詞曰：

上林❶一夜花如織，萬卉爭芳染綵色。造化豈天工，繁華喜不窮。　紅顏空自惜，雨露恩無及。何處著香魂？傷心哭幃靈。

右調菩薩蠻

世間男子才情敏捷，穎悟天成；不知婦人女子，心靈性巧，比男子更勝十倍者甚多。男子或詩或文，或藝或術，有所傳授，由來有本。惟有女子的智慧，可以平空造作，巧奪天工。再說王義得賜宮女姜亭亭，成了夫婦之後，深感煬帝隆恩，每日隨朝伺候，愈加小心謹慎。姜氏亭亭，亦時刻在念，無由可報。一日王義朝罷歸家，對妻子姜氏道：「今早有一人，姓何名稠，自製得一駕御女車來獻，做得巧妙非常。」姜氏道：「何為御女車？」王義道：「那車兒中間寬闊，床帳枕衾一一皆備，四圍卻用鮫綃❷細細織成

❶上林：上林苑。有秦舊苑，漢武帝續建，供皇帝春秋打獵，其地在今陝西省長安縣、盩厔縣、鄠縣交界處。這裡泛指皇帝遊獵的苑囿。

❷鮫綃：相傳為鮫人所織的薄紗。鮫人，神話中居於海底的人。

幃幔，外面窺裡面卻一毫不見，裡面十分透亮，外邊的山水，皆看得明白。又將許多金鈴玉片，散掛在幃幔中間，車行時搖動的鏗鏗鏘鏘，就如奏細樂❸一般。在車中百般笑語，外邊總聽不見。一路上要幸宮女，俱可恣心而為，故叫做御女車。」姜氏道：「這不過仿舊時逍遙車式，點綴得好，乃刀鋸之功，何足為奇。妾感皇恩厚深，時刻在念，意欲製一件東西去進獻，作料雖已搆求，但還未備，故此尚未動手。」王義道：「要用何物製造？」姜氏道：「要活人頭上的青絲細髮。如今我頭上及使女們的已選下些在那裡了，但還少些。」王義道：「我頭上的可用得麼？」姜氏道：「你是丈夫家，未便取下來。」王義笑道：「前日下邊的東西，尚要割下來，何況頭髮？」就把帽兒除下道：「望賢妻任意剪將下來。若還少，待我去購來製成了獻上。」姜氏見說，便把丈夫的頭髮梳通了，揀長黑的，剔下許多，慢慢的做起。正是：

閨中施妙手，苑內見靈心。

其時仲冬時候，芳菲已盡，樹木凋零。一日，煬帝同蕭后眾夫人，在苑中飲宴。煬帝道：「四時光景，惟春景最佳，萬卉爭妍，百花盡放，紅的使人可愛，綠的使人可憐。至夏天青蓮滿池，碧筒勸酒。秋天一輪明月，斜掛梧桐，還有丹桂芬芳，香浮杯棬❹，許多佳景。惟此冬時寂寂寞寞，毫無意趣，只好時刻在枕衾中過日，出戶便覺掃興。」蕭后道：「妾聞僧家有禪床，可容數人；陛下何不叫人也做一

❸ 細樂：指管絃之樂。

❹ 杯棬：器名。先用枝條編成杯盤的形狀，再用漆加工製成杯盤。

張，用長枕大被，貯眾美於其中，飲食燕樂，豈不適意。」秋聲院薛夫人道：「有了這樣大床大被，須得繡一頂大帳子。」煬帝笑道：「妳們設想雖好，總不如春和景明，柳舒花放，亭臺宮院，無一處不使人發興，無一刻覺得寂寞。」清修院秦夫人道：「陛下要不寂寞，有何難哉！妾等今夜虔禱天宮，管取明朝百花齊放。」煬帝只當做戲話，也就耍她道：「這等說，今宵我也不便與妳們騷擾了。」說笑了一回，喫了一兩個時辰的酒，便與蕭后並輦回宮。

到了次日早膳時，果然十六院夫人來請。煬帝心上有幾分懶去。蕭后再三勸駕，煬帝同蕭后勉強而行。纔進苑門，早望見千紅萬紫，桃杏爭妍，就簇簇如錦繡一般。煬帝與蕭后喫了一驚道：「這樣天氣，為何一夜果然開得這般齊整？大是奇怪。」說未了，只見十六位夫人，帶了許多美人宮女，一齊笙簫歌舞的來迎鑾，到了面前便問道：「苑中花柳，天宮開得如何？」煬帝又驚又喜道：「眾妃子有何妙術，使群芳一夜齊開？」眾夫人都笑道：「有何妙術，不過大家費了一夜工夫。」煬帝道：「怎麼費一夜工夫？」眾夫人道：「陛下不必細問，但請摘一兩枝來看便知詳細。」煬帝真個走到一株垂絲海棠邊，攀枝細看，原來不是生成的，都是五色綵緞，細細剪成，拴在枝上的。煬帝大喜道：「是誰有此奇想，製得這樣紅嬌綠嫩，宛然如生。雖是人巧，實奪天工矣！」眾夫人道：「此乃秦夫人主意，令妾等與眾宮人連夜製成，以供御覽。」煬帝目視秦夫人說道：「昨日朕以妃子為戲言，不期果有如此手段。」遂同蕭后慢慢的遊賞進來。只見綠一團，紅一簇，也不分春夏秋冬，萬卉千花，盡皆鋪綴，比那天生的更覺鮮妍百倍。怎見得？正是：

煬帝同蕭后進了苑門，早望見千紅萬紫，桃杏爭妍，就簇簇如錦繡一般。攀枝細看，原都是五色綵緞細細剪成，拴在枝上的。

只道天工有四時，誰知人力挽回之。紅綃生長根枝速，金翦栽培雨露私。萬卉齊開梅不早，千花共放菊非遲。夭桃豈得春風綻，嫩李何須細雨滋。芍藥非無經雪態，牡丹亦有傲霜姿。三春桂子飄丹院，十月荷花滿綠池。杜宇經年紅簇蕊，荼蘼❺終歲錦堆枝。不教露下芙蓉落，一任風前楊柳吹。蘭葉不風飄翠帶，海棠無雨溼胭脂。開時不許東皇管，落處何妨蜂蝶知。照面最宜臨月姊，拂枝從不怕風姨。四時不謝神仙妙，八節長春閬苑奇。莫道乾坤持造化，帝王富貴亦如斯。

煬帝一一看了，真個喜動龍顏，因說道：「蓬萊閬苑，不過如此，眾妃子靈心巧手，直奪造化，真一大快事也。」遂命內監將內帑金帛珠玉玩好等物，盡行取來，分賞各院。眾夫人一齊謝恩。煬帝愛之不已，又同蕭后登樓，眺望了半晌，方纔下來飲酒。須臾觥籌交錯，絲竹齊鳴，眾夫人遞相獻酬。煬帝忽然笑說道：「秦妃子既能標新取異，翦綵為花，與湖山增勝；眾美人還只管歌這些舊曲，甚不相宜。是誰唱一個新詞，朕即滿飲三巨觥。」說猶未了，只見一個美人，穿一件紫綃衣，束一條碧絲鸞帶，嬝嬝婷婷，出來奏道：「賤妾不才，願靦顏博萬歲一笑。」眾人看時，卻是仁智院的美人，小名叫做雅娘。煬帝道：「最妙！最妙！」雅娘走近筵前，輕敲檀板，慢啟朱脣，就如新鶯初囀，唱一支如夢令詞道：

莫道繁華如夢，一夜翦刀聲種。曉起錦堆枝，笑殺春風無用。非頌非頌，真是蓬萊仙洞。

煬帝聽了，大喜道：「唱得妙，不可不飲。」當真的連飲了三觴，蕭后與眾夫人也陪飲了一杯。酒

❺ 荼蘼：花名，以其色如酴醾酒而得名。又叫佛見笑。

纔完，只見又有一個美人，淺淡梳妝，嬌羞體態，出來奏道：「賤妾不才，亦有小詞奉獻。」煬帝舉目看時，卻是迎暉院的朱貴兒。煬帝笑道：「是貴兒一定更有妙曲。」貴兒不慌不忙，慢慢的移商撥羽❻，也唱一支如夢令詞兒道：

帝女天孫遊戲，細把錦雲裁碎。一夜巧鋪春，群向枝頭點綴。奇瑞奇瑞，寫出皇家富貴。

貴兒歌罷，煬帝鼓掌稱贊道：「好一個『寫出皇家富貴』！不獨音如貫珠，描寫情景，亦自有韻。」又滿飲了三杯，不覺笑聲啞啞，陶然欲醉。只見守苑太監馬守忠，進來跪奏道：「王義在苑外說造成一物來獻上萬歲爺。」煬帝見說王義，便喜道：「宣他進來。」不多時，只見馬守忠領王義到階前跪下，手裡捧著一物，奏道：「臣妻姜亭亭，感萬歲洪恩，自織成一帳，叫臣來貢上。」煬帝叫宮人取上來看，卻是一個錦包，解開來，中間一物其黑如漆，其軟如綿，捏在手中，不滿一握。煬帝覺道奇怪，問道：「王義，這是什麼東西？」王義道：「臣妻亭亭，日夕念陛下深恩，無由可報，將自己頭上的青絲細髮，揀色黑而長者，以神膠續之，織為羅縠，累月而成。裁為幃幔，內可以視外，外不可以視內；冬天則暖，夏天則涼；舒之則廣，卷之可納於枕中。」煬帝稱奇，忙叫宮人撐開。

蕭后與眾夫人齊起身來看，只見煙氣輕生，香雲滿室，廣闊可施一間大屋。蕭后對煬帝道：「不意此女能窮慮盡思至此，陛下不可不賞賚以酬其功。」煬帝見說，叫宮人將廣綾二端，霞帔一幅，賜與王義道：「汝妻能窮盡心巧，製成此帳，朕聊以此二物酬之。」王義接了，謝恩而出。煬帝對蕭后道：「前

❻ 移商撥羽：彈撥樂器。

日御妻說僧家禪床，可容數人，今此帳豈止數人而已哉！」便分付宮人：「將前日外國進來的合歡床，在顯仁宮側首明間裡頭，今快移到這裡放下，把幾十床錦褥鋪上，將這頂青絲帳掛起來。」分付已畢，宮人多手忙腳亂，不一時鋪設齊整。煬帝對蕭后與眾夫人道：「秦妃子之心靈，姜亭亭之手巧，一日而逢雙絕，豈不大快人意。如今我們再暢飲一番，今宵御妻率領眾妃子，就宿此帳內草榻合歡床上做一個合歡勝會何如？」蕭后笑道：「她們多住在此，妾卻不能，就要回宮了。」煬帝笑道：「御妻要去，須飲三杯。」蕭后真個喫了三大杯，起身去了。煬帝就拉眾夫人同寢合歡床上。正是：

恰似桃源❼家不遠，幾時巫峽夢方還。

如今再說後宮有一個侯妃子，生得天姿國色，百媚千嬌，果然是沉魚落雁，閉月羞花；又且賦性聰慧，能詩善賦。自選入宮來，恃著有才有色，又值煬帝好色憐才，以為阿嬌金屋，飛燕昭陽❽，可計日而待。誰知才不敵命，色不逢時，進宮數年，從未見君王一面，終日只是焚香獨坐。黃昏長夜，捱了多少苦雨淒風；春晝秋宵，受了多少魂驚目斷。便是鐵石人，也打熬不過。日間猶可強度，到了燈昏夢醒的時候，真個一淚千行。起初猶愛惜容顏，強忍去調脂抹粉，以望一時遇合。怎禁得日月如流，日復一日，只管虛度過去，不覺暗暗的香消玉減。雖有幾個同行姊妹，常來勸慰，怎奈愁人說與愁人，未免轉

❼ 桃源：東晉陶淵明桃花源記虛構的與世隔絕的樂土，說其地人人豐衣足食，怡然自樂。後因稱這種境界為世外桃源。

❽ 飛燕昭陽：漢武帝時後宮八區中有昭陽殿，成帝時皇后趙飛燕居之。後因多以「昭陽」指皇后之宮。

添一番淒慘。

一日聞得煬帝，又差許庭輔到後宮揀選宮女。有個宮人勸侯夫人拏幾件珠玉送他，叫他奏知萬歲。侯夫人道：「妾聞漢室昭君❾，寧甘點痣，不肯以千金去買囑畫師；雖一時被遣，遠嫁單于，後來琵琶青塚❿，倒落個芳名不朽，誰不憐她惜她？畢竟不失為千古美人。妾縱然不及昭君，若要去賄賂小人以寵幸，其實羞為。自恨生來命薄，縱使見君，也是枉然。倒不如猛拚一死，做個千載傷心之鬼，也強似捱這宮中寂寞！」後又聞得許庭輔選了百餘名，送進西苑。侯夫人遂大哭一場說道：「妾此生終不得見君矣，若要君王一顧，或者倒在死後。」說罷又哭，這日連茶飯也不喫，竟走到鏡臺前，裝束得齊齊整整，將自製的幾幅烏絲箋⓫，把平日寄興感懷詩句，寫在上面。又將一個錦囊來盛了，繫在左臂上。其餘詩稿，盡投火中燒燬了。又孤孤零零的四下裡走了一回，又嗚嗚咽咽的倚著欄杆，哭了半晌。到晚來靜悄悄掩上房門，捱到二更之後，熬不過傷心痛楚，遂將一幅白綾，懸梁自縊而死。正是：

香魂已斷愁還在，玉貌全消怨尚深。

幾個宮人聽見聲息不好，慌忙進來解救時，早已香消玉碎，嗚呼逝矣。大家哭了一回，捱到次早，

❾ 昭君：王昭君，名嬙，漢元帝宮人。

❿ 琵琶青塚：王昭君出塞時，戎服乘馬，懷抱琵琶。死後葬於匈奴，現內蒙古呼和浩特市南有昭君墓，世稱青塚。

⓫ 烏絲箋：在縑帛上下用烏絲織成欄，中間用朱墨分行所製成的信箋。

不敢隱瞞，只得來報與蕭后。

卻說蕭后在西苑青絲帳裡，睡到酒醒，煬帝畢竟放她不過，纏了一回。到五更時，伺煬帝酣睡，悄悄上輦，先自回宮。梳洗已過，吩咐宮人整備筵宴伺候，要答眾夫人之席。忽見侯夫人的宮人來報知死信。蕭后隨差宮人去看。宮人在侯夫人左臂上檢得一錦囊，送與蕭后。蕭后打開看時，卻是幾首詩，遂照舊放在囊中，叫宮人送與煬帝。這時煬帝已起身，坐在側首，看眾夫人曉妝，因與寶林院沙夫人談論古今的得失。煬帝道：「殷紂王只寵得一個妲己，周幽王只寵得一個褒姒，就把天下壞了。朕今日佳麗盈前，而四海安如泰山，此何故也？」沙夫人道：「妲己、褒姒，安能壞殷、周天下，自是紂、幽二王，貪戀妲己、褒姒的顏色，不顧天下，天下遂由此漸漸破壞。今陛下南巡北狩，何等留心治國，天下豈不安寧。至於萬機之暇，宮中自樂，妃妾雖多，愈見關雎⓬雅化。」煬帝笑道：「紂、幽二王，雖無君德，然待妲己、褒姒二人之恩，亦厚極矣！」沙夫人道：「溺之一人，謂之私愛；普同雨露，然後叫做公恩。此紂幽所以敗壞，而陛下所以安享也。」煬帝大喜道：「妃子之論，深得朕心。朕雖有兩京十六院無數奇姿異色，朕都一樣加厚，並未曾冷落一人，使她不得其所，故朕到處歡然，蓋有恩而無怨也。」

煬帝與沙夫人正談論得暢快，忽見蕭后差宮人送錦囊來，報知侯夫人之事。煬帝只道尋常妃妾，死了個沒甚要緊，還笑笑的打開錦囊來，見幾幅絕精的烏絲箋，齊齊整整的寫著詩詞，字體端楷，筆鋒清勁，心下已有幾分惻然動念。其時眾夫人，各各梳妝已完，換了霓裳，多到煬帝面前來看。煬帝先展開第一幅，卻是看梅二首：

⓬關雎：詩周南首篇之名。孔子說此篇是「樂而不淫，哀而不傷」。

其一：

砌雪無消日，捲簾時自顰。庭梅對我有憐處，先露枝頭一點春。

其二：

香消寒艷好，誰識是天真。玉梅謝後陽和至，散與群芳自在春。

煬帝看了大驚道：「宮中如何還有這般美才婦人？」忙展第二幅來看，卻是妝成一首、自感三首。

妝成云：

妝成多自惜，夢好卻成悲。不及楊花意，春來到處飛。

自感云：

庭絕玉輦跡，芳草漸成窠。隱隱聞簫鼓，君恩何處多？

其二云：

欲泣不成淚，悲來翻強歌。庭花方爛漫，無計奈春何。

其三云：

春陰正無際，獨步意如何。不及閒花草，翻成雨露多。

展第三幅，卻是自傷一首云：

初入承明殿，深深報未央。長門七八載，無復見君王。春寒入骨軟，獨坐愁空房。颯履步庭下，幽懷空感傷。平日所愛惜，自待卻非常。色美反成棄，命薄何可量？君恩實疏遠，妾意徒徬徨。家豈無骨肉，偏親老北堂。此方無羽翼，何計出高牆？性命誠所重，棄割良可傷。懸帛朱樑上，肝腸如沸湯。引頸又自惜，有若絲牽腸。毅然就死地，從此歸冥鄉。

煬帝不曾讀完，就泫然淚下說道：「是朕之過也！朕何等愛才，不料宮幃中，倒失了一個才女，真可痛惜。」再拭淚展第四幅，卻是遺意一首云：

祕洞扃仙卉，雕窗鎖玉人。毛君⓭真可戮，不及寫昭君。

煬帝看了，勃然大怒道：「原來這廝誤事！」沙夫人問：「是誰？」煬帝道：「朕前日叫許庭輔到後宮去採選，如何不選她，其中一定有弊。這詩明明是怨許庭輔不肯選她，故含憤而死。」便要叫人拏許庭輔。降陽院賈夫人道：「許庭輔只知看容貌，那裡識得她的才華。侯夫人才華美矣，不知容貌如何？陛下何不差人去看，若顏色平常，罪還可赦；若才貌俱佳，再拏未遲。」煬帝道：「若不是個絕色佳人，

⓭ 毛君：即毛延壽，漢元帝時畫工。

那有這般錦心繡口？既是妃子們如此說，待朕親自去看。」遂別了眾夫人，乘輦還宮，蕭后接住，便同到後宮來看。只看侯夫人還是個二十來歲的女子，雖然死了，卻裝束得齊整，顏色如生，腮紅頰白，就如一朵含露的桃花。煬帝看了，也不怕觸污了身體，走近前將手撫著她屍肉之上，放聲痛哭道：「朕這般愛才好色，宮幃中卻失了妃子。妃子這般有才有色，咫尺間卻不能遇朕，非朕負妃子，是妃子生來的命薄；非妃子不遇朕，是朕生來的緣慳。妃子九原之下，慎勿怨朕。」說罷又哭，哭了又說，絮絮叨叨，就像孔夫子哭麒麟⓮的一般，倒十分淒切。正是：

聖人悲道，常人哭色。同一傷心，天淵之隔。

蕭后勸道：「人琴已亡⓯，悲之何益？願陛下保重。」煬帝遂傳旨，拏許庭輔下獄，細細審問定罪。一面叫人備衣衾棺槨，厚葬侯夫人。又叫宮人尋遺下的詩稿。宮人回奏道：「侯夫人吟詠極多，臨死這一日，哭了一場，盡行燒燬了。」煬帝痛惜不已，又將錦囊內詩箋，放在案上，看了一遍，說一遍可惜，讀了一遍，道一遍可憐，十分珍重。隨付眾夫人翻入樂譜。

眾夫人打聽得煬帝厚治侯夫人葬禮，也都備了祭儀，到後宮來弔唁。煬帝自製祭文一篇去祭他，中

⓮ 孔夫子哭麒麟：春秋魯哀公十四年，哀公西狩獲麒麟。孔子感嘆說：「吾道窮矣。」傳說孔子作春秋，至此而止。

⓯ 人琴已亡：東晉王徽之、獻之都病重，獻之先亡，徽之前來奔喪，入坐靈床，取獻之琴彈，絃不調，擲琴於地說：「子敬子敬（獻之字），人琴俱亡。」後來以「人琴俱亡」為悼念友人之詞。

問幾聯云：「長門五載，冷月寒煙。既不遇朕，誰將妃憐？妃不遇朕，晨夜孤眠。朕不遇妃，遺恨九原。朕傷死後，妃苦生前。」許多酸語哀詞，不及備載。煬帝做完了祭文，自家朗誦一遍，連蕭后也不覺墮下淚來，說道：「陛下何多情若此？」煬帝道：「非朕多情，情到傷心，自不能已。」惹得眾夫人也都出聲下淚。煬帝賜侯夫人御祭一壇，將祭文燒在靈前，卜地厚葬。又敕郡縣官，厚恤她父母。這許庭輔被刑官拷問，熬煉不過，只得將索騙金錢的真情，一一招出。刑官具本奏聞，煬帝大怒，要發出東市腰斬，虧眾夫人再三苦勸，批旨賜許庭輔獄中自盡。正是：

只倚權貪利，誰知財作災。雖然爭早晚，一樣到泉臺⑯。

總評：古今婦女有巧思奇想者，定有非常遭際，必有非常結局，但恐紅顏命薄耳。覽侯夫人一段，抑揚描寫，情景宛然，勝看演牡丹亭⑰，醉讀琵琶行⑱。

---

⑯ 泉臺：墓穴。這裡指陰間。

⑰ 牡丹亭：傳奇名，明朝湯顯祖撰。記南安太守杜寶女兒杜麗娘，夢見書生柳夢梅，醒後相思致病而死。後杜麗娘復生，終與夢梅結為夫婦的愛情故事。

⑱ 琵琶行：長篇敘事詩，唐朝白居易作。

第二十九回 隋煬帝兩院觀花 眾夫人同舟游海

詞曰：

傷心未已，歡情猶繼。天宮早顯些微異，穠桃豔李鬥當時，一杯澆釋胸中忌。　北海層巒，五湖新柳。天涯遙望真無際，夢回一枕黑甜❶餘，碧欄又聽輕輕語。

右調踏莎行

人於聲色貨利上，能有幾個打得穿識得透的？況貴為天子，富有四海，憑他窮奢極欲，逞志荒淫，那個敢來攔阻他？任你天心顯示，草木預兆，也只做不見不聞，畢竟要弄到敗壞決裂而後止。卻說煬帝雖將許庭輔賜死，只是思念侯夫人。眾夫人百般勸慰，煬帝終是難忘。蕭后道：「死者不可復生，思之何益？如宣華死後，復得列位夫人，今後宮或者更有美色，亦未可知。」煬帝道：「御妻之言有理。」遂傳旨各宮：不論才人、美人、嬪妃、彩女，或有色有才，能歌善舞，稍有一技可見者，許報名到顯仁宮自獻。

❶ 黑甜：酣睡。

此旨一出，不一日就有能詩善畫，吹彈歌舞、投壺蹴踘❷的，都紛紛來獻技。煬帝大喜，即刻排宴顯仁宮大殿上，召蕭后與十六院夫人同來，面試眾人。這日煬帝與蕭后坐在上面，眾夫人列坐兩旁，一霎時做詩的，描畫的，吹的吹，唱的唱，弄得筆墨縱橫，珠璣錯落，宮商迭奏，鸞鳳齊鳴。煬帝看見一個個技藝超群，容貌出眾，滿心歡喜道：「這番遴選，應無遺珠；但傷侯夫人才色不能再得耳！」隨各賜酒三杯，錄了名字，或封美人，或賜才人，共百餘名，都一一派入西苑。各苑分派將完，尚有一個美人，也不作詩，又不寫字，不歌不舞，立在半邊。煬帝將她仔細一看，只見那女子：

貌風流而品異，神清俊而骨奇。不屑人間脂粉，翩翩別有丰姿。

煬帝忙問道：「妳叫甚名字？別人獻詩獻畫，爭嬌競寵，妳卻為何不言不語，立在半邊？」那美人不慌不忙，走近前來答道：「妾姓袁，江西貴溪人，小字叫做紫煙。自入宮來，從未一覩天顏，今蒙採選，故敢冒死上請。」煬帝道：「妳既來見朕，定有一技之長，何不當筵獻上？」紫煙道：「妾雖有微能，卻非豔舞嬌歌，可以娛人耳目。」煬帝道：「既非歌舞，又是何能？」袁紫煙道：「妾自幼好覽玄象，故一切女工盡皆棄去。今別無他長，只能觀星望氣❸，識五行之消息，察國家之運數。」煬帝大驚道：「此聖人之學也，妳一個朱顏女子，如何得能參透？」袁紫煙道：「妾為兒時，曾遇一老尼，說妾

❷ 投壺蹴踘：投壺，古人宴會時的遊戲。設特製之壺，賓主以次投矢其中，中多者為勝，負者飲酒。蹴踘，古代軍隊中習武的遊戲，類似今天的足球賽。

❸ 望氣：古代望雲氣附會人事，預言吉凶的一種占卜方法。

生得眼有奇光，可以觀天；遂教妾璿璣玉衡❹、五緯七政❺之學。又誡妾道：熟習此，後日當為王者師。妾因朝夕仰窺，故得略知一二。」煬帝道：「朕自幼無書不讀，只恨天文一書，不曾窮究。那些臺官，往往瀆奏災祥禍福，朕也不甚理他。今日妳既能識，朕即於宮中起一高臺，就封妳為貴人，兼女司天監，專管內司天臺事。朕亦得時時仰觀天象，豈不快哉！」袁紫煙慌忙謝恩，煬帝即賜他列坐在眾夫人下首。蕭后賀道：「今日之選，不獨得了許多佳麗，又得袁貴人善觀玄象，協助化理，皆陛下洪福所致也。」

煬帝大喜，與眾人飲到月上時，等不及造觀天臺，就拉著袁紫煙到月臺上來，叫宮人把檯桌數張，搭起一座高臺。煬帝攜著袁紫煙，同上臺去觀象。兩人並立。紫煙先指示了三垣，又遍分二十八宿。煬帝道：「何謂三垣？」紫煙道：「三垣者，紫微、太微、天市也。紫微垣乃天子所都之宮也；太微垣乃天子出政令朝諸侯之所也；天市垣乃天子主權衡聚積之都市也。星明氣明，則國家享和平之福；彗孛干犯❻，則社稷有變亂之憂。」煬帝又問道：「二十八宿環繞中天，分管天下地方，何以知其休咎？」紫煙道：「如五星干犯何宿，則知何地方有災，或是兵喪，或是水旱，俱以青黃赤黑白五色辨之。」煬帝又問道：「帝星安在？」紫煙用手向北指道：「那紫微垣中，一連五星，前一星主月，太子之象；第二星主日，有赤色獨大者，即帝星也。」煬帝看了道：「為何帝星這般搖動？」紫煙道：「帝星搖動無常，主天子好游。」煬帝笑道：「朕好游樂，其事甚小，何如上天星文，便也垂象？」紫煙道：「天子者，

❹ 璿璣玉衡：以玉裝飾的天體觀測儀器。這裡指觀測天象。
❺ 五緯七政：金、木、水、火、土五大行星總稱五緯，日、月和金、木、水、火、土五星總稱七政。
❻ 彗孛干犯：彗星侵犯。孛，孛星，即彗星。

天下之主，一舉一動，皆上應天象。故古之聖帝明王，常懍懍不敢自肆者，畏天命也。」煬帝又細細看了半晌，問道：「紫微垣中，為何這等晦昧不明？」紫煙道：「妾不敢言。」煬帝道：「上天既已垂象，妃子不言，是欺朕也；況興亡自有定數，妃子明言何害？」紫煙道：「紫微晦昧，但恐國祚不永。」煬帝沉吟良久道：「此事尚可挽回否？」紫煙道：「紫微雖然晦昧，幸明堂❼尚亮，泰階❽猶一；況至誠可以格天❾，陛下若修德以禳之，何患天心不回？」煬帝道：「既可挽回，則不足深慮矣。」

二人將要下臺，忽見西北上一道赤氣，如龍紋一般，衝將起來。紫煙猛然看見，著了一驚，忙說道：「此天子氣也！何以至此？」煬帝忙回頭看時，果然見赤光縷縷，團成五彩，照映半天，有十分奇怪，不覺也驚訝起來，因問道：「何以知為天子氣？」紫煙道：「五彩成文，狀如龍鳳，如何不是？氣起之處，其下定有異人。」煬帝道：「此氣當應在何處？」紫煙手指著道：「此乃參井之分，恐只在太原一帶地方。」煬帝道：「太原去西京不遠，朕明日即差人去細細緝訪，倘有異人，拏來殺了，便可除滅此患。」紫煙道：「此乃天意，恐非人力能除，惟願陛下慎修明德，或者其禍自消。昔老尼曾授妾偈言三句道：

虎頭牛尾，刀兵亂起；誰為君王，木之子。

若以木子二字詳解，木在『子』上，乃是『李』字；然天意微渺，實難以私心揣度。」煬帝道：「天意

---

❼ 明堂：星宿名。

❽ 泰階：星名。由上臺、中臺、下臺六星兩兩並排而斜上，如階梯，故名。

❾ 格天：古代帝王自稱受命於天，凡是所作所為，都感通於天，故叫格天。

既定，憂之無益。這等良夜，且與妃子及時行樂。」遂起身同下臺來，與蕭后眾夫人又喫了一回酒，蕭后與眾夫人各自散歸，煬帝就在顯仁宮，同袁紫煙宿了。

次日煬帝方起來梳洗，忽見明霞院楊夫人，差內監來奏道：「昔日酸棗縣進貢的玉李樹，一向不甚開花，昨夜忽然花開無數，清陰素影，掩映有數里之遙，滿院皆香，大是祥瑞，伏望萬歲爺親臨賞玩。」煬帝因袁紫煙說木子是「李」字，今見報玉李茂盛，心下先有幾分不快，沉吟了一回，方問道：「這玉李久不開花，為何忽然大開，必定有些奇異。」太監奏道：「果是有些奇異，昨夜滿院中人，俱聽得樹下有幾千神人說道：木子當盛，吾等皆宜扶助。奴婢等都不肯信，不料清晨看時，開得花葉交加，十分繁衍。此皆萬歲爺洪福齊天，故有此等奇瑞。」煬帝聞言愈加疑慮，正躊躇間，忽又見一個太監來奏道：「奴婢乃晨光院周夫人遣來。院中舊日西京移來的楊梅樹，昨夜忽花開滿樹，十分爛漫，特請萬歲爺親臨賞玩。」煬帝見說楊梅盛開，合著了自家的姓氏，方纔轉過臉來歡喜道：「楊梅卻也盛開，妙哉妙哉！」因問太監：「為何一夜就開得這般茂盛？」太監奏道：「昨夜花下，忽聞有許多神人說道：此花氣運發洩已極，可一發開完。今早看時，無一處不開得爛漫。」煬帝道：「楊梅這般茂盛，比明霞院的玉李如何？」太監道：「奴婢不曾看見玉李花。」煬帝又問明霞院的太監道：「你看見晨光院的楊梅花麼？」太監道：「奴婢也不曾看見楊梅花。」

袁紫煙在旁說道：「二花一時齊發，係國家祥瑞，陛下何不去一觀？」煬帝見說，便道：「我與妃子同去看來。」遂上了金輦，袁紫煙隨駕。到西苑，早有楊夫人、周夫人接住。煬帝問道：「楊梅乃西京移來，原是宿根老本，固該十分開放，這玉李乃外縣所獻，不過是浮蔓之質，如何也忽然開放？」二夫人道：「正是奇怪。玉李轉盛似楊梅，比往年大不相同，開得沒枝沒葉，一層一層，都堆將起來，真個若有神助一般。」煬帝道：「那裡便得如此？」二夫人道：「聖目親看便知。」須臾，駕到了明霞院，楊夫人便要邀煬帝進看玉李。煬帝不肯下輦道：「先去看了楊梅，再來看它。」楊夫人不敢勉強，只得讓輦過去，自家轉隨到晨光院來。煬帝進院，竟到楊梅樹下來看，只見花枝簇簇，開得渾如錦繡一般，十分歡喜道：「果然開得茂盛，國家祥瑞，不卜可知。」須臾各院夫人，聞知二院花開，也都來看，皆極口稱讚。煬帝大喜，便要排宴賞花。眾夫人不知煬帝的意思，齊說道：「聞得玉李開得更盛，陛下何不一往觀之？」煬帝道：「料沒有楊梅這般繁盛。」眾夫人道：「盛與不盛，大家去看看何妨？」煬帝被眾夫人催逼不過，只得同到明霞院來。方進得院來，早聞得穠穠郁郁的異香撲鼻；及走至後院牕前一看，只見奇花滿樹，異蕊盛枝，就如瓊瑤造就，珠玉裝成，清陰素影，掩映的滿院中祥光萬道，瑞靄千層，真個有鬼神贊助之功，與楊梅大不相同。有踏莎行詞一首為證：

白雲橫鋪，碧雲亂落。明珠仙露浮花萼，渾如一夜氣呵成，果然不假春雕琢。天地栽培，鬼神寄託。東皇何敢相拘縛。風來香氣欲成龍，凡花誰敢爭強弱。

煬帝看見玉李精光璀璨，也不像一枝樹木，就似什麼寶貝放光一般，嚇得目瞪口呆，半晌開口不得。眾夫人不知就裡，只管稱揚讚歎。眾內侍宮人，也不識竅，這一個道大奇，那一個道茂盛，都亂紛紛稱讚不絕。煬帝不覺忿然大聲說道：「這樣一枝小樹，忽然開花如此，定是花妖作祟，留之必然為禍。」叫左右快用刀斧連根砍去。眾夫人聽了，都大驚道：「開花茂盛，乃國家禎祥，為何轉說是妖，望陛下三思。」煬帝道：「眾妃子那裡曉得，只是砍去為妙。」眾夫人苦勸，煬帝那裡肯聽。惟袁紫煙心中明白，對煬帝說道：「此花雖是茂盛，然太發洩盡了，恐不長久。今陛下莫若以酒酬之，則此花不為妖，而反為瑞矣。」眾太監正在那裡延挨，不忍動手，忽報娘娘駕到。原來蕭后聞得二院開花茂盛，故來賞玩。到了院中，眾夫人齊出來迎接，就說道：「這樣好花，萬歲轉說它是妖，倒要伐去，望娘娘勸解。」蕭后見過了煬帝，仔細將玉李一看，果然是雪堆玉砌，十分茂盛，心下也沉吟了一會，因問煬帝道：「陛下為何要伐此樹？」煬帝道：「御妻明白人，何必細問？」蕭后道：「此天意也，非妖也，伐之何益？陛下若威福不替，則此皆木德來助之象也。」煬帝道：「御妻所見極是，且同你去看楊梅。」遂不伐樹，便起身依舊同到晨光院來。

蕭后看那楊梅，雖然繁郁，怎敵得玉李？然蕭后終是個乖人，曉得煬帝的意思，勉強說道：「楊梅香清色美，得天地之正氣；玉李不過是鮮媚之姿。以妾看來，二花還是楊梅為上。」煬帝方笑道：「終是御妻有眼力。」隨命取酒來賞。須臾酒至，大家就在花下團坐而飲。飲到半晌，真個是觀於海者難為水，不但眾人心中，都有一點不足之意，就是煬帝自家，看了一會，也覺道沒甚趣味，忽然走起身來道：「這樣春光明媚，大地皆是文章，何苦守著一株花樹喫酒？」蕭后道：「陛下之論有理，莫若移席到五湖中去。」煬帝道：「索性過北海一遊，好豁豁胸襟眼界。」眾夫人聽了，忙叫近侍將酒席移入龍舟。安排停當，煬帝與蕭后眾夫人們，一齊同上龍舟，望北海中來。只見風和景明，水天一色，比湖中更覺不同。有詩為證：

御苑東風麗，吹春滿碧流。紅移花覆岸，綠壓柳垂舟。樹影依山殿，鶯聲渡水流。今朝天氣好，
宜向五湖遊。

煬帝與蕭后眾夫人，在龍舟中，把簾幕捲起，細細的賞玩那些山水之妙。早游過了北海，到了三神山腳下，一齊登岸。正待上山，忽聽波心裡一聲響亮，只見海中一尾大魚，揚鰭鼓鬣❿，翻波觸浪遊戲，逼近岸邊，游來游去。見了煬帝，就如認得的一般。煬帝定睛細看，卻是一個一丈四五尺的一尾大鯉魚，渾身錦鱗金甲，照耀在日光之下，就如萬點金星。魚額上隱隱有一個像是硃砂寫的角字，偏在半邊。煬帝看了，忽然想起，說道：「原來就是此魚。」蕭后忙問道：「此是何魚？」煬帝道：「御妻記不得了？朕昔日曾與楊素在太液池釣魚，有個洛水漁人，持一尾金色鯉魚來獻。朕見有些奇相，曾將硃筆題『解生』二字在魚額上，放入池中。後來虞世基鑿海，要引入活水，遂與池相通。不知幾時游到海中，養得這般大了。如今『生』字被水浸去，止有『解』字半邊一個角字在上，豈不是牠？」蕭后道：「鯉有角，非凡物也！」袁紫煙道：「趁此未成龍時，陛下當早除之，以免後日風雷之患。」煬帝道：「妃子之言甚是。」叫近侍快取弓箭。

近侍忙將金鑲羽箭奉上。煬帝接在手，展起袍袖，引箭當絃，覷定了那魚肚腹之上，颼的放一箭去。忽然水面上，捲起一陣風來，刮得海中波浪滔天，像有幾百萬魚龍跳躍的模樣，浪頭的水，直噴上岸來，連煬帝與蕭后眾夫人，衣裳盡皆打濕，嚇得眾人個個魂飛魄散。蕭后同眾夫人，慌忙退避。煬帝也嚇了

❿ 鼓鬣：鼓起魚頷旁的小鬐。鬣，音ㄌㄧㄝˋ。

煬帝接弓在手，引箭當弦，颼的放一箭去。忽然水面上捲起一陣風來，刮得海波滔天；那袁紫煙忙在袖中取出混天毬擲下水去，鯉魚一見，撲轉鰲頭，悠然入海去了。

一驚，立腳不定；只見袁紫煙反趨到煬帝面前來說道：「陛下站定，待妾來。」煬帝慌了，正要扯他，那袁紫煙忙在袖中，取出一物，如算丸的木蛋一般，左手挽住一條五彩錦索，右手把那丸兒擲下水去。將近魚身，那鯉魚一見，撲轉鰲頭，悠然入海去了。

袁紫煙收起一二十丈錦索，執著那件寶貝。此時煬帝喘息已定，向紫煙取那件東西來看，原來是圓滴溜溜的一個五色光生丸兒。煬帝道：「此是何物，能使怪魚退避？」袁紫煙道：「此亦妾幼時老尼所贈。說是太液混天毬，是當年老君煉就，能辟諸邪，可驅水中怪異，叫妾常佩在身，以防不測。」正說時，只見蕭后同眾夫人走到面前，煬帝喫了這驚，亦無興上山遊覽，大家上龍舟，進北海搖回。

方登南岸，只見中門使段達俯伏在地，手捧著幾道表章，奏道：「邊防有緊急文書，臣不敢耽阻，謹進上御覽定奪。」煬帝笑道：「當今四海承平，萬方朝貢，有什麼緊急事情，這等大驚小怪？」遂叫取上來看。左右忙將第一道獻上。煬帝展開看時，上寫著：為邊報事，弘化郡至關右一帶地方，連年荒旱，盜賊蠭起，郡縣不能禁治，伏乞早發良將，剿捕安集等情。煬帝道：「這都是郡縣官員，假捏虛情，後日平復了冒功請賞。」蕭后道：「此等之事，雖不可全信，亦不可不信，陛下只遣一員能將去剿捕便了。」煬帝又取第二道表文來看，卻是：吏兵二部為推補事，關右一十三郡盜賊生發，郡縣告請良將。臣等會推衛尉少卿李淵才略兼備，御眾寬簡得中，可補弘化郡留守，提兵剿補盜賊等情，伏乞聖旨定奪。煬帝看了，就批旨道：「李淵既有才略，即著補弘化郡留守，總管關右十三郡兵馬，剿除盜賊，安集生民，俟有功另行陞賞，該部知道。」煬帝批完，即發與段達。段達因邊防緊急事務，不敢耽擱，隨即傳與吏兵二部去了。煬帝猛想起李淵，當年伐陳時，他立意殺了張麗華，況又姓李，恐怕應了天文讖語，如何反假他兵權？心下只管沉吟，欲要追回成命，又見疏已發出，待要改發一人，一時沒有個良將。也是天意有定。煬帝正躊躇間，段達忽又獻上一道表來，煬帝展開看時，卻是長安令獻美人的奏疏。煬帝見了，心下大喜，把李淵的事都丟開了，因問段達道：「既是獻美人，美人今在何處？」段達奏道：「美人現在苑外，未奉聖旨，不敢擅入。」煬帝即傳旨宣來。不多時，將美人宣到，那美人見了煬帝與蕭后，慌忙輕折纖腰，低垂素臉，俯伏在地。煬帝將那美人仔細一看，真個生得嬌怯怯一團俊俏，軟溫溫無限丰姿。有詩為證：

浣雪蒸霞骨欲仙，況當十五正芳年。畫眉腮下嬌新月，掠髮風前鬬晚煙。桃露不堪爭半笑，梨雲何敢壓雙肩。更餘一種憨憨態，消盡人魂實可憐。

煬帝見那女子十分嬌倩，滿心歡喜，用手扶她起來問道：「妳今年十幾歲，叫甚名字？」那美人答道：「妾姓袁，小字寶兒，年一十五歲。妾家中父母，聞萬歲選御車女，故將賤妾獻上，望聖恩收錄。」煬帝笑道：「放心放心，決不退回。」遂同蕭后帶了寶兒，竟到十六院來。眾夫人見煬帝新收寶兒，忙治酒來賀。又喫了半夜，單送蕭后回宮。煬帝就在翠華院中，與寶兒宿了。次日起來，就賜她為美人。自此以後，行住坐臥，皆帶在身旁，十分寵幸。寶兒卻無一點恃寵之意，終日只是憨憨的耍笑，也不驕人，也不作態。煬帝更加寵愛，各院夫人，也都歡喜她溫柔軟款，教她歌舞吹唱。她福至心靈，一學便會。

一日，煬帝在院中午睡未起，袁寶兒私自走出院來，尋著朱貴兒、韓俊娥、杏娘、妥娘眾美人耍子。

杳娘道：「這樣春天，百花開放，我們去鬭草⓫如何？」妥娘道：「鬭草，左右是這些花，大家都有的，不好耍子，倒不如去打鞦韆，還有些笑聲。」韓俊娥道：「不好不好，鞦韆怕人，我不去。」朱貴兒道：「打鞦韆既不好，大家不如同到赤欄橋上去釣魚罷。」袁寶兒道：「去不得，倘或萬歲睡醒，尋我們時，那裡曉得？莫若還到後院去演歌舞耍子，還不誤了正事。」大家都道：「說得是。」一齊轉到後院西軒中來。眾美人把四圍牕牖俱開，將珠簾把金鈎掛起，柳絲娲娲，簷前楹外群芳相映。正是：

簾捲斜陽歸燕語，池生芳草亂蛙鳴。

總評：女子能歌善舞，心靈秀巧者，未足為奇。獨怪袁紫煙，以幼齡弱質能，能觀天指象，議論鑿鑿，令人可疑而不可信。至於楊李齊芳，鯉魚逐浪，一時異事彙集，雖屬英雄，亦覺中心惴惴。

⓫ 鬭草：古代民俗，五月初五有踏百草的遊戲，稱為鬭草。

第三十回　賭新歌寶兒博寵　觀圖畫蕭后思游

詞曰：

午夢初回閒信步，轉過雕欄，又聽新聲度。蜂飛蝶舞風迴住，鶯啼一喚情難去。　醉向花陰日未暮，漫把珠簾，鈎起遊絲絮。畫上天涯縈意緒，令人沒個安排處。

右調蝶戀花

凡人的心性，總是靜則思動，動則思靜。怎能個像修真煉性的，日坐蒲團。至若婦人念頭，尤難收束，處貧處富，日夕好動蕩者俱多，肯恬靜的甚少，其中但看她所志趨向耳。再說朱貴兒、韓俊娥、杳娘、妥娘、袁寶兒一班美人，齊轉到院後西軒中坐下，一遞一個把那些新學的詞曲，共演唱了片時。朱貴兒忽然說道：「這些曲子，只管唱，沒有甚麼趣味。如今春光明媚，妳看軒前的楊柳青青，好不可愛。我們各人，何不自出心思，即景題情，唱一隻楊柳詞兒耍子？」杳娘道：「既如此，便不要白唱，唱得好的，送她明珠一顆；唱不來的，罰她一席酒，請眾人何如？」四人都道：「使得！使得！」妥娘道：「還該那個唱起？」朱貴兒道：「這個不拘，有卷先遞。」說未了，韓俊娥便輕敲檀板，細囀鶯喉，唱道：

楊柳青青可憐，一絲一絲拖寒煙。何須桃李描春色，畫出東風二月天。

韓俊娥唱罷，眾人都稱讚道：「韓家姐姐，唱得這樣精妙，真個是陽春白雪❶，叫我們如何開口？」韓俊娥道：「姐姐們不要笑我，少不得要罰一席相請。」還未說完，只見妥娘也啟朱脣，翻貝齒，嬌嫡嫡的唱道：

楊柳青青欲迷，幾枝長鎖幾枝低。不知縈纖春多少，惹得宮鶯不住啼。

妥娘唱畢，大家又稱讚了一會，朱貴兒方纔輕吞慢吐，嘹嘹嚦嚦，唱將起來道：

楊柳青青幾萬枝，枝枝都解寄相思。宮中那有相思寄，閒掛春風暗皺眉。

貴兒唱完，大家說道：「還是貴姐姐唱得有些風韻。」貴兒笑道：「勉強塞責，有甚麼風韻。」因將手指著杳娘、寶兒說道：「妳們且聽她兩個小姐姐唱來，方見趣味。」杳娘微笑了一笑，輕輕的調了香喉，如簫如管的唱道：

楊柳青青不綰春，春柔好似小腰身。漫言宮裡無愁恨，想到春風愁殺人。

杳娘唱罷，大家稱讚道：「風流蘊藉，又有感慨，其實要讓此曲。」杳娘道：「不要羞人，且聽袁姐姐

---

❶ 陽春白雪：古代高雅歌曲名，後用以泛指高深的文學藝術作品。

的佳音。」寶兒道：「我是新學的，如何唱得？」四人道：「大家都胡亂唱了，偏妳能歌善唱的，倒要謙遜？」寶兒真個是會家不忙，手執紅牙❷，慢慢的把聲容鎮定，方纔吐遏雲之調，發繞梁之音，婉婉的唱道：

楊柳青青壓禁門，翻風掛月欲銷魂。莫誇自己春情態，半是皇家雨露恩。

寶兒唱完，大家俱各稱贊。朱貴兒說道：「若論歌喉婉囀，音律不差，字眼端正，大家也差不多兒；若論詞意之妙，卻是袁寶兒的不忘君恩，大有深情，我們皆不及也，大家都該取明珠相送。」寶兒笑道：「眾姐姐休得取笑，免得罰就彀了，還敢要甚麼明珠？羞死！羞死！」杳娘道：「果然是袁姐姐唱得詞情俱妙，我們大家該罰。」

眾美人正爭嚷間，只見煬帝從屏風背後，轉將出來，笑說道：「妳們好大膽，怎麼瞞了朕，在這裡賭歌？」眾美人看見了煬帝，都笑將起來說道：「妾等在此賭歌，胡謅的歌兒耍子，不期被萬歲聽見。」煬帝道：「朕已聽了多時矣！」原來煬帝一覺睡醒，不見了寶兒，忙問左右，對道：「在後院軒子裡，與眾美人演唱去了。」煬帝遂悄悄走來。將到軒前，聽見眾美人，說也有，笑也有，恐打斷了她們興頭，遂不進軒，倒轉過軒後，躲在屏風裡邊，張她們耍子，故這些歌兒，俱一一聽得明白。當下說道：「妳們不要爭論，快來聽朕替妳們評定。」眾美人真個都走到面前。

煬帝看著朱貴兒、韓俊娥、妥娘、杳娘說道：「妳們四個，詞意風流，歌聲清亮，也都是等閒難得。」

---

❷紅牙：即檀板，用以調節樂曲節拍。因是紅色，故名。

朱貴兒、韓俊娥、杳娘、妥娘、袁寶兒齊到院後西軒唱那新學的詞曲。煬帝躲在屏風裡邊張她們耍子，故這些歌兒俱一一聽得明白。

又將手指著袁寶兒道：「妳這個小妮子，學得幾時唱，就曉得遣詞立意，又念皇家雨露之恩，真個聰明敏慧，可喜可愛。」寶兒也不答應，只是憨憨的嘻笑。煬帝又道：「妳們倒耍得有趣，都該重賞。」遂叫左右，取吳綾蜀錦，每人兩端，寶兒加賞明珠兩顆，說道：「妳既念皇家的雨露，雨露不得不偏厚於妳。」寶兒只與眾人一齊謝恩，說：「萬歲評論極公。」煬帝大喜，正要吩咐看宴來，忽聞隔牆隱隱有許多笑聲，將近軒來。左右報道：「眾夫人來了。」

煬帝見說，笑對眾美人道：「妳們把朕藏著，待她們來，只說朕不在這裡。」韓俊娥道：「叫妾等藏萬歲到那裡去？」朱貴兒道：「左首短屏後，可以藏得。」煬帝道：「下身露出不好。」杳娘道：「假山後芭蕉陰裡到好。」煬帝道：「倘或一陣風來，吹倒了葉兒，就看見了，也不好。」袁寶兒笑道：「有便有一個所在，只怕萬歲不好意思。」煬帝笑道：「小油嘴，快說來，不要擔擱了工夫。」寶兒把手指著右首壁上一口壁廚道：「這裡頭甚是廣闊，上邊又有雕花，可以看外，又不悶人，不要說萬歲一個，再有一個陪駕，亦可容得。」煬帝見說，點頭笑道：「妙，妳們快開了，待朕躲進去。」眾人忙把櫥門展開，煬帝輕身一躍，閃進裡頭去了。眾美人仍然關好，把屈戌❸扣上。

不一時，七八位夫人，攜著手笑進軒來。只見眾美人都四散的站在那裡，四圍一看，並不見煬帝。明霞院楊夫人道：「萬歲不在這裡。」清修院秦夫人問眾美人道：「萬歲那裡去了？」眾美人都道：「不曉得。」晨光院周夫人道：「寶輦尚停在院外，宮人們都說在西軒裡，難道萬歲有隱身法的，就不見了？」景明院梁夫人笑對袁寶兒道：「別的說不曉得也就罷了，妳是時刻要侍奉的，豈不知萬歲在何處。若藏

❸ 屈戌：門窗或櫥櫃上的環紐、搭扣。

在那裡，快些說出來，不然我們大家要動手了。」寶兒憨憨的答道：「我一個娃娃家，怎便可以藏得萬歲？」迎暉院羅夫人笑道：「好一個娃娃家！只怕來年這時候，要做娘了。」眾夫人都笑起來。秋聲院薛夫人道：「不是這等講，我有個法在此。她們是不肯說的了，我們莫若將寶兒這妮子劫了去。萬歲是時刻少她不得，她不見了，他自然要尋到我們院裡來的，何須此時性急？」眾夫人都道：「有理！有理！」正要大家動手，翠華院花夫人只見壁櫥裡邊一影，便道：「萬歲在這裡，我尋著了。」忙把壁櫥屈戍除去，正要開門，聽見裡邊格吱吱笑聲，跳出一個煬帝來，拍手大笑道：「好呀，眾妃子要劫朕可人去，是何道理？」文安院狄夫人笑道：「幸虧薛夫人的妙策，激動天顏，方才洩漏；不然只道這裡頭是鳳池，那曉得倒是個龍窟。」眾夫人與眾美人都大笑起來。

煬帝對眾夫人問道：「妳們這一夥，為甚麼遊到這裡來？」秦夫人道：「妾等俱有耳報法，曉得陛下在這裡評品歌詞，妾等亦趕來隨喜隨喜❹。」薛夫人問道：「她們歌的是新詞是舊曲？」煬帝便把五個美人的楊柳詞，逐個述與眾夫人聽。周夫人道：「她們倒頑得有些意思，我們亦該尋個題目來作作，消遣韶華，強如去抹牌下碁，猜謎行令。」煬帝笑道：「題目不拘，就眾妃子各人寫懷賦志，何必別去搜求。」秋夫人道：「題目雖好，只是如今現在只有妾等八人，萬歲何不連她們一發去宣了來，以見十六院多有吟詠，方成個詩文會集，大家有興。」煬帝道：「妃子之論甚佳。」叫左右近侍們：「快些去宣那八院夫人來。」宮人領旨，如飛的分頭去了。正是：

❹ 隨喜：本佛教語，以為行善布施可生觀喜心，隨人為善稱為隨喜。這裡是遊玩之意。

橫陳錦障欄杆內，盡吸江雲翰墨中。

不一時，只見眾夫人多打扮得鮮妍嫵媚，嫋嫋娉娉，齊走進軒來，見過了煬帝，又見了八位夫人。煬帝一看，只有六人，少了兩位：儀鳳院李夫人，寶林院沙夫人，便問道：「為何慶兒不來？」綺陰院夏夫人笑道：「李夫人麼，是陛下不到她院裡去臨幸，害了相思病來不得。」煬帝笑道：「別樣病，朕不會醫，惟相思病，朕手到病除。」又問道：「沙妃子為何也不來？」降陽院賈夫人道：「她說身子有些詫異，看動彈得也就來。」又道：「陛下宣妾等來，有何聖諭？」秦夫人道：「陛下因眾美人賭唱新詞，也要命題，叫妾等或詩或詞，大家作一首題目，各人或寫景或感懷，隨意可作。」積珍院樊夫人對煬帝道：「她們吟風弄月慣的，妾卻筆硯荒疏，恐作出來反污龍目。」煬帝道：「這也不過適一時之興，胡謅幾句消遣，妃子何須過遜？」影紋院謝夫人道：「若要考文，也須定個優劣賞罰。」仁智院姜夫人道：「主司自然是陛下了，但妾賞則不敢望，罰則當如何？」花夫人道：「賞則各輸明珠一顆，以贈元魁；罰則送主司到她院裡去，針灸她一夜，再考。」秦夫人道：「這等說，人人去作歪詩，再無好吟詠的了。」和明院江夫人道：「不是這等講，若是做得醜的，要罰她備酒一席，以做竟日歡；若是作得奇思幻想，清新中式的，大家送主司到她院裡去，歡娛一夜。」周夫人笑道：「照依妳說，我是再不沾雨露的了。」

煬帝聽見眾夫人議論，大笑不止，便道：「眾妃子不必爭論，好歹做了，朕自有公評。」於是眾夫人笑將下來，向煬帝告坐了，便四散去，各占了坐位。桌上預先設下硯一方，筆一枝，一幅花箋。大家靜悄悄凝坐構思。煬帝坐在中間，四圍觀看：也有手托著香腮；也有顰蹙了畫眉；也有看著地弄裙帶的；也有執著筆仰天想的；有幾個倚遍欄杆；有幾個緩步花陰；有的咬著指爪，微微吟詠；有的抱著護膝，唧唧呆思。煬帝看了這些佳人的態度，不覺心蕩神怡，忍不住立起身來，好像元宵走馬燈，團團的在中間轉，往東邊去磨一磨墨，往西邊來鎮一鎮箋；那邊去倚著桌，覷一覷花容；這邊來靠著椅，襯一襯香肩。轉到庭中，又捨不得這裡幾個出神摹擬；走進軒裡，又要看外邊這幾個心情。引得一個風流天子，如同戲臺上的傀儡，提進提出。

正得意之時，只見一個內監進來奏道：「娘娘見木蘭庭上，百花盛開，遣臣請萬歲御駕賞玩。」煬帝見說便道：「木蘭庭上，也有景致，自從有了西苑，許久不曾去遊，只是此刻眾夫人在這裡題詩看花，明日罷。」內監道：「娘娘已先進木蘭庭去了，專候萬歲駕臨。」狄夫人起身，對煬帝說道：「妾等作詩，原沒甚要緊，陛下還是進宮去的是，不要因了妾們拂了娘娘的興。」煬帝沉吟了一回，說道：「既如此，妃子們同去走走何如？」羅夫人道：「使不得，娘娘又沒有旨喚妾們，妾等成隊的進宮去，不惟不能湊其歡，反取其厭了。」煬帝點頭道：「也說得是，待朕去看光景好，再差人來宣你們未遲。如今大家且在這裡構思完題。」說了起身，眾夫人送出軒來，煬帝便止住道：「眾妃子各自去幹正事，不要亂了文思。」眾夫人應命進軒。

煬帝見眾美人都在軒外，說道：「妳們總是閒著，隨朕去遊賞片時。」寶兒等五人，歡喜不勝，隨煬帝上了玉輦，轉過西軒，又行過了明霞、晨光二院，將到翠華院玉山嘴口，只見一輛小車兒，迎將上來。煬帝仔細一看，卻是儀鳳院李夫人。李夫人望見了煬帝的玉輦，忙下車來，俯伏輦前。煬帝把手扶

煬帝四圍觀看，也有手托著香腮，也有顰蹙了畫眉，也有看著地弄裙帶的，也有執著筆仰天想的，有幾個倚遍欄杆，有幾個緩步花陰，有的咬著指爪，微微吟詠，有的抱著護膝，唧唧呆思。煬帝忍不住立起身來，好像元宵走馬燈，團團的在中間轉。

他起來道：「好呀，妳躲到這時候方來？夏妃子說妳害了相思病，朕正要來替妳診治。」李夫人笑道：「陛下那有閒工夫來，妾偶爾傷春貪睡來遲，望陛下恕罪，不知宣妾等在何處供奉？」煬帝便把美人賭歌，眾妃子也想吟詩，朕叫她們各自寫懷在西軒中題詠，如今因木蘭庭上花開，皇后來請，不得不去走遭，說了一遍。李夫人道：「既是陛下要進宮去了，妾又到西軒去有甚興致，不如仍回院去，作了詩呈上御覽便了。」煬帝道：「妃子既是體中欠安，詩詞今日不作，後日亦可補得，沒甚要緊，到不如同朕進宮去看一看花，夜間朕就到妳院中歇了，朕還有話對妳說。」李夫人不敢推辭。煬帝拉李夫人同坐了玉輦，親親切切，又說了許多體己話。

不一時已到宮中，蕭后接住。李夫人見過了蕭后。蕭后對煬帝道：「妾見木蘭庭上，萬花齊放，故差奴婢們迎請陛下一賞。」又對李夫人道：「前日承夫人差宮人來候問，又承見惠花釧，穿紮得甚巧，兩日正在這裡想念，今日同來，正愜我心。」李夫人道：「微物孝順娘娘，何足記懷。」煬帝道：「朕久不到木蘭庭，正要一遊，不想御妻亦有同心。」三人一頭說，一頭走，須臾之間，早到木蘭庭上。煬帝四圍一看，只見千花萬卉，簇簇俱開。真個是：

皇家富貴如天地，禁內繁華勝萬方。

煬帝與蕭后眾人，四下裡遊賞了一會，方到庭上來飲酒。蕭后問道：「陛下在苑中作何賞玩，卻被妾邀來？」煬帝道：「朕偶然睡起，見朱貴兒等躲在院後軒子裡，賭唱歌兒耍子，被朕竊聽了半日，倒唱得有些趣味。」蕭后道：「怎樣有趣？」煬帝遂把眾美人如何唱、如何賭與自家如何評定，細細述了。

蕭后看眾美人說道：「妳們既有這等好歌兒，何不再唱一遍，與我聽聽？萬歲評定的，公也不公？」煬帝道：「有理有理，也不要妳們白唱，唱一支，朕與娘娘飲一杯酒，李妃子也陪飲一杯。」眾美人不敢推辭，只得將楊柳詞，一個個重行唱了一遍。蕭后俱稱讚不已。末後輪到袁寶兒唱時，煬帝正要賣弄她皇家雨露之恩，留心側耳而聽，不想她更逞聰明，卻不襲舊詞，又信著口兒唱道：

楊柳青青嬌欲花，晝眉終是小宮娃。九重上有春如海，敢把天公雨露誇。

煬帝聽了，又驚又喜道：「妳看這小妮子，專會作怪。她因御妻在此，便唱『九重上有春如海，敢把天公雨露誇』。這明是以宮娃自謙，見她不敢專寵之意。」蕭后大喜道：「她年紀雖小，倒有些才情分量。」因叫她到面前，親自把一杯酒，賜與她喫，說道：「妳小小年紀，倒知高識低，曉得事務，先念皇恩，又不敢誇張，真可謂淑女矣！」將自己的一副金釧，取下來賞她。寶兒謝恩，接了也不做聲，只是憨憨的嘻笑。

蕭后對煬帝道：「剛才奴婢們說陛下在西軒，與眾夫人賦詩，怎麼列位不見，陛下獨同李夫人來？」煬帝指著眾美人道：「因她們賭唱新詞，眾妃子偶然撞來，曉得了，也要朕出個題目，消遣消遣。李妃子是沒有來，直到御妻請朕回宮，在玉山嘴口，遇見朕，因拉她來看花助興。」蕭后道：「李夫人來，更覺花神增色；只是打斷了陛下考文的興趣奈何？」大家說說笑笑，煬帝不覺微有醉意，遂起身到各處閒耍。偶走上殿來，但只見中間掛著一幅大畫，畫上都是泥金青綠❺的山水人物，也有樓臺寺院，也有

❺ 泥金青綠：用金屑、金末和膠水製成的顏料，所畫的青綠山水。

村落人家。煬帝見了，便立住細看，並不轉移。蕭后見煬帝注看多時，恐勞神思，便叫寶兒去請來飲酒。寶兒去請，煬帝也不答應，只是注目看畫。蕭后又叫寶兒斝一鍾新煎的龍團❻細茶，送與那煬帝，煬帝只是看畫，也不接茶。

蕭后見煬帝看得有些古怪，忙起身同李夫人走到面前，徐徐問道：「這是那個名人的妙筆？」煬帝道：「那裡名人，甚麼妙筆。」把寶兒捧的拿來喫了。蕭后道：「既不是名人妙筆，陛下為何這等愛它，凝眸不捨？」煬帝道：「這畫乃是一幅廣陵圖，朕見此圖，忽想起廣陵風景，故有些戀戀不捨。」蕭后道：「此圖與廣陵不知可有幾分相似？」煬帝道：「若論廣陵山明水秀，柳媚花嬌，這圖如何描寫得出？若只論殿宮寺宇，一指顧間，歷歷如在目前。」蕭后將手指著問道：「此一條是什麼河道，有這些軸艫舟楫在內？」煬帝見蕭后問他詳細，遂走近一步，將左手伏在蕭后肩上，把右手指著圖畫，細細說道：「這不是河道，乃是揚子江。此水自西蜀三峽中流出，奔騰萬餘里，直到海中，由此遂分南北，古今所謂天塹者，以此江得名也。」李夫人道：「沿江這一帶，都是甚麼山？」煬帝道：「這正面一帶，是甘泉山；左邊的是浮山，昔大禹治水，曾經此山，至今山上，還有個大禹廟；右邊這一座，叫做大銅山，漢時吳王濞在此處鑄錢，故此得名；背後一帶小山，叫做橫山，梁昭明太子在此處讀書；四面散出的，乃是瓜步山、羅浮山、摩訶山、狼山、孤山，俱是廣陵的門戶。」

李夫人悄悄的叫貴兒點兩杯濃馟馟的茶來。李夫人送一杯與蕭后喫了，又取了一杯茶，輕輕的湊在煬帝面去。煬帝把手來接了。蕭后放了杯，又問道：「中間這座城池，卻是何處？」煬帝喫完了茶，答

❻ 龍團：茶名。

道：「這叫做蕪城，又叫做古邗溝城，乃是列國時吳王夫差的舊都。旁邊這一條水，也是吳王鑿的，護此城池。此城據於廣陵之中，又得這些山川相為護衛。朕向來曾鎮揚州，意欲另建一都，以便收攬江都秀氣。」李夫人道：「這小小一城，如何容得天子建都？」煬帝笑道：「妃子在畫上看了覺小，若到那裡儘寬大，可以任情受用。」又以手指著西北一塊地方說道：「只此一處，有二百餘里，與西苑大小爭差不多。朕若建都此處，可造十六宮院，與西苑一般。」又四下裡亂指道：「此處可以築臺，此處可以起樓，此處可以造橋，此處可以鑿池。」這煬帝說到了興豪之際，得意之時，不覺得手舞足蹈，欣然暢快起來。蕭后見了笑道：「陛下既說得如此有興，何不差人快做起來，挈帶賤妾並眾夫人與美人同去一遊？」煬帝道：「朕實有此心，只恨這是一條旱路，雖有離宮別館，晚間住箚，日間那些車塵馬足的勞攘，甚是悶人；再帶了許多妃妾們，七起八落，如何能彀快活？」李夫人道：「何不尋條水路，多造龍舟，妾等皆可安然而往？」煬帝笑道：「若有水路，也不等今日。」蕭后道：「難道就沒有一條河路？方纔那條揚子江，恐怕有路。」煬帝道：「太遠，太遠，通不得。」蕭后道：「陛下不要這般執定，明日宣群臣商議，或者別有水路，亦未可知。且去飲酒，莫要只管愁煩。」

煬帝見說，攜了蕭后的手，三人依舊到庭上來飲酒。大家你一杯，我一盞，飲至掌燈時，李夫人起身，向煬帝與蕭后要告辭歸院。煬帝不開口，只顧看那蕭后。蕭后便知煬帝的意思，況又李夫人性格溫柔，時亦到宮來候問，故此蕭后待她更覺親熱，便一把扯住道：「夫人不比別個，就住在我宮中一宵，亦何妨礙？況且陛下又在這裡，決不使妳寂寞。」煬帝笑道：「御妻妳不曉得，她剛對朕說道這兩日身上有些欠安，朕勉強拉她來看花助興。」蕭后見說，笑道：「身子不好，這不打緊，住在這裡，少刻我叫陛下送一帖黃昏散❼來，保妳來朝原神勝舊。」引得李夫人掩著口兒，只是笑，見蕭后意思殷勤，只得仍舊坐下；又喫了更餘酒，然後與煬帝、蕭后同在宮中歇了。正是：

燭開並蒂搖金屋，帶結同心綰玉鉤。

次日，煬帝設朝，聚集大臣會議，要開一條河道，直通廣陵，以便巡幸。眾臣奏道：「旱路卻有，並不聞有河道可以相通。」煬帝再三要眾臣籌策一條河路來，各官俱面面相覷，無言可答。大家捱了一會，只得奏道：「臣等愚昧，一時不能通變，伏望陛下寬限，容臣等退出，會同該部與各地方官，細細查勘回旨。」煬帝依奏，即傳旨退朝，起身退入後宮。正是：

慾上還尋慾，荒中更覓荒。江山磐石固，到此也應亡。

總評：賭唱新詞，嬪娥情景宛然。又妙在寶兒翻調，蕭后歡贈，愈見作者心思。其中各院麗人，嬉笑怒罵，無不歷歷如畫。至後觀圖一段，淡淡接入，益見文境愈有情致。

---

❼ 黃昏散：以王孫製成細末的藥料。黃昏，即王孫，藥草名。這裡是用以開玩笑。

第三十一回　薛冶兒舞劍分歡　眾夫人題詩邀寵

詞曰：

鶯聲未老燕初歸，正好傳杯。魚腸❶試舞逞雄奇，爭羨蛾眉。　錦箋覓句謾留題，且共追陪。淺斟細酌樂深閨，情盡和諧。

右調玉樹後庭花

自來詩詞，雖是寫懷寄興，然其中原有起承轉合，故人不得草草塗鴉。但今作者，止取體豔句嬌，標新立異而已，原沒甚骨力規則。獨詫天公使有才之女，生在一時，令荒淫之主，志亂心迷，每事令人欲罷不能。

再說煬帝與眾臣議論，要開通廣陵河道。退朝回宮，蕭后接住問道：「陛下與眾臣商議的水道何如？」煬帝道：「群臣商酌了半日，再尋不出一條路來，今領旨去查，多分也不能有。」蕭后道：「眾臣既去細查，定還有別路，且待他們來回旨再處；陛下不要思量未來，倒誤了眼前。」煬帝問道：「為何不見李妃子？」蕭后道：「她因念著詩題，恐怕各院到她那裡去尋她，曉得了在這裡，不好意思。等不及陛

❶ 魚腸：古代寶劍名。

下還宮，忙回院去了。」煬帝見說，便道：「正是為甚麼眾妃子不把詩來進呈？朕與御妻到院中去問她們。」蕭后道：「這也使得。前日綺陰院差人來，說院中花柳十分可人，請妾去賞玩。因兩日不得閒，故沒有去。今日天氣甚好，陛下何不同到那裡去一樂？」煬帝笑道：「御妻倒會排遣。」蕭后道：「妾婦人家，只好是這樣排遣，比不得陛下東尋西趁，要十分快樂。」煬帝道：「御妻恁說，朕就不去，在這裡與御妻促膝談心何如？」蕭后微哂道：「妾是戲言，陛下怎麼認起真來，難道宵來剛沐恩波，今晚又思多露，奢望若此？」一頭說，一頭挽著煬帝的手，走出宮來。隨著內相去喚袁寶兒等，到綺陰院伺候。

蕭后與煬帝上了寶輦，竟到綺陰院，夏夫人接住。煬帝就問夏夫人道：「昨日眾妃子吟的詩詞，為甚麼不送來朕覽？」夏夫人見過了蕭后，對煬帝道：「詩是沒有作，見陛下回宮去了，妾等亦遂散歸。」煬帝笑道：「妳們好大膽，難道見朕回宮，眾妃子就不奉旨了？」夏夫人笑道：「詩多是作的，交在清修院秦夫人處，她一齊送呈御覽。」又轉對蕭后道：「前日妾望娘娘玉趾降臨，為何直至今日？」蕭后道：「承夫人見邀，滿擬即來游玩，不知為甚緣故，春未去而病先來，覺得身子甚懶，因陛下有興，故此同來。」煬帝與蕭后大家說說笑笑，各處游賞；只見鳥啼花落，日淡風和，春夏之交，光景清幽可愛。正是：

領略花蹊看不盡，平分風月意何如。

煬帝賞玩了多時，心下暢快，因對蕭后道：「早是御妻邀來游玩，不然將這樣好風光，都錯過了。」

夏夫人忙排上宴來。煬帝飲了數杯，忽問道：「袁寶兒眾人，如何不來？」眾內相聽了，慌忙去叫，卻都不在院中。各處去尋，尋了半晌，一個個忙忙亂亂的，走將進來。煬帝見她們舉止失常，便問道：「妳這干小妮子，躲在何處，這時候纔來，又這般模樣？」眾美人料隱瞞不住，只得齊跪下道：「妾等在仁智院山上，看舞劍耍子，不知萬歲與娘娘駕到，有失隨侍，罪該萬死。」煬帝道：「是誰舞劍？」寶兒道：「是薛治兒。」煬帝道：「薛治兒從不曾說她會舞劍，敢是妳們說謊？」蕭后道：「謊不謊，有何難見，只叫治兒來，便知端的。」煬帝點頭，放了眾美人起來，隨叫內相去喚治兒。不多時，治兒喚到，怎生打扮？但見：

穿一件淡紅衫子，似薄薄明霞剪就；繫一條縞素裙兒，如盈盈秋水裁成。青雲交綰頭上髻，鬆盤百縷；碧月充作耳邊璫，斜掛一雙。寶釧低嚲彩鸞飛，繡帶輕飄金鳳舞。梨花高削兩肩，楊柳橫拖雙黛。毫無塵俗，恍疑天上掌書仙；別有風情，自是人間豪俠女。

煬帝見了薛治兒，便說道：「妳這小妮子，既曉得舞劍，如何不舞與朕看，卻在背後賣弄？」治兒答道：「舞劍原非韻事，被眾美人逼勒不過，偶然耍子，有何妙處，敢在萬歲與娘娘面前獻醜？」煬帝笑道：「美人舞劍，乃是美觀，如何反說不韻？賜她一杯酒，舞一回與朕看。」治兒不敢推辭，飲了酒，取了兩口寶劍，走到階下，也不攬衣，也不挽袖，便輕輕的舞將起來。初時一來一往，還嬝嬝婷婷，就如蜻蜓點水，燕子穿花，逞弄那些美人的姿態；後漸漸舞得緊了，便看不見來蹤去跡。兩口寶劍，寒森森的就像兩條白龍，在上下盤旋。再舞到妙處時，劍也看不見，人也看不見，只見冷氣颼颼，寒光閃閃，一團白雪，在階前亂滾。煬帝與蕭后看了，喜得眉歡眼笑，拍手稱好。

治兒舞了半晌，忽然就地一滾，直滾到東南角上。煬帝疑惑，在席上直站起來看。只聽得翻天的一聲響，碗大的一株棗樹，砍將下來，驚得內監與眾美人都避進院。治兒將身一閃，徐徐收住寶劍，恍如雪堆銷盡，現出一個美人來的模樣，輕輕的走到簷前，將雙劍放下，氣也不喘，面也不紅，髮絲一根也不散亂，階前並無半點塵埃飛起。望他走來，仍舊衣裳楚楚，笑容可掬。煬帝不覺擊桌嘆賞道：「奇哉治兒！直令人愛死！」就叫治兒近身，用手在她身上一摸，卻又香溫玉軟，柔媚可憐，就像連劍也拏不動的。心下十分歡愛，因對蕭后道：「治兒美人姿容，英雄伎倆，非有仙骨，不能到此；若非今日，朕又幾乎錯過。」蕭后道：「如今也未遲，真個我見猶憐。」煬帝見說，就大笑起來。正是：

能臻化境真難測，技到精時妙入神。試看玉人渾脫舞，梨花滿院不揚塵。

煬帝歸到席上，蕭后道：「今日之樂，比往日更覺快暢，皆夏夫人之惠也。」夏夫人道：「妾有何功，幸賴治兒舞劍，庶不寂寞耳。陛下與娘娘該進一巨觴，治兒亦當以酒酬之。」煬帝笑道：「難道主人倒不飲？」夏夫人答道：「妾自然奉陪。」正要斟酒，只見宮娥進來報道：「眾位夫人進院來了。」夏夫人見說，忙起身出去接了進來。十六院夫人，一位也不少，上前見過了煬帝與蕭后。夏夫人與眾位夫人敘過了禮，叫左右重整杯盤，入席坐定。煬帝笑道：「妳們這時候纔來見朕，不怕主司責罰麼？先罰三杯一個，然後把詩來呈。」謝夫人道：「主司今日卻輪不到陛下了，還該讓娘娘；陛下只好做個副主考。」煬帝道：「這是甚麼緣故？」狄夫人道：「吾輩女門生，自然該娘娘收入宮牆❷，陛下理宜迴避，始免嫌疑。」蕭后道：「易經葩經❸，各服一經，還是陛下善於作養人材。」煬帝亦笑道：「御妻久著關雎雅化，深得詩經之旨。」蕭后笑道：「不比陛下一味春秋。」引得眾夫人美人，都大笑起來。

秦夫人在宮奴手裡，取詩稿一本呈上。煬帝揭開第一頁來看，見上寫「仁智院臣妾姜桂，恭呈御覽」，下邊一個小小方印「月仙氏」。煬帝看了，笑對姜夫人道：「論來還該序齒詮次❹，妳的年紀最小，為甚把妳列為首唱？」姜夫人答道：「昨日因楊夫人、周夫人說先完的先錄，不必拘泥。妾是腹中空虛，無可思索，故此僭越。比不得眾夫人們，肚子裡有物，要細細推敲揣摩。」話未說完，秦夫人對著姜夫人道：「我們被妳說也罷了，怎麼獨嘲笑起沙夫人來？」姜夫人道：「妾何嘗嘲笑沙夫人？」秦夫人道：「妳說肚子裡有物，不是打趣她麼？」姜夫人道：「妾實不知，望沙夫人恕罪。」蕭后聽說，忙問道：「依眾夫人說來，可是沙夫人恭喜了，這也是九廟❺之靈，陛下之福。」煬帝口也不開，覷著沙夫人注目的看。只見沙夫人桃花臉上，兩朵紅雲，登時現將出來，垂頭無言。煬帝看見光景，有些廝像，問下首梁夫人道：「妃子是誠實人，實對朕說，沙妃子的喜，是真是耍？」梁夫人在桌底下伸出三個指來，低低的答道：「三個月了。」煬帝見說，大喜道：「妙極！妙極！快取熱酒來，待朕飲三大杯，御妻也飲三杯。」楊夫人道：「此皆娘娘德化所致，乃使妾等普沾恩澤。三杯豈足以報娘娘萬一，陛下何功，

---

❷ 宮牆：師門。

❸ 葩經：詩經。

❹ 序齒詮次：序齒，按年齡長幼確定先後次序。詮次，選擇和編排次序。

❺ 九廟：古代帝王立七廟以祭祀祖先，至東漢末年王莽增建黃帝太初祖廟和帝虞始祖昭廟，共九廟。

卻要吃起三大觴來？」煬帝笑道：「雖說朕沒有大功，亦曾少效微勞。」惹得眾人都大笑起來。煬帝把手亂指道：「妳們眾妃子，一概都吃三杯。」又笑對沙夫人道：「妃子只飲一杯罷。」賈夫人道：「一回兒就是陛下狥私了。剛纔說妾們一概吃三杯，為何沙夫人反只要吃一杯？」江夫人道：「少刻，詩詞若是陛下看得不公，還要求娘娘磨勘❻。」煬帝一頭笑飲，看姜夫人的詩，卻是一首絕句：

六宮清晝鬬雲鬟，誰把君王肯放閒？舞罷霓裳歌一闋，不知天上與人間。

煬帝看罷笑道：「姜妃子從不曾見她吟詠，虧她倒扯得來，竟不出醜。」又看下去，上寫「影紋院臣妾謝初蕚」，下邊圖印「天然氏」。也是絕句一首：

晚妝零落一枝花，又聽鑾輿出翠華。忙裡新翻清夜曲，背人聽撥紫琵琶。

煬帝對謝夫人道：「別人詩中的興比，不過是借題寓意，妳卻是典實。那一夜朕在清修院歇，隔垣聽得謝妃子的琵琶，真個彈得如怨如慕，如泣如訴，令人聽之忘寐。今此詩竟如寫自己的畫圖。」蕭后道：「有此妙技，少刻定要請教。」煬帝又看下去，見上寫「翠華院臣妾花舒霞」，圖印上「字伴鴻」。是一首詞。煬帝遂朗吟云：

桐窗扶醉夢和諧，惱亂心懷，沒甚心懷。拉來花下賭金釵，懶坐瑤階，又上瑤階。　銀河對面

❻ 磨勘：考察勘驗，以定升降。

似天涯，不是雲霾，即是風霾。鵲橋有處已安排，道是君乖，還是奴乖。

右調一剪梅

煬帝念完，蕭后問道：「這是誰的？倒作得有趣。」煬帝道：「是花妃子的。」蕭后笑道：「只怕今夜花夫人乖不去了。」煬帝道：「詞句鮮妍嫵媚，深得麗人情致。」花夫人道：「胡謅塞責，有甚情致？蒙陛下過譽。」樊夫人道：「花夫人過謙，陛下可要罰她一杯？」煬帝點點頭兒，又看下去，寫著「和明院臣妾江濤」，印章是「驚波氏」。卻是絕句二首：

夢斷揚州三月春，五橋❼東畔草如茵。君王若問儂家裡，記得瓊花是比鄰。

其二：

曉妝螺黛費安排，驚聽鸚哥報午牌。約略君王今夜事，悄挨花底下弓鞋。

煬帝念完，說道：「二詩作得情真豔麗，但覺卿心之念切耳。」蕭后叫宮人取大杯：「奉陛下三巨觴。」煬帝道：「御妻為甚要罰起朕來？」蕭后道：「陛下論詩不明，故此要罰。」煬帝道：「御妻說有何不明？」蕭后道：「妾說來，陛下自然心服。妳們眾夫人都來看。」眾夫人見說，齊到蕭后身邊來。蕭后指著江夫人的詩說道：「這兩首詩，是興比之體。前一首，是江夫人借家鄉之意，切念君心，其實

❼ 五橋：揚州瘦西湖上有五橋亭，為揚州著名景觀。

非念家鄉，隱念君心也。第二首，文義是總歸題旨，明寫重念君心，非念家鄉也，為何反說思鄉之念太切，豈不是論詩不明？」煬帝哈哈大笑道：「朕豈不知，因御妻與眾妃子多在這裡，難道獨讚江妃子的詩意念朕，眾妃子獨不念朕耶！看詩者，只好以意逆志耳！」周夫人道：「虧得娘娘明敏，道破了作者詩意，像妾們只好被陛下掩飾過了。」煬帝道：「朕將一杯轉奉與御妻，以見磨勘的切當；再一杯寄與周妃子，以酬其幫襯；朕自吃一杯。」周夫人笑道：「總是多嘴的不好，難道江夫人倒不要吃？」蕭后道：「陛下這三杯，是要奉的，妾們大家再陪一杯，乃是至公。」於是各人斟酒而飲。煬帝吃了酒，看後邊去，見上寫著「文安院臣妾狄玄蕊」，印章「字亭珍」。是一首詞，調寄巫山一段雲：

時雨山堂潤，卿雲水殿幽。花花草草過春秋，何處是瀛洲。　翠袖承恩遍，朱絃度曲稠。御香深惹薄言愁，天子趁風流。

煬帝念完，讚道：「好！哀而不傷，樂而不淫，是得吟詞正體。」蕭后笑道：「此首別人做不出，更妙在結題。陛下又該飲一大杯。」煬帝道：「該吃！快快斟來。」又看到下邊去，上寫著「秋聲院臣妾薛印花謹呈御覽」，圖印是「小字南哥」。是七言絕句一首：

午涼庭院倚微醒，弄水池頭學采蘋。荷慣恩私疏禮節，夢中猶自喚卿卿。

煬帝念完道：「妙！文如其人，情致宛然。」蕭后笑道：「再加幾個卿字，陛下還要妙哩！」羅夫人亦笑道：「這幾聲喚，薛夫人難道不下來遞陛下一杯酒？」薛夫人見說，含著嬌羞，認真要起身來。煬帝見了，忙止住道：「妳自坐著，不要睬她。」又看了下去，上寫道「積珍院臣妾樊娟」，印章是「素雲氏」。也是絕句一首：

夢裡詩吟雨露恩，那須司馬賦長門❽。溫泉浴罷君王喚，遮莫殘妝枕簟痕。

煬帝念完，說道：「情深而意淡，深得佳人韻致。」又看下去，上寫道「降陽院臣妾賈素貞謹呈御覽」，下邊圖章「字林雲」。是絕句兩首：

玉質光含不染纏，清香別是異芬芳。曾經醉入瀟湘❾夢，起倚雕欄弄素裙。

其二：

相思未解翰何題，一自承恩情也迷。記得當年幽夢裡，賜環驚起望虹霓。

煬帝念完，微笑讚道：「不事脂粉，天然妍媚，所謂粗服亂頭俱好。」只見眾夫人格吱吱笑起來。煬帝問道：「眾妃子為甚好笑？」姜夫人道：「妾們笑昨日。」說了就止住口道：「妾不說了，剛纔無心搪突了沙夫人，如今何苦又多嘴？」煬帝道：「妳不說，罰三巨觥。」花夫人道：「她吃不得，待妾代說

❽司馬賦長門：司馬，司馬相如，字長卿，西漢著名文學家。曾因漢武帝后陳阿嬌要求，作長門賦。長門，漢宮殿名。

❾瀟湘：指清深的湘水。

了罷。昨日賈夫人做詩，一回兒起了稿，自己看了搖搖頭，團做紙圓兒吃了。如此三四回，吃了三四個紙圓。後見陛下進宮去了，要請周夫人與楊夫人代筆。她兩個不肯，賈夫人氣起來道：求人不如求自己，陛下曉得我是初學，好歹放幾個屁在上，量陛下不把奴打到贅字號裡去。今見陛下讚她的詩，故此妾們好笑。」薛夫人笑道：「虧那幾個紙圓兒，方放出好屁來。」煬帝見賈夫人有些惱意，罰了姜夫人、花夫人、薛夫人一杯酒。又展一首來看，「綺陰院臣妾夏綠瑤謹呈御覽」，印章是「瓊瓊氏」。乃是一首詞兒：

春滿西湖好，月滿前山小。匝地笙歌，接天燈火。君王歸了，問酒政何如？不過是催花鬭草。辜負黃昏早，懶把眉兒掃。心字香燒，誰敢望鸞顛鳳倒。堯舜心腸，時憐卻漢宮人老。

煬帝念完讚道：「色韻性度，躍躍如紙上出。」蕭后笑道：「不但作得有情有致，且為陛下今宵下一速帖。」夏夫人道：「蒙娘娘降臨，已出萬幸，焉敢更有他望？」煬帝又看下去，寫著「迎暉院臣妾羅小玉謹呈御覽」，印章上是「佩聲氏」。是絕句兩首：

亭西小院燦名花，豈比尋常富貴家。染盡上林好風景，瑤琴一曲勝琵琶。

其二：

別樣新妝懶畫容，玉山頹處兩三峰。謾言姚魏❿堪為侶，還讓宮花報九重。

❿ 姚魏：姚黃魏紫的簡稱，皆指牡丹花。

蕭后見煬帝念完，因說道：「二詩才情分量，兼得之矣，陛下以為是否？」煬帝道：「御妻評擬不差。」又看下去，上寫道：「清修院臣妾秦美」，印章是「麗娥氏」。絕句一首：

宮禁春深雨露饒，萬堆紅紫綠千條。不知花葉誰裁裡，始信東風勝剪刀。

煬帝點點頭兒，又看下去，見上寫「明霞院臣妾楊毓」，印章上是「翩翩氏」。也是絕句一首：

嬌癡何分沐恩光，占盡春風別有香。自是妾身無狀甚，錯疑花木惱君王。

煬帝微笑一笑，又看下去，上寫著「晨光院臣妾周含香」，印章「字幼蘭」。是小詞一首，調寄如夢令：

昨夜東風吹透，一樹楊梅開驟，香露浥金樽，滿祝千秋萬壽。非謬非謬，共醉太平時候。

煬帝念完，點幾點頭兒，又看下去，上寫著「景明院臣妾梁玉謹呈御覽」，圖記上是「瑩娘氏」。是絕句一首：

腰肢怯怯怕追歡，鏡裡幽情祇自看。莫說宮闈多媚態，輕羅小袖醉欄杆。

煬帝微笑一笑。蕭后問道：「為甚這幾首，陛下只點頭微笑？」煬帝道：「御妻，你不知六宮中，如楊翩翩、周幼蘭、秦麗娥、梁瑩娘、沙雪娥是宮中的詩伯，今竟如臣下應制，並不見出色文字，合著舊曲一句，把往事今朝重提起。」引得眾夫人沒得說，都笑起來。蕭后道：「只要是詩就罷了，陛下不必苛求。」煬帝又看下去，是「寶林院臣妾沙映」，印章是「雪娥氏」。乃五言律詩一首：

披髮入深宮，承恩戰慄中。笑歌花潋灧，醉舞月朦朧。共頌螽斯⓫羽，相忘日在東。千秋長侍從，草木戀春風。

煬帝看完讚道：「正說難道沒有一首出色的，原來在這裡。」蕭后見說，重新又念了一遍，讚道：「果然好，端莊純靜，居然大家。」煬帝又看下去，上寫道「儀鳳院臣妾李小鬟」，印章上是「字慶兒」。乃絕句一首：

君王明聖比唐堯，脫珥⓬無煩自早朝。閒論關雎多雅化，落紅飛上赭黃袍。

煬帝看完，笑對李夫人道：「倒也虧妳。」蕭后故意問李夫人道：「想是昨夜作的？」李夫人道：「昨夜題目也不曉得，今早秦夫人來，一回兒逼勒著亂道幾句，殊失陛下命題之意。」煬帝道：「若說閨閣中，要如眾妃子的，急切間亦不易得；如沙妃子的律詩，頗稱佳詠，即如詞臣，亦不過如此。詩已看完，我們痛飲一番罷！」蕭后叫眾夫人奏起樂來。一霎時吹的吹，唱的唱，觥籌交錯，各各盡歡。蕭后對夏夫人道：「承主人之興，酒已過量，要回宮去了。」又對沙夫人道：「夫人玉體，亦不該久坐，

⓫ 螽斯：一種小蟲。詩經有螽斯篇，以螽斯成群，比喻子孫眾多。後常用來為祝人多子多孫的頌詞。

⓬ 脫珥：取下簪珥等首飾，表示自責請罪。此處比喻後宮妃子有德行。

還宜先回院去。」沙夫人見說，亦即起身。煬帝欲同蕭后回宮，蕭后忙止住了，對煬帝道：「若論別宵，任憑陛下心中去受用；今夜是妾作主，陛下理該進寶林院安寢。更遣薛冶兒陪駕，一正一副，諒不寂寞，不知眾夫人以為是否？」沙夫人道：「承蒙娘娘厚愛，賤妾斷不敢獨沾恩寵。」眾夫人齊聲道：「娘娘吩咐，使妾等誠服，沙夫人亦不必推辭。」蕭后道：「可與不可，權在陛下；讓與不讓，權在眾夫人。」煬帝笑執著一大杯酒，扯住蕭后道：「御妻且飲一上馬杯。」蕭后笑道：「妾實吃不得了，陛下也要少飲，留些正經。」說完遂登輦回宮。眾夫人也就送煬帝到寶林院，又命薛冶兒，隨了沙夫人進去，各自散歸院內。正是：

無數名花新點色，一枝獨占上林春。

總評：美人舞劍，嫦娥咏詩，極趣極韻之事，聚合一時，古來天子風流，莫有過於此者。雖卒至敗亡，可無遺恨。沙夫人懷孕，妙在無心中逗出，如入山陰道上，令人應接不暇⑬。

⑬ 如入山陰道上二句：句本世說新語言語。原指一路山水秀美，看不勝看。這裡借指文中故事曲折，頭緒紛繁。山陰，今浙江省紹興市。

第三十二回　狄去邪入深穴　皇甫君擊大鼠

詞曰：

人世堪憐，被鬼神播弄，倒倒顛顛。纔教名引去，復以利驅旋。船帶縴，馬加鞭，誰能得自然。細看來朝朝塵土，日日風煙。　饒他狡猾雄奸，向火坑深處，抵死胡纏。殺身求富貴，服毒望神仙。枯骨朽，血痕鮮，方知是罪愆。能幾人超然物外，獨步機先？

右調意難忘

自古道：人逢利處難逃，心到貪時最硬。不要說市井中賣菜傭、守財虜，見了銀錢，歡喜愛惜；即如和尚道士的設心，手裡撥素珠，口裡誦黃庭，外足恭而內多慾，單只要想人家的財物。至若士子，尤其奸險，憑你窗下讀書明理，一入仕途，初叨簡命之榮，便想地方上的樹皮，都要剝回家去，管甚麼民脂民膏，竟忘了禮義廉恥，直至身將就木，還遺命叫兒子薄殯殮，勿治喪，勿禮懺，寧可准千准萬，丟下與兒孫日後浪費，妻妾貼贈他人。所以使天怒人怨，以至陰陽果報，歷歷不爽，還要看了他人，忘了自己。除非是刀上頸鬼來拏，始放下這一塊貪心。安能如大英雄，看得富貴功名，猶如敝屣。

再說煬帝，那夜在寶林院與沙夫人、薛治兒兩個歡娛了一夜，明日起身，因夜來蕭后湊趣得體，梳洗過，即便上輦回宮。剛到宮門首，只見群臣都在那裡候駕。煬帝坐了便殿，就問道：「卿等會議廣陵河道，未知可曾商量出來？」宇文述奏道：「臣等與工部河道眾人細查，並無一路可通。今有諫議大夫蕭懷靜，說有一條河路可以通得，故臣等同在此面聖。」原來蕭懷靜，乃蕭后之弟，係國舅，現任上大夫之職。煬帝聽了，喜問蕭懷靜道：「卿有何路，可以直通廣陵？」懷靜答道：「此去大梁西北，有一條舊河路，秦時大將王離，曾於此處掘引孟津之水，直灌大梁。今歲久堙塞不通，若能廣集民夫，從大梁起首，由河陰、陳留、雍丘、寧陵、睢陽等處，一路重新開濬，引孟津之水，東接淮河，不過一千里路，便可直到廣陵。臣又聽得耿純臣奏，睢陽有天子氣，見今開河，必要從睢陽境中穿過，天子之氣，必然挖斷。此河一成，既不險遠，又可除後患。臣鄙見若此，不知聖意以為何如？」煬帝聽畢大喜道：「好議論，非卿才智識見，不能思想及此。」遂傳旨，以征北大總管麻叔謀為開河都護；又對眾臣道：「路途紆遠，工程浩繁，須再得一人協理方妙。」時宇文述因疑李淵殺其子惠及，欲解其兵權，尋他空隙，遂乘機奏道：「太原留守李淵，頗有才幹，陛下可著他協理，庶幾工程容易告竣。」煬帝見說，即以太原留守李淵為開河副使。從大梁起工，由睢陽一帶，直掘到淮河，速調天下人夫自十五以下，五十以上❶，皆要赴工，如有隱匿者，誅三族。聖旨一下，誰敢進諫，該衙門隨即移文催麻叔謀、李淵上任。

原來麻叔謀為人性最殘忍，又貪婪好利，一聞陞開河都護，滿心歡喜，即便赴任。其時柴紹夫婦在鄠縣，曉得了旨意，知這差是宇文述的奸計，故將岳父調離太原，尋事要害他。李氏對丈夫道：「這差不惟有禍，還惹民怨。」慌忙一面差人去報與父親，叫他託病；一面叫丈夫多帶些金珠，進東京打關節，

❶ 十五以下二句：應作「十五以上，五十以下」。指十五歲到五十歲之間。

另換一人，庶幾無患。柴紹到東京，買託了一個梁公蕭矩，是蕭后的嫡弟；一個千牛宇文晶，是隋主弄臣，日夕出入宮禁，做了內應外合；外邊又在護衛處打了關節。張衡前有謠言害唐公，不過是為太子，原不曾與唐公有仇，況是小人，見了銀子，也就罷了。唐公病本一到，改差左屯衛將軍令狐達，著唐公仍養病太原。這兩員官領了敕，定限要十五丈深，四十步闊。河南淮北，共起丁夫三百六十萬。每五家出老幼或婦女一名，管炊爨饋送，又是七十二萬。又調河南山東淮北驍騎五萬，督催工程。那裡管農忙之際，任你山根石腳，都要鑿開墳墓，民居盡皆發掘。那些丁夫，受苦萬千。

其時一隊人夫開到一處，忽見下面隱隱露出一條屋脊，眾夫隨著屋脊，慢慢的挖將下去，卻是一所堂屋，有三五間大小，四圍白石砌成，有兩石門，關得甚緊，不能開展。眾夫只道其中有金銀寶物，遂一齊將鍬鋤鐽鍤，望著石門搗掘，誰想那門就像生鐵鑄的，百般敲打，莫想動得分毫。忙了半日，眾夫恐怕弄出事來，只得報知隊長。隊長稟知麻叔謀，麻叔謀同令狐達來看，眾夫都道：「掘撞鑿打，總是無用。」令狐達道：「這座墳墓，不是古帝王的陵寢，定是仙家的壙穴，豈是用椎鑿可以開得？必須具禮焚香，宣皇上的旨意拜求，或有可開之理。」麻叔謀沒法，只得叫左右排下香案，同令狐達穿了公服，宣讀旨意。拜祝禱告未完，只見香案前，忽然捲起一陣冷風來，一聲響亮，兩扇石門，輕輕的閃開。麻叔謀等眾人走進去，見裡面幾百盞漆燈❷，點得雪亮，如同白晝，中間放著一個石匣，有四五尺長，上面都是鑿的細細花紋。麻叔謀見了，心下有些懼怯，不敢輕易開看；又轉著後一層，卻是一個小小圓洞，洞中壁直的，停著一個石棺材。麻叔謀同令狐達又禮拜了，叫人揭開蓋兒細看，只見裡面仰臥一人，容

❷ 漆燈：用漆點明的燈。

貌猶紅白，顏色如未死的一般；渾身肌肉肥胖如玉；一頂黑髮，從頭上臉上腹上，蓋將下來，直至腳下，從身後轉遶上去，生到脊背中間方住；手上的指爪，都有尺餘長短。麻叔謀看了，料是得道仙人骨相，不敢輕易毀動，仍叫左右，將材蓋上。把前邊石匣開看，匣中並無別物，祇有三尺來長一塊石板，上寫著許多蝌蚪篆文❸。這些人俱不能辨認。虧得山中一個修真煉性，百來多歲的老人，抄譯出來。其文曰：

我是大金仙，死來一千年。數滿一千年，背下有流泉。得逢麻叔謀，葬我在高原。髮長至泥丸❹，更候一千年，方登兜率天❺。

麻叔謀見連他姓名，都先寫在上面，驚訝不已，方信仙家妙用，自有神機。與令狐達商議：檢塊豐隆高厚的地方，加禮遷葬；即今大佛寺，是其遺跡。

後又掘至陳留地方，眾夫正在開掘，忽見烏雲陡暗，猛風驟雨，冰雹如陣一般打來，打得那些丁夫，跌跌倒倒，往後退避。麻叔謀不信，自來踏看，亦被風雨冰雹，打得個不亦樂乎。喚地方耆老細詢，說有漢代張良，為此地土神，十分靈顯。麻叔謀見說，知張良顯應，要護守疆界，只得申表具奏朝廷。煬帝即命翰林院，做了一道祝文，用了國寶，差太常卿牛弘，齎白璧一雙，到陳留致祭，始得開通。丁夫開過陳留，正是：

---

❸ 蝌蚪篆文：一種古代文字，其筆劃頭粗尾細如蝌蚪而得名。

❹ 泥丸：道家謂上丹田，在兩眉中間。

❺ 兜率天：佛教語，是欲界六天中的第四天。泛指人死後所登的「天界」。

莫道幽明隔，神靈自有威。

這些丁夫，督趲了幾日，開到雍丘地方一帶大林之中，有一所墳墓，墓上有一座祠堂，正礙著開河的道路。隊長前來報稟，麻叔謀親自來看，只見周圍護衛，覺有幾分靈氣，叫左右喚鄉民來問。鄉民答道：「此乃上古高人的壙穴，不知其姓氏，相傳叫做隱士墓。」麻叔謀見說是隱士墓，就不放在心上，遂叫丁夫掘開。眾夫疾忙動手，拆祠的拆祠，掘墓的掘墓，誰知底下有兩三層石板，鑿到第三層，忽然一聲響亮，就如山崩地裂之狀，連人連石板都墜下去，忙忙救得起來，傷的傷，死的死，不知損壞了多少丁夫。麻叔謀吃了一驚，忙著的當人役下去探看多時，說有二三丈深，底下又有一穴，熒熒煌煌，一派燈火，裡邊照得雪亮，隱隱約約，有鐘鼓之聲，望去就像枯海一般，其深無底。眾人不敢下去，只得繫將上來。令狐達沉思良久道：「須得此人下去，方可知其詳細。」麻叔謀忙問：「是誰？」令狐達道：「此人平素專好劍術，常自比荊軻聶政，為人有膽氣智勇；姓狄名去邪，現任武平郎將❻；如今現在後營管督糧米；若差此人，他定然去得。」麻叔謀聽了，隨叫左右去請。

此時去邪正在後營點查糧米，見麻叔謀來請，只得換了公服，進營參見。麻叔謀看見狄去邪，身長八尺，腰大十圍，雙眸灼灼生光，滿臉堂堂吐氣，是一個好男子，忙出位來說道：「請將軍來，別無他事，因前有隱士墓，挖出一個大穴，穴中燈火熒煌，不知是何奇異。聞將軍膽勇兼全，敢煩入穴中一探，便是開河第一功。」狄去邪道：「既蒙二位老大人差遣，敢不效力，但不知穴在何處？」麻叔謀同令狐

❻ 武平郎將：武平，今河南省鹿邑縣。郎將，一府的最高軍事長官。

達，引狄去邪到穴邊來看，狄去邪看了一回說道：「既要下去，便斯文不得。」遂去了公服，換上一件緊身細甲，腰間懸了一口寶劍，叫人取幾十丈長索，索上拴了許多大鈴，坐在一個大竹籃內，繫將下去。

狄去邪起初在上面看時，見底下輝煌照耀，及到下面，卻又黑暗。存息了一會，睜眼看時，覺微微有些亮影。走出籃來，趁著亮影，摸將去，不上十數步，漸覺比前更是明亮。再行四五十步，忽然通到一處，猛抬頭看時，依舊有天有日，別是一個世界。狄去邪看了這段光景，不覺恍然感嘆道：「人只知在世上爭名奪利，苦戀定了閻浮❼塵土，誰知這深穴中，又有一重天地，真是天外有天，神仙妙用無窮。」心中早把功名之念看淡了幾分，又信著步往前走去，轉過了一帶石壁，忽見一座洞府，四圍白石砌成，中間一座門樓，門外列著兩個石獅子，就像人間王侯的第宅。狄去邪不管好歹，竟走進門去，東西一看，並不見有人在內，只見向南一層石門，緊緊關著。忽聽得東邊一間石房裡，得得有聲。狄去邪忙走近前，從窗眼裡一張，見裡邊四角上，多是石柱，石柱上有鐵索一條，繫著一個怪獸。那怪獸把蹄兒突了幾突，故外面聽見。那獸生得尖頭賊眼，腳短體肥，彷彿有一個牛大，也不是虎，又不是豹。狄去邪看了半晌，再認不出，猛然想了一想，又定睛一看，原來是一個大老鼠。狄去邪著驚道：「老鼠有這般大，還不知貓有怎樣大？」正呆看時，忽見正南兩扇正門開放，走出一個童子來，生得：

皙皙清眉秀目，纖纖齒白唇紅。雙丫髻，煞有仙風；黃布衫，頗多道氣。若非野鶴為胎，定是白雲作骨。

❼ 閻浮：本為樹名，此處指閻浮提洲，即南贍部洲，即中華及東方諸國。代指塵世。

那童子看見了，便問道：「將軍莫非狄去邪乎？」狄去邪大驚道：「正是，仙童何以得知？」童子道：「皇甫君待將軍久矣，可快快進去。」狄去邪見有些奇異，只得隨著童子進門來；見殿宇崢嶸，廳堂宏敞，不是等閒氣象。將到殿前，見殿上坐著一位貴人，身穿龍蟠絳服，頭戴八寶雲冠，垂纓佩玉，儼然是個王者，左右列著許多官吏，階下侍衛森嚴。狄去邪到了殿庭，只得望上禮拜，聽得那位貴人開口問道：「狄去邪，你來了麼？」狄去邪答道：「狄去邪奉當今聖旨開河，蒙都護麻叔謀差委探穴，不想誤入仙府，實為有罪。」那貴人便道：「你道當今煬帝尊榮麼？你且站在一邊，我叫你看一物事來。」就對旁邊一個兇惡的武衛道：「快去牽那阿摩過來。」那武衛見說，慌忙手執巨棍，大步往外邊去了。不多時聽得鐵鍊聲響，那個武衛將一條長鍊牽著一獸前來。狄去邪仔細一看，卻就是外邊石柱上的大鼠。那武衛牽到庭中，把一手帶住，那鼠蹲踞於月臺上，揚鬚囓爪，狀如得意。那貴人在上怒目而視，把寸木在桌上一擊道：「你這畜生，吾令你暫脫皮毛，為國之主，蒼生何罪，遭你荼毒；骸骨何辜，遭你發掘；荒淫肆虐，一至於此！我今把你擊死，以洩人鬼之憤。」喝武士照頭重重的打它，那武衛捲袖撩衣，舉起大棍，望鼠頭上打一下，那鼠疼痛難禁，咆哮大叫，渾似雷鳴。武士方要舉棍再打，忽半空中降下一個童子，手捧著一道天符，忙止住武士：「不要動手。」對皇甫君說道：「上帝有命。」皇甫君慌忙下殿來，俯伏在地。童子遂轉到殿上，宣讀天符道：「阿摩國運數本一紀，尚未該絕。再候五年，可將練巾繫頸賜死，以償荒淫之罪，今且免其箠楚之苦。」童子讀罷，騰空而去。皇甫君復上殿說道：「饒了這個畜生，若不是上帝好生，活活的將你打殺。今還有五年受享，你若不知改悔，終難免項上之苦。」說罷叫武士牽去鎖了。武士領旨牽去。皇甫君叫狄去邪問道：「你看得明白麼？」狄去邪道：「去邪乃

武士方要舉棍再打，忽半空中降下一個童子，手捧一道天符，忙止住武士：「不要動手！」對皇甫君說道：「上帝有命。」

塵凡下吏，仙機安能測識。」皇甫君道：「你但記了，後日自然應驗。此乃九華堂上，你非有仙緣，也不能到此。」狄去邪忙跪下叩懇道：「去邪奉差，誤入仙府，今進退茫茫，伏乞神明指示。」皇甫君道：「你前程有在，但須澄心猛省，不可自甘墮落。麻叔謀小人得志橫行，罪在不赦，你與我對他說：感他伐我臺城，無以為謝，明年當以二金刀相贈。」說罷，遂吩咐一個綠衣吏道：「你可引他出去。」

狄去邪在威嚴之下，不敢細問，拜謝而出。綠衣吏引著狄去邪，不往舊路，轉過幾株大樹，走不上一二百步，綠衣吏用手指道：「前邊林子裡，就是大路。」急回頭問時，綠衣吏早已不見，再轉身看時，連那座洞府，都不知那裡去了。狄去邪駭然道：「神仙之妙，原來如此。」只得一步步奔過林子來，轉過了一個山崗，照著大路，又走了一二里田地，忽見幾株喬木，環遶成村，忙奔入村來問路。見一家籬門半開，遂走進去，輕輕的咳嗽幾聲，早驚動了一雙小花犬兒，向著去邪亂叫。裡面走出一個老者來，狄去邪忙施禮道：「下官迷失道路，敢求老翁指教。」那老者答禮道：「將軍為何徒步至此？」狄去邪不敢隱瞞，遂將入穴遇皇甫君，及棍打大鼠事情，述了一遍。老者聽了笑道：「原來當今煬帝，是老鼠變的，大奇大奇，怪道這般荒淫無度。」狄去邪就問：「此間是何地方？到雍丘還有多遠？」老者道：「此乃嵩陽少室山中，向大路往東去，只二里便是寧陵縣，不消又往雍丘去。想麻叔謀早晚就到了，將軍若不棄嫌，野人粗治一餐，慢去未遲。」遂邀狄去邪走入草堂。老者吩咐一個老蒼頭，收拾便飯出來，因對狄去邪道：「據將軍所見，看將起來，當今煬帝，料亦不永；就是麻叔謀，只怕其禍亦不甚遠。我看將軍容貌氣度非常，何苦隨波逐流，與這班虐民的權奸為伍？」狄去邪遜謝道：「承老翁指教。某非不知開河乃虐民之事，只恨官卑職小，不敢不奉令而行。」老者微笑道：「做官便要奉令而行，不做官他須令將軍不得。」狄去邪道：「老翁金玉之言，某雖不材，當奉為蓍龜。」

須臾老蒼頭排上飯來，狄去邪飽餐了一頓，起身謝別而去。老翁直送到大路上，因說道：「轉過前邊那個山嘴，便望得見縣中了。」狄去邪稱謝拱手而別。走得十數步，回頭看時，已不見老者，那裡有甚麼人家，兩邊都是長松怪石。去邪看見，又吃了一驚，心上恍惚，忙趕到縣中，見了城市人民，方纔如夢初醒，入城在公館中等候。

麻叔謀只道狄去邪尋不出穴口，已死在穴中，催促丁夫開成河道，已經七八日，望寧陵縣界口來。狄去邪就去見麻叔謀，將穴中所見所聞之事，細述了一遍。麻叔謀那裡肯信，只道狄去邪有甚劍術，隱遁了這幾日，造此虛誕之言，來恐唬他，反被麻叔謀搶白了一場。狄去邪只得退回後營，自家思想道：「我本以忠言相告，他卻以戲言見侮。我是個頂天立地的漢子，何苦與豺狼同幹害民之事。國家氣數有限，我何必在奸佞叢中，戀此雞肋❽；倒不如託了狂疾，隱於山中，倒覺得逍遙自在。」算計已定，遂遞了兩張病呈。麻叔謀厭他說謊，遂將呈子批准，另委官吏管督糧米。狄去邪見准了呈子，遂收拾行李，帶了兩個僕從，竟回家鄉而去。行到路上，因想皇甫君呼大鼠為阿摩，心中委決不下道：「豈有中國天子，卻是老鼠之理？若果有此事，前日大棍打時，也該有些頭疼腦熱。鬼神之事雖不可不信，也不可全信，何不便道往東京探訪一個消息，便知端的。」遂悄悄來京體訪。正是：

❽ 雞肋：三國時，曹操攻打漢中，不能取勝，打算退軍。軍士請問口令，曹操答以「雞肋」。楊修說：「雞肋棄之可惜，食之無味，以比漢中，知王欲還。」事見三國志注引九州春秋。後因以雞肋比喻乏味又不忍捨棄的東西。

欲識仙機虛與實，慢辭勞苦涉風塵。

總評：人生有為物之精者，如杜預蛇精❾，郭璞鼉精❿，肅宗儋耳龍⓫，祿山為豬龍⓬。今煬帝乃鼠精，何物之小而淫蕩若此！想古人悲貪殘而賦碩鼠⓭者，或有見於此矣。

---

❾ 杜預蛇精：杜預，字元凱，西晉大臣。善於用兵。後世小說謂其為蛇精轉世。

❿ 郭璞鼉精：郭璞，字景純，東晉大臣。博學多才。後世小說謂其為鼉精轉世。鼉，音ㄊㄨㄛˊ。鱷魚的一種，長丈餘。

⓫ 肅宗儋耳龍：肅宗，即唐肅宗李亨，唐玄宗第三子。命郭子儀平定安史之亂。後世小說附會其為儋耳龍轉世。儋耳龍，龍的一種。

⓬ 祿山為豬龍：祿山，即安祿山。唐玄宗末年叛亂，後被其子所殺。後世小說謂其為豬龍所變。豬龍，豬身龍首。

⓭ 古人悲貪殘而賦碩鼠：詩經魏風有碩鼠篇。諷刺國君貪殘重斂，有如大老鼠。碩鼠，肥大的老鼠。

第三十三回　睢陽界觸忌被斥　齊州城卜居迎養

詩曰：

區區名利豈關情，出處須當致治平。劍冷冰霜誅佞倖，詞鏗金石計蒼生。繩愆❶不覺威難犯，解組須知官足輕。可笑運途多牴牾，丈夫應作鐵錚錚。

做官的不論些小前程，若是有志向的，就可做出事業來。到處留恩，隨處為國，怕甚強梁，怕甚權勢，一拳一腳，一言一語，都是作福，到其間一身一官，都不在心上。人都笑是戇夫拙宦，不知正是豪傑作事本色。秦叔寶離卻齊州，差人打聽開河都護麻叔謀，他已過寧陵，將及睢陽地方了。吩咐速向睢陽投批。行了數日，只見道兒上一個人，將巾皂袍，似一個武官打扮，帶住馬，讓叔寶兵過。叔寶看來，有些面善，想起是舊時同窗狄去邪。叔寶著人請來相見，兩人見了，去邪問叔寶去向。叔寶道：「奉差督河工。」叔寶也問去邪蹤跡。去邪道：「小弟也充開河都護下指揮官。」因把雍丘開河時，入石穴中，見皇甫君打大鼠，吩咐許多說話，及後在嵩陽少室山中，老人待飯，許多奇異，細細道與秦叔寶聽。叔寶道：「如今兄又欲何往？」去邪道：「弟已看破世情，託病辭官，回去尋一個所在隱遁。不料兄也奉

❶ 繩愆：舉發及糾正錯誤。

差委到他跟前，那廝叔謀處心貪婪，甚難服事，兄可留心。」兩人相別去了。

叔寶也是個正直不信鬼神的人，聽了也做一場謊話不信。卻是未到得睢陽兩三個日頭，或是大小村坊，或是遠遠茅房草舍，常有哭聲。叔寶道：「想是這廂近河道，人都被拏去做工，荒功廢業，家裡一定弄得少衣缺食，這等苦惱。」及至細聽他哭聲，又都是哭兒哭女的，便想道：「定是天行疹子，小兒們死得多，所以哭泣。」只是那哭聲中，卻又咒詛著人道：「賊王八，怎把咱家好端端兒子，偷了去。」也又有的道：「我的兒，不知你怎生被賊人抓了去，被賊人怎生擺佈了。」也千兒萬兒的哭，也千賊萬賊的罵。叔寶聽了道：「怪事，這卻又不是死了兒子的哭了。」思忖一回：「或者時年荒歉，有拐騙孩子的；卻也不能這等多，一定有甚原由。」

野哭村村急，悲聲處處聞。哀蛩相間處，行客淚紛紛。

來到一個牛家集上，軍士也有先行的，也有落後的。叔寶自與這二十個家丁，在集上打中火❷，一時小米飯還不曾炊熟。叔寶心上有這事不明白，故意走出店面來瞧看，只見離著五七家門面，有兩三個少年，立住在那廂說話，一個老者，拄著拐杖，側耳聽著。叔寶便捱將近去。一個道：「便是前日張家這娃子，抓了去。」一個道：「昨日王嫂子家孩子，也被偷了去。她老子撥去開河，家來怎了？」一個道：「稀罕她家的娃子哩！趙家夫妻單生這個兒，卻是生金子一般，昨夜也失了。」那老者點頭嘆息道：「好狠賊子，這村坊上，也丟了二三十個小孩子了。」叔寶就向那老人問道：「老丈，敢問這村坊，被

❷ 打中火：旅途中中午做飯，喫飯。

往來督工軍士拐騙了幾個小兒去了麼？」老者道：「拐騙去的，倒也還得個命；卻拿去便殺了。卻也不關軍士事，自有這一干賊！」叔寶道：「便是這兩年，年成也好，這地方吃人？」那老者道：「客官有所不知，只為開河，這總管好吃的是小兒，將來殺害，加上五味，爛蒸了吃。所以有這干賊把人家小兒偷去，蒸熟獻他，便賞得幾兩銀子。賊人也不止一個，被盜的也不止我一村。」正是：

總因財利擅人意，變得貪心盡虎狼。

叔寶道：「怎一個做官的，做這樣事，怕也不真麼？」老者道：「誰謊你來，怕不一路來聽得哭聲？如今弄得各村人，夢也做不得一個安穩的，有兒女人家，要不時照管，不敢放出在道兒上行走。夜間或是停著燈火看守，還有做著木欄櫃子，將來關鎖在內。客官不信，來瞧一瞧。」領到一處小人家裡來，果是一個木櫃，上邊是人鋪陳睡覺防守的。叔寶道：「怎不設計拿他？」老者道：「客官，只有千日做賊，那有千日防賊。」叔寶點頭稱是，自回店中吃飯，就吩咐眾家丁道：「今日身子不快，便在此地歇了，明日趲行罷！」先在客房中打開鋪陳，酣睡一覺，想要捉這一干賊人，為地方除害。挨到晚，吃了晚飯，村集沒有更鼓，淡月微明，約莫更盡，叔寶悄悄走出店門一看，街上並無人影。走到市東頭觀望，沒個形影。轉來時，忽聽得一家子怪叫起來，卻是夫妻兩個，夢裡不見了兒子，夢中發喊，倒把兒子驚得怪哭，知道不曾著手，彼此啐了一番，自安息了。

叔寶又蹴過西來，遠遠望著，似有兩個人影，望集上來。叔寶忙向店中閃入門扇縫中張去，停一會，果是兩個人過來。叔寶待他過去，仍舊出來，遠遠似兩點蠅子一般，飛在這廂伏一伏，又向那廂聽一聽。

良久把一家子茹桔梗門扇掇開，一個進去了，一會子外邊這人先跑，剛到叔寶跟前，叔寶喝一聲：「那裡走！」照脊梁一拳，打個不提備，跌了一個倒栽蔥，把一個小孩子，也丟在路邊啼哭，叔寶也不顧他，竟趕到那失盜人家來時，這賊也出門了，因聽見叔寶這一喝，正在那廂觀望，不料叔寶又趕到，待要走時，早已被叔寶一腳飛起，一個狗吃屎，跌倒在門邊。裡邊男女聽得門外響時，床上已沒了兒女，哭的叫的，披衣起來。叔寶已把這人挾了，拿到自己客店前來；先打倒這人，正在地下掙坐起來。不料店中家丁，因聽喝聲，知是叔寶聲音，也趕出來，看見這人，一把抓住，故此也不得走。此時地下的小兒啼哭，失盜的男女叫喊，集中也在睡夢中驚起幾個人來。那尋得兒子的人罷了，倒是這干旁觀的人，將這兩個亂打。叔寶道：「列位不要動手，拿繩子來拴了，只要拷問他：從前盜去男女在那廂？還有許多黨羽？他是那一方人氏？甚名字？趕捕可絕民患，亂打死了，卻誰承當。」隨喚家丁，將繩來捆了，審他口詞。一個是張耍子，一個是陶京兒，都是寧陵縣上馬村人。還有一個賊首，叫陶柳兒，盜去孩子，委是殺來蒸熟，獻與麻都護受用。叔寶審了口詞。天色將明，各村人聽得拏了偷小兒的，都來看；男人卻被叔寶喝住，只有這些被害女人，撾的咬的，拿柴打的，決攔不住。叔寶此時放又放不得，著地方送官，又怕私自打死，連累叔寶。因此叔寶想一想道：「列位，麻都護是員大臣，決不作此歹事。他如今將到雎陽，不若我將這二人，送與麻爺。他指官殺人，麻爺斷斷不留他性命；若果然有此事，他見外面擾攘，心下不安，不敢做了。」眾人道：「將軍講得有理，只不要路上賣放了，又來我們集上做賊。」叔寶道：「我若放他，我不拏他了。」昨日老者見了道：「就是昨日這位客官，替集上除了一害，要掠些盤費相謝。」叔寶不肯，自押了這兩個賊人，急急趕上大隊士卒。

這賊待要走時，早已被叔寶一腳飛起，一個狗吃屎跌倒在門邊。此時地下的小兒啼哭，失盜的男女叫喊，驚起了人來，要將這兩人亂打。

趕到睢陽時，麻叔謀與令狐達纔到，在行臺坐下，要相視河道開鑿。叔寶點齊了人夫，進見投批。麻叔謀見了叔寶一表人材，長軀偉貌，好生歡喜，就著他充壕塞副使，監督睢陽開河事務。叔寶謝了，想一想道：「狄去邪曾說此人貪婪，難於服事，只一見，便與我職事，也像個認得人的；只是拏著兩個賊人稟知他，恐他見怪，不稟放了他去，又恐仍舊為害。也罷，寧可招他一人怪，不可使這干小兒含冤。」卻又上前去跪下道：「齊州領兵校尉，有事稟上老爺。」麻叔謀不知稟甚事，卻也和著顏色，只見叔寶稟道：「卑職奉差在牛家集經過，有兩個賊人，指稱老爺取用小兒，公行偷盜，一個叫張耍子，一個叫陶京兒，被卑職擒拿，解在外面，候爺發落。」麻叔謀聽了，不覺怫然道：「是那個拿的？」叔寶道：「是卑職。」叔謀道：「竊盜乃地方捕官事，與我衙門何干？你又過往領兵官，不該管這等的事。」令狐達道：「若是指官壞事，也應究問一究問。」叔謀道：「只我們開河事理管不來，管這小事則甚？」令狐達道：「既拿來，也發有司一問。」麻叔謀道：「發有司與他詐了錢放，不如我這裡放。」吩咐不必解進，竟釋放去，把叔寶一團高興，丟在水窖裡去了。正是：

開柙逃猙獸，張羅枉用心。

外面跟隨叔寶的家丁，說拏了兩個賊人，畢竟有得獎賞，不期竟自放了，都為叔寶不快，不知叔寶卻又惹了叔謀之忌。叔謀原先奉旨，只為耿純臣奏睢陽有王氣，故此欲乘治河開鑿他。不意到得睢陽，把一座宋司馬華元墓掘開去了，將次近城，城中大戶，央求督理河工壕塞使陳伯恭，叫他去探叔謀口氣，回護城池。不期叔謀大怒，幾乎要將伯恭斬首，決意定了河道穿城直過。這番滿城百姓慌張，要顧城外的墳墓，城裡的屋舍；內有一百八十家大戶，共湊黃金三千兩，要買求叔謀，沒個門路。卻值陶京兒得釋放後，在外邊調喉道：「我是老爺最親信的人，這沒生官兒，卻來拿我。你看官肯難為我麼？連他這螞蟻前程，少不得斷送在我們手裡。」眾人聽他，說得大來頭，是麻總管親信，就有幾個，暗暗與他講，要說這回護城池一節。陶京兒道：「我還有一個弟兄更親近，我指引你去見他。」卻與他做線，引見麻爺最得意管家黃金窟，眾人許謝他兩個白金❸一千兩。黃金窟滿口應承道：「都拏來，明日就有曉報。」眾人果然將這金銀，都交與黃金窟。黃金窟曉得主人極是見錢歡喜的，便乘他日間在房中打睡時，悄悄將一個恭獻黃米三千石的手本，并金子都擺在桌上，一片輝煌，待他醒時問及進言。站在側邊時許久，正是申時相近，只見叔謀從床中跳起來道：「你這廝這等欺心，怎落我金子，又推我一跌！」把眼連擦幾擦，見了桌上金子大笑道：「我說宋襄公❹斷不謊我，斷落不去的。」黃金窟看了，也笑道：「老爺是那個宋襄公送爺金子？」叔謀道：「是一個穿絳色衣帶進賢冠的。他求我護城，我不肯。又央出一個暴眼大肚皮鬍子，戴進賢冠穿紫的，叫做甚大司馬華元來說，這廝又使勢，要把我綑縛溶銅汁灌我口內，驚我。我必不肯，他兩個只得應承，送我黃金三千，要我方便。我正不見金子，怕人尅落，與守門的爭，被他推了一跌，不期金子已擺在此了，待我點一點，不要被他短少。」黃金窟又笑道：「爺想做夢了。這金子是睢陽百姓，央我送來與爺求方便的，有甚宋襄公？」叔謀道：「豈有此理，明明我與宋襄公華司馬說話，怎是夢？」黃金窟道：「爺再想一想，還是爺去見宋襄公，宋襄公來見爺，如今人在那

❸ 白金：古代指銀子。

❹ 宋襄公：春秋宋國君。五霸之一。西元前六三八年伐鄭，與救鄭的楚兵戰於泓水，大敗受傷，次年不治而死。

裡，相見在那裡？」叔謀又想一想道：「莫不是夢，明明聽得說上帝賜金三千兩，取之民間，這金子豈不是我的？」黃金窟道：「說取之民間，這宗金子，原該爺受的，但實是百姓要保全城中廬舍送來，爺不可說這夢話。」叔謀笑道：「我只要有金子，上帝也得，民間也得，就依他保全城郭便了。」把手本收了，吩咐明日出堂，即便改定道路。

次日升堂叫壕塞使。此時陳伯恭正在督工，只有叔寶在彼伺候，過來參謁。叔謀道：「河道掘離城尚有多遠？」叔寶道：「尚有十里之遙，縣官現在出牌，著令城中百姓搬移，拆毀房屋興工。」叔謀道：「我想前日陳伯恭說回護城池，大是有理。這等堅固城池，繁盛煙火，怎忍將他拆去，又使百姓這等遷移？不若就在城外取道，莫驚動城池罷，就差你去相視。」秦叔寶道：「前日爺臺已畫定圖式，吩咐說奉旨要開鑿此城，洩去王氣，恐難改移。」叔謀道：「你這迂人，奉旨開鑿王氣，只要在此一方，何必城中？凡事擇便而行，說甚畫定圖式，快去相視回我。」叔寶領了這差，是個好差，經過鄉村人戶，或是要免掘他墳墓田園，或是要求保全他房產的，都十兩五兩，二十三十，央人來說。叔寶一概不受，止酌定一個更改的河道，回覆叔謀。恰是這日副總管令狐達，聞知要改河道，來見叔謀，彼此議論爭執不合，只見叔寶跪下稟道：「卑職蒙差相視河道，若由城外取道紆迴，較城中差二十餘里。」叔謀正沒發惱處，道：「我但差你視城外河道，你管甚差二十里三十里？」叔寶道：「路遠所用人工要多，錢糧要增，限期要寬，卑職也要稟明。」叔謀越發惱道：「人工不用你家人工，錢糧不用你家錢糧，你多大官，在此胡講！」這話分明是侵令狐達。令狐達道：「民間利病，許諸人直言無隱，大小是朝廷的官，管得朝廷的事，也都該從長酌議；況此城開掘，奉有聖旨的。」叔謀道：「寅兄❺只說聖旨，這迴護城池，宋襄公奉有天旨。前日夢中，我為執法，幾乎被華司馬銅汁灌殺，那時叫不得你兩人應。」令狐達大笑道：「那裡來這等鬼話。」叔謀又向叔寶道：「是你這樣一個朝廷官，也要來管朝廷事，你得了城外百姓的銀子，故此來胡講，我只不用你，看你還管得麼！」令狐達爭不過叔謀，憤憤不平，只得自回衙宇，寫本題奏去了。叔寶出得門來，叔謀裡面已掛出一面白牌道：「城壕塞副使秦瓊，生事擾民，阻撓公務，著革職回籍。」秦叔寶看了道：「狄去邪原道這人難服事，果然。」即便收拾行李還家，卻不知這正是天救全叔寶處。莫說當日工程嚴急，人半死亡；後來隋主南幸，因河道有淺處，做造一丈二尺鐵腳木鵝，試水深淺，共有一百二十餘處。查將淺處，兩岸丁夫，督催官騎，盡埋地下道，叫他生作開河夫，死為扒沙❻鬼。麻叔謀以致問罪腰斬。這時若是叔寶督工，料也難免。正是：

得馬何足喜，失馬何必憂❼。老天愛英雄，顛倒有奇謀。

叔寶因遭麻叔謀罷斥，正收拾起身，只見令狐達差人來要他麾下効用。秦叔寶笑道：「我此行不過是李玄邃為我謀避禍而來，這監督河工，料也做不出事業來；況且那些無賴的，在這工上，希圖放賣些役夫，剋扣些工食。或是狠打狠罵，逼索些常例，到後來隨班敘功得些賞賜，我志不在此，在此何為。」便向差官道：「卑職家有八旬老母，奈奉官差，不得已而來，今幸放回，歸心如箭，不得服事令狐爺了。」

❺ 寅兄：對別人的敬稱。
❻ 扒沙：疏通河道淤泥。
❼ 得馬何足喜二句：用「塞翁失馬，焉知非福」的典故，比喻雖然喫虧，卻因此得到了好處。

打發了差官，又想：「來總管平日待我甚好，且在李玄邃羅老將軍分上，不曾看我，我回日另要看取。若回他麾下，也畢竟還用我。但我高高興興出來，今又轉去，這叫做此去好憑三寸舌，再來不值半文錢了。看如今工役不休，巡游不息，百姓怨憤，不出十年，天下定然大亂，這時怕不是我輩出來掃除平定？功名爵祿，只爭遲早，何必著急；況家有老母，正宜菽水❽承歡，何苦戀這微名，虧了子職。」又想：「若到城中，來總管必要取用我，即劉刺史這等歪纏也有之；不若還在山林寄跡。」因此就於齊州城外村落去處，覓一所房屋：

> 前帶寒流後倚林，桑榆冉冉綠成陰。半籬翠色編朝槿❾，一榻聲音噪暮禽。窗外煙光連戲綵，樹頭風韻雜鳴琴。婆娑未滅英雄氣，提筆閒成梁父吟❿。

草草三間茅屋，裡邊有幾間內房，堂側深竹裡有幾間書房，週圍短牆，植以桑榆疏籬，籬外是數十畝麥田棗地。叔寶自入城中，見了母親，說起與世不合，不欲求名之意。秦母因見他為求名，常是出差，這等奔走，也就決意叫他安居。叔寶就將城中宅子贈與樊建威，酬他看顧家下之意。自與母親妻子，移到村居。樊建威與賈潤甫，還勸他再進總管府。叔寶微笑道：「光景也只如此，倒是偷得一兩刻閒是好處。」後來來總管知得，仍來叫他復役。叔寶只推母老，自己有病，不肯著役。來總管也不苦苦強他。

❽ 菽水：豆和水。指粗茶淡飯。
❾ 朝槿：即木槿。花朝開暮落，比喻事物的短暫。
❿ 梁父吟：樂府楚調曲名。歌詞相傳諸葛亮作，曲調悲涼慷慨。梁父，山名，在泰山下。

凡一應朋友來的也不拒，只為親老，自己不敢出外交游。每日尋山問水，種竹澆花，酒送黃昏，棋消白晝，一切英豪壯氣，盡皆收斂。就是樊建威、賈潤甫，都道：「可惜這個英雄，只為連遭折挫，就便意氣消磨，放情山水。」不知道他已看得破，識得定，曉得日後少他不得，不肯把這英風銳氣，輕易用去，故爾如此。正是：

日落淮城把釣竿，晚風習習葛衣單。丈夫未展絲綸手，一任旁人帶笑看。

總評：自來英雄豪傑，隨處要救濟人；貪官污吏，立心要刻剝人，原屬兩途。不意天公巧於播弄英豪，使叔寶不是一番黜陟，何以全其品志，為後日功名之地。至若麻叔謀好喫嬰兒，行同狗彘，罪不容誅。然冠裳⓫中喫人腦者更多，似無足怪。

⓫ 冠裳：這裡指官吏和士大夫。

第三十四回　灑桃花流水尋歡　割玉腕真心報寵

詞曰：

芳菲盡已，簌簌香何細。桃片片，隨蘋起，光搖碧水，遠夢繞長堤。牽情難擺，盪舟瞥見心堪醉。魑魅何足異，魂魄憑誰寄。香如篆，燭成淚，河長夜靜，星斗光衣袂。驚看處，清涼一帖痊人快。

右調千秋歲

自昔濁亂之世，謂之天醉。天不自醉，人自醉之，則天亦難自醒矣；況許多金枷套頸，玉索纏身，眼前無數快樂風光，誰肯清心寡欲，看破塵迷？且說煬帝見這些美人，個個鮮妍嬌媚，淫蕩之心，愈覺有興。不論黃昏白晝，就像狂蜂浪蝶，日在花叢中游戲。眾美人亦因煬帝留心裙帶，便個個求新立異蠱惑他，博片刻之歡。

一日煬帝在清修院，與秦夫人微微的吃了幾杯酒，因天氣炎熱，攜著手走出院來，沿著那條長渠，看流水耍子。原來這清修院，四圍都是亂石，壘斷出路，惟容小舟，委委曲曲，搖得入去。裡面許多桃樹，彷佛是武陵桃源的光景。二人正賞玩這些幽致，忽見細渠中，飄出幾片桃花瓣來。煬帝指著說道：

「有趣，有趣。」見幾片流出院去，上邊又有一陣浮來，許多胡麻飯夾雜在中間。秦夫人看了駭道：「是那個做的？」煬帝笑道：「就是妃子妙製，再有何人。」秦夫人道：「妾實不知。」忙叫宮人將竹竿去撈起來看，卻不是剪綵做的，瓣瓣都是真桃花，還微有香氣。煬帝方纔吃驚道：「這又作怪了。」秦夫人道：「莫非這條渠與那仙源相接？」煬帝道：「這渠是朕新挖，與西京太液池水接，那裡甚麼仙源？」秦夫人道：「既如此說，如今這時候，怎得有桃花流出？」二人你看我看，沒理會處。秦夫人道：「妾與陛下撐一隻小舟，沿渠找尋上去，自然有個源頭。」煬帝道：「妃子說得有理。」遂同上了一隻小龍船，叫宮人撐了篙，穿花拂柳，沿著那條渠兒，彎彎曲曲，尋將進去；只見水面上或一朵，或兩瓣，斷斷續續，皆有桃花。過了一條小石橋，轉過幾株大柳樹，遠望見一個女子，穿一領紫絹衫兒，蹲踞水邊。連忙撐近看時，卻是妥娘，在那裡灑桃花入水。正是：

嬌羞十五小宮娃，慧性靈心實可誇。欲向天台賺劉阮，沿渠細細散桃花。

煬帝看見大笑道：「我道是那個，原來又是妳這小妮子在此弄巧！」妥娘笑吟吟的說道：「若不是這幾片桃花，萬歲此時不知在那裡受用去了，肯撐這小船兒來尋妾？」煬帝笑道：「偏妳這小妮子，曉得這般頑耍，還不快上船來！」妥娘下了船，秦夫人問道：「別的都罷了，這桃花瓣妳從何處得來？」妥娘笑道：「還是三月間，樹上採的，妾將蠟盒兒盛了耍子，不意留到如今，猶是鮮的。」煬帝道：「留花還是偶然，妳這等小小年紀，又不讀書識字，如何曉得桃源故事，又將胡麻飯夾在中間。」妥娘帶笑說道：「妾女子，書雖不能多讀，桃源記也曾看來。」秦夫人對煬帝道：「妾觀漢書晉書，丕猷謨烈❶，

煬帝與秦夫人在清修院賞玩，忽見細渠中，飄出幾片桃花瓣，遂上了小龍船沿渠尋去，過了一條小石橋，轉過柳樹，遠望見一個女子，穿一領紫絹衫兒，蹲踞水邊。撐近看時，卻是妥娘在那裡灑桃花入水。

事多可採；至若秦史紀事，惟以奸詐而霸天下，毫無足取，即如桃源一事，其說亦甚幻。」煬帝笑道：「是何言與？朕覽始皇本紀，見他巡行天下，封禪泰山❷，赫然震壓一時。不要說別事，即如一道長城，至今七八百年，外寇不能長驅而入，皆此城保障之功也。」秦夫人道：「秦至今七八百年，長城恐都壞了，若不修補，難免後日之患。」煬帝道：「這個自然。況當朕之世，不為修葺，更有誰人，肯興此工？只在早晚，要差人幹這節事了。秦史上還有始皇起建阿房宮一段，好看得緊，也算一代豪傑之主。此書在景明院殿中，我們撐到景明院去取來看。」

不一時，撐過了龍鱗渠，向南就是景明院。煬帝與秦夫人、妥娘，齊上岸來，見景明院門首，有寶輦停在外。原來蕭后因天氣炎蒸，曉得景明院大殿，牕牖宏敞，遂拉袁紫煙到此納涼；正與院主梁夫人，在殿上下棋。煬帝忙止住宮人，不許進去通報，同秦夫人悄悄走來，聽見簾內棋子敲響。要進殿庭，袁貴人在簾內，瞥眼看見，忙說道：「娘娘，陛下來了。」蕭后見說，忙起身同梁夫人、袁紫煙，出來迎接。煬帝笑道：「御妻為何不與朕說聲，私自到此？」蕭后笑道：「陛下不見妾的招紙麼？」秦夫人忙問道：「娘娘，什麼叫做招紙？」蕭后道：「妾因宵來不見陛下進宮，就寫一張招紙，差宮奴各宮院找尋。」煬帝笑道：「御妻且說招紙上怎麼樣寫法？」蕭后道：「招紙上麼，寫道：妾自不小心，失去風流天子一個，身邊並無別物，倘有收留者，賞銀五百，報信者謝銀五十。」煬帝聽了大笑道：「難道朕一千也不值，止值得五百兩？」引得眾夫人都大笑起來。煬帝坐在上面，看著棋枰說道：「你們可賭什

❶ 丕猷謨烈：大功業、大謀劃。丕，大。

❷ 封禪泰山：封禪是帝王祭天地神祇的典禮。秦始皇曾上泰山舉行封禪典禮。

麼？」梁夫人道：「賭是賭一件東西，停回與陛下說。」煬帝又道：「白的要輸了呢！御妻快在東角上，點了她那一隻的眼；若是弄得她死，還可以扯直。」蕭后笑道：「點眼是陛下的長技，只怕陛下就用氣力，也未必弄得她死。」

大家正在那裡說說笑笑，忽聽得笛聲隱隱而起。袁紫煙道：「笛聲從何處來？」煬帝正要側耳而聽，忽一陣荷風，從簾外吹來，吹得滿殿皆香。蕭后道：「香又從何處來？」煬帝忙叫捲起簾子，同蕭后走出殿外，只見二三十隻小船，滿載荷花；許多美人坐在中間，齊唱採蓮歌。雅娘、貴兒，各吹鳳笛酬和。眾人飛也似往北海中搖來，煬帝一望，乃是十六院美人宮女，見日斜風起，故一齊回棹。因大笑道：「這些宮女們，倒會耍子。」蕭后道：「皆賴陛下教養之功。」煬帝又笑道：「還虧御妻不妒之力。」笑說未了，那些船早望見煬帝在景明院，便不收入渠中，都一齊爭先趕快，亂紛紛的望殿邊搖來。搖到面前看時，大家的紅羅綠綺，都被水濺濕了。煬帝與蕭后鼓掌大笑了一回，梁夫人已吩咐擺宴在殿，請煬帝與蕭后進內，上坐了；秦夫人、梁夫人與袁貴人打橫。煬帝叫這些美人，都上殿來，把十來條龍草細蓆鋪地，安放上矮桌果盒，叫眾美人席地而坐，每人先賞酒三杯，然後傳花擊鼓❸，縱橫暢飲。煬帝見殿中薰風拂拂，全無半點暑氣，又見蕭后與眾夫人美人，各各嬌豔，打趣說笑，不覺吃的爛醉，遂起身攜著蕭后，到碧紗廚中去睡。眾人也起身出殿，四散消遣。

蕭后睡了一回，見煬帝沉沉的睡去，便輕輕的抽身起來，與秦夫人、梁夫人、袁紫煙抹牌耍子。不上一個時辰，忽聽得煬帝在碧紗廚內，山搖地震的吆喝起來，蕭后與眾夫人大驚，忙走近前，看見煬帝

---

❸ 傳花擊鼓：喝酒時的一種遊戲。

睡在床上，昏迷不醒，緊緊兒將兩手抱住頭，口中不住的喊道：「打殺我也，打殺我也！」蕭后著了忙，急傳懿旨，宣太醫巢元方火速到西院來，診了脈，用了一劑安神止痛湯。蕭后親自煎好，輕輕的灌與煬帝服下，未能甦醒。各院夫人曉得了，如飛的又到景明院來看問。大家守在床前，一晝夜，還自昏迷不醒。時朱貴兒見這光景，飲食也不吃，坐在廂房裡，只顧悲泣。韓俊娥對貴兒說道：「酸孩子，萬歲爺的病體，料想你替不得的，為什麼這般光景？」朱貴兒拭了淚，說：「你們眾姊妹，都在這裡，靜聽我說：大凡人做了個女身，已是不幸的了；而又棄父母，拋親戚，點入宮來，只道紅顏薄命，如同腐草，即填溝壑。誰想遇著這個仁德之君，使我們時傍天顏，朝夕讌樂。莫謂我等真有無雙國色，逞著容貌，該如此寵眷，設或遇著強暴之主，不是輕賤凌辱，即是冷宮守死，曉得什麼憐香惜玉，怎能如當今萬歲情深，個個體貼得心安意樂。所以侯夫人恨薄命而自縊身亡，王義念洪恩而思捐下體，這都是萬歲感入人心處。不想於今遇著這個病症，看來十分沉重，設有不諱，我輩作何結局，不為悍卒妻，定作驕兵婦。如何如何，說到傷心處，眾美人亦各嗚嗚的涕泣起來。袁寶兒道：「我想世間為人子者，儘有父母有難，願以身代。我們天倫之情雖絕，而君父之恩難忘，何不今夜大家禱告神靈，情願減奴輩陽壽十年，燒一炷心香，或者感動天心，轉凶為吉，使萬歲即便甦醒，調理痊愈，也不枉萬歲平昔間把我們愛惜。」眾美人聽見寶兒說了，便齊聲贊道：「袁家妹子，說得有理。」齊到後庭中，擺設香案。

朱貴兒心中想道：「我們雖是虔誠叩禱，怎能彀就感格得天心顯應。我想為子女者，往往有割股求親，反享年有永。我今此身已屬朝廷，即殺身亦所不惜；何況體上一塊肉。」遂打算停當，袖了一把佩刀，走到庭中來。那時韓俊娥、杳娘、朱貴兒、妥娘、雅娘、袁寶兒等，齊齊當天跪下，各人先告了年庚日時，後告願減眾人陽壽，保求君王病體安寧。禱畢，大家起來，正欲收拾香案，只見朱貴兒雙眸帶淚，把衣袖捲起，露出一隻雪白的玉腕，右手持刀，咬著臂上一塊肉，狠的一刀割將下來，鮮血淋漓，放在一隻銀碗內。眾人多吃了一驚。雅娘忙在鑪中，撮些香灰掩上，用絹紮好。正是：

鬚眉男子無為，柔脆佳人偏異。今朝割股酬恩，他年殉身香史。

貴兒將割下來的那塊肉，悄悄藏著，轉到殿上來。恰好蕭后要煎第二劑藥，貴兒去承任了，私把肉和藥，細細的煎好，拏進去。蕭后與煬帝吃了，不上一個時辰，便徐徐的醒將轉來，看見蕭后與眾夫人美人，多在床前，因說道：「朕好苦也，幾乎與御妻等不得相見。」蕭后問道：「陛下好好飲酒而睡，為何忽然疼痛起來？」煬帝道：「朕因酒醉，昏昏睡去。夢見一個武士，生得相貌兇惡，手執大棍，驀地裡將朕照腦門打一下，打得朕昏暈幾死，至今頭腦之中，如劈破的一般，痛不可忍。」蕭后與眾夫人，各各安慰了一番。早驚動了文武百官，一個個都到西苑來問安，知是夢中被打傷腦，今已平愈，遂各散去。

時狄去邪已到東京，聞知煬帝頭腦害病，心中凜然，方信鬼神之事，毫釐不爽。遂把世情看破，往終南山訪道去了。正是：

鬼神指點原精妙，名利俱為罪孽緣。

且說虞世基，因兩月前，煬帝見苑中御道窄隘，敕他更為修治。虞世基領了旨意，不上一月，不但御道鋪平廣闊，又增造了一座駐蹕亭，一座迎仙橋；鑾儀衛❹又簇新收拾了一副鹵簿儀仗，專候煬帝病體勿藥，裝點遊幸。時煬帝病好數日，已在宮中與蕭后宴樂。見說御道改闊，儀仗齊整，便坐大殿，受百官朝賀，遂詔各官，俱於西苑賜宴。煬帝上了七寶香輦，一隊隊排開，這些簇新的儀仗，眾公卿騎馬簇擁而行，真是花迎劍佩，柳拂旌旗。不一時到了西苑，煬帝便傳旨，將御宴擺在船上。煬帝坐了龍舟，百官乘了鳳舸，先遊北海，後遊五湖，君臣盡情賞玩。煬帝吃到興豪之際，叫文臣賦詩，以記一時之盛。時翰林院大學士虞世基，司隸大夫薛道衡，光祿大夫牛弘，各有短章獻上。煬帝覽了眾臣的詩，大喜，各賜酒三杯，自飲一巨觴道：「卿等俱有佳作，朕豈可無詩？」遂御製望江南八闋，單詠湖上八景。

湖上月，偏照列仙家。水浸寒光鋪枕簟，浪搖晴影走金蛇。偏稱泛靈槎。　光景好，輕彩望中斜。清露冷侵銀兔影，西風吹落桂枝花。開宴思無涯。

湖上柳，煙裡不勝催。宿霧洗開明媚眼，東風搖弄好腰肢。煙雨更相宜。　環曲岸，陰覆畫橋低。線拂行人春晚後，絮飛晴雪暖風時。幽意更依依。

湖上雪，風急墮還多。輕片有時敲竹戶，素華無韻入澄波。望外玉相磨。　湖水遠，天地色相和。仰視莫思梁苑賦，朝來且聽玉人歌。不醉擬如何？

湖上草，碧翠浪通津。修帶不為歌舞緩，濃鋪堪作醉人裀。無意襯香衾。　晴霽後，顏色一般新。游子不歸生滿地，佳人遠意寄青春。留詠卒難伸。

❹鑾儀衛：官署名，主管皇帝的乘輿及儀仗隊等事項。

湖上花，天水浸靈芽。淺蕊水邊勻玉粉，濃葩天外剪明霞。只在列仙家。　開爛漫，插鬢苦相遮。水殿春寒幽冷豔，玉窗晴照暖添華。清賞思何賒。

湖上女，精選正輕盈。猶恨乍離金殿侶，相將盡是采蓮人。清唱謾頻頻。　軒內好，嬉戲下龍津。玉管朱絃聞晝夜，踏青鬥草事青春。玉輦從群真。

湖上酒，終日助清歡。檀板輕聲銀甲❺緩，醅浮香米玉蛆寒。醉眼暗相看。　春殿晚，仙豔奉杯盤。湖上風光真可愛，醉鄉天地就中寬。帝王正清安。

湖上水，流遶禁園中。斜日緩搖清翠動，落花香暖眾紋紅。蘋末起清風。　閒縱目，魚躍小蓮東。泛泛輕搖蘭棹穩，沉沉寒影上仙宮。遠意更重重。

煬帝賦完，群臣讚誦，各各獻觴稱賀。煬帝與眾臣又痛飲了一番，遂命罷宴轉船。眾臣謝了宴，俱穿花拂柳而去。煬帝上了鑾輿回宮，蕭后接住問道：「今日陛下賜宴群臣。為樂何如？」煬帝道：「今日飲酒甚暢。」就將群臣獻詩，並自己做詞八首，一一說了。蕭后道：「目今秋月正明，正是賞心樂事之時，然在舟中與湖光爭色，不若尋芳徑與花柳爭妍。」煬帝道：「如今御道比前改得廣闊，又增了駐蹕亭、迎仙橋。過橋去就是舊日的暢情軒，收拾得更覺有趣。」蕭后道：「既如此說，妾明日必要奉陪陛下，去遍游一番的了。」煬帝道：「御妻要游，不可草率。明日趁此月白風清，須作一清夜游，方得暢快。」蕭后道：「既然夜游，宮中妃妾，皆未到西苑，帶她們去看看也好。」煬帝道：「這個使得。」

❺銀甲：銀製的假指甲，用以彈箏、琵琶等絃樂器，亦稱撥。

明日叫御林軍，多撥些馬匹，與她們騎著奏樂，朕與御妻一路看月而去。」蕭后大喜道：「如此最妙。」煬帝道：「馬上奏樂雖好，但須得幾章新詩，譜入笙簫，方不負此良夜。」蕭后道：「陛下天才瀟灑，何不御製一章，待妾教她們連夜打出，以見一時之勝。」煬帝道：「御妻之言有理，待朕製詩。」遂一邊飲酒，一邊揮毫，早已製成清夜游曲一章：

洛陽城裡清秋矣，見碧雲散盡，涼天如水。須臾山川生色，河漢無聲。千樹裡，一輪金鏡飛起，照瓊樓玉宇，銀殿瑤臺，清虛澄澈真無比。良夜情不已。數千乘萬騎，縱游西苑。天街御道平如砥，馬上樂竹媚絲姣，輿中宴金甘玉旨。試憑三吊五，能幾人不虧聖德，窮華靡。須記取隋家瀟灑王妃，風流天子。

煬帝作完，遞與蕭后看。蕭后讀了一遍，大喜道：「陛下宸思清俊，御翰淋漓，古來帝王，真不能及也。」隨叫宮中善唱的，連夜習熟，明夜要游西苑。煬帝又叫近侍，謄一紙傳與迎暉院朱貴兒，叫她教各院美人唱熟，明夜馬上來迎，總在暢情軒取齊。吩咐畢，方與蕭后安寢。正是：

昏主惟圖樂，妖妻只想游。江山將燼矣，新曲幾時休。

總評：妥娘臨流灑花，宮女採蓮唱歌，韻事趣事，不一而足。正在情濃讌樂之時，忽然當頭一擊，擊出一個情真義切的朱貴兒來，說出許多大議論，割腕救主。噫！世間果有此婦乎？何耳目中未之見也？

第三十五回　樂永夕大士奇觀　清夜游昭君淚塞

詞曰：

挖心嘔血，打疊就一人歡悅。悄心思，忙中撮弄奇峰突出。寒外黃花音縹緲，落珈❶楊柳容裝絕。更風高，試驥放長林，咸國色。　月如練，天如碧。心同醉，歡同席。看紅裙錦隊，偏山蟻列，香車寶輦階填遶，綠雲素影尊前立。趁今宵馬上誓心盟，姮娥泣。

右調滿江紅

天地間的樂事，無窮無盡；婦人家的心事，愈巧愈奇，任你鐵錚錚的好漢，也要弄得精枯骨化；何況荒淫之主，怎肯收韁？再說煬帝與蕭后在宮中，安寢了一宵，直到午牌時候，方纔起身。便傳旨叫御林軍備馬千匹，一半宮門伺候，一半西苑伺候，又敕光祿寺，凡宛內庭中軒中山間殿上，俱要預備供應，以便眾宮人隨地飽餐暢游。不多時，金烏西墜，早現出一輪明月。煬帝與蕭后，用了夜宴，大家換了清靚龍衣，攜手走出宮來。看見月華如練，銀河淡蕩，二人滿心歡喜，上了一乘並坐玩月的香輿，上面是兩個座兒，四圍簾幕高高捲起，輿上兩旁，可容美人數個，送進飲食。隨命眾宮女上馬，分作兩行，一

❶落珈：即普陀落珈，觀世音的道場。今浙江省東北部海中普陀山島。

半在前，一半在後，慢慢的奏樂而行。這夜月色分外皎潔，照的御道如同白晝。眾宮人都濃妝豔服，騎在馬上，一簇綺羅，千行絲竹，從大內直排至西苑。但見：

妖嬈幾隊宮中出，簫管千行馬上迎。聖主清宵何處去？為看秋月到西城。

煬帝在輿上，看見這等繁華，十分快暢，對蕭后說道：「聞昔時周穆王乘八駿馬，西至瑤池，王母留宴，一時女樂之勝，千古傳為美談。以朕看來，亦不過如此光景。」蕭后道：「瑤池閬苑，皆屬玄虛；今夕之遊，乃是真瑤池耳。」煬帝笑道：「若今日是瑤池，朕為穆天子，御妻便是西王母了。」蕭后亦笑道：「妾若是西王母，陛下又要思念董雙成與許飛瓊矣。」二人相視大笑。

不多時車駕已進了西苑，過一院即有夫人領著笙歌來接，近一院又有夫人領著鼓樂來迎，前前後後，徧地歌聲，往往來來，盡皆女隊。一霎時行過了駐蹕亭、迎仙橋，就是暢情軒。那軒四面八角，造得寬大宏敞，臺基盡是白石砌成，可容千人止足。軒內結綵張燈，如同一架煙火。煬帝到此，便叫停駕片時。眾宮人抬御輦上了臺基，向南停住。眾夫人下馬，上前相見。煬帝舉目一看，只有十四院夫人，卻不見了翠華院花伴鴻、綺陰院夏瓊瓊，便問清修院秦夫人道：「為何花妃子與夏妃子不見？」秦夫人道：「她兩個就來。」煬帝正欲再問，聽見一派細樂，隱隱將近。眾宮人指著橋上說道：「好看！好看！」煬帝遂同蕭后下輦來，站在月臺上望，見有十來對五色長旛，旛上盡是一對小小紅燈，在馬上高高擎起。過後又七八人，雲冠羽衣❷，如陳妙常❸打扮，各執鳳笙龍笛，象管玉板，雲鑼小鼓，細細的奏清夜游一

---

❷ 雲冠羽衣：道士穿戴的衣帽。

章。隨後一個，捧著雲柄香爐，一個執著靜中引磬。忽見橋上，推起一座山來，卻用青白細絹玲瓏紮成，無樹無花，空巖峭壁裡邊立著一尊玉面觀音，頭上烏雲高聳，居中一股鑾鳳金釵，明珠掛額，胸前兩股青絲分開。身上穿一件大紅遍地棉襖，外邊罩著光綾純素披風。一手執著淨瓶，一手拈著楊枝，赤著一雙大白足而立。旁邊站著一個合掌的紅孩兒，頭上雙尖丫髻，露出一雙玉腕，帶著八寶金鑲鐲，身上穿一件白綾花繡比甲，胸前錦包裹肚，下身大紅褲子，腿上赤金扁鐲，也赤著雙足，笑嘻嘻的，仰首鞠躬，看著觀音而立。面前一張小桌，桌上兩竿畫燭。中間一座寶鼎，香煙繚繞，氣沖九霄。七八個宮人抬著走。

煬帝將雙手搭伏在蕭后肩上，正看得忙亂時，忽見一騎，彩雲也似飛將過來，放著嬌聲，向頭導❹喊道：「萬歲娘娘在上，妳們往軒後，轉入臺基上去。」吩咐畢，即便下馬，上來相見。蕭后道：「原來是花夫人。」花夫人對煬帝道：「陛下與娘娘，且進軒中，好等她們來朝參。」眾人把御輦停過一邊，煬帝一手挽著蕭后，問花夫人道：「裝觀音與紅孩兒的，是那一院的宮人，有這等美貌，裝得這樣妙？」蕭后道：「那個裝觀音的，有些廝像朱貴兒；那個裝紅孩兒的，好是袁寶兒。」煬帝笑道：「御妻那裡說起，貴兒與寶兒，多是一對窄窄的金蓮❺，如今是兩雙大白足。」花夫人笑道：「妾聽見前日陛下讚賞大白足的宮人，故選這一對來孝順陛下。」正說時，見這些裝扮的都下馬，上臺基來叩首。落後那尊

❸ 陳妙常：宋代女尼姑，姿色出眾。按：隋時人不能與後朝人相比擬，此是作者不慎所致。
❹ 頭導：帝王出行時前導的儀仗隊。
❺ 金蓮：女子纖足之美稱。典出南朝齊東昏侯潘妃「步步生蓮花」。

觀音與紅孩兒，也上前合掌俯伏。煬帝攙起，仔細一認，果是朱貴兒與袁寶兒，大笑道：「御妻眼力不差，正是她們兩個；但是這雙足，怎樣弄大的？」貴兒蹺起一足來，煬帝扯來細看。卻用白綾做成，十個腳指，月下看去，如同天生就的。煬帝笑道：「真匪夷所思。」蕭后平昔最喜寶兒，見她裝了紅孩兒，便扯他近身撫摩，見他雪白雙臂，凍得冰冷，便說道：「苑中風露利害，你們快去換裝了罷。」煬帝亦對朱貴兒道：「妳也身上單薄。」便伸手向她衣袖裡來。那曉得貴兒臂上刀痕，尚未痊愈，見煬帝手進袖中，忙把身子一閃。煬帝早摸著玉腕上，用紙包裹，便問貴兒道：「臂上為什麼？」貴兒一眼看著蕭后，笑而不言。煬帝是乖人，見這光景，便縮手不去再問。

又聽見左右報道：「又有好看的來了。」煬帝忙同蕭后出軒，望見橋上，有幾對小旗標槍，在前引著。馬上十來個盤頭蠻婦，都是短衣窄袖，也有彈箏的，也有抱月琴的。那個花腔小鼓，賣弄風騷；這個輕敲象板，聲清韻叶。後邊就是兩對盤頭女子，四面琵琶，在馬上隨彈隨唱，擁著一個昭君，頭上錦尾雙豎，金絲紮額，貂套環圍，身上穿著一件五綵舞衣，手中也抱著一面琵琶。正看時，只見夏夫人上來相見，煬帝問夏夫人道：「那個裝昭君的可是薛治兒？」夏夫人答道：「正是。」隨把手指著四個彈琵琶的道：「那個是韓俊娥，那個是杳娘，那個是妥娘，那個是雅娘，陛下還是叫她們上臺來唱曲，還是先叫他們下面跑馬？」煬帝笑道：「她們只好是這等平穩的走，那裡曉得跑甚麼馬？」梁夫人道：「這幾個多是薛治兒的徒弟，閒著在苑中牽著御廄中的馬，時常試演。」樊夫人道：「第二個就要算袁寶兒跑得好。」此時寶兒、貴兒多改了宮妝，站在旁邊。蕭后笑對寶兒道：「既是你會跑，何不也下去試一試？」煬帝拍手道：「妙極妙極。朕前日差裴矩與西域胡人，換得一匹名馬，神駿異常，正好她騎，不

煬帝與蕭后停輦暢情軒，望見橋上有幾隊小旗標槍在前引著，馬上十來個盤頭蠻婦，也有彈箏的、也有抱月琴的。擁著一個昭君，頭上錦尾雙翬，金絲紮額，貂套環圍，身上穿著一件五綵舞衣。

知可曾牽來。」左右稟道：「已備在這裡伺候。」煬帝道：「好！快快牽來。」左右忙把一匹烏騅馬，帶到面前。寶兒憨憨的笑道：「賤妾若跑得不好，陛下與娘娘夫人不要見笑。」遂把鳳頭弓鞋緊兜了一兜，腰間又添束上一條鸞帶，走到馬前，將一隻白雪般的纖手，扶住金鞍，右手綰著絲韁，也不踹鐙，輕輕把身往上一聳，不知不覺，早騎在馬上。煬帝看了喜道：「這個上馬勢，就好極了。」夏夫人下去傳諭她們，先跑了馬，然後上臺來唱曲。煬帝叫手下，將龍鳳交椅移來與蕭后沿邊坐下，眾夫人亦坐列兩旁。

袁寶兒騎著馬，如飛跑去，接著眾人，輒轉身揚鞭領頭，帶著馬上奏樂的一班宮女，穿林繞樹，盤旋漫遊。煬帝聽了，便道：「這又奇了，她們唱的，不是朕的清夜游詞，是什麼曲，這般好聽？」沙夫人道：「這是夏夫人要她們裝昭君出塞，連夜自製了塞外曲，教熟了她們，故此好聽。」煬帝也沒工夫回答，伸出兩指，只顧向空中亂圈。正說時，只見一二十騎宮女，不分隊伍，如煙雲四起，紅的青的，白的黃的，亂紛紛的，一陣滾將過去，直到西南角上，一個大寬轉的所在，將昭君裹在中間，把樂器付與宮娥執了，逐對對跑將過來，盡往東北角上收住，雖不甚好，也沒有個出醜。眾人跑完，止剩得裝昭君的與袁寶兒兩騎在西邊。先是寶兒將身斜著半邊，也不綰絲韁，兩隻手向高高的調弄那根絲鞭，左顧右盼，百般樣弄俏，跑將過來。

正看時，只見那個裝昭君的，如掣電一般飛來。煬帝與蕭后眾夫人，都站起來看，並分不出是人是馬，但見上邊一片彩雲，下邊一團白雪，飛滾將來，將寶兒的坐騎後身加上一鞭，帶跑至東邊去了。又一回，袁寶兒領了數騎，慢騰騰的去到西邊去，東邊上還有一半騎女，與昭君擺著。只聽得一聲鑼響，兩頭出馬，如紫燕穿花，東西飛去。過了三四對，又該是袁寶兒與薛治兒出馬了。她兩個聽見了鑼聲，大家只把一隻金蓮，踹在鐙上，一足懸虛，將半身靠近馬，一手扳住雕鞍，一手揚鞭，兩頭跑將攏來。剛到中間，她兩個把身子一聳。煬帝只道那個跌了下來，誰知她兩個交相換馬的，跑回去了。喜得個煬帝，把身子前仰後合，鼓掌大笑道：「真正奇觀。」蕭后與眾夫人宮人，沒一個不出聲稱讚。只見薛治兒等下了馬，領著隊，走上台基來。煬帝與蕭后也起身。秦夫人對煬帝說道：「停回她們唱起塞外曲來，只怕陛下還要神飛心醉。」煬帝正欲開口，只見薛治兒領著一班，上前來要叩見。煬帝一頭搖手，忙扯薛治兒近身，見她打扮的儼然是個絕妙的昭君，便把一雙御手捧住治兒的香腮，低低叫道：「好好治兒，朕那裡曉得妳有這樣絕技在身；若不是娘娘來游，就一千年也不曉得。」好像兩張嘴竟要合做一處的光景。便在內相手裡，取自己一柄渾金宮扇，扇上一個玉兔扇墜，賜與治兒。治兒謝恩收了。蕭后道：「怎不見袁寶兒？」楊夫人指道：「在娘娘身後躲著。」蕭后調轉身來笑問道：「妳學了幾時，就這樣跑得純熟得緊，也該賞勞些纔是。」煬帝聽見笑說道：「不是朕有厚薄，叫朕把什麼賜妳？也罷，待朕與娘娘借一件來。」蕭后見說，忙向頭上拔下一隻龍頭金簪來，遞與煬帝。煬帝即賜與寶兒。寶兒偏不向煬帝謝恩，反調轉身來要對蕭后謝恩，蕭后一把拖住。煬帝帶笑罵道：「妳看這賊妮子，好不弄乖。」薛治兒與眾夫人，正要取琵琶來唱曲，煬帝道：「這且慢，叫內相取妝花羢錦毯，鋪在軒內，用繡墩矮桌，席地設宴。」左右領旨，進軒去安排停當，出來請聖駕上宴。煬帝與蕭后，正南一席，用兩個錦墩，並肩坐了。東西兩旁，一邊四席，俱用繡墩，是十六院夫人與袁貴人坐下。煬帝又叫內相，居中擺二席，賜裝昭君的，對著上面，眾美人團團盤膝而坐。煬帝道：「今夜比往日頑得有興有趣，御妻與眾妃子，不可不開懷暢飲。」又對眾美人道：「妳們也要飲幾杯，然後歌唱，愈覺韻致。」說說笑笑，吃了一回，薛冶兒等各抱琵琶，打點香喉。煬帝道：「朕製的清夜游詞，剛纔各院來迎，已聽過幾遍了，妳們只唱夏妃子的塞外曲罷。」夏夫人道：「豈有此理？自然該先歌陛下的天章。」煬帝道：「朕的且慢。」於是眾美人各把聲音鎮定，方纔吐遏雲之調，發遶梁之音。先是裴昭君的，彈著琵琶，歌一句，然後下手四面琵琶和一句。第一支牌名是粉蝶兒，唱道：

百拜君王。俺這里百拜君王，謝伊家把人骯髒。沒些兒保國開疆，卻教奴小裙釵，宮闈女，向老單于調謊。萬種愁腸，教人萬種愁腸，卻付與琵琶馬上。

第二支牌名是泣顏回：

回首望爺娘，抵多少陟屺登岡。珠藏閨閣，幾曾經途路風霜。是當初妄想，把緹縈不合門楣望，熱騰騰坐昭陽，美滿兒國丈風光。

眾美人唱得悠悠揚揚，高高低低，薛冶兒還要做出這些悽楚不堪的聲韻態度來，叶入琵琶調中，唱一句，和一句，彈得人聲寂寂，宿鳥啾啾。喜得煬帝，沒什麼讚嘆，總只叫快活，把兕觥❻只顧笑飲。蕭后對夏夫人道：「曲中借父母奢望這種念頭，說到自己身上，虧夫人慧心巧思，敘入得妙。如今第三支叫什麼牌名？」夏夫人道：「是石榴花。」聽唱道：

❻ 兕觥：用青銅鑄造成帶角獸頭形的一種酒器。

卻教我長門寂寞妒鴛鴦，怎憐我眠花夢月守空房。漫說是皇家雨露，翻做個萬里投荒。笑堂堂漢天子是什麼綱常，便做妙計周郎❼，也算不得玉關將帥功勞帳。這勞勞攘攘，馬蹄兒北向顛狂。怎似冷落長楊❽，聽胡笳❾一聲聲交河上，不白入靴尖，踹破淚千行。

第四支牌名是黃龍滾：

愁一回塞上賢王，肯惜伶仃模樣。思那日朝中君相，慘撇下別時惆悵，閃得人白草黃花路正長。他那裡擺雲陣，迓紅妝，鬧喳喳塵迷眼底，悶懨懨愁添眉上。

此時煬帝聽得意亂心迷，不知不覺，倒在蕭后懷裡，把頭枕著蕭后一股，側耳細聽，正在那似睡非睡，似醒非醒的光景，瞥見蕭后與眾夫人，大家都在那裡拭淚咨嗟。煬帝低低說道：「妳們為什麼個個弄出眼淚來？如今聽曲，尚且如此；倘設身處地奈何？」蕭后道：「陛下前日為死了一個侯妃子，把一個廷臣問罪賜死，不要說是國色嬌娃，就是平常宮人，也不輕易割捨她去與別人受用。」煬帝搖著手道：「噤聲，且聽她唱。」牌名是小桃紅：

到家鄉只夢中，見君王只夢中，明日裡捱到窮廬。料道今生怎得歸往，情黯黯撥亂宮商。情黯黯

❼ 周郎：指周瑜，字公瑾。

❽ 長楊：漢行宮名。

❾ 胡笳：我國古代北方民族的管樂器。傳說由漢張騫從西域傳入。其音悲涼。

撥亂宮商，姻緣誰信這三生帳？但願和親保太平，永享。尾聲：羞殺漢庭君和相，枉把妻孥抱衾帳。怎比得大皇隋，威名萬載揚。

一回兒，五面琵琶，彈得滾圓的，如風吹簷馬❿，沙擊辰鐘，叮噹亂響，煞時收住。煬帝坐起身來，對夏夫人道：「妙極妙極，一篇文字，直到結尾，揭出章旨，愈見妃子聰敏有才。」夏夫人道：「此乃俚鄙村歌，怎當陛下過譽。」蕭后道：「曲中描寫，是游夏不能贊一辭⓫的了；更虧這幾個習學的，一夜裡就弄得這樣出神入化，使人聽之，愈見陛下情深，陛下不可不獎勞之。」煬帝道：「這個自然都在朕心窩裡。」袁寶兒斜著眼，對煬帝笑道：「在陛下心窩裡那搭兒？」煬帝帶笑罵道：「賊肉不要慌，停回擺佈妳。」眾夫人齊笑起身，把扮演的服飾卸下，改了宮妝，仍舊坐下，接過細樂來，要奏清夜游詞。煬帝忙搖手道：「古人云：觀止矣，雖有他樂，朕不敢請矣⓬。妳們取大杯來，暢飲幾杯。」蕭后道：「月已西墜，我們也好行動行動，回宮去了。」煬帝吩咐內相：「再排宴在萬花樓，眾宮人不論馬上步行，盡要各執紅燈一盞，分為兩隊：一隊隨娘娘於山前行，一隊隨朕由山後行，都轉到萬花樓赴宴，然後回宮。」吩咐畢，不上一個時辰，只見外邊萬盞紅燈，如星移斗轉，亂落階前，火樹銀花，光分璀燦。煬帝與蕭后出軒來，二人各上了一個玉輦，眾夫人與貴人美人，亦各徐徐上馬。約行了里許，蕭后

❿ 簷馬：屋簷所掛的風鈴。

⓫ 游夏不能贊一辭：形容文學作品高妙。游夏，孔子學生言偃字子游、卜商字子夏。據史記孔子世家說，孔子筆削春秋，游夏之徒不能贊一辭。

⓬ 觀止矣三句：意謂所見事物盡善盡美，無以復加。

在輦中轉身一望，只見眾夫人與眾美人，都在眼前，蕭后忙叫停住了輦，對眾美人道：「眾夫人隨著我走也罷了，妳們還該傍著萬歲的御輦而行。為何都擁著我來，萬歲見妳們一個不去隨侍，不說妳們的差，反道是我的緣故了。快去趕上，不要惹他性氣起來。」眾夫人齊聲道：「娘娘說的是。」眾美人猶尚延挨，當不起蕭后再四催促，眾美人只得兜轉馬頭，來趕煬帝。時煬帝眾內相擁著由山後而行，見夫人美人，俱隨著蕭后去了。他是極肯在婦人面上細心體貼的，見她們不來，曉得恐怕蕭后見怪，不得已隨去，就要合在一塊的，便不放在心上，只是坐在輦上，有些不耐煩，便下輦換著馬，遶山徑而走。只見山腰裡，一騎紅燈，衝將過來。煬帝看時，見是妥娘。妥娘忙要下馬，煬帝就止住了，執手問道：「妳這小油嘴，在那裡做賊？」妥娘答道：「賊是沒處做，妾因風露寒冷，身上單薄，不比別個有人見憐，故此回院，加上些衣服趕來。」煬帝帶笑罵道：「怪油嘴，朕那處不疼熱妳們，卻這等說。」妥娘笑答道：「妾因剛纔寶兒說陛下撫摩貴兒身上，百般憐惜，故此妾取笑陛下，幸勿見罪。不知娘娘與眾夫人，如今往何處去了？」煬帝道：「妳不要管，同我走就是，朕還有話要問妳。」於是兩騎馬並轡而行。煬帝道：「朕問妳，貴兒臂上，為甚紮縛著？」妥娘答道：「她的腕上，為著陛下，難道陛下還不曉得，反要問起妾來？」煬帝見說，吃了一驚問道：「朕那裡曉得，為著朕甚來？」妥娘道：「妾不說，陛下自去問貴兒便知。」煬帝道：「妳若不快快說出，朕就惱妳。」妥娘沒奈何，只得將煬帝頭疼染病，貴兒著急悲哀，妾等眾人對天禱告，貴兒割下一塊肉來，私下在藥中煎好，與陛下服癒。

話未說完，聽見後邊七八騎，執著燈兒趕來。煬帝撇轉頭一看，卻是韓俊娥一班美人，便道：「妳們為甚麼又趕來？」薛治兒笑道：「娘娘恐怕陛下冷靜，故此趕妾等來護駕。」朱貴兒氣喘吁吁的道：

「我說陛下必往山後小路而行，不打大路上去的；這些蠻婆，偏不肯依，叫人跑卻許多枉路。」袁寶兒在馬上笑道：「那個胖丫頭，被我捉弄死了。」煬帝道：「既如此，妳們往頭裡走。」一頭吩咐，一手搭著貴兒的馬道：「妳跑不動，且緩一回，同我走。」眾美人見說，把貴兒撇下，縱馬向前去了。

煬帝見眾美人離了一箭之地，便把坐騎收緊貴兒身旁，低低的說道：「妳快坐在朕馬上來，朕有話要對妳說。」貴兒把身子離鞍一側，煬帝雙手提她，一把提過馬上，對面坐了；貴兒就把絲韁丟與宮人接了。煬帝摟住了貴兒的粉頸說道：「朕那裡曉得妳這樣真心愛主；若不是剛纔妥娘告訴，幾乎負了妳一片深心。」說了，將貴兒玉腕百般摩弄嘆息，只少落出淚來。貴兒道：「妾蒙陛下隆恩，雖捐軀亦所不惜；何況些微之處。但可笑妥妹，妾恁般吩咐她，她偏不依，畢竟來告訴陛下得知，今願陛下守口如瓶，不可提起，萬一洩漏風聲，娘娘與夫人們只道妾等巧詐，以博聖恩眷寵。」煬帝道：「宮中婦女，准千准萬，朕看起來，止不過一時助興。怎能個有似妳這樣真心愛主，我如今要陞妳上去，又恐眾人生妒，妳反不安。朕身邊偶帶珮玉，是上世所傳，價值千金，朕今賜妳藏好。」腰間取下來，付與貴兒收了，又說道：「倘朕賓天之後，妳青春尚艾，朕留遺旨，著妳出宮去覓一良人，以完終身。」貴兒見說，忙在袖中取出玉來道：「陛下恁說，妾不敢當，請收了寶物。」煬帝道：「為何？」貴兒道：「臣聞臣忠不二君，女烈不二夫，妾雖卑賤，頗明大義。不要說陛下春秋正富，假使百年後，設逢大故，妾若再欲偷生於世，苟延朝夕者，永墮輪迴，再不得人身。」說了止不住汪汪流淚。煬帝見她說得激烈，也就落下幾點淚來道：「美人，妳既如此忠貞明義，朕願與妳結一來生夫婦。」就指天設誓道：「大隋天子楊廣與美人貴兒朱氏，情深契愛，星月為證，誓願來生結為夫婦，以了情緣。如若背盟，甘不為人，沉埋泉壤。」朱貴兒見煬帝立誓，慌忙跳下馬來俯伏在地，聽見誓完，對天告道：「皇天在上，朱貴兒來生若不與大隋天子同薦衾枕，誓願甘守幽魂，不覩天日。」煬帝又欲將手扶他上馬，只見薛治兒慌忙的跑馬來報道：「娘娘已進宮去了，眾夫人都在景明院門首候駕。」煬帝道：「娘娘為甚緣故，就回宮去？」薛治兒道：「陛下到彼便知。」不多時，已到景明院。眾夫人道：「陛下為什麼耽擱了這一回？剛纔妾等與娘娘先到，同上萬花樓候駕來上宴，不想一陣鬼風，吹破牕牖，震動燈燭盡滅，又不見陛下來，心上有些害怕，故此就回宮去了，叫妾們在此守候。」煬帝見說，以為奇異，心上雖欲到迎暉院去與朱貴兒安寢，因這番言語，恐怕蕭后著惱，只得回輦進宮。眾夫人各自歸院。未知後事如何，且聽下回分解。

總評：此回如雪陣風迴，東西飛舞；又如潑墨亂梅，縱橫錯落。妙在入情入理，句句照應，步步雙關，無一段如亂絲難截。今人讀之，幾回神往，求如此一夕好夢，亦不可得。

第三十六回 觀文殿虞世南草詔 愛蓮亭袁寶兒輕生

詞曰：

餘興未闌情未倦，朝來聞說關心。萬千樂事論縱橫，欲誇己才富，落筆竟難成。 堪羡詞臣文藻盛，佳人注目留吟。無端池畔去捐生，相看心欲碎，貼肉喚卿卿。

右調臨江仙

煬帝好大喜功，每事自恃有才，及至征蠻草詔，便覺江郎才掩❶。寶兒素性憨癡，至聞刺心一語，便覺傷情欲死。可見才情偽真，斷難假借。卻說煬帝與蕭后清夜暢游，歷代帝王，從未有如此快活。比及回宮，更籌❷已交五鼓，遂與蕭后安寢，直到日中方起，尚嫌餘興未盡。又思昨夜同朱貴兒在馬上許多盟言心語，不特光景清幽，抑且兩情可愛，只恨平昔沒有加厚待他，宵來又撇了他進宮，纔覺心殊怏怏，因想：「今日皇后，諒不到苑，正好出宮去到迎暉院，獨與貴兒親熱一番。」心中打點停當，只見

❶ 江郎才掩：意同「江郎才盡」。比喻才思衰退。江郎，即江淹，南朝梁人，字文通。以文章見稱於世。晚年才思衰退，詩文無佳句，時人稱為江郎才盡。

❷ 更籌：古代夜間報更的牌。這裡指時間。

一個內監走來奏道：「寶林院沙夫人，因夜間在馬上馳驟太過了，回院去一陣肚疼，即便墜下一胎，是個男形，不能保育。今夫人身子虛弱，神氣昏迷，故使奴婢來奏知。」煬帝聽見跌腳道：「可惜可惜，昨夜原不該要她來游的，這是朕失檢點了。」忙差內相：「快去宣太醫巢元方，到寶林院去看治沙夫人。」又對寶林院宮人道：「你回院去對夫人說：朕就來看她。」蕭后聞知，不勝嘆嗟，叫宮人去候問。

煬帝進了早膳，出宮上輦，正要到寶林院去，只見中書侍郎裴矩，捧著各國朝貢表章奏道：「北則突厥，西則高昌各國，南則溪山酋長，俱來朝覲。獨有高麗王元恃強不至。」煬帝大怒道：「高麗雖僻在海隅，乃箕子所封之國，自漢晉以來，臣伏中國，皆為郡縣，今乃不臣如此！」裴矩又奏道：「高麗所恃，有二十四道，阻著三條大水，是遼水、鴨綠江、浿水，如欲征勦，須得水陸並進方可。目今沿海一帶城垣，聞得傾圮，未能修葺。陸路猶可，登萊❸至平壤一路，俱是海道，須用舟楫水軍，若非智勇兼全之人，難克此任。」煬帝想了一想，便敕旨著宇文述，督造戰船器械，為征高麗總帥。山東行臺總管來護兒，為征高麗副使。其餘所用將佐，悉聽宇文述來護兒隨處調遣，該地方官不得阻撓。奏凱之日，各行陞賞。煬帝因裴矩說起沿海一帶，隨想起要修葺長城一事，恐與廷臣商議，有人諫阻，趁便也寫著敕一道：命宇文弼為修城都護。又敕宇文愷為修城副使。西邊從榆林起，東邊直到紫河方止，但有頹敗傾圮，都要重新修築補葺。吩咐畢，裴矩傳旨出去，煬帝便上輦進西苑去。未及里許，只見守苑太監馬守忠走來奏道：「都護麻叔謀，在院外要見駕。」

是時麻叔謀河道已通，單騎到東京來覆旨。煬帝見說，隨進便殿坐下，叫馬守忠引他進來。麻叔謀

❸ 登萊：登州和萊州。登州，今山東省蓬萊市。萊州，今山東省掖縣。

同丞相宇文達、翰林學士虞世基進來。麻叔謀朝賀畢，因奏道：「廣陵河道，臣已開通，未知陛下幾時巡幸？」煬帝問用多少人工，幾許深淺，麻叔謀細細奏陳。煬帝大喜，賞賚甚厚，留他在都陪駕，巡幸廣陵。宇文達道：「河道已通，陛下巡遊，須得幾百號龍舟，方纔體式；若是這些民船差船，怎好乘坐？」煬帝道：「便是。」宇文達道：「黃門侍郎王弘大有才幹，陛下敕他趲造，必能仰體聖意。」煬帝大喜，遂寫敕旨，命王弘就江淮地方，要他製造頭號龍船十隻，二號龍船五百隻，雜船數千隻，限四個月造完繳旨。虞世基道：「陛下既造龍舟，自然造得如殿庭一般，難道也叫這些鳩形鵠面，撐篙搖櫓？」煬帝道：「這個自然是這班水手。」虞世基道：「以臣愚見，莫若將蜀錦製就錦帆，再將五色綵絨，打成錦纜，繫在殿柱之上；有風扯起錦帆東下，無風叫人夫牽挽而去，就像殿之有腳，那怕不行。」宇文達道：「錦纜雖好，但恐人夫牽挽，不甚美觀。陛下何不差人往吳越地方，選取十五六歲的女子，扮做宮妝模樣，無風叫他牽纜而行，有風叫他持檝繞船而坐，陛下憑欄觀望，方有興趣。」煬帝聽了大喜，即差幾個得力太監高昌等，往吳越地方，選十五六歲的女子一千名，為殿腳女。虞世基奏道：「陛下征遼之旨已出，今河道已成，龍舟將備，莫若以征遼為名，以幸廣陵為實，也不消徵兵，也不必徵餉，只消發一道征遼詔書，播告四邊，彼遼小國，自然望風臣服，落得陛下坐在廣陵受用，豈非一舉兩得之事？」煬帝大喜道：「卿言甚是有理，依卿所奏而行。」眾臣退出。煬帝因說得高興，竟忘了寶林院去。只見朱貴兒、袁寶兒兩個走來，煬帝問道：「妳們從何處來？」袁寶兒道：「妾等在寶林院，看沙夫人來。」煬帝道：「正是，沙妃子身子怎樣光景？」朱貴兒道：「身子太醫說不妨，只可惜一位太子不能養育。」煬帝對貴兒道：「妳先去代朕說聲，此刻朕要草詔，不得閒，稍停朕必來看她，說了妳就來。」貴兒領旨去了。

煬帝同袁寶兒，轉到觀文殿上來，意思要自製一篇詔書，誇耀臣下。誰想說時容易，作時卻難。煬帝拏起筆來，左思右想，再寫不下去，思想了一回，剛寫得兩三行，拏起看時，卻也平常，不見有新奇警句，心下十分焦躁。遂把筆放下，立起身來，四下裡團團走著思想。袁寶兒看了，微微笑道：「陛下又不是詞臣，又不是史官，何苦如此費心？」煬帝道：「非朕要自家草詔，奈這些翰林官員，沒個真才實學的能當此任。」袁寶兒道：「翰林院平昔自然有應制篇章，著述文集，上呈御覽；陛下在內檢一個博學宏才的，召他進來，面試一篇，不好再作區處，何必有費聖心。」煬帝想了一想道：「有了。」袁寶兒問道：「是誰？」煬帝道：「就是翰林學士虞世基的兄弟，叫做虞世南，現任祕書郎之職。此人大有才學，只因他為人不肯隨和，故此數年來，並不曾陞遷美任。今日這道詔書，須叫他來面試，必有可觀。」隨叫了黃門去宣虞世南，立等觀文殿見駕。

不多時，黃門已將虞世南宣至。朝賀畢，煬帝道：「近日遼東高麗，恃遠不朝，朕今親往征討，先要草一道詔書，播告四方。恐翰林院草來不稱朕意，思卿才學兼優，必有妙論，故召卿來，為朕草一詔。」虞世南道：「微臣菲才，止可寫風雲月露，何堪宣至尊德意。」煬帝道：「不必過謙。」遂叫黃門，另將一個案兒，抬到左側首簾櫳前放下，上面鋪設了紙墨筆硯。又賜一錦墩，與世南坐了。世南謝過恩，展開御紙，也不思索，提筆便寫；就如龍蛇一般，在紙上風行雲動，毫不停輟。那消半個時辰，早已草成，獻將上來。煬帝展開一看，只見上寫著：

大隋皇帝，為遼東高麗不臣，將往征之，先詔告四方，使知天朝恩威並著之化。詔曰：朕聞宇宙無兩天地，古今惟一君臣。華夷雖限，而來王❹之化，不分內外；風氣雖殊，而朝宗❺之歸，自同遐邇。順則綏之以德，先施雨露之恩；逆則討之以威，聊代風雷之用。萬方納貢，堯舜取之鳴熙；一人橫行，武王用以為恥❻。是以高宗有鬼方之克❼，不憚三年；黃帝有涿鹿之征❽，何辭百戰。薄伐玁狁❾，周元老之膚功；高勒燕然，漢嫖姚之大捷❿。從古聖帝明王，未有不並包夷狄，而共一胞與者也；況遼東高麗，匹在甸服⓫之內，安可任其不庭，以傷王者之量；隨其梗化，有損中國之威哉！故今爰整干戈，正天朝之名分；大彰殺伐，警小醜之跳梁。以虎賁之眾，而下

❹ 來王：古代諸王定期朝見天子。

❺ 朝宗：諸侯或地方長官朝見帝王。

❻ 一人橫行二句：此指殷紂王暴虐，周武王率領諸侯征伐之事。

❼ 高宗有鬼方之克：指殷高宗武丁討伐鬼方，三年克之之事。鬼方，古代北方小國。

❽ 黃帝有涿鹿之征：黃帝時，諸侯蚩尤作亂，黃帝率諸侯征討，戰於涿鹿，殺死蚩尤。涿鹿，即涿鹿山，在今河北省涿鹿縣東南。

❾ 薄伐玁狁：此句出自詩經小雅六月。玁狁，音ㄒㄧㄢˇ ㄩㄣˇ。古代部族名，即漢之匈奴。分布在我國西北地區，周宣王曾多次出兵征伐之。

❿ 高勒燕然二句：後漢永元元年（西元八九年）竇憲大破北單于，登燕然山。班固撰封燕然山銘，勒石而歸。燕然山，今蒙古國境內的杭愛山。嫖姚，勁疾的樣子。此指西漢霍去病，霍去病曾為嫖姚校尉。

⓫ 甸服：古代在王畿外圍，每五百里為一區劃，按距離遠近分侯服、甸服、綏服、要服、荒服。服內各按規定提供職貢。

臨蟻穴，不異摧枯拉朽；以彈丸之地，而上抗天威，何難空幕犁庭。早知機而革面投誠，猶不失有苗⓬之格；倘恃頑而負固不服，終難逃樓蘭之誅⓭。同一斯民，容誰在覆載之外；莫非赤子，豈不置懷保之中。六師動地，斷不如王用三驅⓮；五色親裁，聊以當好生一面。款塞及時，一身可贖；天兵到日，百口何辭。慎用早思，毋貽後悔。故詔。大業八年九月二十日敕。

煬帝看了一遍，滿心歡喜，笑說道：「筆不停輟，文不加點，卿真奇才也！古人云：文章華國。今日這一道詔書，真足華國矣！此去平定遼東，卿之功非小。就煩卿一寫。」遂叫近侍將一道黃麻詔紙，鋪在案上。虞世南不敢抗旨，隨提筆起來，端端楷楷而寫。煬帝因詔書作得暢意，甚愛其才，要稱讚他幾句，又因他低頭寫詔，不好說話。此時袁寶兒侍立在旁，遂側轉頭來，要對寶兒說話，瞥見寶兒一雙眼珠也不轉，癡癡的看著虞世南寫字。煬帝看見，遂不做聲，任她去看。原來袁寶兒見煬帝自做詔書，費許多吟哦搜索，並不能成，虞世南這一揮便就，心下因想道：「無才的便那般吃力，有才的便如此敏捷。」又見世南生得清清楚楚，弱不勝衣，故憨憨的只管貪看。看了一會，忽回轉頭來，見煬帝清清的看著自己。若是寶兒心下有私，未免要驚慌，或是面紅，或是跼蹴，因她出於無心，故聲色不動，看看煬帝，也只是憨憨的嬉笑。煬帝知她素常是這憨態，卻不甚猜疑。

⓬ 有苗：上古部族名。

⓭ 難逃樓蘭之誅：樓蘭，漢西域城國，在今新疆羅布泊西，地處西域通道上。漢昭帝時，樓蘭投匈奴，數次殺死漢朝使者。漢將軍傅介子殺其王，另立他人為王。

⓮ 三驅：即三面驅禽，讓開一路。表示網開一面的意思。

虞世南展開御紙，也不思索，提筆便寫，就如龍蛇一般，在紙上風行雲動，毫不停輟。袁寶兒侍立在旁，癡癡的看著他寫字。

不多時，虞世南寫完了詔書呈上來。煬帝見他寫得端莊有體，十分歡喜，隨叫左右賜酒三杯，以為潤筆。虞世南再拜而飲，煬帝說道：「文章一出才人之口，便覺雋永可愛；但不知所指事實，亦可信否？」虞世南道：「莊子的寓言，離騷的託諷，固是詞人幻化之筆，君子感慨之談，或未可盡信。若是見於經傳，事雖奇怪，恐亦不妄。」煬帝道：「朕觀趙飛燕傳⑮，稱她能舞於掌上，輕盈翩躚，風欲吹去，常疑是詞人粉飾之句，世上婦人，那有這般柔軟。今觀寶兒的憨態，方信古人模寫，彷彿不虛。」虞世南道：「袁美人有何憨態？」煬帝道：「袁寶兒素多憨態，且不必論；只今見卿揮毫瀟灑，便在朕前注目視卿，半晌不移，大有憐才之意，非憨態而何？卿才人勿辜其意，可題詩一首嘲之，使他憨度與飛燕輕盈並傳。」虞世南聞旨，也不推辭，也不思索，走近案前，飛筆題詩四句獻上。煬帝看時，見上寫道：

學畫鴉黃半未成，垂肩嚲袖太憨生。緣憨卻得君王寵，常把花枝傍輦行。

煬帝看了大喜，因對寶兒說道：「得此佳句，不負妳注目一段憨態矣！」又叫賜酒三杯。虞世南飲了，便謝恩辭出。煬帝道：「勞卿染翰，另當陞賞。」世南謝恩辭出不題。正是：

空擲金詞何所用，漫籌征伐枉誇能。

煬帝見虞世南已出，遂將詔書付與內相，傳諭兵部，叫他播告四方，聲言御駕親征。內相領旨去了。煬帝又把世南做寶兒的這首絕句，對寶兒說道：「他竟一會兒就做出來，又敏捷，又有意思。」袁寶兒

⑮趙飛燕傳：指飛燕外傳，專記趙飛燕爭寵宮中的逸事。

笑道：「詩中之義，妾總不解；但看他字法，甚覺韻致秀媚。」煬帝帶笑的悄悄說道：「朕明日將妳賜與他為一小星何如？」袁寶兒見說，登時花容慘淡，默然無語。煬帝尚要取笑她，只聽得薔薇架外，撲簌簌的小遺聲響。煬帝便撇了寶兒，輕輕起身，走出來看了片時，轉來不見袁寶兒。正要去尋，只聽得西邊愛蓮亭上，有人喊道：「是那個跳下池裡去？」原來袁寶兒自恨剛纔無心看了虞世南草詔，不想煬帝認為有意，要把她來贈與世南，不認煬帝作耍，她反認天子無戲言，故此自恨。悄悄走出，竟要投水而死，以明心跡。

當時煬帝走到西首愛蓮亭池邊，只見一個內相，在池內抱一個宮娥起來。煬帝一看，見是寶兒，吃了一驚，見她容顏變色，雙眸緊閉，滿身泥水淋漓。煬帝走入亭子裡去，坐在一張榻上，忙叫內相抱她近身，便問內相道：「剛纔她可是往池內淨手，還是洗什麼東西失足跌下去的？」內監道：「剛纔奴婢偶然走來，只見袁美人滿眼垂淚，望池內將身一聳，跳下去的。」煬帝笑道：「妳這妮子癡了，這是為甚緣故？」自己忙與太監替寶兒脫下外邊衣服，那曉得裡邊衫褲俱濕，忙叫內相，快去取她的衣服來。煬帝見內相去了，自己便解開龍袍，連她的小衣多替他卸下，裹在懷裡，把鸞帶收緊窩著，捧住了她的香腮說道：「朕剛纔偶然取笑，為何妳當起真來？朕那一刻是少得妳的。」寶兒見說，從新嗚嗚咽咽的哭起來。煬帝口裡分剖寬慰她，兩手把她香雲解開，替她絞出些水。只見韓俊娥與朱貴兒兩個，手裡拏著衣服，笑嘻嘻走進來。韓俊娥問道：「陛下！為什麼寶兒要做浣紗女，抱石投江起來？」煬帝便把虞世南草詔一段，與戲言要贈他的話，述了一遍，朱貴兒點點頭兒道：「婦人家有些烈性也是的。」兩個替寶兒穿換衣裳。朱貴兒見煬帝的裡衫，多沾污了幾點泥汁在上，忙要去取衣服來更換。煬帝止住了道：

「朕當常服此，以顯美人貞烈。」韓俊娥笑說道：「陛下不曉得妾養這個女兒，慣會作嬌，從小兒不敢麻犯她，恐她氣塞了，撒不出鳥來。」袁寶兒見說，把煬帝手中扇子，向韓俊娥肩上打一下道：「蠻妖精，我是妳射出來的？」韓俊娥笑道：「你看這小妖怪，因陛下疼熱她，她就忤逆起娘來了。」笑得個煬帝了不得，便道：「不要閒說了，妳們同朕到寶林院去來。」

不多時，煬帝進了寶林院，直至榻前，對沙夫人問道：「妃子，妳身子怎樣？曾服過藥否？」沙夫人道：「妾宵來好端端的去游玩，不想弄出這節事來，幾乎不能與陛下相見。」煬帝道：「妃子自己覺身子持重，昨夜就該乘一個香車寶輦，便不至如此。此皆朕之過，失於檢點調度妳們。」沙夫人含淚答道：「這是妾福淺命薄，不能保養潛龍⑯。是妾之罪，與陛下何與？」一頭說，不覺淚灑沾衾。煬帝道：「妃子不必憂煩，秦王楊浩，皇后鍾愛，趙王楊杲，今年七歲，乃呂妃所生，其母已亡。朕將楊杲嗣妳名下，則此子無母而有母，妃子無子而有子矣，未知妃子心下何如？」朱貴兒在旁說道：「趙王器宇不凡，若得如此，是陛下無限深恩，沙夫人有何不美，妾等亦有仰賴矣。」沙夫人要起身謝恩，煬帝慌忙止住。袁寶兒道：「夫人玉體欠安，妾等代為叩謝聖恩。」於是眾美人齊跪下去，煬帝亦忙拉了她們起來，便道：「待朕擇期以定，妃子作速調理好了身子，同朕去游廣陵。」

正說時，只見一個內相，雙手捧著一個寶瓶，傳稟進來道：「王義修合萬壽延年膏子，到苑來貢上萬歲爺。」煬帝聽見喜道：「朕正有話要吩咐他，著他進苑來。」一頭說，一頭走到殿上來，只見王義走到階前跪下。煬帝問道：「你合的是甚麼妙藥？」王義道：「微臣春間往南海進香，路遇一道人，說

⑯ 潛龍：指所懷的胎兒。

山中覓得一種鹿銜靈草，和百花搗汁熬成膏子，服之可以固精養血延年。故特修治貢上，聊表微臣一點孝心。」煬帝道：「這也難為你。朕不日要游廣陵，卿須要打點同去，著卿管轄頭號龍舟，諒無錯誤。」王義道：「此游不但微臣有心要隨陛下，即臣妻亦遣來隨侍娘娘。」煬帝喜道：「舟中不比宮中，若得卿夫婦二人相隨，愈見愛主之心。還有一事：昨宵朕與娘娘眾夫人作清夜游，不意寶林院沙夫人，因勞動了胎氣，今早即便墮下一個男胎。妃子心中著實悲傷，朕又憐趙王失母，今嗣與沙妃子為子，聊慰其情，卿以為何如？」王義道：「沙夫人聞得做人寬厚，本性端莊，趙王嗣之，甚為合宜，足見陛下隆恩高厚。」煬帝道：「此係朕之愛子。既卿如此說，內則有妃子與眾美人為之撫護，外則煩賢卿為之傅保。卿為朕去鐫玉符一方，上鐫：趙王楊杲，賜與沙映妃子為嗣。鐫好卿可悄悄送進來。」王義道：「臣曉得。」煬帝對袁寶兒道：「可將山繭兩疋，賜與王義。」寶兒取將出來，王義收了，謝恩出苑不題。

正是：

因情託兒女，愛色戀閨房。不知人世變，猶自語煌煌。

總評：世南草詔，文章華國，無媿詞臣。煬帝不過贊他數語，卒以三杯潤筆，非吝而薄也，實忌其才耳。袁寶兒憨態，可想見其溫柔和雅，有不識不申之風度。其投池一段，正為末後殉難張本。若因煬帝一語，而遽欲捐生，我意寶兒不若是之愚而淺也。

第三十七回　孫安祖走說竇建德　徐懋功初交秦叔寶

詞曰：

人主荒淫成性，蒼天巧弄盈危。群英一點雄心逞，戈滿起塵埃。　攘攘不分身夢，營營好亂情懷。相看意氣如蘭蕙，聚散總安排。

右調烏夜啼

天下最荼毒百姓的，是土木之工、兵革之事；剝了他的財，卻又疲他的力，以至骨肉異鄉，孤人之兒，寡人之婦，說來傷心，聞之酸鼻。卻說煬帝，因沙夫人墮了胎，故將愛子趙王與她為嗣，命王義鐫玉印賜她。又著朱貴兒，遷在寶林院去一同撫養趙王，自以為磐石之固；豈知天下盜賊蜂起，卒至國破家亡。

且說宇文弼、宇文愷得了旨意，遂行文天下，起人夫，吊錢糧，不管民疲力敝，只一味嚴刑重法的催督，弄得這些百姓，不但窮的驅逼為盜；就是有身家的，被這些貪官污吏，不是借題逼詐，定是賦稅重徵，也覺身家難保，要想尋一個避秦的桃源，卻又無地可覓。其時翟讓聚義瓦崗，朱燦在城父，高開道據北平，魏刁兒在燕，王須拔在上谷，李子通在東海，薛舉在隴西，梁師都在朔方，劉武周在汾陽，李軌據河西，左孝友在齊郡，盧明月在涿郡，郝孝德在平原，徐元朗在魯郡，杜伏威在章丘，蕭銑據江陵；這干也有原係隋朝官員，也有百姓卒伍，各人嘯聚一方劫掠。還有許多山林好漢，退隱賢豪，在那裡看守天時，尚未出頭。

再說竇建德，攜女兒到單員外莊上安頓了，打帳也要往各處走走。常言道：惺惺惜惺惺，話不投機的，相聚一刻也難過；若遇知己，就敘幾年也不覺長遠。雄信交結甚廣，時常有人來招引他。因打聽得秦叔寶，避居山野，在家養母。雄信深為讚嘆，因此也不肯輕身出頭，甘守家園，日與建德談心講武。

光陰荏苒，建德在二賢莊，倏忽二載有餘。一日雄信有事往東莊去了，建德無聊，走出門外閒玩；只見場上柳陰之下，坐著五六個做工的農夫，在那裡吃飯；對面一條灣溪，溪上一條小小的板橋，橋南就是一個大草棚。建德慢慢的踱過橋來，站在棚下，看牛過水；但見一派清流隨輪帶起，泉聲鳥和，即景幽然，此時身心，幾忘名利。正閒玩之間，遠遠望見一個長大漢子，草帽短衣，肩上背了行囊，坦胸露臂，慢慢的走來。場上有隻獵犬，認是歹人，咆哮的迎將上去。那大漢見這犬勢來得兇猛，把身子一側，接過犬的後腿，丟入溪中去了。做工的看見，一個個跳起來喊道：「那裡來的野鳥，把人家的犬丟在河裡？」那漢道：「你不眼瞎，該放犬出來咬人的！」那做工的大怒，忙走近前，一巴掌打去。那漢眼快，接過來一摺，那做工的撲地一跤，扒不起來。惹得四五個做工的，齊起身來動手，被那漢打得一個落花流水。

建德站在對河看，曉得雄信莊上的人，俱是動得手的，不去喝住他。已後見那漢打得利害，忙走過橋來喝道：「你是那裡來的，敢走到這裡來撒野？」那漢把建德仔細一認，說道：「原來竇大哥，果然在這裡！」撲地拜將下去。建德道：「我只道是誰，原來是孫兄弟，為甚到此？」那漢道：「小弟要會兄得緊，曉得兄攜了令嬡遷往汾州，弟前日特到介休各處尋訪，竟無蹤跡；幸喜途中遇著一位齊朋友，說兄在二賢莊單員外處，叫弟到此尋問，便知下落。故弟特特來訪，不想恰好遇著。」原來這人姓孫名安祖，與竇建德同鄉。當年安祖因盜民家之羊，為縣令捕獲笞辱，安祖持刀刺殺縣令，人莫敢當其鋒，號為摸羊公，遂藏匿在竇建德家，一年有餘。恰值朝廷欽點繡女，建德為了女兒，與他分散，直至如今。時建德便對安祖道：「這裡就是二賢莊。」把手指道：「那來的便是單二員外了。」

雄信騎著高頭駿馬，跟著四五個伴當❶回來，見建德在門外，快跳下馬來問道：「此位何人？」建德答道：「這是同鄉敝友孫安祖。」雄信見說，便與建德邀入草堂。安祖對雄信納頭拜下去道：「孫安祖粗野亡命之徒，久慕員外大名，如雷貫耳，今日一見，實慰平生。」雄信道：「承兄光顧，足見盛情。」雄信便吩咐手下擺飯。建德問安祖道：「剛纔老弟說有一位齊朋友，曉得我在這裡，是那個齊朋友？」安祖道：「弟去歲在河南，偶於肆中飲酒，遇見一個姓齊的，號叫國遠，做人也豪爽有趣，說起江湖上這些英雄，他極稱單員外疏財仗義，故此曉得，弟方始尋來。」雄信道：「齊國遠如今在何處著腳？」安祖道：「他如今往秦中去尋什麼李玄邃。說起來，他相知甚多，想必也要做些事業起來。」雄信嘆道：「今世路如此，這幾個朋友，料不能忍耐，都想出頭了。」須臾酒席停當，三人入席坐定。建德道：「老弟兩年在何處浪游？近日外邊如何光景？」安祖道：「兄住在這裡，不知其細；外邊不成個世界了。弟與兄別後，自燕至楚，自楚至齊，四方百姓，被朝廷弄得妻不見夫，父不見子，人離財散，怨恨入骨，

❶ 伴當：僕役。

巴不能彀為盜，苟延性命。目今各處都有人占據，也有散而復聚的，也有聚而復散的，總是見利忘義，酒色之徒；若得似二位兄長這樣智勇兼全的出來，倡義領眾，四方之人，自然聞風響應。」建德見說，把眼只顧看單雄信，總不則聲。雄信道：「宇宙甚廣，豪傑儘多，我們兩個，算得什麼？但天生此七尺之軀，自然要轟轟烈烈，做他一場，成與不成命也，所爭者，乃各人出處遲速之間耳。」孫安祖道：「若二位兄長肯救民於水火，出去謀為一番，弟現有千餘人，屯紮在高雞泊，專望駕臨動手。」建德道：「准千人亦有限，只是做得來便好；尚然弄得王不成王，寇不成寇，反不如不出去的高了。」雄信道：「好山好水，原非你我意中的結局。事之成敗，難以逆料，竇兄如欲行動，趁弟在家，未曾出門。」

正說時，只見一個家人，傳送朝報❷進來。雄信接來看了，拍案道：「真個昏君，這時候還要差官修葺萬里長城，又要出師去征高麗，豈不是勞民動眾，自取滅亡。就是來總管能幹，大廈將傾，豈一木所能支哉！前日徐懋功來，我煩他捎書與秦大哥；今若來總管出征，怎肯放得他過，恐叔寶亦難樂守林泉了。」安祖道：「古人說得好，雖有智慧，不如乘勢；今若不趁早出去，收拾人心，倘各投行伍散去，就費力了。」建德道：「非是小弟深謀遠慮，一則承單二哥高情厚愛，不忍輕拋此地；二則小女在單二哥處打擾，頗有內顧縈心。」雄信道：「竇大哥你這話說差了，大凡父子兄弟，為了名利，免不得分離幾時，何況朋友的聚散。至於令嬡與小女，甚是相得，如同胞姊妹一般。況兄之女，即如弟之女也。兄可放心前去，倘出去成得個局面，來接取令嬡未遲；若弟有甚變動，自然送令嬡歸還兄處，方始放心。」建德見說，不覺灑淚道：「若然，我父與女真生死而骨肉者也。」主意已定，遂去收拾行裝，與女兒叮

❷ 朝報：朝廷的公報，刊載詔令、奏章及官吏任免等事。

嚀了幾句，同安祖痛飲了一夜。到了明日，雄信取出兩封盤纏：一封五十兩，送與建德；一封二十兩，贈與安祖。各自收了，謝別出門。正是：

丈夫肝膽懸如日，邂逅相逢自相悉。笑是當年輕薄徒，白首交情不堪結。

如今再說秦叔寶，自遭麻叔謀罷斥回來，遷居齊州城外，終日栽花種竹，落得清閒。倏忽年餘。一日在籬門外大榆樹下，閒看野景。只見一個少年，生得容貌魁偉，意氣軒昂，牽著一匹馬，戴著一頂遮陽笠，向叔寶問道：「此處有座秦家莊麼？」叔寶道：「兄長何人？因何事要到秦家莊去？」這少年道：「在下是為潞州單二哥捎書與齊州秦叔寶的，因在城外搜尋，都道移居在此，故來此處相訪。」叔寶道：「兄若訪秦叔寶，只小弟便是。」叫家僮牽了馬，同到莊裡。這少年去了遮陽笠，整頓衣衫，叔寶也進裡邊，著了道袍，出來相見。少年送上書，叔寶接來拆覽，乃是單雄信，因久不與叔寶一面，曉得他睢陽斥職回來，故此作書問候。後說此人姓徐名世勣，字懋功，是離狐人氏，近與雄信為八拜之交，因他到淮上訪親，託他寄此書。叔寶看了書道：「兄既是單二哥的契交，就與小弟一體的了。」吩咐擺香燭，兩人也拜了，結為兄弟，誓同生死，留在莊上，置酒款待。豪傑遇豪傑，自然話得投機，頃刻間肝膽相向。叔寶心中甚喜，重新翻席，在一個小軒裡頭去，臨流細酌，笑談時務。

話到酒酣，叔寶私慮徐懋功少年，交游不多，識見不廣，因問道：「懋功兄，你自單雄信二哥外，也曾更見甚豪傑來？」懋功道：「小弟年紀雖小，但曠觀事勢，熟察人情。主上摧刃父兄，大綱不正，即使修德行仁，還是個逆取順守。如今好大喜功，既建東京宮闕，又開河道，土木之工，自長安直至餘杭，那一處不騷擾遍了。只看這些窮民，數千百里來做工，動經年月，回去故園已荒，就要耕種，資費已竭，那得不聚集山谷，化為盜賊？況主上荒淫日甚：今日自東京幸江都，明日自江都幸東京，還要修築長城，巡行河北，車駕不停，轉輸供應，天下何堪？那干奸臣，還要朝夕哄弄，每事逢君之惡，不出四五年，天下定然大亂，故此小弟也有意結納英豪，尋訪真主；只是目中所見，如單二哥、王伯當，都是將帥之才；若說運籌帷幄，決勝千里，恐還未能。其餘不少井底之蛙，未免不識真主，妄思割據，雖然乘亂，也能有為，首領還愁不保。但恨真主目中還未見聞。」叔寶道：「兄曾見李玄邃麼？」懋功道：「也見來，他門第既高，識器亦偉，又能禮賢下士，自是當今豪傑。總依小弟識見起來，草創之君，不難虛心下賢，要明於用賢，不貴自己有謀，貴於用人之謀。今玄邃自己有才，還恐他自矜其才，好賢下士，還恐他誤任不賢。若說真主，慮其未稱。兄有所見麼？」叔寶道：「如兄所云，將帥之才，弟所友東阿程知節，勇敢勁敵之人，又見三原李藥師，藥師曾云：王氣在太原，還當在太原圖之。若我與兄何如？」懋功笑道：「亦一時之傑。但戰勝攻取，我不如兄，決機慮變，兄不如我。然俱堪為興朝佐命，永保功名，大要在擇真主而歸之，無為禍首可也。」叔寶道：「天下人才甚多，據兄所見，止於此乎？」懋功道：「天下人才固多，你我耳目有限，再當求之耳。若說將帥之才，就兄附近孩稚之中，卻有一人，兄曾識之否？」叔寶道：「這倒不識。」又答道：「小弟來訪兄時，在前村經過，見兩牛相鬥，橫截道中。小弟勒馬道旁待他，卻見一個小廝，年紀不過十餘歲，追上前來道：『畜生莫鬭，家去罷。』這牛兩角相觸不肯休息，他大喝一聲道：『開！』一手揿住二隻牛角，兩下的為他分開尺餘之地，將及半個時辰，這牛不能相鬬，各自退去。這小廝跳上牛背，吹著橫笛便走。小弟正要問他姓名，後有一個小廝道：『羅家哥哥，怎把我家牛角撳壞了？』小弟以此知他姓羅，在此處牧放，居止料應不遠。他有這樣膂力，若有人提攜他，教他習學武藝，怕不似孟賁一流？兄可去物色他則個。」

何地無奇才，苦是不相識。赳赳稱干城，卻從兔罝得。

兩人意氣相合，抵掌而談者三日。懋功因決意要到瓦崗，看翟讓動靜，叔寶只得厚贈資斧，寫書回覆了單雄信。另寫一札，託雄信寄與魏玄成。杯酒話別，兩個相期，不拘何人，擇有真主，彼此相薦，共立功名。叔寶執手依依，相送一程而別，獨自回來。行不多路，只聽得林子裡發一聲喊，跑出一隊小廝來，也有十七八歲的，也有十五六歲的，十二三歲的，約有三四十個。後面又趕出一個小廝，年紀只有十餘歲，下身穿一條破布褲，赤著上身，捏著兩個拳頭，圓睜一雙怪眼，來打這干小廝。這干小廝見他來，一齊把石塊打去，可是奇怪，只見他渾身虬筋挺露，石塊打著，都倒激了轉來。叔寶暗暗點頭道：「這便是徐懋功所說的了。」

兩邊正趕打時，一個小廝，被趕得慌，一交絆倒在叔寶面前，叔寶輕輕扶起道：「小哥，這是誰家小廝，這等樣張致❸？」這小廝哭著道：「這是張太公家看牛的。他每日來看牛，定要妝甚官兒，要咱們去跟他，他自去草上睡覺。又要咱們替他放牛，若不依他，就要打；去跟他，不當他的意兒，又要打。咱們打又打他不過，又不下氣伏事他，故此糾下許多大小牧童，與他打。卻也是平日打怕了，便是大他六七歲，也近不得他，像他這等奢遮❹罷了。」叔寶想：「懋功說是羅家。這又是張家小廝，便不是也

❸ 張致：樣子；模樣。

只聽林子裡發一聲喊，跑出一隊小廝來；後面又趕出一個小廝來，年紀只有十餘歲，揑著兩個拳頭，圓睜一雙怪眼，來打這干小廝。叔寶看著，卻走出一個老子來。

不是個庸人了。」那步上前，把這小廝手來拉住道：「小哥且莫發惱。」這小廝睜著眼道：「干你鳥事來！你是那家老子哥子，想要來替咱廝打麼？」叔寶道：「不是與你廝打，要與你講句話兒。」小廝道：「要講話，待咱打了這干小黃黃兒來。」待灑手去，卻又灑不脫。

正扯拽時，只見眾小兒拍手道：「來了！來了！」卻走出一個老子來，向前把這小廝總角❺揪住。叔寶看時，是前村張社長，口裡喃喃的罵道：「叫你看牛，不看牛只與人廝打，好端端坐在家裡，又惹這干小廝到家中亂嚷。你打死了人，叫我怎生支解❻？」叔寶勸道：「太公息怒，這是令孫麼？」太公道：「咱家有這孫子來！是我一個老鄰舍羅大德，他死了妻子，剩下這小廝，自己又被僉去開河，央及我管顧他，在咱家吃這碗飯，就與咱家看牛。不料他老子死在河上，卻留這劣種害人。」叔寶道：「這等不妨，太公將來把與小子，他少宅上僱工錢，小子一一代還。」太公道：「他也不少咱工錢，秦大哥你要領，任憑領去，只是講過，惹出事來，不要干連著我。」叔寶道：「這斷不干連太公，但不知小哥心下可肯？」那小廝向著太公道：「咱老子原把我交與你老人家的，怎又叫咱隨著別人來？」太公發惱道：「咱招不得你，咱沒這大肚子袋氣。」一徑的去了。叔寶道：「小哥莫要不快。我叫秦叔寶，家中別無兄弟，止有老母妻房，意欲與你八拜為交，結做異姓兄弟，你便同我家去罷。」這小子方纔喜歡道：「你就是秦叔寶哥哥麼？我叫羅士信，我平日也聞得村中有人說哥哥棄官來的，說你有偌大氣力，使得

---

❹ 奢遮：厲害。

❺ 總角：古代男女未成年前把頭髮束為兩結，形狀如角，故稱。

❻ 支解：應付。

條好槍，又使得好鐧。哥可憐見兄弟父母雙亡，隻身獨自看顧，指引我小兄弟，莫說做兄弟，隨便使令教誨，咱也甘心。」便向地下拜倒來。叔寶一把扶住道：「莫拜莫拜，且到家中，先見了我母親，然後我與你拜。」果然士信隨了叔寶回家。叔寶先對母親說了，又叫張氏尋了一件短袄子，與他穿了，與秦母相見。羅士信見了道：「我少時沒了母親，見這姥姥，真與我母親一般。」插燭也似拜了八拜，開口也叫母親。次後與叔寶拜了四拜，一個叫哥哥，一個叫兄弟。末後拜了張氏，稱嫂嫂；張氏也待如親叔一般。

大凡人之精神血氣，沒有用處，便好的是生事打鬧發洩；他有了用處，他心志都用在這裡，這些強硬之氣，都消了。人不遇制服得的人，他便要狂逞；一撞著作家❼，竟如鐵遇了爐，猢猻遇了花子，自然服他，憑他使喚。所以一個頑劣的羅士信，卻變做了一個循規蹈矩的人。叔寶教他槍法，日夕指點，學得精熟。

一日叔寶與士信正在場上比試武藝，見一個旗牌官，騎在馬上，那馬跑得渾身汗下，來問道：「這裡可是秦家莊麼？」叔寶道：「兄長問他怎麼？」那旗牌道：「要訪秦叔寶的。」叔寶道：「在下就是。」叫士信帶馬繫了，請到草堂。旗牌見禮過，便道：「奉海道大元帥來爺將令，齎有劄符，請將軍為前部先鋒。」叔寶也不看，也不接，道：「卑末因老母年高多病，故隱居不仕，日事耕種，筋力懈弛，如何當得此任？」旗牌道：「先生不必推辭。這職銜好些人謀不來的，不要說立功封妻蔭子；只到任散一散行糧路費，便是一個小富貴。先生不要辜負了來元帥美情，下官來意。」叔寶道：「實是母親身病。」

❼ 作家：行家；能手。

管待了旗牌便飯，又送了他二十兩銀子，自己寫個手本，託旗牌善言方便。旗牌見他堅執，只得相辭上馬而去。原來來總管奉了敕旨，因想：「登萊至平壤，海道兼陸地，擊賊拒敵，須得一個武勇絕倫的人。秦瓊有萬夫不當之勇，用他為前部，萬無一失。」故差官來要請他。不意旗牌回覆：「秦瓊因老母患病，不能赴任，有稟帖呈上。」來總管接來看了道：「他總是為著母老，不肯就職；然自古求忠臣必於孝子之門，他不負親，又豈肯負主；況且麾下急切沒有一個似他的。」心中想一想道：「我有個道理。」發一個帖兒，對旗牌道：「我還差你到齊州張郡丞處投下，促迫他上路罷。」這旗牌只得策馬，又向齊州來，先到郡丞衙。

這郡丞姓張名須陀，是一個義膽忠肝文武全備，又且愛民禮下的一個豪傑。當時郡丞看了帖兒，又問了旗牌來意。久知秦叔寶是個好男子，今見他不肯苟且功名，僥倖一官半職，這人不惟有才，還自立品，我須自去走遭。便叫備馬，一徑來到莊前。從人通報，郡丞走進草堂，叔寶因是本郡郡丞，不好見得，只推不在。張郡丞叫請老夫人相見。秦母只得出來，以通家禮見了坐下。張郡丞開言道：「令郎原是將家之子，英雄了得，今國家有事，正宜建功立業，怎推託不往？」秦母道：「孩兒只因老身景入桑榆，他又身多疾病，故此不能從征。」張郡丞笑道：「夫人年雖高大，精神頗旺，不必繾綣。若說疾病，大丈夫死當馬革裹屍❽，怎宛轉床席，在兒女子手中？且夫人獨不能為王陵母❾乎？夫人吩咐，令郎萬

---

❽ 馬革裹屍：意思是戰死沙場。後漢書馬援傳：「（馬援曰）男兒要當死於邊野，以馬革裹屍還葬耳。」

❾ 王陵母：秦末，漢高祖劉邦在沛起兵，王陵率人馬追隨劉邦。項羽得到王陵母親，企圖逼迫王陵投奔自己。王陵母親伏劍自殺，以堅定王陵追隨劉邦的決心。

無不從。明日下官再來勸駕。」說罷起身去了。

秦母對叔寶說：「難為張大人意思，汝只得去走遭。只願天佑，早得成功，依然享夫妻母子之樂。」叔寶還有躊躇之意，羅士信道：「高麗之事，以哥哥才力，馬到成功。若家中門戶，嫂嫂自善主持。只慮盜賊生發，士信本意隨哥哥前去，協力平遼，今不若留我在家，總有毛賊，料不敢來侵犯。」三人計議已定，次早叔寶又恐張郡丞到莊，不好意思，自己入城，換了公服，進衙相見。張郡丞大喜，叫旗牌送上劄符，與叔寶收了。張郡丞又取出兩封禮來：一封是叔寶贐儀，一封是送秦老夫人菽水之資。叔寶不敢拂他的意，收了。叔寶謝別。張郡丞又執手叮嚀道：「以兄之才，此去必然成功。但高麗兵詭而多詐，必分兵據守，沿海兵備，定然單弱。兄為前驅，可釋遼水、鴨綠江勿攻。惟有浿水，去平壤最近，乃高麗國都，可乘其不備，縱兵直搗；高麗若思內顧，首尾交擊，彈丸之國，便可下了。」叔寶道：「妙論自當書紳⑩。」就辭了出門。到家料理了一番，便束裝同旗牌起行。羅士信送至一二里，大家叮嚀珍重而別。

叔寶、旗牌日夕趲行，已至登州，進營參謁了來總管。來總管大喜，即撥水兵二萬，青雀、黃龍船⑪各一百號，佐左武衛將軍周法尚，打聽隋主出都，這邊就發兵了。正是：

旗翻幔海威先壯，帆指平壤氣已吞。

---

⑩ 書紳：把要牢記的話寫在紳帶上，意思是牢記不忘。

⑪ 青雀黃龍船：船頭畫有青雀、黃龍的兵船。青雀，鷁鳥，一種像鷺鷥的水鳥，能高飛。

總評：謝安石晏樂東山⓬，原非忘世；秦叔寶退守泉石，豈曰無心。看他收拾羅士信，便想到後日替國家之一助。徐懋功暢論人才，識見洞然，與曹瞞青梅論時⓭，自是不同。

⓬謝安石晏樂東山：謝安石，即謝安，字安石，少有重名，屢辭徵辟，寓居會稽，以山水文籍自娛。每遊東山，常以伎女自隨。雖為布衣，時人皆以公輔期之。士大夫至相謂曰：「安石不出，當如蒼生何！」年四十餘始出為桓溫征西司馬，後為司徒（宰相）卒。

⓭曹瞞青梅論時：曹瞞，即曹操，小字阿瞞。曹操曾與劉備青梅煮酒，評論天下英雄，後世稱為「青梅煮酒論英雄」。

第三十八回　楊義臣出師破賊　王伯當施計全交

詞曰：

世事浮漚，嘆癡兒擾攘，徧地戈矛。豺虎何足怪，龍蛇亦易收。猛雨過，淡雲流，相看怎到頭？細思量此身如寄，總屬蜉蝣。　問君膠漆何投？向天涯海角，南北營求。豈是名為累，反與命添讎。眉間事，酒中休，相逢羨所謀？只恐怕猿聲鶴唳，又惹新愁。

右調意難忘

人處太平之世，不要說有家業的，甘守田園；即如英豪，不遇亡命技窮，亦只好付之浩嘆而已。設或一遇亂離，個個意中要想做一個漢高，人有智能的，竟認做孔明。豈知自信不真，以致身首異處，落得惹後人笑罵，故所以識時務者呼為俊傑。然能參透此四字者，能有幾人？不說秦叔寶在登州訓練水軍，打聽煬帝出都，即便進兵進剿。卻說煬帝在宮中，一日與蕭后歡宴。煬帝道：「王弘的龍舟，想要造完了，工部的錦帆綵纜，俱已備完；但不知高昌的殿腳女，可能即日選到？」蕭后道：「殿腳女其名雖美，妾想女子柔媚者多。這樣殿宇般一隻大船，百十個嬌嫩女子，如何牽得它動？除非再添些內相相幫，纔不費力。」煬帝道：「用女子牽纜，原要美觀；若添入內相，便不韻矣。」蕭后道：「此舟若止女子，斷難移動。」煬帝道：「如此為之奈何？」蕭后停杯注想了一回，便道：「古人以羊駕車，亦取美觀；莫若再選一千嫩羊，每纜也是十隻，就像駕車的一般，與美人相間而行，豈不美哉！」煬帝大喜道：「御妻深得朕心。」便差內相傳諭有司，要選好毛片的嫩羊一千隻，以備牽纜。內相領旨去了。

煬帝與蕭后眾夫人，要點選去游江都的嬪妃宮女；只見中門使段達，傳進奏章來。煬帝展開，細細翻閱，原來就是孫安祖與竇建德，據住了高雞泊舉義，起手統兵殺了涿郡通守❶郭絢，勾連了河曲聚眾張金稱，清河劇盜高士達三處相為緩急，劫掠近縣，官兵莫敢挫其鋒，因此有司飛章告急，請兵征剿。煬帝看了大怒道：「小醜如此跳梁！須用一員大將，盡行剿滅，方得地方寧靜。」一時間再想不出個人來。時貴人袁紫煙在旁說道：「有個太僕楊義臣，聞他是文武全才，如今鎮守何處？」煬帝見說驚訝道：「妃子那裡曉得他文武全才？」袁紫煙道：「他是妾之母舅。妾雖不曾識面，因幼時妾父存日，時常稱道其能，故此曉得。」煬帝道：「原來楊義臣是你母舅。今日若不是妃子言及，幾何忘了此人。他如今致仕在家，實是有才幹的。」說罷，便敕太僕楊義臣為行軍都總管；周宇、侯喬二人為先鋒，調遣精兵十萬，征討河北一路盜賊。將旨意差內相傳出，付與吏兵二部，移文去了。煬帝對袁紫煙道：「義臣昔屬君臣，今為國戚，諒不負朕。奏凱旋日，宣入宮來，與妃子一見何如？」袁紫煙謝恩不題。正是：

天數將終隋室，昏王強去安排。現有邪佞在側，良臣焉用安危。

話說楊義臣得了敕旨，便聚將校，擇吉行師。兵行數日，直抵濟渠口。曉得四十里外，就是張金稱

❶ 通守：官名，地位低於太守。

在此聚眾劫掠，忙紮住了營寨。因尚未識賊人出入路徑，戒軍不可妄動，差細作探其虛實，欲以奇計擒之。卻說張金稱打聽楊義臣兵至，遂自引兵直至義臣營壘搦戰。見義臣固守不出，求戰不能，終日使手下人百般穢罵。如此月餘，只道義臣是怯戰之人，無謀之輩，何知楊義臣伺其懈弛，密喚周宇、侯喬二將，引精銳馬騎二千，乘夜自館陶渡過河去埋伏；待金稱人馬離營，將與我軍相接，放起號砲，一齊夾攻。義臣親自披掛，引兵搦戰。金稱看見官軍行伍不整，陣法無序，引賊直衝出來，兩軍相接，未及數合，東西伏兵齊起，把賊兵當中截斷，前後夾攻，賊眾大敗。金稱單馬逃奔清河界口，正遇清河郡丞楊善，領兵捕賊，正在汾口地方，擒金稱殺之，令人將首級送至義臣營中。金稱手下殘兵，星夜投奔竇建德去了。義臣將賊營內金銀財物馬匹，盡賞士卒，所獲子女，俱各放回。移兵直抵平原，進攻高雞泊，勦殺餘黨。

時高雞泊乃竇建德、孫安祖附高士達居於彼處，早有細作報言楊義臣破張金稱，乘勝引兵前來，今官兵已到巫倉下寨，離此只隔二十里之地。建德聞之大驚，對孫安祖、高士達道：「吾未入高雞泊之時，已知楊義臣是文武全才，用兵如神，但未與之相拒。今日果然殺敗張金稱，移得勝之兵，來征伐我等，銳氣正熾，難與為敵。士達兄可暫引兵入據險阻，以避其鋒，使他坐守歲月，糧儲不給，然後分兵擊之，義臣可擒矣。」士達不聽建德之言，自恃無敵，留疲弱三千，與建德守營，自同孫安祖乘夜領兵一萬，去劫義臣營寨。不期義臣預知賊意，調將四下埋伏。

高士達三更時分，提兵直衝義臣老營。見一空寨，知是中計，正欲退時，只聽得號砲四下齊起，正遇著義臣首將鄧有見，當喉一箭，士達跌下馬來，被鄧有見梟了首級，勦殺餘兵。安祖見士達已亡，忙兜轉馬頭奔回。建德同來救敵，無奈隋兵勢大，將士十喪八九。建德與安祖，止剩二百餘騎。因見饒陽無備，遂直抵城下，未及三日而攻克之；所降士卒，又有二千餘人，據守其城，商議進兵，以敵義臣。建德對安祖道：「目下隋兵勢大，又兼義臣足智多謀，一時難與為敵，此城只宜保守。」安祖道：「楊義臣不退，吾輩總屬困逼奈何？」建德道：「我有一計，須得一人，多帶金珠，速往京中，賄囑權奸，要他調去義臣。隋將除了義臣，其他復何懼哉！」安祖道：「恁般說，弟速去走遭；倘一時間不能調去奈何？」建德道：「非也。主上信任奸邪，未有佞臣在內，而忠臣能立功於外者。」於是建德收拾了許多金珠寶玩，付與安祖。安祖叫一個勁卒，負了包裹，與建德別了，連夜起身，曉行夜宿。

一日走到梁郡白酒村地方，日已西斜，恐怕前途沒有宿店，見有一個安客商寓，兩人遂走進門。主人家忙趨出來接住問道：「爺們是兩位，還有別伴？」安祖道：「只我們兩人。」店主人道：「裡邊是有一個大間，空在那裡，恐有四五位來，又要騰挪。西首有一間，甚是潔淨，先有一位爺下在那裡。三位儘可容得，待我引爺們去看來。」說了，遂引孫安祖走到西邊，推開門走進去，只見一個大漢，鼻息如雷，橫挺在床上。店主人道：「爺們不過權寓一宵，這裡可使得麼？」安祖道：「也罷！」店主人出去，搬了行李。

安祖細看床上睡的人，身長膀闊，腰大十圍，眉目清秀，虬髮長髯。安祖揣度道：「這朋友亦非等閒之人，待他醒來問他。」店主人已將行李搬到，安祖也要少睡，忙叫小卒打開鋪設，出去拿了茶來。只見床上那漢，聽得有人說話，擦一擦眼，跳將起來，把孫安祖上下仔細一認，舉手問道：「兄長尊姓？」安祖答道：「賤姓祖，號安生。請問吾兄上姓？」那漢道：「弟姓王，字伯當。」安祖聽說大喜道：「原來就是濟陽王伯當兄。」納頭拜將下去，伯當慌忙答禮，起來問道：「兄那裡曉得小弟賤名？」安祖笑道：「弟非祖安生，實孫安祖也。因前年在二賢莊，聽見單員外道及兄長大名，故此曉得。」王伯當道：「單二哥處，兄有何事去見他？如今可在家裡麼？」安祖道：「因尋訪竇建德兄。」伯當道：「弟聞得竇兄在高雞泊起義，聲勢甚大，兄為何不去追隨，卻到此地？」安祖又把楊義臣提兵殺了張金稱、高士達，乘勝來逼建德，建德據守饒陽，要弟到京作事一段，述了一遍，問道：「不知兄有何事，隻身到此？」伯當見問，長嘆一聲，正欲開言，只見安祖的伴當進來，便縮住了口。安祖道：「這是小弟的心腹小校，吾兄不必避忌。」因對小校道：「你外邊叫他們取些酒菜來。」一回兒承值的取進酒菜，擺放停當，出去了。兩人坐定，安祖又問。伯當道：「弟有一結義兄弟，亦單二哥的契友，姓李名密，字玄邃，犯了一樁大事，故悄地到此。」安祖道：「弟前日途中遇見齊國遠，說要去尋他圖些事業。如今怎麼樣？為了甚事？」伯當道：「不要說起。弟因有事往楚，與他分手；不意李兄被楊玄感迎入關中，與他舉義。弟知玄感是井底之蛙，無用之徒，不去投他。誰知不出弟所料，事敗無成，玄感已為隋將史萬歲斬首。弟在瓦崗與翟讓處聚義，打聽玄邃兄潛行入關，又被游騎所獲，護送帝所。弟想解去必由此地經過，故弟在這裡等他。諒在今晚，必然到此歇腳。」安祖道：「這個何難？莫若弟與兄迎上去，只消兄長說有李兄在內，弟略略動手，結果了眾人，走他娘便了。」伯當道：「此去京都要道，倘然弄得決裂，反為不美，只可智取，不可力圖。只須如此如此而行，方為萬全。」

正說時，聽得外面人聲嘈雜。伯當同安祖拽上房門，走出來看，只見六七個解差，同著一個解官，押著四個囚徒，都是長枷鎖鍊，在店門首櫃前坐下。伯當定睛一看，見李玄邃亦在其內；餘外的，認得一個是韋福嗣，一個是楊積善，一個是邴元真。並不做聲，把眼色一丟，走了進去。李玄邃四人看見了王伯當，心中喜道：「好了，他們在此，我正好算計脫身了；但不知他同那個在這裡？」正在肚裡躊躇，只見王伯當，手裡捧著幾卷紬疋，放在櫃上說道：「主人家，在下因缺了盤費，帶得好潞紬十卷在此，情願照本錢賣與你，省得放在行李裡頭，又沉重，又占地方。」店主人站起身答道：「爺，小店那討得出銀子來？不要說爺要照本錢賣與咱，就爺們住在小店幾天，准折與咱們，咱們也用不著這宗寶貨。」伯當把一卷折開來，攤在櫃上說道：「你看，不是什麼假古的貨兒哄你們，這都是揀選來的，照地頭❷二兩五錢好銀子一卷，若是銀子好，每卷止算還腳解稅銀一二錢，也罷了。」那一個解官，與幾個解差，也走近櫃前，拿起紬來看了，說：「真個好紬子，又緊密，又厚重，帶到下邊去，怕不是四兩一卷，可惜沒有閒錢來買。」大家在那裡唧唧噥噥的談論，只見李玄邃亦挨到櫃邊來看。伯當睜著怪眼，喝道：「死囚，你也來瞧什麼？量你也拿不出銀子，所以犯了罪名。」孫安祖在旁笑道：「兄長不要小覷他，或者他們倒有銀子要買，亦未可知。」李玄邃道：「客人，你的寶貨，量也有限，你若還有，再取出來，咱們盡數買你的；不買你的，不為漢子。」王伯當對孫安祖道：「二哥，還有五卷在裡頭，你去與我取出來。」李玄邃走下來，叫過一個老猾獄卒張龍道：「張兄，你這潞紬可要買麼？我有十兩銀子，送與你去買幾卷，也承你路上看管一番。」張龍道：「這個不消，你不如買幾卷送與惠爺，我纔好受你的。」李密道：「我的死期，一日近一日，留這錢財在身何用，不如買他的紬子來，將一半與五十兩銀子送你惠爺；你們眾位，每人一卷；銀子五兩，送與你們。到京死後，將我們的屍骸埋一埋。你去與我們說一

❷ 地頭：當地，此處指產地。

聲，若是使得，我另外再酬你十兩銀子。」張龍見說，忙去與眾人說知。這個惠解官，又是個錢鑽殺❸，一說就肯。

張龍回覆了李玄邃。李玄邃便向韋福嗣、楊積善身邊，取出一百兩銀子，付與張龍道：「你去與我稱開，好分送眾人。」又在自己身邊，取出五十兩一封，走向櫃邊，在櫃上放下，向主人家道：「煩你做個調停，用錢照例奉送。」店主人道：「這個當得。」走向前說道：「一共十五卷，該銀三十七兩五錢，上等稱頭，盡是瓜紋❹，一釐不少。」付與王伯當收了，餘下的銀，還了李玄邃。李玄邃將潞紬打開，花樣一般無二，與張龍分送眾人，各人致謝。玄邃又在銀包內，取出一兩多些一塊銀子，對主人家說：「些些酒資，酬勞之意。」伯當笑道：「我竟忘了，留七兩三分算，也該稱出一兩多些來酧謝主人。」一頭說，一頭稱出一兩一錢銀子，奉與店主人。店主人道：「豈有此理，費了小子什麼氣力，好受二位的惠來？」三人你推我卻。孫安祖說道：「小弟有一個道理在此：我們大哥，這一兩一錢銀子，是本該出的，這位兄的那塊銀子，他既取了出來，怎好又收進去？待弟也出幾錢，湊成三金，煩主人家弄幾碗菜，買罈酒來，只算主人家替咱們接風，又算一宗小交易的合事酒，暢飲三杯，豈不兩美？」這幾個解差，齊聲的贊道：「這位爺主張的不差，我們也該貼出些來買酒纔好。」八個解差與孫安祖，又湊出兩外，安祖把來上戥一稱，共三兩七錢有餘，對主人家道：「請收去，這是要勞重的了。」主人家笑道：「這個小子理會得，先請各位爺到裡邊去用了便飯，待小子好好的整治起菜來。」孫安祖道：「菜不必

❸ 錢鑽殺：見錢眼開之徒。

❹ 瓜紋：銀子成色足。

拘，酒是要上好的；況是人多，要多買些。」店主人道：「這個自然。」大家各歸房裡去了。霎時間已是黃昏時候，店家將酒席整治完備，將一席送與惠解官，叫張龍致意，不好與公差囚徒同席之意。那惠解官，原是個隨波逐流的人，又得了許多銀子禮物，便對張龍道：「既承他們美意，我怎好又獨自受用這一席酒；既然在此荒村野店，那個曉得，同在一搭兒吃了罷，也便大家好照管。」張龍道：「說起來他四個，原係宦家公子；如今偶然孩子氣，犯了罪名，只要惠爺道是使得，我們就叫他們進來。」惠解官道：「總是這一回兒的工夫，就都叫到這裡用了罷。」於是眾人將四五桌酒席，都擺在玄邃下的那間大客房裡，連主人家，共十七八人。大家入席坐定，大杯小盞，你奉我勸，開懷暢飲。店小二流水燙上酒來。孫安祖對店小二道：「你們辛苦了，自去睡罷，有我們小廝在這裡。」店主人大家吃了一回，先進去睡了。豈知惠解官，又是個酒客，說得投機，與他們呼么喝六的，又鬧了一回。

孫安祖見眾人的酒，已有七八分了，約思有二更時分，王伯當道：「酒不熱，好悶人。」孫安祖道：「待我自去，看我們小廝在那裡做甚？」忙走出去，一回捧著一壺燙的熱酒，笑將進來道：「店小二與我家小廝，多先吃醉了，一鋪兒的躺著，虧得我自去煖這壺熱酒在此。」王伯當取來，先斟滿一大杯，送與惠解官，又斟下七八大杯，對著解差道：「你們各位，請用過了，然後輪下來我們吃。」眾解差道：「承列位盛情，實吃不下了。」孫安祖道：「這一杯是必要奉的。餘下的總是我們吃罷。」張龍拿起杯來，一飲而盡，眾公差只得取起來吃了。頃刻間，一個解官，八個解差，齊倒在塵埃。孫安祖笑道：「是便是，只恐怕他們藥力淺，容易醒覺。」忙在行李中，取出蠟燭一支點上。王伯當將四人的枷鎖扭斷了，李玄邃忙向解官報箱內，尋出公文來，向燈火上燒了。原來的十五卷潞紬並銀子，取了出來，付與王伯

頃刻間，一個解官、八個解差，齊倒在塵埃。王伯當將四人的枷鎖扭斷了，同孫安祖、李玄邃共七個人，悄悄出了店，忙忙的趲行。

當收入包裹，小校背上行李，共七個人，悄悄開了店門走出；只見滿天星斗，略有微光，大家一路敘談，忙忙的趲行。

走到五更時分，離店已有五七十里，孫安祖對王伯當道：「小弟在此地要與兄們分手，不及送李兄等至瓦崗矣。」玄邃等對安祖道：「小弟謬承兄見愛，得脫此難；且到前途去痛飲三杯再處。」王伯當道：「不是這話，孫兄還有竇大哥的公幹在身，不要擔擱他。」孫安祖道：「小弟還有句要緊話，替兄們說：你們或作三路走，或作兩路行，若是成群的逃竄，再走一二里，便要被人看破拿去了。只此就分手罷。」李玄邃道：「既是這節，煩兄致意建德，弟此去若瓦崗可以存身，還要到饒陽來相敘；若見單二哥，亦與弟致聲。」說罷，眾人東西分路，止剩王伯當、李玄邃、邴元真、韋福嗣、楊積善，又行了幾里，已至三叉路口。王伯當道：「不是這等說，在陷阱裡頭，死活只好擠在一堆；今已出籠，正好各自分飛逃命。趁此三叉路口，各請隨便，弟只好與玄邃同行。」韋福嗣與楊積善是相好的，便道：「既如此，我們揀這小路，捱上去罷。」邴元真道：「我是也不依大路走，也不揀小路行，自有個走法，請兄們自去。」於是楊韋二人走了小路去，王李二人走了大路。

未及里許，王伯當只聽得背後一人趕來，向李玄邃肩上一拍說道：「你們也不等我一等，竟自去了。」王伯當道：「兄說有自己的走法，為何又趕來？」邴元真道：「兄難道是呆子？我剛纔哄他兩個，那有出了傷門，再走死路的理。」玄邃道：「為何？」邴元真道：「眾公差醒來，自然要經由當地方兵將，協力擒拿，必然小路來的人多，大路來的人少。如今我們三人放著膽走，量有百十個兵校趕來，也不放在我們三個眼裡；只是沒有短路❺的，借他三四件兵器來，應急怎好？」王伯當道：「往前走一步好一步了。」於是李玄邃扮了全真❻，邴元真改了客商，王伯當作伴當，往前進發。正是：

未知肝膽向誰是，令人卻憶平原君。

總評：老臣出師，自然與眾不同，豈山鬼堪與之對壘邪？無奈隋數將終，一旦撤回義臣，使敗滅之寇，復爾猖獗。王伯當與李密，真生死交情，看他一人驅馳道路，設計脫陷，何等用心。然原仗金錢遂意，可見人處顛沛中，錢財尤不可少。王伯當云：「量你拿不出銀子，所以犯了罪名。」一句道破世情。

❺ 短路：攔路搶劫。
❻ 全真：道士。

第三十九回　陳隋兩主說幽情　張尹二妃重貶謫

詩曰：

王師靖虜氛，橫海出將軍。赤幟連初日，黃麾映晚雲。鼓鼙雷怒起，舟楫浪驚分。指顧平玄菟❶，陰山好勒銘❷。

大凡皇帝家的事，甚是繁冗；這一支筆，一時如何寫得盡？宇宙間的事，日出還生，頃刻間如何說得完？即使看者一雙眼睛，那裡領略得來？要作者如理亂絲一般，逐段逐段，細細剔出，方知事之後先，使看者亦有步驟，不至停想回顧之苦。再說孫安祖，別了李玄邃、王伯當，趕到京中，尋相識的打通了關節，將金珠寶玩獻與段達、虞世基一班佞臣，在下處守候消息。正是錢神有靈，不多幾日，就有旨意下來道：「楊義臣出師已久，未有捷音，按兵不動，意欲何為？姑念老臣，原官休致❸。先鋒周宇暫為

❶ 指顧平玄菟：一指一瞥之間平定玄菟，形容成事容易。玄菟，古郡名，漢武帝置，今朝鮮咸鏡道及我國遼寧東部、吉林南部地區。

❷ 陰山好勒銘：陰山，即今內蒙古陰山山脈。勒銘，即刻石紀念。

❸ 休致：年老去職。即退休。

署攝，另調將員，剿滅餘寇。」孫安祖打聽的實，星夜出京，趕回饒陽，報知建德。時楊義臣定計，正圖破城剿滅竇建德，見有旨意下來，對左右嘆道：「隋室合休，吾未知死於何人之手！」即將所有金銀，犒賞三軍，涕泣起行，退居濮州雷夏澤中，變姓埋名，農樵為樂。竇建德知義臣已去，復領兵到平原，招集潰卒，得數千人。自此隋之郡縣，盡皆歸附，兵至一萬有餘，勢益張大，力圖進取。差心腹將員，寫書到潞州二賢莊去接女兒，並請單雄信同事不題。正是：

莫教骨肉成吳越❹，猶念天涯好弟兄。

話分兩頭。再說煬帝在宮中點選帶去游幸廣陵的宮人。大凡女子，可以充選入宮者，決沒有個無鹽嫫母❺，最下是中人之姿；若中人之姿，到了宮中，妝點粉飾起來，也會低顰，也會巧笑，便增了二三分顏色。所以煬帝在宮點了七八日，點了這個，又捨不得那個，這邊去了，嬌語歡呼；這邊不去，或宮或院，隱隱悲泣。煬帝平昔間在婦人面上做工夫的，這些女子，越要妝這些嬌癡起來，要使之聞之之意。弄得煬帝沒主意，煩躁起來，反叫蕭后與眾夫人去點選，自己拉了朱貴兒、袁寶兒，跟了三四個小太監，駕了一隻龍舟，搖過北海，去到三神山上去看落照。忽天氣晦昧，將日色收了，煬帝便懶得上山，就在傍海觀瀾亭中坐了一會，便覺恍惚間，見海中有一隻小舟，衝波逐浪，望山腳下搖來。煬帝正疑那院夫人來接，心中甚喜，及至攏岸，卻又不是。見走上一個內相來，報說道：「陳後主要求見萬歲。」原來

❹ 吳越：春秋時的吳國越國，在今江浙一帶。因吳越兩國互相敵對，後轉指敵對的兩方。

❺ 無鹽嫫母：無鹽，戰國時齊宣王后，相貌極醜，後人用作醜女的通稱。嫫母，古代傳說中的醜婦人。

煬帝與陳後主，初年甚相契厚。忽聞後主要見，忙叫請來。

不多時，只見後主從船中走將起來，到了亭中，見煬帝要行君臣之禮。煬帝忙以手攙住道：「朕與卿故交，何須行此大禮。」後主依命，一拜而坐。後主道：「憶昔年少時，與陛下同隊戲游，親愛甚於同氣❻，別來許久，不知陛下還相憶否？」煬帝道：「垂髫之交，情同骨肉，昔日之事，時時在念，安有不記之理？」後主道：「陛下既然記得，但今日貴為天子，富有四海，比往日大不相同，真令人欣羨。」煬帝笑道：「富貴乃偶然之物，卿偶然失之，朕偶然得之，何足介意。」因問道：「臨春、結綺、望仙三閣，近來風月何如？」後主道：「風月依然如舊，只是當時那些錦繡池臺，已化作白楊青草矣！」煬帝又問道：「聞卿曾為張麗華造一桂宮，在光昭殿後，開一圓門，就如月光一般。四邊皆以水晶為障，後庭卻設素粉的罘罳❼，庭中空空洞洞，不設一物，惟種一株大桂樹，樹下放一個搗藥的玉杵臼，臼旁養一個白色兔兒。叫麗華身披素裳，梳淩雲髻，足穿玉華飛頭履，在中間往來，如同月宮嫦娥，此事果有之麼？」後主道：「實是如此。」煬帝道：「若然亦覺太侈。」後主道：「起造宮館，古昔聖王，皆有一所，月宮能費幾何？臣不幸亡國，便以為侈。今不必遠引古人為證，就如陛下文皇帝臨國時，何等節儉，也曾為蔡容華夫人造瀟湘綠綺牕，四邊都以黃金打成芙蓉花，妝飾在上；又以琉璃網戶，將文杏為梁，雕刻飛禽走獸，動輒價值千金，此陛下所目覩，獨非侈乎？幸天下太平，傳位陛下，後日史官，但知稱為節儉，安肯思量及此。」煬帝笑道：「卿可謂善解嘲矣！若如此說，則先帝下江南時，卿一定

---

❻ 同氣：有血統關係的親屬，後來多指同胞兄弟而言。

❼ 素粉的罘罳：淺色的屏風。

尚有遺恨。」後主道：「亡國實不敢恨；只想在桃葉山前，將乘戰艦北渡，那時張麗華方在臨春閣上，試東郭㕙❽的紫毫筆，寫小研紅箋❾，要做答江令❿的璧月⓫詩句，尚未及完，忽見韓擒虎擁兵直入。此時匆匆逼迫，致使麗華詩句未終，未免微有不快耳。」煬帝道：「如今麗華安在？」後主道：「現在舟中。」煬帝道：「何不請來一見？」

後主叫內相往船上去請，只見船中有十來個女子，拿著樂器，捧著酒肴，齊上岸來，看見煬帝，齊齊拜伏在地。煬帝忙叫起來，仔細一看，只見內中一個女子，生得玉肩雙嚲，雪貌孤凝，韻度十分俊俏。煬帝目不轉睛，看了半晌。後主笑道：「比我家姑娘宣華夫人容貌如何？」煬帝道：「正如邢之與尹⓬，差堪伯仲。」後主道：「陛下再三注盼，想是不識此人，此即張麗華也。」煬帝笑道：「原來就是張貴妃，真個名不虛傳。昔聞貴妃之名，今覩貴妃之面，又與故人相聚，恨無酒肴，與二卿為歡。」後主道：「臣隨行倒備得一尊，但恐褻瀆天子，不敢上獻。」煬帝道：「朕與故交，一時助興，何必拘禮？」後主隨叫麗華送上酒來。煬帝一連飲了三四杯，對後主說道：「朕聞一曲後庭花，擅天下古今之妙，今日

❽ 東郭㕙：古代傳說中善於奔跑的兔子。㕙，音ㄑㄩㄣ。狡兔。

❾ 小研紅箋：一種印有各種圖案的精美箋紙。

❿ 江令：南朝陳江總有文名，官至尚書令，後來詩文中稱他為江令。

⓫ 璧月：謂月圓如璧。陳書張貴妃傳：「其曲有玉樹後庭花臨春樂等，……其略曰：『璧月夜夜滿，瓊樹朝朝新。』」

⓬ 邢之與尹：指漢武帝同時寵幸的邢夫人與尹夫人。武帝不讓兩人相見，尹夫人請求見邢夫人。相見後，尹夫人自認不如邢夫人。

幸得相逢，何不為朕一奏？」麗華辭謝道：「妾自拋擲歲月，人間歌舞，不復記憶久矣。況近自井中出來，腰肢酸楚，那裡有往時姿態，安敢在天子面前，狂歌亂唱。」煬帝道：「貴妃花嫣柳媚，就如不歌不舞，已自脈脈消魂，歌舞時光景，大可想見，何必過謙。」後主道：「既是聖意殷殷，卿可勉強歌舞一曲。」麗華無可奈何，只得叫侍兒將錦裀鋪下，齊奏起樂來。她走到上面，按著樂聲的節奏，巧翻綵袖，嬌折纖腰，輕輕如蝴蝶穿花，款款如蜻蜓點水。起初猶乍翱乍翔，不徐不疾，後來樂聲促奏，她便盤旋不已，一霎時紅遮綠掩，就如一片彩雲，在滿空中亂滾。須臾舞罷樂停，她卻高吭新音唱起來：

　　麗宇芳林對高閣，新裝豔質本傾城。映戶凝嬌乍不進，出帷含態笑相迎。妖姬臉似花含露，玉樹流光照後庭。

麗華歌舞罷，喜得個煬帝魂魄俱消，稱讚不已；隨命斟酒二杯，一杯送後主，一杯送麗華。後主接杯在手，忽泫然泣下道：「臣為此曲，不知費多少心力，曾受用得幾日，遂聲沉調歇。今日復聞歌此，令人不勝亡國之感。」煬帝道：「卿國雖亡了，這一曲玉樹後庭花，卻是千秋常在的，何必悲傷？卿酷好翰墨，別來定有新詠，可誦一二，與朕賞鑒。」後主道：「臣近來情景不暢，無興作詩；只有寄侍兒碧玉與小臙詩二首，聊以塞責，望陛下勿哂。」因誦小臙詩云：

　　午睡醒來曉，無人夢自驚。夕陽如有意，偏傍小臙明。

寄侍兒碧玉詩云：

離別腸應斷，相思骨合銷。愁魂若飛散，憑仗一相招。

煬帝聽罷，再三稱賞。後主道：「亡國唾餘，怎如陛下雄材掞藻⓭，高拔一時？」麗華道：「妾聞陛下天翰淋漓，今幸得垂盼，願求一章，以為終身之榮。」煬帝笑道：「朕從來不能作詩，有負貴妃之請，奈何？」麗華道：「陛下醉接望江南詞，御製清夜游曲，俱頃刻而成，何言不能？還是笑妾醜陋，不足以當珠玉，故以不能推託？」煬帝道：「貴妃何罪朕之深也，朕當勉強應酧。」麗華命侍兒將文房四寶放下，煬帝拂箋信筆，題詩一首云：

見面無多事，聞名爾許時。坐來生百媚，實個好相知。

煬帝寫完，送與麗華。麗華接在手中，看了一遍，見詩意來得冷落，微有譏諷之意，不覺兩臉俱紅赤起來，半晌不做一聲。後主見麗華含嗔帶媿，心下也有幾分不快，便問煬帝道：「此人顏色，不知比陛下蕭后，還是誰人美麗？」煬帝道：「貴妃比蕭后鮮妍，蕭后比貴妃窈窕，就如春蘭與秋菊一般，各自有一時之秀，如何比得？」後主道：「既是一時之秀，陛下的詩句，何輕薄麗華之甚？」煬帝微微笑道：「朕天子之詩，不過適一時之興而已，有甚麼輕薄不輕薄？」後主大怒道：「我亦曾為天子，不似你這般妄自尊大！」煬帝大怒道：「你亡國之人，焉敢如此無禮！」後主亦怒道：「你的壯氣，能有幾時，敢欺我是亡國之君？只怕你亡國時，結局還有許多不如我處。」煬帝大怒道：「朕巍巍天子，有甚

⓭ 掞藻：抒發詞藻。掞，音ㄕㄢˋ。鋪張。

不如你處？」遂自走起身來要拿後主。後主道：「你敢拿誰？」只見麗華將後主扯下走道：「且去且去，後一二年，吳公臺下，少不得還要與他相見。」二人竟往海邊而走。煬帝大踏步趕來；只見好端端一個麗華，弄得滿身泥漿水，照煬帝臉上拂將過來。

煬帝吃了一驚，就像做夢纔醒的一般，因想起他二人死之已久，諕了一身冷汗。開眼只見貴兒、寶兒兩個美人，把衣袖遮著煬帝的背心裏住在那裡，忙問二美人道：「妳們曾看見什麼？」二美人道：「沒有見甚來；但見陛下如睡去的一般，夢中囈語，龍體時動時靜。」煬帝道：「快下船去罷！」眾人多下了龍舟，煬帝纔把適間所見所聞，細述了一遍，貴兒、寶兒大為驚異。煬帝反覺心中憂疑起來，忙叫內相撐回。忽聽見琴聲悠揚，隨風入耳。煬帝正在猜疑，一回兒將到綺陰院，望見秦夫人、沙夫人、趙王杲與袁貴人、薛治兒一班都在那裡，看夏夫人撫琴。煬帝忙上岸來說道：「妳們好偏倍朕快活，接也不來接一接！」眾夫人道：「妾等各處尋覓不見，那曉得陛下跨海而遊。」煬帝道：「夏妃子今日為何撫起琴來？」夏夫人道：「妾蒙陛下派居於此，四五年矣！其間好鳥醍醐，奇松拂影，怪石為之嵯屹，微雨時添花淚，屋梁落月，臺榭留吟，與陛下不知消受了多少賞心樂事；今一旦捨此而去，山靈能不為之黯然？故妾借此瑤琴，以酬離別之意，使山川勿笑妾之情薄也。」煬帝聽說，喟然長嘆道：「此地朕原不忍遽離，因皇后動興去游江都，只道事再做不成的，誰知今日竟成其願，這也是天也數也，人何與焉？」

正說時，只見高昌等七八個心腹內相走來跪下奏道：「殿腳女一千，奴婢等往江南地方，各處搜求，今已選足。」煬帝大喜道：「如今在那裡？」內相道：「王弘已分派頭號龍舟裡頭駐紮，以便演習，未知萬歲爺何日起駕？」煬帝思量：「我征遼雖是借題，游幸為實。然天子親征，比眾不同，當分為二十

麗華將後主扯下走道：「且去，且去，後一二年，吳公臺下，少不得還要與他相見。」二人竟往海邊而走。

四軍。」心上躊躇了一回，走進便殿，寫敕一道：用右翊衛大將軍于仲文、左翊衛大將軍辛世雄、左驍衛大將軍荊元恆、右驍衛大將軍薛世雄、右屯衛大將軍麥鐵杖、左屯衛大將軍陳稜、左禦威將軍張瑾、右禦威將軍趙孝才、左武衛將軍周法尚、右武衛將軍崔弘昇、右禦衛虎賁郎將衛文昇、左禦衛虎賁郎將屈突通等，共為二十四總管軍，命劉士龍為宣諭使，協同總督陸路大元帥宇文述，水軍統領元帥來護兒，為王前驅，同會平壤。寫完付與內相，傳與各衙門知道。吩咐擇吉，天子臨郊祭告天地廟祖，犒賞軍士，統領羽林軍一萬，分道向遼水進發。將軍來護兒知聖駕已將出都，著令秦叔寶等進征。秦叔寶領了來總管旨意，久已招集熟知水道的做了嚮導，又記張須陀所囑之言，先差心腹將校，抄過了鴨綠江埋伏，在平壤伺候大軍齊到，然後掃其巢穴，內外夾攻。正是：

機謀奇扼吭，小醜欲驚心。

卻說煬帝打發巡幸的許多旨意，便進宮中問蕭后道：「從游宮女，選完了麼？」蕭后笑道：「陛下偏把這樣縮腳疑難題目，叫妾去做，妾如何做得來。況她們也不好說我該去，妳不該去；也不說她願去，我不願去。好像吃過齊心酒的，見陛下起身出宮去了，三四百名卻齊齊跪倒階前奏道：『守西苑的花晨月夕，領略了多少風光；在昭陽的承恩競寵，受用了多少繁華。妾等西京隨到東京，兩番遷播，雖蚌珠燕石⑭，不敢仰冀恩波，目為遺簪墮珥；然海外風光，江都佳境，難道也教耳消目受不起？萬歲爺是棄置妾等的了，難道娘娘也侍奉不來？』說了，大家如喪考妣的一般哭將起來。叫妾怎樣選法？」煬帝笑

⑭ 蚌珠燕石：蚌珠，珍珠。燕石，燕山所產之石。這裡用為自謙不足稱道的意思。

道：「這班賤婢，也會這般裝腔作勢。」蕭后道：「有個緣故，因張、尹兩妃在內攛掇，說：『我兩個是年紀大了，顏色衰了，妳們都是鮮花一般，日子正長哩！還不趁這風流天子，大家捨命扒上去？』因此眾宮人做出這般行徑。」煬帝聽了，點點頭兒。隨叫一個內相，傳旨著兵部火速喚頭號差船四十隻，立刻上用。內相領旨出去了。

看官聽說，原來張妃子，名豔雪，尹妃子，名琴瑟，兩個多是文帝時，與宣華同輩的人，年紀與宣華相仿，而顏色次之。此時正當三九之期⑮，煬帝因鍾情與宣華，便不放二妃在心上。況因宣華死後，接踵就是楊素撞倒金階，口裡說出許多冤仇，文帝陰靈，白日顯現，故此煬帝也覺寒心，不敢復蹈前轍。長安又混帶到這裡，許廷輔兩番點選，張、尹二妃因自恃文帝幸過，那裡肯送東西與他？遂致抑鬱長門，倒也心情如同灰槁。蕭后是最小氣，愛人奉承的，因見張、尹二妃平日不肯下氣趨承，故此捏造這幾句；止不過要拔去蘿蔔，也覺地皮寬的意思，豈知煬帝竟認了真。

到了次日，這些選不去的，正要打帳看煬帝出宮上輦，便好大家來攀轅傍輦的哀懇；只見十來個內相，走到張、尹二妃宮中來，說：「萬歲爺有旨：餘下宮奴四百餘名，敕張、尹二妃子彈壓下舟，毋得違誤。」張、尹二妃聽了，以為奇怪道：「我兩個又不曾去求朝廷，又不曾去浼求皇后，這個冷鍋裡頭，泡出豆來，是那裡說起？」眾宮人歡歡喜喜，收拾了細軟，載上了數十車，齊出宮門。在路上行了一日，黃昏時候落了船。到明日，張、尹二夫人心中疑惑，便問內相道：「萬歲爺們的船在那裡？」內相道：「在前面。」張夫人道：「聞得朝廷新造幾百號龍舟，如今我們坐的卻是民間差船，並不是龍舟，其間

⑮ 三九之期：年近三十歲。

畢竟有弊，你們誆我們到那裡去，快快說來！」眾內相料難瞞隱，只得齊跪下去道：「二位夫人，不必動怒。這是萬歲爺的旨意，叫奴婢送二位夫人與眾宮女到晉陽宮去；如不信，現有手敕在這裡。」內相取出來，張、尹二妃接來讀道：張、尹二妃，係先朝寵幸過，不便在此供奉，著伊帶領餘下宮奴四百餘名，先歸太原晉陽宮中，著守宮副監裴寂照冊點入，看守毋誤。眾宮女聽見旨意，不是江都去，反要到西京，都大哭起來：也有要投河的，也有要自盡的。獨張夫人哈哈大笑道：「我看妳們這班癡妮子，總到江都，又沒有父母親戚在那裡，止不過游玩而已，妳們就去，也趕不上她們的寵眷。我尚如此，妳們何不安命？倒是太原去自由自在，不少吃不少著，好不快活，省得在那裡看她們得意。」眾宮人見說，自此也覺放懷，一路上說說笑笑，一月之間，早到了晉陽宮。眾內相把二夫人與眾宮女，付與副宮監裴寂交割明白，眾內相仍往江都覆旨。未知後事如何，且聽下回分解。

總評：煬帝在觀瀾亭遇見陳後主一段，雖說鬼話，而其情境宛然，如同生面。張、尹二妃，值此貪淫之主，獨不能沾其餘瀝，如饞人入酒肆，看人大嚼，不知嚥了多少津唾。與其匍匐求井上半李⑯，反不如守西山之餓⑰為高也，況後又有許多奇遇乎？西京之貶，又何憾焉！

⑯ 匍匐求井上半李：戰國時陳仲子曾三天沒喫食物，井上有一個被蟲喫剩下一半的李子，陳仲子匍匐爬過去把它喫了。事見孟子滕文公下。

⑰ 守西山之餓：周武王伐商，伯夷、叔齊叩馬勸阻，武王不聽。商亡後，伯夷、叔齊恥食周粟，隱於首陽山，採野菜為食物，於是被餓死。西山，即首陽山。在今河南省偃師市西北。

第四十回　汴堤上綠柳御題賜姓　龍舟內絳仙豔色沾恩

詞曰：

雨殢雲尤，香溫玉軟，只道魂消已久。冤情孽債，誰知未了，又向無中生有。攏情掇趣，不是花，定然是酒。美語甜言笑口，偏有許多引誘。　錦纜纔牽纖手，早種成兩堤楊柳。問誰能到此，唯唯否否？正好快心蕩意，不想道干戈掣人肘。急急忙忙，怎生消受？

右調天香引

人主要征伐，便說征伐；要巡幸，便說巡幸。何必掩耳盜鈴？要成君之過，不至深刻而不止；殊不知增了一言，便費了多少錢糧，弄死了多少性命，昏主佞臣，全不在意，真可浩嘆。再說煬帝離了東京，竟往汴渠而來，不落行宮，御駕竟發上船。自同蕭后坐了十隻頭號龍舟上，十六院夫人與婕妤貴人美人，分派在五百隻二號龍舟內，雜船數千隻，撥一分裝載內相，一分裝載雜役，撥一分供應飲食；又撥一隻三號船與王義夫婦，著他在龍舟左右，不時巡視。文武百官，帶領著兵馬，都在兩岸立營駐紮，非有詔旨，不得輕易上船。自家的十隻大龍舟，用綵索接連起來，居於正中。五百隻二號龍舟，分一半在前，分一半在後，簇擁而進。每船俱插繡旗一面，編成字號。眾夫人美人，俱照著字號居住，以便不時宣召。

各雜船也插黃旗一面，又照龍舟上字號，分一個小號，細細派開供用，不許參前落後。大船上一聲鼓響，眾船俱要魚貫而進；一聲鑼鳴，各船就要泊住，就如軍法一般，十分嚴肅。又設十名郎將，為護纜使，叫他周圍岸上巡視。這一行有數千隻龍舟，幾十萬人役，把一條淮河，填塞滿了；然天子的號令一出，俱整整肅肅，無一人敢喧譁錯亂。真個是：

至尊號令等風雷，萬隻龍舟一字開。莫道有才能治國，須知亡國亦由才。

煬帝在龍舟中，只見高昌引著一千殿腳女前來朝見。煬帝看見眾女子，吳妝越束，一個個風流窈窕，十分可愛，滿心歡喜，問道：「她們曾分派定麼？」高昌跪奏道：「王弘分派定了，只是不曾經萬歲爺選過。」煬帝道：「不消選了，就等明日牽纜時，朕憑欄觀看罷。」眾殿腳女領旨，各各散回本舟。這日天色傍晚，開不得船，就在船艙中排起宴來。先召群臣飲了一回，群臣散去；又同蕭后眾夫人，吃到半夜方睡。

次日起來，傳旨擊鼓開船，恰恰這一日，風氣全無，掛不得錦帆，只得將綵纜拴起。先把一千頭肥羊，每船分派一百隻，驅在前邊；隨叫眾殿腳女，一齊上岸去牽挽。眾殿腳女都是演習就的，打扮得嬌嬌媚媚，上了岸，各照派定前後次第而立。船頭上一聲畫鼓輕敲，眾女子一齊著力，那羊也帶著纜而跑。那十隻大龍舟，早被一百條綵纜，悠悠漾漾的扯將前去。煬帝與蕭后，在船樓中細細觀看；只見兩岸上錦牽繡挽，玉曳珠搖，百樣風流，千般嬝娜，真個從古已來，未有這般富麗。但見：

先把一千頭肥羊，每船分派一百隻，驅在前面，隨叫眾殿腳女一齊上岸去牽挽。只見眾女子，絳綃綵袖，翩翩躚躚，從綠柳叢中行過。眾女子一齊著力，那羊也帶著纜而跑，十隻大龍舟，早被悠悠漾漾地扯將前去。

蛾眉作隊，一千條錦纜牽嬌；粉黛分行，五百雙纖腰挽媚。香風蹴地，兩岸邊蘭麝氤氳；綵袖翻空，一路上綺羅蕩漾。沙分岸轉，齊輕輕斜側金蓮；水湧舟迴，盡款款低橫玉腕。嬝嬝婷婷，風裡行來花有足；遮遮掩掩，月中過去水無痕。羞殺凌波仙子，笑她奔月姮娥。分明無數洛川神❶，彷彿許多湘漢女❷。似怕春光將去，故教絲線長牽；如愁淑女難求，聊把赤繩偷繫。正是珠圍翠繞春無限，更把風流一串穿。

煬帝同蕭后倚著欄杆賞玩，歡喜無限。正在細看之時，只見眾殿腳女，走不上半里遠近，粉臉上都微微透出汗來，早有幾分喘息不定之意。你道為何？原來此時乃三月下旬，天氣驟熱，起初的日色，又在東邊，正照著當頭；這些殿腳女，不過都是十六七歲的嬌柔女子，如何承當得起？故行不多路便喘將起來。煬帝看了，心下暗想道：「這些女子，原是要她粉飾美觀；若是這等流出汗來，喘噓噓的行走，便沒一些趣味。」慌忙傳旨，叫鳴金住船。左右領旨，忙走到船頭上去鳴鑼，兩岸上眾殿腳女，便齊齊的將錦纜挽住不行；又鳴一聲，眾女子都將錦纜一轉一轉的繞了回來；又一聲金響，眾女子都收了錦纜，一齊走上船來。蕭后見了，便問道：「纔走得幾步路，陛下為何便止住了？」煬帝道：「御妻豈不看見這些殿腳女，纔走不上半里，便氣喘起來；再走一會，一個個流出汗來，成甚麼光景。想是天氣炎熱，日色映照之故耳。故朕叫她暫住，必須商量一個妙法，免了這段光景方好。」蕭后笑道：「陛下原來愛

❶ 洛川神：即洛神，洛水之神。相傳是伏羲的女兒，溺死在洛水，遂為洛水之神。
❷ 湘漢女：傳說中的湘水女神和漢水女神。

惜她們，恐恐曬壞了。妾倒有個法兒，不知可中聖意？」煬帝道：「御妻有何妙計？」蕭后道：「這些殿腳女，兩隻手要牽纜繩，遮不得扇子，又打不得傘，怎生免得日曬？依妾愚見，倒不如在龍舟上過了夏天，等待秋涼再行，便曬他們不壞了。」煬帝笑道：「御妻休要取笑，朕不是愛惜他們，只是這段光景，實不雅觀。」蕭后笑道：「妾也不是取笑陛下，直是沒法蔭蔽她們。」

煬帝想了半晌，真個沒有計策，命宣群臣來商議。不多時群臣宣至，煬帝對他們說了殿腳女日曬汗流之故，要他們想個妙計出來。眾臣想了一會，都不能應，獨有翰林學士虞世基奏道：「此事不難，只消將這兩堤盡種了垂柳，綠陰交映，便鬱鬱蔥蔥，不憂日色；且不獨殿腳女可以遮蔽，柳根四下長開，這新築的河堤，盤結起來，又可免崩坍之患；且摘下葉來，又可飽飼群羊。」煬帝聽了大喜道：「此計甚妙，只是河長堤遠，怎種得這許多？」虞世基道：「若分地方叫郡縣栽種，便你推我捱，耽延時日；陛下只消傳一道旨意，不論官民人等，有能種柳一枝者，賞絹一疋。這些窮百姓，好利而忘勞，自然連夜種起來，臣料五六日間，便能成功。」煬帝歡喜道：「卿真有用之才。」遂傳旨，著兵工二部，火速寫告示曉諭鄉村百姓：有種柳樹一棵者，賞絹一疋。又叫眾太監，督同戶部，裝載無數的絹疋銀兩，沿堤照樹給散。真個錢財有通神役鬼之功，只因這一疋絹，賞的重了，那些百姓，便不顧性命，大大小小連夜都趕來種樹，往往來來，絡繹不絕。近處沒有了柳樹，三五十里遠的，都挖將來種。小的種完了，連一人抱不來的大柳樹，都連根帶土扛將來種。

煬帝在船樓上，望見種柳樹的百姓蜂擁而來，心下十分暢快，因對群臣說道：「昔周文王有德於民，民為他起造臺池❸，如子事父一般，千古以為美談。你看今日這些百姓，個個爭先，趕快來種柳樹，何異昔時光景。朕也親種一株，以見君臣同樂的盛事。」遂領群臣，走上岸來。眾百姓望見，都跪下磕頭。煬帝傳旨，叫眾百姓起來道：「勞你們百姓種樹，朕心甚是過意不去。待朕親栽一棵，以見恤民之意。」遂走到柳樹邊，選了一棵，親自用手去移。手還不曾到樹上，早有許多內相移將過來，挖了一個坑兒，栽將下去。煬帝只將手在上邊摸了幾摸，就當他種了。群臣與百姓看見，齊呼萬歲。煬帝種過，幾個大臣免不得依次各種一棵。眾臣種完，眾百姓齊聲喊叫起來，又不像歌，又不像唱，隨口兒喊出幾句謠言來道：

栽柳樹，大家來，又好遮陰，又好當柴。天子自栽，這官兒也要栽，然後百姓當該❹！

煬帝聽了，滿心歡喜。又取了許多金錢，賞賜百姓，然後上船。眾百姓得了厚利，一發無遠無近，都來種樹，那消兩三日工夫，這一千里堤路，早已青枝綠葉，種的像柳巷一般，清陰覆地，碧影參天，風過嫋嫋生涼，月上離離瀉影。煬帝與蕭后憑欄而看，因想道：「垂柳之妙，一至於此，竟是一條漫天青幔。」蕭后道：「青幔那有這般風流瀟灑。」煬帝道：「朕要封他一個官職，卻又與眾宮女雜行攀挽在一處，殊屬不雅。朕今賜他國姓，姓了楊罷。」蕭后笑道：「陛下賞草木之功，亦自有體。」煬帝隨取紙筆，御書楊柳兩個大字，紅緞一端，叫左右掛在樹上，以為旌獎。隨命擺宴，擊鼓開船。船頭上一聲鼓響，殿腳女依舊手持錦纜，走上岸去牽纜。虧了這兩堤楊柳，碧影沉沉，一毫日色也透不下，惟有

❸ 臺池：靈臺和鎬池，均為周文王時建。

❹ 當該：擔當。

清風撲面吹來，甚是涼爽可人。這些殿腳女，自覺快暢，不大費力，便一個個逞嬌鬥豔，嬉笑而行。煬帝看見眾殿腳女走得舒舒徐徐，毫無矜持愁苦之態，心下十分歡喜，便召十六院夫人，與眾美人，都來飲酒賞玩。

煬帝吃到半酣之際，不覺慾心蕩漾，遂帶了袁寶兒到各龍舟上繞著雕欄曲檻，將那些殿腳女，細細的觀看。只見眾女子，絳綃綵紬，翩翩躚躚，從綠柳叢中行過，一個個覺得風流可愛。忽看到第三隻龍舟，見一個女子，生得十分俊俏，腰肢柔媚，體態風流，雪膚月貌，純漆點瞳。煬帝看了大驚道：「這女子嬌柔秀麗，西子王嬙❺之美，如何雜在此間？古人云：秀色可餐。今此女豈不堪下酒耶！」袁寶兒道：「這女子果然與眾不同，萬歲賞鑑不差。」蕭后因良久不見煬帝，便叫朱貴兒、薛治兒來請去吃酒。煬帝那裡肯來，只是目不轉睛的貪看。朱貴兒請煬帝不動，遂報與蕭后得知。蕭后笑道：「皇帝不知又著了那個的魔了。」遂同眾夫人一齊到第三隻龍舟上去看。見那女子，果然嬌美。蕭后說道：「怪不得陛下這等注目，此女其實美麗。」煬帝笑道：「朕幾曾有錯看的？」蕭后道：「陛下且不要忙，遠望雖然有態，不知近面何如，何不宣她上船來看？」煬帝隨叫內相去宣，頃刻宣到面前。煬帝起初遠望，不過見她風流嬝娜的態度，及走到面前，畫了一雙長黛，就如新月一般，更覺明眸皓齒，黑白分明，一種芳香，直從骨髓中透出。煬帝看見，喜出望外，對蕭后說道：「不意今日又得這一個美人。」蕭后笑道：「陛下該享風流之福，故天生佳麗，以供賞玩。」煬帝問那女子道：「妳是何處人？叫甚名字？」那女子羞澀澀的答道：「賤妾乃吳郡人，姓吳，小字絳仙。」煬帝又問道：「今年十幾歲了？」絳仙答道：

❺ 西子王嬙：都是古代美女。西子，即西施。王嬙，即王昭君，名嬙，字昭君。

「十七歲了。」煬帝道：「正在妙齡。」又笑道：「曾嫁丈夫麼？」絳仙聽了，不覺害羞，連忙把頭低了下去。蕭后笑道：「不要害羞，只怕今夜就要嫁丈夫了。」煬帝笑道：「御妻倒像個媒人。」蕭后道：「陛下難道不像個新郎？」梁夫人道：「妾們少不得有會親酒吃了。」眾夫人說笑了一會，天色已晚，傳旨泊船。一聲金響，錦纜齊收，眾殿腳女都走上船來。

須臾之間，擺上夜宴。煬帝與蕭后並坐在上面，十六院夫人與眾貴人，列坐在兩旁，朱貴兒攜著趙王，時刻不離沙夫人左右。眾美人齊齊侍立，歌的歌，舞的舞，大家歡飲。煬帝一頭吃酒，心上只繫著吳絳仙，拿著酒杯兒只管沉吟。蕭后見這光景，早已參透幾分，因說道：「陛下不必沉吟，新人比不得舊人，吳絳仙纔入宮來，何不叫她坐在陛下旁邊，吃一個合巹巵兒❻？」煬帝被蕭后一句道破他的心事，不覺的哈哈大笑起來。蕭后隨叫絳仙斟了一杯酒，送與煬帝。煬帝接了酒，就將她一隻尖鬆的手兒，拏住了說道：「娘娘賜妳坐在旁邊好麼？」絳仙道：「妾賤人，得侍左右，已為萬幸，焉敢坐？」煬帝喜道：「妳倒知禮，坐便不坐，難道酒也吃不得一杯兒？」遂叫左右，斟酒一杯，賜與絳仙。絳仙不敢推辭，只得吃了。眾夫人見煬帝有些狂蕩，便都湊趣起來，妳奉一杯，我獻一盞，不多時，煬帝早已醺然，立起身來；便令宮人，扶住絳仙，一同竟往後宮去了。

蕭后勉強同眾夫人吃酒，袁紫煙只推腹痛，先自回船。雖說舟中造得如宮如殿，只是地方有限，怎比得陸地上宮中府中，重門複壁，隨你嬉笑頑耍，沒人聽見。煬帝同絳仙歸往後宮，就有好事風生的，隨後悄悄跟來竊聽，忍不住格吱吱笑將出來。薛冶兒道：「做人再不要做女人，不知要受多少波查❼。」

❻ 合巹巵兒：舊時婚禮飲的交杯酒。

蕭后道：「做男子反不如做女人，女人沒甚關係，處常守經，遇變從權，任他桑田滄海，我只是隨風轉船，落得快活。」李夫人道：「娘娘也說得是。」秦夫人只顧看沙夫人，沙夫人又只顧看狄夫人、夏夫人。默然半晌。蕭后隨即起身，眾夫人送至龍舟寢宮，各自歸舟。沙夫人對秦、夏、狄三位夫人道：「我們去看袁貴人，為什麼肚疼起來？」

眾夫人剛走到紫煙舟中，只聽得半空中一聲響，真個山搖嶽動，夫人們一堆兒跌倒，幾百號船隻，震動得窗開櫺側。煬帝忙叫內相傳旨：著王義同眾公卿查視，是何地方？有何災異？據實奏聞。王義得旨，同眾臣四方查勘去了。四位夫人俱立起身來，寧神定息了片時，問宮奴道：「袁夫人寢未？」宮奴說道：「袁夫人在觀星臺上。」原來袁紫煙那隻龍舟，卻造一座觀星臺。四位夫人剛要上臺去，見袁紫煙、朱貴兒攜著趙王，後邊隨著王義的妻子姜亭亭走下船艙來。沙夫人對趙王道：「我正記掛著你，卻躲在這裡。」姜亭亭見過了沙、秦、夏、狄四位夫人。姜亭亭原是宮女出身，四位夫人也便叫她坐了。夏夫人對袁貴人道：「妳剛纔說是腹痛，為何反在臺上？」袁紫煙笑道：「我非高陽酒徒❽，又非詼諧曼倩❾，主人既歸寢宮，我輩自當告退，擠在一塊，意欲何為；況我昨夜見坎上臺垣中氣色不佳，不想

---

❼ 波查：苦難；折磨。

❽ 高陽酒徒：沛公（劉邦）帶兵經過陳留，高陽儒生酈食其求見，劉邦不願見儒生，酈食其說自己是高陽酒徒，不是儒生，於是得到劉邦召見，終受重用。以後常用高陽酒徒作為好酒者的代稱。

❾ 詼諧曼倩：即東方朔，字曼倩，為漢武帝弄臣。因其以詼諧滑稽著名，後人傳其異聞很多，方士又附會他為神仙。

就應在此刻，恐紫微垂象，亦不遠矣，奈何奈何？」沙夫人對姜亭亭道：「我們住在宮中，不知外邊如何光景？」姜亭亭道：「外邊光景，止瞞得萬歲爺一人。四方之事，據愚夫婦所見所聞，真可長嘆息，真可大痛哭。」秦夫人吃驚道：「何至若此？」姜亭亭道：「朝廷連年造作巡幸，弄得百姓家破人亡，近又遭各處盜賊，侵欺劫掠，將來竟要弄得賊多而民少。」袁紫煙道：「前日陛下差楊義臣去剿滅河北一路，未知怎樣光景？」姜亭亭道：「楊老將軍此差極好的了，虧他滅了張金稱。正要去收竇建德，不想又有人忌他的功，說他兵權太重，把他休致，又改調別人去了。」狄夫人道：「自來樂極生悲，安有不散的筵席；但不知將來我們這幾根骸骨，填在何處溝壑裡呢？」朱貴兒道：「死生榮辱，天心早已安排，何必此時預作楚囚相對⑩？」說了一會，眾夫人各散歸舟。不題。

卻說煬帝自得了吳絳仙麗人，歡娛了七八日，這日行到睢陽地方，因見河道淤淺，又見睢陽城沒有挖斷，以洩龍脈，根究起來，連令狐達都宣來御駕面訊。令狐達把麻叔謀食小孩子的骨殖，通同陶柳兒象詐地方銀子，並自己連上三疏，都被中門使段達，受了麻叔謀的千金賄賂，扼定不肯進呈。煬帝聽了，十分大怒，隨差劉岑搜視麻叔謀的行李，有何贓物。劉岑去不多時，將麻叔謀囊中的金銀寶物，盡行陳列御前。只見三千兩金子，還未曾動；太常卿牛弘齎去祭獻留侯⑪的白璧，也在裡面；又檢出一個歷朝受命的玉璽來。煬帝看了大驚道：「此璽乃朕傳國之寶，前日忽然不見，朕在宮中尋覓遍了，並無蹤跡，誰知此賊叫陶柳兒盜在這裡。宮闈深密，有如此手段，危哉險哉！」隨傳旨：命內使李百藥，帶領一千

---

⑩ 楚囚相對：楚囚，本指被俘的楚國人，後用以指處境窘迫的人。典出世說新語言語。

⑪ 留侯：即張良，漢高祖時封為留侯。

軍校，飛馬到寧陵縣上馬村圍了，拿住陶柳兒全家。陶柳兒全不知消息，被眾軍校圍住了村口宅門，合族大小，共計八十七口，都被拿住，還有許多黨羽張耍子等都被捉來，命眾大臣嚴行勘究確實，回奏煬帝。煬帝傳旨：陶柳兒全家齊赴市曹斬首；麻叔謀項上一刀，腰下一刀，斬為三段，卻應驗了二金刀之說；段達受賄欺君，本當斬首，姑念前有功勞，免死，降官為洛陽監門令。正是：

一報到頭還一報，始知天網不曾疎。

總評：駕龍舟，殿腳女；栽堤柳，賜御姓，古來帝王，未有如此快暢極樂之事。更妙在眾美人，聽淫聲後，個個揣摩設想。忽然平空震動，不特使煬帝情魂欲蕩，即讀者亦覺悚然，果作者匪夷所思耶，抑真有其事耶？落後麻叔謀金刀之斬，更覺胸中快爽。

第四十一回　李玄邃窮途定偶　秦叔寶脫陷榮歸

詞曰：

人世飄蓬形影，一霎赤繩❶相訂。堪笑結冤仇，到處藏機設穽。思省思省，莫把雄心狂逞。

右調如夢令

自來朋友的遇合，與妻孥之匹配，總是前世的孽緣註定。豈以貧賤起見，亦不以存亡易心，這方才是真朋友，真骨肉。然其中冤家路窄，敵國仇讎，胸中機械，刀下捐生，都是天公早已安排，遲一日不可，早一日不能，恰好巧合一時，方成話柄。如今再說王伯當、李玄邃、邴元真三人，別了孫安祖，日夕趲行，離瓦崗尚有二百餘里。那日眾人起得早，走得又飢又渴，只見山坳裡有一座人家，門前茂林修竹，側首水亭斜插，臨流映照，光景清幽。王伯當道：「前途去客店尚遠，我們何不就在這裡，弄些東西吃了，再走未遲？」眾人道：「這個使得。」李玄邃正要進門去問，見一個十七八歲的女子，手裡提著一籃桑葉，身上穿一件楚楚的藍布青衫，腰間束著一條倩倩的素紬裙子，一方皂絹，兜著頭兒，見了人，也不驚慌，也不跼蹴，真個胡然而天，胡然而帝。怎見得？有謁金門詞一首為證：

❶ 赤繩：唐人小說中記有司婚姻之神，凡遇到有緣分的男女，就用赤繩繫兩人之足，以後必然成為夫妻。

眾人走到山坳裡有一座人家，門前茂林修竹，光景清幽。一個十七八歲的女子，手裡提著一籃桑葉，走將進去。玄邃正要去問，只見裡面走出一個老者來。

真無價，不倩煙描月畫。白白青青嬌欲化，燕妒鶯兒怕。不獨欺班羞謝❷，別有文情蘊藉。

霎時相遇驚人詫，說甚雄心罷？

那女子一步步移著三寸金蓮，走將進去。玄邃看見驚訝道：「奇哉，此非苧蘿山❸下，何以有此麗人耶？」王伯當道：「天下佳人儘有，非吾輩此時所宜。」正說時，只見裡面走出一個老者來，見三人拱立門首，便舉手問道：「諸公何來？」王伯當道：「我等因貪走路，未用朝食，不料至此腹中飢餒，意欲暫借尊府，聊治一餐，自當奉酬。」老者道：「既如此，請到裡邊去。」眾人走到草堂中來，重新敘禮過。老者道：「野人粗糲之食，不足以待尊客，如何？」說了老者進去，取了一壺茶、幾個茶甌，拉眾人去到水亭坐下。李玄邃道：「老翁上姓？有幾位令郎？」老者答道：「老漢姓王，向居長安，因時事顛倒，故遷至此地太平莊來四五年矣。只有兩個小兒，一個小女。」邴元真道：「令郎作何生理，如今可在家麼？」老者道：「不要說起，昏主又要開河，又要修城；兩個兒子，多逼去做工了，兩三年沒有回來，不知死活存亡。」老者一頭說，一頭落下幾點淚來。

眾人正嘆時，見對岸一條大漢走來。老者看見，遙對他道：「好了，你回來了麼？」眾人道：「是令郎麼？」老者道：「不是，是舍姪。」只見那漢轉進水亭上來，見了老者，納頭便拜。那漢身長九尺，朱髮紅鬚，面如活獬，虎體狼腰，威風凜凜。王伯當仔細一認，便道：「原來是大哥。」那漢見了喜道：

❷ 欺班羞謝：班，指班昭，東漢有名的才女，曾續修漢書。謝，指謝道韞，王凝之妻，東晉有名才女。

❸ 苧蘿山：在今浙江省諸暨市南，相傳為西施的出生地。

「原來是長兄到此。」玄邃忙問：「是何相識？」伯當道：「他叫做王當仁，昔年弟在江湖上做些買賣，就認為同宗，深相契合，不意闊別數年，至今日方會。」王當仁問起二人姓名，伯當一一指示。王當仁見說大喜，忙對李玄邃拜將下去道：「小弟久慕公子大名，無由一見，今日至此，豈非天意乎？」玄邃答禮道：「小弟餘生之人，何勞吾兄注念。」老者叫王當仁同進去了一回，托出一大盤肴饌，老者捧著一壺酒說道：「荒村野徑，無物敬奉列位英雄奈何？」眾人道：「打攪不當。」大家坐定了，王伯當道：「大哥，你一向作何生業？在何處浪遊？」王當仁道：「小弟此身，猶如萍梗，走遍天涯，竟找不出一個可以託得肝膽的。」李玄邃道：「兄在那幾處游過？」王當仁道：「近則張金稱、高士達，遠則孫宜雅、盧明月，俱有城壕占據，總未逢大敵，苟延殘喘。不知兄等從何處來，今欲何處去？」王伯當將李玄邃等犯罪起解，店中設計脫陷，一一說了。王當仁道：「怪道五六日前，有人說道：梁郡白酒村陳家店裡，被蒙汗藥藥倒了七八個解差，逃走了四個重犯；如今連店主人都不見了。地方申報官司，正在那裡行文緝捕，原來就是兄等，今將從何處去？」王伯當又把翟讓在瓦崗聚義，要迎請玄邃兄去同事。王當仁道：「若公子肯聚眾舉事，弟雖無能，亦願追隨驥尾。」老者舉杯道：「諸賢豪請奉一杯酒，老漢有一句話要奉告。」眾人道：「願聞。」

老者道：「老漢有一小女，名喚雪兒，年已十七，尚未字人。自幼不喜女工，性耽翰墨，兼且敏惠異常，頗曉音律，意欲奉與公子，權為箕帚❹，未知公子可容納否？」李玄邃道：「蒙老伯錯愛；但李密身如飄蓬，四海為家，何暇計及家室？」老漢道：「不是這等說。自來英雄豪傑，沒有個無家室的。

❹ 箕帚：嫁女兒的謙詞。

昔晉文與狄女有十年之約❺，與齊女有五年之離❻，後都歡合，遂成佳話。小女原不肯輕易適人的，因剛纔採桑回來，瞥見諸公，進內盛稱穿綠的一位儀表不凡，老漢知她屬意，故此相告。」眾人見說，始知就是剛纔所見女子。大家說道：「既承老翁美意，李兄不必推卻。」王當仁道：「只須公子留一信物為定，不拘幾時來取舍妹去便了。」李玄邃不得已，只得解絛上一雙玉環來，奉與老者。老者收了進去，將雪兒頭上一支小金釵，贈與玄邃收了，又道：「小女終身，總屬公子，老漢不敢更為叮嚀。今晚且住在這裡一宵，明日早行何如？」眾人撇不過他叔姪兩人之情，只得住了一宵。來朝五更時分，就起身告別。老者同當仁送了二三里路，當仁對李玄邃道：「小弟本要追隨同去，怎奈二弟尚未回家，候有一個回來，弟即星夜至瓦崗相聚。」大家灑淚分別。正是：

丈夫不得志，漂泊似雪泥。

如今且慢說李玄邃投奔瓦崗翟讓處聚義。再說秦叔寶做了來總管的先鋒，用計智取了浿水，暗渡遼河，兵入平壤，殺他大將一員乙支文禮。來總管具表奏聞，專候大兵前來夾攻平壤，踏平高麗國。煬帝得奏大喜，賜敕褒諭，進來護兒爵國公，秦瓊鷹揚。即將敕催總帥宇文述、于仲文，火速進兵鴨綠江，

---

❺ 晉文與狄女有十年之約：晉文，即晉文公重耳。重耳未即位前曾逃到狄國，娶狄女為妻。後欲逃齊，行前，與狄女約曰：待我二十五年，不來而後嫁。

❻ 與齊女有五年之離：重耳到齊國，娶齊桓公的宗室女為妻，在齊國居住五年後繼續流亡他國，即位後纔與齊女相會。

會同來護兒合力進征。

卻說高麗國謀臣乙支文德，打聽宇文述、于仲文是個好利之徒，餽送胡珠、人參、名馬、貂皮禮物兩副，詭計請降。宇文述信以為真，准其投降，許彼國王面縛輿櫬，籍一國地圖，投獻軍前。誰知乙支文德誆出營來，設計在中途紮住營，使他水陸兩軍，不能相顧。宇文述見乙支文德去了，方省悟其詐降，忙同兩個兒子宇文化及、智及，領兵一枝作先鋒，前去追趕乙支文德著了，被乙支文德詐敗，誘入白石山，四面伏兵齊起，將宇文化及兄弟，裹在中間截殺。正在酣鬥之時，只聽得一陣鼓響，林子內捲出一面紅旗，大書秦字。為首一將，素袍銀鎧，使兩條鐧，殺入高麗兵陣中，東衝西突，高麗兵紛紛向山谷中飛竄，乙支文德忙捨宇文化及，來戰叔寶。文德戰乏之人，如何敵得住叔寶，只得去下金盔，雜在小軍中逃命。

叔寶得了金盔，並許多首級，在來總管軍前報捷。宇文化及也在那邊稱讚好一員將官，虧了他解我之圍。只見一員家將道：「小爺，這正是咱家仇人哩！」化及失驚道：「怎是我家仇人？」家將道：「向年燈下打死公子的就是他。」智及道：「哦，正是打扮雖不同，容貌與前日畫下一般，器械又是。這不消說了。」兩人回營，見了宇文述說起此事。宇文述道：「他如今在來總管名下，怎生害他？」智及道：「孩兒有一計：明日父親可發銀百兩，差官前去犒賞這廝部下，這廝必來謁謝。他前日陣上挑得乙支文德的金盔，父親只說他素與夷通，得盔放賊，將他立時斬首。比及來護兒知時，他與父親一殿之臣，何苦為已死之人爭執。」宇文述點頭道：「這也有理。」次日果然差下一個旗牌，齎銀百兩，前到叔寶營中，獎他協戰有功。叔寶是花紅銀八兩，其餘將此百兩充牛酒之費，令其自行買辦。叔寶即時將銀兩分散，宴勞差官。他心裡明白與宇文述有隙，卻欺他未必得知；況且沒個賞而不謝的理，到次日著朱猛守寨，自與趙武、陳奇兩個把總，竟至宇文營中叩謝。此時隋兵都在白石山下結營，計議攻打平壤。

叔寶因宇文述差人犒賞，故先到宇文述營中。營門口報進，只見一個旗牌，飛跑出來道：「元帥軍令，秦先鋒不必戎服冠帶相見。」這是宇文述怕他戎裝相見，掛甲帶劍，近他不得，故此傳令。叔寶終是直漢，只道是優禮待他，便去披掛，改作冠帶進見，走入帳前。上邊坐著宇文述，側邊站著他兩個兒子，下邊站著許多將官，都是盔甲。叔寶與趙武等，近前行一個參禮，呈上手本，宇文述動也不動道：「聞得一個會使雙鐧的是秦瓊麼？」叔寶答應一聲是，只聽得宇文述道：「與我拿下！」說得一聲，帳後搶出一干綁縛手，將叔寶鷹拿雁抓的綑下。叔寶雖勇，寡不敵眾，總是力大，眾人綑縛不住，被他滿地滾去，繩索掙斷了數次，口口聲聲道：「我有何罪？」趙、陳兩把總便跪上去道：「元帥在上，秦先鋒屢建奇功，來爺倚重的人，不知有甚得罪在元帥臺下，望乞寬恕。」宇文述道：「他久屯夷地，與夷交通，前日得乙支文德金盔放他逃走，罪在不赦。」趙武道：「臨陣奪下，現送來爺處報功，若以疑似害一虎將，恐失軍心；且凡事求爺看來爺面上。」宇文智及道：「不干你事，饒你死罪去罷。叉出帳下！」將校將兩個把總，一齊推出營來。那趙武急欲回營，帶些精勇，來法場搶殺，對陳奇道：「你且在此看一下落，我去就來。」跨上馬如飛的去了。這裡面秦叔寶大聲叫屈道：「無故殺害忠良，成何國法？」滾來滾去，約有兩個時辰，拿他不住，惱得宇文智及道：「亂刀砍了這廝罷！」宇文述道：「這須要明正典刑，抬出去砍罷！」叫軍政司寫了犯由牌❼，道：「通夷縱賊，違誤軍機，斬犯一名秦瓊。」要扛

❼ 犯由牌：處決犯人時宣布罪狀的告示牌。

他出營，那裡扛得動，俄延了大半個日子。

宇文化及見營中都是自家的將校，又見秦叔寶不肯伏罪，便道：「秦瓊，你是一個漢子，你記得仁壽四年燈夜事麼？今日遇我父子，料難得活了。」秦叔寶聽了此言，便跳起來道：「罷罷，原來為此。我當日為民除害，你今日為子報仇，我便還你這顆頭罷；只可惜親恩未報，高麗未平。去去，隨你砍去。」遂挺身大踏步，走出營來。不料趙武飛馬要去營中調兵，恐緩不及事，行不上二三里，恰好一彪軍，乃是來、周二總管來會宇文、于、衛各大將。趙武聽是來總管軍，他打著馬趕進中軍，見了來總管，滾鞍下馬道：「秦先鋒被宇文爺騙去，要行殺害，求老爺速往解救。」來總管聽了道：「這是為甚緣故？你快先走引路，我來了。」趙武跨上馬先行，來總管撥馬後趕，部下將士，一窩蜂都隨著趕來，巧巧迎著叔寶，大踏步出來，陳奇跟著。趙武慌忙大叫道：「不要走，來爺來了！」說聲未絕，來總管馬到，來總管變了臉道：「什麼緣故，要害我將官？」叫手下：「快與我放了。」此時趙武與陳奇，有了來總管作主，忙與叔寶解去綁縛。宇文述部下見來總管發怒，亦不敢阻擋，便是叔寶起初要慷慨殺身，如今也不肯把與人殺了。來總管呼趙武，撤隨行精勇三百，先送秦瓊回營，自己竟擺執事❽，直進宇文述軍中，與他講理。于仲文與眾將，聞知來總管來，都過營相會。周總管也到，一齊相見。

宇文述知道秦瓊已被來總管放去，只得先開口遮飾道：「老夫一路來，聞說本兵前部頓兵平壤，私與夷人交易，老夫還不敢信；前日小兒追乙支文德，將次就擒，又是貴先鋒得他金盔一頂放去。老夫想：目今大軍前來，營壘未定，倘或他通高麗兵來劫寨，為禍不小，所以只得設計，除此附腋之患；只是軍

❽ 執事：官員出行時排在前面的儀仗。

事貴密，不曾達得來老將軍。」來總管笑道：「宇文大人，你說秦瓊按兵不動，他曾破高麗數陣；說他交通夷人，有甚形跡？若說買放，先有鴨綠江買放他回的。就是金盔，他現在報功，並不曾私取。大凡做官的，一身精力，能有幾何，須尋得幾個賢才，一同出力；若是今日要殺秦瓊，怕不叫做妒嫉賢能？你我各管一軍，如若你要殺我將官，怕不叫做侵官妄殺？」宇文述不好說出本心話來，只得默默無言。于仲文眾人勸道：「宇文大人因一念過疑，卻又不曾請教得來大人，還喜得不曾傷害，如今正要同心破賊，不可傷了和氣。」周總管也來相勸，便置酒解和。來總管撇不過眾人情面，勉飲幾杯，即與周總管歸營。叔寶出營迎接，拜謝來總管與周總管。來總管又恐宇文述借題來害秦瓊，將武茂功代秦瓊作先鋒，調秦瓊海口屯紮。宇文述、于仲文，因糧餉不繼，准受了乙支文德詐降書，也不通知來總管，竟自撤兵，退軍薩水，反被高麗各城鎮出兵邀截追殺，戰死了右屯衛大將軍麥鐵杖、王仁恭，薛世雄部下只留得一半，獨衛文昇部下軍馬，不損一人，其餘各軍，十不存一。眾軍逃到遼東，隋主聞知大怒，厚恤麥鐵杖等，殺監軍劉士龍，囚于仲文，宇文述等盡皆削職，衛文昇獨加陞賞。這時宇文述自己也沒工夫，那裡還有心來害秦瓊。直到後日，宇文化及在江都弒隋主時，把來總管全家殺害，也還為爭秦瓊的緣故。

隋國陸兵既退，來總管也下令把後軍改作前軍，周總管居先，來總管居中，秦叔寶居後，揚旗擂鼓，放砲開船。高麗曾經叔寶殺敗兩次，不敢來追，這枝軍馬竟安然無事。到了登州，叔寶便向來總管辭任。來總管道：「先鋒曾有涓水大功，已經奏聞署職郎將，如今回軍考選，還要首薦，先鋒不可遽去。」叔寶道：「小將原為養親，無意功名，因元帥隆禮，故來報效，原不圖爵賞；若元帥提挈越深，恐越增宇文述之忌；況聞山東一帶盜賊橫行，思家念切，望元帥天恩，放秦瓊回去。」來總管難拂他的意思，竟署他充齊州折衝都尉，一來使他榮歸，二來使他得照管鄉里。命軍中取銀八十兩，折花紅羊酒，又私贈銀二百兩，綵緞八表裡。各將官都有賮送餞行，叔寶一一謝別。正是：

去時兒女悲，歸來笳鼓競。

叔寶星夜回家，參見了母親；妻子張氏攜了兒子懷玉出來拜見了；羅士信也來接見。叔寶訴說朝鮮立功，後邊宇文述父子相害，來總管解救，今承來總管牒署鷹揚府，在齊郡做官了。一家聽說，歡喜不勝。次日入城，拜謝了張郡丞，叔寶不在家時，常承張郡丞來餽送問候他母親。張郡丞又因叔寶歸來，可以同心殺賊，掃清齊魯，知己重聚，大家欣幸。叔寶擇日到了鷹揚府任，將母妻搬入衙中。張郡丞又知羅士信英勇，牒充校尉，朝夕操練士卒。自此三人協力，還有都頭唐萬仞、樊建威二人幫助，殺了長白山賊王薄；平原賊郝孝德、孫宜雅、裴長才，雖烏合之眾，亦連兵二十餘萬，虧他們數個英雄并力勦除。後有涿郡盧明月，統賊一二萬，亦被叔寶、須陀、士信，設計殺敗遁去。自此山東、河北、淮西賊寇，談及秦叔寶、張須陀，也都膽落了。捷音累奏，隋主擢張郡丞為齊郡通守、山東河北十二道黜陟捕討大使，秦叔寶陞右衛將軍，協管齊郡鷹揚府事，羅士信折衝郎將，都管討捕盜賊之事。可謂：

臨敵萬人廢，四海盡名揚。

話分兩頭。如今再說李玄邃、王伯當、邴元真三人，自從分別了王當仁叔姪兩個，在路上對王伯當道：「伯當兄，翟讓處兵馬雖眾，只是衝鋒破敵之人尚少。弟想秦大哥與單二哥那兩個是你我的異姓骨肉，同甘生死的，如今我們去聚義，豈可不與他相聞，請他來入夥之理？」王伯當道：「叔寶兄領兵在外，惟雄信兄尚在家中；只是他怎肯抛棄田園，前來入夥？」李玄邃道：「弟至此地，相識的多，料無人物色的了，不妨兄與元真兄先到瓦崗，弟轉往雄信處走遭，全憑弟三寸之舌，用一夕話，務要說他來同事，方見平昔間交情。」王伯當道：「既如此說，弟與兄十日為期，如十日後不見兄來，弟竟至潞州單二哥處來尋兄。路上須要小心，不可託賴，再有疏虞了。」李玄邃道：「不勞兄長叮嚀，弟自曉得。」說了，仍改作全真打扮，分路去了。

王伯當與邴元真，又走了兩三日，已到了瓦崗。恰值翟讓出兵去了。止留徐懋功、李如珪在寨，接見了王伯當，又與邴元真敘禮過，便問道：「李玄邃可來麼？」王伯當將白酒村陳家店裡，設計藥倒了解差差官，四人脫禍，韋福嗣、楊積善分路他往；如今玄邃兄必要去說單二哥入夥，又轉入潞州去了。徐懋功聽見拍案道：「不好了！玄邃兄又要著人手了！」王伯當吃驚問道：「這是什麼緣故？」徐懋功道：「單二哥處，前日吾差人送秦叔寶回書去，翟大哥修書，請他來瓦崗聚義。不想他要緊送竇建德的女兒往饒陽去，修書來回覆，面對我差人說：『饒陽轉來，必到瓦崗來會。』如今已不在家了。今玄邃獨自一個，踽踽涼涼，怎能個保得無虞？」正說時，只見齊國遠押著糧草回來，大家相見過。徐懋功道：「今日且歇息一宵，明日五鼓，煩伯當兄同李如珪、齊國遠兩位，選四五個驍勇小校，扮做客商，藏了器械，速往潞州二賢莊去走遭。如尋著玄邃無事罷了；若有兜搭❾，只得弄他一場，我再統領人馬接應就是。」要知後事如何，且聽下回分解。

❾ 兜搭：曲折；麻煩。

總評：李玄邃顛沛時，得王雪兒屬意，亦逆境中添一段生色。秦叔寶得意時，被宇文述計陷，熱鬧中冷多少宦心。喜處怒處，總不如掃徑烹茶之多佳況也。高明以為然否？

第四十二回　貪賞銀詹氣先喪命　施絕計單雄信無家

詩曰：

白狼❶千里插旌旗，疲敝中原似遠夷。苦役無民耕草野，乘虛有盜起潢池❷。憑山猛類向隅虎，嘯澤凶同當路蛇。勒石燕山竟何日，總教百姓困流離。

人的事體，顛顛倒倒，離離合合，總難逆料；然惟平素在情義兩字上，信得真，用得力，隨處皆可感化人。任你潑天大事，皆直任不辭做去。如今再說李玄邃與王伯當、邴元真別了，又行了三四日，已進潞州界，離二賢莊尚有三四十里。那日正走之間，只見一人武衛打扮，忙忙的對面走來。那人把李玄邃定睛一看，便道：「李爺，你那裡去？」李玄邃吃了一驚，卻是楊玄感帳下效用都尉，姓詹，名氣先。玄邃不好推做不認得，只得答道：「在這裡尋一個朋友。」詹氣先道：「事體恭喜了。」李玄邃道：「幸虧李總師審豁，得免其禍。未知兄在此何幹？」詹氣先道：「弟亦偶然在這裡訪一親戚。」定要拉住酒店中吃三杯，玄邃固辭，大家舉手分路。

❶ 白狼：白狼山，即今遼寧省喀喇沁左翼蒙古族自治縣東境白鹿山。

❷ 潢池：池塘。

原來那詹氣先，當玄感戰敗時，已歸順了，就往潞州府裡去鑽謀了一個捕快都頭。其時見李玄邃去了，心裡想道：「這賊當初在楊玄感幕中，何等大模大樣，如今也有這一日！可恨見了我一家人，尚自說鬼話。我剛纔要騙他到酒店中去拿他，他卻乖巧不肯去，我今悄地叫人跟他上去，看他下落，便去報知司裡，叫眾人來拿住了他去送官，也算我進身的頭功，又得了賞錢。這宗買賣，不要讓與別人做了去。」打算停當，在路忙叫一個熟識的，遠遠的跟著李玄邃走。李玄邃見了詹氣先，雖支吾去，心上終有些惶惑，速趕進莊。此時天已昏黑，只見莊門已閉，靜悄悄無人，玄邃叩下兩三聲，聽見裡面人聲，點燈開門出來。玄邃是時常住在雄信家中，人多熟識的。那人開門見了，便道：「原來是李爺，請進去。」那人忙把莊門閉了，引玄邃直到堂下，玄邃問道：「員外在內，煩你與我說聲。」那人道：「員外不在家，往饒陽去了，待我請總管出來。」說了便走進去。

話說單雄信家有個總管，也姓單名全，年紀有四十多歲，是個赤心有膽智的人。自幼在雄信父親身邊，雄信待他如同弟兄一般，家中大小之事，都是他料理。當時一個童子，點上一枝燈燭，照單全出來，放在桌上，換了方才的燈去。單全見了李玄邃，說道：「聞得李爺在楊家起義，事敗無成，各處畫影圖形，高張黃榜，在那裡緝捕你，不知李爺怎樣獨自一個得到這裡？」玄邃便將前後事情，略述了一遍，又問道：「你家員外到饒陽做什麼？」單全道：「員外為竇建德使人來接他女兒，當初原許自送去的，交割明白，故此同竇小姐起身，往饒陽去了。」玄邃道：「不知他幾時回來？」單全道：「員外到了饒陽，還要到瓦崗翟大爺那裡去。翟家前日修書來邀請員外，員外許他送竇小姐到了饒陽，就到瓦崗去相會。」玄邃道：「翟家與你員外是舊交，是新相知？」單全道：「翟大爺幾次為了事體，多虧我們員外周全，也是拜過香頭的好弟兄。」玄邃道：「原來如此，我正要來同你員外到瓦崗聚義，只恨來遲。」單全道：「李爺進潞州來，可曾撞見相識的人麼？」玄邃道：「一路並無熟人遇著，只有日間遇見當時同在楊玄感時都尉詹氣先，他因楊玄感戰敗時歸正了，不知他在這裡做什麼，剛才遇見，甚是多情。」單全聽見，便把雙眉一蹙道：「既如此說，李爺且請到後邊書房裡去再作商議。」

二人攜了燈，彎彎曲曲引到後書房。雄信在家時，是十分相知好朋友，方引到此安歇。玄邃走到裡邊，見兩個伴當，托著兩盤酒菜夜膳進來，擺放桌上。單全道：「李爺且請慢慢用起酒來，我還有話商量。」說了，就對掇飯酒的伴當說：「你一個到後邊太太處，討後莊門上的鑰匙，點燈出去夾道裡這幾個做工的莊戶，都喚進來，我有話吩咐他。」一頭說，一徑走進去了。玄邃若在別人家，心裡便要慌張疑惑；如今雄信便不在家，曉得這個總管是個有擔當的，如同自己家裡，肚裡也飢了，放下心腸，飽餐了夜飯，正要起身來，只見單全進來說道：「員外不在家，有慢李爺，臥具鋪設在裡房。只是還有句話：李爺剛纔說遇見那姓詹的，若是個好人，謝天地太平無事了。倘然是個歹人，畢竟今夜不能個安眠，還有些兜搭。」李玄邃尚未回答，只見門上人進來報道：「總管，外邊有人叫門。」單全忙出去，走上煙樓❸一望，見一二十人，內中兩個騎在馬上，一個是巡檢司，那一個不認得。忙下來叫人開了莊門，讓一行人捱擠進了。單全帶了一二十個壯丁出去，巡檢司是認得單全的，問道：「員外可在家麼？」單全道：「家主已往西鄉收夏稅去了，不知司爺有何事，暮夜光降敝莊？」巡檢把手指道：「那位都頭詹大爺，說有一個欽犯李密，避到你們莊上來，此係朝廷要緊人犯，故此協同了我們來拿他。掌家你們是知

❸ 煙樓：莊院裡的高樓。

事的，在與不在，不妨實說出來。」單全道：「這那裡說起？俺家主從不曾認得什麼李密；況家主又出門四五日了，我們下人是守法度的，焉肯容留面生之人，貽禍家主？」詹氣先說道：「李密日間進潞州時，我已撞見，令這個王朋友尾後，直到這裡，看見叩門進來的，那裡遮隱得過！」單全見說，登時把雙睛突出，說道：「你那話只好白說，你日間在路上撞見之時，就該拿住他去送官請賞，為何放走了他？若說眼見李密進莊叩門，又該喊破地方協同拿住，方為著實。如今人影俱無，卻要圖賴人家。須知我家主也是個好男子，不怕人誣陷的！」詹氣先再要分辯，只見院子裡站著一二十個身長膀闊的大漢，個個怒目而視。巡檢司聽了單全這般說話，曉得單雄信不是好惹的；況且平日節間，曾有人情禮物餽送，何苦做這冤家，便改口道：「我們亦不過為地方干係，來問個明白；若是沒有，反驚動了。」說了即便起身。單全道：「司爺說那裡話，家主回來，少不得還要來候謝。」送出莊門，眾人上馬去了。單全叫看門人關好莊門。李玄邃因放心不下，走出來伏在間壁竊聽，見眾人去了，放心走出來，見了單全謝道：「總管，虧你硬掙，我脫了此禍；若是別人，早已費手了。」單全道：「雖是幾句話回了去，恐怕他們還要來。」

正說時，聽見外邊又在那裡叩門。李密忙躲過，單全走出在門內細聽，嘈嘈說響，好似濟陽王伯當的聲口。單全大著膽，在門內問道：「半夜三更，誰人在此敲門？」王伯當在外接應道：「我是王伯當，管家快開門。」單全聽見，如飛開了；只見王伯當、李如珪、齊國遠三個，跟著五六個伴當，都是客商打扮，走進門來。單全問道：「三位爺為何這時候到來？」王伯當道：「你家員外，曉得不在家的了，只問李玄邃可曾來？」單全道：「李爺在這裡，請眾位爺到裡邊去。」攜燈引到後書房來。玄邃見了驚問道：「三兄為何黃夜到此？」王伯當將別了到瓦崗去見懋功，就問起兄，說到單員外去了，懋功預先曉得單二哥出外，恐兄有失，故叫我們三人，連夜趕來。玄邃也就將路上遇見詹氣先，剛才領了巡檢司到來查看，說了一遍。齊國遠聽見喊道：「入娘賊，鐵包了頭顱，敢到這裡來拿人！」

正說時，單全引著伴當，捧了許多食物并酒，安放停當，便請四人入席，又對跟來的五六人說道：「你們眾兄弟，在外廂去用酒飯。」叫人引著出去了。單全道：「四位爺在上，不是我們怕事，剛才個姓詹的，滿臉殺氣，尚不肯干休；倘然再來，我們作何計較？」王伯當道：「此時諒有三四鼓了，我們坐一回兒，守到天明，無人再來纏擾，就同李爺起身，往瓦崗去；如若再有人來，看他人多人少，對付他就是。」單全道：「說得是。」王伯當眾人，也叫單總管打橫兒坐著酒飯，一霎時不覺金雞報曉。李如珪道：「此時沒有人來覺察，料無事了，不如快用了飯，起身去罷。」眾人吃完了飯，打帳起身上路。管門的慌慌走進來報道：「門外馬嘶聲響，像又有兵馬進莊來了，眾位爺快出去看看。」單全見說，忙同了王伯當上了煙樓，窗眼裡細看，見三四十馬兵，四五十步兵，一隊隊擺進莊來。

原來詹氣先因巡檢用了情，心中懊惱，忙去叫開了城門，報知潞州漆知府，即仰二尹協拿。那二尹姓龐名好善，綽號叫做龐三夾，凡有人犯在他手裡，不論是非，總是三夾棍。因他是個三甲進士❹出身，故叫做龐三夾，極是個好利之徒。聽見堂上委他捉拿叛逆欽犯，如飛連夜點兵出城，趕到莊來。

時王伯當二人下樓，多到內廳。李玄邃對單全道：「掌家，你莊上莊丁有多少？」單全道：「動得手的，只好二十多人。」李玄邃道：「如珪兄與國遠兄領著莊丁，出後門去，看他們下了馬，聽見裡面

❹ 三甲進士：古代科舉考試取進士分為三甲，即三個等第，一甲第一名即為狀元。

喊亂，去劫了他們的馬匹。」又對單全道：「掌家，我曉得你家西甬道，有靛池❺四五間，你快去上邊覆上薄板，暗藏機械，候他們進來，引他到那裡去，送他們在裡頭。」單全見說，如飛去安排停當。李玄邃同王伯當裝束了這些刀槍棍棒，雄信家多是有的，單全開出門來，任憑各人自取。李玄邃道：「如今是了，只少的有膽智的去開大門誘他進來。」單全道：「這是我去。」單全身上紮縛停當，外邊罩著一件青衣，大踏步出來，把門開了；先是許多步兵，擁擠進來，中間一個官兒，到了外廳，把個椅兒向南坐下，便對手下道：「帶他家人上來！」步兵忙把單全扯來跪下。那官兒道：「你家為什麼窩藏叛犯李密在家，快快拿出來！」單全道：「人是有個人，昨夜來投宿，不知是李密不是李密，現鎖在西首耳房內；但是他了得，小的一人弄他不動，須得老爺臺下兵衛，去綑縛他出來，纔不走失。」那官兒又道：「你家主呢，快喚出來！」單全道：「家主在內，尚未起身。」那官兒又向步兵說：「你們著幾個同他進去，鎖了犯人出來，並喚他家主來見我。」

這些兵快，聽見官府叫他進去拿人，巴不能彀，個個磨拳擦掌，一窩蜂二三十人，隨著單全走進西首門內，穿過甬道裡一帶，進去卻是地板，眾人擠到中間，聽見前面單全道：「列位走緊一步，這裡是了。」那前邊走的說道：「阿呀，不好了！為何地板活動起來？」話未說完，一聲響亮，連人連板，撞下靛坑裡去。跟在後邊的正要縮腳，也是一聲響，二三十個步兵，都入靛池裡去了。廳上那官兒與眾馬兵，正在那裡東張西望，聽得豁喇一聲，兩扇庫門大開，擁出十五六個大漢，長槍大斧，亂殺出來。那官兒倒乖，沒命的先往外跑了；四五十個兵快忙拔刀來對殺，當不起王伯當槍搠倒了兩三個。官兒見勢

❺ 靛池：用來染衣料的水池。

豁喇一聲，兩扇庫門大開，擁出十五六個大漢，長槍大斧，亂殺出來。詹氣先嚇滾下馬，被齊國遠一斧，斷了性命；龐三夾倒在溝裡，被單全砍為兩段。

頭兒勇，齊退出門外去，欲上了馬放箭。何知馬已沒有，只見天神一般幾個大漢，輪著板斧，領了十餘人，亂砍進來。官兵前後受敵，料殺他們不過，只得齊齊丟下兵器，束手就縛。李玄邃道：「與他們不相干，眾弟兄饒他們性命去罷，那官兒與那詹賊怎麼不見？」莊上一個壯丁指道：「剛纔被這個爺把板斧砍了。」原來齊國遠同李如珪，領眾人伏在後門外竹林內，只見詹氣先騎著馬，領兵來把守後門。一個壯丁指道：「這個賊子，就是首人，方才同巡檢司來過一次了。」齊國遠聽見，按捺不住，忙奔出林來一喝，那詹氣先一嚇，便滾下馬來，被齊國遠一斧，斷送了性命。

李玄邃恐怕還有人在莊外躲匿，同眾人出來檢驗，只見一個戴紗帽紅袍的人，倒在溝裡。單全指道：「這就是二尹龐三夾了。」齊國遠一把提將起來，笑說道：「你可是龐三夾？如今咱老子替你改個口號，叫做龐一刀罷！」提起斧來，一斧砍為兩段。單全叫壯丁把那二三十匹馬，趕入棚裡去，將這殺死的屍首，多扛在田邊大坑裡，掩些浮土在上。李玄邃叫手下人把那活的兵丁，一個個粽子盤綑起來，多推入甬道內靛坑裡去，把地板蓋好，放些石皮❻在上，一會兒收拾完了，把大門仍就關上。眾人多到堂中來，李密對單全道：「掌家，不合我來會你員外，弄出這節事來。如今你們不便在這裡存身了，總是員外要到瓦崗去的，何不對太太說知，作速收拾了細軟，同我們到瓦崗去，暫避幾時，打聽事體如何再來定奪。翟大爺寨多有家眷在內，諒不寂寞。掌家，未知你主意如何？」單全此時也沒奈何，只得進去商議了一番。單雄信有個寡嫂，就是單通的妻子，守在身邊。雄信妻子崔氏，與女兒愛蓮，至親三口，連家人媳婦，共有二十餘人，多上了車兒，裝載停當。單全叫壯丁把自己廄中剩下的七八匹好馬與奪下官兵的二

❻ 石皮：石塊。

三十匹馬，餵飽了草料，叫那二十餘個走過道兒的壯丁，隨身帶了兵器。李玄邃吩咐單全與李如珪，押著七八個車輛，做了後隊；自己與王伯當、齊國遠與同來小校，做了前隊，把門戶一重重反撞死了。大家跨馬起程，往瓦崗進發。正所謂：

明知不是伴，事急且相隨。

卻說單雄信送竇建德的女兒線娘到了饒陽，建德感激不勝。時建德已得了七八處郡縣，兵馬已有十餘萬，竟得民心，規模大振，抵死要留雄信在彼同事。雄信因翟讓是舊交好友，寫書來請，二則瓦崗多是心腹兄弟，三則瓦崗與潞州甚近，家中可以照管，主意已定，住了兩日，只推家中有事，忙辭建德起身。建德再三款留，見他執意要行，將二三千金，贈與雄信。雄信謝別了建德，同了四五個伴當起行，離了饒陽，竟往瓦崗來。行了數日，時四方多盜，民困差役，村落裡家家戶戶泥塗封鎖，連歇家飯店，急切間尋不出。

這日雄信一行人，行了六七十里路，看看紅日西沉，天色蒼黃欲暝，雄信在馬上對伴當說道：「早些尋一個所在來安歇纔好。」一個伴當叫小二，年紀有十七八歲，把手指道：「前面黑叢叢的，想是人家，待我去看來。」小二飛跑進莊去看，止有一家人家，一帶長堤楊柳，兩三進瓦房，後邊一個大竹園，側首一個水亭，雙門緊閉。小二把門敲了兩三聲，裡面開門出來，卻是一個婆婆老媽媽，把小二仔細一認說道：「你是金小二，聞得你在潞州單員外家好得緊，為甚到此？」小二見說，定睛一看叫道：「原來是外婆，我跟隨員外到這裡，天已夜了，恐前面沒有宿店，故問到此要借宿一宵，不想遇見了外婆。」

正說時，一行人已到門首。雄信下了馬，向石磴上坐著。老婆子進去不多時，只見走出一個長大漢子，見雄信身軀偉岸，天神般一個好漢，不勝驚詫，忙舉手問道：「潞州有個單二員外，就是府上麼？」雄信答道：「豈敢，在下就是。」那漢揖進草堂，敘禮坐定，說道：「久仰員外大名，今日纔得識荊，未知有何事到敝地？」雄信道：「小弟因訪一個朋友，恐前途乏店，故此驚動府上，意欲借宿一宵，未知可否？」那漢道：「這個何妨，只是茅廬草舍，不是員外下榻之處。」雄信道：「說那裡話來，請問吾兄尊姓大名？」那漢道：「不才姓王，名當仁。」雄信道：「我們有個敝友，叫王伯當，兄卻叫王當仁，表字卻像昆仲一般。」王當仁道：「就是濟陽王伯當麼？這是我的族兄，前日曾到這裡來會過。」雄信道：「原來伯當是令兄，來會還是他獨自一個，還是同幾位來的？」王當仁道：「他同一位李玄邃，又有一位姓邴的。」雄信聽說喜道：「玄邃兄想是脫了禍了，可曉得他們如今到那裡去了？」王當仁道：「都到瓦崗去會翟子謙。」雄信道：「我正要到瓦崗去會他們。」王當仁見說大喜道：「員外要到瓦崗，極好的了，正有一事相商，待弟去請家伯出來。」

進去了不多時，只見一個老者，拿著茶出來，與雄信揖過，請雄信坐下，獻上一杯茶，便將前日王伯當、李玄邃到我家裡，住了一宵，兩下裡定了姻緣一段，說了一遍。雄信道：「玄邃兄在外浪遊多年，不意今日與老翁定諧秦晉⑦，得遂室家之願。」老者見說，忽然長嘆道：「小女得配李公子，榮辱完了他終身了。不想亳州朱粲在這裡經過，小女偶然在門外打掃，被他看見，放下金珠禮物，死命要娶他去做壓寨夫人，約在月初轉來娶去。如今老夫要差姪子去報知李公子，往返要七八日，欲全家避到瓦崗去

⑦ 定諧秦晉：定下親事。

尋訪李公子，又恐路上有些差誤，正是事出兩難。」雄信道：「老親翁家共有幾口？」老者道：「兩個小兒，前年都被官府拿去開河，至今一個不見回來。拙荊早亡，只有這個小女與剛纔這個姪子，還有兩個炊爨的老媽，止不過四五人。」雄信道：「既如此，老翁進去，吩咐令嬡，叫他收拾了衣飾，明日就起身。我送你一家子到瓦崗去與李兄相會何如？」老者見說，快活無限，便道：「既承員外高情厚意，待老漢去叫小女出來拜見。」那王當仁同金小二掇出酒肴來，正要上席，老者領著一個垂髫女子，出來對雄信說道：「這就是小女，過來拜見了員外。」

雄信舉目一看，那女子真個秀眉月面，雖是村莊常服，也覺嬌豔驚人，見她拜將下去，也只得朝上回禮。當仁與老者拖住，讓她拜了四拜，進去了。老者叫姪子陪了雄信飲酒，自己出去支持酒飯，管待下人。過了一宵，起來收拾了細軟，停當了車兒牲口。明日五鼓起身，老者將一輛牛車，裝載了女兒婆子三口，駕上一頭水牛背了；自己坐了一個小車兒，叫人推了。王當仁只喜步行。單雄信叫伴當把門戶泥塗了，見王當仁步行，也不好上馬。王當仁道：「員外不必拘泥，小弟這雙賤足，賽過腳力。」兩個推讓了一回，雄信然後跨上牲口起行。在路上行了三四日，已到瓦崗地面。雄信吩咐兩個伴當：「你兩個先往頭裡去打聽打聽，翟爺與李玄邃、王伯當在那一個營裡，我們慢慢的走動，等你們來回覆。」不多時，只見兩個伴當奔來回覆道：「眾位爺都在大營裡，說了員外來，都上馬來接了。」話未說完，遠遠望見翟讓、李密、徐懋功、王伯當、邴元真、齊國遠、李如珪等七八個好漢，騎馬前來。雄信收住馬，向後王當仁道：「兄把車輛往後退一步，待弟進營見過說明了，然後叫人來接你們，纔是正禮。」王當仁點頭稱是。

雄信把馬頭一聳，與眾人會著了；大家帶轉馬頭，一徑進大營來到了振義堂中，各各敘禮過。翟讓道：「前日就望二哥到來，為何直至今日？」雄信答道：「建德兄抵死不肯放，在那裡逗留了幾天，勉強說謊脫身。路上又因玄邃兄尊嫂要帶來，又耽擱了一日，故此來遲。」李玄邃見說大駭道：「小弟何曾有什麼家眷，煩兄帶來？」雄信道：「難道小弟誆兄，現今令岳與令舅王當仁，停車在後，候兄去接。」玄邃道：「這又奇了，這是弟前日偶然定下的，兄何由得知帶來？」雄信把在他家借宿，被巨盜朱粲撇下禮物要來奪取一段，說了一遍。王伯當笑道：「也罷了，單二哥替李大哥帶了新嫂來；幸喜李大哥也替單二哥接取尊眷在這裡，豈不是扯直？」雄信見說，吃了一驚道：「為什麼賤內得到這裡？」王伯當道：「尊嫂與令嬡現在後寨，請自問便知始末。」王伯當令單雄信進去了。李玄邃如飛的去打發肩輿馬匹，去迎接王當仁一家四五口，到寨相會。翟讓吩咐手下，宰殺豬羊，一來與李玄邃完婚，二來替單員外接風。正是：

人逢喜事情偏爽，笑對知心樂更多。

總評：李密念友投奔，雄信尚義送女，文勢錯綜，甚難關合。不意突出主管單全，臨事不苟，勇敢絕倫，非雄信英豪，安得有此快僕。落後帶王雪兒歸寨，與自己家眷相聚，更覺奇幻，絕妙一摺戲文。

又評：做小說者不是說謊，真正胸有成算，然後落筆如飛，寫得快暢，寫得奇幻。前回李玄邃忽然訂婚，此回朱粲強來奪娶，何等奇特。單全作事細密，王伯當三人殺詹氣先，何等爽快。空中樓閣，點水興波，作舉業者能如是，斷非池中物❽矣。

❽池中物：比喻蟄居一隅，沒有遠大抱負的人。

第四十三回　連巨真設計賺賈柳　張須陀具疏救秦瓊

詞曰：

國步悲艱阻，仗英雄將天補。熱心欲腐，雙鬢霜生。征衫血汗，引類呼群，猶恐廈傾孤柱。奸雄盈路，向暗裡將人妒。直教張祿投秦❶，更使伍胥去楚❷。支國何人，宮殿離離禾黍！

右調品令

世人冤仇，惟器量大的君子，襟懷好的豪傑，隨你不解之仇，說得明白，片言之間，即可冰釋。至若仕途小人，就是千方百解，終有隱恨，除非大塊金銀，絕色進獻，心或釋然。所以宇文述不怪自己兒子淫惡，反把一個秦叔寶，切骨成仇。如今再說單雄信，進後寨去與寡嫂妻子女兒相見了，崔氏把前事說了一遍。雄信見家眷停放得安穩，也就罷了，走出來對玄邃道：「李大哥，你這個絕戶計❸，雖施得好，只是使單通無家可歸了。」徐懋功道：「單二哥說那裡話來。為天下者不顧家，前日吾兄還算得小

❶ 張祿投秦：張祿，即范雎，戰國魏人。因得罪魏相，改名張祿，潛逃入秦，擔任秦相。

❷ 伍胥去楚：伍胥，即伍子胥，名員，春秋楚人。因其父兄都被楚平王殺害，他潛逃出楚國，投奔吳國。

❸ 絕戶計：古代稱沒有兒子的家庭為絕戶。這裡指斷絕單雄信回家的希望之計。

家，將來要成大家了，說什麼無家？」其時堂中酒席擺成完備，翟讓舉杯要定單雄信首席。單雄信道：「翟大哥這就不是了，今日弟到這裡，成了一家，尊卑次序，就要坐定，已後不費詞說。難道單雄信是個村牛，不曉得禮文的？」翟讓道：「二哥說甚話來，今日承二哥不棄，來與眾弟兄聚義，草堂接風，自然該兄首席，第二位就該玄邃兄了。」李玄邃見說大笑道：「這話又來得奇了，為甚麼緣故？」翟讓道：「眾兄聽說，今日趁此良辰，與李兄完百年姻眷，又算是喜筵，難道坐不得第二位？」齊國遠喊道：「翟大哥說得是，今日一來替李大哥完姻，二來替單二哥暖房❹，這兩位再沒推敲的了。」徐懋功道：「不是這等說，今夜既替李兄完婚，自然該請他令岳王老伯坐首席，這纔是正理。」翟讓見說，便道：「還是徐兄有見識，弟真是粗人，有失檢點了。」叫手下快到後寨去請剛纔到的王老爺王大爺出來。

不一時，王老翁與王當仁出來，翟讓舉杯定了他首席，老翁再三推讓不過，只得坐了。第二位就要定王當仁。王伯當道：「這也使不得。老伯在上，當仁不好並坐；況當仁也要住在這裡聚義的了，豈可僭越諸兄。」徐懋功道：「待小弟說出一片理來，聽憑眾兄們依不依。」眾人齊聲道：「懋功兄處分，無有不是，快些說來。」懋功道：「方纔伯當兄說，當仁令弟不該僭也是。如今我弟兄聚成一塊，欲舉大義，要想做一番事業，說甚誰賓誰主，須先要敘定了尊卑次序，以便日後號令施行，便可遵奉。豈與泛常酒席，胡亂坐了？」眾人見說，齊聲道：「說得是。」徐懋功道：「據小弟愚見，第二位該是翟大哥。為什麼呢？他是寨主，我們弟兄，多承他見招來的，難道不遵奉他的節制，第二位是不必說了。第三位要玄邃兄坐了。」李玄邃道：「單二哥在這裡，弟斷無僭他的理。」徐懋功道：「翟兄為正，兄

❹ 暖房：備禮祝賀別人遷入新居。

為副，這是一定不易的，有甚話講？第四位是單二哥了。」單雄信道：「弟有一句話待弟說來。別人不曉得徐兄的才學，小弟叨在至契，是曉得的。將來翟、李二兄舉事，明以內全賴吾兄運籌帷幄，隨機應變，事之謀畫，惟兄是賴。若要弟僭兄，弟即告退，天涯海角，何處不尋個家業來？」王伯當道：「懋功兄，單二哥是個爽直的人，既如此說，兄不必過謙，要依單二哥的了。」徐懋功沒奈何，只得坐了第四位。第五位是單雄信，第六位是王伯當，第七位是邴元真，第八位是李如珪，第九位是齊國遠，第十位是王當仁。除王老翁共九籌豪傑，坐定了，大吹大擂，歡呼暢飲。雄信問懋功道：「寨中現今兵馬共有多少？糧草可敷？」懋功答道：「兵馬只好七八千，不愁他少，將來破一處，自有一處的兵馬來歸附，糧草隨地可取；只是弟兄們尚少，未免破一所郡縣，就要一個人據守，到一處官兵，就要著幾個出去拒敵。如今只好十來個人，那裡弄得來？所以前日弟叫連巨真，到兗州府武南店去請尤、程兩弟兄，想即日也要到來。」原來連明，也犯了私鹽的事體，懼法逃到翟讓處入夥。

正說時，只見小校進來報道：「連爺到了。」翟讓道：「快請進來。」連明進來，與眾人敘禮過，就在王當仁肩下坐定。徐懋功問道：「巨真兄，尤、程兩弟肯來麼？」連明道：「弟到武南莊，先去拜望尤員外，豈知尤員外重門封鎖，人影也沒有一個。訊問地鄰，方知他因長葉林事，走漏了消息，地方官要嚇詐他五千兩銀子，他驀地裡連家眷都遷入東阿縣去了。弟如飛到東阿縣去，訪問程知節，始知程知節同尤員外，在豆子坑裡七里崗上紮寨。弟又到彼，兩人相見，留入寨中。弟將翟大哥的書，送與他們看了。程知節問道：『單員外可來聚義？』弟說翟兄曾寫書著人去請單員外，因他要送竇建德的女兒，往饒陽去了，回時准到瓦崗來相會。尤員外道：『此言恐未真，竇建德那裡正少朋友幫助，肯放單員外到瓦崗來？』程知節又問我秦叔寶兄可曾去請他，弟說單員外到了，自然也要去請他。尤員外又道：『叔寶兄與張通守，正在那裡與隋家幹功，怎肯進寨來做強盜？』程知節道：『既是單二哥、秦大哥都不在那裡，我們去做什麼？』因此尤員外就寫了回書，我便作速趕回。」連明取出書來遞與徐懋功。懋功看了道：「不來罷了，再作計較。」連明道：「他們兩個雖不來，弟在路上到打聽得一樁事體在這裡，報與諸兄知道。」眾人道：「什麼事體？」連明道：「弟前日回來，到黃花村飯店裡住宿，只見一個差官跟了兩個伴當，先下在店裡。一個伴當，聽他聲口像我們同鄉，因此與他扳話起來，問他往何處公幹。他說東京下來，要往濟陽去提人的。弟就留心，夜間買壺酒與他兩個鬼混，那兩個酒後實說道：『楊案裡邊，有四個逃走的叛犯，一個姓李，一個姓邴，一個姓韋，一個姓楊。那個姓李姓邴的，不知去向；那個姓韋姓楊的，前日被人緝獲著了，刑官究詢，招稱有個王伯當，住在濟陽王家集，是他用計在白酒村陳家店裡，藥倒解差差官，方得脫逃。因此差我們主人下來，到濟陽王家集去，著地方官拿這個叛黨。』故此小弟連夜趕來。」

徐懋功對王伯當道：「王大哥你的寶眷，可在家麼？」王伯當道：「弟前日出門時，賤眷在內弟裴叔方處，如今不知可曾回家。弟今夜起身，到家去走遭。」徐懋功道：「不必兄去。」又對連明道：「連兄，你為弟兄面上，辭不得勞苦。待伯當兄修家書一封，再得單二哥修書一封，同王當仁、齊國遠二人，扮作賣雜貨的，往齊州西門外鞭杖行賈潤甫處投下，叫他隨機應變，照管王兄家眷上山；若兄說得他可以入夥，更妙，這人也是少他不得的。翟大哥、單二哥與邴元真兄，領三千人馬，到潞州去，向潞州府借糧，並打聽二賢莊單二哥房屋，可曾貽害地方？弟與伯當兄、如珪兄，隨後領兵接應。」李玄邃道：

「小弟呢？」懋功笑道：「吾兄雖非呂奉先❺好色之徒，然今夜纔合巹❻，只好代翟大哥看守寨中，自後便要動煩了。」眾人打點停當，過了一宵，連明與王當仁、齊國遠，五更起身；他們的路徑熟，不由大道，慣走捷徑，不多幾時，已到西門外。

原來賈潤甫因世情慌亂，也不開張行業了。連巨真叩門進去，潤甫出來見了，忙叫手下接了行李進去，引三人到堂中敘禮過。連巨真在身邊取出單雄信書來，與賈潤甫看了。潤甫又引到一間密室裡去，坐定取茶來吃了，潤甫問連巨真道：「兄是認得濟陽王家集路徑的？」連巨真道：「路徑雖是走過，只是從沒有到伯當家裡去，雖有家信，難免疑惑。必得兄去，方纔停妥。未知差官可曾到來，倘然消息緊速，如何做事？」賈潤甫道：「這不打緊，若走大路准要三日，若走碟子崗，穿出斜梅嶺望小河洲去，只消一天，就到王家集了。」一邊說，一邊擺上酒肴來。潤甫問寨中有那幾位兄弟，有多少人馬，三人備細說明。連巨真問道：「賈兄如今不開行業了，也清閒自在；但恐消磨了丈夫氣概。」潤甫嘆道：「說甚清閒自在，終日看枯山，守白浪，這些人每日張著口，那裡討出來吃？前日秦大哥寫書來，要我去幫他立功，圖一個出身。弟想四方共有二三十處起義，那裡剿滅得盡，就是立得功來，主上昏暗，臣下權奸，將私蔽公，未必就能榮到他身上。只看楊老將軍，便是後人的榜樣了。」連巨真道：「正是這話。」王當仁道：「兄何不到我那裡去？將來翟大哥、李大哥做起事來，自然與眾不同。」潤甫道：「翟大哥不知道做人如何？玄邃兄人望聲名，海內素著；況他才識過人，又肯禮賢下士，將來事業，豈與群醜同

❺ 呂奉先：即呂布，字奉先。

❻ 合巹：古代婚禮飲交杯酒。後稱結婚為合巹。

觀？弟再看幾時，少不得要來會諸兄，相敘一番。」連巨真問道：「明日甚時候起身往王家集去？」潤甫道：「五更就走。」即便收拾杯盤，大家就寢。

潤甫五鼓起身，與連巨真、王當仁、齊國遠用了早飯，即便上路，往濟陽進發。趕了三日，傍晚到了王家集。原來王家集，也是小小一個市鎮，共有二三十人家。時賈潤甫同眾人進去，恰好王伯當的舅子裴叔方，在他家裡。那裴叔方是個光棍漢，平昔也是使槍弄棒不習善的。連巨真取出王伯當的家報來，付與裴叔方拿到裡邊去與他阿姊看了。幸喜王伯當家中，沒甚老小，止有王伯當妻子一人，手下伴當夫婦二口。裴叔方也要送阿姊去，忙去停當眾人酒飯，叫阿姊收拾了包裹，僱了一輛車兒與兩個女人坐了，悄悄把門封鎖上路。賈潤甫對連巨真道：「小弟不及奉送，兄等路上小心。」眾人向西，賈潤甫往東回去了。

連巨真走不上數步，對王當仁道：「我忘了一件東西，你們先走，我去就來。」說罷如飛向東去了，眾人正在那裡疑惑，只見連巨真笑嘻嘻的趕來。齊國遠道：「你忘了什麼東西？」連巨真笑道：「我沒有忘什麼，我回到他門首，如此如此而行，你道好麼？」王當仁道：「好便好，只是得個人去打聽他有事沒事，也好接應。」連巨真道：「不妨，前面去就有個所在，安頓了王家嫂子，我們再去打聽。」一頭計較，一頭往前趲行。正是：

莫嗟蹤跡有差池，萍梗須謀至會合。

卻說宇文述，為了失機，削去官職；忙浼何稠，造了一座如意車，又裝一架烏銅屏，三十六扇，獻與煬帝。煬帝正造完迷樓月觀❼，恰稱其意，准復原官。韋福嗣與楊積善，落在宇文述手裡，嚴刑酷炙，招稱了濟陽王伯當，住王家集；便差官齎文書到齊郡張通守處來提人。

是日張通守正在堂理事，只見門役稟說：「有東都機密公文，差官來投遞。」話未說完，差官先上堂來，張通守與他相見了，遞上公文。張通守拆開看了，差官道：「此係臺省❽機密，求老爺作速拘提。」張通守道：「我曉得。」隨問衙役道：「這裡到王家集，有多少路？」衙役答道：「有二百餘里。」張通守吩咐部下，點兵三百，備四五日糧，即時起行。原來張通守署與秦叔寶鷹揚府相去不遠，時叔寶正與羅士信閒話，聽見東京差官下來，要到王家集去提人，心中老大吃驚，因想道：「王伯當住在王家集，莫非他白酒村的事發覺了。」正在那裡揣摩，聽得外邊傳梆❾響，報說門外有個故人連某要見老爺。叔寶如飛出來，見是連明，敘禮過，邀他到內衙書室中來問道：「兄一向在那裡？事還沒有赦，為甚到此？」連明悄悄說：「弟偶在瓦崗翟讓寨中，奉單二哥將令，修書叫賈潤甫，請他到王家集接取王伯當家眷上山去了。如今差官去提人犯，人影俱無，恐有人洩漏。通守回來，必然波及潤甫，故弟走來報知。兄可看眾弟兄舊日交情，作速差人報與潤甫知道，叫他火速逃走，言盡於此，別有要事，要到潞州去了。」叔寶問寨中那幾位兄弟，連巨真一一說知，說完立起身來，拱手而別。叔寶款留不住，送了出門，進來

---

❼迷樓月觀：迷樓，隋煬帝時，浙人項昇進獻新宮圖，煬帝命揚州依圖建造。上下金碧，工巧弘麗。誤入其中，終日不能出，故稱迷樓。月觀，猶月榭，南朝徐堪之建造，極其奢華。

❽臺省：漢代，尚書處理政事在禁省裡的中臺，故稱。這裡指朝廷。

❾傳梆：古時衙門有事擊梆通傳，叫做傳梆。

忙與羅士信說知就裡，叫羅士信悄悄騎馬出城，報與賈潤甫知道。羅士信忙備了馬騎上，一轡頭趕到城外。

原來羅士信雖認得鞭杖行的賈家住處，卻不曾與賈潤甫識面。當時到了他門首下馬，推門進去，賈潤甫接見了羅士信，吃了一驚。士信忙問道：「兄可是賈潤甫？」賈潤甫應道：「在下正是。」賈潤甫卻認得羅士信，便道：「羅兄下顧，有何事見教？」羅士信把他扯在一邊去，附耳說道：「兄把叛黨王伯當的家眷藏匿了，如今官府回來，就要來拿你。兄可快些走罷！」說了轉身上馬，如飛的去了。賈潤甫把門關好了，想道：「那夜王家集起身，人鬼不知的，是誰走漏了風聲。剛纔羅捕尉自己來報，必是秦大哥叫他來的，想是真的了。此時不走，更待何時？罷罷，這樣世界，總要上這道路的，不如早早去罷。」忙對妻子說了，收拾了細軟，叫手下人兩個做土工的，把槽頭四五個牲口餵飽了牽出來，男女帶上眼紗，加鞭望瓦崗進發。

一行人將出齊州界口，到瓦崗去有兩條路，一條大道，一條小道。潤甫心上打算道：「打大路去，恐怕官兵來追，小路又怕山賊多。」正在那裡躊躇，只見樹底下石上，睡著兩個大漢，忽然跳將起來大聲喊道：「好了，來了！」賈潤甫在牲口上聽見，老大一嚇，定睛一看，卻是齊國遠，那一個不認得。潤甫便道：「你們眾人來了，把我卻弄在圈裡。」又問齊國遠道：「此位是何人？」齊國遠道：「王當仁兄，在山寨裡過活，卻好是在這裡開這個鬼行。」王當仁道：「不要閒說了，王家嫂子尚歇在前頭店裡，快些趕去，打夥一搭兒走。」原來前頭店裡，差一個頭目，叫趙大鵬，在那裡開一酒肆，作往來耳目，以便劫掠。賈潤甫聽見大喜，催促一行人，隨著王當仁，趕到趙大鵬店中與王伯當家眷會著，齊望瓦崗去了。正所謂：

世亂人無主，關山客思悲。

再說張通守帶了官兵同差官到王家集去，捉拿王伯當家眷。走了三日到了，拘地方來問；只見大門封鎖，忙叫衙役扭斷了屈戍，推門進看，室中止存傢伙什物，人影俱無，訊問地鄰，俱說五日前去的。張通守發一張封皮，叫衙役把門釘封了，將地方四鄰帶回衙門，用刑究詢。四鄰中一個姓趙的稟說：「那夜小的要開門出去解手，聽見門外一人叫道：『賈潤甫你請回罷，我們去了。』他們妻子是時常出入慣的，那裡曉得他是犯事走了。」張通守問衙役，可曉得賈潤甫住在那裡，有的推不知道，一個衙役稟道：「西門外有一個開鞭杖行的，叫做賈潤甫，未知是他不是他？」那姓趙的說：「正是他，那夜叫他回西門去罷！」張通守忙要起身同官兵去拿，只見日巡夜不收❿進來報道：「劉武周帶領宋金剛并嘍囉數千，過博望山⓫入平原縣了，乞老爺快發兵前去會剿。」張通守見說，叫衙役快去請秦爺來。不一時秦叔寶來到，張通守把差官齎來部文，與叔寶看了，又把地鄰口供與叔寶看，便道：「我因賊報急迫，欲點兵進剿，煩都部出城去拿這賈潤甫來，帶到軍前訊問，便知王家家屬下落。」秦叔寶心下轉道：「賈潤甫是我報信叫他走的，倘然走了還好；若在家中，如何擺佈？」便對張通守道：「賊人入境，待卑職去剿

❿ 日巡夜不收：古代軍隊中的哨探。因日夜在外活動，故稱。

⓫ 博望山：在今安徽省當塗縣西南。按：「山」字疑衍，因博望山離平原縣甚遠，這裡應是指博望城，在今山東省茌平縣博平西南。

他；這是逆黨大事，還是大人親去方妥。」張通守道：「不必推辭，去了就是。」叔寶沒奈何，只得騎著馬，跟了幾個家丁，同差官出城，假意喊地方領到賈家，見門戶鎖著，叫人打進去，室中並無一人。訊問鄰里，說道：「門是前日鎖的，不知人是幾時去的？」差官稟道：「賈潤甫既是挈家逃遯，必是王家黨羽，想去未必遽遠，求秦爺作速去追拿。」叔寶道：「叫我那裡去追，我要趕上張老爺剿賊去。」說了上馬前去。差官沒法，只得同到張通守軍前，討了回文，回東京投下文書。

宇文述見回文內，有地鄰招稱賈潤甫一段，差官又稟曾差都尉秦瓊嚴拿未獲，便兜起宇文述心上事來，便對兒子化及道：「秦瓊那廝，我當日不曾害得他，反受來護兒一番奚落。不期他在山東為官，我如今題個本，將他陷入楊家逆黨，竟說逃犯韋福嗣，招稱秦瓊向與李密、王伯當往來做事，今營任山東都尉圖謀不軌。一面具本，一邊移公文一角，差官前去，倘在軍前，就叫張須陀拿下，將他解京，也可報得前仇了。」宇文化及道：「父親此計雖妙，但張須陀勇而有謀，這廝又兇勇異常，倘一時拿他不到，畢竟結連群盜，或自謀反，為禍不小。莫若連他家屬，著齊郡拿解來京，那廝見有他妻子作當，料不敢猖獗，此計更為萬全。」宇文述道：「吾兒所見極高。」商議停當，宇文述隨上一本，將秦叔寶陷入李密一黨。這本沒個不准的，他就差下兩員官，一員到張通守軍前，一員向齊州郡丞投文，守提犯人，不得違誤。時羅士信在齊郡防賊，張須陀與秦叔寶在平原拒賊，無奈賊多而兵少，散而復振，振而復散，那邊退了，這邊又來，怎殺得盡？還虧他三人抵敵得住。

一日張須陀在平原，正要請叔寶商議招集流民守禦良策；忽然見一個差官，到張須陀軍中，稱有兵部機密文書投遞。張須陀拆來看了，仍置封袋中，放在案桌上。差官道：「宇文爺吩咐，要老爺即刻施行，恐有走脫。」張須陀道：「知道了，明日領回文。」須陀回到帳中，燈下草成一書稿，替秦瓊辨明，並非李密一黨，不可謬聽奸頑，陷害忠良云云，叫一個謹慎書吏錄了，又寫一道回兵部回文。

次日正待發放差官，恰值叔寶撫安民庶已畢，來議旋師。差官聞得叔寶到營，只道張須陀騙他來拿解，隨即進營，見須陀與叔寶和顏悅色，談笑商量。叔寶將待起身，差官怕他走了，忙過去稟說：「兵部差官領回文。」須陀對差官道：「你這樣性急！」叫書吏把回文與他。差官見只與回文，只得又道：「差官奉文提解人犯，還求老爺將犯人交割，添人協解。」須陀道：「這事情我已備在回文中，你只拿去便了。」差官道：「宇文爺臨行吩咐，沒有人犯，你不要回來。今人犯現在，求老爺發遣，小官好回覆。」張須陀道：「你這差官好多事！這事我已一面回文，一面具本辨明，去罷！」這差官甚有膽力，又道：「老爺在上，這事關係叛逆，已經具請提解，非同小可。若犯人不去，不惟小官干係庇護奸黨，在老爺亦有不便。」叔寶不知來由，見差官苦懇，倒為他方便道：「大人，是甚逆犯，若是真實，便與解去。」須陀笑道：「莫理他！」這官便極了，嚷道：「奉旨拿逆犯秦瓊，怎麼反與他同坐，將我趕出。欽提犯人，這等違抗！」秦叔寶聽見逆犯秦瓊四字，便起身離坐，向須陀道：「大人，秦瓊不知有何悖逆，得罪朝廷，奉旨提解；若果有旨，秦瓊就去，豈可貽累大人。」

須陀初意只自暗中挽回，不與叔寶知道，到此不得不說道：「昨日兵部有文書行來，道有楊玄感一黨，逃犯韋福嗣，招稱都尉與王伯當家眷窩藏李密，行文提解。我想都尉五年血戰，今在山東，日夕與下官相聚，何曾與玄感往來，平白地枉害忠良。故此下官已具一個辨本，與彼公文回部。這廝倚恃官差，敢如此放潑。」叔寶道：「真假有辨，還是將秦瓊解京，自行展辨。當日止因拿李密不著，就將這題目

差官進營見須陀與叔寶和顏悅色，談笑商量。差官忙稟：「兵部差官領回文。」張須陀道：「你這官，好多事！這事我已一面回文，一面具本辨明。去罷！」

陷害秦瓊，若秦瓊不去，這題目就到大人了。」叫從人取衣帽來，換去冠帶赴京。須陀道：「都尉不必如此，如今山東、河北，全靠你我兩人。若無你，我也不能獨定。且丈夫不死則已，死也須為國事，烈烈轟轟，名垂青史。怎拘小節，任獄吏屠毒，快讒人之口？」叫書吏取那本來與叔寶看了，當面固封，叫一個聽差旗牌即刻設香案，拜了本，給了旗牌路費，又取了十兩銀，賞了差官。差官見違拗不過，只得回京。叔寶向前稱謝。須陀道：「都尉不必謝，今日原只為國家地方之計，不為都尉，無心市恩。但是我兩人要並力同心，盡除群盜，撫安百姓，為國家出力便了。」自此叔寶感激須陀，一意要建些功業，一來報國家，二來報知己；卻不知家中早又做出事來。正是：

總是奸雄心計毒，故教忠義作強梁。

總評：一席酒，你推我讓，費許多唇舌，得徐懋功一番議論始定，其經濟⓬早見一斑。連巨真片言之間，巧賺賈潤甫上路，亦是妙人。秦叔寶若無張須陀擔任，具疏解救，難脫宇文之陷。真千古知心，死後殯殮，何足云酬。然處此忌刻深仇之際，欲立功於廟廊⓭，叔寶雖豪傑而終無學問也。

⓬ 經濟：經國濟民。

⓭ 廟廊：即朝廷。

第四十四回　寧夫人路途脫陷　羅士信黑夜報仇

詩曰：

萬古知心只老天，英雄堪嘆亦堪憐。如公少緩須臾死，此虜安能八十年。漠漠凝塵空偃月，堂堂遺像在凌煙❶。早知埋骨西湖路❷，悔不鴟夷理釣船❸。

這詩是元時葉靖逸所作，說宋岳忠武王❹他的一片精忠，為丞相秦檜忌疾，雖有韓世忠、何鑄、趙士褭❺一干人救他，救不得，卒至身死，以至金人猖獗，無人可制，徒為後人憐惜。若是當日有憐才大臣，曲加保護，留得岳少保，金人可平。故此國家要將相調和，不要妒忌，使他得戮力王事，不然逼迫之極，這人不惟不肯為國家定亂，還要生亂。如今再說張須陀，擢陞本郡通守；齊州郡丞，選了一個山

❶ 凌煙：即凌煙閣，古代朝廷為表彰功臣而建築的高閣，繪有功臣圖像。
❷ 埋骨西湖路：岳飛死後，遷葬於杭州西湖邊。今杭州西湖畔有岳墳。
❸ 鴟夷理釣船：鴟夷，鴟夷子皮，即范蠡。春秋時越國大臣，助句踐滅吳後，乃乘扁舟，浮江湖；變名易姓，適齊為鴟夷子皮；之陶為朱公，自號陶朱公。
❹ 岳忠武王：即岳飛，字鵬舉，謚忠武。
❺ 趙士褭：南宋宗室。岳飛被誣陷，他以全家擔保岳飛清白，觸怒秦檜，被流放到福建。褭，音ㄋㄧㄠˇ。

西平陽縣，姓周名至，前來到任。一日周郡丞坐堂，有兵部差官投下文書，是拘提秦叔寶家眷的。周郡丞便差了幾個差役，僉下一張牌去拘提。差役直至鷹揚府中，先見羅士信，呈上紙牌。士信道：「我哥哥苦爭力戰，纔得一個些小前程，怎說他是個逆黨？這樣可惡，還不走！」差人道：「是老爺吩咐，小人怎敢違抗；就是本主周爺，也不敢造次，實在兵部部文，又是宇文爺題過本，奉旨拘拿的。老爺還要三思。」士信睜著眼道：「叫你去就是了，再講激了老爺性，一人三十大板。」公人見他發怒，只得走了，回覆周郡丞。郡丞沒法，忙叫打轎，往見羅士信。士信出來作了揖，郡丞曉得士信少年粗魯，只得先賠上許多不是道：「適纔造次得罪，秦都尉雖分文武，也是同官，怎敢不徇一毫體面。奈是部文，奉了聖旨，把一個逆黨為名，題目極大，便是差官守催，小弟便擔當不住，想這事也是庇護不來的，特來請教。」士信道：「下官與秦都尉，是異姓兄弟。他臨行把母妻託與我，我豈有令他出來受人凌辱之理？這也要大人方便。」周郡丞道：「小弟豈有不方便之理，但部文難回。」士信道：「事無大小，只要大人有擔當。就要去，也要關會❻我那秦都尉，沒有個不拿本人先拿家屬之理。」周郡丞道：「小弟到來，也只為同官面情。莫若重賄差官，安頓了他，先回一角文書去，道秦瓊母親妻子，俱已到官，因抱重病，未便起行，待稍痊可，即同差官押解赴京。這等緩住了，然後一同去京中打關節，可以兩全無害。」

羅士信是個少年極諳事的，道：「我兄弟從來不要人的錢，那得有錢與人？憑著我在，要他妻子出官，斷不能彀。」郡丞見說不入，只得回衙。當不過差官日夕催逼，郡丞沒奈何，與眾書吏計議。內中有個老猾書手道：「奉旨拿人，是斷難回覆的。如今羅士信部下，又有兵馬，用強去奪他，也拿不得，

❻ 關會：關照。

除非先算計了羅士信，何愁秦瓊家屬拿不來。況且羅士信與秦瓊同居，自說異姓兄弟，也是他家屬，一發解了他去，永無後患。」郡丞道：「他猛如虎豹，怎拿得住？路上恐有疏虞，怎麼處？」老猾書手道：「老爺又多慮了，只要拿羅士信並他妻母，當堂起解，交與差官。路上縱有所失，是差官與別地方干係了。」郡丞點頭道：「只是如何拿他？」那書手向郡丞耳邊，說了幾句。郡丞大喜，就差那書手去請羅士信，只說要商量一角回文。羅士信道：「我不管，你家老爺自去回。」那書手道：「自然周爺出名去回，但周爺道不知此去回得住，回不得住，得羅爺經一經眼，也知周爺不是為人謀而不忠。」羅士信道：「你這個書手倒會講話，你姓什麼？」那書手道：「書辦姓計名成，就住在老爺衙後院子衖裡。」

羅士信信認為實，便跨上馬到來。周郡丞欣然接見道：「同僚情分，沒的不為調停的理，只怕事大難回，所以躊躇延捱。如今拚著一官，為二位豪傑，事寬即圓，支得他去，再可商量。」士信道：「全仗大人主張。」計書手拿過回文來看，說是：秦瓊母妻患病，現今羈候，俟痊起解因由。羅士信道：「我是魯夫，不懂移文事體，只要回得倒便是。」周郡丞故意指說：「內中有兩字不妥。」叫書吏另寫用印，耽延半日，日已過午，叫請差官與了回文，周郡丞又與他銀子十兩，說是羅爺送的，差官領了。周郡丞就留羅士信午飯，士信再三推辭。周郡丞道：「羅將軍笑我窮官，留不得一飯麼？」延至後堂，擺兩桌飯，賓主坐了，開懷暢飲。羅士信也吃了幾杯，坐不到半個時辰，覺得天旋地轉，頭暈眼花，伏倒几上。周郡丞已埋伏隸卒，將羅士信綑了，出堂來對他手下道：「羅士信與秦瓊通同叛逆，奉旨拿解，眾人不得抗違。」手下聽得都走散了。士信既拿，府中無主，秦母姑媳孫子秦懷玉，沒人攔阻，俱被拿來，上了鐐肘，給與車兒。羅士信也用鐐肘，卻用陷車⑦，將換過回文，付與差官收了，又差官兵四十名防送，當晚趕出城外宿了。

五更上路，羅士信漸漸甦醒，聽得耳邊婦人哭泣，自己又展動不得，開眼一看，身在陷車之中。叔寶姑媳並懷玉俱鐐肘，在小車上啼哭。士信見了，怒從心起：「只為我少算，中了賊計，以致他姑媳兒子受苦。」意要掙挫，被他藥酒醉壞，身子還不能動彈，只得權忍耐了。將次辰牌，覺得精神漸已復舊，他吼上一聲，兩肩一掙，將陷車蓋頂將起來；兩手一迸，手桎已斷；腳一蹬，鐵鐐已落；踢碎車欄，拿兩根車柱來打差官。這些防送差官，久知他兇勇，誰人敢來阻當，一哄的走了。士信打開秦母姑媳懷玉鐐肘，無奈車夫已走，只得自推車子，想道：「身邊並沒一個幫手，倘這廝起兵來追，如何是好？」一頭推，一頭想，正沒計較。只見前面林子裡，跳出十來個大漢來，急得士信丟了車兒，拔起路旁一株棗樹，將要打去；又見兩個為首的，內中一個說道：「羅將軍不要動手，我是賈潤甫。」羅士信是到他家去見過一次，定睛一看，是賈潤甫，便問道：「你把家眷放在那裡去了，那有閒工去來看我？」潤甫道：「賤眷同王家嫂子，都安頓在瓦崗山寨裡了。李玄邃兄曉得此事，必然波及叔寶，故此叫我兩人，星夜下山，到郡打聽。豈知不出所料，曉得拿了秦夫人，必然打這裡經過，因此同這單主管帶領孩子們，扮作強人等在此劫奪，不意被你先已掙脫此禍。」士信道：「雖然掙脫囚車，打散官兵，我正愁單身，又要顧戀車子，又恐後兵追來，兩難照顧。今幸遇兩位，不怕他了。」單主管道：「我們有馬匹，有兵器，怕他追來也不懼他！」賈潤甫道：「不妨，往前去數十里，就是豆子坑，那裡就有朋友接應了。」

話未說完，只見郡丞與差官，帶了六七百兵趕來。單主管對賈潤甫道：「你同秦太太、秦夫人、大

❼ 陷車：囚車。

相公往頭裡走，我同羅將軍就上去，殺這些贓官。」把一匹好馬，與羅士信騎了。士信手中挺著槍，站在一個山嘴上，大聲喝道：「我弟兄有何虧負朝廷，卻必竟要設計來解我們上去！我今把你這些貪贓昧良的真強盜，盡情除盡，若留了一個回去，不要算羅某是個漢子。」說了，兩騎馬直衝下來。這些官兵，見羅士信一個尚當不起，又見旁邊又有個長大漢子，似黑煞一般，那個敢來與他對壘，便帶轉馬頭，逃回去了。單全看了，哈哈大笑道：「可憐這也叫官兵。」士信倒要追上去，單全止住了，策馬轉身。卻說賈潤甫帶了幾個嘍囉，保護秦夫人，忙要趕到瓦崗去，只見三叉路口，衝出一隊人來，一個為頭的大喝道：「孩子們，一個個都與我抓了來。」賈潤甫眼快，認得是程知節，故意道：「咄，剪徑賊，你認得我秦叔寶麼？」知節笑道：「好蠻子，假冒咱哥名字，來嚇我哩！」輪斧直趕過來。賈潤甫道：「程咬金，這是秦老夫人，叔寶哥哥的家眷行李，你要打劫他的麼？」

說話時，秦母已到。羅士信與單主管，聽得手下人說前面有賊，正趕來廝殺。知節已到秦母跟前，與眾相見，向秦母問起緣由，潤甫一一說知。知節道：「伯母且到小姪寨中，與家母一敘，小姪不似前日貧窮，儘供奉得伯母起；任你官兵，也不敢來抓尋。」因此眾人都跟程知節來到寨中，與尤員外拜見了秦母與張氏，羅士信、秦懷玉與眾也敘過了禮。程知節請伯母到後寨去，與家母相見。秦母對羅士信道：「我們在這裡了，不知你哥哥在軍前，可知我們消息，作何狀貌，叫人放心不下。」說了淚下。程知節喊道：「伯母放心，待小姪今夜統領幾百個孩子們，去劫了大哥到寨，完了一樁事了，怕什麼軍前軍後。」賈潤甫道：「秦大哥與張通守，管轄六七千兵馬在那裡。你若去胡做，不惟無益，反累秦大哥的事敗。」羅士信道：「還是我去走遭。」賈潤甫道：「也不妥。」單全道：「待我去如何？」賈潤甫道：「你去果好，只是秦大爺不認得你，不相信。」單全道：「說那裡話？當年秦大爺患恙，在我家莊上，住了年餘，怎說不認得？」程知節問道：「這是誰？」潤甫道：「這是單二哥家有才幹的主管，今隨單二哥住在山寨裡。聞說倒是個忠義的漢子。」程知節道：「好，是一個單員外家的主管！」秦母道：「既是這位主管，肯到軍前去遞信與吾兒，極好的了，待我去寫幾個字，並取些盤川來，煩你速去走遭。」程知節忙止住道：「好叫人笑死，伯母在這裡，是小姪的事了，為何要伯母破起鈔來？」叫小嘍囉取出一大錠銀子，對單全道：「十兩銀子，你將就拿去盤費了罷。」單全道：「盤川我身邊儘有，不煩太太與程爺費心。太太寫了信，我就此起身去了。」秦母寫了一封書與單全收了，即進後寨去與程母相見。

且不說單全到軍前去報信，卻說羅士信與程知節、賈潤甫、秦懷玉吃了更餘接風酒，歸房安寢，心中想道：「我羅士信從不曾受人磨滅❽的，那裡說起被這個贓狗與那個書辦奴才，設計綑縛我在囚車內，這一夜半日，又累我哥哥的老母弱息出乖露醜。常言道：恨小非君子，無毒不丈夫。我羅士信若不殺那兩個狗男女，何以立於天地間？」怨恨了一回，將五更時，忙扒起來，扮作打差模樣，裝束好了，去廄中相了一匹好馬，騎到寨門。守寨門的小嘍囉問道：「爺往那裡去？」士信道：「你寨主叫我去公幹走遭。」說了，加鞭趕了百十餘里，已至齊州城外，揀一個小飯店下了，就飽餐一頓，對主人家道：「你把我牲口餵飽好了，我進城去下一角文書。倘然來不及，我就住在城內朋友家了。」店小二應道：「爺自請便，牲口我們自會看管。」

士信走進城去，天色已黑了，到了土地廟裡坐一回，捱到定更時分，悄悄走到鷹揚府署後門來；只

❽ 磨滅：折磨；磨難。

見兩條官封橫在上面，士信看了，愈加怒氣滿胸。剛進衖口，見一人手裡拿著瓦酒瓶走出來，士信迎著問道：「借問一聲，那個計書辦家住在何處？」那人答道：「著底頭門首有井，這一家便是。」士信走到他門首，望內不見人聲，只得把指頭彈上兩彈。裡頭問道：「是誰？」士信道：「我是來會計相公話的。」裡頭答道：「不在家，剛走出門，要到廟裡去會同廊沈相公的話去了。」士信見說，撤轉身來，又到土地廟前來。只見一人側著頭，自言自語的走。士信定睛一看，見是計書辦，忙站定了腳，在廟門內打著江西鄉談，叫：「計相公，這裡來！」那計書辦在黑暗中裡一看，只道就是那兵部裡的差官，便道：「可是熊大爺？」士信道：「正是。」計書辦忙向前走來，士信一把提進廟裡。計書辦仔細一認，見是羅士信，魂都嚇散，滿身戰慄，蹲將下來。士信把一足踹住他胸膛，拔出明晃晃的刀來。計書辦哀求道：「不干小人之事，饒我狗命罷！」士信道：「賊奴噤聲，你快快實說，你家這個狗官，可在衙內？」計書辦道：「剛纔審完了事，退堂進去了。」士信恐怕兜搭了工夫，忙把刀向他頸下一撩，一顆頭顱，滾在塵埃。士信剝他身上衣服，把頭包在裡頭，放在神櫃下。曉得廟間壁就是府署，將身一聳，跨在牆上，恰好有一棵柳樹靠近，將手搭住，把身子掛將下去，原來就是前日周郡丞留飯醉倒所在；摸將進去，見內門已閉，喜得照壁後有梯一張，取來靠在牆上，輕輕撲入庭中。周郡臣因地方擾亂，沒有帶家眷來，止帶得兩三個家僮，都在廚房裡。士信向窗槅裡一張，只見周郡丞點上畫燭一枝，桌上排列著許多成錠銀子，在那裡歸併了，把筆來封記，好送回家去。士信把兩扇窗槅忽地一開，周郡丞只道有賊，把全身護在桌上，遮著銀子，正要喊出有賊；士信手中執著利刃，把他一把頭髮，提將起來道：「贓狗，你認得我麼？」此時周郡丞，嚇得一句話也說不出，只顧跪在地上磕頭。士信舉刀一下割下頭來，向床上取

周郡丞止帶得兩三個家僮都在廚房裡。士信手中執著利刃，把他一把頭髮。此時周郡丞嚇得一句話也說不出，只顧跪在地上磕頭。士信把桌上銀子盡取來，塞在胸前。

一條被來包好了，拴在腰間；把桌上銀子盡取來，塞在胸前；見有筆硯在案，取來寫於板壁上道：

　前宵陷身，今夜殺人。冤仇相報，方快我心。

寫完擲筆，依舊越牆而出。到土地廟神櫃下，取了計書辦的首級，一併包好，出廟門趕到城門口。此時將交五更，城門未開，轉走上城，向女牆❾邊跳下來，一徑到店門首，揀個幽僻所在，藏過了兩個人頭，卻來敲門。店小二開門出來說道：「爺來得好早，難道城門開了？」士信道：「我們要去投遞緊急公文的，怕他們不開！牲口可曾與我餵好？」小二道：「爺吩咐，餵得飽飽的。」士信身邊取出四五錢一塊銀子來，對小二道：「賞了你，快把牲口牽出來。」小二把馬牽出，士信跨上雕鞍，慢慢走了幾步，聽見小二關門進去了，跨下馬，轉去取了人頭包，轉來上了一轡頭，趕了四五十里，肚中也飢了；只見一個村落裡，有個老兒在門口，賣熱火酒熟雞子❿。士信跳下了馬來，叫老兒斟一杯來。士信問道：「你這一村，為何這等荒涼？」老兒道：「民困力役，田園荒蕪，那得不窮苦荒涼。」士信想：「我身邊有這些銀子，是贓狗詐害百姓的，都是民脂民膏。他指望拿回家去與妻孥受用，豈知被我拿來，我要他做什麼帶到山寨裡去？」因問道：「你們這一村有多少人家？」老兒道：「不多，止有十來家。男子漢都去做工了，丟下妻兒老小，好難存活。」士信道：「老人家，你去都喚他們來，我羅老爺給賞他些盤纏。」老兒見說，忙去喚這些婦女來，可憐個個衣不蔽體，餓得鳩形鵠面，士信道：「你們共有幾家？」

---

❾ 女牆：城牆上面呈凹凸形的小牆。

❿ 熱火酒熟雞子：熱的土燒酒，熟的雞蛋。

老兒道：「共是十一家。」士信把懷中的銀子取出來，約莫輕重做了十一堆，盡是雪花紋銀，對眾婦女道：「妳們各家，取一堆去，將就度日，等男子回來。」這些婦女老兒，欣喜不勝，盡扒在地上一拜謝了，然後上前收領銀子。老兒道：「本欲治一飯，款待老爺，少見眾人之情；只是各家顆粒沒有，止有些鑪鑪雞子，不嫌褻瀆，待老漢取出來，請老爺用些了去。」士信見說便道：「這個使得。」老兒如飛去掇了一碗雞子，一碗鑪鑪出來。不一時，十一家都是鑪鑪、雞子、蒜泥、火酒，擺了十來碗，你一杯，我一盞相勸。士信覺得心中爽快，飽餐一頓，把手一拱，跨上馬如飛的去了。

卻說程知節那日早起，見羅士信去了，忙去報知秦老夫人，只道他不肯在山寨裡住，私自去了。惟秦夫人信得他真，說：「士信是個忠直的漢子，再不肯背棄了我們去的。」時士信在馬上，又跑了許多路，往後一看，卻不見了兩顆首級。原來兩顆頭顱，繫在鞍轎上，因跑得急了，鬆了結兒，撩將下來。士信見沒有兩顆首級，帶轉馬來，慢慢的尋看。尋了里許，只見山坳裡閃出一隊人馬來，頭裡載著十來車糧草，四五十匹騎駿馬，兩三個頭目，個個包巾扎袖，長刀闊斧的大漢子。士信曉得是一起強人，只得將馬帶在一邊。那邊馬上幾個人，只顧把羅士信上下細看。羅士信睜著眼，也看他們。末後一個頭目，把羅士信仔細一認，即收住馬問道：「你是什麼人？」羅士信大著膽，亦問道：「你是什麼人來問我？」那人笑道：「你好像齊州秦大哥家羅士信。」羅士信道：「我便是羅士信。」那人忙下馬，上前說道：「我是連明。」士信道：「你可就是到我府中來，要叫我哥哥報知賈潤甫，使他逃走的？」連明道：「然也。」士信見說，方下馬來，與他見禮。

原來這一起，是徐懋功叫他們往潞州府裡去借糧轉來的。時眾豪傑都下馬來，與羅士信敘禮。連明道：「賈潤甫家眷，弟已接入瓦崗寨中，但不知秦大哥處事體如何？」士信把秦老夫人被逮始末，粗粗述了一遍。單雄信道：「既是秦伯母在程家兄弟處，我等該去問安走遭。」邴元真道：「既是在這裡，少不得相見有期；如今我們路上又要照管糧草，孩子們又多，不如請羅大哥到瓦崗去與徐、李二兄商議解救秦兄，方為萬全；但不知羅兄又欲往何處去？」羅士信道：「弟回豆子坑去，因馬上失了一件東西。」單雄信問：「是何物？」士信道：「是兩顆首級。」翟讓道：「何人的？」羅士信就把黑夜尋仇，殺死兩人，至後將銀賞賜荒村百姓，又述了一遍。翟讓大叫道：「吾兄真快人，務必要請到敝寨敘義的了。」士信道：「本該同諸兄長到尊寨一拜，弟恐秦伯母不見了小弟，放心不下；寧可小弟到程哥山寨裡去回覆了伯母，那時再來相會未遲。」單雄信道：「既如此說，兄見伯母時，代弟稟聲，說單通到瓦崗去料理了，就到程兄弟寨中來問候。」羅士信應道：「是，曉得。」拱一拱手，大家上馬，分路去了。

且不說羅士信回豆子坑，再說翟讓眾人往瓦崗進發，行未里許，只聽得前面小嘍囉報道：「草路上有一包裹，內有首級兩顆，未知可是羅爺遺下的？」單雄信道：「取來看。」小嘍囉取到面前，只見血淋淋兩個人頭。翟讓道：「差人送還他纔是。」單雄信道：「這個不必。那兩個人，也是為了我們兄弟的事，只道奉公守法，何知財命兩盡。若再把他首級踐踏，於心太覺殘忍。孩子們取盛豆料的木桶，把兩個首級，放在裡頭，挖一大坑埋下，掩上泥土。」然後策馬回寨去了。正是：

處心各有見，殘忍總非宜。

總評：羅士信隨你天大的事，一味蠻法爽直，身雖為官，法度文儀，一毫不懵，惟在恩怨兩字上講究。

噫！世人因忘恩怨，故多昧心耳。獨奇在黑夜尋仇，取財散民，較之武松更進一籌。

又評：人生世間，俱因酒色財氣，害了一生。那酒色財氣中，財之害人更大。孔子曰：「及其老也，戒之在得。」可知自少至老，斷不能割捨者，惟財而已。諺云：「財與命相連。」戀著財錢的，便是小人，便有殺身之禍。不戀錢財的，方是大豪傑、大英雄。周至為齊州郡丞，奉公拘人，原無可殺之道。但點燭排銀，封好寄歸，一心戀財光景，不知害了許多百姓，天假手於士信耳。士信報仇雪恥，不惟殺周至，殺計成為快，且將所收桌上銀子，盡數散於貧民，此正聖賢作用，佛菩薩念頭。世人讀此回者，但知寧夫人脫陷全賴義氣弟兄，羅士信報仇，大快胸中之忿。那知士信輕財，所以脫難；周至貪財，所以殺身。看者當於此處著眼。

第四十五回　平原縣秦叔寶逃生　大海寺唐萬仞徇義

詞曰：

顛危每見天心巧，一朝事露紛紜。此生安肯負知心，奸雄施計毒，淚灑落青萍。　寨內群英歡聚盛，孤忠空抱堅貞。漁陽一戰氣難伸，存亡多浩嘆，恩怨別人情。

右調臨江仙

從一而終，有死無二，這是忠臣節概，英雄意氣。只為有了妒賢嫉能、徇私忘國的人，只要快自己的心，便不顧國家的事，直弄到范睢逃秦，伐魏報仇❶；子胥奔吳，覆楚雪怨❷。論他當日立心，豈要如此？無奈逼得他到無容身之地，也只得做出急計來了。如今再說單全，奉了秦老夫人的書信，離了豆子坑山寨，連夜兼程，趕到軍前。那日秦叔寶正在營中，念須陀活命之恩，如何可以報效，只見門役報

---

❶范睢逃秦二句：范睢，戰國時魏人，後逃到秦國任秦相。秦昭王採納他提出的遠交近攻之策，攻打魏國，奪取不少土地。

❷子胥奔吳二句：子胥，即伍子胥，春秋時楚國人。父兄被楚平王所殺。他投奔吳國，幫助吳王攻楚。攻下楚國都城時，楚平王已死，他掘其墓，鞭屍三百以報怨仇。

道：「家中差人要見。」叔寶只道母親身子有甚不好，心中老大吃驚，便道：「引他進來。」不一時外邊走進一個人來，叔寶仔細一看，卻是單雄信家的主管單全，心中疑想道：「是必單二哥差他來問候我。」便假意說道：「好，你來了麼；我正在這裡想。隨我到裡邊來。」叔寶領單全到書房中來，單全忙要行禮下去，叔寶一把拖住道：「你不比別人，我見你如見你家員外一般。」叫手下取個椅兒到下面來，叫他坐。單全道：「倒是立談幾句，就要去的。」叔寶道：「可是員外有書來候我？」單全道：「不是。」叔寶見他這個光景，有些不妥，便對左右道：「你們快些去收拾飯出來。」

單全見眾人去了，在胸前油紙內，取出秦母書信，遞上叔寶。叔寶見封函上「母字付與瓊兒手拆」，雙眉已鎖，及開看時，不覺呆了半晌。單全道：「太夫人因想室中眷屬且被擒拿，秦爺畢竟不免，不意秦爺倒已保全。但今目下齊郡，是必申文上去，說羅士信途中脫陷，打退官兵，把家眷已投李密、王伯當，則逆黨事情，越覺真了，便是張通守，百口也難為秦爺分辨。」叔寶聽了，正在憂煩之時，只見有人進來稟道：「家中走差的呂明在外。」叔寶道：「快著他進來。」不一時呂明進來，見了叔寶，跪在地下，只是哭泣。叔寶道：「我曉得了，你起來慢慢說與我聽。」呂明站起來說道：「始初周郡丞，如何要把老爺家屬起解，羅爺如何不肯。後來周郡丞如何設計，捉了羅爺，黃昏時如何來拿取家屬。那夜小的就要來報知老爺，因城上各門，俱不容放出，著官兵送出差官與羅爺老太太夫人並小爺。直至明日午後，忽防送官兵同差官轉來，說羅爺跳出囚車，把石塊打死了七八個官兵，逃命轉來，城門上盤詰緊急。不意明日夜間，周郡丞被人殺死在衙門，一個書辦又殺死在土地廟裡，城門上反得寬縱，因此小的方得來見老爺。只怕今晚必有申文來報與張老爺。」叔寶道：「這叫我怎處？我本待留此身報國，以報知己，不料變出事來。但我此心，惟天可表。」單全道：「爺說甚此心可表？爺若既有仇家在朝，便一百個張通守，也替爺解不開；況又黑夜殺官殺吏，焉知非羅爺所為的？倘再遲延，事有著實，連張通守也要出脫自己，爺這性命料不能保了，說甚感恩知己？趁事尚未發覺，莫若悄地把爺管的一軍與山寨合了，憑著爺一身武藝，又有眾位相扶，大則成王，小則成霸，不可徒銜小恩，坐待殺戮。」叔寶聽了，嘆口氣道：「我不幸當事之變，舉家背叛，怎又將他一支軍馬，也去作賊？我只寫一封書，辭了張通守，今夜與你悄悄逃去，且圖個母子團圓罷。」一邊留單全飲酒，自己就在一邊寫書與張通守。書上寫著道：

恩主張大人麾下：瓊承恩臺青眼有年，脫瓊於死，方祈裹革❸以報私恩。緣少年任俠，殺豪惡於長安，遂與宇文述成仇，屢屢修怨。近復將瓊扭入逆黨，荷恩主力為昭雪。苦仇❹復將瓊家屬行提，鐐肘在道，是知仇處心積慮，不殺瓊而不止者也。義弟羅士信不甘，奮身奪去，竄於草野，事雖與瓊無涉，而益重瓊罪矣！權奸在朝，知必不免，而老母流離，益復關心。謹作徐庶之歸曹❺，但仰負深恩，不勝慚愧；倘萍水有期，誓當刎頸斷頭，以酧大德。不得已之衷，諒應鑑察。末將秦瓊叩首。

叔寶寫完了書，封好，上寫著「張老爺台啟」，壓在案上；將身邊所積俸銀犒賞，俱裝入被囊，帶了

❸ 裹革：指戰死疆場。
❹ 苦仇：命案中被害人的家屬。
❺ 徐庶之歸曹：徐庶，字元直，東漢末人。曾事劉備，曹操擒其母，庶不得已而歸操，終身不為操謀策。

雙鐧，與單全、連明並親隨伴當四五人，騎上馬，走出營來，對管營的說道：「張爺有文書，令我緝探賊情，兩日便回，軍中小心看管，不可亂動。」打著馬去了。正是：

一身幸得逃羅網，片念猶然逐白雲。

卻說翟讓、單雄信一行人馬，到了瓦崗山寨，見了李玄邃、徐懋功，雄信將秦母被逮，羅士信兇勇脫陷，遇見尤、程，邀入豆子坑山寨裡去了。李玄邃道：「這等說起來，秦大哥早晚必來入夥的了。只是秦母在程兄弟處，該差人去接上山來，好等他母子相會。」徐懋功道：「這個且慢，就是差人去接，尤程斷不肯放，且待叔寶來時，再作區處。前日有人來說，滎陽梁郡近來商旅極多，今寨中人目已眾，糧草須要積聚，誰可到彼劫掠一番，必有大獲。」翟讓道：「小弟去得麼？」懋功道：「兄若要去，須得玄邃兄與當仁、伯當三人，先領二千人馬起行；後邊就是翟大哥，與邴元真、李如珪三位，也帶二千人馬，隨後接應，方為萬全。」又對雄信道：「留兄在寨，尚有事商量。」因此兩支人馬，陸續起身去了。徐懋功正要差細作打聽叔寶消息，只見單全回來說：「秦大哥寫書辭了張通守，已經離任，進豆子坑去見秦太太了。」雄信道：「何不請他到了這裡，然後同去？」懋功道：「他見母之心，比見友之心更切，安有先到這裡之理。單二哥，如今要兄同賈潤甫往豆子坑走遭。」又附雄信耳邊，說了幾句。雄信點頭會意道：「若如此說，弟此刻就同賈潤甫從小路上去，或者就在路上先遇著了，豈不為妙。」懋功稱善。

再說秦叔寶與單全分了路，與連明等三四人，恐走大路遇著相識的，倒打從小路兒，走過了張家舖，轉出獨樹崗，忽聽背後有人喊道：「前面去的可是秦叔寶兄？」叔寶帶住馬，往後一看，恰是賈潤甫與單雄信，帶領二三十個嘍囉，趕將上來。叔寶忙下馬，雄信與潤甫亦下了馬。雄信執著叔寶手道：「兄替隋家立得好功！」叔寶道：「不要說起，到程兄弟寨中去細細的告訴，只是兄今欲何往？」雄信道：「今不往何處去。單全回來說了，小弟特地走來候兄。」大家又上了馬，只見斜次裡一騎馬飛跑過來，望見叔寶，便道：「好了，哥哥來了！」叔寶見是羅士信，忙問道：「兄弟，母親身子如何？」士信道：「伯母身子，幸賴平安；只是心上記著了哥哥，日逐叫兄弟在路上探聽兩三次。今喜來了，弟先進寨去報知，哥哥同諸兄就來。」說了，飛馬進寨報知秦母。秦母見說兒子到寨來了，巴不能彀早見一刻，攜了孫兒懷玉與媳婦張氏，同走出來。程知節的母親，也陪秦老夫人，走到正誼堂中。張氏見堂中有客，即便縮身進去。時尤俊達同程知節，迎進叔寶、雄信，在堂上敘禮過。叔寶見母親走出來，忙上前要拜下去，瞥見程母在堂，先向程母拜將下去。程母忙近身一把拖住叔寶道：「太平哥好呀，幸喜你早來了一天；若再遲一兩日，又要累你做娘的憂壞了身子哩！」秦母見兒子拜在膝前，眼中落下幾點淚來，對叔寶說道：「你起來罷，那邊站的，可是單二員外？」叔寶應道：「正是。」

雄信與潤甫見叔寶站了起來，兩人忙去先拜見了秦母，後又拜見了程母。秦老夫人叫懷玉過來，拜了單伯伯，問道：「令嬡想必也長成了。」雄信道：「小女愛蓮，長令孫一歲，年紀雖小，頗有些見識。」秦母道：「自然是個閨秀。」程母笑對秦母道：「日月是易過的，當初太平哥與我家咬金，也是這模樣兒的大起來，如今你家孫兒，又是這樣大了。」程知節喊道：「母親，如今秦大哥做了官了，還只顧叫他乳名。」程母笑道：「通家子姪，那怕他做了皇帝，老身只是這般稱呼。」眾人都大笑起來。秦老夫人對叔寶道：「你進去見見你媳婦了出來，大家同到後寨去。」與張氏說了幾句話出來，只見堂中酒席安排停當。尤員外請眾人坐定，舉杯飲酒。尤員外問征遼一段，叔寶細細述了一遍，眾人多各讚嘆。叔寶問尤俊達道：「兄在武南莊，好不快活，為甚遷到這裡來？」程知節道：「也是為長葉嶺事發，尤大哥遷到此地，不然他怎肯到這裡，與弟輩做這宗買賣？」尤俊達道：「不是這等說，單二哥也是好端端住在二賢莊，今聞得為了李玄邃兄，也遷入瓦崗寨中去了，總是我們眾弟兄該在山寨中尋事業。」賈潤甫道：「這樣世界，豈論什麼山寨裡、廟廊中，只要戮力同心，自然有些意思。只是如今眾弟兄，還該在一處。」程知節道：「如今我們有了秦大哥，再屈單二哥，也遷到我這裡來，多是心腹弟兄，熱烘烘的做起來，難道輸了瓦崗？翟大哥、李大哥做得皇帝，難道秦大哥、單二哥做不得皇帝？」坐中見說，都大笑起來。眾人歡呼暢飲，直吃到月轉花梢。

到了次日起來，大家坐在堂中閒談，只見嘍囉進來報道：「瓦崗差人來，要見單大王的。」雄信忙叫手下引他進來。不一時，一個嘍囉進來說道：「徐大王有密報一封，差小的送來與單大王。」單雄信接來拆開一看，只見上面寫道：「昨細作探得東都有旨，命河南討捕大使裴仁基領兵二萬，協同山東討捕大使張須陀，會剿李密、王伯當叛犯黨羽，並究窩藏秦瓊、密拿殺官殺吏重犯，嚴緝家眷巢穴。將來彼此兩家，俱有兵馬來臨，兄速歸寨商議大敵，尤程兩兄處，亦當預計，叔寶兄渴欲一見，不及另札，如得偕來更妙，專候專候。」雄信把字朗念了一遍，眾皆大驚。程知節道：「愁他則甚！等他們來時，爽利混殺他娘一陣。」秦叔寶道：「知節兄你不要小覷了事體，那張須陀勇而有謀，裴仁基又是一員宿將；況又兼兩萬官兵，排山倒海的下來。如今這裡山寨，連羅士信兄弟，止不過四人，單二哥與潤甫兄家眷，都在瓦崗，自然要回寨去照顧的了。這幾個人，作何佈置？」尤俊達道：「前日翟大哥原有書來，召我們去，因秦、單二兄未來，故此我們不肯。今單二哥家眷已在瓦崗，秦大哥與太夫人又在這裡，何不兩處併為一處，隨你大小緩急，多有商量了。」叔寶道：「好便好，但未知瓦崗房屋，可有得餘？」雄信道：「弟一到山寨，就叫他們在寨後蓋起四五十間房子，山前增了木城❻煙樓，倉庫牆垣重新修理齊整。不要說三家家眷，就再住幾房，也安放得下。」程知節道：「既如此說，要去我們收拾就去。」雄信對賈潤甫道：「兄可先回寨去，通知懋功兄弟，同三兄家眷到寨便了。」潤甫見說，隨即起身。尤俊達與程知節、秦叔寶，帶了家眷，收拾了細軟金帛糧草，率領了部下約有二千餘人，大隊並入瓦崗寨中去。正是：

猛虎添雙翼，蛟龍又得雲。

再說翟讓、李密二支人馬，殺兵劫商，占城據地，在河南地方勢甚猖獗。時張須陀尚在平原，因二三日不見秦叔寶來，只道他身子有恙，著樊建威到他營中來看他。守營兵回道：「秦爺兩日前，張老爺差他去緝探盜情未回。」樊建威忙去通報了張通守，張通守道：「我幾時曾差他？這又奇了！」正說時，齊州中文已到，拆開一看，須陀老大吃驚，忙騎著馬，同唐萬仞、樊虎到叔寶營中，直至中軍帳，只見案上有書一封，張通守拆開細看，大驚道：「原來他與宇文述結仇，遭他陷害不過，竟自去了。可惜這人有勇有謀，是我幫手，如今他去了，如何是好？」回到營中，一面委官到齊州安諭。忽隋主有旨，調

❻木城：指山寨的圍牆門樓。

他做了滎陽通守，要他掃清翟讓，只得帶了樊虎、唐萬仞並部下人馬，到滎陽上任。樊、唐二人雖是公門出身，本領怎及得叔寶。因他兩個，也是有義氣的漢子，所以與叔寶相知。張須陀做郡丞時，就識拔他屢次建功，這番沒了叔寶，就做了心腹，思量要掃清翟讓。何知翟讓驍勇過人，竟搶過了李密一軍，帶領了千餘人馬，打破了金隄關，直抵滎陽劫掠。時翟讓正在城外各門分頭殺擄，不防張通守與樊、唐二人，各領精兵五百，開門一齊殺出。翟讓雖勇，當不起須陀一條神槍，神出鬼沒；邴元真、李如珪，早先敗退。翟讓被樊虎、唐萬仞二路夾攻，只得放馬逃遁，被張須陀趕殺了十餘里，虧得李密、王伯當大隊兵馬到來，須陀方收兵回去。

到了次日，李密定計：將人馬四面埋伏，著翟讓去引誘張須陀兵馬。至大海寺旁，忽聽林子裡喊聲四起，李密、王伯當、王當仁，衝將出來，後有翟讓、邴元真、李如珪，將須陀兵馬，裹住中間。樊虎見部下人馬漸漸稀少，須陀身先士卒，身上早中幾槍，征衫血染，猶奮力望李密衝來。樊虎、唐萬仞與李密當年在秦叔寶家中，雖曾識面，到這性命相關之處，也顧不得了，幫著須陀一齊殺出重圍，萬仞卻又不見了。張須陀道：「待我還去救他出來。」樊虎與張須陀殺入，唐萬仞已被賊兵截住，著了幾槍，漸漸支架不住。張須陀見了，慌忙直衝進去，槍挑了幾人落地，殺出重圍，樊虎卻又不見了。張須陀吩咐部下：「且護送唐爺回城，我再尋樊爺回來，不然斷不獨歸。」時須陀身子已狼狽，但他愛惜人的意氣重，不顧自己，復入重圍。豈知樊虎已因坐馬前失跌下來，被人馬踹死，那裡尋得出。李密先時也見樊、唐二人在須陀身邊，有個投鼠忌器之意，故不傳令放箭。今見須陀一人，便四下裡箭如飛蝗。須陀雖有盔甲，如何遮蔽得來，可憐一個忠貞勇敢為國為民的張通守，卻死在戰場之中！正是：

渭水星沉影，雲臺7事已空。

翟讓、李密射死了張須陀，大獲全勝。時內黃、韋城、雍丘都有兵來歸附。李密差人去到瓦崗報捷，眾豪傑聞報，都撫掌稱慶。獨叔寶聞張須陀戰死，禁不住潸然淚下，想道：「他待我有恩有禮，原指望我與他同患難，共休戚。密疏為我辨白，何等恩誼，不料生出變故，我便棄他逃生，令他為人所害。想他沙場暴露，屍骨不知在於何處？」便起身對雄信道：「單二哥，弟自到此處，並不曾見翟大哥，恐無此理。弟今特往滎陽，與他一面，就會王、李二兄，未知可否？」懋功道：「要去，我們打夥兒同去。如今郡縣都來歸附，他那裡這幾個人，也料理不來，須得我們去方妥。這裡寨柵牢固，只消一二個兄弟看守便夠了。尤俊達原是富戶快活人，留他與連巨真守寨，照管家屬。單全陞他做了總領，管轄山上嘍囉，日夜巡視柵欄，日用置買，俱是他調度。」吩咐停當，大家辭了母妻。徐懋功、齊國遠、程知節、賈潤甫做了前隊，單雄信、秦叔寶、羅士信做了後隊，俱輕弓短箭，帶領人馬，離了瓦崗。

將到鄭州地方，只見哨馬報翟大王兵到。原來翟讓同李密攻下汜水、中牟各縣，得了無限子女玉帛，要回瓦崗快活，故與李密分兵先回。兩軍相見，翟讓久聞秦叔寶大名，極加優待。單雄信問起，知翟讓有歸意，便道：「翟大哥，我們若只思量作賊，終身得些金帛子女，守定瓦崗罷了。若要圖王定霸，還須合著玄邃，佔據州縣纔是。」翟讓見說，也還未聽，只見哨馬報說：「李爺收了韓城各處地方，得了許多倉庫。李爺聞得眾位大王下山來，叫小的稟上單大王，說有一位秦爺，如在路，乞單大王速邀至軍

7 雲臺：漢宮中高臺名，在洛陽南宮。東漢明帝曾畫中興功臣三十二人於雲臺。

前一會。」雄信道：「曉得了。」因此翟讓心癢，仍舊回兵去與李密相合。路經滎陽，秦叔寶先差連明打聽張須陀屍首，部下感他恩德，已草草棺殮，並樊虎屍棺，都停在大海寺內。叔寶對單雄信道：「煩兄致意翟大哥，請諸兄先行，弟還要在此逗留幾天。」雄信會意，說了，眾人都已先行，獨雄信同著叔寶與羅士信。到了次日，叫手下備了豬羊祭儀，同眾人到大海寺中來。只見廊下停著兩口棺木，中間供著一個紙牌位，上寫「隋故滎陽通守張公之位」，側首上寫「隋死節偏將齊郡樊虎之柩」。秦叔寶與羅士信見了，不勝傷感，連雄信亦覺慘然。

三人正在嗟嘆之時，忽見外邊許多白袍白帽，約有四五十人擁將進來。羅士信看見，不知什麼歹人，忙拔刀在手喝道：「你們為何來聚在此？」眾兵衛道：「小的們感故主的恩情，在這裡守靈，守過了百日方敢散去。今日曉得秦爺來祭奠，故來參見。」叔寶叫他們起來住著，想道：「兵卒小人，尚且如此，我獨何人，乃敢背義！」忙叫左右把身上袍蓋，盡換了孝服，時祭儀已擺列停當，叔寶同士信痛哭祭奠，眾兵士俱扒在地上大慟，聲聞於外。單雄信亦備摺子弔拜。正在忙亂之時，只見外邊走進一人，頭裹蔴巾，身穿孝服，腰下懸一口寶劍，滿眼垂淚，跟著兩三個伴當，望著靈幃前走來。那些帶孝的兵衛，站在旁邊，說道：「唐爺來了！」叔寶仔細一認，見是唐萬仞，把手向他一舉道：「唐兄來得正好。」豈知唐萬仞只做不見，也不聽得，昂然走到靈前大慟，敲著靈桌哭道：「公生前正直，死自神明。我唐萬仞本係一個小人，承公拔識於行伍之中，置之賓僚之上，數年已來，分燠噓寒❽，解衣推食。公之恩可謂厚矣至矣。雖公之愛重者尚有人，而我二人之鑒拔者則惟公。蒙公能安我於生地，而自死於陣前，我

❽ 分燠噓寒：問寒問暖。

亦安敢昧心，而偷生於公死後！」

叔寶站在一旁，聽他一頭說，一頭哭，說到後邊句句譏諷到他身上來，此身如負芒刺，又不好上前來勸他；連雄信手下兵卒，無不掩淚偷泣。雄信看見叔寶顏色慘淡，便要去勸住唐萬仞。只見萬仞把桌一擊道：「主公，你神而有靈，我前日不能陣前同死，今日來相從地下！」說罷，只見佩刀一亮，響落在地，全身望後便倒。眾兵衛望見，如飛上前來救，一腔熱血，噴滿在地。叔寶見了，忙捧著屍首大聲叫道：「萬仞兄，你真個死了，你真個相從恩公於地下了，我秦瓊亦與你一答兒去罷！」忙在地上拾起劍來要刎，背後羅士信一把抱住喊道：「哥哥，你忘了母親了！」奪劍付與手下取去。叔寶猶自哽咽哭泣，吩咐手下快備棺木殯殮，就停在張通守右邊。然後收拾祭儀，給與張通守兵衛領去，與雄信、士信一齊回營。正是：

蘆中不圖報❾，漂母豈虛名❿？

總評：秦叔寶雖云不得已而從賊，然去得明白曉暢，非獨感恩知己而然，亦天性之忠良不昧耳。及母子相見，情景宛然。妙在程母數語，描出快人生面，非此母不生此子。末後祭奠張須陀一段，逼寫三箇忠魂，恍如活跳面前，令人起敬。

---

❾ 蘆中不圖報：伍子胥逃亡吳國時，至江邊，有一漁父為他擺渡。見子胥飢餓，便去拿食物給子胥喫。子胥懷疑漁父要謀害他，便藏身蘆葦中。漁父拿食物回來，呼伍子胥為葦中人，讓他飽餐而去。

❿ 漂母豈虛名：指韓信落魄時，洗布的老婦人（即漂母）曾供他飲食的故事。

唐萬仞佩刀一亮，響落在地，全身望後便倒。叔寶忙捧著尸首大聲叫道：「萬仞兄，你真個死了，你真個相從恩公於地下了！我秦瓊亦與你一答兒去罷！」

第四十六回　殺翟讓李密負友　亂宮妃唐公起兵

詞曰：

榮華自是貪夫餌，得失暗相酬。戀戀蠅頭，營營蝸角，何事能休？　機緣相左，談笑劍戟，樽俎戈矛。功名安在？一堆白骨，三尺荒坵。

右調青衫溼

天地間兩截人的甚多：處窮困落寞之時，共設心行事，覺得寬厚有情，春風四海。至富貴權衡之際，其立心做事，與前相違，時時要防人算計他，刻刻恐自己跌下來。這個毛病，十人九犯。總因天賦之性，見識學問，只到得這個地位。再說秦叔寶在大海寺，將張須陀並唐、樊二人重新殯殮，擇地安葬，做幾日道場；然後同單雄信、羅士信起行，趕到康城，與李密、王伯當眾人相會了，敘舊慶新，好不快活。秦叔寶勸李密用輕騎襲取東都以為根本，然後徐定四方。翟讓遂依計，令頭目裴叔方帶領數個伶俐人役，前往打探山林險阻，關梁兵馬；不意被人覺察，拿住三個，知是翟讓奸細，解留守宇文都府中勘問，將來斬首；止逃得裴叔方兩三個回來，一番緝探，倒作了東都添兵預備防守。還虧李密聽了秦叔寶，同程知節、羅士信，輕兵掩襲，悄悄過了陽城，偷過了方山，直取倉城。翟讓、李密陸續都到。一個洛口倉，不煩弓矢，已為翟讓所據。李密開倉賑濟，四方百姓，都來歸附。隋朝士大夫不得意者，朝散大夫時德叡、宿城令祖君彥，亦來相從。時東都早已探知，越王侗傳令旨差虎賁郎將劉仁恭、光祿少卿房崱，募兵二萬五千，差人知會河南討捕大使裴仁基，前後夾攻，會師倉城。不意李密又早料定，撥精兵五支，把隋兵殺得大敗，劉仁恭、房崱僅逃得性命；裴仁基聞得東都兵敗，頓兵不進。李密聲名，自此益振。

翟讓的軍師賈雄，見李密愛人下士，著實與他相結。翟讓欲自立為王，雄卜數哄他說不吉，該輔李密，說道：「他是蒲山公，將軍姓翟；翟為澤，蒲得澤而生，數該如此。」又民間謠言道：「桃李子，皇后繞揚州，宛轉花園裡。勿浪語，誰道許。」桃李子，是說的逃走李氏之子；皇后二句，說隋主在揚州宛轉不回；莫浪語，誰道許，是個密字。因此翟讓與眾計議，推尊李密為魏公，設壇即位，稱永平元年，大赦；行文稱元帥府，拜翟讓上柱國司徒東郡公，徐世勣左翊衛大將軍，單雄信右翊衛大將軍，秦叔寶左武侯大將軍，王伯當右武侯大將軍，程知節後衛將軍，羅士信驃騎將軍，齊國遠、李如珪、王當仁俱虎賁郎將，房彥藻元帥府左長史，邴元真右長史，潤甫左司馬，連巨真右司馬。時隋官歸附者，鞏縣柴孝和，監察御史。

裴仁基雖守在河南，與監察御史蕭懷靜不睦。懷靜每尋釁要劾詐他，甚是不堪。賈潤甫與仁基舊交，悄地到他營中，說他同兒子裴行儼，殺了蕭懷靜，帶領全軍，隨賈潤甫來降魏公。魏公極其優禮，封仁基上柱國河東公，行儼上柱國絳郡公。

李密領眾軍取了回洛倉，東都文書向江都告急。隋王差江都通守王世充，領江淮勁卒，向東都來擊。李密遣將抵住。秦叔寶該攻武陽，武陽郡丞姓元，名寶藏，聞得叔寶兵至，忙召記室魏徵計議，就是華山道士魏玄成。他見天下已亂，正英雄得志之時，所以仍就還俗，在寶藏幕下。寶藏道：「李密兵鋒正銳，秦瓊英勇素著，本郡精兵又赴東都救援，何以抵敵？」魏徵道：「李密兵鋒，秦瓊英勇，誠如尊教。若以武陽相抗，似以抔土塞河。明公還須善計，以全一城民士。」寶藏道：「有何善計！只有歸附，以全一城。足下可速具降箋，赴軍前一行。」叔寶兵到，得與魏玄成相見，故人相遇，分外欣喜，笑對玄成道：「弟當日已料先生斷不以黃冠終，果然！」因問武陽消息。魏徵道：「郡丞元寶藏，度德順天，願全城歸附，不煩故人兵刃。」叔寶道：「這是先生贊襄之力，可赴魏公麾下，進此降箋。」留飲帳中敘闊。叔寶又做一個稟啟，說魏徵有王佐之才，堪居帷幄，要魏公重用。因此魏公得瓊薦啟，遂留徵做元帥府文學參軍記室。元寶藏為魏州總管。

今說翟讓，本是一個一勇之夫，無甚謀略。初時在群盜中，自道是英雄；及見李密足智多謀，戰勝攻取，也就覺得不及。又聽了賈雄、李子英一干人，竟讓李密獨尊，自己甘心居下。後來看人趨承，看他威權，卻有不甘之意。還有個兄翟弘，拜上柱國滎陽公，更是一個粗人，他道：「是我家權柄，緣何輕與了人，反在他喉下取氣？」又有一班幕下，見李密這干僚屬興頭，自己處了冷局，也不免怏怏生出事來。所以古人云：物必先腐也，而後蟲生之。時若有人在內調停，也可無事；爭奈單雄信雖是兩邊好的，卻是一條直漢；王伯當、秦叔寶、程知節，只與李密交厚；徐世勣是有經緯❶的，怕在裡頭調停惹禍。

一日，翟讓把個新歸附李密的鄢陵刺史崔世樞，要他的錢，將來囚了。李密來取不放。元帥府記室

❶ 經緯：指謀略和規畫治理的才能。

邢義期，叫他來下棋，到遲，杖了八十。房彥藻破汝南回，翟讓問他要金寶道：「你怎只與魏公不與我？魏公是我立的，後邊事未可知。」因此房彥藻、邢義期，同著司馬鄭頲，勸李密剪除翟讓，李密道：「想我當初，實虧他脫免大禍，是我功臣。今遽然圖害，人不知他暴戾，反道我背義嫉賢，人不平我，這斷然不可。」忽又想：「翟讓是個漢子，但恐久後被他手下人扛幫❷壞了，也是肘腋之患。」鄭頲道：「毒蛇螫手，壯士解腕，英雄作事，不顧小名小義。今貪能容之虛名，受誅夷之實禍，還恐噬臍無及❸。」房彥藻道：「翟司徒遲疑不決，明公得有今日；明公亦如此遲疑，必為所先。明公大意，以為他粗人，不善謀人。不知粗人，膽大手狠，作事最毒。」李密道：「諸君這等善為我謀，須出萬全。」

次日李密置酒，請翟讓並翟宏、翟侯、裴仁基、郝孝德同宴，李密吩咐將士，須都出營外伺候，只留幾個在此服役。眾人都退，只剩房彥藻、鄭頲數人。陳設酒席，翟讓司馬府王儒信與左右還在，房彥藻向前稟道：「天寒，司徒扈從，請與犒賞。」李密道：「可倍與酒食。」左右還未敢去，翟讓道：「元帥既有犒賞，你等可去關領。」眾人叩謝而出，只有李密麾下壯士蔡建德，帶刀站立。閒話之時，李密道：「近來得幾張好弓，可以百發百中。」叫取來送與列位看。先送與翟讓，道是八石弓。翟讓道：「只有六石，我試一開。」離坐扯一個滿月，弓纔滿，早被蔡建德拔出刀，照腦後劈倒在地，吼聲如牛，可憐百戰英雄，頃刻命消三尺！時單雄信、徐懋功、齊國遠、李如珪、邴元真五人，在賈司馬署中赴宴會，正在銜杯談笑之時，只見小校進來報道：「司徒翟爺，被元帥砍了。」雄信見說，吃了一驚，一隻杯子

---

❷ 扛幫：抬舉和幫助。

❸ 噬臍無及：比喻後悔已晚。

李密置酒，請翟讓等同宴，閒話之時，要來試弓。翟讓離座，扯一個滿弓，早被蔡建德拔刀照腦劈倒在地。吼聲如牛，可憐英雄，命消三尺。

落在地上道：「這是什麼緣故！就是他性子暴戾，也該寬恕他，想當初同在瓦崗起義之時，豈知有今日？」邴元真道：「自古說兩雄不並棲，此事我久已料其必有。」徐懋功道：「目前舉事之人，那個認自己是雌的？只可惜。」李如珪道：「可惜那個？」懋功道：「不可惜翟兄，只可惜李大哥。」賈潤甫點頭會意。

正在議論之時，見手下進來說：「外邊有一故人，說是要會李爺的。」李如珪走出去，攜著一個人的手來，說道：「單二哥，又是一個不認得的在這裡。」雄信起身一認，原來是杜如晦，大家通名敘禮過了。杜如晦對徐懋功道：「久仰徐兄大才，無由識荊，今日一見，足慰平生。」徐懋功道：「弟前往寨中晤劉文靜兄，盛稱吾兄文章經濟，才識敏達，世所罕有。今日到此，弟輩當退避三舍矣！」雄信道：「克明兄，還是涿州張公謹處會著，直至如今，不得相晤，使弟輩時常想念。今日甚風吹得到此？」杜如晦道：「弟偶然在此經過，要會叔寶兄；不想他領兵黎陽去了。因打聽如珪兄在這裡，故此走來望望，那曉得單二哥與諸位賢豪，多在這裡。所以魏公不多幾時，幹出這般大事業來，將來麟閣功勳❹，都被諸兄占盡了。」單雄信喟然長嘆道：「人事否泰❺，反復無常，說甚麟閣功勳。聞兄出仕隋家，為溫城尉，為何事被黜？」如晦道：「四方擾攘之秋，戀此升斗之俸，被奸吏作馬牛，豈成大器之人？」大家又說了些閒話，辭別起身。

李如珪拉杜如晦、齊國遠到自寓，設酒肴細酌。杜如晦道：「弟剛纔在帥府門首經過，見人多聲雜，

❹ 麟閣功勳：漢宣帝時有麒麟閣，畫功臣圖像於閣內。

❺ 否泰：本為周易的兩個卦名，這裡指命運的好壞、事情的順逆。

不知有何事？」齊國遠口直說道：「沒什麼大事，不過帥府殺了一個人。」杜如晦道：「殺了甚人？」李如珪只得將李密與翟讓不睦，以至今日殺害。「當初在瓦崗時，李玄邃、單二哥、弟與齊兄，都是翟大哥請來，弄成一塊，今日聽見他這個結局，眾人心裡多有些不自在。」杜如晦道：「怪道適纔雄信顏色慘淡，見弟覺得冷落，弟道他做了官了，以此改常，不意有這一事在心；若然玄邃作事，今與昔異，太覺殘忍。諸兄可云尚未得所，猶在几上之肉。」齊國遠道：「我們兩個兄弟，又沒有家眷牽帶，光著兩個身子，有好的所在，走他娘，管他們什麼鳥帳！」杜如晦道：「有便有個所在，但恐二兄不肯去。」二人齊問：「是何所在？」杜如晦道：「弟今春在晉陽劉文靜署中，會見柴嗣昌，與弟相親密，說起叔寶與二兄，當年在長安看燈，豪爽英雄，甚是獎賞。曉得二兄嘯聚山林，托弟來密訪。即日他令岳唐公欲舉大事，要借重諸兄，不意叔寶正替玄邃幹功。二兄倘此地不適意，可同弟去見柴兄；倘得事成，亦當共與富貴。況他舅子李世民，寬仁大度，禮賢下士，兄等況是舊交，自當另眼相待。」齊國遠道：「我是不去的，在別人項下取氣，不如在山寨裡做強盜快活。」

正說，驀地裡一人闖進來，把杜如晦當胸扭住，說道：「好呀，你要替別人家做事，在這裡來打合❻人去，扯你到帥府裡去出首！」杜如晦嚇得顏色頓異，齊國遠見是郝孝德，便道：「不好了，大家廝併了罷！」忙要拔刀相向。郝孝德放了手，哈哈大笑道：「不要二兄著急，剛纔所言，弟盡聽知。弟心亦與二兄相同，若能挈帶，生死不忘。弟前日聽見魏玄成說，途遇徐洪客兄，說真主已在太原，玄邃成得甚事。如今這樣舉動，翟兄尚如此，我輩真如敝屣矣！」李如珪道：「郝兄議論爽快，但我們怎樣個去

❻ 打合：招集；糾合。

法？」郝孝德道：「這個不難。剛纔哨馬來報，說王世充領兵到洛北，魏公明日必要發兵，到那時二兄不要管他成敗，領了一支兵，竟投鄠縣去，那個來追你？」李如珪道：「妙。」郝孝德問杜如晦道：「兄此去將欲何往？」如晦道：「此刻歸寓，明日一早動身，即往晉陽去矣！」孝德又問道：「尊寓下何處？」如晦道：「南門外徐涵暉家。」孝德拱一拱手竟自去了。杜如晦見孝德辭去，心中狐疑，與齊、李二人叮嚀了幾句，也便辭別出門。比及如晦到寓時，郝孝德隨了兩個伴當，早先到了徐家店裡了。杜如晦見郝孝德鞍馬行囊齊備，不勝怪異道：「兄何欲去之速？」郝孝德道：「魏公性多疑猜，遲則有變。弟知帥府有旨，明日五鼓齊將，就要發兵了，此刻往頭裡走去為妥。」大家在店用了夜膳，收拾上路，往晉陽進發。

行了幾日，來到朔州舞陽村地方，一個大村落裡。時值仲冬，雪花飄飄，見樹影裡一個酒帘挑出。郝孝德道：「克明兄，我們這裡吃三杯酒再走如何？」杜如晦道：「使得。」到了店門首，兩人下馬進店坐定。店家捧上酒肴。吃了些麵餅和火酒，耳邊只聽得叮叮噹噹，敲椎聲響。兩人見牲口在那裡上料，轉過灣頭，只見大樹下一個大鐵作坊，三四個人都在那裡熱烘烘打鐵。樹底下一張桌子，擺著一盤牛肉，一盤炙鵝，一盤饝饝。面南板凳上，坐著一大漢，身長九尺，膀闊二停❼，滿部髯鬚，面如鐵色，目若朗星，威風凜凜，氣宇昂昂。左右坐著兩個人，一人執著壺，一人捧著碗，滿滿的斟上，奉與大漢。那大漢也不推辭，大咀大嚼，旁若無人。一連吃了十來碗酒，忽掀髯大笑道：「人家借債，向富戶那移，你二兄反要窮人索取。人家借債，是債主寫文券約，你二兄反要放主書帖契，豈不是怪事？」右手那人

❼ 二停：謂肩膀寬大。停，成數，即總數分成幾部分，其中一部分叫一停。

說道：「又不要兄一厘銀子，只求一個帖子，便救了我的性命了。」如飛又斟上酒來。那大漢道：「既如此說，快取紙筆來，待我寫了再吃酒，省得吃醉了酒，寫得不好。」二人見說，忙向胸前取出一幅紅箋來，一人進屋裡取筆硯，放在桌上。右手那人，便磕下頭去。那大漢道：「莫拜莫拜，待我寫就是。」拿起筆來，便道：「叫我怎樣寫，快念出來！」那兩個道：「只寫上尉遲恭支取庫銀五百兩正，大業十二年十一月二日票給。」大漢提起筆來，如命直書完了，把筆擲桌上，又哈哈大笑，拿起酒來，一飲而盡，也不謝聲，竟踱進對門作坊裡去了。又去收拾了杯盤，滿面欣喜，向東而行。杜如晦趨近前舉手問道：「二兄長，方纔那個大漢，是何等樣人，二兄這般敬他？」一個答道：「他姓尉遲名恭，字敬德，馬邑人氏。他有二三千斤膂力，能使一根渾鐵單鞭，也曾讀過詩書，為了考試不第，見四方擾攘，不肯輕身出仕。他祖上原是個鐵作坊，因閒住在家，開這作坊過活。」杜如晦道：「剛纔二兄求他帖兒，做什麼？」二人道：「這個話長，不便告訴，請別了。」杜如晦見這一條好漢，尚無人用他，要想住在這個村裡，盤桓幾日，結識他薦於唐公。無奈郝孝德催促上路，又見伴當牽著牲口來尋，只得上馬，心中有一個尉遲恭罷了。正是：

但識英雄面，相看念不忘。

如今卻說唐公李淵，自從觸忤了隋主，虧得那女婿柴紹，不惜珍珠寶玩，結交了隋主一班佞臣，營求到太原來；只求免禍，那有心圖天下。他有四個兒子：長的叫做建成，是個尋常公子，鮮衣駿馬，耽酒漁色；三子玄霸，早卒；四子元吉，極是機謀狡猾，卻也不是霸王之才；只有次子世民，是在永福寺生下的，年四歲時，有書生見而異之曰：「龍鳳之姿，天日之表，年至弱冠，必能濟世安民。」言畢而去。唐公懼其語洩，使人欲追殺之，而不知其所往，因以為神，採其語，名曰世民。自小聰明天縱，識量異人。將門之子，兵書武藝，自是常事；更喜的是書史，好的是結交。公子家不難揮金如土，他只是將來結客，輕財好士之名，遠近共聞。最相與的一個是武功人氏，姓劉名文靜，現為晉陽令。此人飽有智謀，才兼文武。又有池陽劉弘基，妻族長孫順德，都是武勇絕倫，不是如今紈袴之子，見天下荒荒，是真主之資，私自以漢高自命。會李密反，劉文靜因坐李密姻屬，繫太原獄，世民私入獄中視之。文靜喜，以言挑之道：「今天下大亂，非湯武高光❽之才，不能定也。」世民道：「安知其無人，但不識人耳。我來看汝者，非比兒女子之情，以世道相革❾，欲與君計議大事耳。」文靜道：「今隋主巡幸江淮，兵填❿河洛，李密圍東都，盜賊蜉結⓫，大連州縣，小阻山澤，殆以萬數。當此之際，有真主驅而用之，投機搆會，振臂一呼，四海不足定矣。今太原百姓皆避盜入於城內，文靜為令數年，熟識豪傑之士，一旦收集，可得數十萬人。加以尊公所掌之兵，復加數萬，一令之下，誰不願從？以此乘虛入關，號令天下，及過半載，帝業成矣！」世民笑道：「君言正合我意。」乃陰部署客賓，訓練士卒，伺便即舉。過月餘，文靜得脫於獄。世民將發，恐父不從，與文靜計議。文靜道：「尊公素與晉陽宮監裴寂相厚，無

---

❽ 湯武高光：指商湯、周武王、漢高祖劉邦、漢光武帝劉秀。

❾ 相革：正在改變。

❿ 填：通「鎮」。指鎮壓。

⓫ 蜉結：如蜉蝣一般聚結在一起。

言不從，激其行事，非此人不可。」世民想此事不好出口央他，曉得裴寂好吃酒賭錢，便從這家打入，與他相好。即出錢數萬，囑龍山令高斌廉與寂博，佯輸不勝。後寂知是世民來意，大喜，與世民亦親密。世民遂以情告之。寂慨然許諾道：「事盡在我。」旦夕思想，忽得一計，徑入晉陽宮來。正值張、尹二妃在慶雲亭前賞玩臘梅，見裴寂至，問道：「汝自何來？」裴寂道：「臣來亦欲折花以樂耳。」張夫人笑道：「花乃婦人所戴，於汝何事？」裴寂道：「夫人以為男子不得戴乎？愛欲之心，人皆有之。但花雖好，止可閒玩以供粉飾，醫不得人的寂寞，禦不得人的患難。」尹夫人笑道：「汝且說醫得寂寞，禦得患難的是何事？」裴寂道：「隋室荒亂，主上巡幸江都，樂而忘返；代主幼小，國中無主，四方群雄競起，稱孤道寡者甚多。近報馬邑校尉劉武周據汾陽宮，稱為可汗，甚是利害。汾陽與太原不遠，倘兵至此，誰能禦之？臣雖為副守，智微力弱，難保全軀，汝等何以得安？」二妃驚道：「似此奈何？果如所言，吾姊妹休矣！」裴寂又道：「今臣來有一計，與夫人商議，不惟可以保全，並送一套富貴。」尹夫人道：「富貴安敢指望，只求免禍足矣！」裴寂道：「留守李淵，人馬數萬，其子世民，英雄無敵，結納四方豪傑，要舉大事，恐淵不從，未敢輕動；我料天下不日定歸此人。汝二人永處離宮，終宵寂寞已有年矣，何不乘此機會，侍事於淵，可以轉禍為福，非嬪即后，富貴無比，豈不為美？」張夫人道：「向見唐公，久懷此志；只是姊妹不好與汝啟口，但恐唐公秉忠見拒，事洩無成奈何？」裴寂道：「只患二夫人心不堅耳，堅則何愁不成哉！」二夫人見說，一時笑逐顏開道：「若得事成，君之深恩，吾姊妹終身不忘；但不知計將安出？」裴寂向二夫人附耳道：「只須如此而行，何患不從？」二夫人點頭唯唯。

次日，裴寂設席晉陽宮，差人來請唐公，少刻即至。二人相見，入席坐定，裴寂並不提起世民之事，只顧勸酒。唐公大醉。裴寂道：「悶酒難飲，有二美人，欲叫來侑明公一觴可乎？」唐公笑道：「知己相對，正少此耳，有何不可？」裴寂叫左右去喚。不多時，只聽得環珮叮噹，香風馥郁，走出兩個美人來，生得十分佳麗，唐公定睛一看，果然正是：

花嬌柳媚玉生春，何處深宮忽豔妝。自是塵埃識天子，故人雲雨惱襄王⑫。

二美人到了筵前，隨即參見了唐公。唐公慌忙還禮。裴寂就叫取兩個座兒，坐在唐公左右。唐公酒後糊塗，竟不問來歷，見二美人色豔，便放量快飲。二美人曲意奉承，裴寂再三酬勸，唐公不覺大醉。裴寂離席潛出，唐公又飲了數杯，立腳不定，二美人扶掖去睡，醉眼模糊，那辨得甚麼宮中府中。正是：

花能索笑酒能親，更有蛾眉解誤人。莫笑隋家浪天子，乘時豪傑亦迷津。

唐公一覺醒來，見兩隻玉臂緊挽雙肩，被窩中左右兩個美人擁著，忽想起昨晚之事，心下驚疑。又見臥在龍床上，黃袍蓋體，驚問道：「汝二人是誰？」二美人笑道：「大人休慌，妾二人非他，乃宮人張妃、尹妃也。」唐公大驚道：「宮闈貴人，焉可得同枕席。」忙要披衣起來，當不起二美人左右半肩玉體徐徐壓著。張夫人嬌聲細語道：「聖駕南幸不回，群雄並起。裴公屬意大人，故令妾等私侍，以為異日之計。」唐公歎恨道：「裴玄真誤我。」又要推開二美人起身，尹夫人道：「妾姊妹二人，質雖蒲

⑫ 襄王：指楚懷王之子頃襄王。相傳襄王夢與神女雲雨，這裡即用此典故。

柳，今宵佳會，亦係前緣。況此時天尚未明，正在一刻千金之候，大人何不情之甚！」說了落下幾點淚來。時唐公見粉妝玉琢兩個美人靠緊兩傍，又聽他輕言軟語，說得可愛可憐，隨你天大的利害，都化為水，一腔慾火，重新熾焰。大家盡興歡暢了一會，然後起身出來。走到殿前，裴寂迎將進來說道：「深宮無人，何必起得這等早？」唐公道：「雖則無人，心實驚悸不安。」裴寂道：「英雄為天下，那裡顧得許多小節。」叫左右取水梳洗。唐公梳洗已畢，裴公又看上酒來，飲過數杯，裴寂因說道：「今隋主無道，百姓窮困，豪傑並起，晉陽城外，皆為戰場。明公手握重權，令郎陰蓄士馬，何不舉義兵伐夏救民，建萬世不朽之業？」唐公大驚道：「公何出此言，欲以滅族之禍加我耳。李淵素受國恩，斷不變志。」裴寂道：「當今上有嚴刑，下有盜賊，明公若守小節，危亡有日矣。不若順民心興義兵，猶可轉禍為福，此天授公時，幸勿失也。」唐公道：「公慎勿再言，恐有洩漏，取罪非輕。」寂笑道：「昨日以宮人私侍明公者，惟恐明公不從，故與令郎斟酌，為此急計耳。若事發當並誅也。」唐公道：「我兒必不為此，公何陷人於不義？」話猶未了，只見旁邊閃出一人，頭帶束髮金冠，身穿團花繡襖，說道：「裴公之言，深識時務，大人宜從之。」唐公聽得此言，見是世民，輕口惹事，只得佯怒道：「拿你免禍！」世民毫無懼色道：「要拿送我，死不敢辭，父親罪必難免。若非舉義，何以動為？」唐公嘆道：「破家亡軀由汝，化家為國亦由汝。」唐公悄地差人到河東去，喚建成、元吉到太原團聚，正好放心做事。只說廢昏立明，尊立鎮守長安代王侑為天子，是為恭帝，禪位於唐公。於是李淵稱皇帝，即位於太原，國號唐，建元武德，立建成為太子，封世民為秦王，元吉齊王。命秦王興師討賊，自己擁兵入關。正是：

水映朱旂赤，戈搖雪浪明。長虹接空起，天際落神兵。

總評：李密不殺翟讓，事之成敗，尚未得料。一盤棋局，獨失此著，令眾豪傑離心，以致無成。看後來歸唐復叛行徑，真庸流也，何足言哉！尉遲敬德出處雖屬平常，其氣概自覺卓犖不群。

第四十七回　看瓊花樂盡隋終　殉死節香銷烈見

詞曰：

興衰如丸轉，光陰速，好景不終留。記北狩英雄，南巡富貴，牙檣錦纜，到處遨遊。忽轉眼斜陽鴉噪晚，野岸柳啼秋。暗想當年，追思往事，一場好夢，半是揚州。　可憐能幾日？花與酒，釀成千古閒愁。謾道半生消受，骨脆魂柔。奈歡娛萬種，易窮易盡，愁來一日，無了無休。說向君如不信，試看練纏頭！

右調風流子

禍福盛衰，相為倚伏。最可笑把祖宗櫛風沐雨得來江山，只博得自己些時朝歡暮舞的歡娛，瓊室瑤基的賞玩。到底甘盡苦來，一身不保，落得貽笑千秋。如今且將唐公李淵起兵之事，擱過一邊。再說煬帝在江都蕪城中，又造起一所宮苑，比西苑更覺富麗，增了一座月觀迷樓九曲池，又造一條大石橋。煬帝日逐在迷樓月觀之內，不是車中，定即屏中，任意淫蕩；譬如一株大樹，隨你枝葉扶疏，根深蒂固，若經了眾人剝削，斧斤砍伐，便容易衰落；何況人的精力，能有幾何，怎當得這起妖妖嬈嬈宮人美人，時刻狂淫。煬帝到此時候，也覺精疲神倦。

一日睡初起，正在紗牕下，看月賓、絳仙撲蝴蝶耍子，忽見一個內相來報：「蕃釐觀瓊花盛開，請萬歲玩賞。」煬帝大喜，隨即傳旨，排宴在蕃釐觀，宣蕭后與十六院夫人同去賞瓊花。不多時，蕭后與各院夫人俱宣到，袁紫煙在寶林院養病不赴。煬帝道：「瓊花乃是江都一種異卉，天下再無第二本，朕從來不曾看見。今日聞說盛開，特召御妻與眾妃同去一賞，怎不見沙妃子來？」朱貴兒說道：「妾今日出院時，沙夫人說趙王傷了些風，想是這個緣故不來。」清修院秦夫人點點頭兒，煬帝道：「傷風小恙，瓊花是不易看見的，何不來走走？」朱貴兒道：「萬歲不曉得，若趙王身子稍有不安，沙夫人即吃緊的，寤伴著他不敢行動。」煬帝喜道：「此兒得沙妃愛護，方不負朕所托。」遂命起駕。自同蕭后上了玉輦，十五院夫人及眾美人，都是香車，一齊到蕃釐觀。進得殿來，只見大殿上供著三清聖像❶。殿宇雖然宏大，卻東頹西壞，聖像也都毀敗。蕭后終是婦人家，看見聖像，便要下拜。煬帝忙止住道：「朕與你乃堂堂帝后，如何去拜木偶？」蕭后道：「神威赫赫有靈，人皆賴其庇佑，陛下不可不敬。」煬帝問左右：「瓊花在於何處？」左右道：「在後邊臺上。」原來這株瓊花，乃一仙人道號蕃釐，因談仙家花木之美，世人不信，他取白玉一塊，種在地下，須臾之間，長起一樹，開花與瓊瑤相似，又因種玉而成，故取名叫做瓊花。後因仙人去了，鄉里為奇，造這所蕃釐觀，以紀其事。近來此花有一丈多高，花如白雪，蕊瓣團團，就如仙花相似，香氣芬芳，異常馥郁，與凡花俗卉，大不相同，故擅了江都一個大名。

時煬帝與蕭后纔轉過後殿，早望見高臺上瓊堆玉砌的一片潔白，異香陣陣，撲面飄來。煬帝大喜道：「果然名不虛傳，今日見所未見矣！」正要到花下去細玩，豈知事有不測，纔到臺邊，忽然花叢中捲起

---

❶ 三清聖像：道教所尊的三位神，即玉清元始天尊、上清靈寶道君、太清太上老君，合稱三清。

一陣香風，甚是狂驟。宮人太監見大風起，忙用掌扇御蓋，團團將煬帝與蕭后圍在中間，直等風過，方纔展開。煬帝抬頭看花，只見花飛蕊落，雪白的堆了一地，枝上要尋一瓣一片卻也沒有。煬帝與蕭后見了，驚得癡呆半晌，大怒道：「朕也未曾看個明白，就落得這般模樣，殊可痛恨。」回頭見錦篷內賞花的筵宴，安排得齊齊整整，兩邊簇擁著笙簫歌舞，甚是興頭；無奈瓊花落得乾乾淨淨，十分掃興。

煬帝看了這般光景，不勝惱恨道：「那裡是風吹落，都是妖花作祟，不容朕見；不盡根砍去，何以洩胸中之恨？」隨傳旨叫左右砍去。眾夫人勸道：「瓊花天下只有一株，留待來年開花再賞；若砍去便絕了此種。」煬帝怒道：「朕巍巍天子，既看不得，卻留與誰看？今且如此，安望來年？便絕了此種，也無甚事。」連聲叫砍，太監誰敢違拗，就將儀仗內金瓜鉞斧❷，一齊砍伐。登時將天上少、世間稀的瓊花，連根帶枝都砍得乾淨。煬帝也無興飲酒，遂同蕭后上輦，與眾妃子回到苑中去了。煬帝對蕭后道：「朕與御妻們下龍舟游九曲河❸何如？」蕭后道：「天氣晴明，湖光山色，必有可觀。」煬帝吩咐左右，擺宴在龍舟，去游九曲。於是一行扈從，都迎進苑中。煬帝與蕭后眾夫人等齊下龍舟，一頭飲酒，一頭游覽，東撐西蕩，游了半日，無甚興趣。煬帝叫停舟起岸，大家上輦，慢慢的遊到大石橋來。時值四月初旬，早已一彎新月，斜挂柳梢，幾隊濃陰，平鋪照水。煬帝與蕭后的輦到了橋上，那橋又高又寬，都是白石砌成，光潔如洗，兩岸大樹覆蓋，橋下五色金魚，往來游泳。煬帝因瓊花落盡，受了大半日煩悶，今看這段光景，竟如吃了一帖清涼散，心中覺得爽快，便叫停輦下來，取兩個錦墩，同蕭后坐定。叫左

❷ 金瓜鉞斧：金瓜，古代皇帝衛士所執的一種長兵器，頂端作瓜形。鉞斧，古代兵器，形狀如大斧，安裝長柄。

❸ 九曲河：江蘇省丹陽市北有九曲河，連接長江。這裡是指在揚州御苑中所開挖的小河。

右將錦褥鋪滿，眾夫人坐定，擺宴在橋上。煬帝靠著石欄杆，與眾夫人說笑飲酒。秦夫人道：「此地甚佳，不減畫上平橋景致。」蕭后問道：「此橋何名？」煬帝道：「沒有名字。」夏夫人道：「陛下何不就今日光景，題他一個名字，留為後日佳話。」煬帝道：「說得有理。」低頭一想，又週圍數了一遍，說道：「景物因人而勝，古人有七賢鄉、五老堂，皆是以人數著名。朕同御妻與十五位妃子，連朱貴兒、袁寶兒、吳絳仙、薛冶兒、杳娘、妥娘、月賓七個，共是二十四人在此，竟叫他做二十四橋，豈不妙哉！」大家都歡喜道：「好個二十四橋，足見陛下無偏無黨之意。」遂奉上酒來。煬帝十分暢快，連飲數杯，便道：「朕前在影紋院，聞得花妃子的笛聲嘹喨，令人襟懷疏爽，何不吹一曲與朕聽？」梁夫人道：「笛聲必要遠聽，更覺悠揚宛轉。」狄夫人道：「宵來在夏夫人院裡，望蝶樓上，聽得李夫人與花夫人兩個，一個吹一個唱，始初尚覺笛是笛，歌是歌，聽到後邊，一回兒像盡是歌聲，一回兒像盡是笛聲，真聽得人神怡心醉。」蕭后道：「這等好勝會，妳們再不來挈我。」煬帝問道：「她歌的是新詞，是舊曲？」夏夫人道：「是沙夫人近日做的一支北罵玉郎帶上小樓，卻也虧她做得甚好。」煬帝喜道：「妃子記得麼？試念與朕聽，看通與不通。」夏夫人念道：

小院笙歌春晝閒，恰是無人處整翠鬟。樓頭吹徹玉笙寒，注沉檀。低低語影在秋千，柳絲長易攀，柳絲長易攀，玉鉤手捲珠簾，又東風乍還，又東風乍還。閒思想，朱顏凋換。幸不至，淚珠無限。知猶在，玉砌雕欄，知猶在，玉砌雕欄。正月明回首，春事闌珊。一重山，兩重山，想夏景依然，沒亂煞，許多愁，向春江怎挽？

煬帝聽了喟然道：「沙妃子竟是個女學士，做得這樣情文兼至。左右快送兩杯酒，與李夫人、花夫人飲了，到橋東得月亭中，聽她妙音。」花、李二夫人見聖意如此，料推卻不得，只得吃乾了酒，立起來。李夫人把狄夫人瞅著一眼說道：「都是妳這個搊斷人腸子的多嘴不好。」便同花夫人下橋轉到得月亭中坐了。那亭又高又敞，在苑中。兩人執象板，吹玉笛，發繞梁之聲，調律呂之和，真個吹得雲斂晴空，唱得風回珮轉。煬帝聽了，不住口讚嘆。

時初七八裡，月光有限。煬帝道：「樹影濃暗，我們何不移席到亭子上去？」遂起身同蕭后眾夫人慢慢聽曲而行，剛到亭前，曲已奏終。二夫人看見，忙出亭來。煬帝對花、李二夫人道：「音出佳人之口，聽之令人魂消，二卿之技可謂雙絕矣！」宮人們忙排上宴來。煬帝叫左右快斟上酒來與二位夫人，又對蕭后道：「今日雖被花妖敗興，然此際之賞心樂事，比往日更覺頑得有趣。」蕭后道：「賴眾夫人助興得妙。」煬帝道：「月已沉沒，燈又厭上，如何是好？」李夫人微笑道：「此時各帶一枝狄夫人做的螢鳳燈，可以不舉火而有餘光。」蕭后忙問道：「螢鳳燈是什麼做的？」狄夫人道：「這是頑意兒，什麼好東西！聽這個嚼咀的，在陛下、娘娘面前亂語，六月債還得快。」煬帝笑道：「好不好，快取來賞鑑一賞鑑。」狄夫人見說，只得對自己宮奴說道：「你到院中去，把減妝❹內做完的螢鳳燈兒盡數取來。」又叫眾宮監把螢蟲盡數撲來收在盒內。不一時，宮奴捧了一個金絲盒兒呈與狄夫人。狄夫人把一支取起，將鳳舌挑開，捉一二十個螢蟲放入，獻上蕭后。蕭后與煬帝仔細一看，卻是蟬殼做的翅翼，與鳳體相連，頂上五彩繡絨毛羽，鳳冠以珊瑚紮就，口裡銜著一顆明珠，竟似一盞小燈，光映於外，帶在

❹ 減妝：梳妝盒。

頭上，兩翅不動自搖。煬帝與蕭后看了一會，說道：「妃子慧心巧思，可謂出神入化矣！」蕭后道：「果然做得巧妙。」遞與宮人，插在頂上。尚有七八朵，狄夫人放入螢蟲，分送與眾夫人；夫人中先送過的，也叫人取來戴了，竟如十六盞明燈，光照一席。煬帝拍手大笑道：「奇哉，螢蟲之光今宵大是有功，何不叫人多取些流螢，放入苑中，雖不能如月之明，亦可光分四野。」蕭后道：「這也是奇觀。」煬帝便傳旨：凡有宮人內監，收得一囊螢火者，賞絹一疋。不一時那宮人內監以及百姓人等，收了六七十囊螢。煬帝叫人賞了他們絹疋，就叫他們亭前亭後，山間林間，放將起來。一霎時望去，恍如萬點明星，燦然碧落，光照四圍。煬帝與眾夫人看了，各各鼓掌稱快，傳杯弄盞，直飲到四鼓回宮。

如今慢提煬帝在宮苑日夜荒淫。卻說宇文化及，是宇文述之子，官拜右屯衛將軍，也是個庸流；兄弟智及，是個兇狡之徒。當煬帝無道時，也只隨波逐浪，混賬過日子。故此東巡西狩，直至遠征高麗，東營西建，丹陽起建宮殿，也不諫一句。臨了到盜賊四起，要征伐徵調，卻做不來；要巡幸供餽，看看不給；君臣都坐在江都，任他今日失一縣，明日失一城，今日失一倉，明日失一廩，君也不知，臣也不說，只圖挨一日是一日。及至有報來說李淵反了，要起兵殺入關中，那時隨駕這些臣子，都是沒主意了。先是郎將竇賢，領本部逃回關中。隋主聞知，差兵追斬，這一殺倒不好了，在江都要餓死，回關中要殺死，要在死中求生，須要尋出個計策來。時虎賁郎將司馬德戡、元禮直閣裴虔通、內史舍人元敏、虎牙郎將趙行樞、鷹揚郎將孟秉、勳侍楊士覽，公同商議道：「我們一齊都去，自然沒兵來追我們，就追我們，也不怕了。」這幾個人，還不過計議逃走，內中宇文智及曉得此謀，便道：「主上無道，威令尚行，逃去還恐不免。我看天喪隋家，英雄並起；如今同心已有萬人，不若共行大事，這是帝王之業，大家可以共享富貴。」眾人齊聲道：「好。」議定以化及為主，司馬德戡先召驍勇首領，說這舉大事之意，眾皆允從了。先盜了御廄中的馬。打點器械。化及又去結連了司空魏氏。這事漸漸喧傳，宮中苑中，都有人知道。時杳娘侍宴，奏聞煬帝。煬帝令拆隋字❺，以卜趨避。杳娘道：「隋乃國號，有耳半掩，中間工字，王不成王，又無之字，定難走脫。」又命拆朕字。杳娘道：「移左手發筆一豎於右，似淵字。目今李淵起兵，當有稱朕之虞；若直說陛下，此月中亦只八天耳。」煬帝怒道：「你命當盡在何日？」命拆杳字，杳娘道：「命盡在今日。」煬帝道：「何以見之？」杳娘道：「杳字十八日，更無餘地，今適當其期耳。」煬帝大怒，命武士殺之，自此再無人敢說。嘗照鏡道：「好頭頸，誰當砍之？」又仰觀天象，對蕭后道：「外邊有大有人圖儂，然儂不失長城公❻，汝不失為沈后❼耳。」

如今且說王義，久已曉得時勢將敗，只恨自己是外國之人，無力解救；只得先將家財散去，結識了守苑太監鄭理與各門宿衛，並宇文手下將士，分外親密。打聽他們准在甚時候必要動手，忙叫妻子姜亭亭跟一個小年紀的丫環，上了小香車，望苑裡來。那姜亭亭時常到苑的，無人敢阻攔，他便下車與丫頭竟到寶林院中；只見清修院秦、文安院狄、綺陰院夏、儀鳳院李四位夫人，與袁寶兒、沙夫人、趙王共六七個，在那裡圍著抹牌。沙夫人看見了姜亭亭進來，忙問道：「妳坐了，外邊消息怎樣個光景？」姜亭亭道：「眾夫人不見禮了，外邊事體只在旦夕，虧眾夫人還在這裡閒坐！王義叫我進來，問沙夫人是

❺ 拆隋字：拆字，一種占卜方法。方士讓求占者任舉一字，加以分合增減，隨機附會，解釋吉凶。

❻ 長城公：指陳後主。陳後主被俘死後，隋朝追封他為長城縣公。

❼ 沈后：陳後主之后。陳後主死後，出家為尼。

何主意？」眾夫人聽見，俱掩面啼哭，惟沙夫人與袁寶兒不哭。沙夫人道：「哭是無益的，妳們眾姊妹，作何行止？」秦夫人道：「眼前這幾個，都是心腹相照的，聽憑姊妹指揮。她們這幾個前夜說的：『一年裡頭，聖上進院有限，有甚恩情，東天也是佛，西天也是佛，憑他怎樣來罷了。』這句話就知她們的主意了，管她則甚！」沙夫人道：「我沒有什麼指揮。我若沒有趙王，生有生法，死有死法。如今聖上既以趙王託我，我只得把大事。」指著姜亭亭道：「靠在他賢夫婦身上。妳們若是主意定了，請各歸院去，快快收拾了來。」眾夫人見說，如飛各歸院去了。惟袁紫煙熟識天文，曉得隋數已盡，久已假託養病，其細軟早已收拾在寶林院了。三人正在那裡算計出路，只見薛冶兒直搶進院來，見姜亭亭說道：「好了，妳也在這裡。剛纔朱貴兒姐叫我拜上沙夫人，外邊信息緊急，今生料不能相見矣。趙王是聖上所託，萬勿有負。我想我亦受萬歲深恩，本欲與彼相死，今因朱貴姐再三叮嚀，只得偷生前來保駕。」沙夫人道：「我正與姜妹打算，七八個人怎樣去法？」薛冶兒道：「這個不妨。貴姐與我安排停當。」袖中取出一道旨意，「乃是前日要差人往福建採辦建蘭的旨意，雖寫，因萬歲連日病酒，故未發出。貴姐因要保全趙王，悄悄竊來，付與冶兒與夫人，商酌行動。」沙夫人垂淚道：「貴姐可謂忠貞兩盡矣！」正說時，只見四位夫人，多是隨身衣服到來。沙夫人將冶兒取來的旨意與他們看了，秦夫人道：「有了這道符敕，何愁出去不得？」袁紫煙道：「依我的愚見，還該分兩起走的纔是。」姜亭亭道：「有計在此，快把趙王改了女妝，將跟來的丫頭衣服與趙王換了。把丫環改做小宮監，我與趙王先出去，丫頭領眾夫人都改了妝出去，慢慢離院到我家來，豈非是鬼神不知的麼？」夏夫人道：「只是急切間，那裡去取七八付宮監衣帽？」沙夫人道：「不勞你們費心，我久已預備在此。」開了箱籠，搬出十來套新舊內監衣服靴帽。

眾夫人大喜，如飛穿戴起來。沙夫人正要在那裡替趙王改妝，看了四位夫人，說道：「慚愧，你們臉上這些殘脂剩粉猶在，怎好胡亂行動？」眾夫人反都笑起來。姜亭亭見趙王改妝已完，日色已暮，沙夫人取個金盒兒，放上許多花朵在內，與趙王捧了。姜亭亭對丫頭道：「停回你同眾夫人到家便了。」說了，同趙王慢步離院，將到苑門口，上了車兒。

原來王義見妻子進苑去了，如飛來尋鄭理，到家去灌了他八九分酒。放他回來時，鄭理帶醉的站在苑門首，看小太監翻斛斗；見姜亭亭的車兒，便道：「王奶奶回府去了？剛纔咱在妳府上大擾。」姜亭亭道：「好說，有慢。」鄭理笑道：「這小姑娘又取了我們苑中的花去了。」姜亭亭道：「是夫人見惠的。」說了，放心前行，不過里許已到家中。王義看見趙王，叫妻子不要改趙王的妝束，藏在密室；自己如飛出門，到苑門打聽。只見七八個內監，大模大樣，丫頭也在內，大家會意，領到家中，忙收拾上路。各城門上，都是他錢財結識的相知，誰來阻擋他？比及掌燈時候，宇文化及領兵動手，到掖廷時，王義領趙王眾夫人，已出禁城矣。

再說煬帝平日間，怕人說亂，說亂的就要被殺。誰料今日至此地位，原覺情景悽慘，同蕭后躲在西閣中，相對浩嘆。一夜中，只聽得外邊喊聲振天，內監連連報道：「殺到內殿來了！」屯衛將軍獨孤盛殺了，千牛獨孤開遠也戰死了。一班賊臣捉住一個宮娥，嚇問他隋主所在。宮娥說在西閣中。裴虔通與元禮逕到西閣中來，聽得上面有人聲，知是煬帝。馬文舉就拔刀先登，眾人相繼而上。只見煬帝與蕭后並坐而泣，看見眾人，便道：「汝等皆朕之臣，終年厚祿重爵，給養汝等，有何虧負，為此篡逆？」裴虔通道：「陛下只圖自樂，並不體恤臣下，故有今日之變。」只見背後轉出朱貴兒來，用手指定眾人說道：「聖恩浩蕩，安得昧心？不必論終年厚祿，只前日盧汝等侍衛多係東都人，久客思家，人情無偶，難以久處，傳旨將江都境內寡婦處子，搜到宮下，聽汝等自行匹配。聖恩如此，尚謂不體恤，妄思篡逆耶！」煬帝接說道：「朕不負汝等，何汝等負朕？」司馬德戡道：「臣等實負陛下；但今天下已叛，兩京賊據，陛下歸已無門，臣等生亦無路。今日臣節已虧，實難解悔。惟願得陛下之首，以謝天下。」朱貴兒聽了大罵道：「逆賊焉敢口出狂言！萬歲雖然不德，乃天子至尊，一朝君父，冠履之名分凜凜。汝等不過侍衛小臣，何敢逼脅乘輿，妄圖富貴，以受萬世亂臣賊子之罵名！」裴虔通見說，大怒道：「汝掖廷賤婢，何敢巧言相毀？」朱貴兒大罵道：「背君逆賊，汝恃兵權在手耶！隋家恩澤在天下，天下豈無一二忠臣義士，為君父報讎，勤王之師一集，那時汝等碎死萬段，悔之晚矣！」馬文舉大怒道：「淫亂賤婢，平日以狐媚蠱惑君心，以致天下敗亡，不殺汝何以謝天下！」即便舉刀，向貴兒臉上砍去；貴兒罵不絕口，跌倒在地。可憐貴兒玉骨香魂，都化作一腔熱血。

馬文舉既殺了朱貴兒，一手執劍，一手竟來要扶煬帝下閣。只見封德彝走上閣來，對司馬德戡道：「許公有令，如此昏君，不必扶來見我。可急急下手。」蕭后聽見，著實哀告眾人道：「眾位將軍，主上實是不德，可看舊日爵祿面上，叫他讓位與眾位將軍，賜將軍闔門鐵券❽，將他降為三公，以畢餘生，未知眾位將軍以為可否？」只見袁寶兒憨憨的走來，聽見蕭后千將軍萬將軍在那裡哭叫，笑向蕭后道：「娘娘何苦如此，料想這班賊臣，沒有忠君愛主的人在裡頭，肯容萬歲安然讓位，同娘娘及時行樂了。」又對煬帝道：「陛下常以英雄自許，至此何堪戀戀此軀，求這班賊臣。人誰無死，妾今日之死於萬歲面

❽ 闔門鐵券：闔門，指全家。鐵券，帝王頒賜功臣授以世代享受某種特權用鐵鑄成的契券。

前，可謂死得其所矣，妾先去了，萬歲快來！」馬文舉忙把手去扯他，寶兒睜了雙眼，大聲喝道：「賊臣休得近我！」一頭說一頭把佩刀向項上一刎，把身子往上一聳，直頂到樑上，竄下來，項內鮮血如紅雨的望人噴來。一個姣怯身軀，直矗矗的靠在窗檽。蕭后看見，唬得如飛奔下閣去了。煬帝見了，心膽俱碎。裴虔通等便提刀向前，要行弒逆。煬帝大叫道：「休得動手，天子死自有死法，快取鴆酒來！」裴虔通道：「鴆酒不如鋒刃之速，何可得也？」煬帝垂淚道：「朕為天子一場，乞全屍而死。」馬文舉取白絹一疋進上。煬帝大哭道：「昔鳳儀院李慶兒，夢朕白龍繞項，今其驗矣！」賊臣等遂叫武士一齊動手，將煬帝擁了進去，用白絹縊死，時年二十九歲⑨。後人有詩弔云：

隋家天子繫情偏，只願風流不願仙。遺臭漫留千萬世，繁花拈盡十三年。耽花嗜酒心頭病，殢粉沾香骨裡緣。卻恨亂臣貪富貴，宮廷血濺實堪憐。

總評：瓊花敗興，天公弄巧，不意又接題橋聽歌，更覺宴樂賞心。而螢燈代火，真是匪夷所思。直至國破身亡，頓使一朝英雄氣盡。幸有慷慨激烈，許多夫人美人殉難赴義，不枉一生在裙帶下用心。阿摩⑩雖死，諒無遺恨。

又評：從來敗國亡家之人，前乎煬帝者，指不勝屈；後乎煬帝者，亦指不勝屈。但未有自知滅亡，不可收拾，而竟流連荒亡若此者。煬帝曰：「好頭頸，誰當砍之？」嗟乎！如此夢夢，不過酒色之徒，

⑨ 時年二十九歲：隋書煬帝紀載煬帝崩時年五十。此謂二十九，不知何據。

⑩ 阿摩：隋煬帝楊廣的小名。隋書煬帝紀作「阿麼」。

馬文舉大怒，向貴兒臉上砍去，可憐貴兒玉骨香魂都化作一腔熱血。又見袁寶兒憨憨的走來，馬文舉忙把手去扯她，寶兒睜著雙眼，大聲喝道：「賊臣休得近我！」把佩刀向項上一刎，一個嬌怯身軀，直矗矗的靠在窗櫺。蕭后嚇得飛奔下閣去了，煬帝見了心膽俱碎。

安能享天下。讀史者誰惜之，而誰憐之耶！朱貴兒之被殺，袁寶兒之自刎，反覺過分，然不可謂非烈婦人也。

第四十八回　遺巧計一良友歸唐　破花容四夫人守志

詞曰：

好還每見天公巧，知心自有知心報。看鶴禁❶沉冤，天涯路杳，離恨知多少。

黎陽鼙鼓連天噪，孤忠奇策存隋廟。一線雖延，名花破損，佛面重光好。

右調雨中花

自古知音必有知音相遇，知心必有知心相與，鍾情必有鍾情相報。煬帝一生，每事在婦人身上用情，行動在婦人身上留意，把一個錦繡江山，輕輕棄擲；不想突出感恩知己報國亡身的幾個婦人來，殉難捐軀，毀容守節，以報鍾情，香名留史。再說司馬德戡，縊死了煬帝，隨來報知宇文化及。化及令裴虔通等勒兵殺戮宗室蜀王秀、齊王暕、燕王倓及各親王，無少長皆被誅戮；惟秦王浩，素與智及往來甚密，故智及一力救免，方得保全。蕭后在宮中，將宮中漆床板為棺木，把朱貴兒、袁寶兒同殯於西院流珠堂。

正是：

---

❶ 鶴禁：太子居住的地方。

珠襦玉匣今何在？馬鬣難存三尺封❷。

宇文化及既殺了各王，隨自帶甲兵入宮來，要誅滅后妃，以絕其根。不期剛走到正宮，只見一婦人，同了許多宮女在那裡啼哭。宇文化及喝道：「汝是何人，在此哭泣？」那婦人慌忙跪倒，說道：「妾乃帝后蕭氏，望將軍饒命。」宇文化及見蕭后花容，大有姿色，心下十分眷愛，便不忍下手，因說道：「主上無道，虐害百姓，有功不賞，眾故殺之，與汝無干，毋得驚怖。我雖擅兵，亦不過除殘救民，實無異心。倘不見嫌，願共保富貴。」隨以手挽蕭后起來。蕭后見宇文化及聲口留情，便嬌聲涕泣道：「主上無道，理宜受戮。妾之生死，全賴將軍。」宇文化及道：「汝放心，此事有我為之，料不失富貴也。」蕭后道：「將軍既然如此，何不立其後以彰大義？」宇文化及道：「臣亦欲如此。」遂傳令奉皇后懿旨，立秦王浩為帝，自立為大丞相，總攝百僚，封其弟宇文智及為左僕射，封異母弟宇文士及為右僕射，長子丞基、次子丞址，俱令執掌兵權；其餘心腹之人，俱重重封賞。有宇文化及平昔仇忌之臣，如內史侍郎虞世基、御史大夫裴蘊、祕書監袁克、左翊衛大將軍來護兒、右翊衛將軍宇文協、千牛宇文晶、梁公蕭矩，連各家子姪，俱駢斬之。更有給事郎許善心，不到朝堂朝賀，化及遣人就家擒至朝堂，既而釋之。善心不舞蹈而出，化及怒而殺之。其母范氏，年九十二，臨喪不哭，人問其故。范氏說道：「彼能死國難，我有子矣，復何哭為？」因臥不食而卒。宇文化及因將士要西歸，便奉皇后新皇還長安，並帶剩下貪生圖樂的那些夫人美人，一路搜括船隻，取彭城水路西上。行至顯福宮，逆黨司馬德戡與趙行樞，惡

❷ 馬鬣難存三尺封：馬鬣封，指墳墓上封土的一種形狀，這裡指墳墓。三尺，比喻其小。

宇文化及穢亂宮闈，不恤將士，要將後軍襲殺化及，不期事機不密，反為化及所殺。行到滑臺，將皇后新皇，留付王軌看守，自己直走黎陽，攻打倉城，按下不提。

再說王義夫人，領了趙王與眾夫人等，離了蕪城二三十里，借一民戶人家歇了，只聽見城中砲聲響亮不絕，往來之人信息傳來，都說內庭大變。王義叫趙王仍舊女妝，叫妻子姜亭亭與袁紫煙、薛冶兒，俱改了男妝，沙、秦、狄、夏、李五位夫人與使女小環，仍舊女妝。袁紫煙道：「我夜觀乾象，主上已被難；我們雖脫離樊籠，不知投往何處去纔好？」王義道：「別處都走不得，只有一個所在。」眾人忙問：「是何處？」王義道：「太僕楊義臣，當年主上聽信讒言，把他收了兵權，退歸鄉里。他知隋數將終，變姓埋名，隱於濮州雷夏澤中。此人是個智勇兼全忠君愛主的人，我們到他鄉里去，他見了幼主，自然有方略出來。」袁紫煙喜道：「他是我的母舅，我時常對沙夫人說的，必投此處方妥，不意你我同心。」因此一行人，泛舟竟往濮州進發。

卻說楊義臣自大業七年被讒納還印綬，猶恐禍臨及己，遂變姓名，隱於濮州雷夏澤中，日與漁樵往來。其日驚傳宇文化及在江都弒帝亂宮，不勝憤恨道：「化及庸暗匹夫，乃敢猖獗如此！可惜其弟士及向與我交甚厚，將來天下合兵共討，吾安忍見其罹此滅族之禍？速使一計，叫他全身避害。」即遣家人楊芳，齎一瓦罐，親筆封記，逕投黎陽來，送與士及。士及接見楊芳，大喜道：「我正朝夕在這裡想，太僕公今在何處？不意汝忽到來。」隨引進書齋，退去左右，問道：「太僕公現居何處？近來作何事業？」楊芳答道：「敝主自從被讒放斥，變改姓名，在濮州雷夏澤中，漁樵為樂。」士及道：「可有書否？」楊芳道：「書啟敝主實未有付，止有親筆封記一物為信。」士及忙開視之，見其中止有兩棗並一糖龜。

士及看了，不解其意，便吩咐手下引楊芳到外廂去用飯，自己反覆推詳。忽畫屏後轉出一個美人來，乃是士及親妹，名曰淑姬，年方一十七歲，尚未適人，不特姿容絕世，更兼穎悟過人；見士及沉吟不語，便問士及道：「請問哥哥，這是何人所送，如此躊躇？」士及道：「此我舊友隋太僕楊義臣所送。他深通兵法，善曉天文，因削去兵權，棄官歸隱。今日令人送來一罐，封記甚密，內中止有此二物，這個啞謎，實難解詳。」淑姬看一回，便道：「有何難解，不過勸兄早早歸唐，庶脫弒逆之禍。」士及大喜道：「我妹真聰明善慧；但我亦不便寫書，也得幾件物事答他，使他曉得我的主意纔好。」淑姬道：「但不知哥哥主意可定，若主意定了，有何難回？」士及道：「化及所為如此，我立見其敗。若不早計，噬臍無及。」淑姬道：「既是哥哥主意定了，愚妹到裡邊去取幾件東西出來，付來人帶去便了。」淑姬進去了一回，只見他手裡捧著一個漆盒子出來。士及揭開一看，卻是一隻小兒頑的紙鵝兒，頸上繫著一個小小魚罾，罾上邊豎著一個算命先生的招牌，紮得端端正正，放在裡頭。士及看了奇怪道：「這是什麼緣故？」淑姬附士及耳上，說了幾句。士及道妙，將漆盒封固，即付與楊芳收回去了。

次日，士及進見化及，說：「秦王世民領兵會合征伐，臣意欲帶領一二家僮，假妝避兵，前去探聽虛實，數日便還。」化及應允。士及便叫妻孥與淑姬，扮作男妝，收拾細軟，出離了黎陽，直奔長安。時恭帝已禪位於唐，唐帝即位，改元武德。士及將妹進與唐帝為昭儀，唐帝封士及為上儀同管三司軍事。卻說楊義臣家人，齎了士及的漆盒兒，回到濮州家中，見了家主，奉上盒兒。義臣去封，揭開一看，喜道：「我友得其所矣！」楊芳問道：「老爺，這是他什麼意思？」義臣道：「他沒有什麼意思，他說吾謹遵命矣！」因問道：「彼在黎陽，作何舉動？先帝枝葉，可有一二個得免其禍？在朝諸臣，可有幾個

士及忙開視，見其中止有二棗並一糖龜。士及看了，不解其意，妹妹淑姬道：「有何難解，不過勸兄早早歸唐，庶脫弒逆之禍。」

盡節的？」楊芳道：「蕭后已經失節，夫人嬪妃，逃走了好些；只有朱貴兒、袁寶兒罵賊而死；翠華院花夫人、影紋院謝夫人、仁智院姜夫人，俱自縊而死。化及見景明院梁夫人姿容豔冶，意欲留幸，夫人大聲罵詈，化及猶以好言相慰，夫人罵不絕口，遂被殺死。袁家小姐不知去向，訪問不出。帝室宗支，戮滅殆盡。只有秦王浩與智及親密，勉強尊他為帝，不意前日又被化及鴆酒藥死。說還有個幼子趙王杲逃出，使人四下裡緝訪。」

楊義臣聽見，拍案垂淚道：「狂賊乃敢慘毒如此，在廷諸臣或者多貪位怕死的，在外藩鎮大臣難道沒個忠臣義士，討此逆賊的？」痛哭了一場，是夜心上憂悶，點上一枝畫燭，在書房裡一頭看書，一頭浩嘆。至二更時分，覺得神思困倦；上床去卻又睡不著，但見庭中月光如晝，恍惚中不覺此身已出戶外。足未站定，只見一人紗帽紅袍，倉皇而來。楊義臣把他仔細一看，乃是給事郎許善心。義臣忙問道：「許公何來？」那人道：「將軍恰好在外，速上前來接駕。」此時楊義臣只道煬帝未死，忙趨上前去。只見煬帝軟翅幅巾❸，身上穿一件暗龍袞袍，項上一塊白絹裹住；兩個宮人面上許多血痕，扶著煬帝。義臣慌忙俯伏下拜。只見煬帝把雙手掩在臉上，聽見一個宮人口裡說道：「老將軍，陛下囑咐你，小主母子到來，煩將軍善為保護。只此一言，將軍平身。」楊義臣正要問小主在於何處，抬起頭來，寂無所見。一覺醒來，但見月色西沉，雞聲報曉，時東方將已發白。楊義臣心上以為奇事，起身下床，攜著拄杖，叫小童開了大門出來，在場上東張西望，毫無影響。只聽見水中咿啞之聲，一船搖進港來。義臣同小童躲在樹底下，見來船到了門首，舟子將船繫住，船裡鑽出一人，跳上岸來站定，四下裡探望。此時天色

❸ 軟翅幅巾：用絹一幅束髮，沒戴皇冠。

尚早，人家尚未起身，楊義臣忍不住上前問道：「朋友，你是那裡來的？尋那一家？」那人忙上前舉手道：「在下是江都被難來的。」一頭說，只顧將義臣上下相認。楊義臣亦把那人定睛一看，便道：「足下莫非姓王？」那人把雙眼重新一擦，執著楊義臣的手，低低說道：「老先生可是姓楊？」楊義臣見說，忙執了那人的手，到門首去問道：「足下可是巡河王大夫？」那人道：「卑末就是遠臣王義。」楊義臣聽見，忙要邀進堂中去。王義附楊義臣的耳說道：「且慢，有小主並夫人在舟中。」楊義臣聽見，忙說道：「天將曙矣，快請小主上岸來。」楊義臣叫小童開了正門，自己進去穿了巾服出來，站在門首一邊，看一行人走來。王義在旁指示說道，那個是某人，那個是某人。

正說時，只見袁紫煙男人打扮，跨進門來，見了楊義臣，忙叫道：「母舅，外甥女來了！」說了，雙眼垂淚，要拜將下去。楊義臣把雙手扶住一認，說道：「原來是袁家甥女，我前日叫人來訪問，打聽不出，如今也來了。好，且慢行禮，同到裡頭去，替趙王夫人們換了妝出來。」原來楊義臣原配羅夫人，亡過已久，只有一個如夫人❹王氏，生一子年纔五歲，名喚馨兒。時王氏出來接了進去。楊義臣與王義站在草堂中，王義將出苑入城，備細說明。伺候趙王出來。趙王年雖九歲，識解過人。沙夫人攙著他的手，眾夫人隨在後邊，走將出來。

楊義臣見趙王換了男妝，看他方面大耳，眉目秀爽，儼然是個金枝玉葉的太子，不勝起敬。叫童子鋪下氈條，將一椅放在上邊，要行君臣之禮。趙王扯著沙夫人的手說道：「母親，這是什麼時候，老先生欲行此禮？若以此禮相待，殊失我母子來意。」立定了不肯上去。袁貴人說：「母舅，趙王年幼，不

---

❹ 如夫人：妾的別稱。

須如此，請母舅常禮見了罷。」楊義臣道：「既如此說，不敢相強。請歸氈了，老臣好行禮。」趙王道：「還須見過母親，然後是我。」沙夫人道：「若論體統，自然先該是你。」趙王道：「母親，此際在草莽中，論甚體統，況孤若非先帝託嗣母親，賴母親護持，不然亦與蜀王秀、齊王暕等共作泉下幽魂矣！」楊義臣見小主議論鑿鑿，深悉大義，不勝駭異。袁紫煙與薛治兒，忙扯沙夫人上前，將趙王即立在沙夫人肩下，楊義臣拜將下去。沙夫人垂淚答拜道：「隋氏一線，惟望老先生保全，使在天之靈，亦知所感。」楊義臣答道：「老臣敢不竭忠。」拜了四拜起來，即向四位夫人與薛治兒見了。姜亭亭不敢僭，袁紫煙再三推讓。楊義臣向王義道：「袁貴人是舍甥女，在這裡豈有僭尊夫人之理？小主若無大夫與尊閫❺，焉能使我們君臣會合；況將來還有許多事，要大夫竭忠盡力的去做，老夫專誠有一拜。」袁紫煙如飛扯姜亭亭到王義肩下去，一同拜了，然後袁紫煙走到下首，去拜了楊義臣四拜。楊義臣叫手下擺四席酒。楊義臣道：「本該請眾夫人進內款待，然山野荒僻，疏食村醪，殊不成體；況有片言相告，只算草廬中胡亂坐坐，好大家商酌。」於是沙夫人與趙王一席，秦、狄、夏、李四位夫人，薛治兒、姜亭亭、袁紫煙坐了兩席，王義與楊義臣一席。酒過三巡，王義對楊義臣道：「老將軍這樣高年，喜起身得早，即便撞見，免使我們向人訪問。」楊義臣答道：「這不是老夫要起早，因先帝自來報信，故此茫茫的走出門來物色。」趙王道：「先皇如何報信？」楊義臣將夜來夢境，備細說將出來，眾夫人等俱掩面涕泣。楊義臣對趙王說道：「老臣自被斥退，山野村夫，不敢與戶外一事；不意先帝冥冥中，猶以殿下見託。承殿下與夫人等賜顧草廬，信臣付託，不使臣負先帝與殿下也。但此地草舍茅廬，牆卑室淺，甚非潛龍之

❺ 尊閫：對別人妻子的敬稱。

地，一有疏虞，將何解救。此地只好逗留三四日，多則恐有變矣！」沙夫人便道：「只是如今投到何處去好？」楊義臣道：「所在儘有。李密與他父親也是隋臣，今擁兵二三十萬，屯札金墉城。東都越王侗令左僕射王世充，將兵數萬，拒守洛倉。西京李淵，已立皇孫代王侑為帝，大興征伐。這多不過是假借其名一時，成則去名而自立，敗則同為滅亡，總難始終。老臣再四躊躇，只有兩個所在可以去得：一個幽州總管，是姓羅名藝，年紀雖有，老誠練達，忠勇素著，先帝託他坐鎮幽州，手下強兵勇將甚多，四方盜賊不敢小覷近他。若殿下與夫人們去，是必款待，或可自成一家。無奈竇建德這賊子，勢甚猖獗，梗住去路，然雖去亦屬吉凶相半。若要安穩立身，惟義成公主之處。他雖是遠方異國，那啟民可汗，還算誠樸忠厚，比不得我中國之人，心地奸險。況臣又曉得他宗室衰微，惟彼一支強霸無嗣，前日曾同公主朝覲遠來，先帝曾與親厚一番；況王大夫又與他鄰邦，到彼調護，殿下若肯去，公主必然優禮相待，永安無虞。只此一方，可以保全，餘則老臣所不敢與聞矣。」趙王與眾夫人點頭稱善。沙夫人道：「老將軍金石之論，足見忠貞。但水遠山遙，不知怎樣個去法？」楊義臣道：「若殿下主意定了，臣覷便自有計較。但只好殿下與沙夫人並王大夫與尊閫，聞得薛貴嬪弓馬熟嫻，亦可去得。至四位夫人及舍甥女，恐有未便。」四位夫人聽見，俱淚下道：「妾等姊妹五人，誓願同生同死，還求老將軍大力周全。」楊義臣道：「不妨，請問四位夫人，果然肯念先帝之恩，甘心守節，還是待時審勢，以畢餘生？」秦夫人道：「老將軍說甚話來？莫認我姊妹四人是個庸愚婦人，試問老將軍肯屈身從賊否？若老將軍吝計不容，滔滔巨浪，妾等姊妹當問諸水濱，而投三閭大夫❻矣，有何難處？」楊義臣道：「不是老臣吝計，此刻

❻ 三閭大夫：即屈原，曾任三閭大夫，故稱。

何難一諾。但恐日遠月長，難過日子。」狄夫人道：「老將軍莫謂忠臣義士，盡屬男子，認定巾幗中多是隨波逐浪之人。不必遠求，即今聞朱貴兒、袁寶兒與梁夫人等明義罵賊，相繼盡難，隋廷君臣良足稱羞。況我們繁華好景，蒙先帝深恩，已曾嘗過。老將軍還慮我們有他念，若不明心跡，何以見志？」忙向裙帶上取出佩刀來，向花容上左右亂劃，秦、李、夏三位夫人見狄夫人如此，亦各在腰間取出佩刀來動手。慌得沙夫人、姜亭亭、薛治兒、袁紫煙，忙上前一個個拿住時，花容上早已兩道刀痕，血流滿臉。楊義臣忙出位向上拜下去道：「這是老臣失言失敬，不枉先帝鍾情一世矣，請四位夫人還宜自愛。」趙王亦如飛出位，扯了楊義臣起來坐了。楊義臣向四位夫人說道：「此間去一二里，有個斷崖村，村上不過數十家，盡皆樸實小民。有個女貞庵，一個老尼，即高開道之母，是滄州人，少年時夫亡守節。那老尼見識不凡，慧眼知人，曉得其子作賊，必敗無成，故遷到南來，覓此庵以終餘年。是個車馬罕見人跡不到之處。若四位夫人在內焚修，可保半生安享。至於日用盤費，老臣在一日，周全一日，無煩四位夫人費心。」四位夫人齊聲道：「有此善地，苟延殘喘足矣；但不知何日可去？」王義道：「須揀一個吉日，差人先去通知了，然後好動身。」夏夫人道：「人事如此，揀甚吉日，求老將軍作速去通知為妙。」

楊義臣叫童子取曆日過來看，恰好明日就是好日。大眾用完了飯，眾夫人與趙王進內去了。叫家童取出兩匹騾兒來，吩咐家中，把門關好，喚小童跟著，自同王義騎上騾兒，到斷崖村女貞庵，與老尼說知了來意。老尼素知楊義臣是忠臣義士，又是庵中齋主，滿口應承，即便同來。王義對妻子說了庵中房屋潔淨，景致清幽，四位夫人，亦各歡喜。袁紫煙對楊義臣說道：「母舅，甥女亦與她們出了家罷，住在此無益於世。」義臣道：「妳且住著，我尚有商量。」紫煙默然而退。過了一宵，明日五鼓，楊義臣請秦、狄、夏、李四位夫人下船，沙夫人與趙王、薛冶兒、姜亭亭說道：「這一分散，而不知何日再會；或者天可憐見，還到中原來。後日好認得所在，便於尋訪，必要送去。」楊義臣見說到情理上，不好堅阻，只得讓她們送去，自己與袁紫煙、王義夫婦，亦各下船，送到庵中，老尼接了進去。她手下還有兩個徒弟，一個叫貞定，一個叫貞靜，年俱十四五之間。老尼向眾夫人等敘禮過，各各問了姓氏，叫小尼陪到各處禮佛隨喜。楊義臣將銀二十兩，送與老尼。老尼對楊義臣道：「令甥女非是靜修之時，後邊還有奇逢。」楊義臣道：「正是，我也不叫他住在此，今日奉陪夫人們來走走。」老尼留眾人用了素齋。到晚，沙夫人、薛冶兒、姜亭亭與四位夫人痛哭而別，趙王與沙夫人等歸到楊義臣家中。義臣差楊芳打聽，有登萊海船到來，即送趙王與沙夫人、薛冶兒、王義夫婦上船，到義成公主那邊去了。正是：

人世遭逢多苦事，不過生離死別時。

總評：楊義臣以啞謎遺士及，士及亦以啞謎答之，各出幻想，絕好酬酢。及看到沙夫人一番議論，四夫人各破花容，不特生者盡欲捐軀，使死者亦有生氣，躍躍如從紙上出，看者自宜屏息揣摩。

第四十九回　舟中歌詞句敵國暫許君臣　馬上締姻緣吳越反成秦晉

詞曰：

何自苦奔求，曲盡忠謀？一輪明月泛扁舟，報道知心相遇好，約法難留。　馬上起戈矛，兩意情酬，冤家路窄變成愁。記取山盟與海誓，心上眉頭。

右調浪淘沙

凡人的遇合，自有定數，往往仇讎後成知己愛敬，齊桓公之於管仲❶是也；亦有敵國反成姻戚，晉文公之於秦穆公❷是也。總是天生一種非常之人，必有一時意外會合，使人不可以成敗盛衰，逆料得出；況乎赤繩相繫，月下老定不虛牽，即使幾千萬里，亦必圓融撮合。如今且不說王義領著趙王，到義成公主那邊去。且說竇建德，在河北始稱長樂王，因差祭酒淩敬❸，說河間郡丞王琮舉城來降，建德封琮為

❶齊桓公之於管仲：春秋時，齊公子小白（桓公）與公子糾爭立。管仲為公子糾射小白。及小白立為桓公，管仲被囚。鮑叔牙薦之，桓公遂用管仲為相。

❷晉文公之於秦穆公：晉文公重耳未即位前曾流亡到秦國。秦穆公將五名宗室女嫁給重耳為妻。

河間郡刺史。河北郡縣聞知，咸來歸附。是年冬，有一大鳥止於樂壽，數萬小禽隨之，經日方去，時人以為鳳來祥瑞。又有宗城人張亨採樵得一玄圭，潛入樂壽，獻於建德。因此建德即位於樂壽，改元為五鳳元年，國號大夏，立曹氏為皇后。先是竇建德髮妻秦氏，止生一女，即是線娘。秦氏亡過已久。起兵時曹旦領眾來歸，建德知其有女，年過摽梅❹，尚未適人，娶為繼室。建德見曹氏端莊沉靜，言笑不苟，猶相敬愛，軍旅之事，無不與之謀畫，可稱閨中良佐。又封其女線娘為勇安公主，她慣使一口方天戟，神出鬼沒，又練就一手金丸彈，百發百中。時年已十九，長得苗條一個身材，姿容秀美，膽略過人。建德常欲與她擇婿，她自言必要如自己之材貌武藝者，方許允從。建德每出師，叫她領一軍為後隊，又訓練女兵三百餘名，環侍左右。她比父親，更加紀律精明，號令嚴肅，又能撫恤士卒，所以將士盡敬服她。建德隨封楊政道為勛國公，齊善行為僕射，宋正木為納言，凌敬為祭酒，劉黑闥、高雅賢為總管，孫安祖為領軍將軍，曹旦為護軍將軍；其餘各加官爵。時建德統兵萬餘，方攻李密；聞知宇文化及弒主稱尊，僭號為帝，憤怒欲討之。祭酒凌敬道：「叛臣化及，罪果當討。但他擁兵幾十萬，恐難輕覷，須得一員足智多謀的大將方可克敵，臣薦一人以輔主公。」建德問：「是誰？」凌敬道：「那人胸藏韜略，腹隱機謀，在隋為太僕，後被佞臣譖黜，退隱田野，實有將相之才；乃淮東人，姓楊名義臣。」建德聽說大喜道：「汝若不言，幾乎忘了此人。孤昔與之相持數陣，已知其為棟梁。看他用兵，天下少有及者。汝速與孤以禮聘之。」凌敬欣然領命，辭別建德而去。

❸ 祭酒凌敬：祭酒，官名，國子監的主管官。凌敬，竇建德的謀臣。

❹ 摽梅：謂梅熟而落，比喻女子已到結婚年齡。

不一日到了濮州，先投客店安歇，向鄰近訪問義臣。土人答道：「此去離城數里，雷夏澤中，有一老翁，自言姓張，人只呼為張公，今在澤畔釣魚為樂。有人說他本來姓楊。」凌敬即煩土人，呼舟引路，來到雷夏澤中。果然山不在高而秀，水不在深而清，松柏交翠，猿鶴相隨。岸上有數椽瓦屋，樹影垂陰，堤畔一大船舫，碧流映帶。那土人站起來指道：「前面瓦房，就是張公住的。船舫邊小船上坐的老兒，想就是他。」凌敬也站起身來遙望，見一人蒼頭鶴髮，器宇軒昂，倚著船舷，銜杯自飲；船頭上坐著三四個村童，在那裡齊唱村歌。凌敬叫舟子遠遠的繫了船兒，自己上了岸來，隱在樹叢中。只聽見那幾個村童唱完了，便道：「張太公，你昨日獨自個唱的曲兒，甚好聽，今日何不也唱一支逍遣逍遣？」那老者閉著醉眼道：「你們要聽我的歌，須不要則聲，坐著聽我唱來。」卻是一支醉三醒的曲兒，唱道：

歎釜底魚龍真混，笑圈中豕鹿空奔。區區泛月煙波趁，漫持竿，下釣綸。試問溪風山雨何時定，衹落得醉讀離騷弔楚魂。

凌敬聽了歎道：「此真慨世隱者之歌，義臣無疑矣！」忙下船，叫舟子搖近來，嚇得那三四個村童，跑上岸去了。凌敬跨上船來，舉手向楊義臣道：「故人別來無恙？」義臣舉眼，見一布袍葛巾的儒者來前，問道：「汝是何人？」凌敬道：「凌敬自別太僕許久，不想太僕鬚鬢已蒼；憶昔相從，多蒙教誨，至今感德。此刻相逢，何異撥雲覩日。」義臣見說，便道：「原來是子肅兄，許久不見，今日緣何得暇一會，快請到舍下去。」遂攜凌敬的手登岸，叫小童撐船到船舫裡去，自同凌敬到草堂中來，敘禮坐定。楊義臣問道：「不知吾兄今歸何處？」凌敬道：「自別之後，身無所託，因見竇建德有容人之量，以此歸附於夏，官封祭酒之職。因想兄台，故來相訪。」義臣便設席相待，酒過數巡，凌敬叫從人取金帛，列於義臣面前。義臣驚道：「此物何來？」凌敬道：「此是夏主久慕公才，特令敬將此禮物獻公。」義臣道：「竇建德曾與我為仇讎，今彼以貨取我，必有緣故。」凌敬道：「目今主上被弒，群英並起，各殺郡守以應諸侯，欲為百姓除害，以安天下。凡懷一才一藝者，尚欲效力，太僕抱經濟之略，負孫吳之才，乃棲身蓬蒿，空老林泉，與草木為休戚，誠為可惜。今夏主仗義行仁，改稱帝號，四方響應，久知太僕具棟梁之材，特來迎聘，救民於水火之中，致君於堯舜之盛，萬勿見卻，有虛夏主懸望。」義臣道：「忠臣不事二君，烈女不更二夫。我為隋臣，不能匡救君惡，致被逆賊所弒，不能報仇，而事別主，何面目立於世乎？」凌敬道：「太僕之言謬矣！今天下英雄，各自立國，隋之國祚已滅絕矣，何不熟思之。若欲報二帝之仇，不若歸附夏主，借其兵勢，往誅叛逆，豈不稱太僕之心，完太僕之願乎？」楊義臣被凌敬幾句話打動了心事，便道：「細思兄言，似亦有理。聞得建德能屈節下士，又無篡逆之名。但要允吾三事，即往從之，不然決不敢領命。」凌敬問：「何三事？」義臣道：「一不稱臣於夏；二不願顯我姓；三則擒獲化及、報了二帝之仇，即當放我歸還田里。」凌敬道：「只這三事，夏主有何不從。」義臣見說，即叫人收了禮物，凌敬即便告別。義臣囑道：「此去曹濮山，有強寇范願，極其驍勇，領盜數千，遠靠泰山，以為巢穴，逢州搶奪客貨。現今山寨絕糧，四下剽掠，兄若收得范願，回國助振軍旅，足能滅許。」楊義臣向凌敬附耳數語，凌敬點首，辭別下船。

時竇建德朝夕訓練軍馬，欲征討化及；忽報唐秦王差納言劉文靜，齎書約會兵征討化及。建德看罷書，書中止不過約兵同至黎陽，合剿化及，便對文靜道：「此賊吾已有心討之久矣，正欲動兵。煩納言回報秦王，不必遠勞龍體，只消遣一副將，領兵前來，與孤同誅逆賊，以謝天下。」文靜道：「臣奉使時，秦王兵已離長安矣。」文靜辭歸。建德進宮，勇安公主問道：「唐使來何事？」建德道：「秦王有書約來，同會兵征剿化及。吾與眾臣計議，約他即日起兵。」勇安公主道：「依女兒的愚見，父皇未可即行。今北方總管羅藝，新附於唐，截我後路；魏刁兒又擁兵數萬據守深澤縣中，自稱魏帝，劫掠冀定等處，數年來與他相待雖好，尚難靠託，莫若乘其不備，襲而擊之，除卻後患。候淩敬回來，然後舉事，此為萬全之策。」曹后亦深贊線娘之言為是。建德道：「吾自有計較，你們不必多言。」即日建德調精兵十餘萬，劉黑闥為征南大將軍，高雅賢為先鋒，曹旦與建德為中軍，勇安公主為合後，孫安祖等與曹后留守樂壽。又選歌舞女樂十二人，差人送獻魏刁兒，令其北拒羅藝，東防夷狄；許他誅滅化及後，將隋宮嬪妃寶物相餉。刁兒大喜，受之，信建德有寄託之心，晝夜溺於酒色，坦然無疑。何知建德統領精兵，掩旗息鼓，夜行晝伏，直奔深澤，把兵圍守城池。刁兒尚在醉夢中，被河間使王琮舊部將關壽，怪刁兒傲慢無禮，不肯重用，便殺刁兒，獻城投降。建德以為居其土而獻其地，是不義之人，意欲斬壽，王琮再三諫止，使關壽仍舊居王琮部下。刁兒將士各授官職，所擄子女，悉令放還，金帛盡賜將士。遠近聞知夏主有不殺之心，人民悅服，易定等州，盡來歸附。建德兼并三軍，聲勢大振，遂殺向冀州而來。冀州刺史麴稜，果敢有志，始亦百計設法防守，後因力竭城破而降夏，建德封稜為內史，移兵進攻羅藝。

卻說羅藝，原是一員宿將，年過花甲，精神倍加，與老夫人秦氏齊眉共手。他手下有精兵一二萬，被隋主旨意下來，東調西撥，提散了萬餘，只存六七千人馬；虧得其子羅成，年少英雄，有萬夫不當之勇，其父授的一條羅家槍，使得出神入化。父母要替他定姻，羅成以為終身大事，雖係父母主之，還須我自揀擇，因此蹉跎下來。時羅成聽見哨馬來報，建德統大兵到來，便對父親道：「竇建德不知利害，統重兵來侵我境，兒意欲乘其未立營寨時，待兒領二千人馬迎上去，先殺他一陣，挫了他些銳氣，或者知我們利害，退軍回去，也未可知。」羅老將軍道：「汝年少恃著血氣之勇，要想輕舉妄動，甚非他日為將之道。我自有計退他。」齊集眾將，差標下左營總帥張公謹，領精兵一千，埋伏城外高山之左，聽城中子母砲❺起殺出，敵住建德前軍；差右營總帥史大奈，領精兵一千，埋伏城外高山之右，聽城中子母砲起殺出，敵住建德中軍；差兒子羅成，叫他領精兵一千，離城三十里，獨龍崗下埋伏，看建德敗下去，衝殺其後隊，截其輜重；自己同薛萬徹、薛萬均二將，在城中守護。二將同羅成各自受計，領兵出城去了。

卻說竇建德統大兵，直抵州城。先鋒劉黑闥安了營寨，見城中堅閉城門，不肯出戰，只得在城外辱罵。後建德大兵繼至，求戰不得，便設雲梯，上城攻打。不期城上火砲火箭齊發，雲梯被燒，只得退下。建德又安排數百輛衝車，鼓噪而進，城內令鐵鎖鐵鎚，遶城飛打，衝車皆折。百般計較，城不能破。相持了數日，士卒懈惰。一夜三更時分，羅藝密傳將令，吩咐薛萬徹、薛萬均兄弟二人，傳令三軍，飽食戰飯畢，人各銜枚，殺出城來。到夏寨，夏兵正在熟睡時，只聽得一聲砲響，金鼓大振，如山崩海沸一般。此時竇建德在睡夢中驚覺，忙披甲上馬，親隨鄧文信慌忙隨後，逢薛萬徹殺入中軍，把文信一刀斬於門旗下。竇建德如飛敵住薛萬徹，高雅賢敵住薛萬均，劉黑闥敵住羅藝。六人正在酣戰之時，只聽見子母砲三聲，山左山右，伏兵齊起。建德知是中計，如飛棄營，退回二三十里，眾軍士喘息未定，忽聽

❺ 子母砲：古代一種火器。按：火藥至北宋時才有記載，隋末還沒有發明。

得山崗下一聲鑼響，一員少年勇將，衝將出來。先鋒高雅賢欺他年少，把大刀直砍進去，被羅成把槍一逼，早在高雅賢左腿上中了一槍。高雅賢負痛，幾乎跌下馬來，虧得劉黑闥接住，戰了十來合，當不起羅成這條槍，如游龍取水，直搠進來。建德看見，恐防有失，前來助戰。羅成愈覺精神倍加，向劉黑闥臉上虛照一槍，大喝一聲，斜刺裡把槍忙點到竇建德當胸來。建德一驚，即便敗將下去。直殺到天明，只見末後一隊女兵，排住陣腳，中間一員女將，頭上盤龍裹額，頂上翠鳳銜珠，身穿錦繡白綾戰袍，手持方天畫戟，坐下青騌馬。羅成看見，忙收住槍問道：「妳是何人？」線娘道：「你是何人，敢來問我？」羅成道：「妳不見我旗上邊的字麼？」線娘望去，只見寶纛上，中間繡著一個大「羅」字，旁邊繡著兩行小字：「世代名家將，神槍天下聞。」線娘道：「莫非羅總管之子麼？」羅成看她繡旗上，中間繡著一個「夏」字，旁邊兩行小字：「結陣蘭閨停繡，催妝蓮帳談兵。」羅成心下轉道：「我聞得竇建德之女，甚是勇猛了得，莫非是她，可惜一個不事脂粉的好女子，不舍得去殺她。待我羞辱她兩句，使她退去也罷了。」因對線娘道：「我想妳的父親，也是一個草澤英雄，難道手下再無敢死之將，卻叫女兒出來獻醜。」線娘便道：「我也在這裡想，你家父親也是一員宿將，難道城中再無敢死之士，卻趕小犬出來咬人。」惹得眾女兵狂笑起來。羅成大怒，一條槍直殺上前。線娘手中方天戟，招架相還，兩個對上二十合，不分勝負。羅成見線娘這枝方天戟，使得神出鬼沒，點水不漏，心中想道：「可惜好個有本領的女子，落在草莽中。我且賣個破綻，射她一箭，嚇她一嚇，看她如何抵對。」羅成把槍虛幌一幌，敗將下去，線娘如飛趕來，只聽得弓弦一響，線娘眼快，忙將左手一舉，一箭早綽在手裡，卻是一枝沒鏃箭，羽旁有「小將羅成」四字。

線娘把箭放在箭壺裡，蹙著眉頭嘆道：「羅郎，你好用心也！」亦把方天戟擱住鞍韉，在錦囊內取出一丸金彈來，見羅成笑嘻嘻兜轉馬頭跑來，線娘扯滿了弓弦彈去。羅成只道是回射一箭，不提防一彈飛去，早著在擎槍的右手上，幾乎一枝槍落在地上。羅成叫手下拾起來一看，卻是一個圓眼大的金丸，上面鑿成「線娘」兩字。羅成道：「這冤家竟有些本領，我若得她同為夫婦，一生之願足矣！」喜孜孜的，在馬上相著線娘，越看越覺可愛。線娘亦在馬上，看羅成人材出眾，風流旖旎，心上亦欣喜道：「慚愧，今日逢著此兒，我竇線娘若嫁得這樣一個郎君，亦不虛此生矣！」兩下裡四隻眼睛，在馬上不言不語，你看我，我看你，足有一兩個時辰。夏軍中那些女兵，覺道兩個出神的光景，不好意思，笑道：「這位小將軍，豈不作怪，戰又不戰，退又不退，為甚麼把我們黃花公主，端詳細認，想是看真切了，回去要畫一個圖樣兒供養著麼？」羅成笑道：「我看妳家公主的芳年，可是十九歲了？」線娘低著頭兒不答。一個快嘴的女兵答道：「一屁就彈著。」引得線娘也笑將起來，低低的問道：「郎君青春幾何？」羅成答道：「叨長二春。」線娘又問道：「椿萱❻並茂否？」羅成答道：「家慈五十九，家嚴六十一，請問公主良緣何氏，曾于歸否？」線娘羞澀澀的，低著頭下去不開口。又是那個女兵說道：「我家公主，實未有人家，有願在先。」正要說出來，線娘把雙眉一豎，那女兵就不敢開口。羅家小卒道：「既是妳家公主，與我家小將一般未有定婚，何不說來，合成一家，省得大家准日廝殺？」羅成把馬縱前幾步道：「公主若不棄嫌，當遣冰人向尊處聘求何如？」線娘道：「婚姻大事，非兒女軍旅之間，可以妄談。郎君若肯俯從，妾當守身以待，但恐郎君此心不堅耳！」羅成道：「皇天在上，若我羅成不與竇氏，」忙

❻ 椿萱：父母的代稱。椿指父，萱指母。

羅成喜孜孜的在馬上相著線娘，越看越覺可愛。線娘亦在馬上看羅成人材出眾，心上亦欣喜。兩下裡四隻眼，在馬上不言不語，你看我，我看你，足有一兩個時辰。

問：「請問公主尊字？」線娘道：「金丸上你沒有見麼？」羅成又重新說道：「我羅成此生不與竇氏線娘為夫婦者，死無葬身之地。」誓畢，線娘見羅成說誓真切，不覺泫然淚下道：「郎君既以真心向妾，妾亦生死以真心候君；但若尊翁處倩人來求婚，父皇斷斷不從。」羅成道：「若如此，我向何處求人來說？」

線娘想一想道：「郎君認得隋太僕楊義臣乎？」羅成道：「楊太僕是吾父之好友。」線娘道：「此人是父皇所敬畏者，待我們去滅許後歸來，郎君去求他執柯❼，斷無不妥。」正說完，只見後面塵揚沙起。女兵說道：「我家有人來了。」線娘拭淚道：「言盡於此，郎君請轉罷。」大家兜轉馬頭，未遠一箭之地，線娘又撤轉頭來一望，只見羅成又縱馬前來。線娘只得又兜轉馬頭問道：「郎君既去，為何又來？」羅成道：「雖承公主真心見許，還須付我一件信物，以便日後相逢記驗。」線娘道：「不必他求，君家一矢，妾當謹藏。妾之金丸，君當藏好，便可驗矣。」羅成只顧把馬近前，猶依依不捨。線娘道：「羅郎你去罷，妾不能顧你了。」以手掩面，別轉馬頭而去，隨戒女兵，不許漏洩風聲。行不多幾步，原來竇建德因線娘不回，放心不下，又差曹旦領兵來接應，大家合兵一處回去了。羅成也望見前面有兵馬到來，只得長嘆一聲，奔回冀州。正是：

相思相見知何日，此時此際難為情。

❼ 執柯：為人作媒。

總評：楊義臣請允三件事，詞嚴而義正，隋氏一代諸臣，止此一人而已。羅成年少英雄，線娘閨中俊傑，歡喜寃家，恰逢其會，馬上關目❽情景，絕好一齣戲文，幻絕妙絕。

❽ 關目：猶言關鍵。

第五十回　借寇兵義臣滅叛臣　設宮宴曹后辱蕭后

詞曰：

時危豺虎勢縱橫，福兮禍所因。惟有功成志遂，甘心退守漁綸。　前宵歡愛，今日魂飛，淚滴金樽。堪嘆煮豆燃萁，同儕嘲笑傷心。

右調朝中措

禍福盛衰，如同一夢。往往有人夢平常落寞之境，還認得自己本來面目是在夢中；及夢到得意榮顯之境，不但本來面目盡忘，連自己的性靈智巧，多換做貪殘狠毒的心腸。直到蹇驢一鳴，荒雞三號，方才知覺。多少英雄好漢，無有不坐此病。如今再說夏主竇建德，見線娘回來，只道他殺敗了羅成，心中甚喜，檢點兵馬，不覺傷了大半，只得暫回樂壽，整頓兵甲，再議征伐。曹后接見了夏主與線娘，問起行兵之事，勇安公主備細述了一遍。建德道：「勝敗何足定論；然前日之敗，原因孤欺敵之故，以致喪師。但可惜鄧文信忠義之臣，死於非命，若早依了曹旦、文信之言，決無此失。」曹后問道：「他兩人怎樣說法？」線娘答道：「前日兵圍羅藝州城之時，母舅密告父皇道：『大軍久駐城下，恐敵軍窺見我軍懶怠，黑夜開城劫寨，一時無備，定遭毒手，宜多防之。』鄧文信也諫道：『戰勝而將驕卒惰者必敗。

今士卒久已懈惰，況兼羅藝善能用兵，雖被我們圍困在城，城中將士，皆精銳勁敵，勿以旦言為非。』父皇總諫不聽。」曹后道：「陛下嘗能以弱制強，稍得一勝，便起驕矜之意，以致三軍損折，不以為戒，妾等無所託矣！」夏主道：「御妻之言甚善，今後孤當謹之。」曹后道：「據妾之見，陛下當下詔罪己，去尊號，減御膳，素袍白馬，與死者發喪，周給其家屬，賞功罰罪，以安眾心，畜養銳氣，再進兵伐許。如此激厲將士，無不勝矣。」夏主從之。次日賞功罰罪，歿於王事者設肴親祭，死者家屬賞賜存問。遠近聞之，無不嘆服。忽報凌敬還朝，夏主喜道：「子肅回來，吾事濟矣。」遂御殿召敬入問之：「卿遠路風塵，不知招賢之事如何？」凌敬道：「臣奉主公嚴命，訪見楊義臣，述主公之意。他始則再三拒卻不從，被臣說先帝慘弒，將軍宜志在報仇，他即慨然應允；但要主公從他三事。」夏主問：「何三事？」凌敬一一說出。夏主道：「若從孤征伐，即孤之臣也。果能盡心助孤討賊，何所不容？」凌敬道：「臣別義臣時，更有密囑，叫主公去賺此人相助，不愁化及不滅。」向建德耳上低言數語。夏主嘆道：「雖戰國孫吳，亦不過此。」

次日早朝，群臣拜舞已畢，夏主喚劉黑闥道：「昨日唐國秦王書來，借糧二千石，供給軍儲，伐許之後，加利清償。孤今與唐合兵討賊，乃兄弟之國，不可不借。汝同凌敬整點大車二百輛，裝貯糧米，率領士卒，護送前去，中途交納，勿使有失。」二人領命起行。凌敬吩咐軍士：「路上盜賊生發，汝等俱扮作民夫，務須遮護糧草，軍裝器械隨身，小心謹密，違者治罪。」一行人趲護糧車起行，不數日已至曹濮州地界。

且說太行山有賊首范願，自號飛虎大王，手下有三千嘍囉，皆勇敢之夫，在曹濮界上，依山為寨，劫掠客商。兩日正慮糧草不敷，忽見嘍囉報說，北路上有夏王裝載二百輛糧車，助唐軍餉，無人護送，取之甚易。范願以手加額道：「來得卻好，我正乏糧。」忙領二千賊眾，一齊下山，搶劫糧車。時黃昏在側，前哨來報道：「糧車插成營壘，民夫盡皆衣服氈衫，並不打更喝號，安眠穩睡。」范願聽說大喜，直奔車營，只見四下寂靜，並無一人言語。一聲砲響，眾車夫扒起，都嚇散了。眾賊揭去蓋車蘆蓆，卻是空車，並無粒米在內。范願知是中計，撥馬就走，只聽四下裡砲聲振天，夏兵四五千密層層齊裏圍來，把范願人馬，困在垓心。倏忽間明燈火把，照耀如同白晝，夏陣裡閃出一將，明盔亮甲，手持巨斧，喊聲如雷，叫道：「范願草賊，快快下馬投降！」范願道：「你是何人？」劉黑闥道：「吾乃夏國大將劉黑闥便是。」范願道：「我只道是誰，原來是你。吾想你當初也曾在綠林中做過這個道路兒的，如今何苦替夏家出這樣寡力？料想做盜寇的，沒有倒貼出買路錢來的理。還不快快放我們出去！倘然你日後被人殺敗了，仍歸舊業，也好見面酬情。」劉黑闥聽了大怒道：「強賊敢來觸污我！」舉起巨斧直砍進來，范願接住，戰了三十餘合，不分勝負。忽見夏陣中一騎飛來，口中喊道：「二位將軍，且請住馬，吾與汝二人講和何如？」范願道：「你又是何人？」凌敬道：「吾乃夏國祭酒凌敬便是。」范願道：「祭酒如何講和？」凌敬道：「足下今日如虎陷穽，雖有雙翅，亦難飛去，何不棄邪歸正，從降夏主，同討化及，與煬帝報仇，官封極品，受享爵祿，豈不強如在這裡為寇？」范願道：「祭酒之言雖是，但恐夏主未肯相容。」凌敬道：「夏主招賢納士，忘怨封仇，有何不容？」范願聽了大喜，即棄戈下馬投降。賊眾二千，亦皆解甲羅拜。范願欲請二人到山寨裡去敘禮，然後領眾起行。凌敬道：「劉將軍與足下且在寨中歇馬，我去雷夏澤中，邀請楊太僕來，一同起行。」說了，即別二人，帶領從者去了。

卻說楊義臣自別凌敬之後，每夜仰觀天象，忽見西北上太乙❶纏於陬宿❷之間，其星晦暗欲滅，心中大喜，對楊芳道：「化及死期至矣！汝速收拾軍器，候凌大夫到來，即去殺賊，與主報仇。」楊芳應諾。次早，忽報凌敬到，義臣接入。凌敬道：「奉夏主之命，特來邀請。太僕所言三事，俱已應允，范願亦已遵計收降，在山寨奉候。」義臣大喜，即設酒款待，吩咐家人，勤事農桑，我去一月之間便回。隨同凌敬起身，離了雷夏，到了太行山，早見劉黑闥同范願一支人馬，接入寨中。范願已知楊義臣用計取他，忙下拜道：「願本魯夫，蒙老將軍提挈，敢不執鞭，以效犬馬之力，同老將軍征討。」義臣道：「足下肯改邪歸正，不失老夫企慕之心。但寨中所擄子女，宜贈其路費，釋放回家，將來建功立業，何愁不有？」范願允從。隨將女子放回，燒了山寨。同楊義臣等共有六七千人馬，離曹州逕投樂壽。凌敬安頓楊義臣於驛中，隨同劉黑闥、范願拜見夏主。范願將寶物獻上，以為進見之禮。夏主道：「卿肯來附孤，盡力王事，便是國家之寶了，孤安用此無益之寶？卿還收去，後日頒賜將士。」范願深敬夏主之賢。夏主問凌敬道：「義臣曾邀來否？」凌敬道：「現在城外驛中。臣意此人，昔年曾與陛下對敵，多不相讓；今日若不聖駕出迎，加以隆禮，恐彼猶不自安，焉得盡其才能？」夏主道：「卿所見甚明。」遂備車駕，率領百官出城迎接。到了驛中，義臣下拜，夏主見義臣濃眉白髮，鶴氅星冠❸，是扶宇宙的班頭，安邦國的領袖，忙答以半禮。義臣道：「亡國之臣，深感大王來召，安敢受答拜之禮？」夏主道：

---

❶ 太乙：即太一星，在天龍座內，屬紫微垣，是帝王在天宮的象徵。

❷ 陬宿：即室宿，二十八宿之一，屬北方。

❸ 鶴氅星冠：鶴氅，用鳥的羽毛製成的外衣。星冠，道士的帽子。

「孤敬太僕，乃忠義之士，故特屈來，共討弒君之賊。」義臣道：「賊臣化及，臣恨不能立刻誅之，以謝天下。然祭酒代奏之事，事畢之後，望大王仁慈，放臣歸隱田里。」夏主道：「孤出語欲取信於天下，安忍食言也？」隨同進城，送義臣至公館，設宴以賓禮待之。君臣議論，直飲至日已沉西，方才回朝進宮。擇吉出師，命劉黑闥為大將軍，掛元帥印，范願為先鋒，高雅賢為前軍，孫安祖、齊善行為後軍，曹旦為參軍納言，裴矩、宋正本為運糧納言，勇安公主為監軍正使；凌敬同孔德紹留守樂壽，與曹后監國；楊義臣從夏主帷幄，畫策定計。大兵十萬，浩浩蕩蕩，向魏縣殺來。

時秦王世民與淮安王神通，先引兵到魏縣。劉文靜齎書各國回來，說：「魏公李密，領兵來會。王世充無心北伐。夏主建德，拜覆大王，不必遠勞龍體，只消遣一二副將，領兵來同誅逆賊足矣。」秦王道：「正合吾意。昨日父皇有旨意來，說定陽可汗劉武周，引兵攻并州，洛陽王世充侵犯伊州，梁蕭銑剽掠峽州，三路鋒勢甚銳，要吾去征討。卿與淮安王、李靖，齊心並力，同誅化及。」秦王遂將兵印交與神通，自己逕回長安。原來李靖當年攜張出塵，遊至太原，訪著了張仲堅、徐洪客，投見劉文靜。時秦王正開招賢館，文靜引他三人來見秦王。秦王見三人氣宇，知非常人，便優禮結納。洪客見秦王龍顏鳳姿，知是當今真主；又見秦王與仲堅手局，仲堅第二局將敗，急收拾東南一角，秦王猶欲點睛攻擊。仲堅道：「君何併吞若此彈丸一角，猶不讓我稍竟其局？」秦王微哂住手。因此洪客對仲堅道：「天下大事已定，兄何心強求？」仲堅等別了秦王，遂把家貲贈與出塵一妹，自同洪客飄然往海外扶餘國❹去，別做一番事業了。李靖在秦王幕中，情投意合，故令助夏伐許。把軍機大事，托付他與淮安王同事。

❹ 扶餘國：本為位於我國松花江流域的古國。這裡指海外小國。

卻說宇文化及，知三路兵來，鋒銳難敵，便將府庫珍寶金珠緞帛，招募海賊，以拒諸侯之兵。徐懋功探知化及募兵，密使心腹將王簿，帶領三千人馬，暗藏毒藥三百餘觔❺，授以密計，假名殷大用，投入化及城中。化及大喜，封為前殿都虞候。淮安王李神通得了秦王兵符將印，進兵攻討化及，離城四十里下寨。化及探知秦王已去救西北之兵，欺神通等無謀，忙統眾出城迎敵。豈知李靖足智多謀，暗出奇兵，伺化及方立寨觀陣，令劉宏基斜刺裡飛騎來取化及。化及手下大將杜榮、馬華兩枝畫戟，如飛招架隔住，被劉宏基一口刀，左右一迸，兩戟齊斷。杜榮、馬華只得將戟桿向宏基馬頭上亂打，化及疾忙逃回，宏基亦撥馬回陣。杜榮掣軍士手中槍趕來，李靖搭上箭，望杜榮心窩便射，應絃落馬，許兵大敗。幸虧長子丞基接應救回。因此化及棄卻魏縣，連夜同蕭后逃奔聊城。唐兵探知，李靖道：「賊兵雖敗走聊城，聲勢尚大，一時難滅，吾欲觀其動靜，探其虛實，用奇計然後進兵。」李神通道：「正合吾意。」帶領數騎，離營二十里外，放馬於高阜之處，遙望氣色。李靖道：「化及逆賊，敗在旦夕矣。」諸將道：「賊勢正熾，何能便敗？」李靖道：「聊城上氣色已絕，安得不死；但觀唐魏二營，亦非得勝之兆，不知此賊死於何人之手？」言未絕，只見正北上一陣殺氣橫衝斗牛之間，直與天連，風送南來，猶如煙火之狀，李靖欣然道：「原來擒獲此賊，乃屬正北之兵。」時已抵暮，鴉鵲歸噪，成群進城投巢。李靖道：「吾得計矣。」遂帶馬回營。淮安王問李靖：「所得何計？」李靖向神通附耳數句，神通點頭稱善，密差一將屈突通，帶領能捕獵者五百人，各帶兵器羅網之屬，遊行郊外，看聊城內飛出禽鳥，隨往捕之，活者照數給賞。屈突通領命而去。

❺ 觔：音ㄐㄧㄣ。同「斤」。

卻說夏主請義臣商議破城之策。義臣道：「初臨敵境，未知虛實，且命范願領三千人馬，前往挑戰，探賊動靜，然後定計，可保萬全。」夏主從之。義臣即喚范願領兵迎敵：「但令汝敗，不令汝勝。」范願領命，統兵聊城。化及差長子宇文丞基出戰，兩人鬥了五十餘合，范願詐敗，退去二十餘里，丞基亦不來追，各自鳴金收軍。義臣吩咐黑闥全軍，亦退下二十里。惟李靖知楊義臣用誘敵之計，便將屈突通所捕獵的烏鴉、燕雀、鴿鴿等鳥，不計其數，將胡桃李杏之核，打開去仁，俱裝艾火於內，用線拴繫飛禽之尾，叫軍士齊放入聊城。當日宇文丞基敗了范願，領兵回城，面奏化及，以為夏兵不足憂，兒明日領精兵五萬，再與決戰，務使北擒建德，西破唐兵。宇文智及道：「三路之兵甚銳，豈可只以一面拒之？莫若遣諸將分頭埋伏，四路接應截殺，可保無虞。」化及稱善，便遣大將楊士覽、鄭善果、司馬雄、寧虎受計，埋伏四方。太子丞基為前軍，御弟智及為中軍，化及自己為後軍。分撥已定，俱於聊城六十里外紮營，以號砲為信出兵，留殷大用與丞址守城保駕。各將領計出城，只有化及尚未動身。是夜正與蕭后酣寢宮中，忽報滿城發火，化及忙出宮巡視，只見煙衝霄漢，烈焰通天，瞬息之間，被李靖用暗火燒得城內一派通紅，倉庫糧儲，城樓殿宇，惟留赤地。殷大用又假救火為名，叫軍士汲存三日之水，命將毒藥分投滿城井內。

化及見軍士焦頭爛額者，後忽然又上吐下瀉，一齊病倒，便放聲大哭，以為天譴災殃，來奪朕命。晝夜驚惶。夏兵細作報知夏主，義臣知是魏國徐懋功與唐李靖用計，速召范願領步兵一萬，扮作許兵，各存記號，乘夜偷過智及大營二十里外埋伏。又命劉黑闥、曹旦、王琮引兵五萬，與智及對敵。又撥精兵二萬，義臣親自劫奪智及營壘。高雅賢、孫安祖、宋正本領兵四萬，埋伏中道，以截丞基救應。留兵二萬，與裴矩留守大營，勇安公主護駕。分派已定，軍士飽食戰飯，三聲大砲，夏主統兵直逼聊城。唐魏二營探知夏主攻城，也放砲助威，四門攻打。化及催督將士同殷大用出城迎敵。夏主認得化及，更不打話，忙將偃月刀，直砍進來。化及挺槍來戰。戰了二十餘合，指望殷大用來接戰，豈知大用反退進城，將城門大開。化及因有智及途中伏軍，且戰且走。只見楊義臣劫了智及大營，縱馬前來，向夏主道：「主公快進城去撫安百姓，收拾國寶圖籍，待老臣來斬此賊。」夏主兜轉馬頭領兵進城去了。楊義臣挺槍來刺化及，兩個戰了三四合。勇安公主恐怕義臣有失，忙向錦囊內，取出彈丸來，拽滿弓看準彈去，正中化及面門。三四個蠻婆，手持團牌❻砍刀，直滾到馬前，把化及的馬足亂砍。楊義臣加上一槍，化及直撞下馬來。義臣叫手下綑了，上了囚車。只見曹旦已斬了楊士覽；劉黑闥與諸將，尚與智及三四將一堆兒戀戰。楊義臣分開眾兵，將化及囚車推出軍前，向許兵大聲說道：「汝等俱是隋國軍民，為逆賊所逼。汝之家屬，盡在關中。今逆賊已擒，汝等若欲西歸關中，願歸夏者，錄官陞賞，如若不降，吾盡坑之。」許兵聞言，皆去兵器甲冑而降。智及見兄囚在陷車，心膽已碎，又見眾軍倒戈棄甲而去，忙欲領數騎，逃入丞基營中；不意孫安祖一騎飛來，一槍正中腰間，直跌下馬來。義臣忙喝眾軍士，將智及釘上枷杻，囚於陷車。麾兵去合剿丞基。

　卻說夏主統兵來到聊城，見城門大開，一將手提一顆首級，向夏主馬前稟道：「臣乃魏公部下，左翊衛大將軍徐世勣首將王簿，奉主將之令，改名殷大用，領兵三千，詐為海賊，投入化及城中，化及拜為都虞候之職。前日毒藥投井，病倒軍士，今日開門迎大王之師。此是化及次子丞址首級，臣謹獻上，

❻ 團牌：盾牌。

請大王入內，臣於此辭別矣。」夏主道：「卿有破城之功，且款留數日，待孤犒賞軍士，回去未遲。」王簿道：「徐將軍號令嚴肅，不敢貪功邀賞，有誤軍期。」說了，辭別下去。夏主嘆道：「王簿真大丈夫也，只此便知徐世勣之為主帥嚴明矣！」夏主擁兵入城，到宮中請蕭后御正殿，建德行臣禮朝見，立煬帝少主神位，率百官具素服發哀。時勇安公主帶領諸將陸續進宮，將化及、智及推到面前；曹旦提了楊士覽首級，范願提了宇文丞基首級，劉黑闥、孫安祖等押綁擒獲許將報功。夏主吩咐武士，將化及、智及，綁於柱上，以刀剮之，獻祭煬帝。又將許將跪對神座，願降者赦之，不服者殺之。一面收拾國寶圖籍，叫手下排宴在龍飛殿慶賞功臣。時唐魏兩家，已拔寨起身去了，忙命孫安祖請楊義臣。只見留守大營裴矩，差一將來稟：「楊老將軍有一稟帖，差官來奉上王爺。」夏主拆開一看，書上說賊臣化及已擒，臣志已完，惟望大王所允前言，仁慈放歸田里。後有絕句一首：

掛冠玄武❼早歸休，志樂林泉莫幸求。獨泛扁舟無限景，波濤西接洞庭秋。

夏主看罷道：「義臣去了，孤失股肱矣！」劉黑闥、曹旦欲領兵追趕，夏主道：「孤曾許之，今若去追，是背約也，孤當成其名可耳！」於是將隋宮珍寶，悉分賜功臣將士軍卒，將國寶圖籍付與勇安公主收藏，因問蕭后：「今欲何歸？」蕭后道：「妾身國破家亡，今日生死榮辱，悉聽大王之命。」夏主笑而不言。勇安公主在旁，恐父亦蹈化及之轍，忙接口道：「既如此，何不待孩兒先同娘娘到樂壽，一則可慰母親懸念，二則大軍慢慢裡可以起行。」夏主見說喜道：「公主所言甚是有理，明日先點二萬人

❼ 玄武：本指北方。此指北門。

馬同你母舅先回樂壽去便了。」那夜蕭后就留公主在寢宮歇了。次日清早，曹旦已點兵伺候，蕭后帶了韓俊娥、雅娘、羅羅、小喜兒四個得意的宮人，上了寶輦。勇安公主又在宮中選了二三十名精壯的宮人，五六個俊俏的美女，然後起行。正是：

士馬崢嶸塵蔽日，軍士齊唱凱歌回。

不一日到了樂壽，哨馬報知公主回朝。曹后差凌敬出城迎接，凌敬請蕭后暫停驛館。勇安公主同曹旦進城，朝見曹后。公主將隋氏國寶圖籍奇珍呈上，又叫帶來宮奴美女來叩見。曹后大喜。公主又說：「蕭后現停驛館中，請母親懿旨定奪。」曹后道：「此老狐把一個隋家天下斷送了，人盡夫的人要她來做什麼？」凌敬道：「主公斷不作化及之事，既到這裡，娘娘還當以禮待之。主公回來，臣自有所在送她去。」曹旦道：「凌大夫說得是。」曹后道：「既如此，擺宴宮中，只說我有足疾未癒，不便迎迓，待她進宮來便了。」凌敬見說，便到驛中稟蕭后道：「國母本當出來迎接娘娘，因足疾未痊，著臣致意，乞鸞輿進城，入宮相會。」

蕭后上了鸞輦，轉念道當初煬帝時，許多扈從百官隨駕，何等風光；今日人情冷淡，殊覺傷心慘目。不一時已到宮門，勇安公主代曹后出來迎接進宮。只見曹后鳳冠龍髻，鶴佩袞裳，相貌堂堂，端莊凝重，毫無一些窈窕輕盈之態，四個宮奴扶著下階，來接蕭后進殿。曹后要請蕭后上坐拜見，蕭后那裡肯，推讓再三，只得以賓主之禮拜見了。禮畢，左右就請上席。蕭后、曹后、勇安公主齊進龍安宮來，只見豐盛華筵，擺設停當。曹后即舉杯對蕭后說道：「草創茅茨，殊非鸞輦駐蹕之地，暫爾屈駕，實為褻尊。」

蕭后答道：「流離瑣尾❽之人，蒙上國提攜，已屬萬幸，又蒙盛款，實為赧顏。」大家坐定，酒過三巡，曹后問蕭后道：「東京與西京，那一處好？」蕭后答道：「西京不過規模宏敞，無甚幽致；東京不但創造得宮室富麗，兼之西苑湖海山林，十六院幽房曲室，四時有無限佳景。」曹后道：「聞得賭歌題句，剪綵成花，想娘娘必多佳詠。」蕭后道：「這是十六院夫人做來呈覽，妾與先皇，不過評閱而已。」曹后道：「又聞清夜游，馬上奏章；演雜劇，月階試騎，真千古帝王未有如此暢快極樂。」韓俊娥在後代答道：「這夜因娘娘有興，故皇爺選許多御馬進苑，以作清夜游，通宵勝會。」曹后問蕭后道：「她居何職？」蕭后指道：「她叫韓俊娥，那個叫做雅娘，這兩個原是承幸美人，那個叫羅羅，那個叫小喜兒，是從幼在我身邊的。」曹后對韓俊娥問道：「妳們當初共有幾個美人？」韓俊娥答道：「朱貴兒、袁寶兒、薛冶兒、杳娘、妥娘、賤妾與雅娘，後又增吳絳仙、月賓。」曹后道：「杳娘是為拆字死的，朱、袁是罵賊殉難的了，那妥娘呢？」雅娘答道：「是宇文智及要逼她，她跳入池中而死。」曹后笑道：「那朱、袁與妥娘好不癡麼，人生一世，草生一秋，何不也像妳們兩個，隨著娘娘，落得快活，何苦枉自輕生？」蕭后只道曹后也與己同調的，尚不介意。勇安公主問道：「還有個會舞劍的美人在那裡？」韓俊娥答道：「就是薛冶兒，她同五位夫人與趙王，先一日逃遁，不知去向。」曹后點頭道：「這五六個女子，擁戴了一個小主兒，畢竟是個有見識的。」又問蕭后道：「當初先帝在苑中，聞得雖與十六院夫人綢繆，畢竟夜夜要回宮的，這也可算夫婦之情甚篤。」蕭后道：「一月之內，原有四五夜住在苑中。」曹后又問：「娘娘為了綾錦與皇爺惹氣，逼先皇將吳絳仙貶入月觀，袁寶兒貶入迷樓，此事可真麼？」

❽ 流離瑣尾：詩邶風旄丘：「瑣兮尾兮，流離之子。」後來比喻處境由順利轉為艱難。

蕭后肚裡想道：「此是當年宮闈之事，如何得知這般詳細；不如且說個謊。」便道：「妾御下甚寬，那有此事？」曹后笑道：「現有對證的在此，待妾喚他出來，便難諱言了。」吩咐宮奴，喚青琴出來。不一時，一個十五六歲宮女，叩見蕭后，跪在臺前。蕭后仔細一看，是袁紫煙的宮女青琴，忙叫她起來問道：「我道你隨袁夫人去了，怎麼倒在這裡？」青琴垂淚不言。勇安公主答道：「她原是南方人，為我游騎所獲，知是隋宮人，做人伶俐，倒也可取。」曹后又笑指羅羅道：「得她是極守娘娘法度的，皇帝要幸她，她再三推卻，贈以佳句，娘娘可還記得麼？」蕭后道：「妾還記得。」因朗誦云：

箇人無賴是橫波❾，黛染隆顱簇小娥。今日留儂伴成夢，不留儂住意如何？

曹后聽了嘆道：「詞意甚佳，先皇原算是個情種。」勇安公主道：「到底那個吳絳仙，如今在那裡？」韓俊娥答道：「她聞皇爺被難，就同月賓縊死月觀之中。」勇安公主又問：「十六院夫人，去了五位，那幾位還在麼？」雅娘答道：「花夫人、謝夫人、姜夫人是縊死的了。梁夫人與薛夫人，不願從化及，被害的了。和明院江、迎暉院羅、降陽院賈，亂後也不知去向。如今止剩積珍院樊、明霞院楊、晨光院周這三位夫人，還在聊城宮中。」曹后喟然長嘆道：「錦繡江山為幾個妮子弄壞了，幸喜死節的殉難的，各各捐生，以報知己，稍可慰先靈於泉壤。」又問蕭后道：「這三位夫人，既在聊城，何不陪娘娘也來巡幸巡幸？」韓俊娥答道：「不知她們為什麼不肯來。」勇安公主笑道：「既抱琵琶，何妨一彈三唱？」此時蕭后被他母子兩個，冷一句，熱一句，譏誚得難當，只得老著臉，強辯幾句道：「娘娘公主有所不

❾ 橫波：比喻眼神流動，如水閃波。

曹后、蕭后同勇安公主進了龍安殿，賓主坐定。喚了宮女青琴出來，青琴見了蕭后，垂淚無言。

知，妾亦非貪生怕死，因那夜諸逆入宮，變起倉卒，屍首血污遍地，先帝屍橫床褥，朱、袁屍倚雕楹，若非妾主持，將沉香雕床，改為棺槨，先殮了先帝，後逐個棺殮，妥放停當，不然這些屍首，必至腐爛，不知作何結局哩！」曹后道：「這也是一朝國母的干係，妾曉得娘娘的主意，不肯學那匹夫匹婦所為，溝瀆自經，還冀望存隋祖祀，立後以安先靈，不致殄滅。」蕭后見說，便道：「娘娘此言，實獲我心。」曹后道：「前此之心是矣；但不知後來賊臣，既立秦王浩為帝，為何不久又鴆弒之。這時娘娘正與賊臣情濃意密，竟不發一言解救，是何緣故？」蕭后道：「這時未亡人一命懸於賊手，雖言亦何濟於事。」曹后笑道：「未亡人三字，可以免言。為隋氏未亡人乎，為許氏未亡人乎？」說到此地，蕭后只有掩面涕泣，連韓俊娥、雅娘也跌腳悲慟，正在無可如何之際，只見宮人報道：「主公已到，請娘娘接駕。」曹后對蕭后道：「本該留娘娘再寬坐談心，奈主公已到，只得屈娘娘暫在淩大夫宅中安置，明日再著人來奉請。」即叫送蕭后上輦，到淩敬宅中去了。未知後事如何，且聽下回分解。

總評：李藥師、徐懋功，才智至此，略見一斑。化及父子，本屬庸流，何堪三利矢以射其的。但可惜竇建德一番事業，卻與一荒淫獨夫、失節愚婦做來，覺得耳目未新，人心未合耳。幸虧曹后席間再三勘駁，稍釋微恨。不然，蕭后只道那穢辱之事，落得做的。

又評：舊隋唐傳，始於翦綵為花，繼以游幸江都，殊無頭緒。且以蕭后為揚州伎女，始事太子勇，煬帝立以為后，汙衊已極，亟為改正。但煬帝被弒，失身化及；化及滅後，又歸建德。適義成公主遣使來迎蕭后及南陽公主⑩，建德遣千餘騎送至突厥。至貞觀四年太宗滅突厥，蕭后又歸於唐，貞觀二十二年卒於唐宮。事見綱目⓫、正史⓬，不能為之諱也。曹后母女嘲笑，與下回趙王拒斥，雖屬作者描寫，亦默寓維持風化之意。

❿南陽公主：隋煬帝長女，嫁宇文士及。後出家為尼。

⓫綱目：南宋朱熹編著的一部編年體通史，上起西元前四〇三年三家分晉，下迄西元九五九年趙宋代周。

⓬正史：指隋書。隋書卷三六有煬帝蕭皇后傳。

中國古典名著

專家校注考訂　古典小說戲曲大觀

世俗人情類

紅樓夢
脂評本紅樓夢
金瓶梅
老殘遊記
平山冷燕
品花寶鑑
野叟曝言
綠野仙踪
禪真逸史
海上花列傳
九尾龜
醒世姻緣傳
三門街
花月痕
孽海花
魯男子
遊仙窟　玉梨魂（合刊）
筆生花
浮生六記
玉嬌梨
好逑傳
啼笑因緣
歧路燈

公案俠義類

水滸傳
兒女英雄傳
三俠五義
七俠五義
小五義
續小五義
蕩寇志
綠牡丹
羅通掃北
楊家將演義
萬花樓演義
粉妝樓全傳
七劍十三俠
包公案
海公大紅袍全傳
施公案
乾隆下江南

歷史演義類

三國演義
東周列國志
東西漢演義
隋唐演義
說岳全傳
大明英烈傳

神魔志怪類

西遊記
封神演義
濟公傳
三遂平妖傳
南海觀音全傳　達磨出身傳燈傳（合刊）

諷刺譴責類

儒林外史
官場現形記
文明小史
鏡花緣
二十年目睹之怪現狀
何典　斬鬼傳　唐鍾馗平鬼傳（合刊）

擬話本類

拍案驚奇
二刻拍案驚奇
喻世明言
警世通言
醒世恒言
今古奇觀
豆棚閒話　照世盃（合刊）
石點頭
十二樓
西湖佳話
西湖二集
型世言

著名戲曲選

竇娥冤
漢宮秋
梧桐雨
琵琶記
第六才子書西廂記
牡丹亭
荊釵記
荔鏡記
長生殿
桃花扇
雷峰塔
倩女離魂

國家圖書館出版品預行編目資料

隋唐演義／褚人穫著;嚴文儒校注;劉本棟校閱.——三版一刷.——臺北市：三民，2020
面； 公分.——(中國古典名著)

ISBN 978-957-14-6838-9 （平裝）

857.4537 109007638

中國古典名著

隋唐演義(上)

著作者 褚人穫
校注者 嚴文儒
校閱者 劉本棟

發行人 劉振強
出版者 三民書局股份有限公司
地址 臺北市復興北路386號(復北門市)
臺北市重慶南路一段61號(重南門市)
電話 (02)25006600
網址 三民網路書店 https://www.sanmin.com.tw

出版日期 初版一刷 1998年5月
二版三刷 2015年6月
三版一刷 2020年9月
書籍編號 S854020
ISBN 978-957-14-6838-9

三民書局